Diogenes Taschenbuch 22417

# Barbara Vine

# *Es scheint die Sonne noch so schön*

*Roman*
*Aus dem*
*Englischen von*
*Renate Orth-Guttmann*

Diogenes

Titel der Originalausgabe:
›A Fatal Inversion‹
Copyright © Kingsmarkham Enterprises Ltd., 1987
Die deutsche Erstausgabe erschien 1989
im Diogenes Verlag
Umschlagillustration: Josef Engelhart,
›Der Wind‹, 1897

*Für Caroline und
Richard Jefferiss-Jones
in herzlichem
Gedenken*

Veröffentlicht als Diogenes Taschenbuch, 1991
Alle deutschen Rechte vorbehalten
Copyright © 1989
Diogenes Verlag AG Zürich
300/94/43/7
ISBN 3 257 22417 6

Der reglose Körper lag auf einem Teppichrest in der Mitte des Jagdzimmers. Alec Chipstead sah sich suchend um, dann nahm er von einem der Haken einen Regenmantel, bedeckte den Körper damit und überlegte zu spät, daß er den Mantel nun nie wieder würde tragen können.

Er ging hinaus, um den Tierarzt zu verabschieden.

»Ich bin froh, daß es vorbei ist.«

»Seltsam, wie schmerzlich so was sein kann«, sagte der Tierarzt. »Sie werden sich sicher einen neuen Hund anschaffen?«

»Ich nehme es an, ja, aber das muß Meg entscheiden.«

Der Tierarzt nickte und stieg in seinen Wagen. Dann steckte er den Kopf zum Fenster hinaus und fragte, ob er den Kadaver wirklich nicht abholen lassen sollte. Nein, sagte Alec, schönen Dank, aber darum würde er sich selbst kümmern. Er sah dem Wagen nach, der die lange, ansteigende Straße hochfuhr – die »Trift«, wie die Leute hier in der Gegend sagten –, unter den tief hängenden Zweigen der Bäume hindurch, und dann hinter der Biegung verschwand, dort, wo der Kiefernwald begann. Der Himmel war von blassem Silberblau, die Bäume waren noch grün und hatten nur hier und da ein paar gelbe Sprenkel. Der September war feucht gewesen, und auch die Rasenflächen, die sanft bis zum Waldrand abfielen, waren grün. Am Rand des Rasens, den zur Auffahrt hin eine Blumenrabatte begrenzte, lag ein zerbissener Gummiball. Wie lange war der wohl schon da? Bestimmt ein paar Monate. Mit dem Ballspielen war es für Fred schon lange vorbei gewesen. Alec steckte den Ball in die Tasche. Er ging ums Haus herum, stieg über die Steinstufen zur Terrasse hinauf und trat durch die hohe Tür ein.

Meg saß im Salon und tat, als sei sie in die Lektüre von *Country Life* vertieft.

»Er hat nichts gemerkt«, sagte Alec. »Ganz friedlich ist er eingeschlafen.«

»Wie dumm wir uns benehmen...«

»Ich hatte ihn auf dem Schoß, er ist eingenickt, der Tierarzt hat ihm die Spritze gegeben, und dann ist er – gestorben.«

»Wir hätten ihn nicht länger halten können, nicht mit diesem schrecklichen Veitstanz. Es war ja nicht mehr mit anzusehen, und für ihn muß es die Hölle gewesen sein.«

»Ich weiß. Wenn wir Kinder gehabt hätten, Liebes... Ich meine, Fred war nur ein Hund, und manche Leute machen so was auch bei Kindern durch... Man muß sich das mal vorstellen.«

Kummer macht zuweilen eine scharfe Zunge. »Daß Eltern den Arzt holen, um ihre kranken Kinder einschläfern zu lassen, habe ich allerdings noch nicht gehört.«

Alec sagte nichts mehr. Er ging durch die große, schön proportionierte Halle mit dem anmutig geschwungenen Treppenaufgang und unter dem breiten Bogengang hindurch zum Küchenbereich und zu dem dahinter liegenden Jagdzimmer. Sie hatten die beiden Küchenräume zusammenlegen und hochmoderne Küchenmöbel und -geräte einbauen lassen. Hier merkte man nichts davon, daß das Haus zweihundert Jahre alt war. Die Bezeichnung Jagdzimmer für den Raum, in dem der Gefrierschrank stand und in dem sie ihre Mäntel aufhängten, hatten sie von ihrem Makler übernommen. Jagdwaffen gab es dort jetzt nicht mehr, doch zu Zeiten der Berelands hatten da sicher welche gehangen, und ein alter Junker Bereland hatte in einem Windsorstuhl an einem Tisch aus massiven Kiefernbrettern gesessen und sie geputzt...

Er lüpfte eine Ecke des Regenmantels und warf einen letzten Blick auf den toten Beagle. Meg war zu ihm getreten. Rührselig dachte er – sagte es aber nicht laut –, daß die braunweiße Stirn nun endlich Ruhe vor den qualvollen Zuckungen hatte.

»Er hat es schön gehabt im Leben.«

»Ja. Wo wollen wir ihn begraben?«

»Auf der anderen Seeseite, dachte ich, in dem kleinen Forst.«

Alec hüllte den Körper in seinen Regenmantel, wickelte ihn ein wie ein Paket. Der Mantel hatte schon bessere Tage gesehen, aber er hatte ihn seinerzeit bei Aquascutum gekauft, – ein teures Leichentuch. Alec hatte das dunkle Gefühl, er sei Fred dieses letzte Liebesopfer schuldig.

Meg zog ihren Anorak an. »Ich weiß was Besseres. Warum im Kleinen Forst, wenn wir einen richtigen Tierfriedhof haben? Bitte, Alec! So lange werden da schon Haustiere begraben, es wäre mir schon lieb, wenn Fred auch dort liegen könnte.«

»Warum nicht?«

»Es ist dumm und sentimental, ich weiß, aber irgendwie möchte ich schon, daß er bei all den anderen ist. Bei Alexander und Pinto und Blaze. Blöd, was?«

»Komm, mir geht's ja genauso«, sagte Alec.

Er ging hinüber in die früheren Stallungen, wo der Traktor stand und das Brennholz für den Winter gestapelt war, und kam mit einem Schubkarren und zwei Spaten zurück.

»Wir stellen eine Gedenktafel für ihn auf, was meinst du? Ich säge sie von einem Platanenstamm herunter, das ist schönes weißes Holz, du kannst sie dann beschriften.«

»Einverstanden, aber das hat ja Zeit.« Meg bückte sich nach dem Paket, zuckte im letzten Augenblick zurück, richtete sich auf und schüttelte den Kopf. Es war Alec, der den Hund in den Schubkarren legte. Sie gingen die Trift hinauf.

Zu dem Grundstück gehörten zwei Waldstücke – drei, wenn man das unterhalb des Sees mitzählte. Der Rasen vor dem Haus, in dem eine hohe schwarze Zeder stand, reichte bis an den alten, fünf oder sechs Morgen großen Laubwald, und dahinter, auf ansteigendem Gelände, lag hinter einem grasigen Waldweg der Kiefernwald, eine Pflanzung von etwas zu eng stehenden Wald- und Strandkiefern, die jetzt eine dichte aufgeforstete Fläche bildeten. Das Waldstück war größer als der Laubwald, fast doppelt so groß, und wirkte als Windschutz, denn seit der Rodung der Hecken fegten die Stürme ungehindert von den prärie-gleichen Feldern her über die Landstraße.

Wenn man den Kiefernwald von der Trift und von der Straße nach Nunes aus sah, wirkte er undurchdringlich. Doch an der Südseite führte eine Abzweigung des Waldweges zwischen den in Reih und Glied stehenden Bäumen hindurch zu einer fast kreisförmigen Lichtung. Die Chipsteads waren erst einmal hier gewesen, auf einem sonntäglichen Erkundungsgang kurz nach dem Kauf von Haus und Grundstück. Bei zwanzig Morgen Land dauert es eine Weile, bis man sich in seinem neuen Besitz zurechtgefunden hat. Sie hatten ihre Entdeckung mit leichter Rührung, aber auch mit sanftem Spott zur Kenntnis genommen; selbst voreinander mochten sie sich ihre Sentimentalität nicht anmerken lassen.

»So etwas gibt es nur in England«, hatte Meg gesagt.

Diesmal wußten sie genau, wohin sie zu gehen hatten und was sie finden würden. Sie bogen von der Trift auf den Waldweg ein, der die beiden Waldstücke wie ein Tunnel verband und an dessen fernem Ende man wie einen Bildausschnitt rautenförmige Viehweiden, dunkler gefärbte Koppeln und einen Kirchturm sah. Dort, wo das Gras aufhörte, glitt der Fuß auf Fichtennadeln, und es roch nach Harz.

Die Lichtung war mit Gras bewachsen, das sich zu zehn, zwölf kleinen Hügeln, zu flachen Buckeln, grünen Kuppen wölbte. Die Gedenktafeln waren meist aus Holz, Eiche natürlich, sonst hätten sie nicht so lange gehalten; trotzdem waren einige umgefallen und vermodert. Die übrigen waren grün von Flechten. Dazwischen standen hier und da auch Steine – ein Schieferblock, eine Platte aus rosa Granit, ein Brocken leuchtendweißer Islandspat, auf dem der Name Alexander eingemeißelt war, dazu die Daten: 1901–1909.

Zeit und Witterung hatten jede Spur von Schrift auf den

Holzkreuzen getilgt. Die Inschrift auf dem rosa Granit aber war noch deutlich zu erkennen. BLAZE stand da, in Großbuchstaben und Antiquaschrift, und darunter:

SIE WIMMERN UND WINSELN NICHT ÜBER IHRE LAGE, SIE LIEGEN NICHT WACH IN DER DUNKELHEIT UND WEINEN UM IHRE SÜNDEN.
NICHT EINER VON IHNEN IST WOHLANSTÄNDIG ODER UN-GLÜCKLICH IN DER GANZEN WEITEN WELT.

Meg bückte sich, um die unter gelbem Moder fast völlig unkenntlichen Pinselstriche zu betrachten. »Über welche ewigen Ströme, Pinto...‹« las sie. »›Von uns gegangen nach drei kurzen Jahren.‹ Was meinst du, ob Pinto ein Wasserspaniel war?«

»Oder ein zahmer Otter.« Alec hob Freds verhüllten Körper heraus und legte ihn ins Gras. »Wir haben so was mal als Kinder gemacht. Nur war es damals ein Karnickel. Mein Bruder und ich haben ein Karnickelbegräbnis veranstaltet.«

»Aber ihr hattet bestimmt keinen richtigen Friedhof.«

»Nein, wir mußten ein Blumenbeet nehmen.«

»Wo legen wir ihn hin?«

Alec griff zum Spaten. »Da drüben, neben Blaze, denke ich. Anscheinend war Blaze der Letzte, der hier beigesetzt worden war. 1957 steht auf dem Stein. Die späteren Besitzer haben wohl keine Haustiere mehr gehalten.«

Meg tat ein paar Schritte, betrachtete die Gräber und versuchte zu berechnen, in welcher Reihenfolge die Grabstellen belegt worden waren. Das war gar nicht so einfach, weil von den hölzernen Gedenktafeln so viele umgefallen waren, aber daß Blaze das letzte Tier gewesen war, das man hier bestattet hatte, schien ziemlich eindeutig, denn hinter seinem Grab waren zwei Reihen mit je sieben Hügeln und links davon drei Hügel.

»Leg ihn rechts neben Blaze«, sagte sie.

Nachdem Alec einmal angefangen hatte, lag Meg jetzt daran, es möglichst schnell hinter sich zu haben. Das war doch alles dummes Zeug, war ihrer als einigermaßen intelligenter Menschen mittleren Alters unwürdig, war Kinderkram. Als Alec von seinem Karnickelbegräbnis erzählt hatte, war ihr das klargeworden. Dabei hätte sie vorhin fast vorgeschlagen, ein paar Abschiedsworte für Fred zu sprechen. Wir graben ihn jetzt ein, legen die Grassoden über ihn und fertig, dachte sie. Und den Unsinn mit der Gedenktafel müssen wir uns aus dem Kopf schlagen. Weiße Platane? So weit kommt's noch! Meg griff nach dem zweiten Spaten und begann rasch, den weichen, mit Kiefernnadeln durchsetzten Boden auszuheben. Unter der Humusschicht durchdrang der Spaten den Boden so mühelos, als grabe man an einem Sandstrand knapp oberhalb der Flutlinie.

»Sachte, Meg«, sagte Alec. »Wir graben doch nur Fred ein und nicht einen Sarg, der sechs Fuß unter die Erde muß.«

Die Worte waren unglücklich gewählt; wenn sie ihm in den kommenden Tagen wieder in den Sinn kamen, verspürte er unweigerlich ein Grimmen in der Magengegend und ein Kribbeln in der Nase. Sein Spaten stieß an etwas Festes. Ein Stein, ein länglicher Feuerstein vielleicht ... Er

11

grub um ihn herum und legte einen flügelförmigen Knochen frei. Demnach war hier schon ein Tier begraben ...
Ein Tier mit auffallend großem Brustkorb. Ich werde Meg nichts sagen, beschloß er, sondern den Brustkorb und das Schlüsselbein da unten rasch zuschaufeln und dort, wo sie gräbt, neu anfangen.

Irgendwo hörte Alec einen Raben krächzen. Wahrscheinlich in den hohen Linden des Laubwalds. Raben sind Aasfresser, dachte er mit einem Gefühl des Unbehagens. Erneut hob er den Spaten, durchstach die feste, trockene Grasnarbe. Dann merkte er, daß Meg ihm ihren Spaten hinhielt. Was darauflag, sah aus wie der fächerförmige Mittelfußknochen eines sehr kleinen Fußes.

»Ein Affe?« fragte Meg gepreßt.

»Vermutlich.«

»Warum hat er keinen Grabstein?«

Alec antwortete nicht. Er grub tiefer, hob einen Spaten voll nach dem anderen von der weichen, harzduftenden Erde ans Licht. Meg grub Knochen aus, sie hatte schon ein ganzes Häufchen zusammen.

»Wir tun sie am besten in eine Schachtel oder so und graben sie wieder ein.«

»Nein«, sagte er. »Nein, Meg, das wird nicht gehen.«

»Warum nicht? Was ist denn?«

»Schau her.« Er hob seinen Fund hoch, um ihn Meg zu zeigen. »Sieht so ein Hundeschädel aus? Oder der Schädel eines Affen?«

## 2

Adam wehrte sich gegen die Erinnerung an das, was in Troremmos geschehen war. Er träumte davon, aus seinem Unterbewußtsein konnte er es nicht aussperren, und auch in Assoziationen kehrte es immer wieder, aber er gestattete sich nie, bei den Erinnerungen zu verweilen, ein Programm mit wahlfreiem Zugriff zu fahren oder lange den gedachten Bildschirm zu betrachten, auf dem die Optionen erschienen. Wenn der Vorgang begann, wenn die Assoziationen auf Eingabe schalteten – beim Klang eines griechischen oder spanischen Ortsnamens etwa, dem Geschmack von Himbeeren, dem Anblick von Kerzen im Freien – hatte er sich dazu erzogen, eine Escape-Taste zu drücken, wie die Computer sie hatten, die er verkaufte.

Im Lauf der Jahre hatte es kaum mehr als eine flüchtige Assoziation gegeben. Er hatte Glück gehabt. An jenem letzten Tag hatten sie nicht nur vereinbart, sich nie wieder zu treffen – das war selbstverständlich –, sondern auch, daß sie bei einer zufälligen Begegnung geflissentlich aneinander vorbeischauen, ohne ein Zeichen des Erkennens vorübergehen würden. Schon längst überlegte Adam nicht mehr, was wohl aus ihnen geworden war, wohin das Leben sie verschlagen hatte. Er hatte sich nicht bemüht, Karrieren zu verfolgen, hatte nicht in Telefonbüchern geblättert. Hätte ein innerer Inquisitor ihn befragt und absolute Ehrlichkeit verlangt, hätte er vielleicht gestanden, am wohlsten wäre ihm, wenn er sicher sein könnte, daß sie alle tot waren.

Seine Träume waren etwas anderes, waren eine andere Welt. Dort besuchten sie ihn. Immer spielten sie in Troremmos, diese Träume. Wenn er des Nachts oder an einem heißen stillen Nachmittag allein den ummauerten Garten betrat oder um die Ecke zur Hintertreppe ging, wo Zosie die Geister von Hilbert und von Blaze gesehen hatte, kamen sie ihm entgegen. Einmal war es Vivien gewesen, in ihrem leuchtendblauen Kleid, ein andermal Rufus, in weißem Kittel und mit Blut an den Händen. Nach diesem Traum hatte er es nachts nicht mehr gewagt einzuschlafen. Er war absichtlich wach geblieben aus Angst, wieder einen solchen Traum zu haben. Wenig später war das Kind zur Welt gekommen, für ihn eine willkommene Flucht in unruhige, gestörte Nächte, in denen er dem Schlaf widerstand, bis er zu müde zum Träumen war. Und im Grunde war es sein Pech, daß Abigail so brav war und sieben, acht Stunden hintereinander durchschlief.

Das brachte ihn nicht nur um die Ausrede, er müsse wach bleiben, um sie zu hüten, sondern schuf zusätzliche Ängste. Ihr Schlaf war so friedlich, so still und unbewegt. Es war ihm zur Gewohnheit geworden, nachts fünf oder sechs Mal aufzustehen und in ihr Zimmer zu gehen. Eine derart penetrante Besorgnis, sagte Anne, sei nicht normal, und wenn das so weiterginge, müsse er wohl doch mal zum Psychiater. Sie, die Mutter, schlief tief und traumlos. Adam ging dann tatsächlich zum Psychiater und ließ sich therapieren, was nicht viel half, weil er sich nicht rückhaltlos öffnen, nicht wahrheitsgemäß von der Vergangenheit erzählen konnte. Als er dem Therapeuten gestand, er habe Angst, einmal sein Kind tot aufzufinden, wenn er ins Zimmer käme, schrieb der ihm Tranquilizer auf.

Abigail war jetzt ein halbes Jahr alt und durchaus lebendig, groß für ihr Alter, ein friedliches Kind mit liebem Gesicht. An jenem Donnerstagmittag Ende September besah sie sich ohne Neugier die Schlange am Abfertigungsschalter, in der sie standen, legte den Kopf wieder auf das Kissen ihrer Kinderkarre und machte die Augen zu. Eine Spanierin, die nach Hause flog und die Kleine schon eine Weile beobachtet hatte, seufzte gerührt, während ein rucksackbewehrter, ob der saumseligen Abfertigung erboster Amerikaner erklärte, die Kleine habe die richtige Einstellung. Adam und Anne und Abigail – sollte eines Tages ein Sohn kommen, würden sie ihn Aaron nennen – wollten mit der Iberia für zehn Tage auf Urlaub nach Teneriffa fliegen. Der Termin war bewußt so gewählt, daß Abigail alt genug war, um Klimawechsel und neue Umgebung zu verkraften, aber noch jung genug, um sich mit der Milch ihrer Mutter zufriedenzugeben.

In Heathrow drängte sich – wann eigentlich nicht, dachte der weltgewandte Adam, der häufig für seine Firma mit dem Flugzeug unterwegs war –, eine wirbelnde, absonderlich gewandete Masse Mensch. An ihren Jeans und T-Shirts, den Klamotten, die nichts übelnahmen, den Pullis, die sich zusammenknautschen und in die Gepäckablage stopfen ließen, konnte man die erfahrenen Reisenden eindeutig von den Anfängern unterscheiden, die flotte Leinensachen trugen, Leder und italienischen

Glitzerlook – und Stiefel, die am Reiseziel womöglich von geschwollenen Füßen heruntergeschnitten werden mußten.

»Fensterplätze, wenn es geht«, sagte Adam und reichte die Tickets über den Schalter. »Und Nichtraucher bitte.«

»Raucher«, sagte Anne. »Falls du es nicht vorziehst, allein zu sitzen.«

»Also gut, Raucher.«

Es stellte sich heraus, daß alle Plätze in der Raucherabteilung und am Fenster schon vergeben waren. Adam setzte die beiden großen Koffer – der eine war voller Wegwerfwindeln für den Fall, daß es die auf den Kanaren nicht ohne weiteres zu kaufen gab – auf die Waage und behielt sie im Auge, während sie auf das Band rollten, um sicher zu sein, daß ihnen auch die richtigen Anhänger verpaßt wurden. Zweimal im vergangenen Jahr, einmal auf dem Flug nach Stockholm und einmal auf dem Flug nach Frankfurt, war sein Gepäck verlorengegangen.

»Am besten wickele ich Abigail nochmal«, sagte Anne. »Dann können wir gleich durchgehen und in der Abflughalle einen Kaffee trinken.«

»Ich muß erst noch zur Bank.«

Gickernd deutete Anne auf das Bildzeichen, das den Raum für Mutter und Kind bezeichnete. »Warum eigentlich ein Fläschchen und nicht ein Busen?«

Adam nickte nur abwesend. »Trink einen Kaffee, ich komme nach.« Er hatte früher durchaus Humor gehabt, aber den hatten ihm die Träume ausgetrieben und die Ängste, die bei allem, was er tat und sagte, mitliefen wie Untertitel eines Films in fremder Sprache. »Und iß nicht mehr als ein Stück Kuchen«, sagte er. »Wenn du ein Kind hast, ißt du nicht nur mehr, sondern dein Stoffwechsel ändert sich, und du brauchst viel weniger Nahrungszufuhr, um dick zu werden.« Ob das stimmte, wußte er nicht genau. Es war seine Revanche, weil sie im Raucherteil hatte sitzen wollen.

Abigail schlug die Augen auf und lächelte ihm zu. Immer, wenn sie ihn so ansah, überlegte er voller Schmerz und Schrecken, wie es wohl wäre, sie zu verlieren, und daß er sofort und bedenkenlos jeden umbringen würde, der es wagte, ihr etwas zuleide zu tun, daß er mit Freuden für sie sterben würde. Aber wieviel schwerer ist es, dachte Adam, mit den Menschen zu leben statt für sie zu sterben. Der Assoziationsvorgang ließ ihn an einen anderen Vater denken. Hatte er für sein Kind ebenso empfunden? Und hatte er sich inzwischen wieder gefangen, ging das überhaupt, wenn einem so etwas widerfahren war? Adam drückte die Löschtaste, blickte kurz in erschreckende Schwärze, ging mit einer großen Leere im Kopf an den Abfertigungsschaltern vorbei zur Rolltreppe.

Eine Leere im Kopf ist dem Denkvermögen ebenso zuwider wie der Natur ein Vakuum, und so füllte sich Adams Kopf rasch wieder mit allerlei Sorgen und Überlegungen, die sich um Banken und Wechselkurse drehten. Im Obergeschoß war das Gewühl noch ärger, gerade hatten zwei Flugzeuge, eins aus Paris, das andere aus Salzburg, sich ihrer menschlichen Fracht entledigt, die Passagiere hatten sich ihr Gepäck von nebeneinanderliegenden Bändern geschnappt und drängten nun gleichzeitig durch die Zollkontrolle. In weiter Ferne sah Adam das Zeichen von Barclays Bank türkisblau leuchten. Es war dies eine Farbe, die ihm ausgesprochen unsympathisch, ja, zutiefst zuwider war, aber eine warnende innere Stimme hielt ihn regelmäßig davon ab, sich nach dem Grund für diese Abneigung zu fragen, und nur Erwägungen der Vernunft – oder der Vernünftigkeit – hatten ihn davon abgehalten, deshalb die Bank zu wechseln. Er kämpfte sich, vorbei an den Ticketschaltern, allmählich an das blaue Lichtband heran, entschuldigte sich flüchtig bei einer Frau in Tirolerhut und Trachtenkleid, der er einen Ellbogen in die Rippen gestoßen hatte – und blickte durch ein wogendes Meer von Gesichtern in das Gesicht jenes Mannes, den er bei sich immer nur den Inder genannt hatte.

Mit Vornamen hieß er Shiva, nach dem zweiten Gott der Hindu-Trinität. An seinen Nachnamen konnte Adam sich nicht erinnern, mußte ihn aber damals wohl gekannt haben. Die letzten zehn Jahre hatten relativ wenig Spuren in Shivas Gesicht hinterlassen, allenfalls war es ein wenig starrer geworden, ließ spätere Hagerkeit ahnen, eine rassenimmanente Trauer. Die Haut glänzte dunkel wie eine Roßkastanie, die Augen waren bläulich- dunkelbraun, als schwömmen die Pupillen in tintenfleckigem Wasser. Es war ein gut aussehendes Gesicht, europider als das Gesicht eines Engländers, arischer als das, was den Nazis als Ideal oder Prototyp vorgeschwebt haben mochte, scharf geschnitten und ausgefeilt bis auf die Lippen, die voll und geschwungen waren, von feiner Sinnlichkeit, und sich jetzt schüchtern, zögernd zum Ansatz eines Lächelns öffneten.

Ihre Blicke hielten sich nur sekundenlang fest, und in

diesem Moment spürte Adam, wie sein eigenes Gesicht sich finster verzog, drohend, ablehnend – ein Ausfluß der Angst –, während das Lächeln auf Shivas Gesicht schrumpfte, erkaltete, erstarb. Adam wandte rasch den Kopf ab. Er drängte sich durch die Menge, gewann einen Freiraum, hastete, geriet fast ins Rennen. Für einen richtigen Dauerlauf waren zu viele Menschen da. Dann endlich hatte er, schwer atmend, die Bank erreicht, vor der eine Schlange stand. Er schloß einen Moment die Augen und überlegte, was er tun würde, was um Himmels willen er tun oder sagen sollte, wenn Shiva ihm gefolgt war, sich ihm offenbarte, ihn gar berührte. Adam hielt es für durchaus möglich, daß er in Ohnmacht fallen, sich übergeben würde, wenn Shiva ihn anfaßte.

Er war zur Bank gegangen, weil ihm im Taxi, auf der Fahrt nach Heathrow, eingefallen war, daß er zwar Travellerschecks und Kreditkarten bei sich hatte, aber kein Bargeld in der Landeswährung. In Teneriffa würde er wieder ein Taxi zahlen, würde dem Hausdiener im Hotel ein Trinkgeld spendieren müssen. Adam übergab dem Kassierer die Hälfte der Barschaft aus seiner Brieftasche, zwei Zehn-Pfund-Noten, und verlangte dafür – mit einer Stimme, die so geborsten klang, daß er sich räuspern und hüsteln mußte, um sich verständlich zu machen – spanische Peseten. Als er sein Geld in Empfang genommen hatte, mußte er wohl oder übel kehrtmachen, um seinen Hintermann nachrücken zu lassen. Mit beträchtlicher Willensanstrengung zwang er sich, den Kopf zu heben und den Blick durch die langgestreckte Ankunfthalle, über das Gewühl der Reisenden gehen zu lassen. Er trat den Rückzug an. Die Menge hatte sich ein wenig gelichtet; das würde sich in ein, zwei Minuten wieder ändern, wenn die Passagiere von der Maschine aus Rom kamen. Er machte etliche dunkelhäutige Menschen aus, Männer und Frauen afrikanischer, westindischer und indischer Herkunft. Adam war nicht immer Rassist gewesen, aber er war es jetzt. Er fand es erstaunlich, daß sich diese Leute Reisen in Europa leisten konnten.

»In Europa, das muß man sich mal vorstellen«, hatte er zu Anne gesagt, als sie angekommen waren, und sie hatte gekontert, daß diese Schwarzen vielleicht nach Hause flogen oder gerade aus ihrer Heimat oder der Heimat ihrer Vorfahren gekommen waren. »Wir sind in Terminal Two«, sagte er. »Von hier aus fliegt man nicht nach Jamaika oder Kalkutta.«

»Eigentlich müßten wir uns wohl freuen«, meinte sie. »Spricht doch für ihren Lebensstandard.«

»Es darf gelacht werden«, sagte Adam.

Er sah sich nach Shiva um. Sein Blick fiel auf einen Inder, offenbar einen Flughafenmitarbeiter, denn er trug einen Overall und schleppte irgendwelches Reinigungsgerät herum. War es vielleicht dieser Typ gewesen, den er vorhin gesehen hatte? Oder gar der modisch gekleidete Geschäftsmann, der jetzt an ihm vorüberging und dessen Gepäckanhänger ihn als D. K. Patel auswies? Ein Inder, dachte Adam, sieht ziemlich wie der andere aus. Vermutlich sah für die ein Weißer auch ziemlich wie der andere aus, aber das fand Adam im Grunde weniger wichtig. Wichtig war, daß es sich bei dem Mann, den er so flüchtig in der Menge der Gesichter erblickt hatte, vielleicht gar nicht um Shiva handelte. Möglich, daß seine gewöhnlich so gewissenhaft unter Kontrolle gehaltenen Gedanken ein wenig aus dem Ruder gelaufen waren nach den Träumen der letzten Nacht, nach seinen Sorgen um Abigail, dem Blick auf den Gepäckanhänger, daß sie deshalb empfänglich waren für finstere Ängste und Phantasien. Gewiß, es schien, als habe der Inder ihn erkannt, aber konnte er, Adam, sich da nicht geirrt haben? Diese Leute machten sich gern lieb Kind und reagierten auf eine finstere Miene mit einem hoffnungsvollen, defensiven Lächeln...

Shiva hätte mir nicht zugelächelt, dachte Adam jetzt, ihm mußte ebensoviel daran liegen wie mir, einer Begegnung aus dem Weg zu gehen. Sie hatten Troremmos unterschiedlich erlebt – alle fünf hatten sie unterschiedliche Rollen gespielt –, aber die Taten, die sie begangen hatten, das Schreckliche, Unwiderrufliche ihrer Schritte war ihnen allen doch sicher unvergeßlich. Nach zehn Jahren war all dies nicht dazu angetan, ein Lächeln hervorzurufen. Und in mancher Hinsicht war Shiva dem Kern der Dinge näher gewesen als er – wenn auch nur in mancher Hinsicht.

»Ich an seiner Stelle«, sagte Adam – er sagte es nicht laut, aber seine Lippen bewegten sich dabei – »ich an seiner Stelle wäre nach Indien zurückgegangen. Todsicher.« Er biß sich auf die Lippen, um sie zur Ruhe zu bringen. War Shiva hier oder in Delhi zur Welt gekommen? Er erinnerte sich nicht mehr. Ich will nicht an ihn denken, an keinen von ihnen, sagte er lautlos. Ich schalte ab.

Wie konnte er seinen Urlaub genießen, wenn ihn solche Dinge belasteten? Und er war fest entschlossen, ihn zu genießen. Eine der größten Freuden würde es sein, daß sie ihr Zimmer mit Abigail teilten, deren Bettchen – dafür wollte er schon sorgen – auf seiner Seite des Doppelbetts stehen würde, so daß er sie in den langen durchwachten Nachtstunden im Auge behalten konnte. Jetzt sah er Anne, die am Eingang zu den Abflugräumen auf ihn wartete. Sie hatte sich seine Mahnung zu Herzen genommen und nichts gegessen, aber das brachte ihn nur noch mehr gegen sie auf. Sie hatte Abigail aus ihrer Karre genommen und hielt sie so, wie nur Frauen mit ihren betonten Hüften es können, was Adam zusätzlich ärgerte. Abigail saß mit gespreizten Beinen auf Annes rechter Hüfte und schmiegte sich in Annes Arm.

»Du warst so lange weg«, sagte Anne, »daß wir schon dachten, sie hätten dich gekidnappt.«

»Leg ihr nicht deine Worte in den Mund.«

Fürchterlich fand er das. Wir dachten... Abigail meint... Woher wollte sie das wissen? Natürlich hatte er Anne nie etwas von Troremmos erzählt, nur daß er seinen Einstieg ins Geschäftsleben und seine jetzige Stellung dem Erbe seines Großonkels verdankte. Damals, als ihn noch Verliebtheit an Anne band statt bloßer Liebe (die man ja wohl, so sagte er sich, seiner Frau schon anstandshalber entgegenzubringen hatte, wenn man drei Jahre mit ihr verheiratet war), war er versucht gewesen, ihr sein Herz zu öffnen. Es hatte eine Zeit gegeben, einige wenige Wochen, zwei Monate vielleicht alles in allem, in denen sie einander sehr nah gewesen waren, in denen es schien, als könnte einer die Gedanken des anderen lesen, als gäbe es keine Geheimnisse zwischen ihnen.

»Was würdest du mir nie verzeihen?« hatte sie ihn gefragt. Sie lagen im Bett, in einem Cottage in Cornwall, das sie für einen Frühjahrsurlaub gemietet hatten.

»Ich glaube nicht, daß es an mir wäre, dir irgend etwas zu verzeihen. Weißt du, ich würde nie über Dinge richten wollen, die du getan hast.«

»Heine soll auf dem Sterbebett gesagt haben: *Dieu me pardonnera. C'est son métier.*«

Sie mußte es übersetzen, weil sein Französisch so schlecht war. »Na schön, überlassen wir es also dem lieben Gott, es ist sein Job. Und reden wir nicht drüber, Anne, einverstanden?«

»Es gibt nichts, was ich dir nicht verzeihen würde«, sagte sie.

Er holte tief Atem, drehte sich um, sah zur Decke, wo sich auf dem unebenen Putz, zwischen den dunklen, gemaserten Balken seltsame Muster und Silhouetten abzeichneten, eine nackte Frau mit erhobenen Armen, ein Hundekopf, eine Insel, wie Kreta geformt, lang und schnabelspitz, ein skelettierter Flügel.

»Auch nicht die Belästigung von Kindern?« fragte er. »Oder Menschenraub? Oder Mord?«

Sie lachte. »Wir reden über Dinge, die bei dir vorstellbar wären.«

Die Kluft zwischen ihnen war jetzt so tief, daß ihre Beziehung nur noch ein Schatten dessen war, was sie in jenen Tagen füreinander empfunden hatten, damals in Cornwall und kurze Zeit davor und kurze Zeit danach. Früher hatte er manchmal gedacht: Hätte ich es ihr gesagt, als sich damals die Chance bot, hätte ich es ihr da gesagt, hätten wir uns entweder endgültig getrennt, oder es wäre eine richtige Ehe geworden. Jetzt dachte er so etwas schon lange nicht mehr, in solchen Momenten mußte die Escape-Taste her. Er hätte gern seine Tochter durch die Paßkontrolle getragen, aber sie stand in Annes Paß, und Anne hatte sie auf dem Arm, als der Beamte Abigail ansah, einen Blick auf den Namen im Paß warf, noch einmal Abigail ansah und lächelte.

Wenn es Shiva war, dachte er, ist es nur gut, daß ich ihn in der Ankunft gesehen habe und nicht in der Abflughalle. Demnach war Shiva auf dem Weg nach Hause – wo immer das sein mochte, in irgendeinem Ghetto von Nord- oder Ostlondon, in das sich kein Weißer verirrte –, während er, Adam, London verließ. Er brauchte daher nicht zu befürchten, Shiva noch einmal in die Arme zu laufen. Und was konnte schließlich diese zufällige Begegnung schon schaden, wenn es denn wirklich Shiva gewesen war? Es war ja nicht so, daß er Shiva wirklich für tot gehalten hätte – ebensowenig wie die anderen. Und zu hoffen, daß er sein Lebtag keinen von ihnen würde wiedersehen müssen –, das war dann wohl doch etwas zu viel verlangt. Bisher hatte kein Wort darüber in der Zeitung gestanden, nicht einmal Gerüchte hatte es gegeben. Er hatte Glück gehabt, hatte es noch, denn daß er Shiva gesehen hatte, änderte nichts, machte nichts besser oder schlechter. Das Leben würde weitergehen – mit Anne und Abigail und stetigem beruflichen Erfolg, sozialem Aufstieg. Im nächsten Jahr würden sie sich vielleicht ein besseres Haus leisten können, sie würden ihren Sohn Aaron zeugen und in die Welt setzen, der Assoziationsvorgang würde Troremmos aus dem Speicher holen, die Escape-Taste es löschen.

Das Leben würde mehr oder weniger geruhsam weitergehen, und ein paar Tage auf Teneriffa würden die Erinnerung an das braunglänzende Gesicht zwischen bleichen, besorgten, enervierten Fratzen verblassen lassen. Höchstwahrscheinlich war es gar nicht Shiva gewesen. In Adams Gegend wohnten fast ausschließlich Weiße, kein Wunder, wenn er da einen dunkelhäutigen Mann mit einem anderen verwechselt hatte. Kein Wunder auch, daß er immer dann, wenn er das Gesicht eines Inders sah, Shiva aus dem Speicher holte. Es war ihm schon öfter passiert, in Geschäften, auf dem Postamt. Und es spielte auch im Grunde keine Rolle, denn Shiva war nun verschwunden, für weitere zehn Jahre verschwunden...

Er nahm das Handgepäck vom Durchleuchtungsgerät, reichte Anne ihre Handtasche und flüchtete sich in eine Therapie, die er manchmal anwandte, um die Wut zu bannen, die er auf sie hatte. In eine Therapie der falschen Nettigkeit.

»Komm«, sagte er. »Wir haben noch Zeit, dir im Dutyfree Shop ein Parfüm zu kaufen.«

## 3

Das Böse« war ein dummes Wort. Vom Sinn her ebenso bedeutungslos, amorph, diffus und verquollen wie das Wort »Liebe«. Jeder wußte in etwa, was es bedeutete, aber keiner konnte es genau definieren; irgendwie schien da etwas Metaphysisches mitzuschwingen. Zu diesen Überlegungen war Shiva durch ein Kritikerzitat auf dem Umschlag eines Taschenbuchs angeregt worden, das seine Frau Lili Manjusri auf dem Salzburger Flughafen gekauft hatte. »Eine dräuende Wolke des Bösen«, hatte der Rezensent geschrieben, »hängt über dieser düster-prachtvollen Saga – von der ersten Seite bis zu ihrem erstaunlichen Ende.« Lili hatte den Roman gekauft, weil sie am Zeitschriftenkiosk sonst keine englischsprachigen Bücher hatte finden können.

Als Shiva dieses Wort las, mußte er unwillkürlich an einen grinsenden, bockspringenden Mephistopheles mit gewundenen Bockshörnchen und Frack denken. Was sich in seiner eigenen Vergangenheit zugetragen hatte, war in seinen Augen kein Werk des Bösen, sondern eine Kette überaus beklagenswerter Fehlleistungen, die aus Angst und Habgier entstanden waren. Die meisten Torheiten dieser Welt, fand Shiva, entstanden aus Angst und Habgier. Wer solches mit dem Begriff des Bösen bezeichnete, als seien dabei Berechnung und bewußte Verfehlung im Spiel, verriet nur seine Unkenntnis der menschlichen

Seele. Um diese Dinge kreisten seine Gedanken, als er, Lili neben sich, die Koffer auf einem Gepäckwagen, den er am Eingang zur Untergrundbahn abstellen würde, den Kopf hob und dem Blick von Adam Verne-Smith begegnete.

Für Shiva gab es keinen Zweifel daran, daß der Mann, den er sah, Adam war. In seinen Augen sahen durchaus nicht alle Europäer gleich aus. Adam und Rufus Fletcher zum Beispiel, beide weiß und mehr oder minder angelsächsisch-keltisch-nordisch-normannischer Herkunft, hatten äußerlich sehr wenig Ähnlichkeit miteinander. Adam war schmal und hellhäutig und hatte dichtes, ungebärdiges dunkles Haar (das mit den Jahren merklich lichter geworden war). Rufus war blond und stämmig und hatte für einen so breit gebauten Mann erstaunlich scharfe, spitze Züge. Shiva hatte Rufus vor ein paar Jahren gesehen, war aber ganz sicher, daß dieser ihn nicht bemerkt oder aber nicht erkannt hatte, während Adam, das spürte er genau, sehr wohl wußte, wer er war. Shiva setzte zu einem Lächeln an, aus genau dem Beweggrund, den Adam dafür unterstellt hatte: Er wollte sich lieb Kind machen, sich schützen, Zorn von sich abwenden. Er war in England geboren, hatte Indien nie gesehen, war mit der englischen Sprache aufgewachsen, hatte das wenige an Hindi, das er je gelernt hatte, längst vergessen – und besaß doch alle Schutzinstinkte, alle Unsicherheiten des Immigranten. Seit den Ereignissen von Troremmos war es damit sogar noch schlimmer geworden, fand er. Seit damals hatte sich alles zum Schlimmeren gewendet, war es langsam, aber stetig mit seinem Glück, seinem Ge-

schick, seinem Wohlstand – oder seinen Wohlstandser-
wartungen – bergab gegangen.

Adam warf ihm einen finsteren Blick zu und schaute
weg. Er will mich nicht kennen, dachte Shiva, das ist ganz
klar.

Lili wollte wissen, was er da eben gesehen hatte.

»Einen Typ, den ich von früher kenne.« Shiva benützte
jetzt Ausdrücke wie »Typ« und »Macker«, Vokabeln, mit
denen Inder gern um sich werfen, um echt britischen
Zungenschlag zu simulieren. Früher hätte er das nicht
getan.

»Willst du ihm nicht guten Tag sagen?«

»Leider, leider will er nichts von mir wissen. Ich bin ein
armer Inder. Und er gehört nicht zu denen, die bereit sind,
sich auf ihre farbigen Brüder einzulassen.«

»Red nicht so dummes Zeug«, sagte Lili.

Shiva lächelte traurig. Warum denn nicht, fragte er,
dabei wußte er ganz genau, daß er unfair war – Adam wie
auch sich selbst gegenüber. Hatten sie nicht verabredet –
nach dem Auszug aus Troremmos, als jeder seiner Wege
gegangen war –, daß sie fürderhin so tun würden, als seien
sie einander nie begegnet, als hätten sie nie zusammen
gelebt? Hatten sie nicht ausgemacht, in Zukunft einander
fremd zu sein, fremder, als Fremde es sich je sein konnten?
Adam hielt sich daran, das hatte man ja eben gesehen, und
vermutlich hatten Rufus und das Mädchen es genauso
gemacht. Shiva aber war und dachte anders, fatalistischer,
pessimistischer. Andere mochte er täuschen, aber sich
selbst zu täuschen, sich Theater vorzuspielen, Nachdenk-
lichkeiten zu verdrängen – das brachte er nicht fertig. Es

wäre ihm nie in den Sinn gekommen, dadurch Vergessen zu suchen, daß er sich Erinnerungen an Troremmos verbot. Er erinnerte sich jeden Tag daran.

»Ich habe ihn in dem Haus kennengelernt, von dem ich dir erzählt habe«, sagte er zu Lili. »Er gehörte zu der Gruppe dort, der ganze Besitz gehörte ihm.«

»Dann ist es auch gescheiter, wenn ihr euch nicht kennt«, sagte Lili.

Sie kaufte die Fahrkarten. Adam hatte richtig vermutet, Shivas Wohngegend in Ostlondon kam einem Ghetto sehr nahe. Lili schob die beiden grünen Pappstreifen in eine Falte ihres Saris. Sie war nur eine halbe Inderin, ihre Wiener Mutter war als Au-pair-Mädchen nach England gekommen und hatte einen Arzt aus Darjeeling geheiratet, der als Chirurg an einem Krankenhaus in Bradford tätig war. Als Lili heranwuchs und der Arzt gestorben war, zog ihre Mutter wieder nach Österreich, ließ sich in Salzburg nieder und verkaufte Glockenturm-Bierkrüge in einem Andenkenladen. Dorthin fuhren sie jeden Sommer, wenn Shiva Urlaub hatte, den Flug bezahlte ihnen Sabine Schnitzler, die wieder ihren Mädchennamen und weitgehend auch ihre Muttersprache angenommen hatte und manchmal in Gesellschaft »all dieser Inder«, wie sie sich ausdrückte, etwas überrascht, ja, ratlos wirkte. Denn Lili, die fast ebenso helle Haut hatte wie Adam Verne-Smith, gab sich indischer als waschechte Inder, trug Saris, hatte sich das krause, braune, alpenländische Haar bis zur Taille wachsen lassen und nahm Sprachunterricht bei einer bengalischen Nachbarin. In ihrer Stimme schwang etwas von dem im Rhythmus ans Walisische gemahnenden Tonfall, der für Inder so typisch ist, wenn sie Englisch sprechen. Eigentlich müßte mich das freuen, dachte Shiva manchmal. Aber es freut mich nicht. Wie wäre mir wohl zumute, wenn ich eine Frau geheiratet hätte, die meine ethnische Herkunft ablehnt?

Er hatte vor der Heirat Lili von Troremmos erzählt – es wäre ihm gegen den Strich gegangen, so etwas zu verschweigen –, aber er war nicht in Einzelheiten gegangen, hatte nur in großen Zügen die Fakten wiedergegeben. Natürlich war ihm klar, daß er ihr eines Tages vielleicht alles würde erzählen müssen.

»Es war nicht deine Schuld«, hatte sie damals gesagt.

»Sie haben mich nie einbezogen, das stimmt. Und über meine Ratschläge hätten sie sich sowieso hinweggesetzt.«

»Ja, aber dann...«

Shiva setzte zu einer stockenden Erklärung an – und schwieg. Er konnte ihr wohl die Wahrheit sagen, nicht aber die ganze Wahrheit. Bei aller Aufrichtigkeit – bis zu dem Geständnis, daß der Vorschlag von ihm gekommen war, mochte er doch nicht gehen.

»Du solltest versuchen, es zu vergessen«, hatte sie gesagt.

»Irgendwie käme mir das unrecht vor. Das mit dem kleinen Mädchen dürfte man nie vergessen.«

Es war deshalb wohl unvermeidlich, daß er den Tod seines eigenen Kindes – das auch Lilis Kind war – als Vergeltung sah, als gerechte Strafe. Bei einem Christen wäre diese Einstellung verständlich gewesen, aber er war kein Christ. Er war nicht einmal ein richtiger Hindu. Seine Eltern hatten in dieser Hinsicht nichts für seine Erziehung getan; sie selbst hatten ihren Glauben – bis auf einige wenige Äußerlichkeiten – schon vor seiner Geburt aufgegeben. Dennoch war ihm eine leise nachklingende Erinnerung des Blutes geblieben, die Überzeugung aller Orientalen, daß dieses Dasein nur eins von vielen auf dem großen Rad des Lebens ist und daß er eine Wiedergeburt als ein besser oder schlechter (in seinem Falle bestimmt schlechter) gestelltes Lebewesen zu erwarten hatte. Schon sah er sich als Bettler mit absichtlich verkrüppelten Gliedern am Hafen von Bombay um Almosen winseln. Daß er gleichzeitig von einer Vergeltung auf dieser Welt überzeugt war, paßte dazu eigentlich nicht so recht. Er sah den Tod seines Sohnes bei der Geburt durch eine Placenta praevia als gezielte Strafe, wenn er auch nicht hätte sagen können, wer sie ihm auferlegt hatte.

Auf dem Weg von der Entbindungsstation zu den Gebäuden der Allgemeinmedizin und Verwaltung, die freundlich-distanzierten Stimmen noch im Ohr, die ihm sanft, aber sachlich eröffnet hatten, daß sein Sohn tot war, während Lili schlief, mit Sedativa ruhiggestellt, hatte er aufgeblickt und Rufus Fletcher gesehen. Rufus trug einen weißen Kittel und ein Stethoskop um den Hals. Er ging sehr schnell – schneller als Shiva in die entgegengesetzte Richtung – von einem nach Labor aussehenden Haus mit hohen Fenstern und weißbekittelten männlichen und weiblichen Gestalten dahinter zum Haupthaus der Klinik. Er wandte Shiva den Kopf zu, streifte ihn mit einem gleichgültigen Blick und sah wieder weg. Rufus hatte wirklich nicht gewußt, wer er war, davon war Shiva überzeugt, er hatte ihn nicht als eines der anderen beiden

männlichen Mitglieder jener kleinen Gemeinschaft erkannt, die sich an die zwei Monate so nah gewesen war.
Demnach, stellte Shiva einigermaßen überrascht fest,
hatte Rufus tatsächlich sein Studium beendet und war
Arzt geworden. Shiva wußte natürlich, daß Rufus sich
dieses Ziel gesetzt hatte, daß er damals bereits seit drei
Jahren studierte, daß er beträchtliche Kenntnisse und
einen scharfen Verstand besaß – wer wollte *das* vergessen? –, aber er hatte wohl geglaubt, die anderen habe
dasselbe Schicksal getroffen wie ihn, sie seien wie er einer
tödlichen Lähmung anheimgefallen, die alle ehrgeizigen
Bemühungen, alles Aufstrebende zunichte machte, ihn
ängstlich in den Schatten hatte zurückweichen lassen. Nur
wenn man sein Gesicht nicht zeigt, hatte er sich gesagt,
nur wenn man sich duckt und in dunklen Winkeln haust,
kann man hoffen, zumindest physisch unbeschädigt
durchs Leben zu gehen. Offenbar waren die anderen nicht
dieser Meinung, jedenfalls nicht Rufus, der flott und fe-
dernden Schrittes, mit hüpfendem Stethoskop, über den
asphaltierten Hof ging und im Haupthaus verschwand,
durch eine Tür mit der Aufschrift »Privat«, wie Shiva
später feststellte, die er, den strikte Ruhe fordernden
Schildern zum Trotz, lautstark hinter sich zuschlug.

Für Lili war es bei diesem einen Kind geblieben, vorläufig jedenfalls, sie war ja noch nicht dreißig, und eine
Placenta praevia, hatten sie im Krankenhaus gesagt, war
zwar ein bedauerliches Vorkommnis, brauchte sich aber
nicht zu wiederholen, und falls das doch der Fall sein
sollte, sei man beim nächsten Mal darauf vorbereitet.
Shiva selbst drängte nicht. Das Viertel, in dem sie wohn-

ten, war übervölkert und ungesund, und daß die Arbeits-
losigkeit dort nicht ganz so arg war wie in Nordengland,
war auch schon alles, was man an Positivem darüber sagen
konnte.

Ihre Straße hieß Fifth Avenue. Es ist in England nicht
die Regel, Straßen mit Zahlen zu bezeichnen, aber es
kommt doch hin und wieder vor. So gibt es nicht weniger
als vierzehn First Avenues im Gebiet von London, zwölf
Second Avenues, neun Third Avenues und drei Fourth
Avenues. Die Fifth Avenue ist außerdem noch in West
Kilburn und Manor Park vertreten, beide Bezirke besitzen
auch eine Sixth, in Manor Park gibt es zusätzlich eine
Seventh Avenue. Shivas Fifth Avenue war eine lange,
gewundene, baumlose Straße, die steil abfiel und sich in
Serpentinen wieder bergauf wand, obschon die Gegend
sonst nicht sehr hügelig war. An der U-Bahn-Station war
ein Ladenzentrum mit einem von Pakistanis betriebenen
kleinen Supermarkt, einem von Zyprioten betriebenen
griechischen Restaurant, einem ehemals eleganten Geschäft mit drei Schaufenstern, das nun Bau- und Ersatz-
teile für Motorräder verkaufte, und einem Zeitungsladen,
dessen Besitzer auf Befragen harmlos erklärten, sie seien
Farbige vom Kap. Auf der Mitte der Fifth Avenue, Ecke
Pevsner Road, gab es noch ein kleines Lebensmittelgeschäft und ein Pub, den *Boxer*, und am anderen Ende der
Straße einen Friseur und gegenüber ein Wettbüro. Dazwischen standen Reihenhäuser aus stumpfrotem oder khaki-
gelbem Backstein, die jetzt alle zwischen siebenundneun-
zig und neunundneunzig Jahre alt sein mußten. Parallel
zum Gehsteig erstreckte sich vom Zeitungsladen bis zum

Pub, vom Lebensmittelgeschäft bis zum Friseur eine Doppelreihe geparkter Autos. Wenn man mit halb zugekniffenen Augen hinsah, konnte einem der Vergleich mit einer Schnur bunter Perlen in den Sinn kommen.

Shiva betrat den Zeitungsladen. Zwei junge Jamaikaner lümmelten breit am Ladentisch, so daß Shiva nicht an die Zeitungen herankam. Leise verlangte er den *Standard* und reichte sein Geld zwischen den weit auskragenden Ellbogen hindurch. Er wollte keine Scherereien haben. Hier richtete sich der Haß gegen die Inder, nicht gegen die Weißen. Allerdings gab es auch nicht mehr viele Weiße hier, nur noch ein paar ganz Alte, die nicht hätten wegziehen können, selbst wenn sie gewollt hätten.

Lili war draußen bei den Koffern stehengeblieben. Er fand es sehr mutig, daß sie Saris trug und in indischen Geschäften kaufte und Bengalisch lernte, denn all das machte sie auffällig. Sie hätte ohne weiteres als Weiße durchgehen können. Nur die Augen, von einem typischen dunklen Bläulich-Braun, das Weiße des Auges etwas vorstehend und ebenfalls bläulich schimmernd, verrieten sie. Doch so genau sahen die Leute schließlich nicht hin, und überhaupt: Sie waren hier in London und nicht im Johannesburg der fünfziger Jahre. Ja, sie hätte als Weiße durchgehen können, und er hatte es ihr immer wieder nahegelegt, hatte sie förmlich beschworen. Aber das sei nun mal ihre Identität, hatte sie gesagt, es sei alles, was sie besitze, und sie malte sich nach wie vor ein Kastenzeichen auf die Stirn, das ihr nicht zustand, trug ihre goldenen Armbänder und kochte *sag ghosht* und *dal,* statt Hamburger und Fritten aus der Tiefkühltruhe zu holen wie die meisten

Leute hier. Er griff nach den Koffern, sie nahm das Handgepäck, und sie gingen nach Hause, vorbei an drei Schwarzen, die sie stumm und feindselig anstarrten, und zwei älteren weißen Frauen, die sie keines Blickes würdigten.

Lili würde sofort anfangen auszupacken, würde die getragene Garderobe nach hellen und dunklen Sachen sortiert in Plastiksäcke stecken und in den Waschsalon in der Pevsner Road bringen. Es wäre sinnlos gewesen, ihr das auszureden, sie hatte doch keine Ruhe, wenn schmutzige Wäsche in der Wohnung lag. Solange sie nach Einbruch der Dunkelheit nicht mehr draußen herumlief, war dagegen wohl auch kaum etwas zu sagen. An einem sonnigen Septembernachmittag konnte ihr auf dem Weg zwischen Wohnung und Waschsalon wenig passieren, und Mrs. Barakhda, die den Waschsalon betrieb, war ihre Freundin – oder zumindest die beste Bekannte, die Lili hatte.

Er machte ihr eine Tasse Tee, während sie die Wäsche sortierte, die Koffer zuklappte und in dem Schrank unter der Treppe verstaute. Immerhin hatten sie ein ganzes Haus mit drei Schlafzimmern. Die meisten Häuser in diesem Viertel waren in zwei Wohnungen aufgeteilt, zwei Haustüren quetschten sich unter das winzige Vordach. Er bot ihr an, die Wäschesäcke für sie zu tragen, aber davon wollte sie nichts wissen. Reaktionär wie sie war – denn Lilis Mutter war eine feministische, unabhängige Frau – vertrat sie die Ansicht, daß Männer wohl Koffer, nicht aber Wäschesäcke tragen durften.

Er schenkte sich noch eine Tasse Tee ein und nahm sich die Zeitung vor.

Ein großes Foto zeigte die Prinzessin von Wales beim Besuch eines Heims für behinderte Kinder. Der Leitartikel handelte von Unruhen im Nahen Osten, ein weiterer Artikel berichtete über Rassenkrawalle in Westlondon, Straßenschlachten und eingeschlagene Schaufensterscheiben. Shivas Blick wanderte nach unten, blieb an einer Schlagzeile am Ende einer der Spalten auf der linken Seite hängen. Für den dazugehörigen Text – einen einzigen Absatz – war es eine unverhältnismäßig große Schlagzeile, sie störte die Symmetrie der Seite.

»Skelett im Waldgrab gefunden« lautete die Schlagzeile, und darunter stand: »Beim Ausheben eines Grabes für seinen toten Hund legte ein Grundbesitzer aus Suffolk, Eigentümer eines Hauses bei Hadleigh, ein menschliches Skelett frei. Es scheint sich um die sterblichen Überreste einer jungen Frau zu handeln. Jeden weiteren Kommentar lehnte die Polizei zunächst ab, und Mr. Alec Chipstead, vereidigter Immobiliensachverständiger, stand für Fragen nicht zur Verfügung.«

Shiva las den Text zweimal. Eigenartig formuliert, dachte er, aber diesen Eindruck hatte er bei den meisten Meldungen und Artikeln aus der Zeitung. Meistens wußten die Presseleute wenig, aber dieses Wenige brachten sie so orakelhaft wie möglich, um dem Leser Appetit auf mehr zu machen und seine Lust auf Spekulationen zu wecken. So ging aus der Meldung zum Beispiel nicht hervor, ob der Grundbesitzer und Mr. Alec Chipstead ein und dieselbe Person waren – obschon das offenbar gemeint war.

Shiva spürte, daß ihm Schweiß im Gesicht, auf Ober-

lippe und Stirn stand. Er wischte ihn mit seinem Taschentuch weg, schloß die Augen, machte sie wieder auf,
schaute sich langsam im Zimmer um und sah dann wieder
auf das vor ihm liegende Zeitungsblatt, als habe er geträumt oder phantasiert. Natürlich war der Text noch da.

Es gibt keinen Grund zu der Annahme, dachte Shiva,
nachdem der erste Schreck sich gelegt hatte, daß eine
Verbindung zwischen diesem Fund und Troremmos be-
steht. Der einzige gemeinsame Nenner war Suffolk, und
er erinnerte sich genau, daß es bei seiner ersten Fahrt nach
Nunes eine Debatte darüber gegeben hatte, ob der Ort in
Suffolk oder in Essex lag. Durch die Verwischung der
Verwaltungsgrenzen, die damals begonnen hatte, war es
immer wieder zu Unregelmäßigkeiten gekommen, so
konnte beispielsweise ein Hausbesitzer als Postanschrift
Essex angeben, mußte aber seine Kommunalsteuern an
den Grafschaftsrat von Suffolk entrichten. Adam Verne-
Smith war es so gegangen.

Im übrigen stimmte das mit dem einzigen gemeinsamen
Nenner nicht ganz, denn da war ja noch die Leiche. Die
Leiche der jungen Frau. Ich muß abwarten, was sie weiter
berichten, dachte Shiva, ich muß es auf mich nehmen und
warten.

Seine Patientin war an die Fünfzig, eine gutaussehende,
hochgewachsene Frau, sehr gut gekleidet. Sie hatte ihr
teures Ensemble – er tippte auf Jasper Conran – wieder
angezogen und hinter dem Wandschirm den Lippenstift
aufgefrischt. Er hatte gerade einen Abstrich bei ihr gemacht.

»Sieht sehr ordentlich aus in Ihrem Innenleben«, sagte er lächelnd.

Auch die Sprechstundenhilfe lächelte, sie hatte gut lächeln, denn schließlich war sie zwanzig Jahre jünger und konnte sich, falls nötig, bei gynäkologischen Problemen von Dr. Fletcher kostenlos versorgen lassen.

Das sei ja sehr erfreulich, meinte Mrs. Strawson. Sie wirkte locker und entspannt. Rufus bot ihr eine Zigarette an. Eine der zahlreichen Eigenschaften, die seine Patientinnen an ihm schätzten – neben gutem Aussehen, Charme, Jugend, Jungenhaftigkeit und der Tatsache, daß er mit ihnen wie mit gleichberechtigten Partnerinnen umging – war sein Unvermögen, sich das Rauchen abzugewöhnen.

»Ich begehe eine der schlimmsten Sünden, die es gibt«, pflegte er zu sagen. »Ich bin Arzt, und ich rauche. Es heißt, daß jeder aus unserer Gilde für die Tabakindustrie jährlich fünfzigtausend Pfund an Anzeigengeldern wert ist.«

Woraufhin sich bei der Patientin – besonders wenn sie nicht rauchte – sogleich Mitleid und mütterliche Gefühle einzustellen pflegten. Der arme Junge, dieser ständige Streß, er arbeitet so schwer, es ist doch klar, daß er etwas braucht, woran er sich festhalten kann. Mrs. Strawson inhalierte genüßlich. Es war ihr erster Besuch bei Rufus Fletcher in der Wimpole Street, und sie war sehr froh, daß sie der Empfehlung ihrer Freundin gefolgt war.

»Wie steht es mit der Verhütung? Würden Sie mir sagen, welche Methode Sie benutzen?«

Nach dieser schmeichelhaft-diskreten Andeutung, daß

sie sich noch auf der Höhe ihrer fruchtbaren Jahre befand, hätte Mrs. Strawson ihm mit Freuden alles gesagt, was er von ihr verlangte. Als sie von einem uralten Pessar erzählte, das sie sich vor zwanzig Jahren hatte einsetzen lassen und an das seither niemand gerührt hatte, mußten sie alle noch einmal lachen. Er wolle es sich aber doch mal ansehen, meinte Rufus. Sicherheitshalber.

Mrs. Strawson entledigte sich erneut des Jasper Conran-Ensembles und stieg auf den gynäkologischen Stuhl. Rufus tastete sie ab. Er konnte beim besten Willen nicht feststellen, ob das Ding – es sieht aus wie ein griechisches Alpha, hatte sie zu seiner Überraschung erklärt – noch da war oder nicht. Seine Gedanken gingen zu dem *Standard*, den er zusammengelegt und ins oberste Schreibtischfach gestopft hatte, als ihm Mrs. Strawson gemeldet wurde. Es konnte nicht um die Dinge gehen, die vor zehn Jahren passiert waren. Ausgeschlossen! Hätte es sich um das bewußte Haus, die bewußte Tote gehandelt, wäre doch bestimmt nicht von einem Grab im Wald die Rede gewesen, sondern von einem Grab auf einem Tierfriedhof, so etwas konnte doch kein Mensch verwechseln. Rufus hatte offenbar vergessen, wie oft er die Schlamperei der Presse gegeißelt, wie oft er zu Marigold gesagt hatte, man könne kein Wort von dem glauben, was diese Burschen schrieben. Sie möge sich wieder anziehen, bat oder vielmehr ersuchte er Mrs. Strawson mit verbindlichster Höflichkeit.

»Wenn wir versuchen würden, es herauszunehmen«, sagte er zu ihr, »müßten wir das unter Narkose machen, und darauf sind Sie bestimmt nicht scharf, wie? Es tut

Ihnen nicht weh, im Gegenteil, es scheint ja sehr brav seine Pflicht getan zu haben. Ich würde vorschlagen, daß wir es drinlassen, damit es sein gutes Werk fortsetzen kann.«

Manchmal überlegte er, wie erstaunt, ja, wie entsetzt viele Frauen wären, wenn sie wüßten, daß diese Intrauterinpessare im Grunde keine Kontrazeptiva, sondern Abortiva waren. Ehe das Pessar zum Einsatz kommen konnte, mußte schon eine Empfängnis stattgefunden, mußten Ei und Sperma sich in einem Eileiter vereinigt haben, mußten die sich vermehrenden Zellen in den Unterleib gewandert sein, um sich ein Heim, einen Ankerplatz zu suchen, den ihnen die alphaförmige Schlinge vorenthielt, so daß die winzigen Ansätze eines Embryos vergeblich umherschwammen, bis sie schließlich ausgestoßen wurden. Die moralische Seite des Problems kratzte Rufus nicht, er fand das Thema an sich fesselnd, hütete sich aber, seinen Patientinnen gegenüber je ein Wort darüber verlauten zu lassen. Seiner Frau Marigold hätte er selbstverständlich nie gestattet, einem solchen Fremdkörper Heimatrecht in ihrem Leib zu geben, ebensowenig wie er ihr die Pille genehmigte oder gar eine dieser sogenannten reversiblen Tubenligaturen bei ihr hätte machen lassen. In seinem Bett in Mill Hill nahm Rufus einen Gummi oder betrieb *coitus interruptus,* den er, wie er fand, recht artig beherrschte.

»Das wäre dann alles, Mrs. Strawson«, sagte er, »vielen Dank, wegen des Abstrichs bekommen Sie Bescheid.« Er begleitete sie bis zum Schreibtisch im Vorzimmer, wo das Honorar von 40 Pfund kassiert wurde. Sie schüttelten sich die Hand, und Rufus wünschte ihr eine gute Heimfahrt nach Sevenoaks, um diese Zeit war es wohl mit den Staus noch nicht so arg. Er wußte sehr wohl, daß Ärzten seines Typs oft vorgeworfen wurde, sie verströmten ihren Charme nur an die barzahlenden Privatpatientinnen, während sie ihre Kassenpatientinnen, bei denen nur der Staat abkassierte, wie defekte Maschinen behandelten. Er wußte um diese Praktiken, mißbilligte sie im Prinzip und hatte nach seiner Niederlassung zunächst versucht, sich davon freizuhalten, was ihm aber nicht gelungen war. In diesem von einer Zweiklassengesellschaft geprägten Land war er nicht prominent genug, um den gerechten Kampf zu kämpfen. Im Krankenhaus mit seinem Strom ambulanter Patientinnen und den Kassenpatientinnen auf den Stationen war er so eingespannt, so gehetzt und überlastet, waren die Frauen so unterwürfig, so unwissend oder auch nur so verdrossen, daß er seine hehren Grundsätze vergaß. Hinzu kam natürlich, daß sie keine gepflegte Aussprache hatten und keine Gold Card vom American Express in Etienne Aigner-Handtaschen herumtrugen. Die beiden Frauentypen schienen verschiedenen Gattungen anzugehören, Schwestern nur unter dem Schlüpfer, der bei den einen von Janet Reger, bei den anderen von den British Home Stores kam. In der medizinischen Betreuung machte Rufus letztlich keinen Unterschied. Seine besondere Fürsorge galt seiner Frau – und nicht den Mrs. Strawsons dieser Welt.

Sie war an diesem Tag seine letzte Patientin. Um diese Zeit startete er sonst seine Entspannungsphase. Was immer er seinen Patientinnen in knabenhaft-verlegenem Ton anvertrauen mochte – in Wirklichkeit hatte er seine

Rauchgewohnheiten streng unter Kontrolle; seine Ration betrug zehn bis fünfzehn Zigaretten pro Tag. Am Nachmittag, nachdem die letzte Patientin gegangen war, erlaubte er sich zwei, dabei las er dann die Abendzeitung, ehe er seine Praxis verließ und an der Bond Street in die U-Bahn stieg.

Heute hatte die Meldung, die er vor Mrs. Strawsons Ankunft gelesen hatte, ihm diese gewöhnlich so genußreiche halbe Stunde verdorben. Seine Sprechstundenhilfe hatte die Zeitung von der Mittagspause mitgebracht, das Blatt hatte während der Konsultation der beiden vorhergehenden Patientinnen auf dem Couchtisch gelegen. Weil Mrs. Strawson sich um fünf Minuten verspätet hatte – was er anstandslos schluckte, wohingegen er eine unpünktliche Kassenpatientin wieder weggeschickt hätte –, hatte er nach dem *Standard* gegriffen und den kurzen Artikel entdeckt.

Die halbe Stunde war verdorben, aber Rufus war ein disziplinierter Mensch. Er hätte es mit seinen dreiunddreißig Jahren nicht so weit gebracht, wenn er sinnlosen Spekulationen und neurotischer Selbstbespiegelung nachgegeben hätte. Daß er sich nach einer derart traumatischen Erfahrung so erfolgreich, so glänzend erholt hatte, war eine beachtliche Leistung. Er hatte sich einer selbstverordneten Therapie unterzogen, hatte sich allein in ein Krankenhauszimmer gesetzt und laut über die bewußten Vorfälle gesprochen. Er war Therapeut und Patient zugleich gewesen, hatte, um schonungslose Offenheit bemüht, die Fragen gestellt und die Antworten geliefert, hatte vor den kahlen Wänden, dem Metalltisch, dem Drehstuhl aus

schwarzem Leder, dem Fenster mit dem halb herunterge-
lassenen dunkelblauen Rollo von der Scham und dem
Widerwillen gesprochen, dem schleichenden Selbstekel,
der Lichtscheu, der Angst, die manchmal verzweifelt mit
den Flügeln gegen Gitterstäbe in seinem Kopf zu schlagen
schien.

Es hatte geholfen – bis zu einem gewissen Grade. Dieser
Kram (wie er es bei sich nannte) hilft oft bis zu einem
gewissen Grade, doch ist die Grenze meist ziemlich nied-
rig angesetzt. Spuck alles aus, dann bist du es los – na
schön, das ist im Prinzip richtig, aber niemand kann dir
sagen, warum es manchmal zu dir zurückkommt. Bei
Rufus war manches zurückgekommen, und dann blieb
nichts als Verdrängung und verbissene Arbeit. Die Zeit,
beste aller Ärzte, wenn sie den Menschen auch letztlich
unter die Erde bringt, hatte mehr vermocht als jede Therapie, und jetzt vergingen Tage, manchmal Wochen, ohne
daß Rufus an Troremmos dachte. Oft war er es lange los
und konnte vergessen. Der Assoziationsvorgang lief bei
ihm nicht ganz so ab wie bei seinem vormaligen Freund
Adam Verne-Smith, denn Adam war Philologe, er hingegen Naturwissenschaftler. Griechische oder spanische
Namen weckten bei ihm keinerlei Erinnerung. Troremm-
mos war ja nicht Griechisch und klang für Rufus, der im
Gegensatz zu Adam kein Humanist war, auch nicht danach. Auch plagten ihn keine neurotischen Ängste, wenn
es um Babys ging. Das wäre nicht günstig gewesen für
einen Mann, von dem die Frauen ständig wissen wollten,
ob sie ein Baby bekamen oder wie man es anstellen mußte,
eins zu kriegen oder zu verhindern, daß man eins kriegte.

Da hatte er nun diese Troremmos-Sache glücklich fest im Griff und hegte die durchaus berechtigte Hoffnung, nie wieder in Worten oder Gedanken darauf zurückkommen zu müssen – und plötzlich kam diese Zeitungsmeldung!

Wenn das Haus, von dem sie berichteten, Wyvis Hall war, warum hatten sie es dann nicht hingeschrieben? Warum hatten sie nicht »bei Nunes« geschrieben statt »bei Hadleigh?« Es lag tatsächlich näher an Nunes als an Hadleigh, um viereinhalb Kilometer näher, allerdings war Hadleigh eine Stadt und Nunes nur ein sehr kleines Dorf. Bei Hadleigh gab es viele Häuser in der Art von Wyvis Hall, und für die Presse war jeder, dem ein paar Morgen Land gehörten, ein »Grundbesitzer«. Vielleicht war es gar nicht mal so ungewöhnlich, daß auf solchen Grundstükken menschliche Gebeine ans Licht kamen. Am Ende waren es archäologische Funde...

Die einzige greifbare Tatsache, die man dem *Standard* entnehmen konnte, war der Name des derzeitigen Besitzers: Alec Chipstead, vereidigter Immobiliensachverständiger. Rufus drückte seine zweite Zigarette aus, steckte die Zeitung in die Aktentasche und hängte sich den prachtvollen schwarzen Ledermantel von Beltrami über die Schultern, den er in Florenz erstanden hatte und in dem er wie ein Gangster ausgesehen hätte, wäre nicht sein Haar so hell und sein Gesicht so frisch und wären nicht die blauen Augen so englisch gewesen.

Er wünschte der Sprechstundenhilfe und der Sekretärin eine gute Nacht und ging über die Wigmore Street in Richtung Henrietta Place. Man könnte in eine öffentliche Bücherei gehen, dachte er, da haben sie alle Telefonbücher des Landes, man könnte nachsehen, ob Alec Chipstead auf Wyvis Hall wohnt. Möglicherweise gibt es so was hier ganz in der Nähe. Jetzt wird nicht nach Büchereien gesucht, rief Rufus sich zur Ordnung, jetzt fährst du erstmal nach Hause, und dabei kannst du dir immer noch überlegen, was du machst. Irgendwie hatte er in Erinnerung, daß Büchereien am Donnerstagabend länger geöffnet waren.

Bewußt dachte er an etwas anderes. Bücherei hin, Bücherei her, er würde Marigold zum Abendessen ausführen. Irgendwo in Hampstead, vielleicht konnte er dann mal eben in die große Bibliothek bei Swiss Cottage... Schluß damit. Beim Essen würden sie den Umzug erörtern. Rufus hatte das Gefühl, daß er Mill Hill entwachsen war, es wurde Zeit, sich in Hampstead umzutun. Er wußte wohl, daß es Marigold eigentlich nach Highgate zog, aber trotz Therapie, trotz bestens funktionierender Selbstkontrolle zuckte er vor Highgate zurück. In diesen Wohnvierteln war es im Grunde wie auf dem Dorf, man kannte die Nachbarn und traf sich auf Partys. Als Akademiker aus dem Mittelstand lief man immer denselben Leuten aus seinen Kreisen über den Weg. Wenn er nun den Ryemarks begegnete oder gar Robin Tatian? Undenkbar!

Ein Haus in Hampstead bedeutete eine Hypothek in astronomischer Höhe. Na wenn schon... Nimm dir, was du willst, genieße, was du magst, irgendwie kommt dein Einkommen schon hinterher. Das hatte er mal irgendwo gelesen. Er war nicht schlecht dran, jeden Monat kamen neue Patientinnen hinzu, es würde nicht mehr lange dauern, dann waren seine Kapazitäten erschöpft.

Er fuhr mit der Central Line bis zur Tottenham Court Road und dann mit der Northern Line nach Colindale, wo sein Wagen stand. Rufus erwischte seinen Zug, noch ehe die Rushhour eingesetzt hatte. Und dann passierte etwas, was ihn immer wieder freute: Seine Frau machte die Haustür auf, als er gerade den Schlüssel ins Schloß stecken wollte.

Marigold, die Ringelblume. Der Name paßte zu ihr. Sie war groß und blond und üppig, mit roten Wangen und rotem Mund und weißen Zähnen, will sagen: Sie sah Rufus sehr ähnlich. Man hätte sie wenn nicht für Zwillinge, so doch für Geschwister halten können. Rufus gehörte zu jenen Menschen, die den eigenen Typ am schönsten finden und die sich ihre Partner deshalb nach eben diesem Typ suchen. Als er Marigold noch nicht lange kannte, waren sie eines Abends in die *Walküre* gegangen, und er hatte hinterher spontan zu ihr gesagt: »Die Brünhilde war falsch besetzt, sie hätte aussehen müssen wie du.«

Sie hatte eine Kleinigkeit zum Abendessen vorbereitet, hatte aber nichts dagegen, ausgeführt zu werden, sie hatte nie etwas dagegen. Es war noch nicht halb sechs, aber nicht zu früh für einen Drink, fand Rufus. Er freute sich mit geradezu sinnlicher Erwartung auf diesen Drink, den ersten des Tages. Jeder Klare tat es für ihn, er war nicht heikel. Er goß sich einen großzügigen Schuß Wodka ein, den polnischen, den sie von ihrem Urlaub am Schwarzen Meer mitgebracht hatten. Er schwemmte durch seinen Kopf, spülte die Sorgen weg, trieb ihm – er spürte es – eine warme Röte ins Gesicht.

»Heute abend machen wir mal wieder richtig einen

drauf«, sagte er und schenkte ihr sein hinreißend-wildes Lächeln. Sie kannte dieses Lächeln, es bedeutete, daß etwas vorgefallen war, aber sie fragte nichts, sie fragte nie etwas. Wenn er wollte, würde er es ihr erzählen. Rufus besaß ein gerüttelt Maß an nicht immer nur verdeckter Brutalität, eine löwengleiche Aggressivität in Streßzeiten, die sich in einer lauten, zerstörerischen Lustigkeit äußerte. Es störte sie nicht, manchmal allerdings kam ihr eine Ahnung, daß sie sich eines Tages, wenn er ein triefäugiger alter Löwe und sie eine müde, abgeschlaffte Löwin geworden war, sehr wohl daran stören mochte.

»Geh und mach dich schön«, sagte er um sieben, nachdem er zwei ehrliche Wodkas konsumiert, sich nach seiner Gewohnheit einen großen heimlichen Drink eingeschenkt und mit Marigold geschlafen hatte.

Sie zog sich ins Badezimmer zurück. Rufus, heiter gestimmt von der Liebe und von Hochprozentigem, konnte nur darüber staunen, daß er sich ganze zehn Minuten lang eingebildet hatte, das Haus, von dem im *Standard* die Rede war, könne Wyvis Hall sein. Einen Moment hatte er geradezu Spaß daran, sich die anderen vorzustellen, zu überlegen, ob sie auch die Meldung gelesen, ob sie gestaunt, Angst gehabt hatten. Sie waren zu fünft gewesen, lautlos zählte er die Namen auf: Adam, er selbst, Shiva, Vivien und – Zosie.

Es würde die anderen mehr in Aufregung, in Auflösung versetzt haben als ihn, bestimmt. Und Adam hätte die Doppeldeutigkeit des Wortes Auflösung in diesem Zusammenhang gleich erkannt... Sinnlos, sich damit herumzuschlagen. Er und Adam waren in dieselbe Schule gegangen, er selbst ein paar Klassen höher. Seit sie sich in Troremmos getrennt hatten und ihrer Wege gegangen waren, hatte er Adam nicht mehr gesehen, aber er wußte, was aus ihm geworden war, wußte beispielsweise, daß er Mitbesitzer einer Computerfirma war, Firma Verne-Smith-Duchini. Der alte Verne-Smith und seine Frau wohnten knapp anderthalb Kilometer von ihm entfernt, aber denen wich er nur deshalb aus, weil sie ihm schlicht unsympathisch waren. Wie hieß der Inder mit Nachnamen? Gehört hatte er den Namen, aber nicht oft, es war ein komischer Name, er wollte ihm nicht mehr einfallen. Manresa? Nein, das war eine Stadt in Spanien und eine Straße in Chelsea. Malgudi? Ein Ort in den Romanen von R. K. Narayan, die Marigold las. Irgendwas in der Richtung jedenfalls. Vivien hieß Goldman, nicht besonders wohlklingend, nicht besonders schön. Und Zosie? Wie hieß Zosie in Wirklichkeit?

Er stieg aus dem Bett und zog sich an, denselben Anzug, dieselbe Unterwäsche, aber ein sauberes Hemd. Marigold ließ sich ein Bad ein und stieg – wie immer mit lautem Geplansche – in die Wanne. Rufus brauchte Heimlichkeiten in seinem Leben wie die Luft zum Atmen. Selbst wenn das, was er vor seiner Frau verbarg – und was er früher vor seinen Eltern, seinem Bruder, seinen Freundinnen verborgen hatte – relativ unwichtig war, er brauchte diese Dinge, mußte sie notfalls erfinden. Auch das Foto gehörte dazu, das er sorgfältig aufbewahrt, um der Sicherheit und der Geheimhaltung willen in einem öden medizinischen Fachbuch versteckt hatte. Nicht in einem jener Bände, die Vagina und Unterleib der Frau in gesunden Tagen abhandeln und in die Marigold durchaus einmal einen Blick hätte werfen können, sondern in einem Werk über häßliche Bazillen, die nach einer verpfuschten oder septischen Abtreibung die menschlichen Fortpflanzungsorgane heimsuchen. Rufus hatte sich das Foto seit Jahren nicht mehr angesehen.

Es war noch da, und als er es jetzt betrachtete, versetzte es ihm einen Schock. Wenn es möglich ist, daß ein Schock einen überrascht, dann fühlte sich Rufus überrascht. Er hatte geglaubt, ein Foto von Wyvis Hall, ein Foto, das er selbst mit einer billigen, von Zosie gestohlenen Kamera aufgenommen hatte, mit Gleichmut, ja, mit einer Art wehmütiger Belustigung betrachten zu können, doch offenbar brachte er das nicht fertig. Er fröstelte plötzlich und war wieder stocknüchtern, als habe es die Liebe und den Wodka nicht gegeben.

»Heut abend laß ich mich vollaufen«, sagte er laut. »Aber richtig!«

Das Haus stand, von vielerlei Bäumen umschlossen, an einem Flußtal. Ein Grab im Wald, dachte Rufus. Es stammte aus dem späten 18. Jahrhundert, ein zweigeschossiger Bau mit flachem Schieferdach. Roter Backstein, sieben bruchsteinummauerte Fenster im Obergeschoß, sechs darunter, die Haustür in der Mitte unter Portikus und Säulenportal. Ein Schornstein an jedem Ende. Nebengebäude, Stallungen. Vorn eine breite gekieste Auffahrt, dahinter, gerade noch im Bild, ein sanft gewellter Rasen mit einer Zeder, einem riesigen, schwarzen Ungetüm von Baum, der bei Wind wie ein Schiff auf hoher See schwankte. Um die Aufnahme zu machen, mußte er am Waldrand gestanden haben, vielleicht an einer Buchenhecke, die das Grundstück begrenzte. Die Sonne strahlte – aber wann hatte sie nicht gestrahlt in jenem Sommer? Rufus merkte, daß er Herzklopfen hatte. Er überlegte sogar, ob er das Sphygmomanometer holen und seinen Blutdruck messen sollte, nur interessehalber. Statt dessen drehte er das Foto um und faßte es vorsichtig zwischen Daumen und Zeigefinger wie etwas sehr Empfindliches, das man mit einer Pinzette handhabt. Er schlug das Fachbuch auf, legte das Foto in das Kapitel über *Clostridium welchii*, einen stäbchenförmigen Bazillus, der den menschlichen Körper bei lebendigem Leibe verwesen läßt, und ging ins Wohnzimmer. Auf dem Fensterbrett, hinter einem Vorhangsaum versteckt, stand sein heimlicher Wodka, das Glas war noch halb voll.

Aber schon hatte ihn eine Euphorie erfaßt, die ihn mutig, bedenkenlos machte. Sein Herz schlug wieder ruhig. Warum hatte er eigentlich in eine öffentliche Bibliothek gehen wollen, da es doch eine viel einfachere Möglichkeit gab, das in der Meldung erwähnte Haus zu identifizieren?

Seine Stimmung war umgeschlagen. Wieso hatte er sich eigentlich gestattet, über die Identität jenes Hauses zu spekulieren, hatte die Möglichkeit, sich Gewißheit zu verschaffen, hinausgeschoben, hatte sich wie der berühmte Vogel Strauß vor dem Problem überhaupt gedrückt? So kam man nie auf einen grünen Zweig, das hatte er immer schon gesagt. Nicht kneifen, sich den Problemen stellen war oberstes Gebot. Daß er so viel trank, hatte unter anderem den Grund, daß es ihm dadurch leichter fiel, sich an diese Regel zu halten.

Er nahm genüßlich einen Schluck von seinem heimlichen Wodka, ging mit dem Glas in der Hand zur Tür und horchte. Oben lief das Wasser ab. Ihm blieben noch zehn Minuten. Rufus griff zum Telefon und wählte die 192. Neuerdings war die Nummer der Auskunft nicht mehr so oft besetzt. Da hatte wohl endlich mal jemand richtig aufgeräumt.

Eine Männerstimme fragte: »Welcher Ort?«

Das hatte er sich komischerweise nicht überlegt, aber der Name des Amts fiel ihm sofort wieder ein, obwohl Hilberts Telefon außer Betrieb gewesen war.

»Colchester«, sagte er.

Rufus trank den Rest Wodka und schüttelte eine Zigarette aus der Packung, die vor ihm im Regal lag.

»Chipstead«, sagte er langsam und deutlich und buchstabierte: »C wie Charlie, H wie Harry, I wie Iwan, P wie Peter, S wie Siegfried, T wie Tommy, E wie Edward, A wie Adam, D wie David.«

»A wie Apfel«, verbesserte die Stimme.

»Meinetwegen, A wie Apfel«, korrigierte Rufus den Freudschen Versprecher. »Wyvis Hall, Nunes, Colchester.«

Er wartete und machte sich auf die übliche ärgerliche Antwort gefaßt, ein Teilnehmer dieses Namens sei nicht verzeichnet. In seinem Fall hatten sie vielleicht den Namen des Teilnehmers, aber – mitten in seine Überlegungen hinein sagte die Auskunft: »Die Nummer ist sechs-zwei-sechs-zwei-null-eins-drei.«

Rufus legte auf. Er hatte das Gefühl, als krampfe sich eine Hand mit hartem Griff um seinen Magen.

## 4

Das Bild – der Aufnahme sehr ähnlich, die Rufus Fletcher im Sommer 1976 gemacht hatte – blieb etwa fünfzehn Sekunden auf dem Schirm. Knapp viermal soviel Zeit gestand die BBC in ihren Sonntagabendnachrichten um 18.30 Uhr der ganzen Story zu. Die restlichen fünfundvierzig Sekunden lang erklärte ein Polizist einem Reporter, er könne zu dem Fall nur sagen, daß es eine gerichtliche Untersuchung geben würde. Shiva und Lili Manjusri sahen die Aufnahme, und Rufus Fletcher sah sie ebenfalls. Adam Verne-Smith, der in Puerto de la Cruz Erholung suchte, sah sie natürlich nicht. Er bekam nicht einmal englische Zeitungen zu Gesicht. Sie waren teuer und kamen mit einem Tag Verspätung. Er hatte auch gar keine Sehnsucht nach Neuigkeiten aus der Heimat, und die einzige Zeitung, in die er auch nur einen flüchtigen Blick warf, war ein Exemplar der *International Herald Tribune*, das Anne am Strand gefunden hatte.

Zu Hause in Edgware sagte Adams Vater zu seiner Frau: »Herrgott, Wyvis Hall! Das darf ja nicht wahr sein!«

Beryl Verne-Smith kniff die Augen zusammen, aber da war das Bild schon weg.

»Ja, ich glaube, das war es.«

Der Polizist gab seine Erklärung ab, und der Reporter versuchte erfolglos, ihm Enthüllungen zu entlocken. Im Hintergrund sah man herbstliche Bäume auf einer Anhöhe. Lewis Verne-Smith schüttelte den Kopf, womit er nicht so sehr Verneinung als vielmehr allgemeine Verzweiflung über den Zustand dieser Welt zum Ausdruck bringen wollte. Man konnte nicht sagen, daß unerfreuliche Erinnerungen in ihm wachgerufen wurden: die Erinnerungen waren immer da, sein Leben war untrennbar mit dieser alten Bitternis verbunden, aber ein Blick auf das Haus, selbst ein flüchtiger Blick auf ein Fernsehbild ließen eben jene Gefühle wieder aufleben, die er ... ja, das mußte jetzt elf Jahre her sein ...

»Zehneinhalb«, sagte seine Frau.

»Ich muß die Polizei verständigen, da hilft alles nichts.«

»Aber doch wohl nicht heute abend«, sagte Beryl, die den Krimi sehen wollte.

Lewis schwieg. Wieder einmal war das Zimmer, in dem sie saßen, jenem eigenartigen Schrumpfungsprozeß unterworfen, der immer dann einsetzte, wenn ihn etwas an Wyvis Hall oder seinen Onkel Hilbert erinnerte, ja, sogar, wenn von der Grafschaft Suffolk die Rede war. Mit einem Schlag war alles beengt und dürftig. Die Backsteinmauer des Nachbarhauses schien sich ein, zwei Meter weiter auf den trennenden Zaun zubewegt zu haben und machte sich widerlich breit. Lewis stand auf und zog mit einer ärgerlichen Handbewegung die Vorhänge zu.

»Willst du nicht lieber warten, bis Adam zurück ist?« fragte Beryl.

»Wieso? Wozu soll das gut sein?«

Beryl meinte damit, daß Adam – und nicht ihr Mann – einer der Vorbesitzer von Wyvis Hall gewesen war, aber sie hütete sich, es laut zu sagen.

»Es gibt heute niemanden mehr, der dieses herrliche Fleckchen Erde besser kennt als ich.«

»Das stimmt.«

»Bis Adam zurückkommt, werde ich auf keinen Fall warten«, sagte Lewis in einem Ton, den seine Tochter einmal seinen Rumpelstilzchenton genannt hatte, »aber ich warte bis morgen früh.«

Im allgemeinen kleidet der Mensch seine unedleren Empfindungen und Absichten nicht in Worte, auch nicht in der Tiefe seiner eigenen Seele. Als Lewis überlegte, ob er versuchen sollte, seinen Sohn auf Teneriffa zu erreichen, gestand er deshalb nicht einmal sich selbst ein, daß er Adam nicht leiden konnte und ihm nur zu gern den Urlaub verdorben hätte. Statt dessen suchte er nach Vernunft- und Rechtfertigungsgründen. Vermutlich, ja, höchstwahrscheinlich wußte Adam nichts von dem Fund im Kiefernwald, aber Adam war früher einmal der Besitzer des Hauses gewesen und hatte damit Verantwortung übernommen. Dieser Verantwortung war er durch den Verkauf des Hauses nicht enthoben. Lewis hätte einem Ausspruch von Oscar Wilde zugestimmt, daß wir selbst unsere Vergangenheit sind. Wir können uns nicht von ihr lösen. Deshalb war es Adams verdammte Pflicht und Schuldigkeit, nach Hause zu kommen und die Suppe auszulöffeln, die er sich eingebrockt hatte – auch wenn sich herausstellen sollte, daß es nur ein dünnes Süppchen gewesen war.

Allerdings wußte er nicht genau, wo Adam steckte und vermutete, daß Adams Reisebüro (dessen Leiter mit den jungen Verne-Smiths befreundet war) es ihm auch nicht sagen, daß man sich irgendwie herausreden würde. Aber Hunde, die bellen, beißen nicht, und auch mit Lewis' Durchsetzungsvermögen war es nicht weit her. Zupacken konnte er nicht, wie er einmal mit stummem Ärger Adam zu Bridget hatte sagen hören.

»Und darüber können wir verdammt froh sein, sonst wäre unsere Kindheit die reinste Hölle gewesen, und nicht bloß stinklangweilig.«

Am Montagvormittag begab sich Lewis auf das für ihn zuständige Polizeirevier in Edgware. Sein Besuch kam überraschend, aber nicht unerwartet. Die Polizei von Suffolk hatte bereits angefangen, die früheren Besitzer von Wyvis Hall ausfindig zu machen, und hatte den Beamten hier mitgeteilt, daß ein Verne-Smith in ihrem Zuständigkeitsbereich wohnte. Es gab schließlich nur zwei im Londoner Telefonbuch. Vielleicht ließ sich ja daraus etwas machen.

Er mußte einen Augenblick warten, dann bat man ihn in ein Zimmer, in dem ein Detective-Sergeant seine Aussage aufnahm. Lewis diktierte sie mit gespreizter Beflissenheit einer Sekretärin in die Maschine und hätte sich ohne gelegentliche diplomatische Eingriffe noch wesentlich weitschweifiger ausgedrückt.

»Wyvis Hall, Nunes, Suffolk, und die dazugehörigen zwanzig Morgen Land waren durch Heirat auf meinen Onkel Hilbert Verne-Smith übergegangen. Mein Onkel vermachte den Besitz in seinem Testament meinem Sohn Hilbert John Adam Verne-Smith, unter Übergehung meiner Wenigkeit, obgleich mein Sohn erst neunzehn Jahre war, als mein Onkel starb. Mein Sohn studierte damals noch und erwog deshalb natürlich nie ernsthaft, das Haus selbst zu bewohnen. Er stimmte meinem Vorschlag zu, den Besitz zu verkaufen, und ehe er im Herbst 1976 wieder an die Universität zurückging, übergab er auf meinen Rat hin Haus und Grundstück einem Makler.

Immobilien auf dem Lande verkauften sich damals schlecht. Verhandlungsbasis war 45 000 Pfund, und es wunderte mich eigentlich nicht, daß sie auf dem Haus sozusagen sitzenblieben. Im Frühjahr 1977 erfolgte dann ein Angebot, das mein Sohn akzeptierte. Das Geschäft zerschlug sich, und erst im August des folgenden Jahres wurde Wyvis Hall an Mr. und Mrs. Langan verkauft, zu dem sehr viel günstigeren Preis von 51 995 Pfund.

Soweit ich weiß, kannte mein Sohn Wyvis Hall eigentlich nur aus jenen Jahren, als ich zu Lebzeiten meines Onkels mit meiner Frau, meinem Sohn und meiner Tochter häufig dort zu Gast war. Nach dem Tod meines Onkels im April 1976 war er zweimal, höchstens dreimal in Wyvis Hall, um nach dem Rechten zu sehen und über die Möbel und Effekten zu verfügen.

Es ist denkbar, daß sich in der Zeit zwischen dem Tod meines Onkels und dem Verkauf des Besitzes Hausbesetzer oder sonstige Landstreicher im Haus eingenistet hatten. Mein Sohn hat jedenfalls niemandem gestattet, dort vorübergehend oder auf Dauer zu wohnen.

Mein Sohn macht zur Zeit mit Frau und Tochter Urlaub auf Teneriffa. Ich kann nicht genau sagen, wann sie zurückkommen, aber es dürfte ungefähr in einer Woche sein.«

Es war alles sehr klein gehalten, sehr diskret und zurückgenommen. Die Meldung in Rufus' Morgenzeitung vom
Montag war knapp zweieinhalb Zentimeter hoch. Sie be-
antwortete ihm die Frage, die er sich gestellt hatte: Neben
den Gebeinen einer jungen Frau hatten sich auch die eines
sehr jungen Kindes gefunden. Ein Schock war es nicht, da
es sich ja um Wyvis Hall und den Kiefernwald und den
Tierfriedhof handelte...

Für das gestrige Bild mußte der Kameramann an dersel-
ben Stelle gestanden haben wie damals Rufus, am Rand
des Rasens, mit dem Rücken zur Zeder. Der Apparat, mit
dem er seinerzeit geknipst hatte, war ein Massenfabrikat,
aber von recht guter Qualität. Eins mußte man Zosie bei
ihren Diebereien zugestehen: Sie hatte nie Ramsch geklaut. Danach hatte er ein Bild von ihr und später vom
Tierfriedhof gemacht.

»Warum ist das Gras hier immer so kurz?« hatte Adam
gefragt.

»Karnickel wahrscheinlich.«

»Warum können die verdammten Karnickel nicht meinen Rasen kurzfressen?«

So ging das immer bei Adam. »Mein Rasen«, »mein
Haus«, »meine Möbel«. Es hatte Rufus etwas genervt,
obgleich es Adams gutes Recht gewesen war, das alles
gehörte tatsächlich ihm, und es war ihm ziemlich zu Kopf
gestiegen. So oft kommt es schließlich nicht vor, daß
Neunzehnjährige Landsitze erben.

Die Fotos muß ich irgendwann im August gemacht
haben, dachte Rufus, und zwei Wochen später war alles
vorbei. Als Gemeinschaft und Zusammenleben zerbra-

chen, ging auch das gute Wetter zu Ende. Während sie auf dem Friedhof waren, regnete es mit kurzen Unterbrechungen die ganze Zeit, die Kiefern schwankten fröstelnd im Wind. Ein paarmal hatten sie aufhören und unter den dicht beieinander stehenden Bäumen Schutz suchen müssen.

Hätte das Wetter sich gehalten, wäre es heiß und trocken geblieben – hätten sie dann tiefer gegraben? Trotz des Regens war die Erde steinhart. Ein Regenguß, ein kalter, peitschender Schauer, war auf sie niedergegangen, als sie die ausgestochenen Grassoden wieder an ihren Platz legten, und Adam hatte gemeint, bei diesem Regen würde das Gras rasch wieder wachsen, der Regen sei auf ihrer Seite.

»Wir sollten uns so bald wie möglich trennen«, hatte Rufus gesagt. »Am besten packen wir gleich und machen uns auf den Weg.«

Den Spaten und die Grabgabel hatten sie zu den anderen Werkzeugen in den Stall gehängt. Sie hatten gepackt, und Adam hatte abgeschlossen. Irgendwann hatte Rufus den Kühlschrank leergeräumt und die Tür zum Abtauen offengelassen. Adam hatte die Haustür zugeschlagen und war noch einen Augenblick stehengeblieben, als könne er sich nicht trennen.

Erstaunlich, wieviel von der Schönheit des Hauses in dem peitschenden Wind untergegangen war. Natürlich machte auch die fehlende Pflege in diesem langen, heißen Sommer viel aus. Ein jäher Schauer schlug an die roten Backsteine, die hier und da schon dunkle Nässeflecke hatten. Als er das Haus zum ersten Mal gesehen hatte, schien es auf einem Floß aus goldenem Dunst zu schweben, jetzt stand es in einer Wildnis von dürrem Gras und wuchernden Büschen und verdorrten Bäumen. Schmutzig-graue Wolken wälzten sich über das Schieferdach hin, das jetzt allein noch Glanz hatte, vom Regen glasiert.

Die Schönheit der Natur und Architektur hatten ihm allerdings nie allzu viel bedeutet. Was er so reizvoll gefunden hatte, waren die Hitze und die Sonne und die Abgeschiedenheit gewesen. Und jetzt wollte er nur noch weg. Sie bestiegen Matterknax, und er fuhr die Trift hinauf, Adam saß vorn, die anderen hinten. Die Trift war ein grüner Tunnel, aus dem es aufs Wagendach tropfte. Keiner gestattete sich einen Blick zum Kiefernwald. Auf der Höhe empfingen sie erbarmungslos helles, graues Licht und eine kahle, heckenlose Straße zwischen den ebenen Weideflächen, auf denen hier und da verkrüppelte Bäume hockten wie alte Männer in weiten Mänteln. Adams Vergleich, nicht meiner, dachte Rufus und verzog das Gesicht.

Keiner fragte, wohin er sie fuhr. Keiner sagte etwas. Adam hatte Hilberts alte Golftasche zwischen den Knien, Rufus vermutete, daß das Gewehr darin steckte. Sie waren gut drei Kilometer gefahren, ehe sie einem anderen Wagen begegneten. Rufus überholte einen Bus, der in Richtung Colchester fuhr, und setzte die anderen beiden ab, damit sie umsteigen konnten. Adam nahm er bis zum Bahnhof in Sudbury mit, dort trennten sie sich. Adam schwang sich aus dem Wagen und sagte:

»Gehab dich wohl, mein Rufus, für und für!«

Es war wohl ein Zitat, aber Rufus wußte nicht, woher es stammte. Geschmacklos und theatralisch, dachte er irritiert. Aber so war Adam nun mal.

»Mach's gut«, sagte Rufus, und ohne noch einmal zurückzublicken – wie vorhin auf dem Rückweg vom Friedhof – fuhr er um die Stadt herum, die er inzwischen so gut kannte, über die Stour-Brücke, nach Essex hinein, in Richtung Halstead und weiter nach Dunmow und Ongar und London.

Er hatte keinen von ihnen je wiedergesehen. Es war nicht nötig gewesen, Theater zu spielen, sich abzuwenden. Als er etwa dreizehn Monate später sein fünftes Studienjahr begann, war ihm flüchtig der Gedanke gekommen, ob unter den neuen Studenten wohl Shiva Manjusri sein würde. Aber nein, es war so, wie er es sich gedacht hatte: Shiva war nicht dabei, jedenfalls konnte er ihn unter etlichen neu hinzugekommenen braunen Gesichtern nicht ausmachen. Den anderen aus dem Weg zu gehen war kein Problem gewesen.

Würden sie sich jetzt bei ihm melden?

Sie hatten für einen solchen Fall nichts geplant. So lange keine Fahndung nach einem vermißten Mädchen lief, hatten sie sich einigermaßen sicher gefühlt, hatten das Schreckliche, das geschehen war, nicht wirklich angenommen. Die Liebe zu Haustieren war ihnen allen fremd, sie hätten sich nicht vorstellen können, ein Tier feierlich zu bestatten. Es war Shiva, der die Stelle vorgeschlagen hatte, sie hatten ihm noch zu seiner guten Idee gratuliert.

Zehn Jahre...


»Eine Eierstockzyste, kein Grund zur Aufregung«, sagte Rufus zu Mrs. Beauchamp. Sie war zweiunddreißig, Lektorin bei einem angesehenen Verlag, verheiratet mit einem

Mann, der sich dem aufklärerischen Journalismus verschrieben hatte. Bisher hatten sie noch keine Kinder, aber sie wünschte sich vier, gestand sie Rufus.

»Nichts dagegen einzuwenden.« Er warf noch einen Blick auf ihr Krankenblatt. »Es ist typisch für dieses Krankheitsbild, daß es sich selten oder nie bei Frauen zeigt, die schon ein Kind zur Welt gebracht haben.«

»Das muß man sich mal vorstellen«, sagte sie, während sie den Mantel anzog, »und ich hab meinen Mann schon verrückt gemacht, weil ich Angst hatte, es ist vielleicht was Ernstes.«

Sie hatten alle Angst, es sei vielleicht was Ernstes, die armen Dinger, und verdenken konnte man es ihnen nicht. Rufus kassierte im Vorzimmer ihre vierzig Pfund und ließ die Einweisung in eine fashionable West End-Klinik vorbereiten. Für die Krankenhauskosten, seine Leistungen und den Eingriff würde eine Versicherung aufkommen, die sie und ihr Mann abgeschlossen hatten. Rufus schüttelte ihr die Hand und ging zurück in sein Sprechzimmer. Er gierte nach einer Zigarette.

Das war für ihn ungewöhnlich. Meist hielt er es mühelos bis nach dem Mittagessen aus. Ich weiß, wie für mich der Himmel aussehen müßte, dachte er, wenn man sich darunter einen Ort ewiger Seligkeit vorzustellen hat: Ein Refugium, in dem man kettenrauchen dürfte, ohne daß es einen schlechten Atem macht, die Lungen zerstört oder das Herz schädigt, in dem man immer wieder eine Zigarette an dem glühenden Ende der Vorgängerin anzünden dürfte, eiskalten Wodka ohne Eis, aber mit zwei Tropfen Angostura und einem Schuß frisch geöffneten Perrier bekäme, aus einem unerschöpflichen Vorrat, in steigender Euphorie, bis zu einem absoluten Gipfelpunkt der Wonne und des Wohlgefühls, ohne spätere Übelkeit oder Schmerzen, ohne trockenen Mund, ohne Benommenheit...

Er saß allein in seinem Zimmer, zündete sich die Zigarette an, die erste dieses Tages, spürte ein leichtes Schwindelgefühl, einen leisen Krampf in seinen Gedärmen. Er schloß die Augen. Wenn sie rauskriegen, daß ich mit Adam und den anderen dort war, dachte er klar und kalt, wenn jemand es der Presse steckt oder der Polizei und wenn die Presse auf diesem Weg erfährt, daß ich im Sommer 1976 dort gelebt habe, kann ich einpacken. Dann verliere ich meine Praxis und meinen Ruf und alles, was ich besitze und noch zu erwarten habe, wenn nicht gar meine Freiheit. Und ohne das andere ist mir meine Freiheit auch nicht mehr wichtig. Für einen praktischen Arzt oder einen Facharzt auf irgendeinem anderen Gebiet, einen Orthopäden oder Hals-Nasen-Ohren-Arzt wäre es schlimm genug, aber ich bin *Frauenarzt,* und was sie dort gefunden haben, sind die Gebeine einer jungen Frau und eines Babys. Welche besorgte Patientin würde sich noch zu mir trauen, welche Mrs. Strawson oder Mrs. Beauchamp? Welcher Allgemeinmediziner würde sie an mich überweisen?

Wäre ich unschuldig, dachte Rufus, wüßte ich, was ich zu tun hätte. Ich würde meinen Anwalt anrufen und mir einen Termin geben lassen und seinen Rat einholen. Vielleicht würde er mir raten, zur Polizei zu gehen und eine Aussage zu machen, und das würde ich – natürlich mit seiner Unterstützung – auch tun. Aber das geht eben nicht, denn ich bin ja nicht unschuldig. Ich werde hier sitzen und warten und durchhalten und mich den Tatsachen stellen und versuchen, mich auf das Schlimmste, was passieren könnte, gefaßt zu machen.

## 5

Als Lewis Verne-Smith der Polizei gesagt hatte, er wisse nicht auf den Tag genau, wann Adam zurückkommen würde, war das nicht gelogen. Es wäre sehr ungewöhnlich gewesen, wenn er eine so präzise Angabe über Leben und Treiben seines Sohnes hätte machen können. Sie waren zwar nicht direkt zerstritten, aber sie standen sich auch nicht nahe. Er habe für Adam »nicht viel übrig«, so drückte Lewis es gern aus. Er glaubte, daß sein Sohn ihn nicht mochte, und fand das empörend. Manchmal dachte er daran, was für ein liebes Kind Adam gewesen war, so anhänglich, nie hatte er ihnen Kummer gemacht.

»Sie ändern sich vollkommen, wenn sie heranwachsen«, sagte er zu Beryl. »Das siehst du ja an Adam, man könnte denken, er sei ein anderer Mensch geworden.«

Er war fest entschlossen herauszubekommen, wann Adam zurückkommen würde, und ihn in Heathrow abzuholen. Adam wohnte zwar auch in Nordlondon, aber so weit wie möglich von seinen Eltern entfernt. Ohne seiner Frau etwas zu sagen, fuhr Lewis nach Muswell Hill und überzeugte sich davon, daß Adams Wagen in der Garage stand. Demnach hatten sie entweder ein Taxi zum Flughafen genommen oder waren mit der U-Bahn gefahren. Adams Wagen war größer und neuer als der von Lewis, immer pieksauber und sehr gepflegt, und all das mißfiel Lewis sehr.

Das unbestimmte Gefühl, daß er von Rechts wegen einen Schlüssel zu diesem Haus hätte haben müssen, erfüllte ihn mit Groll. Er hatte Mühe, Verständnis für all das aufzubringen, obschon man sich natürlich damit abfinden mußte: Daß Kinder die elterlichen Fesseln abstreiften, daß sie Geheimnisse vor einem hatten und Schlupfwinkel, zu denen einem der Zugang verwehrt wurde. Daß sie eines Tages erwachsen waren und Häuser und Autos besaßen, bei deren Auswahl oder Kauf man nicht hatte mitreden dürfen. Daß sie diese Häuser ebenso unter Verschluß halten konnten wie ihre Gedanken.

Er ging am Haus entlang und sah durch die Fenster. Abgewaschenes Geschirr stand noch auf dem Abtropfbrett. In einer halb mit grünlichem Wasser gefüllten Vase steckten verwelkte Blumen. Lewis hatte zwei Vorstellungen von seinem Sohn, die einander eigentlich ausschlossen. Auf der einen Seite sah er ihn als faulen, nichtsnutzigen Tagedieb, der keinen Schuß Pulver wert war, auf der anderen als harten, skrupellosen, gerissenen und bereits recht wohlhabenden Geschäftsmann. Wenn die erste Auffassung die Oberhand gewann, fühlte Lewis sich erleichtert, glücklicher und in seinen Bedenken bestätigt.

Unterwegs war ihm der Gedanke gekommen, daß er womöglich die Polizei bei Adam antreffen würde. Es hätte ihn nicht überrascht, auf seinem Weg im Uhrzeigersinn ums Haus herum einem Polizisten zu begegnen, der das Haus in der Gegenrichtung umkreiste, aber draußen war kein Mensch, nicht einmal ein Nachbar zu sehen. Lewis blieb im Vorgarten stehen und sah zu den Schlafzimmerfenstern hinauf.

Es war ein sehr hübsches Haus, größer als das von Lewis und in einer besseren Gegend, eine neoklassizistische Doppelhaushälfte: weit über dem Standard dessen, was sich die meisten verheirateten Neunundzwanzigjährigen leisten konnten. Adam konnte es sich leisten. Dank der Summe, die er für Wyvis Hall bekommen hatte und später dank des Geldes aus dem Verkauf des Londoner Hauses, das er mit dem Geld für Wyvis Hall hatte kaufen können. Wäre alles anders gekommen, besäße er, Lewis, jetzt ein solches Haus, oder er hätte eine Wohnung in London und ein Cottage auf dem Lande. Und Adam würde, wie es sich für einen jungen Mann seines Alters und seiner Stellung gehörte, in einem kleinen Reihenhaus in North Finchley oder vielleicht Crouch End wohnen und auf der untersten Sprosse der mühevollen Aufsteigerleiter stehen. So aber, dachte Lewis verbittert, gab es als nächsten Schritt für Adam nur noch Highgate Village...

Er fuhr nach Hause, und jetzt brachte er es auch fertig, ohne Angst vor einer Abfuhr Adams Freund im Reisebüro anzurufen. Der Mann war sehr nett, sie hätten sich doch auf Adams Hochzeit kennengelernt, sagte er, und teilte ihm bereitwillig mit, wann Adam und Anne zurückerwartet wurden: Am nächsten Dienstag, mit der Iberiamaschine aus Teneriffa um 13.30 Uhr.

Als er aufgelegt hatte, überlegte Lewis, ob er die Polizei verständigen sollte, vielleicht wäre das ja seine Pflicht und Schuldigkeit gewesen. Andererseits wollte er die Polizei nicht dabei haben, wenn Adam ankam. Seiner Frau (und sich selbst gegenüber) begründete er es so, daß er Adam abholen wollte, um ihm schonend beizubringen, was man auf Wyvis Hall Schreckliches entdeckt hatte und daß dort zu der Zeit, als Adam das Haus gehört hatte, möglicherweise ein Verbrechen geschehen war.

»Übertreibst du da nicht ein bißchen?« fragte Beryl.

»Was soll das heißen?«

»Von einem Verbrechen hat bisher kein Mensch was gesagt.«

Doch eben jetzt war, wie Lewis ihr einigermaßen dramatisch eröffnete, der *Standard* bei den Händlern eingetroffen und meldete, daß die Polizei bei dem Fall von einem Mord ausging. Es waren nur ein paar Zeilen, ziemlich versteckt, alles sehr zurückgenommen, aber das Wort, um das es ging, hieß Mord und ließ sich nicht wegdiskutieren.

Auf dem Weg zum Flughafen dachte Lewis daran, daß er Adam von Anfang an gesagt hatte, es könne nur Ärger geben, wenn ein so junger, unerfahrener Mensch wie er einen Besitz in der Größenordnung von Wyvis Hall erbte. Und recht hatte er gehabt, der Ärger hatte sich eingestellt, wenn auch mit einiger Verspätung. Zehn Jahre hatte er auf sich warten lassen. Mehr als zehn Jahre. Auf der einen Seite kam es Lewis länger vor, auf der anderen, als sei es erst gestern gewesen. Fest dagegen stand, daß es, soweit er sich zurückerinnern konnte, für alle selbstverständlich gewesen war, daß Wyvis Hall einmal ihm gehören würde.

Die Verne-Smiths waren ländlicher Kleinadel. Lewis' Großvater, Pfarrer in einem Dorf in Suffolk, hatte ausschließlich von seinem Gehalt leben müssen. Sie waren sieben Kinder zu Haus gewesen, zwei waren jung gestorben, eine von Lewis' Tanten hatte geheiratet und war nach Amerika gegangen, die anderen beiden waren ledig geblieben, hausten, wie damals viele unverheirateten Frauen auf dem Land, in winzigen Cottages in einem Dorf und machten sich, scheue, unauffällig-graue Mäuse, in der Gemeinde nützlich, ihrer Jugend beraubt, ohne Einkünfte, lebendig begraben. Die übrigen Brüder, Lewis' Vater und sein Onkel Hilbert, waren wesentlich jünger. Lewis' Vater wurde ebenfalls Geistlicher, während Hilbert eine Anwaltspraxis in Ipswich hatte und sich durch die Heirat mit einer reichen Frau sanierte.

Die Berelands waren wohlhabende Grundbesitzer. Wenn eins der Kinder heiratete und keine standesgemäße Wohnstätte zur Verfügung stand, kaufte man ihnen kurzerhand ein Haus. Lilian Bereland brachte Wyvis Hall mit in die Ehe, nicht als Bleibe gnadenhalber, die nach ihrem Ableben oder dem Tod ihres Mannes wieder in den Besitz der Familie übergehen würde, sondern als ihr Eigentum, mit dem sie tun und lassen konnte, was sie wollte. In den Augen ihres Vaters war das Haus nichts Besonderes, ein verwinkelter Bau mit ziemlich kleinen Zimmern, recht feucht im Flußtal gelegen. So etwas ließ sich zu der Zeit, als Hilbert heiratete, nicht gut verkaufen.

Lewis' Vater kam in den Ferien mit seiner Familie nach Wyvis Hall. Seine Pfarre lag am Rand von Manchester, und das Pfarrhaus war in viktorianisch-byzantinisch-gotischem Stil aus rußgeschwärzten gelben Backsteinen erbaut, die pseudo-romanischen Fenster in rotem Backstein abgesetzt. Schwarzblättriger Ilex zierte den Friedhof, und ein verwilderter Goldregen blühte einmal im Jahr eine Woche lang. Wyvis Hall war das schönste Haus, das der siebenjährige Lewis je gesehen hatte, und die Landschaft war einfach wundervoll. Damals waren die Felder noch klein und mit Hecken eingefaßt, und die Wege verliefen tief eingeschnitten zwischen grünen Böschungen. Wilde Orchideen blühten auf den Mooren, Eisenhut und Wasserhanf an den Ufern der kleinen Bäche, wo es Köcherfliegen und Wasserläufer und Libellen in goldsamtener und silberner Rüstung gab. Dukatenfalter gab es in Massen und Bläulinge und Aurorafalter, und einmal sichtete der kleine Junge einen Großen Schillerfalter. Zwei Buntspechte nisteten in dem sogenannten Kleinen Forst hinter dem See, und wenn die Bucheckern reiften, kam ein Kleiber ganz nah ans Haus heran.

Dieses Haus... wie anders als die Berelands sah er es! Für ihn war es geräumig und weitläufig, ein Palast. Im Salon trugen zwei Säulen aus rosafarbenem Marmor die Fensterlaibungen. Die Treppe schwang sich in elegantem Bogen zu einer Galerie empor. Es gab eine Bibliothek, die Onkel Hilbert als Studierzimmer benutzte und – noch ehrfurchtgebietender – ein Jagdzimmer mit ausgestopften Tieren und Flinten an den Wänden. Doch das Interieur bedeutete ihm weniger – obschon das nicht immer so bleiben sollte – als die Umgebung, der See, der Wald. Es war für ihn etwas Zauberisches um den Besitz, er empfand für ihn etwa so wie Le Grand Meaulnes[1] für sein verlorenes Reich. Er freute sich unbändig auf die Ferien und

---

[1] Roman von Alain-Fournier, um 1910 entstanden, und in den sechziger Jahren in England wieder sehr populär. (Anm. d. Ü.)

verfiel in tiefe Niedergeschlagenheit, wenn sie ihrem Ende zugingen. Es war ein großer Triumph für ihn, wenn er die Erwachsenen dazu bewegen konnte, daß er noch bleiben durfte, während die Eltern wieder nach Manchester zurückfuhren.

Tante Lilian blieb kinderlos und starb, erst fünfundfünfzig, im Jahre 1960. Der Verlust seiner Frau war ein schwerer Schlag für Onkel Hilbert, und nur Lewis vermochte ihn ein wenig aufzuheitern. Damals sprach er zum ersten Mal davon, daß Wyvis Hall eines Tages seinem Neffen gehören würde.

Er sagte das auch Lewis' Eltern, die daraufhin immer öfter ins Gespräch einflochten: »Wenn das alles mal dir gehört...« und »Wenn du dein Erbe angetreten hast...« Doch Onkel Hilbert war gerade erst sechzig geworden, war kerngesund und stand nach wie vor mit viel Energie seiner Kanzlei vor. Der Gedanke, an seine Stelle zu treten, lag Lewis recht fern, außerdem fand er es damals ungehörig, solche Dinge vorwegzunehmen. Er fuhr aber jetzt sehr oft nach Suffolk, öfter vielleicht, als wenn Wyvis Hall den Berelands oder einem der Vettern in Amerika zugedacht gewesen wäre.

Seine Einstellung zu Wyvis Hall wandelte sich vielfach im Lauf der Jahre. Die Zeitläufte brachten es mit sich, daß Wiese, Hain und Strom ihn allmählich nicht mehr in himmlisches Licht, in Glanz und Frische eines Traums gehüllt dünkten. Er wurde erwachsen. Zunehmend sah er die Ländereien als *Besitz*, die Grünflächen als etwas, womit man anderen Leuten imponieren konnte, Obst- und Gemüsegarten als Produktionsstätten für wohlschmekkende Nahrung. Er hatte zwar vor, das Haus zu bewohnen, zumindest zeitweise, aber er begriff es auch als verkäufliche Immobilie, deren Wert oder Preis (wie immer man es betrachten mochte) jährlich stieg. Die Kiefern in dem Wäldchen, in dem Onkel Hilbert seinen Jagdterrier Blaze als letztes Haustier zu Grabe getragen hatte, sah er als nützliches und lukratives Holzlager. Er prägte sich die Möbel ein, die in Wyvis Hall standen, holte sich Werke über Antiquitäten und Porzellan aus der Bücherei, verglich die Stücke nach der Erinnerung mit den Abbildungen und schnappte hin und wieder nach Luft, wenn er die Wertsteigerungen sah. Zu seinen Lieblingsideen gehörte die Vorstellung, wie er und seine Frau im Salon Dinnergäste empfangen würden. Die Anschrift auf seinem Briefpapier sollte schlicht und einfach lauten: Wyvis Hall, Nunes-by-Ipswich, Suffolk. Es war Lewis' sehnlichster Wunsch, eine Adresse zu haben, bei der man den Straßennamen weglassen konnte, ohne die Post zu inkommodieren. Haus und Grundstück waren auf der Generalkarte eingetragen, und wenn Lewis in gedrückter Stimmung war und der Aufheiterung bedurfte, holte er die Karte hervor und studierte sie.

1960 war er verheiratet und hatte zwei Kinder, einen Sohn und eine Tochter. Als sein Sohn zur Welt gekommen war, hatte er gemeint, es sei eine nette Geste, ihn nach Hilbert zu nennen.

»Ein Name mit Tradition in der Familie«, sagte er zu seiner Frau, obgleich das überhaupt nicht stimmte. Sein Onkel war in der ganzen Sippe der einzige Hilbert. Ende des 19. Jahrhunderts waren germanische Namen große

Mode gewesen, und den 1902 geborenen Onkel hatten noch die Nachwehen dieses Faibles erfaßt.

»Du, das gefällt mir aber nicht«, hatte seine Frau eingewandt. »Die Leute werden denken, daß er in Wirklichkeit Gilbert oder Albert heißt, sie werden sich über ihn lustig machen, den armen kleinen Kerl.«

»In der Privatschule redet man ihn später sowieso mit dem Nachnamen an«, widersprach Lewis, der trotz seiner knappen Mittel große Pläne im Kopf hatte, was ja bei dem künftigen Besitzer von Wyvis Hall und seiner Ländereien durchaus verständlich war. So trug er denn einen Sieg – oder zumindest einen Scheinsieg – davon, und das Kind wurde auf den Namen Hilbert John Adam getauft.

Lewis hatte Onkel Hilbert schriftlich mitgeteilt, daß er die Absicht hatte, seinen Sohn nach ihm zu nennen und hatte ihn zu Gevatter gebeten. Onkel Hilbert hatte abgelehnt mit der Begründung, er ginge nicht mehr zur Kirche, hatte aber einen silbernen Taufbecher geschickt, in dem sich gut und gern eine halbe Maß Bier unterbringen ließ. In seinem Begleitbrief ging er auf die Namenswahl nicht ein. Es war ein recht kühler Brief. Später, als Lewis mit Frau und Sohn einen Besuch in Wyvis Hall machte, bemerkte Hilbert zum Namen seines Großneffen nur:

»Das arme Wurm.«

Inzwischen hatten sich sowieso alle angewöhnt, das Baby Adam zu nennen.

Lewis war nicht dumm. Er begriff sehr schnell, daß er auf unerfindliche Weise seinen Onkel verärgert hatte, und bemühte sich, die Sache wieder ins Lot zu bringen. Von jetzt ab wurde der Geburtstag seines Onkels stets gebührend zur Kenntnis genommen, Weihnachtsgeschenke mußten gekauft und rechtzeitig auf den Weg gebracht werden. Onkel Hilbert wurde nach London eingeladen, die Vergnügungen, die seiner dort harrten, wurden in leuchtenden Farben ausgemalt: Theater- und Konzertbesuche, ein eigens für ihn arrangierter Rundgang durch »Swinging London« – Carnaby Street, King's Road und und und. Lewis wußte wohl, daß dies alles verdächtig nach Erbschleicherei roch, aber er konnte einfach nicht aus seiner Haut.

Natürlich fuhr er mit seiner Familie weiterhin in den Sommerferien nach Wyvis Hall. Inzwischen hatte er auch eine Tochter, und die Versuchung war groß gewesen, sie Lilian zu nennen. Dann aber hatte er doch noch rechtzeitig erkannt, daß das wohl nicht ratsam war, und so wurde sie auf den Namen Bridget getauft. Seine Frau wäre gern hin und wieder nach Cornwall, vielleicht auch mal nach Mallorca gefahren, aber das, erklärte Lewis, könnten sie sich nicht leisten. Was er meinte, war möglicherweise, sie könnten es sich nicht leisten, nicht nach Nunes zu fahren. 1970 war in der Gegend von Nunes ein baufälliges Cottage nicht unter 4000 Pfund zu haben, und Wyvis Hall würde fünfmal soviel bringen.

Eines Tages, als er sich gerade aus seiner Anwaltskanzlei zurückgezogen hatte, sagte Hilbert mit gütigem Lächeln zu Lewis, er habe ein Testament gemacht, das »dir sehr zum Vorteil gereichen wird.« Sie saßen auf der Terrasse mit der niedrigen Balustrade, auf der, in Paaren angeordnet, ziemlich anstößige Steinfiguren aus der klassischen Mythologie standen. Unter dem Fenster zum Salon war

*agapanthus africanus,* die blaue Schmucklilie, in voller
Blüte. Hilbert und Lewis und Beryl saßen in altmodischen
Liegestühlen mit Bezügen aus gestreiftem Leinen. Hilbert
lehnte sich zu Lewis hinüber, als er von dem Testament
sprach, und klopfte ihm aufs Knie. Lewis erklärte, er sei
sehr dankbar.

»Den Ausschlag hat gegeben, daß du den Jungen nach
mir genannt hast«, sagte Hilbert.

Lewis erging sich in weiteren Dankesbezeugungen und
sagte, es sei in diesen Umständen nur recht und billig, daß
er seinen Sohn Hilbert genannt habe.

»*Unter* diesen Umständen«, sagte Hilbert.

Er krittelte ständig wegen geringfügiger grammatikali-
scher oder sprachlicher Schnitzer an seinen Mitmenschen
herum. Das muß Adam von ihm haben, dachte Lewis
manchmal, oder vielleicht (so dachte er viel später voller
Bitterkeit) war es gerade diese ihm so ähnliche pedantische
Ader gewesen, die Hilbert an Adam gefallen hatte.

Lewis ließ sich nicht gern korrigieren, aber es blieb ihm
nichts anderes übrig, als die Kröte zu schlucken und dabei
noch zu lächeln. Ewig konnte das ja nicht so weitergehen.
Die Verne-Smiths waren kein langlebiges Geschlecht. Lewis' Vater war mit sechzig gestorben, sein Großvater mit
zweiundsechzig. Keine seiner drei Tanten hatte ihren sieb-
zigsten Geburtstag erlebt. Hilbert würde im nächsten Jahr
siebzig werden, und Lewis sagte zu seiner Frau, sein Onkel werde allmählich doch recht gebrechlich. Er begann,
an den Wochenenden »mal eben« nach Suffolk zu fahren,
und zu Weihnachten zwang er seine Frau, ihn auf vier Tage
zu begleiten und ein vorbereitetes Festmenü mitzuneh-

men. Die Putzfrau und der Alte, der den Garten betreute, hatten Anweisung, ihn »Mr. Lewis« zu nennen, und er fühlte sich schon ganz als Erbe. Viel Geld hatte sein Onkel wahrscheinlich nicht, aber vielleicht war doch so viel da, daß eine Zentralheizung eingebaut und das ganze Haus renoviert werden konnte. Lewis wußte noch nicht recht, was günstiger war: Wyvis Hall zu verkaufen, nachdem er es ein bißchen herausgeputzt hatte, und sich von dem Erlös ein größeres, schöneres Londoner Haus und ein Cottage auf dem Land anzuschaffen oder das Herrenhaus zu behalten und einen Teil des Ackerlands loszuschlagen. Nach seiner Schätzung – Ergebnis eifrigen Studiums der Schaukästen von Maklerbüros in Ipswich und Sudbury – war Wyvis Hall Ende 1972 etwa 23 000 Pfund wert.

Es war für Lewis ein ständiges Ärgernis, daß Adam seinem Onkel nicht mehr Achtung und Ehrerbietung entgegenbrachte. Der Junge war ruppig und vorlaut. Er redete den Mann, der sein Großonkel war, keß mit Vornamen an und sprang nicht auf, wenn der alte Herr das Zimmer betrat. Lewis drängte Adam, ihn auf seinen liebevoll-besorgten Wochenendbesuchen zu begleiten, aber Adam sagte meist, er habe zu tun oder würde sich doch nur langweilen. In den letzten Jahren war er, soweit Lewis sich erinnern konnte, nur einmal mitgekommen, und zwar nur deshalb, weil sie ihm versprochen hatten, er dürfe mit auf die Jagd. Der Besuch war ziemlich danebengegangen. Adam war eingeschnappt, weil sie ihm die kleine Jagdflinte, die sogenannte Damenflinte, zugedacht hatten. Später hatte Lewis sich manchmal überlegt, was geschehen wäre, wenn Adam auf ihn gehört und lieb und freundlich zu dem alten Sonderling gewesen wäre. Hätte Hilbert seinen Besitz dann vielleicht Bridget oder gar dem Anwaltsverband vermacht?

Noch drei Jahre sollten vergehen, ehe sein Onkel starb und damit einen Rekord an Langlebigkeit in den Annalen der Verne-Smiths aufstellte. Die Putzfrau fand ihn an einem Aprilmorgen des Jahres 1976 tot vor seinem Schlafzimmer an der Hintertreppe. Er war einer Gehirnblutung erlegen. Adam war neunzehn, er hatte gerade angefangen zu studieren und war zu den Osterferien nach Hause gekommen. Als nach der Einäscherung die wenigen Trauergäste trübsinnig die Blumenspenden besichtigten, sagte Onkel Hilberts Anwalt, ein Sozius aus der Kanzlei in Ipswich, der Inhalt des Testaments sei Lewis wohl schon bekannt. Lewis, der sich seines Besitzes sicher wähnte, winkte ab, dies sei zu dieser Stunde kein angemessenes Gesprächsthema. Der Anwalt nickte und ging seiner Wege.

Eine Woche später bekam Adam einen Brief des Inhalts, sein verstorbener Großonkel habe ihn in seinem Testament zum Alleinerben eingesetzt. Geld war nicht da, Hilbert hatte alles, was er besaß, in eine Leibrente gesteckt, aber Wyvis Hall mit allem, was dazugehörte, war nun Adams unumschränktes Eigentum.

Auf der North Circular Road herrschte stockender Verkehr, ein besonders langer Stau war bei Stonebridge Park entstanden, ein weiterer an der Hanger Lane. Lewis hatte vernünftigerweise reichlich Zeit einkalkuliert. Adam würde staunen, wenn er ihn sah. Wahrscheinlich würde er denken, daß seiner Mutter etwas zugestoßen war, daß Lewis schlechte Kunde brachte. Was ja in gewisser Weise auch stimmte. Während Lewis in der Schlange hinter einem Containerlastwagen voll deutscher Möbel und einem Selbstfahrer-Umzugstransporter stand, überlegte er flüchtig, wie und warum die Gebeine wohl auf den Tierfriedhof geraten waren. Wenn er ehrlich war, mußte er sich sagen, daß Adam direkt wohl nichts mit der Sache zu schaffen hatte. Wahrscheinlicher war schon, daß Adam irgendwelchen zwielichtigen Existenzen den Zugang zum Haus ermöglicht hatte und daß diese Landstreicher oder Hippies – damals gab es noch viele Hippies – für die Tat verantwortlich waren.

Adam selbst hatte, soweit er das hatte feststellen können, nie Interesse an Wyvis Hall erkennen lassen, und eben deshalb war ja die ganze Sache so ärgerlich. Für Adam war diese unerwartete Erbschaft nur eine Frage des schnöden Mammons gewesen. Als der Brief kam, hätte Lewis ihn beinah aufgemacht. Nach dem Poststempel und der altmodisch-korrekten Gestaltung der Anschrift kam als Absender nur Hilberts frühere Kanzlei in Frage. Wahrscheinlich hatten sie sich geirrt und den Brief aus Versehen an seinen Sohn geschickt. Oder aber Hilbert hatte Adam irgendein kleines Erinnerungsstück, ein Andenken hinterlassen …

Adam lag noch im Bett. Lewis würde das bis ans Ende seiner Tage nicht vergessen. In seiner Hochstimmung hatte er nicht etwa zu seinem Sohn hinaufgerufen, er solle gefälligst die Beine in die Hand nehmen und herunterkommen, nein, er war höchstpersönlich hinaufgegangen und hatte Adam den Brief auf den Nachttisch gelegt. Das Schlimme war, daß Lewis nie den geringsten Zweifel daran gehegt hatte, wer der neue Herr auf Wyvis Hall sein würde.

Es mußte ein Samstag gewesen sein, oder Lewis hatte aus irgendeinem Grund Urlaub gehabt, jedenfalls war er zum Mittagessen daheim, und er und Beryl saßen am Tisch und sprachen darüber, daß sie bald mal nach Wyvis Hall fahren und sich dort umsehen würden, als Adam hereinkam. Er hatte damals sehr lange Haare und einen Bart und erinnerte im Aussehen – wie all diese jungen Leute – an einen etwas verunglückten Propheten. Lewis sah ganz deutlich vor sich, wie Adam ins Eßzimmer kam (oder besser gesagt in die Eßecke des Wohnzimmers), in Jeans natürlich, in Jeans mit ausgefransten Säumen, und einem kragenlosen Kasack mit buntem Batikmuster. Später bedauerte Lewis es sehr, daß er nicht irgendeine ätzende Bemerkung gemacht hatte, über Adams Langschläferei etwa oder seinen Aufzug. Darauf hatte er zwar angespielt, aber in durchaus jovialem Ton. Er war geradezu aufgeräumt gewesen. Ich armer Trottel, dachte er.

»Dein köstliches Mahl aus Heuschrecken und Honig steht schon bereit«, hatte er gescherzt.

Adam sagte: »Stellt euch vor, der alte Hilbert hat mir sein Haus vermacht.«

»Sehr komisch«, sagte Lewis. »Was hat er dir denn wirklich vermacht? Seinen Schreibtisch? Du hast immer gesagt, daß der dir gefällt.«

»Nein, im Ernst, er hat mir sein Haus vermacht, Dingsbums Hall. Unglaublich, was? Ein richtiger Schock. Du kannst den Brief lesen, wenn du willst.«

Lewis riß ihm den Brief aus der Hand, er zitterte plötzlich. Da stand es schwarz auf weiß: »Der Wyvis Hall genannte Besitz in Nunes in der Grafschaft Suffolk und die dazugehörigen Ländereien...« Aber das mußte ein Irrtum sein.

»Sie haben uns verwechselt, mein Junge«, sagte Lewis grimmig.

Adam lächelte. »Das bezweifle ich.«

»*Du* bezweifelst das? Was weißt du denn schon... Natürlich gehört Wyvis Hall mir, das stand doch schon lange fest. Es ist einfach eine Verwechslung, sie haben die Namen durcheinandergebracht. Sträflicher Leichtsinn natürlich, alles was recht ist.«

»Warum rufst du sie nicht einfach an«, sagte Beryl.

»Das tu ich auch. Sobald ich mit dem Essen fertig bin.«

Aber er konnte nicht weiteressen, er brachte keinen Bissen mehr herunter. Adam aß. Er aß Butterbrot und Schinken und Mixed Pickles und trank einen Viertelliter Milch dazu. Lewis ging in die Diele und rief in Hilberts Kanzlei an. Der zuständige Anwalt war noch zu Tisch. Adam stand auf und sagte, er würde mal eben bei Rufus vorbeigehen.

»Du wirst nirgendwohin gehen«, sagte Lewis. »Ich verbiete dir, das Haus zu verlassen.«

»Wie bitte?« Adam sah seinen Vater an und griente.

»Warte noch ein paar Minuten, Adam«, bat Beryl, »bis die Sache sich aufgeklärt hat.«

»Warum kriegt er denn das große Flattern, wenn er so sicher ist, daß sie sich bloß geirrt haben?«

Nicht in diesem Moment, sondern zehn Minuten später, als er mit dem Anwalt gesprochen und der ihm versichert hatte, daß es sich nicht um einen Irrtum handelte, begann Lewis, eine Abneigung gegen seinen Sohn zu fassen. Adam sagte:

»Du kannst nicht erwarten, daß ich untröstlich bin, weil er das Haus mir vererbt hat und nicht dir. Aus meiner Sicht hat er es natürlich genau richtig gemacht.«

»Begreifst du nicht, wie ungeheuerlich das ist?«

Adam war aufgeregt. Er brannte darauf, den Fletchers von seinem Glück zu berichten. In Lewis brodelten Wut, Jammer und Enttäuschung.

»Kann ich den Wagen haben?« fragte Adam.

»Nein, das kannst du nicht. Weder jetzt noch in Zukunft, damit das ganz klar ist.« Lewis ersann sehr bald einen Plan, der es ihnen allen gestatten würde, an Wyvis Hall teilzuhaben. Es war keine ideale Lösung, es war nicht das, was er erwartet hatte, wahrhaftig nicht, aber es war besser, als das Haus ganz und gar Adam zu überlassen. In einer Woche würde Adam wieder an der Uni sein, das Testament mußte bestätigt werden, aber was sprach dagegen, daß er und Bridget im Sommer regelmäßig die Wochenenden auf Wyvis Hall verbrachten? Adam konnte das Haus dann in den Semesterferien haben. Er, Lewis, war bereit, das Haus auf eigene Kosten renovieren zu lassen. Es war schließlich für eine Familie gedacht, bestimmt war Hilbert davon ausgegangen, daß Adam es auch seinen Angehörigen zugänglich machen würde. Er und Beryl und Bridget konnten an den Wochenenden hinfahren, und das Weihnachtsfest würden sie alle vier gemeinsam dort feiern. Was wollte ein Student, der noch keinerlei berufliche Aussichten hatte, mit einem großen Herrenhaus anfangen?

»Ich will es verkaufen«, sagte Adam. »Mir geht es um das Geld.«

»Verkauf das Land«, sagte Lewis.

»Nein, das möchte ich nicht. Außerdem bringt Ackerland heutzutage nicht viel, und wer würde es mir abkaufen?« Offensichtlich hatte sich Adam mit dem Thema schon eingehend beschäftigt. »Nein, da ihr schon fragt...« Man merkte, daß er die Eltern nur ungern an seinen Plänen teilhaben ließ. »Da ihr schon fragt – ich werde so bald wie möglich hinfahren und es mir ansehen, und dann werde ich versuchen, es zu verkaufen.«

Adam ging an die Uni zurück. In jenem Sommer, dachte Lewis, habe ich vielleicht kurz vor einem Nervenzusammenbruch gestanden. Er schmiedete alle möglichen wilden Pläne. Er würde nach Nunes fahren und das Haus in seinen Besitz bringen, notfalls mit Gewalt. Die Leute aus dem Dorf würden sich auf seine Seite schlagen. Nannten sie ihn nicht Mr. Lewis? War er nicht der rechtmäßige Erbe? Adam würde nie versuchen, ihm Wyvis Hall gewaltsam wieder abzujagen. In Gedanken führte er mittelalterliche Baronatsfehden. Er träumte, daß er in schwerer Rüstung, einen Streitkolben in der Hand, die große Eichentür öffnete und Adam ihm auf einem Rappen mit bunter Schabracke entgegensprengte. In die Wirklichkeit zurückgekehrt, nahm er sich einen Anwalt, um prüfen zu lassen, ob sich das Testament anfechten ließ. Man riet ihm ab. Er versuchte es noch einmal im Guten und schrieb Adam lange Briefe an die Uni, in denen er ihn anflehte, Kompromißbereitschaft zu zeigen. Adam rief seine Mutter an und bat sie dafür zu sorgen, daß sein Vater ihn nicht während der Prüfungen belästigte. Der Arzt verschrieb Lewis Beruhigungspillen und riet zu einer Urlaubsreise.

Mitte Juni warf Lewis von einem Tag zum anderen das Handtuch. Adam und Wyvis Hall und die Erinnerung an seinen Onkel Hilbert waren für ihn gestorben. Die ganze Geschichte widere ihn an, sagte er zu Beryl, sie sei unter seiner Würde, aber die Schlechtigkeit der Menschheit habe ihn doch zutiefst erschüttert. Um keinen Preis würde er jetzt noch nach Wyvis Hall gehen, und wenn Adam ihn auf Knien darum bäte.

Nach den Prüfungen kam Adam für eine Nacht nach Hause und fuhr dann nach Nunes. Er nahm Rufus Fletcher mit, oder vielmehr Rufus nahm Adam mit, denn sie fuhren in Rufus Fletchers Wagen. Lewis heuchelte Desinteresse. Adam war für ihn praktisch Luft, er empfand für ihn jetzt tiefe Abneigung, fast Widerwillen. Wenn ihm vor ein paar Monaten jemand gesagt hätte, man könne eine echte Aversion gegen sein eigen Fleisch und Blut haben – er hätte es nicht geglaubt. Und doch war es so. Zwei Tage später war sein Sohn wieder da. Mehr Zeit hatte er für Wyvis Hall nicht erübrigen können, dieses schöne alte Haus, das ein unerhörter Glücksfall dem Neunzehnjährigen beschert hatte. Er wollte mit Rufus Fletcher und Rufus Fletchers Freundin, der Tochter irgendeines geadelten Pinsels, nach Griechenland fahren.

»Da muß man sich aber doch wundern. Ein Mädchen aus solchen Kreisen ...« sagte Lewis.

»Wundern? Worüber?« fragte Adam.

»Ein alleinstehendes Mädchen, das mit so einem Burschen durch die Weltgeschichte zieht ...«

Adam lachte.

»Wie lange willst du denn bleiben?« fragte Beryl.

»Weiß ich nicht.« Sie wußten es nie, oder wenn sie es wußten, sagten sie es nicht. Beryl hätte sich die Frage sparen können. »Das Trimester fängt am 17. Oktober an.«

»Du willst doch nicht für vier Monate nach Griechenland?«

»Weiß ich nicht. Vielleicht. Griechenland ist ganz schön groß.«

»Und gewohnt wird im Zelt, wie? Oder man schläft einfach am Strand ...« Schon war wieder Schluß mit dem abgeklärten Gleichmut, mit der Distanz, so war Lewis nun mal. »Und was ist mit diesem wunderschönen alten Haus, das ganz unverdient in deine Obhut gegeben worden ist? Das kann wohl ruhig vor die Hunde gehen?«

Adam sah ihn scharf an. »Wie du das mit den Hunden meinst, weiß ich nicht, aber ich habe veranlaßt, daß täglich jemand aus dem Dorf hereinschaut, damit keiner dummes Zeug treibt. Hausbesetzer zum Beispiel, so was gibt's ja heutzutage oft.«

Lewis wußte natürlich, auf wen das abzielte, er wußte, an welche Art von Hausbesetzern Adam gedacht hatte. Es war schlimm, wenn man so etwas dem eigenen Vater unterstellte.

In dem Parkhaus für Kurzparker in Terminal Two mußte Lewis ein Stockwerk nach dem anderen abfahren, bis er eine Lücke für seinen Wagen gefunden hatte. Er hatte die bitteren Erinnerungen erschöpft und war wieder in der Gegenwart gelandet. Am nächsten Tag war Adam nach

Griechenland gefahren und erst im September wieder aufgetaucht. Lewis und Beryl hatten sich natürlich nicht auf Wyvis Hall sehen lassen, nie hätten sie sich der Demütigung ausgesetzt, von irgendeinem Bauernlümmel abgewiesen zu werden, der von Adam dafür bezahlt wurde, im Haus nach dem Rechten zu sehen.

Woher hatte Adam das Geld gehabt, einen Mann für tägliche Inspektionsgänge auf Wyvis Hall zu bezahlen, überlegte Lewis, während er im Aufzug nach unten fuhr und durch die Ankunftshalle von Terminal Two zur Zollkontrolle ging, um dort den Exodus zu erwarten. Die Maschine aus Teneriffa war in einer Viertelstunde fällig, an der Wand hing eine Tafel, auf der die Landungen angekündigt wurden. Etliche Leute standen wartend herum, Fahrer von Mietwagen mit Schildern, auf denen in Druckbuchstaben die Namen von Einzelpersonen oder Firmen standen, Familien, die sich anschickten, einen heimkehrenden Vater in die Arme zu schließen, eine wunderliche, Kaugummi kauende Alte in rotem Cape. Lewis überlegte, welcher Besucher aus Rom oder Amsterdam oder von den Kanarischen Inseln wohl das Pech haben würde, bei ihr zu wohnen.

Vielleicht hätte er der Polizei sagen sollen, daß in jenen Sommermonaten täglich jemand auf Wyvis Hall gewesen war. Eine anständige Person, Hilberts Gärtner etwa oder seine Putzfrau, war es bestimmt nicht gewesen, höchstwahrscheinlich irgendein verlotterter Arbeitsloser, den Adam in einem Pub kennengelernt hatte. Durchaus möglich, daß dieses Individuum das Verbrechen begangen hatte, dessen Abschluß jene grausige Bestattung gewesen war. Und indirekt hatte sich dann auch Adam schuldig gemacht. Ordnungshüter waren in der Menge nicht zu sehen, kein Polizeibeamter war gekommen, um Adam abzufangen, es sei denn, er war in Zivil. Was war mit diesen beiden, die wie Geschäftsleute aussahen? Kriminalbeamte wahrscheinlich. Wer sonst wartete um diese Zeit an der Ankunftsschranke von Heathrow?

Erregung erfaßte Lewis. Wenn nun Adam festgenommen wurde, noch ehe er seinen Vater erreicht hat? Er malte sich aus, wie er eine weinende Anne mit Abigail zu Beryl fahren und dann einen guten Anwalt für Adam suchen würde. Adam würde einräumen müssen, daß er im Unrecht gewesen, daß es äußerst nachlässig, ja, sträflich leichtsinnig gewesen war, jedem Hinz und Kunz den Zugang zu Wyvis Hall zu ermöglichen. Vielleicht würde er sich der Polizei gegenüber zieren, mit Namen herauszurücken, aber das würde ihm nichts helfen, sie würden ihn dazu zwingen. Schließlich würde er zugeben, daß dies alles nicht passiert wäre, wenn sein Vater Wyvis Hall geerbt hätte, wie er mit Fug und Recht hatte erwarten dürfen.

An der Tafel erschien die Anzeige für die Landung von Flug IB 640 aus Teneriffa. Inzwischen hatte sich Lewis in einen Tagtraum hineingesteigert, in dem Adam ein von ihm geschwängertes Mädchen mit ihrem gemeinsamen Kind in Wyvis Hall hatte sitzenlassen, wo sie später von einem finsteren Hausmeister ermordet worden war. Die ersten Passagiere kamen durch den Zoll: Zwei Paare mittleren Alters, eine Gruppe junger Leute, die Studenten sein mochten, eine Familie mit vier Kindern samt Großmutter, ein Mann, der aussah, als habe er sich in der Maschine vollaufen lassen, mit offenem Kragen, den Schlips auf Halbmast. Die Kriminalbeamten, die gar keine waren, traten vor und begrüßten ihn, der eine schüttelte ihm die Hand, der andere klopfte ihn auf den Rücken. Eine Frau zog einen großen Schottenkoffer auf Rollen hinter sich her, und dann erschien Adam. Er schob einen mit Koffern beladenen Gepäckwagen. Neben ihm ging Anne, braungebrannt und müde, mit der leeren Kinderkarre, die schlafende Abigail auf dem Arm.

Daß Adam unangenehm berührt war, als er seinen Vater sah, war unverkennbar, doch war sein Gesichtsausdruck nicht so sehr bänglich-beklommen als vielmehr deutlich indigniert.

## 6

Es ist doch, dachte Adam, etwas Wundersames um den menschlichen Geist, der sich, wenn es zum Schlimmsten kommt, immer noch zu helfen weiß. Nach dem Schlimmsten, so denkst du, gibt es gar nichts mehr, das Unvorstellbare ist geschehen, dahinter liegen Tod, Zerstörung, das Ende. Doch nun geschieht das Schlimmste, du schwankst, du taumelst, der Schock ist ungeheuerlich – und schon setzt die Genesung ein. Du fängst dich wieder, du stehst, du stellst dich. Schon nach einer Stunde machst du vielleicht neue Pläne. Denn du begreifst, daß das, was geschehen ist, nicht das Schlimmste war, daß dieses Schlimmste möglicherweise noch vor dir liegt oder auch nie eintreten wird, denn du würdest es ja erkennen, es wäre Realität, und dann würde dir nichts anderes übrig bleiben als dich umzubringen. So schnell wie möglich.

Allmählich sah er etwas klarer, was geschehen war. Man hatte die Gebeine in Wyvis Hall ausgegraben und war zu dem Schluß gekommen, daß es sich um einen Mord handelte. Knochen, Skelette, Leichen bestatten sich nicht selbst. Das waren die Fakten, soweit sie ihm bisher bekannt waren. In den kommenden Tagen würde er mehr erfahren, viel mehr. Fest stand, daß ihm die Escape-Taste nun nichts mehr nützte, sie war gestorben. Die von ihr gelöschten Textteile waren ohnehin, wie in bestimmten Programmen, nicht endgültig verloren, sondern auf einer

Backup-Datei gespeichert, von der sie jetzt zurückgeholt werden mußten.

Adam saß im Haus seiner Eltern und trank Tee. Er mußte jetzt alles zurückholen, und das einzig Gute daran war, daß es ihm damit vielleicht gelang, die Träume zu bannen. Ihm war kalt und ein bißchen übel, und er hatte keinen Hunger, obgleich er, als er aus der Maschine gekommen war, rechtschaffenen Appetit verspürt hatte.

Anne saß neben ihm auf dem Kretonnesofa seiner Mutter, Abigail lag auf einem Schottenplaid am Boden und strampelte mit Armen und Beinen. Adams Mutter schob ihr ständig Spielzeug hin, für das sie sich nicht interessierte. Adam fiel ein Zitat aus einem Roman von John O'Hara ein, das er vor Jahren einmal auswendig gelernt hatte, in der Troremmos-Ära. »Um ein gesichertes Leben zu führen, mußt du erstens Geld erben, zweitens ohne den Hang zum Alkohol zur Welt gekommen sein, drittens einen vernünftigen Beruf haben, der dich in Atem hält, viertens eine Frau heiraten, die bei deinen sexuellen Neigungen mitzieht, fünftens einer großen Kirche beitreten und sechstens nicht zu lange leben.« Mit Ausnahme des letzten Punktes, an dem er noch nicht angelangt war, und des vorletzten, der wohl mehr für Amerika galt (er war statt dessen dem Golfklub beigetreten) hatte er alles erreicht. Aus eigener Kraft, dank seiner Veranlagung, wohl auch mit einigem Glück. Und doch war die Nemesis über ihn gekommen wie der Wolf über die Herde.

Er hatte eigentlich gar keine Lust, hier zu sitzen, aber die Widerstandskraft war ihm vergangen: die Mitteilung, die sein Vater ihm gemacht hatte, war ein zu großer Schock gewesen.

»Das wird dich interessieren, Adam, das hast du bestimmt nicht erwartet: Auf dem Grundstück meines alten Onkels haben sie einen Haufen Knochen ausgegraben...«

Als er sich einigermaßen wieder zusammengelesen hatte und anfing zu überlegen, was er der Polizei sagen sollte, war es zu spät, sie rollten bereits gen Norden. Anne war stocksauer. Als Lewis vorgeschlagen hatte, sie sollten mit zu ihm kommen und dort essen, hatte sie Adam einen Tritt vors Schienbein gegeben und einen zweiten hinterhergeschickt, als er keine Antwort gegeben hatte.

Er hatte sie in kalter Wut angefahren: »Hör auf, mich zu treten, blöde Kuh.«

Jetzt fehlte nur, daß sein Vater sich aufplusterte und verkündete, das sei keine Art, mit der eigenen Frau zu reden, noch dazu vor dem Kind. Es war ihm zuzutrauen. Doch er sagte nichts, er machte nur ein betretenes Gesicht, und Adam wußte auch warum. Die Intensität seiner Angst und seiner Wut hatte sich seinem Vater mitgeteilt und ihn erkennen lassen, daß Schweigen der bessere Teil der Tapferkeit war. Nachdem er für Aufregung gesorgt, nachdem er auf die für ihn typische Art und Weise Unheil gestiftet hatte, hielt er sich nun bedeckt und wartete. Altes Ekel. Hätte Onkel Hilbert ihm doch bloß Wyvis Hall vermacht, dachte Adam, dann hätte es kein Troremmos gegeben, keine Zosie, keine Toten. Und viel schlechter, überlegte er, hätte er sich auch nicht gestanden. Er würde jetzt mit Anne in einem Haus wie diesem wohnen statt in einer neoklassizistischen Prunkvilla. Kinder, dachte er und sah zu Abigail hinunter, fühlen sich überall wohl, wenn sie nur genug Liebe bekommen...

Seine Eltern hatten ihn nicht gefragt, wie es ihm im Urlaub gefallen hatte oder wie der Flug gewesen war. Die Unterhaltung drehte sich ausschließlich um die Entdeckkung auf Wyvis Hall. Adam wußte nicht, ob er sich freuen oder ärgern sollte, daß er sich drüben keine englische Zeitung gekauft hatte. Vielleicht wäre der Schock jetzt nicht so groß gewesen, aber die Meldung hätte ihm den Urlaub verdorben. Er wäre sehr gern allein gewesen. Natürlich wußte er, daß das nicht anging, weder jetzt noch später, in seinem eigenen Haus. In einer Ehe war man nie allein, das war ja wohl auch der Sinn der Sache. Was sollte er Anne sagen? Wieviel sollte er ihr sagen? Keine Ahnung. Nichts, wenn es sich irgendwie machen ließ.

Sie saßen an dem Tisch in der Eßecke bei einem lächerlich frühen Abendessen. Lewis wollte wissen, ob Adam sich noch erinnern konnte, wie es damals gewesen war, als er erfahren hatte, daß er der Erbe von Wyvis Hall war. Wie er hereingekommen war und sie alle mit der Nachricht in Erstaunen versetzt hatte.

»Damals hatte er einen Bart, Anne.« Lewis war nicht mehr betreten, sondern sehr aufgeräumt. »Du hättest ihn nicht erkannt, er sah aus wie Johannes der Täufer.«

Adam erinnerte sich genau, aber er sagte nichts.

»Komisch«, meinte Lewis. »Damals gab es auch Schinkensalat. So ein Zufall. Richtig, das wollte ich dich fragen, Adam: Wer hat in Wyvis Hall nach dem Rechten gesehen, als du in Griechenland warst?«

Adam konnte nichts essen. Damals war es sein Vater gewesen, dem das Essen im Hals steckengeblieben war. Nach dem Rechten gesehen? Er wußte nicht genau, was Lewis meinte, aber wahrscheinlich hatte er, Adam, sich damals eine Geschichte ausgedacht, um seinem Vater den Mund zu stopfen oder ihn fernzuhalten.

»Es war jemand aus dem Dorf?« beharrte sein Vater.

»Weißt du, das ist alles schon so lange her…«

»Die Polizei wird danach fragen, es könnte von entscheidender Bedeutung sein.«

»Ißt du dein Fleisch nicht, Junge?« fragte Beryl.

Abigail, die sie in einem der oberen Zimmer hingelegt hatten, fing an zu wimmern. Adam sprang auf.

»Ich glaube, wir sollten jetzt gehen.«

Sie mußten warten, bis sein Vater bereit war. Adam hätte lieber ein Taxi kommen lassen, aber davon wollte Lewis nichts wissen. Anne saß vorn, Adam setzte sich mit Abigail nach hinten. Wenn sein Vater hatte feststellen können, mit welcher Maschine sie gekommen waren, konnte das die Polizei schon lange. Vielleicht warteten sie schon auf ihn. Sie würden natürlich alle früheren Besitzer oder Bewohner von Wyvis Hall vernehmen wollen. Er las noch einmal den Artikel über die Vertagung der gerichtlichen Untersuchung, den ihm sein Vater aufgehoben hatte. Sie würden die Leute vernehmen, die vor neun bis zwölf Jahren Besitzer oder Bewohner von Wyvis Hall gewesen waren, und das waren Großonkel Hilbert, der nicht mehr lebte, er selbst und Ivan Langan, an den er das Haus verkauft hatte. Ja, und sonst… Woher wollten sie wissen, wer sonst dort gewohnt hatte?

Es war eine Ironie des Schicksals, daß er vor zehn Tagen in Heathrow Shiva über den Weg gelaufen war. Er sah jetzt die Begegnung als Omen, als Schatten, den ein künftiges Ereignis vorausgeworfen hatte. Was für ein Ereignis würde das sein? Adam mochte darüber jetzt nicht spekulieren, es wurde ihm schlecht davon. Er drehte die Zeitung um, so daß er die Schlagzeile, die Meldung nicht mehr sehen konnte. Sein Vater, noch immer bester Laune, sprach von den enormen Fortschritten, die die forensische Medizin in den letzten Jahren gemacht hatte.

Sobald sie zu Hause waren, begann Anne, Abigail für die Nacht zurechtzumachen. Adam trug die Koffer nach oben und stellte sie ins Schlafzimmer, dann suchte er sich Rufus Fletchers Nummer im Telefonbuch heraus. Er stand zweimal drin, einmal in der Wimpole Street und einmal in Mill Hill: Rufus H. Fletcher, M. B., MRCP. Die ganze Zeit – oder zumindest doch einen Teil der Zeit – hatte Rufus demnach nur fünf, sechs Kilometer von ihm entfernt gewohnt. Shiva konnte er nicht nachsehen, weil er nicht mehr wußte, wie er mit Nachnamen hieß. Frauen heiraten und nehmen einen neuen Namen an, in der Richtung brauchte er also gar nicht zu suchen. Natürlich konnte er Robin Tatian nachschlagen, aber was hätte ihm das gebracht? Er griff gerade nach dem blauen Telefonbuch, als Anne mit Abigail auf dem Arm zurückkam, und Adam nahm sie ihr ab und trug sie ins Bett und deckte sie zu und küßte sie. Sie schlief schon fast. Ob Rufus Kinder hatte, ob er sich ebenso heftig wie Adam darum sorgte, daß ihnen etwas Schlimmes widerfahren könnte? War sein Leben geprägt von dem, was in Troremmos geschehen war? So erfolgreich Adam sich jahrelang den gespeicherten Erinnerungen entzogen, sie unterdrückt, verscheucht hatte – nie war es ihm gelungen so zu tun, als sei er von jenen Ereignissen unberührt geblieben. Manchmal hatte er das Gefühl, daß sie ihn zu dem gemacht hatten, was er war, daß ihre Auswirkungen sein Handeln bestimmten.

Er saß an Abigails Bettchen und wehrte sich gegen die Erinnerungen, obschon er wußte, daß ein Entrinnen jetzt nicht mehr möglich war. In seinem Haus gab es nichts, was an Troremmos gemahnte. Alles, was übriggeblieben war, was er und Rufus nicht verkauft hatten, war zusammen mit dem Haus in den Besitz von Ivan Langan übergegangen, zu einem Spottpreis, denn Adam hatte es nicht über sich gebracht, noch einmal das Haus zu betreten, einen Termin mit einem Schätzer zu machen, durch alle Räume zu gehen, die einzelnen Stücke von den Regalen, aus den Schränken zu nehmen. Nur einmal noch war er nach dem gemeinschaftlichen Auszug nach Troremmos zurückgekommen, und das war schlimm genug gewesen, wie ein Traum, nein, es war, als sei er unversehens in das Drehbuch, in die Kulisse eines Gruselfilms – eines Hitchcock-Streifens etwa – geraten. Er ließ sich von dem Taxi oben an der Trift absetzen und ging zu Fuß zum Haus. Fast ein Jahr war vergangen, in der Zwischenzeit hatte niemand etwas an dem Grundstück getan, alles war unberührt. Als das Kiefernwäldchen auftauchte, sah er einfach weg. Vorläufig.

Die Trift war dicht überwachsen, ein dumpfiger Tunnel, aus dessen verwucherten Wänden Brombeer- und Hekkenrosenranken nach seinen Sachen langten. Eine der

Ranken schlug zurück, und als er nach ihr griff, bohrte sich ein Dorn in seine Fingerkuppe. Noch monatelang hatte dieser Dorn dort gesteckt und geeitert. Der Sommer war trüb und kühl, völlig anders als der Sommer des Vorjahres. Da gab es kein goldenes Licht, das auf die roten Backsteine schien, das Haus sah nicht mehr sanft und lieblich aus. Schön wohl, aber irgendwie streng und vorwurfsvoll, so wollte es Adams geschärftem Bewußtsein scheinen. Er ertappte sich dabei, daß er der Drehbuchillusion noch Vorschub leistete. Nur so – indem er vorgab, daß er sich durch etwas Unwirkliches bewegte, eine Rolle spielte –, brachte er es fertig, durch das hohe, struppige Gras, vorbei an der schwarzästigen Zeder, bis zu der Vorhalle mit den vier dorischen Säulen zu gehen und den Schlüssel ins Schloß zu stecken.

Im Film hätte ihn etwas Grausiges erwartet, ein Toter an einer Schlinge über der Treppe etwa. Natürlich empfing ihn nichts dergleichen, nur ein dumpfer Geruch, eine Mischung aus Staub und trockenem Schimmel, schlug ihm entgegen. Troremmos ... Er benutzte diesen Namen nicht mehr, es war wieder Wyvis Hall, sein Haus, aber es machte ihm keine Freude mehr, brachte ihm nicht mehr große, berauschende, fast schwindelerregende Beglückung. Er atmete tief, ging wie ein Filmdarsteller durch die Zimmer nach oben. In wenigen Minuten würde sein Partner für die nächste Szene eintreffen, der Makler aus Sudbury.

Im letzten Jahr hatten sie kaum Besucher gehabt. Es war, als habe sich um das einsame Haus im Wald ein unsichtbarer Zaun gezogen, als habe es jemand mit einem Zauberspruch belegt. Die klare Luft, Constables unvergleichliches Suffolk-Licht, war eine undurchdringliche Schranke, die Störenfriede fernhielt wie eine gläserne Wand. Das waren natürlich Hirngespinste, ein paar Leute waren dagewesen. Evans oder Owens aus Hadleigh, der Koipu-Mann, ein Stromableser, der Mann, der sich um den Garten hatte kümmern wollen und den er mit einer Lüge abgewimmelt hatte. Doch meist waren sie ungestört geblieben auf ihrer Zauberinsel, die anderen verschlossen blieb, die sie aber verlassen konnten, wann immer es ihnen beliebte. Es hatte zu viel Kommen und Gehen gegeben, vieles wäre anders gekommen, wenn sie häuslicher gewesen wären.

Die Türglocke schlug an, er zuckte unwillkürlich zusammen. Dabei war es eine ganz harmlose Glocke, kein schnarrender Summer, kein dröhnender Gong. Er ließ den Makler ein und führte ihn durchs Haus, zeigte ihm den Salon und das Eßzimmer, ging mit ihm nach oben ins Nadelkissenzimmer, das Zentaurenzimmer, das Zimmer des Erstaunens, das Totenbettzimmer, das Zimmer ohne Namen und dann über die Hintertreppe nach unten in das Gewirr von Küchen und Spülkammern, Waschküchen und Kohlenlagern, die zum größten Teil im 19. Jahrhundert hinzugekommen waren. Erstaunlich, wieviele Räume dieser Art die Viktorianer gebraucht hatten.

Es war alles durchaus sauber und ordentlich, ganz so, wie Vivien es hinterlassen hatte. Damals konnte er den Namen Vivien nicht aussprechen, nicht einmal denken, er sah sich nur angsterfüllt und mit verkrampften Händen um.

Adam öffnete die Tür zum Jagdzimmer und ließ den

Makler hineinsehen. Ein Tisch stand darin und ein Windsorstuhl, der Boden war aus schwarzen und roten unglasierten Kacheln, an der Wand waren Gestelle für die Gewehre angebracht, die Gewehre selbst waren natürlich nicht mehr da. Hilberts zwei Jagdflinten waren fort, die eine war im Kleinen Forst vergraben, die andere lag in Adams Zimmer in Edgware, in einer alten Golftasche unter dem Bett.

Der Makler schlug ihm einen Verhandlungspreis vor und notierte sich ein paar Maße, dann machte er ein Foto, am Rand des zur Wiese verwilderten Rasens stehend, dort, wo Rufus vor einem Jahr gestanden und fotografiert hatte. Es war windig, und die Zeder, die er mit einer Galeone und die Zosie mit einer Hexe verglichen hatte, tanzte hexengleich, mit rudernden Astarmen und zuckenden Beinen und fliegenden Röcken.

Der Wagen rollte, wie damals Matterknax, die Trift hinauf. Adam hatte seinen einzigen Schlüssel dem Makler überlassen. Er schloß die Haustür hinter sich und setzte sich in Bewegung. Er hatte vergessen, sich für den Rückweg ein Taxi zu bestellen oder sich Abfahrtzeiten von Bussen aufzuschreiben oder dergleichen. Sicher hätte der Makler ihn ein Stück mitgenommen, aber jetzt war es zu spät. Von dem Blätterdach des Tunnels fielen kalte Wassertropfen auf seinen Kopf. Aus dem Laubwald kam der rasselnde Ruf eines Fasans. Adam machte seinen Kopf ganz leer, ging wie ein Automat den grünen Waldweg hinauf, sah an einem Ende das gerahmte Landschaftsbild der rautenförmigen Viehweiden, ein Stück Wald, einen Kirchturm. Er hielt den Atem an.

Den Kopf hatte er in Richtung Trift gedreht, hatte ihn der Wand aus Strandkiefern mit ihren schwarzen Nadeln und grünen Zapfen zugewandt. Er wußte, wie weit es vom Weg aus war. Dreißig Schritte waren es. Mit geschlossenen Augen drehte er den Kopf auf die andere Seite, atmete tief aus, öffnete die Augen, sah hin und hörte sich einen leisen Wimmerlaut ausstoßen wie ein Mensch, der Schmerzen hat und versucht sich zu beherrschen, die Beschwerden zu unterdrücken.

Es war nichts zu sehen, absolut nichts. Die Stelle sah aus wie immer, eine Dünenlandschaft in Miniformat, ein Gelände mit flachen grünen Kuppen und kleinen Dolmen aus rosa Granit und weißem Marmor, ein, zwei grauen Steinplatten. Und hölzernen Kreuzen. »Auf welchen ewigen Strömen, Pinto...« In ihren engen Zellen ruhten auf immer Alexander, Sal, Monty, Ranger, Blaze. Und das grüne Gras rechts von Blaze war unberührt, ein wenig uneben wie das ganze Terrain, ein Netzwerk kleinstblättriger Pflanzen, winziger Blumen zog sich durch das Grün, hier senkte sich der Boden zu einer Mulde voller Kiefernadeln, dort zu einer schmalen Rinne mit sandigem Grund. Die Kaninchen hatten den Rasen besser kurz gehalten als jeder Rasenmäher. Ihre Exkremente lagen herum, als habe jemand großzügig Rosinen in der Gegend verstreut.

Adam merkte, daß er beide Hände über den Mund gelegt hatte. Er wandte sich um und lief den Waldweg entlang und die Trift hinauf, ohne sich noch einmal umzusehen.

Anne, die ihn unten mit Kaffee und belegten Broten auf einem Tablett erwartete, wollte über den Fund auf Wyvis Hall sprechen. Es rührte ihn irgendwie, daß für sie seine Unschuld etwas so Selbstverständliches war. Adam mochte nichts essen. Er dachte an Hilberts Flinte, die er noch besaß, von der er sich aber wohl besser bald trennen sollte.

»Du hast mir nie etwas davon erzählt«, fing Anne an. »Es muß ein richtiger Schock gewesen sein, als der Anwalt dir geschrieben hat, daß das Haus dir gehört. Hattest du denn nichts davon geahnt?«

»Ich dachte, mein Vater würde es erben, alle haben das gedacht.«

»Wieso hat er es statt dessen dir vermacht, was meinst du?«

»Nicht, weil er mich gern hatte. Er hat mich kaum beachtet, er machte sich nichts aus Kindern. Als ich älter war, bin ich nicht mehr hingefahren. Ich war in den letzten vier Jahren vor seinem Tod nicht mehr dort, besucht haben ihn immer nur meine Eltern.«

»Aber dann verstehe ich nicht –«

»Er war ein unangenehmer alter Mann.« Adam sah sie scharf an. »Mein Vater ist ein unangenehmer alter Mann, und ich werde es vermutlich auch einmal sein, das haben die Verne-Smiths so an sich.« Sie sagte nichts. »Ich denke mir das so. Er hat natürlich die Speichelleckerei durchschaut. Mein Vater war ein gewaltiger Arschkriecher. Und da hat er sich gesagt, schön, du hast den Jungen Hilbert genannt, mir zuliebe, damit ich was an ihm finde, und da werde ich dir eben den Gefallen tun, so viel an ihm zu finden, mehr als an dir, daß ich ihm das Haus vermache und dich übergehe.«

»Gibt es wirklich Menschen, die so denken?«

»Manche schon.« Adam überlegte. »Ehrlich gesagt hätte ich es vielleicht genauso gemacht.«

»Möchtest du noch Kaffee? Nein? Dann bist du bestimmt gleich hingefahren und hast dir deinen Besitz angesehen.«

»Nein, ich hatte keine Zeit, ich mußte wieder an die Uni. Außerdem wollte ich das Haus verkaufen, denk bloß nicht, daß ich von dem Kasten total hin- und hergerissen war.«

Natürlich war er hin- und hergerissen gewesen, als er das Haus nach vierjähriger Abwesenheit wiedergesehen hatte. Nur hätte er das nie erwartet und hatte seinen Besuch deshalb bis zum Schluß des Trimesters Ende Juni hinausgeschoben. Die ganze Zeit hatte sein Vater über finsteren Plänen gebrütet, hatte Anläufe gemacht, das Testament anzufechten, Kompromißvorschläge vorgebracht, ja, Adam hätte ihm durchaus auch einen Frontalangriff zugetraut. Was er nicht wußte, erfuhr er von seiner Schwester, die – zumindest seinen Eltern gegenüber – seine Verbündete war.

»Warst du als Kind in den Ferien dort? Hat es dir damals gefallen?«

»Ich glaube nicht, ich erinnere mich nicht mehr. Wahrscheinlich wäre ich lieber an die See gefahren, wie das bei Kindern so ist.«

»Und haben sie dir, als du klein warst, den Tierfriedhof gezeigt?« Anne ließ nicht locker.

»Wahrscheinlich, ich erinnere mich nicht mehr. Müssen wir darüber sprechen?«

Tatsächlich konnte er sich nicht erinnern, je davon gehört zu haben, bis Shiva ihnen von seiner Entdeckung erzählt hatte. Vivien hatte geglaubt, dort seien *Kinder* begraben. Adam fröstelte. Bei ihrem Hang zu indischer Mystik mußte ihr das Getue, das man hierzulande um Tiere machte, ohnehin unverständlich sein. Adam sah plötzlich in erschreckender Deutlichkeit vor sich, wie ein Spaten sich in den grünen Rasen senkte und mit einem Schädel wieder zum Vorschein kam. So ähnlich mußte es gewesen sein.

Ob die Schrotkugeln noch zwischen den Knochen herumlagen?

Als er später neben Anne im Bett lag, versuchte er, sich eine zufriedenstellende und gleichzeitig unverbindliche Geschichte für die Polizei auszudenken. Wie die meisten Mittelstandsengländer, die noch nie etwas mit der Polizei zu tun hatten, hielt Adam Polizisten allesamt für Trottel. Anne war sehr rasch eingeschlafen. Sie hatte die Gewohnheit, beim Schlafen in der Rückenlage leise Kehlgeräusche von sich zu geben. Es war kein Schnarchen, sondern eine Art Klicken, unregelmäßig und sporadisch – und desto irritierender –, das immer dann einsetzte, wenn man es am wenigsten erwartete. Adam hatte solche Geräusche vorher nur einmal in seinem Leben gehört, und als er sie zum ersten Mal bei Anne erlebte, versagte die Escape-Taste, und jene beiden Nächte waren wieder so bestürzend lebendig, standen so deutlich vor ihm, daß ihn der grausige Verdacht beschlich, Anne wolle sich über ihn lustig machen. Das war natürlich Unsinn. Sie hatte nie von Catherine Ryemark gehört, und wenn es nach ihm ging, sollte es dabei auch bleiben.

Manchmal verstrichen Minuten ohne ein Klicken, dann kam wieder eins und noch eins und fünfzehn Sekunden später das nächste. Es trieb Adam zur Raserei. In einem Wutanfall hatte er ihr einmal vorgeworfen, sie habe mit der Klickerei erst nach der Hochzeit angefangen. Hätte er sie vorher dabei ertappt, hätte er sie nie geheiratet. Doch jetzt horchte er mit schmerzlichen Gefühlen auf das leise, typisch unregelmäßige Klicken und ließ seine Gedanken zehn Jahre zurückgehen, zu dem, woran er sich erinnern, zu der Wahrheit, die er sich ins Gedächtnis zurückrufen mußte, um überzeugend lügen zu können. Er lag ganz still, mit geöffneten Augen, und sah in die Dunkelheit, die nur eine halbe Dunkelheit war, weil sie in London waren und nicht in Suffolk, wo in mondlosen Nächten die frühen Morgenstunden schwarz wie Samt gewesen waren. Klick, Pause, Klick, lange Pause. Es hatte sich endlich so weit abgekühlt, daß sie eine Decke gebraucht hatten und daß er Zosie in den Armen halten konnte, ohne daß ihnen beiden der Schweiß ausbrach. Lange hatte er wachgelegen in jener Nacht, hatte überlegt, was zu tun sei, hatte auf die zarten Geräusche gehört, die wie das sachte Zerplatzen kleiner Bläschen klangen – und dann hatte er nichts mehr gehört.

Adam schloß die Augen und wandte den Kopf von Anne weg. Sie waren mit einer Daunendecke in einem bunten Baumwollbezug zugedeckt. In Troremmos war es eine Steppdecke gewesen, verschossener gelber Satin, Vivien hatte sie von der Terrasse hereingeholt, als es anfing zu regnen. In jenem Sommer nahmen sie die Steppdecken zum Sonnenbaden, nicht als wärmende Hüllen fürs Bett, sondern als Unterlage zu faulem Herumliegen, ausgebreitet wie auf einem Flachdach in Damaskus. Nacht für Nacht hatten sie dort draußen gelegen in der weichen, duftenden Wärme, hatten zu den Sternen hochgesehen oder in die brennenden Kerzen, die in Rufus' Weinflaschen steckten, hatten gegessen und getrunken und geredet, glücklich und voller Hoffnung. Nie vorher und nie nachher hatte es einen solchen Sommer gegeben.

Es war der heißeste, trockenste Sommer, den sie je erlebt hatten. Der vorhergehende, 1975, war nicht übel gewesen, besonders in den späteren Wochen, aber dieser, der Sommer von Hilberts Tod und von Troremmos, war von April bis September strahlend schön. Wäre es grau und regnerisch und kühl gewesen, hätte er sich Wyvis Hall vielleicht nur flüchtig angesehen und wäre nach Kreta oder Delos oder sonstwohin entflohen. Ganz gewiß wäre er allein hingefahren, um die Lage zu peilen. Rufus hätte keine Lust gehabt, ihn zu begleiten, und er hätte den Zug genommen.

Es gab so viele Unwägbarkeiten, so vieles, was auf vielerlei Art anders hätte kommen können. Zunächst hatte er Rufus nur angesprochen, weil der einen Wagen hatte. Wäre Adams Vater nicht so stur gewesen, hätte er seinem Sohn die Familienkutsche überlassen, wäre Adam bestimmt allein hingefahren und wäre, nachdem er einen Makler in Hadleigh oder Sudbury beauftragt hatte, das Haus für ihn zu verkaufen – möglicherweise denselben

Mann, an den er sich im folgenden Jahr gewandt hatte –, am nächsten Tag wieder zurückgekommen.

Aber so war es eben anders gekommen. Es war ein herrlicher, sonniger Tag gewesen, und er war für seine Verhältnisse früh aufgewacht, gegen neun. Sein Vater hatte Urlaub, aber seine Mutter und er waren trotz des ärztlichen Rats nicht verreist, sie waren zu Hause geblieben und fuhren »immer mal auf einen Tag weg«. Das jedenfalls war die offizielle Lesart. So lange Adam zu Hause war, waren sie noch keinen Tag weg gewesen.

Es war der 18. Juni, ein Freitag. Das Datum hatte sich ihm unauslöschlich eingeprägt, sich seinem Gedächtnis eingebrannt. Er würde aufstehen und nach Suffolk fahren und sich das Haus ansehen, beschloß er. Seine Generation – vielleicht jede Generation in diesem Alter – hatte etwas gegen fest umrissene Pläne, langes Vorausdenken. Nahezu fassunglos hatte Adam früher die Urlaubsvorbereitungen seiner Mutter verfolgt. Das Haus wurde von oben bis unten geputzt, seine Eltern trugen die ältesten Klamotten, weil die guten Sachen schon eingepackt waren, es wurde endlos telefoniert, die Lieferanten bekamen schriftliche Anweisungen. Er, Adam, handelte gern spontan, war einer plötzlichen Eingebung folgend auf und davon.

Sein Vater wollte ihm den Wagen nicht geben. Sie brauchten ihn vielleicht selber, sagte er. Für einen Tagesausflug. Dann nicht, sagte Adam, es geht auch so, aber das schien Lewis auch wieder nicht recht zu sein. Am liebsten hätte er wohl in einer Zeit gelebt, da der Vater seinem Sohn noch etwas verbieten konnte und der Sohn gehorchen mußte. Oder diese Vorvätersitte in die Jetztzeit verlegt.

Adam sagte nicht, wohin er wollte, obschon sein Vater es sich wohl denken konnte. Er schwang sich auf sein Fahrrad und fuhr zu Rufus.

Er wußte nicht mehr, was er mit dem Rad gemacht hatte, als er zu den Fletchers kam, vielleicht hatte er es dort stehenlassen und am nächsten Tag abgeholt, aber an alles andere konnte er sich fast lückenlos erinnern. Zum Beispiel an das, was er angehabt hatte. Jeans mit hüfthoch abgeschnittenen Beinen und ein T-Shirt aus einem alten Herrenunterhemd, das er für 20 Pence in einem Ausverkauf unter den Bahnbögen von Charing Cross erstanden und grün und gelb eingefärbt hatte. Das Haar hatte er mit einer Flitterschnur aus der Weihnachtskiste im Nacken zusammengebunden. Damals färbte man sich das Haar noch nicht bunt, sondern nahm Henna, auch Adam hatte Henna genommen, und davon und von der Sonne hatten seine Haare einen rötlich-goldenen Schimmer. Der Bart war schwarz und ziemlich lockig. Er mußte verboten ausgesehen haben, er selbst konnte das allerdings damals nicht finden. An den nackten Beinen hatte er indische Ledersandalen, die Sorte, die man vor dem ersten Tragen in Wasser einweichen mußte. Wie herrlich das Wetter gewesen war und daß sie täglichen Sonnenschein für etwas Selbstverständliches gehalten hatten, sah man schon daran, daß er keine Jacke, keinen Pullover mitgenommen hatte, obgleich er über Nacht wegbleiben wollte.

Die Fletchers hatten einen Swimmingpool, ein Becken in Kommaform, wie es damals Mode war, das in diesem Sommer zum ersten Mal fleißig benutzt wurde. Rufus saß auf dem blau gekachelten Rand und ließ die Füße ins

Wasser hängen. Er war drei Jahre älter als Adam, sie hatten beide die Highgate School besucht, waren damals aber noch nicht befreundet. Rufus' jüngerer Bruder Julius ging in Adams Klasse, ein reichlich fader, aufgeblasener Jüngling, eine Art Scheinintellektueller, mit dem Adam nie viel hatte anfangen können. Adam und Rufus waren in demselben Squash-Klub.

Das war die einzige Gemeinsamkeit – das und die Tatsache, daß Rufus' Bruder und Adam sich schon kannten. Doch nach und nach entdeckte Adam Eigenschaften an Rufus, die er schätzte, seine Stärke, seine Zielstrebigkeit, daß er genau wußte, was er wollte und trotzdem amüsant und lässig sein konnte. In Troremmos hatte er ihn dann natürlich sehr viel besser kennengelernt...

Rufus war sehr cool, und das fand Adam gut. Auch die Empfindsamkeit, die Rufus gelegentlich an den Tag legte und die so gar nicht zu den anderen Seiten seiner Persönlichkeit zu passen schien, fand er gut. Rufus war außerdem, wie es vielen Medizinstudenten nachgesagt wird, ein wilder Typ. Adam sah sich und Rufus als gleichzeitig und in gleichem Maße coole Typen und wilde Typen, als junge Abenteurer, denen die ganze Welt offensteht und die alle Zeit der Welt haben, um damit nach Belieben zu verfahren.

Hey, sagte Rufus, komm schwimmen, und Adam zog seine Shorts aus und ging in schwarzen Nylonunterhosen ins Wasser. Sie wären nackt geschwommen, aber Rufus' Vater hatte sie einmal dabei erwischt und ein Theater gemacht, das in keinem Verhältnis zu ihrem Vergehen stand, wenn es denn eins gewesen war.

»Ich wollte eigentlich mal mein Erbe abchecken«, sagte Adam und tastete nach dem Schlüssel zu Wyvis Hall in seiner Hosentasche.

»Jetzt gleich?«

»Ja, warum nicht?«

»Soll ich dich hinfahren?«

Rufus hatte einen kleinen Morris Minor-Kombi, aus dritter oder vierter Hand, aber noch durchaus brauchbar. Der Wagen brachte einen, wie Adams Vater gehässig zu sagen pflegte, zumindest von Punkt A nach Punkt B, ohne auseinanderzufallen.

Das war lange vor dem Bau der Autobahn, der M 25. Nach Suffolk fuhr man auf der A 12 durch Chelmsford oder über Land. So hatte Lewis es ausgedrückt, wenn er die ganze Familie auf schmalen, gewundenen Straßen durch Ongar und Dunmow, Braintree und Halstead nach Sudbury gefahren hatte, um einen Besuch beim alten Hilbert zu machen. Adam »navigierte« Rufus, wie Lewis zu sagen pflegte. Der falsche Gebrauch des Wortes brachte Adam zur Weißglut, auf dem Land konnte davon natürlich nicht die Rede sein, da navigieren von dem lateinischen *navigare* und das wiederum von *navis*, Femininum, das Schiff, und *agere*, fahren oder lenken, abgeleitet war. Adam liebte Wörter, sie faszinierten ihn – ihre Bedeutung und was man mit ihnen anstellen konnte, mit Anagrammen und Palindromen und rhetorischen Figuren und der Etymologie. Eins der Fächer in dem gemischten Diplomstudiengang, den er belegt hatte, war Linguistik... Er hatte Rufus »den Weg gewiesen«, das war der richtige Ausdruck. Auf der Fahrt hatten sie über Wörter gesprochen oder eigentlich Ortsnamen, besonders über die Dörfer, die nach dem gleichnamigen Fluß Roding hießen, High Roding, Berners Roding, Margaret Roding. Rufus hatte gesagt, daß man es in Anlehnung ans Dänische wie *Roothing* aussprach, das hatte Adam noch nicht gewußt.

Es war eine wunderschöne Fahrt, das Land flimmerte grün in der Hitze und der Sonne. Der Himmel war sehr hoch und von einem blassen, hellen, wolkenlosen Blau, der weiße Straßenbelag vor ihnen kräuselte sich wellenförmig in den Spiegelungen der heißen Luft. Die Bauern waren beim Heumachen, sie schnitten das hohe, fedrige Gras mit den vielen Wildblumen darin. Die Wagenfenster waren weit offen, und das Radio spielte. Keine Rockmusik, die sie beide nicht mochten, sondern Mozart, eins der bekannteren Klavierkonzerte.

Obgleich er so oft dort gewesen war, übersah Adam den Abzweig, die Trift nach Wyvis Hall. Sie lag irgendwo zwischen Nunes und Hadleigh, aber in diesem Frühjahr war alles Grün so üppig ins Kraut geschossen, daß die Gegend völlig verändert wirkte. Sie fuhren noch bis zu einem Gehöft, das Mill in the Pytle hieß, und Rufus fragte beim Wenden, was ein Pytle sei. Er würde nachsehen, sagte Adam, und bat Rufus, ein bißchen Tempo wegzunehmen, und diesmal sichtete er die drei Meter breite Lücke in der Hecke und an ihrer rechten Seite, fast überwuchert von hoch aufgeschossenem Bärenklau und herabhängenden Holunderzweigen, den mit einer Klappe versehenen Holzkasten auf Stelzen für Hilberts Briefe und Zeitungen und die Milch. Als kleiner Junge war Adam manchmal frühmorgens losgeschickt worden, um die

Briefe und die Zeitung zu holen, mit einem Korb für die Milchflaschen. Einen anderen Hinweis darauf, daß dies Wyvis Hall war, gab es nicht.

»Warum heißt der Weg Trift?« fragte Rufus und zündete sich die nächste Zigarette an. Er hatte während der ganzen Fahrt Kette geraucht, und Adam hatte ihm mit ein, zwei Zigaretten Gesellschaft geleistet, obgleich er sich eigentlich nicht gern etwas Brennendes in den Mund steckte. Das war für ihn so lästig beim Hasch, die Wirkung fand er gut, aber er rauchte es ungern.

»Weiß ich nicht«, sagte er. »Keine Ahnung, warum der Weg Trift heißt.«

»Kannst ja auch gleich nachgucken, wenn du Pytle nachschlägst«, sagte Rufus.

Rechts und links von der Trift stand der Bärenklau dicht an dicht, die pulvrig-weißen Blütenstände hatten ihre lange Blütezeit fast hinter sich. Sie rochen süßlich, wie Puderzucker, wie Kindergeburtstagstorte, und der Geruch mischte sich mit dem weinigen Duft des Holunders. Alle Bäume waren voll belaubt, aber die Eichen- und Buchenblätter waren noch nicht lange heraus, sie leuchteten zart und hell, und in den Linden hingen blasse, gelbgrüne Blüten. Der Kiefernwald sah aus wie eh und je, er änderte sich nie, immer war er dicht und dunkel mit ganz schmalen Wegen, durch die sich allenfalls ein Fuchs zwängen konnte. Unmerklich mußten die Bäume gewachsen sein, aber Adam kamen sie nicht anders vor als damals, zu seiner Kinderzeit, als er die Milch geholt und an sonnenlosen Tagen das Gefühl gehabt hatte, als ginge von dem Wald eine Bedrohung aus. Schon damals hatte er ihn nicht gern angesehen, sondern den Blick lieber auf den Boden oder geradeaus gerichtet, es war ein Wald aus Märchenbüchern oder aus nächtlichen Träumen, ein Wald, aus dem alles mögliche gekrochen kommen konnte.

Am Fuß des Abhangs, durch die nicht mehr so dicht stehenden Bäume hindurch, kamen ein Feldahorn in Sicht und Eschen, die mit den Füßen im Wasser standen, eine spät blühende Kastanie, die Zeder, die auf so dramatische Weise den Rasen zierte, und das Haus. Es heißt, daß Gegenstände, Häuser, Landschaften kleiner wirken, je größer wir werden. Und das klingt auch durchaus einleuchtend, ist eigentlich gar nicht anders zu erwarten. Schließlich geht einem der Tischrand, der einem früher einmal bis zum Kinn gereicht hat, jetzt nur noch bis zu den Oberschenkeln. Logischerweise hätte Wyvis Hall Adam demnach jetzt kleiner vorkommen müssen, aber er fand, daß es viel größer war. Das lag wohl daran, daß es jetzt ihm gehörte. Es gehörte ihm und schien ihm groß wie ein Schloß.

Auf den Stallungen, die, solange Adam sich zurückerinnern konnte, nie als Stallungen gedient hatten, saß ein Türmchen mit einem laufenden Fuchs als Wetterfahne, und unter dem kleinen Spitzdach war eine blaue Uhr mit goldenen Zeigern. Die Zeiger waren auf fünf Minuten vor vier stehengeblieben. Zwischen den Stallungen und dem Haus sah man den Garten mit der backsteinverstärkten Feldsteinmauer. Das Haus war über und über mit den Blüten einer rosafarbenen Kletterrose und einer cremefarbenen Clematis bedeckt. Adam kannte die Namen nicht, er hatte sie sich später von Mary Gage sagen lassen. In der strahlenden Sonne schimmerte das Schieferdach wie Silber.

Rufus hielt vor dem Eingang. Hier draußen war alles gepflastert, Mauerpfeffer und Sedum mit weißen und gelben sternförmigen Blüten wuchsen zwischen den Platten. In zwei enghalsigen Steingefäßen standen eine Konifere und ein Lorbeerbaum. Die Rose, die das Haus berankte, mußte tausend Blumen hervorgebracht haben, muschelrosa von innen, korallenrosa von außen, sie standen alle in voller Blüte, noch kein einziges Blütenblatt war zu Boden gefallen. Adam stieg aus und kramte in der Tasche seiner Shorts nach dem Schlüssel. Er war sich einer tiefen, warmen, ruhevollen Stille bewußt, als sei das Haus ein zufrieden in der Sonne schlummerndes Tier.

»Und das gehört alles dir?« fragte Rufus.

»Alles mir«, bestätigte Adam gelassen.

»Gegen so einen Onkel hätte ich nichts einzuwenden.«

Adam schloß auf, und sie traten ein. Die Fenster waren seit fast einem Vierteljahr geschlossen gewesen, in den Räumen hing ein staubiger Geruch, der einem in die Kehle zog und in den Augen brannte. Außerdem war es sehr warm, denn der Salon ging nach Süden, und die Sonne drängte in breitem Strom durch die Scheiben. Adam ging herum und lüftete. Auch die Möbel gehörten ihm, diese Schränke mit den wulstigen Fronten und geschwungenen Beinen, die Sessel mit den Lederknöpfen, ein Samtsofa, ein großer, ovaler Tisch auf einer hölzernen Säule, die aussah wie eine Vase, goldgerahmte Spiegel, Aquarelle in Mauve und Grün, dunkle Ölbilder. Er konnte sich nicht erinnern, etwas von diesen Dingen jemals vorher zur

Kenntnis genommen zu haben. Es war alles dagewesen, aber er hatte es nicht gesehen, ebensowenig wie die Säulen aus rosigem Marmor, die die Fensterlaibungen stützten, oder die verglasten Nischen, in denen Porzellan stand. Nur der allgemeine Eindruck war vertraut, nicht die einzelnen Stücke. Die Fülle seiner Habe, der Stolz auf seinen Besitz drohten ihn zu verschlingen, ihm war ein bißchen flau. In jedem Zimmer hing ein Kronleuchter von der Decke, angelaufenes Messing im Eßzimmer, eine Kaskade von Kristallglasprismen im Salon, italienisierte Glasröhren, die sich schlangengleich um falsche Kerzen wanden, in der Halle und im Studierzimmer. Und in alle Räume flutete die Sonne, fiel, zu goldenen Tümpeln, regenbogenfarbigen Quadraten gerinnend, durch blattschattengemusterte Fenster.

Rufus stand an den Bücherregalen von Hilberts Studierzimmer. Adam griff nach Edward Moors *Wörter und Redensarten in Suffolk.* Die Trift stand nicht drin, aber er fand »pytle« oder »pightle«, *eine kleine Wiese.* Er ging zurück in den Salon, entriegelte die Terrassentüren, schloß sie auf und öffnete sie weit.

Die Sonne kam ihm in einem warmen Schwall entgegen, umhüllte ihn wie ein warmer Schleier, lag in blendendweißem Glas auf der Terrasse. Auf der niedrigen Brüstung standen die Figuren, die, wie er von seinem Vater wußte, die Vorgänger von Hilbert und Lilian dort aufgestellt hatten. Sie waren aus einem feinporigen grauen Stein gemeißelt und stellten Zeus und seine Frauen dar. Die Figuren waren ihm genau in Erinnerung geblieben. Als Kind hatte er sie fasziniert betrachtet und sich erkundigt, was der

Stier da mit der Dame machte. Die Antwort seiner Eltern war nicht recht zufriedenstellend gewesen, und Hilbert zu fragen hatte er sich nicht getraut. Die Skulpturen stammten aus Italien. Eine Cousine von Lilian, eine Cousine zweiten oder dritten Grades, hatte sie auf der Hochzeitsreise in Florenz entdeckt und nach England bringen lassen. Da war Zeus als Ampithryon mit Alkmene, Zeus, wie er als goldener Regen zu Danae kommt (schwierig in Stein nachzuvollziehen), Zeus, der die Europa raubt, als Schwan Leda umwirbt, in all seiner zerstörerischen Pracht vor der unglücklichen Semele steht – und fünf oder sechs weitere Metamorphosen.

Irgend jemand hatte sich offenbar um den Garten gekümmert, in den Blumenbeeten gejätet, welke Blüten abgeschnitten, die Ränder des mit Weiden bestandenen Teiches getrimmt, den Rasen vor noch nicht allzu langer Zeit gemäht. Als sie über einen der Plattenwege zu dem Törchen in der Feldsteinmauer gingen, sahen sie einen offenbar zur Kompostierung vorbereiteten, ordentlich aufgeschichteten Haufen Rasenschnitt.

Auch der ummauerte Obst- und Gemüsegarten war gepflegt. Unter den Vogelgittern sah Adam das Zinnoberrot reifer Erdbeeren leuchten, die sich in ihre dreigeteilten Blätter schmiegten, sah noch grüne Himbeeren an den Ruten. Über die ganze gegenüberliegende Mauer erstreckte sich ein Spalier mit dunkelglänzenden Stämmen und krummen, gewundenen Ästen, die zwischen rauhem, stumpfem Laub golden überhauchte Früchte trugen. Es waren Nektarinen, erinnerte sich Adam, und Pfirsiche. Gab es nicht auch irgendwo Reineclauden, die sehr selten, dann aber die köstlichsten Früchte trugen? Rote und weiße Johannisbeerbüsche standen in Reih und Glied, Beeren wie Glasperlen, Stachelbeeren mit einem rostroten Hauch von Reife auf den grünen Wangen.

Jeder nahm sich eine Handvoll Erdbeeren. Dann gingen sie zum See, auf dem zwei Entenpaare schwammen, Stockenten mit glänzendem Gefieder, wie mit grüner Leuchtfarbe bestrichen, und von dem sich mit breiten Schwingen und baumelnden Füßen ein Reiher erhob. Adam sah zum Haus zurück. Ein Vorhang aus gelb und rosa blühendem Geißblatt verhüllte an der Rückseite das Mauerwerk, spitzflügelige Schwalben flitzten im Gebälk herum. Er zitterte vor Erregung und konnte nur ganz flach atmen. Es war ein seltsam sinnliches Gefühl, genau so war es ihm ein- oder zweimal gegangen, als er unheimlich gern mit einem Mädchen geschlafen hätte und nicht ganz sicher gewesen war, ob sie ihn lassen würde. Eine Winzigkeit konnte seine Hoffnungen zunichte machen, ihn frustriert, verbittert, wütend heimwärts ziehen lassen. So war es auch jetzt. Wenn er nur richtig Luft holen könnte. Dabei atmete er hier die herrlichste Landluft, die Sonne funkelte, die fernen Hügel, die sanft gewellten Wiesen verschwammen im blauen Dunst der Mittagshitze.

»Und das willst du wirklich verkaufen?«

Rufus zündete sich eine Zigarette an und streckte ihm die Packung hin. Adam schüttelte den Kopf.

»Was soll ich denn sonst machen?«

Was blieb ihm anderes übrig? Wohnen konnte er dort nicht, er hätte den Besitz nicht unterhalten können.

Adam lag neben Anne im Bett und wiederholte bei sich, was er an jenem wundersamen Junitag zu Rufus gesagt hatte.

»Was soll ich denn sonst machen?«

Natürlich hätte er sagen sollen: Es bleibt mir gar nichts anderes übrig. Los, komm, ich hab Hunger, gehen wir was essen, und dann suchen wir uns einen Makler. Aber sie hatten unterwegs in Halstead Proviant eingekauft, Fast Food in der Version von 1976, zwei Fleischpasteten, Äpfel, Cola. Sie hatten sich am See ins Gras gelegt und gevespert. Das Wunderbare dieser Stätte, die Wärme und die Sonne und die Düfte des Gartens und die friedvolle Stille umgaben sie wie mit einem Zauberbann. Aber da war noch mehr, da war eine undefinierbare Zutat, eine Art von Spannung. Diese Spannung hatte etwas mit Geschichte und Vergangenheit zu tun und auch etwas mit künftigen Möglichkeiten, mit dem, was Orwell oder sonst jemand gesagt hatte – daß jeder Mensch in seinem tiefsten Herzen weiß, daß es am allerschönsten an einem Sommertag auf dem Lande ist. Ich war glücklich, dachte Adam, das war es.

Der Garten Eden. So hatte Shiva es gesagt, aber aus seinem Mund klang es nicht banal, wie es aus dem Mund eines Engländers geklungen hätte. Für ihn war es einfach ein interessantes Bild aus der Mythologie einer anderen Kultur gewesen, neu und originell. Damals hatte Adam nur die Schultern gezuckt. Der Garten Eden – so nannten manche Leute jede beliebige gefällige Landschaft. Und doch war ihm der Ausdruck im Gedächtnis geblieben, besonders die dunklere Seite des Bildes, die den meisten in die puritanische Ethik eingebundenen Menschen gegenwärtig ist, nicht das Refugium, in dem man das Leben genießt, sondern das Paradies, aus dem man vertrieben wird. Es war fast, als müsse man, um in diesem Paradies verweilen zu dürfen, eine schlimme Sünde, ein schreckliches Verbrechen begehen, das zwangsläufig zur Vertreibung führen mußte. Als sie Troremmos verlassen hatten, als der Sommer vorbei war, als graue Wolken am Himmel standen und ein scharfer Wind wehte, hatte er an dieses Bild gedacht. Ihr Auszug hatte etwas von dem Jammervollen und Gramgebeugten gehabt, das die Haltung von Adam und Eva auf vielen Austreibungsbildern kennzeichnete, die er später gesehen hatte, und mittlerweile sah auch der Garten selbst aus wie ein zerstörtes Paradies.

Er stand auf, weil er aufs Klo mußte. Er und Anne hatten ein Badezimmer mit Verbindungstür zum Schlafzimmer, aber wenn Adam nachts mal raus mußte, benutzte er meist die Toilette gegenüber. Im Grunde stand er nämlich hauptsächlich auf, um nachzuschauen, ob mit Abigail alles in Ordnung war. Heute aber war er im Badezimmer gewesen und lag schon wieder im Bett, ehe ihm einfiel, daß er vergessen hatte, nach seiner Tochter zu sehen. An die Stelle der Sorge um sie war – gab es so etwas überhaupt? – eine größere Not getreten.

Seit ihrer Geburt war er überängstlich, ohne anderen oder auch nur sich selbst die Gründe für diese Ängste zu gestehen. Natürlich kannte er diese Gründe, aber bisher hatte er sich ihnen nie gestellt. Als er es jetzt tat, fand er sie nicht absurd, nein, er fand, daß es durchaus gute Gründe waren. Er stand noch einmal auf und ging leise in Abigails

Zimmer hinüber. Angenommen, er hätte nicht nachgesehen, und sie hätten die Kleine am nächsten Morgen steif und kalt in ihrem Bettchen gefunden, die Augen glasig und blicklos, die Lippen blau? Er fröstelte, hatte Gänsehaut im Gesicht und an den Armen. Abigail lag fest zugedeckt auf der Seite, der Teddybär, für den sie noch zu klein war, saß in einer Ecke zu ihren Füßen. Adam blickte auf sie herab und horchte auf ihren lautlosen Schlaf.

## 7

Mit der Verachtung des Fachmanns für die Unwissenheit des Laien las Rufus in zwei Zeitungen Berichte über die gerichtliche Untersuchung. Alec Chipsteads Aussage hatten sie größer herausgestellt als die des Pathologen vom Innenministerium, Dr. Aubrey Helier. Was Rufus wissen wollte, überstieg sowieso das Verständnis des Durchschnittslesers. Er hätte vielleicht doch zu der Verhandlung gehen sollen. Natürlich konnte er sich auch das Protokoll besorgen oder den Bericht des Pathologen, aber das war ihm zu riskant, so weit mochte er sich nicht vorwagen.

Statt dessen versuchte er zu erraten, was wohl gesagt worden war. Er versetzte sich in die Lage des Pathologen und betrat den Zeugenstand. Er berichtete, wie er das Geschlecht des größeren Skeletts bestimmt hatte. Vielleicht nach einem Rest der Gebärmutter? Diese Weichteile hielten sich häufig am längsten.

»Nachdem ich festgestellt hatte, daß es sich bei dem größeren Skelett um das einer Frau handelt, versuchte ich ihr Alter zur Todeszeit zu bestimmen. Man muß dazu wissen, daß sich im Alter zwischen zwölf und dreißig der Epiphysen-Schluß der meisten langen Knochen mit den Gelenken vollzieht und bis zum Alter von 24 Jahren die meisten Epiphysen sich geschlossen haben. Im Falle der zu Untersuchenden, in der Folge Objekt A genannt, war das mittlere Stück des Klavikels noch nicht zusammengewachsen, hingegen war die Epiphyse an Akromium und vertikalem Skapularand sowie die der Armknochen bereits geschlossen. Der E.-Schluß von Radius und Ulna, der meist bis zum 21. Lebensjahr eintritt, war noch nicht vollzogen. Die Spitzen der Metatarsi hatten sich vereinigt, was meist bis zum 19. Lebensjahr der Fall ist, jedoch war die Vereinigung in der sekundären Beckengegend noch nicht vollzogen. Die Schädelspalte war an den inneren Aspekten offen...«

Etwas in der Art mußte es gewesen sein. Eine präzise Altersbestimmung war nicht möglich. Zwischen siebzehn und einundzwanzig. Die Todesursache? Rufus nahm sich noch einmal die Zeitung vor. In diesem Stadium, hatte der Pathologe gesagt, könne er sich dazu noch nicht äußern, andererseits hieß es in dem Artikel, daß die Polizei von einem Mord ausging. Wieso der Pathologe gefolgert hatte, der Tod sei zwischen 1974 und 1977 eingetreten, stand nicht da. Rufus stellte wiederum Vermutungen an.

»Gewisse ausgesprochen fachliche, nur dem Experten verständliche Fakten, mit denen ich das hohe Gericht hier nicht aufhalten will, lassen darauf schließen, daß Objekt A seit mehr als neun und weniger als zwölf Jahren tot ist. Lassen Sie mich nur so viel sagen, daß ich zu diesem Schluß aufgrund eines erhalten gebliebenen Gebärmutterrestes gekommen bin sowie durch eine chemische Reaktion auf Blut aus der Knochenhaut. Eine solche Reaktion tritt gewöhnlich nicht ein, wenn nach dem Tod mehr als zwölf Jahre vergangen sind.«

Das mit dem Uterus war nur eine Mutmaßung, vielleicht deshalb, überlegte Rufus, weil er bei seiner täglichen Arbeit so oft mit Unterleibsgeschichten konfrontiert wurde. Von Tests mit Blut aus Knochen wußte er nichts Näheres, nur so viel, daß sie machbar waren. Viel schwerer würde es halten, »Objekt A« zu identifizieren. Von Haaren war in dem Artikel nicht die Rede, dabei hielten sich Haare über lange Zeit, länger als jene Knochen in der Erde gelegen hatten. Auch die Kleidung war nicht erwähnt. War es denkbar, daß zehn Jahre Erdkontakt das baumwollene Leichentuch zerstört hatten? Er stellte sich vor, wie ein Polizist mit dem winzigen, einst buntbestickten Etikett, diesem zweieinhalb Quadratzentimeter großen, blutbefleckten, erdigen, halb verrotteten Stückchen Stoff die Läden in Kilburn und West Hendon abklapperte, das Gebiet immer mehr eingrenzte, schließlich auf das Lagerhaus eines Importeurs stieß...

Aber nein, dieses Kleid hatte sie ja gar nicht angehabt. Wie zuverlässig war sein Gedächtnis eigentlich noch, wie weit hatten die Zeit und der Wunsch nach Verdrängung seine Erinnerungen blockiert? Er mußte versuchen, sich zu besinnen. Es gab Möglichkeiten, Erinnerungen wieder hervorzuholen, und die mußte er nutzen – zu seinem eigenen Schutz. Und er mußte einen kühlen Kopf bewahren, durfte nicht Maß und Ziel aus den Augen verlieren. Vermutlich würde die Polizei mit der Identifizierung von »Objekt A« nicht viel weiter kommen als jetzt, besonders da es – außer ihnen – niemanden gab, der die Frau vermißte oder je vermißt hatte. Wenn ein Mensch zehn Jahre verschwunden bleibt, nie als vermißt gemeldet wird – wie kann man da jetzt noch hoffen, seine Identität festzustellen?

Bei dem zweiten Fund mochte der Fall etwas anders liegen. Rufus wurde wieder zum Pathologen.

»Jetzt zu den Überresten des Kleinkindes, in der Folge Objekt B genannt. Eine Untersuchung des Beckens ermöglicht meist bei sehr jungen Kindern, ja, sogar bei Foeten, eine sehr sichere Geschlechtsbestimmung. Objekt B hat eine breite, flache Ischiumspalte, die ischiadischen Tuber waren nach außen gekehrt, die Ilia eher vertikal, der Rand der Pelvis fast kreisförmig, der sub-pubische Winkel war abgerundet und betrug etwa 90°. Ich kann deshalb eindeutig feststellen, daß Objekt B weiblichen Geschlechts war.

Das Alter von Objekt B schätze ich auf mehr als vier und weniger als zwölf Wochen. Das Skelett *in toto* maß 22,5 Zoll, die vordere Fontanelle war offen. Es gab keine Anzeichen von Ossifizierung am Gelenkkopf der Oberarmknochen, das Würfelbein hingegen war ossifiziert...«

Rufus bewegte sich hier auf unbekanntem Gebiet. Welche Möglichkeiten es gab, das Alter eines Kleinkindes zu schätzen, wußte er nicht genau. Sicher durch das Zusammenwachsen der Gelenke, für ihn war es ziemlich gleichgültig, welche hier in Frage kamen. Wie alt war das Kind gewesen? Sehr jung, es hatte noch keine Zähne. »Eine primäre Dentifikation hatte noch nicht eingesetzt...« Was aber war mit den Zähnen von Objekt A?

Zähne waren das beliebteste Hilfsmittel zur Identifizierung von Toten. Wenn aber die fragliche Person nie als vermißt gemeldet worden war, wenn sich von ihr kaum eine Spur in den großen Datensammlungen des staatlichen Gesundheitsdienstes, der Paßbehörde, der Führerscheinbehörde nachweisen ließ, wenn es sogar fraglich schien, ob sie dort auch nur dem Namen nach bekannt war – welcher obskure Zahnarzt würde sich da plötzlich melden und die passende Zahnkarte vorweisen?

Natürlich konnte man gewisse Vermutungen anstellen.

»Man muß sich hier vor der Gefahr hüten zu folgern, daß die beiden Personen, deren Skelette zusammen und zur gleichen Zeit gefunden wurden, auch gleichzeitig zu Tode gekommen sind. Die Vermutung liegt zwar nahe, aber ich kann keinerlei Beweise dafür erbringen, ebensowenig habe ich irgendeine Handhabe zum Beweis einer weiteren naheliegenden Vermutung, daß nämlich Objekt A die Mutter von Objekt B war. Erfahrung und Wahrscheinlichkeit sprechen dafür, aber das ist auch alles.

Ich sehe mich nicht in der Lage, auch nur mit einiger Sicherheit festzustellen, wie lange Objekt B schon tot ist, oder etwas zur Todesursache zu sagen.«

Das war etwas, was man nach so langer Zeit nie mit letzter Gewißheit würde feststellen können. Eigentlich schade, dachte Rufus. Es wäre eine Ironie des Schicksals, wenn die Ermittlungen nicht das zutage fördern würden, womit sie sich schuldig gemacht hatten, sondern nur das, woran sie keine Schuld trugen.

Die Verhandlung war vertagt worden. Vermutlich gruben sie immer noch auf dem kleinen Friedhof herum. Rufus war nicht zimperlich, er gehörte nicht zu den Studenten, die prompt umkippen, wenn sie zum ersten Mal bei einer Operation zusehen, aber es war nicht erfreulich sich vorzustellen, daß man all diese ihm so fremden, unkenntlichen Knöchlein heraushob, sortierte, durchsah, weil womöglich ein menschliches Wadenbein, ein menschlicher Rückenwirbel dazwischengeraten war. Rufus wußte nicht einmal, ob die Knochen von Tieren genauso hießen wie bei Menschen. Hatten Hunde ein Wadenbein? Zu seiner Überraschung merkte er, daß er fröstelte.

Konnte man, falls sich in oder zwischen den menschlichen Gebeinen, in den Hohlräumen des Schädels etwa, keine Schrotkörner gefunden hatten, den Schrot vielleicht in der Erde ausfindig machen, zwischen Sand und Kies und Tannennadeln? Vogelschrot mußte es gewesen sein oder ein etwas größeres Kaliber. Rufus hatte so was nur einmal gesehen, bei einem Rebhuhnessen, der Vogel war in den Flügel getroffen worden statt in den Kopf, und er hatte sich an dem winzigen Bleikügelchen fast einen Zahn ausgebissen. Er stellte sich vor, wie sie den Kies siebten, wie ein eigens dafür abgestellter Polizist alle festen Bestandteile unter die Lupe nahm, Steinchen in eine Schale, Holzpartikel in eine zweite, den Schrot in die dritte legte.

Er konnte sich an so vieles erinnern, ganze Tage in Troremmos hatte er deutlich vor sich, ganze Gespräche konnte er in seinem Kopf ablaufen lassen wie vom Band. Warum erinnerte er sich dann nicht, wo die Schüsse sie getroffen hatten? Ins Herz oder in den Kopf oder in die Wirbelsäule? Hier klaffte eine Lücke, herrschte gähnende Leere. Immer, wenn er sich den Himmel mit den schnell ziehenden Wolken vor Augen rief, den zur Wiese verkommenen Rasen, die schwankenden Zedernzweige, das angelegte Gewehr, folgte in seiner Erinnerung ein Knall, wie der Schuß aus der Schrotflinte, vor seinen Augen waberte es rot mit schartigen Rändern, dann wurde alles schwarz.

An das Gewehr konnte er sich erinnern, an beide Gewehre. Und an das Jagdzimmer und daran, wie er es mit Adam zum ersten Mal betreten hatte. Sie hatten unten am See gegessen, jeder eine Fleischpastete, und dazu hatten sie eine Dose Cola getrunken, aber die Äpfel, importierte Granny Smith, waren liegengeblieben, sie waren angestoßen, dafür gab es ja die Erdbeeren. Jeder hatte gut und gern ein Pfund Erdbeeren gegessen, ständig langten sie wieder unter das Vogelgitter und holten sich Nachschub. Irgendwann an jenem Nachmittag hatten sie beschlossen, nicht zurückzufahren, sondern auf Wyvis Hall zu übernachten. Sie hatten also nichts zu versäumen und konnten draußen in der Sonne liegenbleiben, bis die Pubs aufmachten. Nur hatte es sich Adam in den Kopf gesetzt, seine Mutter anzurufen und ihr zu sagen, daß sie an diesem Abend nicht zurückkommen würden. Rufus hätte deswegen keine Umstände gemacht, er kam und ging, wie es ihm paßte und fand überhaupt, daß man Eltern nicht verwöhnen durfte. Von Verwöhnen konnte allerdings bei Adam nicht direkt die Rede sein. Er wollte es nicht mit seiner Mutter verderben, von der er sich einen Zuschuß für die Griechenlandreise erhoffte, außerdem wollte er verhindern, daß sie, was ihr durchaus zuzutrauen war, die Krankenhäuser oder die Polizei anrief, weil sie einen Unfall mit Matterknax befürchtete.

Adam rief dann doch erst gegen Abend an, aus einer Telefonzelle vor einem Pub in einem der umliegenden

Dörfer, denn Großonkel Hilberts Telefon war abgemeldet. Als sie wieder im Haus waren, setzten sie ihren Erkundungsgang fort, sie stießen auf ein echtes Anrichtezimmer mit einem Haufen Silber in Besteckkästen und Schachteln und grünem Filz, und als sie die nächste Tür aufmachten, standen sie im Jagdzimmer.

Als Kind war es Adam streng verboten gewesen, diesen Raum zu betreten. Außerdem war er ohnehin meist abgeschlossen. Vermutlich hatte sich dort vor Hilbert, zu Zeiten der Bereland-Junker, ein ganzes Waffenarsenal befunden, denn an allen vier Wänden waren Gestelle für Gewehre angebracht. Jetzt gab es hier nur noch zwei Schußwaffen, beides Schrotflinten. Außerdem war noch eine Reihe von Haken zum Aufhängen von Jacken und Regenmänteln da, auf einem hing noch Hilberts alte Jagdjoppe aus Tweed mit Lederflecken an den Ellbogen.

In einem Glaskasten auf dem Fensterbrett war eine dicke ausgestopfte Forelle, in einem anderen auf dem runden Tisch eine Schildkröte, die wohl kaum aus englischen Gewässern kam. Die vordere Hälfte eines Fuchses samt Pfoten und allem Drum und Dran – statt des Hinterteils hatte er ein schildförmiges poliertes Brett – schien geradewegs aus der Wand zu springen wie ein Zirkushund aus einem Reifen.

»Solche Sachen jagt man doch aber nicht, wie?« fragte Rufus.

»Füchse werden natürlich gar nicht bejagt.«

Adam verkündete das so großkotzig, so sehr auf Gutsherrenart, daß Rufus sich ausschütten wollte vor Lachen. Er nahm eine der Flinten, die größere, von der Wand und bekam sofort wieder eins aufs Dach, weil er sie auf Adam gerichtet hatte.

»Reg dich ab, sie ist doch nicht geladen.«

»Ganz egal, man richtet eine Waffe nicht auf Menschen.« Und dann stellte sich heraus, daß Adam bei seinem letzten Besuch mit auf die Jagd gedurft hatte. Damals war er erst fünfzehn gewesen und war mit der sogenannten Damenflinte abgespeist worden, was ihn offenbar ziemlich gewurmt hatte.

Seither hatte Rufus oft an das denken müssen, was Adam dann gesagt hatte. Adam hatte ihm die Flinte aus der Hand genommen und erklärt, es sei eine halbautomatische Waffe.

»Und was heißt das?«

»Man braucht nicht ständig neu zu laden, sie hat eine Repetiereinrichtung. Du brauchst nicht jedes Mal vor dem Abdrücken eine neue Patrone einzulegen.«

Und Rufus, dem es nichts ausmachte, sich auf diesem Gebiet naiv zu stellen, sagte: »Ich dachte, alle Schußwaffen funktionieren so.«

In einer der Schubladen des Kiefernschrankes lagen Patronen, rote und blaue, die Farbe bezeichnete, wie Adam erläuterte, die Größe der Schrotkörner, die sie enthielten.

»Ganz toll, daß ich auch noch zwei Flinten geerbt habe. Da können wir ja vielleicht sogar mal auf die Jagd gehen.«

»Nicht im Juni, Junker Adam, soviel Ahnung hab ich sogar.«

War das der erste Hinweis darauf – eigentlich nur ein Ulk –, daß sie sich möglicherweise auf Wyvis Hall häuslich einrichten, daß sie dort wohnen würden? Und Adam hatte gesagt:

»Ich hab ja auch nicht jetzt gemeint.«

»Ich denke, du willst das Haus verkaufen.«

Mehr sagte Adam nicht. Sie gingen wieder in den Garten, und dann klapperten sie ein paar Pubs ab und ließen sich ziemlich vollaufen, so daß Rufus bei der Rückfahrt nach Wyvis Hall ein Auge zukneifen mußte, weil er alles doppelt sah. Sie schliefen ihren Rausch aus und kletterten erst gegen elf aus den Federn. Rufus hatte in dem größten Gästezimmer geschlafen, Adam am anderen Ende des Hauses, in dem Nadelkissenzimmer, wie er es nannte, weil an der Wand das Bild eines mit Pfeilen gespickten heiligen Sebastians hing. Als Rufus aus dem Fenster schaute, sah er einen Mann, der mit einer Rasenkantenschere am Rand eines Rosenbeets herumschnitt. Es war ein älterer, sehr magerer Mann mit Glatze, er trug ein gestreiftes Hemd mit abnehmbarem Kragen. Das Klippklapp der Schere hatte Rufus geweckt. Die Sonne brannte, und bis zum Wald unterhalb des Sees gab es kein Fleckchen Schatten weit und breit. Rufus, der gewöhnlich nicht viel Sinn für die Natur hatte, betrachtete dennoch staunend die vielen Rosen, gelbe und rosa- und aprikosenfarbene und dunkelrote, eine Hecke mit weißen, eine Kaskade pfirsichfarbener Rosen über einer Pergola. Der Mann legte die Schere ins Gras, holte ein Taschentuch hervor, machte einen Knoten in jede Ecke und setzte sich diesen improvisierten Sonnenhut auf den Kopf.

Rufus hatte so was noch nie gesehen, kannte solche Kopfbedeckungen nur von Postkarten aus Badeorten, und er war hingerissen. Er zog Shorts und Sandalen an und ging hinaus. Inzwischen stand Adam bei dem Mann mit dem Taschentuch und sagte, er brauche nicht mehr zu kommen, das Haus würde verkauft.

»Da wird aber der arme Garten vor die Hunde gehen. Ich hab fast jeden Abend gegossen.«

»Nicht mein Problem«, sagte Adam. »Damit müssen die Leute fertigwerden, die das Haus kaufen.«

»Ist aber doch ein Jammer.« Der Gärtner klappte die Schere auf und wischte mit dem Zeigefinger den Rasenschnitt von den Klingen. »Na ja, nichts für ungut. Mr. Verne-Smith hat mich bis Ende April bezahlt, Sie schulden mir also sieben Wochen, oder sagen wir sechseinhalb, ich will ja nicht so sein...«

Adam machte ein ziemlich entsetztes Gesicht. »Ich habe Sie nicht bestellt.«

»Stimmt, aber ich war nun mal da. Ich hab meine Arbeit ordentlich gemacht und will mein Geld dafür. Das ist nicht mehr als recht und billig. Schauen Sie sich um, ich hab meine Arbeit ordentlich gemacht, das können Sie nicht abstreiten.«

Adam stritt nichts ab, er versuchte es gar nicht erst. In dieser vorsichtig-argwöhnischen Art, die er manchmal hatte, sagte er:

»Wie viel wäre das denn alles in allem?«

»Ich bin zweimal die Woche gekommen, jedesmal ein Pfund, macht dreizehn, und dann immer abends das Gießen. Mit fünfzehn kommen Sie noch gut weg, tät ich sagen.«

Es war sehr viel weniger, als Rufus erwartet hatte. Für

die viele Arbeit war es geradezu grotesk wenig. Aber hier auf dem Lande und im Gartenbau galten wohl andere Gesetze. Er ging mit Adam ins Haus, und mit vereinten Kräften kratzten sie fünfzehn Pfund zusammen. Jetzt hatten sie gerade noch so viel, daß sie Matterknax für die Rückfahrt auftanken konnten. Adam gab dem Mann das Geld, und er fuhr auf seinem Fahrrad davon, das geknotete Taschentuch noch auf dem Kopf. Erst als er weg war, fiel ihnen ein, daß sie nicht gefragt hatten, wie er hieß oder wo er wohnte.

»Für zwei Pfund die Woche hättest du ihn behalten können, das ist glatt geschenkt.«

»Ich hab keine zwei Pfund die Woche, ich bin total blank.«

Weil sie kein Geld hatten, waren auch ihre Reisepläne ins Wasser gefallen. Er, Rufus, hätte gerade noch genug für Benzin und vielleicht sein eigenes Essen gehabt. Hätte Adam den gleichen Betrag aufbringen können, hätte es gereicht. In einem anderen Jahr, zu fast jeder anderen Zeit hätte Adam bei seinem Vater, wahrscheinlicher noch bei seiner Mutter eine Anleihe gemacht, aber im Juni 1976 sprach sein Vater so gut wie gar nicht mit ihm, und die Mutter hatte Angst, sich gegen ihren Mann zu stellen. Hätte Adam seine Eltern aufgefordert, nach Wyvis Hall zu kommen, das Haus als Hotel zu benutzen, während er weg war, hätten sie ihm natürlich jede Summe geliehen, aber das kam für Adam nicht in Frage. Er versuchte es bei seiner Schwester. Bridget jobbte regelmäßig in den Schulferien, wie viele Teenager, in Restaurants oder Geschäften oder Reinigungsbetrieben, sie war immer flüssig. Aber sie rückte nichts raus, sie sparte auf einen Skiurlaub im Januar und wußte, daß wenig Hoffnung bestand, von Adam das Geld bis dahin zurückzubekommen.

Es entbehrte nicht der Ironie, daß Adam, der Besitzer eines Herrenhauses mit Ländereien und allem Drum und Dran, sich bei seinem zweiten Besuch mit weniger als fünf Pfund in der Tasche auf den Weg machte. Und das war alles, was er besaß. Statt nach Griechenland fuhren sie nach Wyvis Hall, weil Adam pleite war und Mary fast pleite und weil es beim ersten Mal so schön und friedlich und abgeschieden gewesen war, daß man es in Griechenland eigentlich kaum besser treffen konnte. Sie wollten eine Woche bleiben. Rufus hatte Adam vorgeschlagen, etwas aus dem Haus zu verkaufen, Porzellan oder Silber. In manchen Dörfern dort in der Gegend gab es fast mehr Antiquitätenläden als Häuser. Da, wo sie ihre Kneipentour gemacht hatten, hatte er allein sechs gezählt. Sie sprachen auf der Fahrt in Matterknax darüber.

Erstaunlich, was für treffende Benennungen Adam gefunden hatte. Für die Zimmer, für das Haus selbst – oder vielmehr die Idee, das Konzept des Hauses: Troremmos. Matterknax war nicht nur eine Verdrehung von Knattermax, es war eine prägnante lautmalerische Beschreibung des altersschwachen Vehikels, das sich unter gewaltiger Lärmentwicklung – es brauchte dringend einen neuen Auspuff – durch die Lande quälte.

»Nach Griechenland kommst du damit im Leben nicht«, sagte Mary. »Irgendwo in Frankreich bricht die Karre zusammen und gibt den Geist auf. Ich warne dich…«

Ihr Vater war Peer auf Lebenszeit und hatte irgendein

Amt unter einer Labourregierung innegehabt. Es mußte das Internat gewesen sein, das ihre Stimme – diese affektierte, scharfe und schrille Stimme – geprägt hatte. Sie hatte an allem etwas auszusetzen, nörgelte an dem Wagen herum, die Sachen, die Rufus trug, waren verkehrt oder komisch oder irgendwie unpassend, er rauchte zu viel, er sprach dem Wein zu reichlich zu, sein ganzer Lebensstil ließ viel zu wünschen übrig. Sie putzte Adam herunter, weil er sich ernsthaft auf den Vorschlag eingelassen hatte, das Familiensilber zu verscherbeln, wie sie es ausdrückte. Wie gräßlich! Was für eine Entweihung! Empfand er denn gar keine Ehrfurcht vor den schönen Dingen, die sein Großonkel in seine Obhut gegeben hatte?

»Er dürfte schwerlich nochmal herkommen, um nachzuschauen, wie ich meine Pflichten erfülle«, sagte Adam.

»Er wird sich im Grab herumdrehen.«

»Kaum. Höchstens regt sich ein bißchen was in seiner Asche.«

Er hatte ihr erzählt, Großonkel Hilberts Asche ruhe in einer urnenförmigen Konfektschale aus Crown Derby-Porzellan, die auf dem Kaminsims im Salon stand. Vielleicht hatte sie ihm das sogar abgenommen, denn Rufus hatte sie einmal dabei ertappt, wie sie den Deckel hochgehoben und sich die Holzasche angesehen hatte, die Adam von dem letzten Feuerchen des Taschentuchmannes zusammengekratzt hatte. Mary war etwas schwierig, aber sie war so mit das schönste Mädchen, das Rufus je begegnet war. Es verschaffte ihm Genugtuung, in ihrer Gesellschaft gesehen zu werden. Rufus war schon immer so gewesen – er legte Wert darauf, daß man ihm ansah, wie erfolgreich er war, daß er weiterkam in der Welt, daß die hübschesten Mädchen ihn umschwärmten. Mary sah umwerfend aus, und weil sie das wußte, war sie launisch und schwierig und erwartete immer von allem nur das Beste. Und das kam ihr auch zu, denn sie sah aus wie die junge Elizabeth Taylor, mit dunkelbraunen Locken, die ihr fast bis zur Taille reichten, großen dunkelblauen Augen, heller, samtweicher Haut und einer atemberaubenden Figur.

Am 20. Juni fuhren sie wieder hin, alle Fenster in Matterknax waren offen, das Wetter war so herrlich, wie es in diesem Jahr nun schon selbstverständlich war, ein Wetter wie in Südeuropa, wo einen jeder Morgen mit Sonnenschein und wolkenlosem Himmel begrüßte. Mittlerweile war es, wie Adam sagte, schon so, daß man über kühlere Temperaturen oder ein paar Tropfen Regen geradezu geschockt gewesen wäre.

»Irgendwie hat es gar nicht viel Sinn, nach Griechenland zu fahren«, sagte er. »Vielleicht wird das der schönste Sommer, den wir je erleben, und den würden wir uns entgehen lassen. In Griechenland kann man so ein Wetter immer haben.«

Sie hatten Proviant mitgebracht, eine ganze Menge Proviant. Zu allererst, hatte Adam gemeint, müßten sie Hilberts Kühlschrank anwerfen. Natürlich war es sein Kühlschrank, aber er redete immer noch so – das hatte Mary ganz richtig erkannt –, als könne sein Großonkel zurückkommen.

Es mußte ein komisches Gefühl sein, dachte Rufus, wenn man wußte, daß einem alles mögliche gehörte, ohne daß man genau hätte sagen können, was es war oder wo es

steckte. Es waren alles Sachen, die typisch für die Eltern-
generation waren, für die Alten, die Adam hartnäckig die
Erwachsenen nannte, bis Rufus ihn einmal kräftig ausge-
lacht hatte, – Laken und Bettbezüge und Messer und
Gabeln und Töpfe und Pfannen und komplizierte Gerätschaften, die man sich selber (falls man überhaupt so weit
in die Zukunft dachte) nie anschaffen würde. Adam hatte
sie sich nicht anzuschaffen brauchen, andere hatten das für
ihn besorgt, und da waren sie nun. In einem begehbaren
Schrank fanden sie Bettzeug, Leinenbettwäsche, mit dem
Monogramm LVS gezeichnet. Sie war ein bißchen klamm,
und Mary breitete sie auf der Terrasse zum Trocknen aus.
Sie aßen auch draußen und tranken eine Flasche von dem
Wein dazu, den sie mitgebracht hatten.

Sie vertilgten erstaunliche Mengen Wein – und nicht nur
Wein – auf Wyvis Hall. An diesem ersten Tag aber hatten
sie sich nur zwei Flaschen Rosé d'Anjou leisten können.
Später gingen sie durch das ganze Haus, überlegten, was
sich wohl verkaufen ließe, welchen Wert Adams Erbschaft
haben mochte. Rufus staunte über das viele alte Zeug, den
Zierat und Nippes, Sachen wie Vasen und Leuchter und
Aschenbecher und Glas und Messing, die Hilbert Verne-
Smith und seine Frau im Lauf der Jahre angesammelt
hatten. Mary plusterte sich ziemlich auf und sagte, was sie
täten, sei unrecht, eine Entweihung. Adam hatte sehr
vernünftig erwidert, sie möge doch bitte langsam begreifen, daß dies jetzt alles ihm gehörte und daß er damit tun
und lassen könne, was er wolle, genau wie mit den Sandalen an seinen Füßen und den Münzen in seiner Tasche, die
von den fünf Pfund übriggeblieben waren, nachdem er

den Rosé gekauft hatte. Und dann sagte Mary, sie habe das Gefühl, als sei Hilbert bei ihnen, während sie in Kommoden und Schüben und Schränken kramten, sie spüre förmlich, wie er hinter ihr stand und ihr über die Schulter sah.

Inzwischen war es dunkel, war es Nacht geworden. Und auf Wyvis Hall, zwischen Wald und Fluß gelegen, eine halbe Meile von der nächsten Straße, doppelt so weit vom nächsten Haus entfernt, herrschte tiefe Stille. Der Himmel war klar wie ein tiefdunkelblauer Edelstein, und im See spiegelten sich die Sterne. Das Haus war voller Nachtfalter, weil Türen und Fenster offengeblieben waren, nachdem sie Licht gemacht hatten. Mary schrie auf, als eine Fledermaus an ihr vorbeiflog, Fledermäuse, sagte sie, gingen einem ins Haar, eine Fledermaus sei einer Verwandten von ihr ins Haar gegangen und hätte sie in die Kopfhaut gebissen. Marys Schrei klang in dieser dunklen Stille besonders laut, er hallte vom Wald und von den Wänden und dem sternenglänzenden Wasser wider, und Rufus, ein Stadtmensch und vom Landleben ziemlich unbeleckt, erwartete jeden Augenblick einen Ansturm erschrockener oder wütender Zeitgenossen oder das Läuten des abgemeldeten Telefons mit pausenlosen Beschwerden.

Natürlich passierte überhaupt nichts. Sie hätten Zeter und Mordio schreien, Mary hätte von Fledermäusen totgebissen werden können, und niemand wäre gekommen.

Das war Teil des Dilemmas, so kamen die Dinge in Fluß. Wäre Wyvis Hall weniger isoliert, weniger still gewesen ...

Rufus hatte es weit gebracht seit den Tagen von Matter-knax. Der Wagen, mit dem er zweimal in der Woche ins Krankenhaus fuhr, war ein Mercedes, noch kein Jahr alt. An der Tankstelle bot man ihm ein kostenloses Sherryglas an, weil er mehr als dreißig Liter getankt hatte. Rufus lehnte dankend ab, zwei von den Dingern rollten bereits auf seiner Rückbank herum. Doch das Glas erinnerte ihn wieder an die Vergangenheit, von der er gemeint hatte, er habe sie gebannt, und die jetzt durch jede nur denkbare Assoziation wieder ans Licht drängte, in Gedankensplittern und längeren Sequenzen. Er hatte in jenem verschlossenen Zimmer gesessen und geredet, Therapeut und Patient zugleich, immer wieder hatte er darüber geredet, war an den Schauplatz seines Traumas zurückgekehrt und hatte es nachvollzogen. Er hätte sich die Mühe sparen können, denn es war immer noch da und würde immer da sein, falls nicht eines Tages jemand ein Verfahren ersann, das Gedächtnis mit einem Skalpell aus dem Gehirn herauszuschälen.

Die beiden Sherrygläser auf der Rückbank klirrten, als Rufus eine Linkskurve etwas zu scharf nahm. Ehe sie in jener Nacht (oder vielmehr am frühen Morgen) schlafengegangen waren, hatten sie beschlossen, Großonkel Hilberts Sherrygläser aus Waterfordkristall zu verkaufen. Sie tranken alle keinen Sherry, sagte Adam, und er kannte auch sonst niemanden unter fünfzig, der Sherry trank. Nach dem Rundgang durchs Haus waren sie im Eßzimmer gelandet, wo der Glasschrank stand. In einem anderen Schrank fanden sie eine halbe Flasche Whisky und einen Rest Courvoisier. Es war ausgesprochen genußreich und beglückend gewesen, um zwei Uhr morgens an dem großen ovalen Mahagonitisch zu sitzen und Whisky zu trinken. Der Mond war aufgegangen und legte einen grünlichen Schimmer über den See. Er schien so hell, daß die Sterne daneben verblaßten. Sie mußten das Fenster schließen, wegen der Insekten. Dann machten sie das Licht aus, den großen Messingkronleuchter mit seinen falschen Kerzen, und der gelbe Glanz des Mondes lag über dem polierten Holz wie ein Tischtuch. Adam stellte die zwölf Sherrygläser mit dem eingeschliffenen Mäandermuster mitten auf das Tuch aus Mondlicht und sagte, er würde sie morgen in einen Karton packen und versuchen, sie in Sudbury zu verkaufen, in dem Antiquitätenladen in der Gainsborough Street, an dem sie vorbeigefahren waren.

Damals hatten sie noch eine Art von Unschuld besessen, dachte Rufus. Einerseits war es nur ein Zeitvertreib für sie gewesen, sie machten sich ein paar schöne Tage auf dem Lande im Haus eines Freundes. Andererseits kamen sie sich (wie Mary es ausdrückte) wie Einbrecher vor, die im Haus herumstöberten, Schätze entdeckten und halb und halb damit rechneten, daß der Eigentümer zurückkommen und sie auf frischer Tat ertappen würde.

»Stellt euch mal vor, das Gesicht von Onkel Hilbert taucht jetzt vor dem Fenster auf«, hatte Adam gesagt, als sie die Hintertreppe hinaufstiegen, um zu Bett zu gehen.

Auf dem Treppenvorplatz war zwar ein Fenster, aber draußen war nur die edelsteinblaue Nacht zu sehen. Sie hatten alle fest geschlafen, wenn nicht den Schlaf der Gerechten, so doch den der Unschuldigen und Ahnungslosen. Keiner zweifelte daran, daß sie früher oder später nach Griechenland fahren würden. In diesen ersten Tagen, in der letzten Juniwoche, ging es nur darum, genug Geld zusammenzubekommen. Das war allerdings gar nicht so einfach. Der Mann in Sudbury hatte sie keineswegs mit offenen Armen empfangen, er war argwöhnisch gewesen und hatte alles mögliche über sie und die Gläser wissen wollen.

»Er denkt bestimmt, du hast sie geklaut«, sagte Mary, die nicht mit in den Laden gekommen war, sondern draußen in Matterknax gewartet hatte. »Kein Wunder, schau dich doch an.«

Damit meinte sie Adams abgeschnittene Jeans mit den ausgefransten Rändern und sein gelbrotes Stirnband. Und die langen Haare und bloßen Füße.

»Wenn's nach dir ginge, müßte ich mich wohl in einen Anzug von Onkel Hilbert werfen, wie?« sagte Adam.

Statt dessen fuhren sie nach Hadleigh und machten einen Antiquitätenmenschen ausfindig, der sich erbot, nach Wyvis Hall zu kommen und für Adam einige Möbel, die Kronleuchter und den Zierat zu schätzen. Zwei Tage später kam er tatsächlich, ein älterer Mann, mindestens sechzig, und schätzte zwei der Schränke auf jeweils 500 Pfund. Als Adam das hörte, wollte er nicht verkaufen, sie seien demnach viel mehr wert, meinte er. Der Mann kaufte eine Messinglaterne, zwei Tischchen mit Mustern aus geschnitzten Blumen und Früchten auf der Platte, und die Sherrygläser, und gab Adam für alles zusammen 150 Pfund.

Rufus wußte nicht mehr, wie der Mann hieß, nur daß er nach dem Gärtner der zweite Besucher auf Wyvis Hall gewesen war. Ob der Mann sich noch auf sie besinnen konnte? Wenn er noch lebte, mußte er jetzt in den Siebzigern sein. Rufus erinnerte sich dunkel, daß er gerade ins Eßzimmer gekommen war, als der Antiquitätenmensch ziemlich widerstrebend einen Preis für den Gläserschrank nannte. Der Mann hatte Guten Morgen gesagt und Rufus Hallo, dann hatte er sich mit Mary wieder daran gemacht, die Terrasse mit Decken aus den Schlafzimmern auszulegen. Die Terrasse ging nach Süden und war voll besonnt, so daß es tagsüber zu heiß war, um sich dort aufzuhalten, aber für die Abende und Nächte war sie herrlich. Sie holten eine leicht gefütterte Patchworkdecke aus dem Zentaurenzimmer, eine rosa Chenilledecke aus dem Zimmer ohne Namen, zwei weiße Baumwolldecken aus dem Zimmer des Erstaunens und eine Tagesdecke aus schwerem gelben Satin, die sie in einem Schrank im Nadelkissenzimmer gefunden hatten. Mary legte ein paar Kopfkissen und Sofakissen aus dem Salon dazu, und als sie fertig waren, hatte sich der Antiquitätenmensch davongemacht und ihnen 150 Pfund dagelassen.

Ein Teil davon mußte natürlich gleich an diesem Abend verbraten werden. Hatte jemand bemerkt, hatte jemand sich eingeprägt, daß sie durch Nunes gefahren waren? Es heißt doch immer, daß in einem Dorf nichts geschieht, was die Klatschbasen nicht mitbekommen. Aber sie waren weder über die Dorfstraße gebummelt noch hatten sie auf dem Dorfanger gesessen oder im Pub getrunken. Irgendwie war ihnen die »Föhre« – so hieß die Dorfkneipe – nicht sympathisch gewesen, Rufus hatte, als sie vorbeikamen, kurz Gas weggenommen, aber sie hatten nicht angehalten.

Er war selten ins Dorf gekommen und nur einmal zu Fuß, hatte aber den Lageplan noch erstaunlich gut im Kopf.

Eine Kirche auf einem grasbewachsenen Hügel, zu der eine steile steinerne Treppe emporführte. Eine Eibenallee. Dahinter ein Windschutz aus Ulmen, die damals schon der Ulmenkrankheit zum Opfer gefallen waren. Eine Dorfstraße mit Häusern und Cottages, eine Tankstelle, ein Lebensmittelhändler, aber kein einziges Antiquitätengeschäft. Der Dorfanger war ein baumloses gleichschenkliges Dreieck, aber um das Pub herum standen Bäume, Kiefern wie in Adams Wald oder so was Ähnliches, wahrscheinlich hatte der Pächter – oder die Brauerei – dem Namen Ehre machen wollen.

Es gab die unvermeidliche soziale Wohnsiedlung, hellgrüne, blaue und rosafarbene Häuschen wie auf einer Kinderzeichnung, und dann, nach einer Biegung, wo man eigentlich Felder erwartet hätte, ein halbes Dutzend Villen aus den fünfziger oder sechziger Jahren, großzügig ausgestattet, mit prächtigen Gärten, großen Garagen und dikken Wagen davor.

»Hampstead Garden Suburb kommt nach Suffolk«, hatte Adam gesagt.

Später hatten sie den Wagen des Koipu-Mannes vor einem dieser Häuser stehen sehen. Und sie hatten darüber debattiert, ob er dort wirklich wohnte oder nur gekommen war, um irgendwas zu vertilgen, Ratten, Maulwürfe, irgendwelches Ungeziefer. Rufus, der Snob, hatte gemeint, daß so ein Mensch unmöglich dort wohnen könne, aber warum eigentlich nicht? Mit Ungeziefervernichtung war auf dem Land durchaus Geld zu machen.

Rufus erledigte seine Ambulanz und seine Visiten, und nachmittags kam eine sehr besorgte Patientin in die Wimpole Street, eine Frau, die seinen gütigen Zuspruch, seine weltgewandte Art, die angebotene Zigarette, den Rückhalt brauchte. Seine erste Zigarette an diesem Tag rauchte er, während er auf sie wartete. Zwei Minuten, bevor er sie hereinbat und ihr sagen mußte, daß ihr Abstrich einen Krebs im Vorstadium erkennen ließ, drückte er sie aus. Wer würde ihm zusprechen, ihn trösten? Niemand, dachte er, und verachtete sich wegen dieser für ihn unnatürlichen Regung. Die Polizei würde nicht notwendigerweise davon ausgehen, daß die Gebeine auf dem Friedhof von Menschen stammten, die auf Wyvis Hall gewohnt hatten, und auch nicht, daß Leute, die dort gewohnt hatten, die Schuld am Tod dieser Menschen trugen. Doch möglich, ja, wahrscheinlich waren solche Überlegungen durchaus. Die Existenz des Friedhofs war nicht allgemein bekannt, und zur Straße hin war das Kiefernwäldchen von der Böschung durch einen dichten Bretterzaun abgegrenzt.

Sie würden sich ausgiebig im Dorf umhören. Sie würden sich auf der Pytle Farm und in Mill in the Pytle erkundigen. Sie würden alle Leute ausfindig machen, die als Lieferanten oder zu Dienstleistungen Wyvis Hall aufgesucht haben konnten: Müllkutscher, Stromableser, Gärtner, Antiquitätenhändler, vielleicht – warum nicht? – der Koipu-Mann. Sie würden Adam vernehmen, vielleicht drehten sie ihn just in diesem Augenblick durch die Mangel. Falls er sich nicht sehr geändert hatte, würde er keinen günstigen Eindruck hinterlassen.

War die Zeit gekommen, sich wechselseitig von dem Versprechen zu entbinden, daß sie sich nie treffen, nie miteinander sprechen würden? Rufus griff nach dem blauen Telefonbuch und schlug unter v nach, v wie Verne-Smith-Duchini, und er hatte schon angefangen zu wählen, als seine Patientin gemeldet wurde.

Er legte den Hörer wieder auf und zwang seine Lippen zu einem breiten Lächeln.

## 8

Der See war klar und kühl, aber nicht kalt, der wochenlange Sonnenschein hatte die Kälte vertrieben. Bald nach dem Aufstehen – und das war immer spät, immer erst gegen Mittag – gingen er und Rufus schwimmen. Sie bemühten sich, mit den Füßen nicht den kiesigen oder schleimigen Boden zu berühren und sich mit den Armen nicht in den Algen zu verfangen, die wie langes grünes Haar waren. Die Seerosenblätter lagen flach auf der Wasseroberfläche, die Blüten waren von wächsernem Scharlachrot und zartem Gelb, die Stengel zäh, klebrig, glitschig, verschlungene Innereien.

»Kommt mir vor wie der Zwölffingerdarm«, sagte Rufus. Er riß einen langen, schleimigen Stengel aus und warf ihn Adam wie ein Lasso um den Hals.

Sie rauften miteinander wie Schulbuben, aber sie waren keine Schulbuben, und Adam spürte plötzlich Rufus' Körper unter Wasser, seine harten Muskeln, die glatte Haut, die Beine, die kurz die seinen umschlangen. Und als Rufus ihn von hinten packte, vorgeblich natürlich nur, um ihn unterzutauchen, wehrte er sich auf eine Art, die Rufus als echten Widerstand erkannte, so daß er von ihm abließ. Und Rufus hatte begriffen. Er feixte ein bißchen, als ihre Blicke sich trafen. Dann schwamm er weiter, und Adam schwamm weiter, und wenig später gingen sie an Land und kehrten zu Mary auf die Terrasse zurück.

Ein beunruhigendes Erlebnis war das gewesen, erregend und verwirrend. Adam hatte nicht gewußt, daß er eine Sammlung von Tabus in seinem Kopf herumtrug. Der Verkauf von Stücken, die er – auch wenn er das Mary gegenüber bestritt – noch immer als Hilberts Eigentum betrachtete, gehörte nur am Rande dazu, in einer Art Grauzone. Geld mußte sein. Solange sie sich auf Wyvis Hall aufhielten, war es zwar nicht gerade so, daß die Geldfrage ihr Leben verdüsterte, aber daß sie welches brauchten, daß sie es dringend brauchten, war ihnen immer gegenwärtig. Und trotz Marys Mißbilligung vermochte er der Versuchung nicht zu widerstehen. Er hatte den Antiquitätenhändler aus Hadleigh kommen lassen, einen gewissen Evans oder Owens – irgendeiner dieser walisischen Namen war es gewesen –, und ihm eine Messinglaterne und zwei geschnitzte Tischchen und die Sherrygläser verkauft. Das Geld hatten sie für die Griechenlandreise verwenden wollen, aber es war mehr, als sie erwartet hatten, und sie hatten einen Zug durch die Läden und dann durch die Kneipen gemacht. Außerdem mußte ein neuer Auspuff für Matterknax her, das hatten sie gleich machen lassen, aber nicht an der Tankstelle von Nunes, sondern in einer großen, unpersönlichen Werkstatt in Colchester. Matterknax brauche wohl eine gründliche Überholung, hatte Rufus gemeint, und der Automechaniker hatte das bestätigt und hinzugefügt, es würde ihn eine schöne Stange Geld kosten. Der Voranschlag belief sich auf etwa 75 Pfund, aber in seinem jetzigen Zustand würde es der Wagen, wie Mary sehr richtig sagte, nicht einmal bis Calais schaffen. Am nächsten Tag hatten sie einen der seltenen Busse nach Colchester genommen, um den verjüngten Matterknax abzuholen, und hatten den ganzen Tag dort zugebracht. Die Reparatur hatte statt 75 an die 85 Pfund gekostet, noch einmal 50 Pfund gingen für Lebensmittel und Getränke drauf. Hauptsächlich für Getränke.

Heutzutage trank Adam sehr mäßig. Von Alkohol wurde ihm übel, und nachts wachte er mit wild klopfendem Herzen auf. Vor zehn Jahren hatte er ihn besser verkraftet, aber damals hatte er getrunken, um wie die anderen zu sein und bei ihnen Eindruck zu schinden, und nicht, weil er sich viel aus Alkohol machte. Bei Rufus lag der Fall anders. Rufus war sehr aufnahmefähig und konnte große Mengen von harten Getränken und noch größere Mengen an Wein »chemisch umwandeln«, wie er es nannte. Es war nicht ungewöhnlich, daß er allein in zwei Stunden ebenso viele Flaschen Wein leerte. Das hat bei mir überhaupt keine Wirkung, behauptete er, aber das stimmte nicht. Die Wirkung war ihm deutlich anzumerken, nur zeigte sie sich nicht an den gängigen Symptomen wie schwerer Zunge, wankendem Schritt und Gedächtnisschwund.

Rufus pflegte zu sagen, daß die meisten Menschen am liebsten nur von Fleisch und Kuchen leben würden. Wenn sie Obst und Gemüse und Molkereiprodukte zu sich nahmen, so taten sie das um ihrer Gesundheit willen und nicht, weil sie das Zeug gern aßen. Und so packten sie denn Hilberts – nein, Adams – Kühlschrank mit den verschiedensten Varianten von Fleisch und Kuchen voll, sie kauften Kartoffelchips und Schokoriegel und eine Kiste Wein und Spirituosen. Ich bin ein Sybarit, dachte Adam, oder ein Epikureer, und freute sich an den Worten, aber Epikureer klingt besser, weniger abwertend.

Die harten Getränke vertilgte ausschließlich Rufus, und Adam hatte den Verdacht, daß er mehr trank, als er den anderen gegenüber zugab, wahrscheinlich hatte er irgendwo eine heimliche Flasche versteckt.

»Ich seh nicht ein, wozu Selbstverleugnung gut sein soll«, pflegte er zu sagen.

»Mein Vater meint, daß Entsagung den Charakter festigt.«

Rufus feixte, denn Adam hatte ihm natürlich ausführlich von Hilberts Testament erzählt. »Er muß es ja wissen«, sagte er.

Vermutlich, dachte Adam, war Rufus mittlerweile ein richtiger Weinkenner, wenn nicht ein Weinsnob geworden, ein Mann, der ein Bukett genießt und von einem hübschen kleinen Burgunder redet und dergleichen, doch damals war Wein für ihn gleich Wein. Sie kauften den billigsten, den sie bekommen konnten, um von der Menge her mehr zu haben, einen Nicolas und einen verdächtigen Tropfen, der sich Hirondelle nannte.

»Als nächstes werde ich den Gainsborough verkaufen müssen«, sagte Adam.

Natürlich stellte sich heraus, daß es – entgegen der Behauptung von Evans oder Owens – gar kein Gainsborough war. Nachdem er die Tischchen und die Gläser auf Nummer Sicher hatte, besah er sich das stark nachgedunkelte Porträt eines ältlichen Geistlichen mit breitrandigem Hut und erklärte, hierbei handele es sich seiner bescheidenen Meinung nach um ein Werk »unseres Lokalgenies«.

Um nähere Aufklärung gebeten, sagte er, damit meine er Gainsborough, der in Sudbury zur Welt gekommen war. Hatten sie nicht sein Standbild auf dem Marktplatz gesehen, auf dem er mit der Palette in der Hand dastand, als male er gerade das Pub und Kings Kolonialwarengeschäft?

Sie brachten das Bild nach Sudbury, um eine Expertise einzuholen, und dort zeigte man ihnen am unteren Rand der Leinwand die Signatur des Malers, eines gewissen C. Prebble. Sie nahmen es wieder mit nach Wyvis Hall und hängten es an seinen alten Platz, und dann legten sie sich auf der Terrasse in die Sonne, aßen Rumpsteak und Kartoffelchips und tranken Hirondelle Rosé. Sie benutzten Hilberts Weingläser, weil es ihnen widerstrebte, aus Plastik- oder Pappbechern zu trinken, aber zum Essen nahmen sie Pappteller, von denen sie gleich hundert Stück mitgebracht hatten. An diesem oder am nächsten Tag, überlegte Adam, mußte er oder einer von ihnen, nein, sicher doch er, zum ersten Mal von der Kommune angefangen haben. Aber noch nicht in diesem Moment. Er hatte sich Bücher mitgebracht, Pflichtlektüre für die Ferien, Werke über Soziologie und Linguistik und verwandte Gebiete, aber in der Hitze und nach dem Wein waren die nicht gerade verlockend. Statt dessen hatte er sich aus Hilberts Bibliothek bedient, aus einer Sammlung klassischer Pornographie, die der Onkel keineswegs versteckt, unter neutralen Einbänden etwa, sondern für jedermann sichtbar und zugänglich hingestellt hatte, was Adam an dem alten Hilbert sehr imponierte. Guillaume Apollinaire gab es da und Henry Miller, Pisanus Fraxi und *My Secret Life*, von Frank Harris *My Life and Loves* und ein Dutzend andere. An jenem Nachmittag lag Adam auf der Terrasse und las *Fanny Hill*, obwohl er wußte, daß das in seinem zölibatären Zustand nicht das Klügste war, was er tun konnte.

Rufus und Mary lagen dicht neben ihm auf einer Chenilledecke, die Rufus in einem der Gästezimmer gefunden hatte. Seit zehn Minuten hielten sie sich eng umschlungen. Rufus rann zwischen den ziemlich spitzen Schulterblättern der Schweiß über den Rücken. Trotz seines hellen Teints war er in den wenigen Tagen schon schön braun geworden. Adam hatte versucht, nicht hinzusehen, aber jetzt konnte er nicht anders. Was er gefürchtet hatte, geschah, aber er fühlte sich nicht ausgeschlossen, empfand keine Verlegenheit, sondern ganz einfach eine atemlose, sich ständig steigernde, herzklopfende sexuelle Sehnsucht. Die beiden lösten sich ein wenig voneinander, Rufus rollte sich auf den Rücken, so daß man seine starke Erektion sah, wie eine große geballte Faust unter der schwarzen Badehose. Er hatte den Kopf noch immer Mary zugewandt, beide hatten die Lippen geöffnet und leckten einander die Zungenspitze. Adam fand Rufus' gewaltige Männlichkeit ebenso beunruhigend wie Marys nackte Brüste, die rund und cremefarben, weich und passiv, aber mit gestrafften Spitzen, in ihrer offenen Bluse lagen. Er drehte den Kopf weg und drückte Stirn und Augen heftig auf die Buchdeckel von *Fanny Hill*. Nach einer Weile hörte er, wie die anderen beiden sich regten, hörte, wie Rufus einen großen Schluck Wein nahm und wie sie barfuß ins Haus und die Treppe hinauf ins Zentaurenzimmer tappten.

Adam mochte acht gewesen sein, als sein Vater ihm gesagt hatte, daß man vom Masturbieren Skorbut bekam. Die Behauptung, Skorbut sei eine Folge von Vitamin C-Mangel, sei nur ein Märchen, das Ärzte und Ernährungswissenschaftler sich ausgedacht hätten, obgleich sie es eigentlich besser wissen müßten. Die meisten Leute, die heutzutage mit falschen Zähnen herumliefen, hätten in ihrer Jugend masturbiert, das sei wohlbekannt, nur gäbe es da diese Verschwörung zwischen den Zahnärzten und der Vitamin C-Lobby, wie Lewis es nannte, die Sache geheimzuhalten. Es läge im Interesse dieser Leute, der zahnärztlichen Zunft Patienten zu verschaffen und Vitamin C zu verkaufen, nichts Schlimmeres könne ihnen passieren, als wenn sich herumsprach, daß der Mensch, wenn er nur in seiner Jugend die Hände dort ließ, wo sie hingehörten, ein Leben lang gesunde Zähne und gesundes Zahnfleisch haben konnte. Später überlegte Adam, ob sein Vater diese Geschichte erfunden oder selbst daran geglaubt hatte. Nirgends sonst war ihm diese Theorie zu Ohren gekommen. Das Sonderbare war nun, daß der Gedanke sich irgendwie und sehr gegen seinen Willen bei ihm festgesetzt hatte. Er glaubte nicht an die Geschichten seines Vaters, er machte sich – seiner Schwester gegenüber zum Beispiel – darüber lustig, aber zumindest teilweise hatte Lewis das angestrebte Ziel erreicht. Wenn Adam je soweit kam, sich selbst zu befriedigen – und natürlich geschah das bisweilen –, hatte er hinterher immer das Gefühl, daß seine Zähne locker waren, und sein Kiefer schmerzte, und einmal, als er sich danach abends die Zähne putzte, fand er Blut auf der Zahnbürste.

Er nahm deshalb an jenem Nachmittag seine Zuflucht nicht zur Selbstbefriedigung, sondern tauchte noch einmal in den See, dessen Wasser kalt genug war, um seinen Zweck als eins der wohlbekannten viktorianischen Heilmittel gegen fleischliche Begierden zu erfüllen.

Adam watete aus dem See und setzte sich, die Beine bis zu den Knien mit Schlamm bedeckt, ans Ufer zwischen die Binsen und die großen hellen, ledrigen Hostablätter und sah zu dem Haus mit seiner Rosen- und Geißblattberankung hinüber, zu den Schwalbennestern im Gebälk, der langen Terrasse, auf deren Balustrade sich Zeus in vielfältiger Gestalt mit seinen Gespielinnen verlustierte.

Bunte Schmetterlinge, orangefarben und gelb und schwarz und weiß – sein Vater hätte ihre Namen gewußt – sonnten sich auf dem warmen roten Backstein, die Flügel weit ausgebreitet in der Hitze. Der Himmel über den glitzernden Schieferdächern war so blau wie die eigenartigen Lilien, die sich gerade jetzt unter dem Eßzimmerfenster öffneten, kleinen Trompeten gleich, aber blau wie – wie der Himmel.

In Griechenland gab es gewiß ebenso schöne Sachen, und es war dort ebenso warm oder wärmer, aber sie würden nicht ihm gehören. Es war eine Offenbarung für ihn, wie wichtig das für ihn war, wieviel es ihm bedeutete. Er hatte sich nie für gewinnsüchtig oder auch nur besonders materialistisch gehalten, allerdings hatte er ja bisher auch kaum etwas besessen, was der Rede wert gewesen wäre. Es war ein gutes Gefühl. Wenn er die Treppe hinaufging, verschaffte ihm der Gedanke, daß diese Dielenbretter, diese geschnitzten Paneele, diese Stuckdecken ihm gehörten, tiefe Befriedigung. Und wenn er im Nadelkissenzimmer die Ellbogen aufs Fensterbrett stützte, konnte er aus dem Fenster in den Garten sehen, der in der hellen Mittagssonne lag oder in Mondlicht getaucht war, und denken: All dies ist mein, dieser Garten, das Obst unter den Vogelgittern, der See, der Kleine Forst, so weit mein Auge reicht, rechts und links und vor dem Haus und dahinter, alles, alles mein...

Die Vorstellung, das alles zu verkaufen, wurde nachgerade unerträglich.

Es war lange her, seit Adam von Zosie geträumt hatte. Manchmal träumte er von Rufus und manchmal von Shiva oder von Shiva mit Vivien, aber schon seit einem Jahr hatte Zosie ihn nicht mehr im Schlaf besucht.

Es war so, wie es sich in Wirklichkeit abgespielt haben mußte, nur war es damals Rufus gewesen, der sie aufgelesen und nach Wyvis Hall gebracht hatte. Um sich zu nehmen, was ihm zustand natürlich. Nein, das war unfair. Er selbst hätte es genauso gemacht – damals. Im Traum war er es, der von Colchester nach Nunes zurückfuhr, allerdings nicht in Matterknax, sondern in dem Wagen, den er jetzt hatte, dem Granada. Sie wartete dort, wo sie auch in Wirklichkeit gewartet hatte, dort, wo die Straße sich gabelte und es in der einen Richtung nach Bures und in der anderen nach Sudbury ging. Damals hatte dort ein Krankenhaus gestanden, ein riesiger viktorianischer Kasten, vielleicht stand er immer noch da, falls sie ihn nicht abgerissen hatten, der Schornstein war in einem nachgemachten Campanile versteckt.

Klein und zierlich, zartknochig, hellbraune, eigentlich eher beigefarbene Haut, hellbraunes, feines, sehr kurzes Haar, weltenfernes Gesicht, kleine Stupsnase und goldene Katzenaugen. Sie sieht aus wie eine Abessinierkatze, hatte mal jemand gesagt, und das stimmte genau. Sehr jung, ein Kind, und doch kein Kind mehr. Jeans und T-Shirt, nur achtete man nie auf das, was Zosie anhatte. Wie hieß das in der Rhetorik – Zeugma oder Syllepsis? Sie stand da, trug einen Rucksack und eine Trauermiene.

Er hielt, und sie lief auf den Wagen zu und stieg neben ihm ein. Es war eine laue Nacht, aber sie fröstelte. Er fragte, wohin sie wolle.

»Irgendwohin.«

»Irgendwohin?«

»Ich weiß nicht, wo ich bin, wie kann ich da sagen, wohin ich will?«

»Du bist mit dem Zug gekommen?«

Sie fing an zu lachen, und im Lachen schlugen ihre Zähne aufeinander. »Ich bin von da gekommen.« Sie wandte sich um und deutete auf den viktorianischen Kasten mit dem Schornstein im Campanile-Look.

»Was ist das?« fragte er.

»Das weißt du nicht? Eine Klapsmühle. Eine Idiotenfarm. Meine Oma hat Irrenanstalt dazu gesagt.«

Adam wachte auf. Er lag da und dachte an Zosie. War sie ein bißchen verrückt gewesen? Vielleicht, aber nur vorübergehend und aus gutem Grund. Und natürlich konnte keine Rede davon sein, daß sie aus einer Nervenklinik entwichen oder je in einer solchen Anstalt gewesen war. Er schüttelte den Traum ab.

Einen Findling hatte Rufus sie genannt, und Adam hatte ihn sofort mit Hohn und Spott überschüttet und gemeint, so was gäbe es nur in Kitschromanen, und dann hatten sie in Hilberts Lexikon nachgesehen und interessante Entdeckungen gemacht.

»*Findlinge* heißen auch in dem Sand und Schuttlande zerstreut liegende Gesteinsblöcke, durch Fluten oder Eisschollen dahin getragen:

*Findlinge nennt man sie, weil von der Brust,*
*der mütterlichen sie gerissen sind.*

FINDLING, *expositus*, Findel, Findele: ein ausgelegtes, ausgestoßenes Kind.«

»Das habe ich gemeint«, sagte Rufus.

Und dann las Adam die nächste Definition laut vor:

»*Findlinge* nennt der Bienenzüchter die abhanden gekommenen, als herrenloses Gut im Wald eingefangenen Schwärme. Ebenso eingefangene herrenlose andere Thiere.«

Tatsächlich war es ja so, daß Zosie, das herrenlose Gut, ihm, dem Schloßherrn, zugefallen war. Er, jetzt selbst Vater, dachte an ihre Mutter und ihren Stiefvater, denen sie abhanden gekommen war und die offenbar nie nach ihr gesucht, ihren Verlust nicht einmal gemeldet hatten, die froh gewesen waren, sie los zu sein.

Adam überlegte, ob Abigail wohl manchmal aufwachte, im leeren, dunklen Raum nach ihm suchte und sich eine Weile lautlos ängstigte, bis sie anfing zu weinen. Der Gedanke war unerträglich. Es waren die ersten Stunden des neuen Tages, drei oder vier Uhr mochte es sein. Was hatte Mark Twain irgendwo geschrieben? Nachts sind wir alle toll... Er stand leise auf, ohne Licht zu machen. Er hatte so oft das Schlafzimmer durchquert, um zu Abigail zu gehen, daß er sich im Dunkeln genau auskannte. Er brauchte nur die Hände auszustrecken, schon ertastete er wie ein Blinder die abgeschrägte Ecke des Kleiderschrankes, das lackierte Flechtwerk eines Stuhlrückens, die Oberkante der um diese Zeit erkalteten Heizung, die Glaskugel des Türknaufs.

Draußen auf dem Gang machte er Licht. Abigails Tür stand einen Spalt breit offen. Er trat ein und brachte ein Stück Licht mit, ein helles Dreieck fiel ins Zimmer und machte einen Meter vor ihrem Bettchen halt. Er beugte sich nicht über sie, sondern kniete nieder und sah ihr durch die Stäbe hindurch ins Gesicht. Sie öffnete die Augen, doch ihre Sinne waren, wie es von Lady Macbeth heißt, geschlossen. Wenn sie wach war, sah sie ihn nie an, ohne zu lächeln. Jetzt lächelte sie nicht, sondern die Lider mit den erstaunlichen Wimpern fielen langsam wieder zu. Abigail seufzte, bewegte sich kurz, wandte den Kopf und sank in tiefen Schlaf zurück.

Adam kniete neben ihr, er dachte an Zosie und Zosies Mutter und Stiefvater, die sich nicht die Mühe gemacht hatten zur Polizei zu gehen, als ihre Tochter unerklärlicherweise verschwunden war. Offenbar waren sie nur erleichtert gewesen. Jeder Versuch, sie zurückzubekommen, hieße das Schicksal herausfordern, hatten sie sich wohl gedacht. Aber Zosie war damals erst siebzehn. Sagte sie. Vielleicht war sie ein, zwei Jahre älter gewesen oder sogar mehr. Sie hatte so schrecklich geflunkert.

Bei einer Toten mochte es möglich sein, das Alter zu

bestimmen, bei den Lebenden ging das oft nicht. Zum Beispiel hatte in der Zeitung gestanden, das Skelett auf dem Friedhof von Wyvis Hall sei das einer jungen Frau zwischen 18 und 21 Jahren gewesen. Es war im Grunde nicht weiter wichtig...

Er stand auf, ging zum Fenster und sah in seinen Garten hinaus. Ein dürftiges Fleckchen Vorstadterde im Vergleich zu dem, was er einst besessen hatte. In der Ferne leuchteten Straßenlampen grünlich oder orangefarben, am Himmel stand kein Mond, sondern nur das ewige chemische Zwielicht der Vorortnacht. Der Herbst hatte alle Vegetation in eine feucht-frostige Starre versetzt, Stauden waren zu Stöcken geworden, Blätter zu nassen, schwarzen Plastikfetzen, Zweige zu arthritisch verdickten Knochen. Um drei Uhr morgens sind wir alle toll.

Es war ein unvergleichlicher Sommer gewesen. Auch der von 1984 war schön gewesen. Aber nicht ganz so schön. Sie hatten warme Nächte gehabt, nicht nur warme Tage, man hatte den Eindruck, daß es sich nach Sonnenuntergang nicht wesentlich abkühlte. Als sie heimfuhren, stritten sie darüber, wann Mittsommernacht war. Mary sagte, am 20. Juni, weil das die Nacht vor der Sonnenwende sei, dem längsten Tag, und Rufus sagte, am vierundzwanzigsten, und er, Adam, sagte, es sei der dreiundzwanzigste, weil das der Vorabend des vierundzwanzigsten, eben des Mittsommertages sei. Sie waren alle ziemlich betrunken, und Rufus hatte lauthals gesungen:

»Im Tale, wo die Biene bumst...«

Rufus hatte durchaus auch einen Stich ins Ordinäre gehabt. Der Alkohol hatte die sonst so kritische Mary milde gestimmt. Sie gickerte über alles, was Rufus sagte, und grapschte nach ihm. Sie rauchten zu zweit eine Zigarette, die sie von Mund zu Mund gehen ließen. Adam lag auf dem Rücksitz und rezitierte Rupert Brooks' »Grantchester«, das er damals auswendig kannte:

»Und grün und tief
gleitet der Strom geheimnisvoll dahin,
grün wie ein Traum, tief wie der Tod...«

Dann lagen sie wieder auf der Terrasse, auf den ausgebreiteten Decken, und Rufus sagte, er würde draußen schlafen. Die Mücken kamen in Schwärmen vom See herüber und fielen über sie her, und sie zündeten Räucherstäbchen an, um sie zu vertreiben, Pfefferminz und Anis und Sandelholz. Mary hatte in einer altfränkischen Hausapotheke im Totenbettzimmer Zitronellöl gefunden, mit dem sie sich zusätzlich einrieben. Vielmehr, sie rieben sich gegenseitig ein. Das war der Auslöser.

Alles war still. Manchmal hörte man ein leises Ploppen, wenn ein Fisch nach einem Insekt schnappte. Oder das flüsternde Rauschen eines Fledermausflügels. Und manchmal kamen aus der Tiefe des Waldes weniger erfreuliche Laute.

»Es hört sich an wie etwas, das von irgend jemand totgemacht wird«, hatte Rufus zu einer Kneipenbekanntschaft gesagt.

Kaninchen, die Füchsen oder Wieseln anheimgefallen sind, dachte Adam. Die dünnen, jämmerlichen Schreie waren recht unheimlich, wenn sie ihn im Dunkeln weckten. Aber auf der Terrasse hörte man nichts schreien, dort gab es nur die Dunkelheit, den Mond, die hellen Sterne, die wie ein Netz über den Himmel gespannt waren, einen Himmel, der nie seine Bläue verlor, die duftenden Stäbchen zwischen den steinernen Abbildern des verliebten Gottes. Rufus hatte eine Flasche Rotwein neben sich stehen, er trank den Wein aus einem von Onkel Hilberts Kognakgläsern.

»Wir fahren nicht nach Griechenland, oder?« fragte Adam.

»Das halte ich für äußerst unwahrscheinlich«, sagte Rufus, dessen Ausdrucksweise umso korrekter wurde, je betrunkener er war. »Warum sollten wir?«

»Wir hatten es schließlich mal vor.«

»Ich möchte gern nach Griechenland«, sagte Mary, aber sie sagte es lächelnd und ziemlich verschlafen.

»Nein, mein Schatz, das möchtest du nicht. Du möchtest hierbleiben und Adam mit diesem scheußlichen Zeug einreiben.«

Rufus wußte genau, was er tat. Adam hatte es nicht sofort begriffen, er kam erst nach einer Weile dahinter. Rufus war immer auf Sensationen aus, auf neue Erfahrungen, neue Genüsse. Er hätte sich gut als einer der bösen römischen Kaiser gemacht. Adam hatte die Hand nach dem Zitronellöl ausgestreckt, aber Rufus ging dazwischen.

»Nein, laß sie nur machen.«

Adam hatte ein Hemd an, ein Hemd mit Knöpfen, kein T-Shirt, aber jetzt zog er es aus, weil er ahnte, was passieren mochte. Die Mixtur aus Gin und Wein, die er konsumiert hatte, dröhnte ihm im Kopf, verfälschte die Wirklichkeit, eröffnete grenzenlose Möglichkeiten, zeigte ihm eine wogende, schimmernde Phantasiewelt. Doch er brachte nur heraus:

»Wir heben uns Griechenland noch auf, dieses Jahr gehen wir nicht nach Griechenland ...«

Marys Finger wanderten leicht über seinen Rücken. Rufus hatte sich auf einen Ellbogen gestützt und sah zu. Er beugte sich über Adam, um an einem der Räucherstäbchen eine Zigarette anzuzünden, lächelte und ließ den Rauch zwischen seinen Zähnen herauskräuseln. Mary sagte zu Adam, er solle sich umdrehen, sie würde ihm jetzt die Brust einreiben. Es war ein bißchen so, als reibe einen jemand mit Sonnencreme ein und doch ganz anders, denn es war ja dunkel. Nein, es war, als werde man von einer Sklavin gesalbt. Rufus warf die Zigarette weg und legte Mary von hinten eine Hand leicht auf die nackte Schulter. Sie trug eins dieser rückenfreien Tops mit einem Bindeträger um den Hals.

Bis zu diesem Moment und noch eine kleine Weile danach begriff Mary nicht, wohin es trieb. Rufus hatte es natürlich von Anfang an gewußt, Rufus hatte die ganze Sache eingefädelt, und jetzt begriff es auch Adam. Und mit diesem Begreifen kam ein jäh aufschießendes Begehren, das nicht nur mit dem Anblick von Mary zu tun hatte, deren Top Rufus jetzt mit der Hand nach unten streifte, nachdem er die Träger aufgebunden hatte, sondern auch mit Rufus, mit der Erinnerung an ihre glitschig-schwebende Berührung unter Wasser.

Rufus' Bewegung warf – und das hatte er zweifellos bezweckt – Mary in Adams Arme, ihr Busen tippte leicht an seine Brust, und das wäre, hätte es länger gedauert, ein sehr beseligendes Gefühl gewesen. Doch Mary sprang – trotz Schwips – hoch wie von der Tarantel gestochen und legte ziemlich verspätet die Arme über die Brust.

»Hey, was ist denn mit dir los?« fragte Rufus lässig.

»Ich mach hier keinen Tribadismus, das ist los.«

»Triolismus«, seufzte Adam. »Nicht Tribadismus.« Er mochte betrunken sein und fürchterlich frustriert, aber Wörter hatten bei ihm Vorrang, er war Etymologe bis zum bitteren Ende. »Die Verwechslung kommt durch das ›tri‹, das aber kein Latein ist, sondern Teil der Ableitung des griechischen Verbs ›reiben‹. Eine Tribade ist eine Lesbierin, während ein Triolist –«

»Das darf ja wohl nicht wahr schein«, sagte Rufus.

Er wälzte sich, brüllend vor Lachen, auf den Decken herum.

»Ich bitte um Fortsetzung dieser hochinteressanten Auslassungen über das Reiben. Wenn wir's schon nicht machen können, kannst du uns wenigstens davon erzählen.«

»Du Miststück«, sagte Mary. »Du perverses Schwein.«

»Komm, es war doch nur ein Spiel. Ein Mittsommernachtsspiel.«

»Wir haben nicht Mittsommernacht, verdammt nochmal«, schrie sie ihn an. »Wie oft soll ich dir das noch sagen.«

Sie stelzte ins Haus. Rufus lachte weiter, er gluckste vor Lachen. Er lag auf dem Rücken und ließ Rotwein in sich hineinlaufen.

»Du bist verrückt, Verne-Smith, ist dir das klar? Da organisiere ich für dich eine Mini-Orgie, ein hübsches kleines Trio, und kaum kommt die Sache ein bißchen ins Wackeln – ein paar gute Worte hätten alles wieder ins Lot gebracht – fängst du an, uns einen Vortrag über das griechische Verb ›reiben‹ zu halten. Du bist einmalig, ehrlich! Das vergeß ich bis an mein Lebensende nicht.«

»Red keinen Blödsinn«, sagte Adam.

»Was meinst du, ob sie eine klammheimliche Tribade ist?«

Danach nannte er Mary oft die klammheimliche Tribade. Er konnte wirklich ein Miststück sein, da hatte sie schon recht.

»Gehen wir nochmal schwimmen?« fragte Rufus, und er wandte sich um, den Mund mit Wein benetzt, und sah Adam an, und Adam sah ihn an, der Wein sang in seinem Kopf, die Räucherstäbchen schwelten und erfüllten die warme, dunkle Luft mit Wohlgeruch.

»Warum nicht?«

Aber Rufus blieb liegen, ohne Adam anzufassen, und lächelte. Er streckte lässig einen Arm aus, und dabei warf er die Weinflasche um. Sie fiel langsam und zerbrach nicht, aber der Wein lief aus und rann dunkel, wie Blut, auf die weiße Baumwolldecke. Die Spitzen seiner ausgestreckten Finger berührten knapp Adams nackte Schulter, und Adam lag ganz still, er spürte sehr intensiv diesen warmen, leicht prickelnden Druck, spürte ihn zufrieden, ja, heiter, und versuchte aus irgendeinem unerfindlichen Grund die Sterne zu zählen.

»Das griechische Verb ›reiben‹…« sagte Rufus noch einmal mit seinem glucksenden Lachen.

Und dann war er eingeschlafen, der Kopf ruhte auf dem

Oberarm, die Finger, die auf Adams Schulter gelegen hatten, zogen sich in der Entspannung zurück. Auch Adam schlief wenig später ein und erwachte schlotternd vor Kälte in der Morgendämmerung, wie nicht anders zu erwarten, wenn man ohne Decke im Freien schlief. Er fühlte den schlimmsten Kater seines Lebens auf sich zukommen, aber trotz seines Brummschädels war er zutiefst erleichtert, daß sie hierbleiben, daß sie nicht nach Griechenland fahren würden. Der Himmel war eine klare, helle Kuppel, im Osten standen ein paar Wölkchen, schon rosa überhaucht von der noch verborgenen, noch nicht aufgegangenen Sonne. Der Garten war nicht mehr still, sondern erfüllt von Vogelstimmen, von zwitschernden, tschilpenden, gurrenden Lauten und von den reinen, klaren Tönen der Amseln und Drosseln. Adam stand auf, warf Rufus eine der Steppdecken über und ging ins Haus.

Zweierlei geschah am nächsten Tag. Oder nur das eine. Ob er das Datum für das andere richtig in Erinnerung hatte, wußte er nicht, vielleicht war es der Samstag gewesen. Der Mann vom Koipudienst jedenfalls mußte an einem Wochentag gekommen sein, und Adam brachte seinen Kater mit diesem Besuch in Verbindung.

Wenn er und Anne jetzt Logierbesuch hatten, waren sie sehr um ihre Gäste bemüht, versuchten, ihnen den Aufenthalt möglichst angenehm zu gestalten. Einer von ihnen – oder beide – standen früh auf, um rechtzeitig Frühstück zu machen. Sie fragten, ob die Betten angenehm gewesen waren und das Wasser heiß genug. So hatten es auch ihre Eltern gehalten, wenn sie Gäste hatten. Doch auf Wyvis

Hall hatten sie ein anderes System oder vielmehr gar kein System, jeder mußte selbst sehen, wo er blieb. So hatte Adam es gewollt, darüber hatte er sich wiederholt laut-stark ausgelassen und geschworen, daß er sich weder jetzt noch in Zukunft diesen bürgerlichen Wertvorstellungen und Gebräuchen beugen würde.

Er tat deshalb an diesem Morgen nichts für Mary oder Rufus, sah nicht nach ihnen, wußte nicht einmal, ob Rufus noch auf der Terrasse schlief oder wieder mit Mary im Bett lag, und als er vor Schüttelfrost und Kopfschmerzen nicht mehr schlafen konnte, setzte er sich in die Küche und machte sich einen Schnellkaffee, brachte den anderen aber keinen hinauf. Vor einer halben Stunde hatte er schon zwei Aspirin genommen, jetzt nahm er noch vier. Der Tisch, an dem er saß, war rund und aus massiven Kiefernbrettern, die Hilbert und Adams Vater *deal* genannt hatten. Adam machte sich Gedanken über dieses interessante Wort, das aus dem niederdeutschen *dele* entstanden war, als es laut an der Hintertür klopfte. In seinem angegriffenen Zustand war es ein richtiger Schock. Er schleppte sich zur Tür, machte auf und kniff vor dem hellen Licht die Augen zusammen. Draußen stand ein Mann mittleren Alters mit schütterem dunklen Haar und schwarzem Schnurrbart in Jeans und einem hellblauen Plastik-Anorak. Sein Name sei Pearson, sagte er, und er komme vom Koipudienst, ob er sich mal am See umschauen könne.

»Was für ein Dienst?« fragte Adam.

»Sie sind neu hier, was? Ich hab immer mit einem Mr. Smith gesprochen.«

Mr. Smith sei tot, sagte Adam und wollte wissen, ob

Koipu ein Akronym sei. Der Mann sah ihn an, als sei er nicht ganz bei Troste.

»Es ist so'ne Art Ratte.«

Adam kapitulierte. »Sehen Sie sich nur um, ich habe nichts dagegen.«

»Okay, dann mach ich gleich noch mal nen Zug durch den Wald. Auf dem Feld nebenan stehen in diesem Jahr Zuckerrüben. Ihr Koipu ist ganz verrückt nach Zuckerrüben.«

Es ist nicht meiner, wollte Adam sagen, ließ es aber dann lieber. In Hilberts Lexikon fand er: Koipu oder Nutriaratte (myopotamus coypus), Schwimm- und Nagetier, in Südamerika heimisch, etwas kleiner als ein Biber. Der lateinische Name gefiel ihm so gut, daß er ihn zu einer Art Reim verarbeitete, den er vor sich hinsang, während er nach oben ging.

»Flittermus, Ottermus,

Myopotamus...«

Vom Fenster des Nadelkissenzimmers aus sah er den Mann am Seeufer entlanggehen. In einer Hand hielt er einen Sack, in der anderen etwas, was nach metallenen Fallen aussah, vielleicht war es aber auch etwas ganz anderes, irgendwelches Gerät. Wie kamen Nutriaratten in einen Teich in Suffolk? Wahrscheinlich waren sie aus einem Zoo getürmt, wie die Nerze, die immer mal wieder von Pelztierfarmen ausrissen. Als er wieder nach unten ging, um sich frischen Kaffee zu machen, traf er Mary, die Rufus' Jeans und ein schmutziges T-Shirt mit dem Aufdruck Louisiana State University anhatte. In diesem Aufzug sah sie fast häßlich aus. Sie warf ihm einen mürrischen

Blick zu und fragte ziemlich frostig, ob er wüßte, daß ein widerlicher Bauerntölpel unerlaubterweise um den See herumstreiche.

»Nicht unerlaubterweise«, sagte Adam und sang »Flittermus, ottermus« nach der Melodie der österreichischen Nationalhymne.

»Du meinst Hippopotamus.«

Nein, sagte Adam, er meine Myopotamus, und das hinwiederum seien Koipus, denen zur Zeit vermutlich gerade der Garaus gemacht werde, woraufhin Mary in ein lautes Zorn- und Jammergeschrei ausbrach und ihn ein grausames Geschöpf und einen Ökologiemuffel nannte.

»Ich finde es nicht gerade ökologisch, südamerikanische Nager in Suffolk am Leben zu erhalten«, protestierte Adam, aber da rannte Mary schon die Treppe hinunter, um sich den Koipu-Mann selber vorzuknöpfen.

Adam sah aus dem Fenster des Zimmers, in dem Hilbert geschlafen hatte. Der Wagen mit der Aufschrift *Vermstroy Ungeziefervernichtung GmbH., Ipswich und Nunes*, wendete gerade vor der Garage. Als Mary aus dem Haus stürzte, fuhr er schon die Trift hinauf zum Wald. Adam mußte lachen, als er Mary dort stehen sah, die mit drohend erhobener Faust dem davonrollenden Wagen nachsah. Allmählich wurde ihm besser, das Aspirin und der Kaffee zeigten langsam Wirkung.

Rufus lag noch auf der Terrasse und schlief, aber irgendwann zwischendurch mußte er aufgestanden sein, denn er hatte Hilberts alten schwarzen Regenschirm aufgespannt, der seinen Kopf und sein Gesicht vor der Sonne schützte. Adam setzte sich neben ihn. Er schlug sich mit der Frage herum, ob er den Koipu-Mann würde bezahlen müssen. »Ich könnte die Flinten verkaufen«, sagte er, als Rufus aufwachte.

»Oder besser noch, du könntest den Koipu-Mann wegschicken, die Flinten behalten und die Nager selbst totschießen.«

Spaß beiseite – er würde alle möglichen Auslagen haben. Die Kommunalsteuern beispielsweise. Adam hätte nicht genau sagen können, was Kommunalsteuern waren, aber daß Hausbesitzer sie zahlen mußten, wußte er. Und Rechnungen für Strom und Wasser würden kommen. Er würde die Flinten verkaufen müssen und noch ein paar Möbel. Es sei denn... Es sei denn, er konnte ein paar Zimmer vermieten oder – noch besser – eine Clique zusammentrommeln, die in einen gemeinsamen Topf zahlte. Mit anderen Worten: eine Kommune.

Das war der erste Gedanke an eine Kommune, in diesem Moment war er ihm gekommen, dort draußen auf der Terrasse, als er neben Rufus unter Hilberts Regenschirm saß und der Mann von Vermstroy am Bach entlang seiner Beute nachjagte und Mary ihn mit lautem Protestgeschrei verfolgte.

Umgeben von seinen Computern machte Adam sich Gedanken über den Koipu-Mann, dessen Rechnung er später bezahlt, den er aber nie wiedergesehen hatte. Würde der Mann sich erinnern? Und würde er der Polizei gegenüber mit Bestimmtheit erklären können, daß Adam und Rufus und Mary dort gewohnt hatten? Es mußte am oder um den 25. Juni herum gewesen sein, ehe die anderen gekommen waren. Vom See aus mußte der Koipu-Mann den unter dem Regenschirm schlafenden Rufus gesehen haben, bestimmt hatte er auch Mary gesehen und vermutlich mit ihr gesprochen – sie hatte ihn ja praktisch überfallen.

Er war um die fünfzig gewesen, eher älter. Sehr wahrscheinlich lebte er noch. Vermstroy hatte eine Niederlassung in Ipswich, aber auch eine in Nunes. Der Koipu-Mann wohnte in Nunes. Später, auf einer seiner seltenen Fahrten durchs Dorf mit Matterknax, hatte Adam den Firmenwagen im Vorgarten einer der Villen stehen sehen.

Natürlich war es denkbar, daß der Wagen dort nur stand, weil der Mann im Haus war, um Nutrias oder Maulwürfe oder Ratten oder Holzwürmer zu vernichten, aber eigentlich glaubte Adam das nicht. Er erinnerte sich, wie der Wagen geparkt gewesen war, mit der Kühlerhaube halb in der offenen Garage.

Der Mann war im Wald gewesen, hatte vielleicht – warum nicht? – den Tierfriedhof gesehen. Er wußte, daß Wyvis Hall bewohnt war, das merkte man ja schon an der Terrasse, die wie ein Riesenbett hergerichtet war. Evans oder Owens, der Möbelmensch, der sie zweimal aufgesucht hatte, war damals mindestens sechzig gewesen, der würde ihnen kaum gefährlich werden. Der Gärtner mit dem geknoteten Taschentuch auf dem Kopf konnte nicht wissen, ob Adam damals oder zu irgendeinem späteren Zeitpunkt in Wyvis Hall hatte wohnen wollen. Der Besucher, dessen Schritte er an jenem letzten Morgen hatte ums Haus schleichen hören – wenn er sie denn wirklich gehört und sie sich in seiner Panik nicht nur eingebildet hatte – konnte keine Beweise dafür beibringen, daß jemand dort lebte, wenn man von Matterknax absah, der in der Auffahrt gestanden hatte.

Mit dem Koipu-Mann war es etwas anderes, den konnte man nicht so ohne weiteres abtun, die Gefahr ließ sich nicht verniedlichen. Man konnte nur hoffen, daß er – was recht wahrscheinlich war – zu jenen Zeitgenossen gehörte, die sich nicht nach Kontakten mit der Polizei drängen und erst einmal abwarten, bis man sie holt.

Am nächsten Tag, oder vielleicht am Tag darauf, nachdem sie schon ausführlich über den Plan einer Kommune gesprochen hatten, nannte Mary den Namen Bella. Im Grunde war es komplizierter gewesen, aber darauf lief es schließlich hinaus. Sie und Rufus und Adam hatten alle möglichen Leute aufgezählt, die Interesse an einer Kommune haben könnten, passende Leute im richtigen Alter und mit der richtigen Einstellung. Mary selbst war durchaus interessiert, sagte aber, daß sie nur bleiben würde, wenn Rufus ging. Seit seinem hinterhältigen Anschlag von Donnerstagnacht befand sie sich mit ihm im Kriegszustand, obschon sie vorgeblich noch immer zusammen schliefen. Tatsächlich aber schlief Rufus jetzt meist im Freien. Er habe nicht die Absicht, auf Dauer in eine Kommune zu gehen, er wolle ja seinen Doktor machen, aber er würde vielleicht in den Ferien dazustoßen, meinte Rufus. Er brachte Mary noch mehr gegen sich auf, indem er sagte, er fände Adams Schwester sehr attraktiv, und sie als Mitkommunardin zu haben wäre durchaus ein Anreiz für ihn.

Adam wollte seine Schwester nicht dabei haben, sie

verstanden sich nicht besonders. Ein oder zwei seiner Kommilitonen würden vielleicht zu ihnen passen, aber die bereiteten sich auf die Abschlußprüfung vor, und Adam trug sich ernsthaft mit dem Gedanken, das Studium aufzugeben. Der wunderliche gemischte Studiengang, den er belegt hatte, war ihm schon immer ein bißchen suspekt gewesen. Was sie ihm dort an Linguistik boten, kannte er schon, Englisch konnte er auch privat betreiben, und die Soziologie ödete ihn an. Was nützte ihm überhaupt ein Bachelor of Arts-Abschluß von dieser zweitklassigen Hochschule? Da konnte er ebensogut auf eine Fachschule gehen. Einen akademischen Grad bekam er allenfalls auch auf dem Technikum von Ipswich...

Rufus nannte zwei oder drei Namen, unter anderem einen Typ, den sie von der Schule her kannten. Man brauchte zumindest eine Person, sagte Mary, die schon mal in einer Kommune gewesen war, vielleicht sollte man in einem der Szeneblätter inserieren. In *Time Out* zum Beispiel.

»Oder in den *Gay News*«, meinte Rufus. »›Tribade sucht Gleichgesinnte für Ausweg aus der Klammheimlichkeit.‹«

»So langsam finde ich das schon auffallend, wie du auf dem Thema herumreitest«, sagte Mary. »Hast du vielleicht selber so deine Klammheimlichkeiten?«

Rufus lachte und sagte, die Türen seines Lebens stünden stets sperrangelweit offen. »Nur hereinspaziert, und bringt eure Freunde mit.«

»Mich wundert, daß du überhaupt noch welche hast.«

Adam war nicht sehr fürs Inserieren. Außerdem war das

Geld knapp. Ehe sie auf das Thema Kommune gekommen waren, hatten sie darüber diskutiert, welche von Hilberts Habseligkeiten sie als nächstes verkaufen sollten. Einen von den großen Schränken, sagte Rufus, dann haben wir eine Weile Ruhe, holen wir einfach Evans oder Owens wieder her, aber Adam hatte Angst, dann könnte eines Tages sein Haus leer sein. Wenn dagegen Leute Geld in die Kommune steckten ...

»Ich kenne da eine Frau, Bella Sowieso«, sagte Mary. »Das heißt, persönlich kenne ich sie nicht, meine Freundin Linda kennt sie, sie war mal beim Bhagwan und ist ständig in irgendeiner Kommune, Linda hat mir erzählt, daß sie gerade wieder was sucht. Ich könnte mich wegen dieser Bella mal erkundigen.«

Durch Bella kam Vivien zu ihnen und mit ihr Shiva, der Inder, dessen Nachnamen Adam nicht mehr wußte.

Mary war, soweit er sich erinnerte, als einzige von ihnen je zu Fuß ins Dorf gegangen und dort herumgelaufen. Wenn jemand aus Nunes der Polizei etwas über Mary erzählte, schadete das nichts, denn sie war kurz danach abgereist. Und wenn irgendwelche Leute sich an sie erinnerten, so wußten sie doch nicht, woher sie kam. Sie war ins Dorf gegangen – wie später Vivien –, um in der Telefonzelle vor der »Föhre« zu telefonieren. Vielleicht hatte sie sich in der »Föhre« oder im Dorfladen Kleingeld für ihre Telefongespräche geben lassen. Sie hatte alle möglichen Typen angerufen und sie gefragt, ob sie mit ihr nach Griechenland fahren oder sie hinbringen oder aber ihr Geld für ein Ticket geben würden, und schließlich war es ihr gelungen, einer Tante ein Darlehen zu entlocken, und eine frühere Schulfreundin und ihr Freund hatten ihr einen Platz in ihrem Minibus angeboten.

An dem Tag vor Marys Abreise war Adam ein neuer Name für sein Haus eingefallen. Er hatte schon eine Weile darüber nachgedacht und versucht, etwas Reizvolleres als Wyvis Hall zu finden. Irgendwann war er auf Schloß Myopotamus gekommen, aber das war nur ein Witz. Er fing an, Anagramme zu basteln, Buchstaben umzustellen, und dabei dachte er daran, wohin sie hatten fahren wollen, wohin Mary nun fuhr...

Troremmos.

Er fragte die anderen, was Troremmos sein mochte.

»Eine griechische Insel«, sagte Mary.

»Keine Insel«, sagte Rufus. »Mehr ein Berg. Ein Vulkan.«

»Oder ein Ferienort an der Costa Brava.«

»Das hast du dir nur ausgedacht«, sagte Rufus träge. »Hört sich ein bißchen nach einer Kommune an. Oneida, Walden, Troremmos.«

»Es hört sich überhaupt nicht nach Oneida oder Walden an. Ich weiß – es ist wie Aitopu, das ist ›Utopia‹ rückwärts.«

Adam war überrascht von Marys Scharfblick, aber daß sie weg wollte, nahm er ihr übel. Er machte sich nicht viel aus ihr, aber er wollte, daß sie blieb. Leute, die Wyvis Hall nicht so gut fanden wie er, erregten neuerdings seinen Unmut.

»Noch nie was von dem Unterschied zwischen einem Anagramm und einer Inversion gehört? Krasse Unbildung bringt mich immer auf die Palme. Warum redest du von Sachen, die du nicht verstehst?«

»Hey«, sagte Rufus, »bitte denk dran, daß *ich* mit ihr verzankt bin...«

»Troremmos ist einfach die Umkehrung von ›Sommerort‹.«

»Sehr schlau. Findest du nicht, daß ›Sommerort‹ ein bißchen hausbacken klingt?«

»Ist mir scheißegal«, sagte Adam. »Außerdem heißt es nicht ›Sommerort‹, sondern Troremmos.«

Und dabei blieb es.

Der nächste Tag war der 30. Juni, ein Mittwoch. Mary hätte es gern gesehen, wenn Rufus sie nach London gefahren hätte, aber er hatte gesagt, Colchester sei für ihn das höchste der Gefühle, von da könne sie den Zug nehmen. Immerhin schienen sie, als Mary herunterkam, wieder einigermaßen versöhnt zu sein. Sie hatte von Rufus einen Rucksack für ihre Sachen bekommen und war zum ersten Mal seit Tagen in Jeans und Sandalen.

»Es war wirklich toll«, sagte sie zu Adam, »aber ich hatte mir nun mal vorgenommen, diesmal Ferien in Griechenland zu machen, und da muß ich nun einfach hin.«

»Schon gut, Troremmos ist nächstes Jahr auch noch da.«

»Ich wollte fragen, ob ich von Athen aus an deine Eltern und die Eltern von Rufus Karten schicken soll. Ich meine, ihr könntet sie hier schreiben, und ich würde sie mitnehmen.«

»Du wirst es nicht glauben«, sagte Rufus, »aber ich hab zufällig keine Ansichtskarten von der Akropolis bei mir.«

»War ja nur ein Vorschlag«, sagte Mary beleidigt. »Es brauchen ja keine Karten zu sein, ein Brief ginge auch.«

»Wenn meine Alten einen Brief von mir kriegen, denken sie, ich liege im Sterben oder sitze im Knast«, sagte Rufus.

Bei Adam war es ähnlich. Wozu auch schreiben? Was gab es zu sagen? Mary hatte das unbestimmte Gefühl, Adams Eltern könnten ahnen, daß er hier war und könnten ihn besuchen kommen, doch das hielt Adam für sehr unwahrscheinlich. Wäre er nur ihrem Vorschlag gefolgt! Es entbehrte nicht der Ironie, daß damals etwa fünfzig alte Postkarten, ein ganzer Stoß, mit einem Gummiband zusammengehalten, in Hilberts Schreibtisch lagen, die Hilbert und Lilian vermutlich auf ihren Reisen gesammelt hatten, darunter auch zwei aus Griechenland, eine vom Lykabetos, die andere eben jene Ansicht, von der Rufus in so verächtlichem Ton gesprochen hatte.

Aber das hatten sie damals nicht gewußt, und hätten sie es gewußt, konnten sie doch nicht ahnen, wie gelegen solche Postkarten Adam später einmal für seine Aussage hätten kommen können. Vorausgesetzt natürlich, ihre Eltern hätten die Postkarten aufgehoben, was im Hinblick auf ihren Seltenheitswert nicht einmal ausgeschlossen war. Sie hatten Marys Vorschlag schlankweg abgelehnt, Adam hatte sich kühl und obenhin von ihr verabschiedet, und Rufus hatte sie mit Matterknax zum Bahnhof gefahren.

Seither hatte Adam Mary Gage nie wieder zu Gesicht bekommen und kaum an sie gedacht. War sie ihm einmal in den Sinn gekommen, hatte er die Löschtaste betätigt wie bei den anderen Bewohnern von Troremmos. Vor einiger

Zeit war im Fernsehen ein alter Film, *National Velvet,* gelaufen, und als die junge Elizabeth Taylor auf der Mattscheibe erschienen war, hatte sie ihn sofort lebhaft an Mary erinnert, und er hatte sie ausgeblendet, nicht mit der Escape-Taste, sondern mit dem Schalter des Fernsehgeräts.

Am gleichen Tag hatten er und Rufus über Geld gesprochen. Was ließ sich als nächstes verkaufen? Selbst Adam, ahnungslos wie er war, sah ein, daß die viktorianischen Aquarelle von Moorlandschaften und Bergbächen, auf Goldpapier aufgezogen und in vergoldeten Rahmen, wertlos waren. In einem der Schlafzimmer hing ein seltsames Bild, es zeigte ein zentaurengleiches Geschöpf, ein Pferd mit Torso und Kopf eines Mannes, das in eine Schmiede kommt, um sich die Hufe beschlagen zu lassen, und von dem Schmied und einer Menge Schaulustiger furchtsam-fasziniert gemustert wird. Als sie das Papier auf der Rückseite des Rahmens wegschnitten, stellte sich heraus, daß es ein Böcklin war, ein Druck aus einer Zeitschrift. Das Original hing in Budapest. Sie nannten den Raum, in dem sich das Bild befand, das Zentaurenzimmer. Ein weiteres absonderliches Bild hing in Hilberts Zimmer, aber an das hatte Adam nie zu denken gewagt. Seit Abigails Geburt wäre es eine Tortur gewesen. Außerdem gab es das Bild nicht mehr, Adam selbst hatte es zusammen mit anderen Sachen in Flammen aufgehen lassen.

Das Bild zeigte ein großes düsteres Schlafzimmer mit schweren Draperien, wahrhaftig nicht die ideale Umgebung für ein Kind, aber es war ein kleines Kind, das dort bleich und reglos auf dem Bett lag. Der ältere Mann, offenbar der Arzt, der gerade einen Spiegel vor die geöffneten Lippen gehalten hatte, wandte sich an den jungen Vater und teilte ihm den Tod mit, während die Mutter sich in fassungslosem Kummer an ihren Mann klammerte, den Kopf an seine Schulter gelegt. Jetzt stellte sich Adam stoisch der Erinnerung. Er zwang sich, das Bild zu sehen und sich an die Dinge zu erinnern, die damit in Zusammenhang standen. Kaum glaublich, daß er und Rufus vor jenem Bild gestanden und darüber *gelacht* hatten. Die Erinnerung tat körperlich weh, krampfte ihm die Gedärme zusammen. Er und Rufus hatten dagestanden und Wein getrunken, Rufus hatte die letzte Flasche Wein in der linken Hand und ein gefülltes Glas in der rechten. Sie waren auf einem Rundgang durchs Haus, auf der Suche nach Verkäuflichem, hatten hier Station gemacht, in diesem durchaus nicht düsteren, in diesem warmen, sonnigen, bezaubernden Zimmer, und hatten über das düstere Bild und seine naive Sentimentalität gelacht, ja, er hatte sogar noch irgendwelche Geistreicheleien vom Stapel gelassen.

»Der Tod nahm sie, eh daß sie Mutter sagen konnte...« Oder so ähnlich.

Und deshalb hatten sie es das Totenbettzimmer genannt.

Sie waren weitergegangen in das Zimmer ohne Namen und durch die Verbindungstür in das Zimmer des Erstaunens, das so hieß, weil dort in einem Schrank ein Wendeltreppchen auf den Boden führte. Sie überlegten, was der Waschtisch bringen mochte, der Drehspiegel, Waschschüssel und Waschkrug mit Blumenmuster, und als sie über die Hintertreppe wieder nach unten gingen, besahen sie sich die rot-, blau- und goldglasierten Teller, die dort an der Wand hingen und die, wenn man nach den Hieroglyphen auf der Rückseite gehen durfte, möglicherweise chinesischer Herkunft und vielleicht wertvoll waren.

Am nächsten Tag waren sie mit dem Spiegel, dem Waschgeschirr und den Tellern nach Long Melford gefahren, weil dort die meisten Antiquitätengeschäfte waren, die sie bisher gesehen hatten, aber sie bekamen für alles zusammen nur 20 Pfund. Wer in die Kommune will, wird zahlen, wird einen Beitrag leisten müssen, dachte Adam. Aber wie sollten je geeignete Leute davon erfahren, wenn er kein Telefon – jedenfalls kein funktionierendes Telefon – hatte und Mary Gage wahrscheinlich vergessen hatte, sich wegen dieser Bella zu erkundigen?

Das war natürlich ein Fehlschluß gewesen. Während er und Rufus ein vergnügtes Leben führten, mit Matterknax in der Gegend herumfuhren, einmal einen Abstecher nach London machten, um von einem Dealer in Notting Hill, den Rufus kannte, Marihuana zu kaufen, und Hilberts Möbel versoffen und verrauchten (wie Rufus es formulierte), während all dies geschah, trafen Vivien und ihr Freund Shiva Vorbereitungen, nach Troremmos zu kommen. Natürlich erwarteten sie ein wohlgeordnetes Gemeinwesen, eine Art Kibbutz in East Anglia, dessen Mitglieder festgelegte Aufgaben hatten, in dem vegetarisch gegessen wurde und Naturreis fast eine Weltanschauung war, in dem man nächtelang über Mystisches oder Okkultes oder Philosophisches diskutierte.

Aber erst war Zosie gekommen.

Rufus fuhr mit dem Haschisch – sein Dealer hatte geschworen, es sei echtes indisches *charas* – und einer Pakkung bester Kolumbianer von London zurück und las sie von der Straße auf – ein herrenloses Gut. Und sie hatte mit Rufus im Zentaurenzimmer geschlafen, es galt als selbstverständlich, daß sie sein Lager teilen würde, obschon Adam den Verdacht hatte, daß sie gar nicht gefragt worden war. Rufus war selbst so etwas wie ein Zentaur, ein starker Rotschimmelhengst, und sie war ein kleines Findelkind mit Katzenaugen.

Ein oder zwei Tage später hatte sie dann das Bild gesehen. Bei einem Rundgang durchs Haus war sie in das Totenbettzimmer geraten, hatte es betreten und das Bild gesehen, kam weinend, die Hände vor dem tränenüberströmten Gesicht, die Treppe hinuntergerannt.

»Warum habt ihr mich da reingehen lassen? Warum habt ihr mir nicht gesagt, was da drin ist?«

Sekundenlang, während er am Fenster stand, den Rand des Vorhangs zurückfallen ließ und sich wieder dem Bettchen zuwandte, sah Adam das Bild wieder vor sich, mit beängstigender Klarheit stand es ihm dort in der Dunkelheit vor Augen.

Das Bild war nicht mehr da, er selbst hatte es an der Obstgartenmauer verbrannt, und möglicherweise gab es keine weiteren Exemplare davon, und doch entstand es in seiner Phantasie immer wieder neu – das reglose Kind mit dem maskenhaft-wächsernen Gesicht, der alte Arzt, dessen Züge Kummer und Schlafmangel verrieten, der Spiegel in seiner Hand, den kein Atem mehr behauchte, die Eltern, die sich fest umschlungen hielten.

## 9

Weil er keinen Abschluß hatte, durfte Shiva nicht rezeptieren. Das besorgte Kishan als ausgebildeter Apotheker, und wenn besonders viel zu tun war, half seine Frau Mira aus. Shiva bediente im Laden und dekorierte das Schaufenster und kümmerte sich um die Lagerbestände, und manchmal empfahl er Mittel gegen Husten und Pickel. Kishan hätte eigentlich einen zweiten Verkäufer gebraucht, aber den konnte er sich nicht leisten, wenn er Shiva weiterhin ein einigermaßen anständiges Gehalt mit kleinen jährlichen Zulagen zahlen wollte. Kishan mochte Shiva zwar nicht verlieren, war aber selbstlos genug, ihm zuzureden, er solle sich doch noch einmal auf die Schulbank setzen, um seinen Abschluß zu machen, dann könne er selbst eine Apotheke aufmachen, statt nur als Angestellter zu arbeiten. Shiva wußte, daß so etwas jetzt für ihn nicht mehr in Frage kam, all diese Dinge waren zu sehr mit Erinnerungen und Bitterkeit befrachtet. Außerdem war er nicht unglücklich hier, er mochte die Wärme des Ladenraums und seine köstlichen Düfte, er genoß das Gefühl, ein gutes Werk getan zu haben, wenn er jemanden von den Vorteilen des Vitamin C überzeugt hatte, die kurze Freude, wenn er einem hübschen Mädchen zu einer schönen Lippenstiftfarbe hatte raten können. Er hatte sich gefügt, erhoffte sich keine Erfüllung oder Befriedigung im Beruf mehr, erhoffte sich kein Glück.

Früher einmal hatte er das alles gehabt. In der Schule am westlichsten Rand Londons hatte er einen sehr guten Abschluß gemacht und angefangen, Pharmazie zu studieren. Sein Vater war selig darüber. Shivas Vater hatte so gut wie keine formelle Schulbildung, aber er war nicht dumm. Mit seiner Frau und seiner verwitweten Mutter war er vor zwanzig Jahren nach England gekommen. Zuerst hatte er für einen Schneider gearbeitet, und seine Frau war Maschinennäherin gewesen, aber da er ein guter Geschäftsmann war und einigen Weitblick besaß, hatte er früh den Trend zu indischer Kleidung erkannt. Selbst er hätte sich nicht träumen lassen, wie ungeheuer beliebt Kleider und Röcke und Tops aus bestickter indischer Baumwolle einmal werden würden und daß ihn das bescheidene Importgeschäft, das er sich aufgebaut hatte, zu einem zwar nicht reichen, aber durchaus gutsituierten Mann machen würde. So wuchsen denn Shiva und seine Geschwister in verhältnismäßigem Wohlstand in einer großen Doppelhaushälfte in Southall auf. Shivas älterer Bruder, der ein Stipendium für die City of London School bekommen hatte, erfüllte die in ihn gesetzten Erwartungen nicht und bekam mit Ach und Krach eine Stellung in einer Bankfiliale. Auf Shiva richteten sich deshalb alle Hoffnungen, aller Ehrgeiz seines Vaters. Shiva hatte das erste Studienjahr so erfolgreich beendet, daß zwei Dozenten ihn beiseitenahmen und ihm zu verstehen gaben, daß er bei ihnen zwar nicht gerade seine Zeit verschwendete, daß er aber vom geistigen Niveau her zu Höherem berufen sei. Beide glaubten, daß er in der medizinischen Fakultät besser aufgehoben wäre.

Natürlich besprach er es mit seinem Vater. Was sollte er

tun? Sollte er sich um einen Studienplatz für Medizin bemühen? Wahrscheinlich würde er – falls er überhaupt angenommen wurde – ein Jahr warten müssen. Sein Vater, überwältigt von der Vorstellung, einen Arzt zum Sohn zu haben, war überzeugt davon, daß er einen Studienplatz bekommen würde. Und warum sollte er nicht ein Jahr pausieren, wenn die Umstände es erforderten? Geld genug war da... Das alles waren sehr erfreuliche Überlegungen, mit denen man seine Mußestunden ausfüllen konnte. Nicht, daß Shiva viele Mußestunden gehabt hätte, denn es wäre ihm nie in den Sinn gekommen, die Hände in den Schoß zu legen, solange er zu Hause wohnte. Im Geschäft konnten sie immer Unterstützung gebrauchen.

Erfreulich war auch die Beziehung zu Vivien. Von ihr erzählte er nichts zu Hause. Seine Eltern waren progressiv eingestellt, und obgleich seine Großmutter die Hände rang und Unheil und Katastrophen schlimmster Art prophezeite, wäre es ihnen nie eingefallen, ihren Kindern einen Ehepartner vorzuschreiben. Allerdings hielten sie es für selbstverständlich, daß sie Angehörige ihres eigenen Volkes heiraten würden. Wahrscheinlich, dachte Shiva, bilden sie sich ein, daß ihre Kinder mit Leuten, die nicht aus ihren Kreisen stammen, gar nicht erst verkehren.

Vivien war Jüdin. In Shivas Augen war sie nur Halbjüdin, weil ihr Vater kein Jude gewesen war, aber Vivien sagte, jüdisch sei, wer eine jüdische Mutter habe. Allerdings hatte sie ihre Mutter schon seit Jahren nicht gesehen, sie hatte bis zu ihrem achtzehnten Lebensjahr in einem Heim gelebt. Shiva hatte sie auf der Party eines Kommilitonen kennengelernt, der in einem Abbruchhaus am Fluß bei Hammersmith wohnte, wo auch Vivien Unterschlupf gefunden hatte. Zuerst hatte er sich nicht sonderlich zu ihr hingezogen gefühlt, ja, sie hatte ihn fast etwas eingeschüchtert, aber sie hatte ihn von sich aus angesprochen und ihn in ein Gespräch über indische Philosophie und indische Mystik verwickelt – Gebiete, auf denen Shiva nicht sehr beschlagen war – und sie hatte ihm anvertraut, daß sie nach Indien reisen wolle, um dort zu Füßen eines bestimmten Gurus zu sitzen und zu lernen. Nach der Party war Shiva mit Vivien nach Hause gegangen, aber sie hatten nicht miteinander geschlafen, sondern geredet und gedöst und wieder geredet.

Nie zuvor (und nie danach) hatte Shiva eine Frau wie Vivien gekannt, eine Frau, die es sich zum Ziel gesetzt hatte herauszufinden, wozu sie auf der Welt war und worin der Sinn des Lebens bestand und wie man es anstellte, ein guter Mensch zu werden. Sie hatte zu diesem Zweck schon eine Weile in einem Kibbutz gelebt und in einer kalifornischen Kommune, sie war Bhagwan-Jüngerin gewesen und hatte Hunderte von Vorträgen gehört, Hunderte von Büchern gelesen. Shiva (dessen Mutter ihn als »bildungsbesessen« bezeichnete) fragte sie, warum sie nicht an die Universität ging und Philosophie studierte, aber Vivien hatte für formalisierte Bildungsgänge nur Verachtung übrig. Nach dem Schulabgang – mit dem sie automatisch auch das Heim hatte verlassen müssen – hatte sie eine Weile von Sozialhilfe gelebt, aber dann war sie zu der Einsicht gekommen, daß das nicht richtig war, sie war putzen gegangen und hatte – zwischen Kibbutz und Bhagwan – als Kindermädchen gearbeitet.

Sie war klein und brünett und trug das lange Haar zu Zöpfen geflochten oder dicht um den Kopf frisiert. Shiva hatte sie nie in langen Hosen oder sonstigen Sachen maskulinen Zuschnitts gesehen. Sie trug Kleider oder eigentlich eher lange Gewänder, und manchmal hängte sie sich den Davidsstern um den Hals und manchmal das christliche Kreuz. Sie schien, allein in der Welt und ohne Bindungen, Hunderte von Bekannten, aber keine engen Freunde zu haben, und als Shiva dann doch mit ihr schlief, war er erst ihr zweiter Liebhaber.

Als sie sich trennten, dachte er, daß er sie erst im September wiedersehen würde, wenn er an seine Fakultät zurückging. Falls er zurückging. Sie wollten sich schreiben. Das Abbruchhaus in Hammersmith hatte kein Telefon, und zu Hause mochte Shiva sich von Vivien nicht anrufen lassen. Er konnte sich lebhaft vorstellen, was für eine Szene seine Großmutter machen würde, wenn sie erfuhr, daß er eine englische Freundin hatte, er hörte förmlich die Beschwörungen und die Strafandrohungen, die keinesfalls eitel waren, denn so progressiv war seine Mutter nun auch wieder nicht, daß sie es an Ehrerbietung ihrer Schwiegermutter gegenüber hätte fehlen lassen, und die Ansicht der alten Dame hatte in dem Haus in Southall großes Gewicht. Deshalb schrieb Shiva an Vivien, und wenn sie zurückschrieb, gab er ihre Antworten den Eltern gegenüber als Briefe eines Studienfreundes aus, dessen Familie aus Benares stammte.

Dann fragte sie eines Tages an, ob Shiva Lust habe, mit ihr in eine Gemeinschaft in Troremmos zu gehen – wo immer das sein mochte –, nur kurze Zeit zur Probe, um zu sehen, wie das dort lief. Er würde wohl im September wieder anfangen zu studieren, sie würde vielleicht bleiben. Es kam darauf an, ob man dort ein Meditationszentrum einrichten könne.

Es war noch gar nicht gesagt, dachte Shiva, daß er wieder anfangen würde zu studieren. Wenn er von der Pharmazie auf Medizin umsattelte, würde er erst im Oktober nächsten Jahres anfangen können und vielleicht das eine oder andere bei seinem Schulabschluß nicht ganz so glänzend ausgefallene Fach noch einmal wiederholen müssen. Aber Mathematik konnte er in Troremmos ebensogut büffeln wie in Southall, vielleicht sogar besser. Ein Haus mit Garten und Ackerland in Suffolk, hatte Vivien geschrieben.

Shiva brachte zwar seinen Eltern sehr viel größere Ehrerbietung und Wertschätzung entgegen, als das unter seinen europäischen Altersgenossen üblich war, machte sich aber kein Gewissen daraus, sie anzuschwindeln. Dabei argumentierte er so: Hätte er ihnen gesagt, daß er zwei Monate in einem Meditationszentrum verbringen wolle, zusammen mit einer praktisch elternlosen Engländerin, die noch dazu Halbjüdin war, wären sie sehr unglücklich gewesen und hätten sich Sorgen gemacht. Sagte er statt dessen, er wolle an einem Sommerkurs teilnehmen, der als Vorbereitung für künftige Medizinstudenten gedacht sei, würden sie stolz und glücklich sein. Er hatte im Grunde gar keine Wahl. Daß es so einen Sommerkurs nicht gab, gar nicht geben konnte, spielte dabei keine Rolle, denn sein Vater kannte sich in diesen Dingen nicht aus und verließ sich auf Shivas Wort und seine Ansichten. Er hinterließ zu Hause sogar die Adresse – Troremmos, Nunes, Suffolk –, denn er wußte genau, daß allenfalls der Tod eines Elternteils den Partner veranlassen könnte, sich mit ihm in Verbindung zu setzen.

Shivas Vater sagte, er solle sich etwas aus der Kollektion seiner besten indischen Baumwollhemden aussuchen, damit er bei seinem Kurs ein bißchen flott aussah. Shiva wußte, daß er keine neuen Hemden brauchen würde, und nahm statt dessen ein Kleid. Keine Inderin hatte je solche Kleider getragen oder würde sie je tragen – Kleider mit tiefen eckigen Ausschnitten und weiten Ärmeln, hochgezogener Taille und bodenlangem Rock –, aber dieses Gewand in leuchtendem Türkis mit scharlach- und goldfarben besticktem Oberteil war für die hübsche, zierliche Vivien wie gemacht. Es würde sein erstes Geschenk an sie sein.

Das Abbruchhaus stand in einer Querstraße zur Fulhalm Palace Road, sehr nah am Fluß. Inzwischen, hatte Shiva sich sagen lassen, war dort alles abgerissen, statt der verfallenen Reihenhäuser waren hygienische Sozialsiedlungen und ein Behindertenzentrum entstanden. Als Vivien dort gewohnt hatte, waren die Häuser schon zum Abriß bestimmt und zugesperrt, dann hatten sich Hausbesetzer ihrer bemächtigt und die Trennwände eingerissen, so daß man, wenn man Nummer Eins betrat, bis zu Nummer Neun durchgehen konnte, ohne auch nur einen Schritt auf die Straße zu tun. Shiva ging hinein und stieg über die am Boden herumliegenden Matratzen, auf denen Menschen schliefen. Außer Vivien stand in den Abbruchhäusern vor zwölf niemand auf. Alles wirkte nicht so sehr schmutzig als verkommen, und es roch nach Fluß.

Vivien saß in Yogahaltung auf dem Fußboden und meditierte. Sie sah ihn aus blanken Augen an, begrüßte ihn aber sonst nicht weiter, und Shiva störte sie nicht. Er setzte sich zwischen die Matten und Kissen, die dem Zimmer einen vage orientalischen Anstrich gaben, in krassem Gegensatz zu der braven Polstergarnitur, den Schnitzereien und dem Messingzierat bei ihm zu Hause. Auf dem Fensterbrett stand ein Gestell mit ätherischen Ölen in winzigen Fläschchen und der Kasten, in dem Vivien die Ingredienzien ihrer Bach-Blütentherapie aufbewahrte. An einer Wand hing ein Diagramm der Fußreflexzonen, darunter eine graphische Darstellung von Viviens Horoskop. Ihre Bibliothek schüchterte ihn regelrecht ein: Bibel, Koran, Bhagavadgita, *Die Nachfolge Christi*, das *Tibetische Totenbuch*. Das *I Ging* lag aufgeschlagen auf einem Kissen, daneben ein paar Strohschnipsel, als habe sie, ehe er kam, das Los geworfen, um festzustellen, was sie in Troremmos erwarten mochte.

Er hatte sich später manchmal überlegt, was das *I Ging* ihr prophezeit hatte. Sicher war es keine zutreffende Voraussage gewesen, sonst wäre sie schwerlich hingefahren. Diese Dinge waren sowieso immer furchtbar verrätselt, man konnte praktisch alles aus ihnen herauslesen. Er wartete ohne Ungeduld, es machte ihm nichts aus, wie immer in Viviens Gegenwart hüllten ihn nach einer Weile wohltuende Ruhe und ein großer Friede ein. Nach zwanzig Minuten stand sie auf. Ihre Tasche war gepackt, aber Vivien machte sie noch einmal auf, um die Blütenmedizin und einen großen dunkelroten Schal für kühle Abende darin zu verstauen. Es war eine große Reisetasche aus

Wirkstoff mit gepolsterten Tragegriffen, denn Vivien benützte weder Leder noch sonstiges von Tieren stammendes Material, nicht einmal Wolle.

»Wann geht der Zug«, fragte Shiva.

»Ich weiß nicht. Wenn wir auf dem Bahnhof sind, wird schon irgendein Zug kommen.«

Er fand es ganz lustig, daß Vivien ausgerechnet ihn diesen abgeklärten Fatalismus lehren mußte. »Hast du es sehr eilig, Shiva?« fragte sie. »Hast du in Troremmos etwas Dringendes zu erledigen, was dir am Ende wegläuft, wenn du bis zum Abend nicht angekommen bist?«

Es war eine Tradition, eine überkommene Art zu leben, daß man hastete und hetzte ohne Rücksicht auf das, was man tun würde, wenn man am Ziel war. Seine Eltern litten an dieser krankhaften Eile nicht weniger als die Engländer.

»Wir haben Zeit«, sagte Vivien oft. »Wir sind jung. Erst wenn wir achtzig sind und nicht mehr viel Zeit vor uns haben, müssen wir uns sputen.«

Er gab ihr das türkisblaue Kleid, das sie sofort anzog, denn die Vorstellung, etwas »für gut« aufzuheben, war ihr fremd. Für sie waren alle Tage gleich, und Orte waren zum Ansehen da und nicht, um selber gesehen zu werden.

Sie hatte ein langes marokkanisches Baumwollkleid angehabt, grau mit beigefarbenen Streifen, das sie jetzt sorgsam zusammenfaltete und neben das *I Ging* legte.

»Das brauche ich nicht, ich habe noch ein Kleid eingepackt.«

Shiva konnte nur staunen. Wo gab es das noch – eine Frau, die vielleicht auf Monate verreiste und nur zwei Kleider mitnahm?

»Du kannst es dir ja immer noch holen«, sagte er, »wenn du zu deinem Einstellungsgespräch nach London mußt.«

Sie hatte sich, ehe Bella ihr von Troremmos erzählt hatte, um eine Stellung als Kindermädchen beworben. Shiva merkte, daß sie sich, so ruhig und gelassen sie auch schien, auf das Kommende freute. Sie würde wohl auf die Stellung verzichten, wenn Troremmos sich als das erwies, was sie schon lange suchte, eine echte Gemeinschaft engagierter, gleichgesinnter Menschen, die sie etwas lehren und von denen sie lernen konnte. Er sah, wie sie ein paar Zeilen an einen ihrer Mitbewohner schrieb. »In Liebe und Frieden, Vivien« endete der Brief.

Mit Vivien zu reisen war friedlich und ruhevoll. Sie versäumten den schnellen Intercity-Zug, weil Vivien nicht rennen mochte, um ihn noch zu erwischen, und stiegen statt dessen in einen Personenzug, der eine Viertelstunde länger unterwegs war und fünf- oder sechsmal hielt. Das blaue Kleid war sehr auffällig, die Stickerei auf dem Oberteil und an dem tiefen Ausschnitt funkelte wie echter Schmuck. Vivien sah schön und exotisch, aber auch ein wenig bizarr aus. Vor dem Bahnhof in Colchester hatte sie an der Böschung eine gelbe Blume gepflückt, eine sehr alltägliche Sorte, Shiva allerdings wußte nicht, was für eine Sorte es war, und sie sich ins Haar gesteckt. Vielleicht lag es an ihrem Aussehen – und wohl auch an dem des geschmeidigen, zartknochigen, dunkelhäutig-orientalischen Shiva –, daß sie lange warten mußten, ehe ein Auto anhielt. Vivien hatte keinen Gedanken darauf verschwendet, wie weit Nunes von Colchester entfernt sein mochte, aber am Bahnhof hatten sie erfahren, daß es achtzehn Kilometer waren. Es fuhren Busse dorthin, aber nicht oft, und der letzte war schon weg. Der Autofahrer, der sie mitnahm, sagte, er würde bis ins Dorf fahren, aber nicht weiter.

Shiva kam selten aufs Land, und jetzt betrachtete er staunend und voller Neugier die ausgedehnten Weizen- und Gerstenfelder, über denen lange Schatten lagen. Daß es Weizen und Gerste waren, erfuhren sie von dem Autofahrer, für ihn, Shiva, hätten es ebensogut Sesam und Süßklee sein können. Es war völlig windstill. Überrascht stellte er fest, daß auf den Weiden kein Vieh war, er hatte Herden wohlgenährter Schwarzbunter erwartet. Sie überholten keinen einzigen Fußgänger oder Radfahrer und begegneten nur wenigen Autos. Die Häuser, die er sich klein und verfallen vorgestellt hatte, waren meist groß und reich und von Gärten voll bunter Blumen umgeben.

Sie hatten Mitte Juli. Die Sonne ging gerade unter, aber der Himmel war noch tiefblau und wolkenlos. Vivien hatte sich von Bella genau sagen lassen, wo Troremmos lag, und als das erste Wegzeichen auftauchte, das sie ihr genannt hatte, die Feldsteinkirche von Nunes mit dem eckigen Turm und dem hohen, spitzen Dach auf einer grasbewachsenen Anhöhe, sagte sie, von hier aus würden sie zu Fuß weitergehen. Sie gingen langsam, während die Sonne hinter dem schwarzbewaldeten Horizont unterging und der Himmel von einem warmen Goldton überhaucht wurde, der sich allmählich zu einem intensiven Rosarot verfärbte.

Nach achthundert Metern kamen sie an die Abzweigung. Beide vermißten einen Hinweis auf Troremmos.

Shiva hegte den Verdacht, daß Vivien einen handgefertigten Wegweiser mit dem Namen, vielleicht noch mit einer geschnitzten Blume oder zwei Eicheln, erwartet hatte. Doch dieses Haus mußte es sein, weit und breit war kein anderes zu sehen, gab es nur riesige prärieartige Felder. Vor zehn Minuten waren sie an einem Gehöft vorbeigekommen, das sich Mill in the Pytle nannte. Links von ihnen stand ein dichter Kiefernwald, der um diese Zeit ganz schwarz wirkte, während der Himmel darüber sich rötete wie von fernen Feuern.

Zweifelnd und hoffend bogen sie auf den kleinen Nebenweg ein. Es war wie in einem Tunnel, die Baumwipfel stießen über ihren Köpfen zusammen, obschon man durch das schwarze Flechtwerk der Zweige noch immer den leuchtenden Himmel sehen konnte. Der Tunnel fiel in Windungen leicht ab und ging dann gerade nach unten. Noch nie hatte Shiva eine so tiefe Stille erlebt, ein geradezu greifbar-samtiges Schweigen, so daß man das Gefühl hatte, mit Taubheit geschlagen zu sein. Insekten schwirrten durch die Luft – Fliegen, langsam dahintaumelnde Geschöpfe mit durchsichtigen Schwingen und baumelnden Beinen, Nachtfalter. Die Luft war staubig, und der Weg war staubig, ein süßlicher, leicht fauliger Geruch stieg ihnen in die Nase. Gar nicht wie England, dachte er, ganz anders, als ich es mir vorgestellt hatte. Vivien sagte nichts, lautlos schritten sie über den sandigen Weg, das trockene Gras.

Die Bäume teilten sich. Sekundenlang hatte Shiva den lächerlichen Eindruck, als träten die Bäume beiseite, um ihm den Blick auf das Haus freizugeben. Es lag im Nachglanz des Sonnenuntergangs, die Fenster funkelten wie schieres Gold, es war ein Schloß, alt und voller Würde und Teil einer unbekannten Welt. Die Abendbrise, der leichte Wind, der sich, wie Shiva noch erfahren sollte, stets um diese Zeit erhob, bewegte die Büsche, die Baumwipfel, eine Gruppe von Blumen mit fedrigen Blüten, als sei etwas Lebendiges vorübergegangen und habe mit unsichtbarer Hand die Blätter gestreichelt.

Es war eine sanfte Nemesis, die sich auf Shivas Spur gesetzt hatte, eine Nemesis, die sich langsam und leisen Schrittes näherte, aber so unabwendbar wie jene Abendbrise. Ob Vivien ihn das Warten und Hinnehmen gelehrt hatte oder ob es ein Erbteil fatalistischer Vorfahren war, wußte er nicht. Tatsache war, daß es ihn nicht danach drängte zu erfahren, wie die Dinge zur Zeit standen, welche Fortschritte die Polizei machte. Gefreut hätte es ihn, wenn Adam oder Rufus sich mit ihm in Verbindung gesetzt hätten. Ihre Gleichgültigkeit ließ einen Schmerz wiederaufleben, den er längst überwunden geglaubt hatte. Nur über eins war er froh und glücklich: daß er Lili nichts verschwiegen hatte. Seine Eltern und seine Großmutter hatte er bedenkenlos angelogen, wenn es ihm nötig schien, aber seiner Frau hatte er immer nur die Wahrheit gesagt. Sein Vater war vor vier Jahren gestorben, aber seine Großmutter lebte noch, sie und seine Mutter bewohnten gemeinsam das Haus in Southall, zwei Witwen, allerdings hatte seine Mutter nie den weißen Sari angelegt. Daß Shiva darauf verzichtet hatte, Medizin zu studieren, hatte Dilip Manjusri zutiefst getroffen und ihm das Leben verbittert, so daß es ihm kaum auffiel, als sein Sohn auch das Pharmaziestudium an den Nagel hängte. Allerdings war Shiva inzwischen sehr krank gewesen, er hatte einen seelischen und körperlichen Zusammenbruch erlitten. Seltsam, dachte er manchmal, daß sich in Romanen ein Mensch, der den Tod eines Mitmenschen verschuldet hat, so schnell wieder erholt und praktisch unverändert ist – wenn man von der Angst vor Entdeckung absieht. In der Wirklichkeit sah das wesentlich anders aus. Lili hatte Verständnis dafür, und vor allem dieses Verständnis band ihn an sie. Er nannte es Liebe.

Am Mittwoch schloß die Apotheke früher. Shiva fuhr mit dem Bus bis zur Ecke Fifth Avenue und ging zu Fuß nach Hause, vorbei an der Perlenschnur der Autos, vorbei an dem »Boxer« und dem Lebensmittelgeschäft. Beider Fenster waren mit Brettern vernagelt. Am Samstagabend hatte es hier Unruhen gegeben. Angefangen hatten sie im »Boxer«, als der Barmann sich geweigert hatte, einem betrunkenen Gast noch etwas auszuschenken. Zufällig war der Gast Jamaikaner, und zu dem Krawall war es gekommen, wie Shiva gehört hatte, als der Jamaikaner und seine Freunde dem Barmann Rassendiskriminierung vorgeworfen hatten. Viele Scheiben waren zu Bruch gegangen, und als die Polizei eintraf, war schon ein Auto umgeworfen worden. Lili und Shiva hatten, in ihrem Haus geborgen, vor dem Fernseher gesessen und gehört, wie der Wagen umstürzte, und Lili hatte Angst gehabt. Doch nachdem mit heulenden Sirenen die Polizei vorgefahren war, schien für diesmal alles vorbei zu sein. Das war nicht immer so. Sein Vater wäre entsetzt gewesen. Er hatte

England geliebt, hatte es geliebt mit der rückhaltlosen Begeisterung des Einwanderers, der es »geschafft« hat und für den sich die neue Heimat – im Gegensatz zu dem, was zahlreiche Landsleute ihm erzählt hatten – tatsächlich als ein Land erweist, in dem Milch und Honig fließen. In mancherlei Hinsicht war es gut, daß er schon gestorben war. Rassenunruhen hatte es schon zu seinen Lebzeiten gegeben, aber da war er schon zu krank gewesen, um sie noch wahrzunehmen. London, überlegte Shiva, war damals wohl auch sauberer gewesen, früher hatte nicht soviel Unrat auf der Straße herumgelegen, gab es nicht so viele Dosen im Rinnstein, die zum Kicken förmlich einluden und die jenes typische Nachtgeräusch der Großstadt erzeugten, ein hohles, leeres, sinnloses Scheppern.

Gab es jetzt mehr Verpackung als vor zehn Jahren? Wurde mehr auf der Straße gegessen? Gab es mehr Kinder, denen niemand verbot, Einwickelpapier auf die Gehsteige zu werfen? Plötzlich überfiel ihn eine Erinnerung. Er hörte förmlich Rufus Fletchers schleppende Stimme, die Stimme des oberen Mittelstands:

»Heute ist es fast leichter, einen Bruch zu machen, als eine Schachtel Kekse aufzukriegen.«

Die Küche von Troremmos. Vivien in ihrem pfauenblauen Kleid, eine große Schüssel Erdbeeren im Arm. Rufus, nackt bis auf zerlumpte Shorts, mit der Schere auf die Zellophanhülle einer Packung Vanillekeks einstechend. Das zähe, transparente Material platzte mit einem lauten Knall auf, es klang fast wie eine Explosion, und die Kekse fielen auf den Tisch und den gefliesten Boden, wo sie zerbrachen und zerkrümelten.

Auf der Tischkante saß Zosie, griff nach einem Keks und steckte ihn ganz in den Mund, und jemand – Adam? Rufus? – sagte:

»Zosie hat dieselbe Farbe wie die Kekse, matt, glatt und hell gebacken.«

Der dunkelhäutige Shiva war sich seiner Hautfarbe in Troremmos stärker bewußt als je zuvor – und das war ihm geblieben. Er hätte sagen sollen:

»Dann sehe ich wohl aus wie eine Pfeffernuß?«

Lili arbeitete am Mittwoch den ganzen Tag und hatte nur eine Stunde Mittagszeit, aber sie ließ es sich nicht nehmen, eigens heimzukommen und das Essen für ihn zu richten, wie sich das für eine indische Ehefrau gehört. Sie trug *kamiz* und *salvar,* Hals und Schultern waren in eine *dupatta* gehüllt, die fast die Farbe von Viviens blauem Kleid hatte. Daß sie sich so kleidete, bestürzte und bekümmerte ihn. Ihre Vorfahren stammten nicht aus dem Punjab, warum trug sie dann die Tracht der punjabischen Frauen? Dabei kannte er die Antwort: um nicht *eine* Inderin, sondern ganz Indien zu sein. In diesem Punkt hatten sie völlig entgegengesetzte Ansichten. Für ihn lag die einzig denkbare Lösung in der Assimilation. Wären die europäischen Juden umgekommen, wenn sie sich assimiliert, wenn sie nicht in dieser isolierten, exklusiven Diaspora gelebt hätten? Shivas Traum – soweit er Träume hatte – war eine Welt, in der sich, nach einem in seiner Jugend sehr populären Lied, alle Rassen wie in einem Schmelztiegel vereinigt hatten. Was dabei verlorengehen mochte – die *kamizes* und die Saris, die Volksfeste und die Gebetsriemen, die verschiedenen Zungen und Überlieferungen –

kümmerte Shiva nicht. Auf all diese Dinge konnte er leichten Herzens verzichten, wenn mit ihnen auch die Gaskammern und brennenden Autos verschwanden.

»Ich geh nach der Arbeit gleich zu meinem Bengalisch-Kurs«, sagte Lili.

»Ist gut, ich hol dich dann ab.«

»Warum denn? Das ist doch nicht nötig.«

»Ich hole dich ab«, wiederholte Shiva.


Zwei Geräusche attackierten Adams Nerven, als er aufschloß und sein Haus betrat: Abigails Weinen und der Klang des Telefons. Das Weinen kam von links, aus dem Wohnzimmer, dessen Tür einen Spaltbreit offenstand, der schnarrende Apparat stand auf einem Tischchen an der Treppe, direkt in seiner Blickrichtung. Fast instinktiv ging er zum Telefon und griff zum Hörer. Noch ehe er sich gemeldet hatte, dachte er mit einem plötzlichen Ziehen in der Brust: Ich bin erst zum Telefon gegangen, ich habe sie zurückgesetzt, ich bin erst zum Telefon gegangen.

Es war die Polizei.

Anne kam eilig die Treppe herunter und verschwand im Wohnzimmer. Hier Kriminalinspektor Sowieso, sagte eine Stimme zu Adam, er würde ihn gern aufsuchen, um »ein paar Dinge zu klären.« Abigails Weinen verstummte wie abgeschnitten.

»Was für Dinge?« fragte Adam, weil ein Unschuldiger so etwas fragen muß.

»Das erkläre ich Ihnen alles, wenn ich komme, Mr. Verne-Smith.«

Wann er kommen wolle, erkundigte sich Adam.

»Was du heute kannst besorgen und so weiter, nicht wahr? Wie wäre es in einer halben Stunde?«

»Einverstanden.«

Anne kam in die Diele, sie hatte Abigail auf dem Arm. Adam gab seiner Tochter einen Kuß und nahm sie Anne ab. Abigail sah aus – kleine Kinder haben das so an sich –, als habe sie nie im Leben geweint, als wisse sie überhaupt nicht, wie man das macht. Sie lächelte wie ein Engel, und ihre Wange fühlte sich kühl und rund und seidenweich an wie eine frisch gepflückte Pflaume.

»Stell dir das vor«, sagte Adam. »Ich komme ins Haus und höre das Telefon läuten und Abigail weinen und geh erst ans Telefon. Bin ich nicht ein rechter Rabenvater?«

Hätte Anne gewußt, daß dies ein Geständnis war, daß er ihr damit sein Herz öffnete, hätte wieder so etwas wie Vertrauen zwischen ihnen entstehen können, hätte er sich vielleicht sogar entschlossen, sich ihr ganz preiszugeben. Aber sie wußte es nicht, für sie war sein Ausbruch nur ein weiteres Symptom seiner neurotischen Ichbezogenheit, und sie ärgerte sich darüber.

»Aber es war doch gar nichts weiter, sie war bloß frustriert, weil sie ihren Teddy weggeworfen hatte und nicht an ihn rankam.«

Adam zuckte die Schultern. Er drückte Abigail an sich. Angenommen, man nahm ihm seine Tochter weg, und er sah sie jahrelang – zehn Jahre vielleicht – nicht wieder? Das war natürlich Unsinn, er wurde nachgerade hysterisch in seiner Sorge. Es lag wohl daran, daß er so schrecklich müde war. In Bereiche des Gedächtnisses vorzudringen, die seit zehn Jahren verschüttet waren, ist ein mühevolles

Geschäft, es waren die eigenen Gedanken, die ihn so fertiggemacht hatten, dieses lange Verdrängte, das ihn jetzt verfolgte. Wenn ich trinken könnte, dachte er, wenn Alkohol eine Hilfe wäre...

»Würdest du mir wohl einen kleinen Whisky mit Wasser bringen?«

Anne sah ihn verwundert an.

»Mit viel Wasser. Ich kann ihn nicht holen, ohne sie abzusetzen«, sagte er entschuldigend.

Adam setzte sich in einen Sessel und nahm Abigail auf den Schoß. Er streifte die Uhr ab und hielt sie ihr ans Ohr, dann – als sich in ihrem Gesicht nichts regte – fiel ihm ein, daß es seine neue Uhr war, die batteriebetriebene, die nicht tickte. Zur Entschädigung gab er ihr eine Figur vom Kaminsims, eine kleine Porzellankatze, deren Kopf Abigail sogleich in den Mund steckte. Adam war fast übel vor Liebe, er hatte das Gefühl, als würde ihm die Liebe zu seiner Tochter wie mit Zangen aus dem Leib gerissen, und er wußte mit unumstößlicher Gewißheit, daß er noch nie zuvor geliebt hatte. Nicht einmal Zosie.

Anne brachte ihm seinen Drink, nahm Abigail die Porzellankatze weg und gab ihr eine sorgfältig abgewaschene Klapper, die nach dem Mittel roch, mit dem ihr Fläschchen und andere Gerätschaften desinfiziert wurden. Adam sagte:

»Die Polizei will herkommen, es geht um das Haus, das mein Großonkel mir vererbt hat.«

»Wann?«

»Wann? Wie meinst du das?«

»Wann sie kommen wollen, meine ich.«

»Jetzt.« Er sah auf die Uhr, die nicht tickte. »In etwa zwanzig Minuten.«

»Sag mal, Adam, du wirst doch da keine Schwierigkeiten bekommen?«

Manchmal war sie ihm sehr fern, dann war sie für ihn weniger als die Mittelsperson, die Abigail aus seinem Samen hervorgebracht hatte. Schlimmer noch, er hatte das Gefühl, sie überhaupt nicht zu kennen, sie war einfach eine Frau, die mal eben vorbeigekommen war, um für einen wohltätigen Zweck zu sammeln oder für eine politische Partei oder eine Sekte zu werben. Sie war eine Fremde, selbst ihr Gesicht war fremd, es zog ihn nicht an, weckte keine Zärtlichkeit, war kein Gesicht, das er je hätte küssen können. »Viel kann ich ihnen nicht sagen«, meinte er. »Ich habe ja nicht dort gelebt. Das heißt, ich habe ein, zwei Wochen dort verbracht, und dann bin ich nach Griechenland gefahren.«

»Aber du hattest jemanden beauftragt, nach dem Haus zu sehen, nicht?«

»Nein, das habe ich damals meinem Vater nur gesagt, um seine ewigen Vorwürfe nicht mehr hören zu müssen, ich ließe den Besitz verkommen. Ich hätte mir das gar nicht leisten können, ich war ja total blank. Ich habe das eine oder andere Stück von Hilberts Mobiliar verkaufen müssen, um nach Griechenland fahren zu können.«

»Sie haben dort das Skelett einer jungen Frau gefunden und das eines Babys.«

»Ich weiß, was sie gefunden haben.« Adam legte die Arme um Abigails runden, kräftigen Körper und schloß die Augen.

Die beiden Frauen, die Barfrau und ihre Freundin, die er und Rufus aufgerissen und für eine Nacht nach Troremmos gebracht hatten, würden die zur Polizei gehen? Kaum. Die eine war verheiratet gewesen, ihr Mann war unterwegs, er war Vertreter. Eine schnöde Sauftour, eine schnelle Nummer – so was holt man nur ungern aus der Versenkung hervor. Es mußte Ende Juni gewesen sein, der neunundzwanzigste oder dreißigste, auf jeden Fall ein Mittwoch. Ein paar Tage später, Ende der Woche, waren dann Zosie gekommen und Vivien und der Inder. Er würde der Polizei sagen, daß er am ersten Juliwochenende nach Griechenland gefahren war, beschloß Adam. Wenn die beiden Frauen – oder eine von ihnen, die Barfrau – doch geredet hatten, was sehr unwahrscheinlich war, konnte dagegen trotzdem keiner was sagen.

Der Inder würde nicht zur Polizei gehen. Vielleicht war er ja auch gar nicht mehr in England, war, als Adam ihn gesehen hatte, unterwegs ins Ausland, um sich dort niederzulassen, eine Stellung anzunehmen. Adam erinnerte sich noch an seine leise Bestürzung, als der Inder, gefolgt von Vivien, an jenem Abend um die Hausecke gebogen war. Er hatte auf dem Rasen unter der Terrasse gestanden (zwischen Zeus mit Danae und Zeus mit Europa) und hatte zu ihm und Rufus und Zosie und den unvermeidlichen Weinflaschen hinaufgesehen.

Adam hatte vorher noch nie mit einem Inder gesprochen. Nein, das stimmte nicht ganz, natürlich hatte er mit indischen Postbeamten und Supermarktverkäufern und Schaffnern gesprochen, aber er hatte nie gesellschaftlich mit ihnen verkehrt, hatte sich nie mit einem Inder unterhalten, denn die indischen Studenten an seiner Hochschule – es waren sowieso nicht viele – waren meist für sich geblieben. Dieser sah aus, als ob er ... damals gab es kein Wort dafür, aber der alte Hilbert hätte ihn einen Spielverderber, eine trübe Tasse genannt. Adam spürte sofort, daß er das Durcheinander auf der Terrasse, den Hauch von Indolenz, ja, von Ausschweifung mißbilligte. Das Mädchen, das sich als Vivien vorstellte, lächelte ganz freundlich, sie stieg gleich die Stufen hinauf und nahm das Glas Wein, das Rufus ihr anbot.

Hatten sie an diesem Abend viel mit dem Inder gesprochen? Adam war schon betrunken gewesen, wie immer schlapp und müde vom Alkohol. Auch Rufus war gewesen wie immer, hellwach und völlig nüchtern, hätte jeder gesagt, der ihn nicht sehr gut kannte. Aufmerksam hatte er Vivien gemustert, hatte anhand seiner Werteskala ihre Attraktivität taxiert, die Art der Beziehung zwischen ihr und Shiva zu ergründen versucht. Für Adam war diese Beziehung von Anfang an klar gewesen, er hatte sie nicht einmal gefragt, ob sie lieber getrennt schlafen würden, sondern hatte sie wie selbstverständlich in Hilberts Zimmer geführt, in das Zimmer, in dem an der Wand gegenüber dem Bett das Bild mit dem toten Kind und seinen Eltern und dem Arzt hing.

Am nächsten Tag hatte Shiva gefragt, ob Adam es das Totenbettzimmer nannte, weil sein Großonkel darin gestorben war. Menschen seiner Art hatten starke Bindungen zu Familie und Sippe. Adam wußte, daß Hilbert nicht in seinem Zimmer gestorben war, sondern vor der Hintertür, obgleich es natürlich möglich war, daß man den Toten aufs Bett gelegt hatte, bis die Leute vom Bestattungsinstitut gekommen waren. Nach und nach setzte sich der Gedanke fest, und schließlich waren sie alle davon überzeugt – es gehörte einfach zu ihrer absurden Troremmos-Tradition –, daß dies Hilberts Sterbezimmer war.

Zosie pflegte zu behaupten, sie habe Hilberts Geist dort oben gesehen und einen geisterhaften kleinen Hund, der hinter ihm hergelaufen sei. Erstaunlicherweise beschrieb sie Hilbert sehr treffend: ein kleiner, schmächtiger Mann mit rundem Gesicht, schütterem grauen Haar und goldgeränderter Bifokalbrille. Sie mußte sich eins der Fotoalben im Studierzimmer angesehen haben. Und den Hund hatte sie erst erwähnt, nachdem Shiva im Kiefernwald gewesen war und den Tierfriedhof und das Grab von Blaze entdeckt hatte ...

Adam schauderte leicht, als ihm der Geruch des Whiskys in die Nase stieg. Er nahm einen kleinen Schluck, und als er das Glas absetzte, hörte er draußen einen Wagen vorfahren. Die Polizei war da. Er schüttelte den Kopf, als Anne ihn fragend ansah, und ging selbst zur Tür, Abigail auf dem Arm, als hoffe er, durch den Anblick eines Vaters mit seinem Kind ihre harten Herzen zu rühren.

## 10

Eine von Rufus' Patientinnen hatte eine drogensüchtige Tochter. Wenn Mrs. Harding zur Vorsorgeuntersuchung und zum Abstrich kam, erfuhr er immer das Neueste über Marilyn. Beim letzten Mal war es die Sache mit der Überdosis Methadon gewesen, die Marilyn genommen hatte, weil sie meinte, damit schneller vom Heroin herunterzukommen. Inzwischen war sie mehr oder weniger wieder auf dem Damm, dafür aber von der Angst besessen, sie habe sich durch infizierte Nadeln Aids geholt. Während Rufus mit Mrs. Harding eine Zigarette rauchte, drängte er sie, Marilyn zu einem Test zu bewegen.

Dabei überlegte er, was sie wohl sagen würde, wenn sie von seiner in dieser Hinsicht gar nicht so harmlosen Vergangenheit wüßte. Natürlich war das alles längst ausgestanden. Seit der Vertreibung aus Troremmos hatte Rufus kein Haschisch und kein Acid mehr angerührt. Mit Heroin hatte er sowieso nie experimentiert. Er wußte, daß er von seiner ganzen Persönlichkeit her suchtgefährdet war, aber er wußte auch, wo die Grenze lag, die er nicht überschreiten durfte: Bei den rationierten Zigaretten und dem halben Glas Wodka hinter dem Vorhang. Er stand auf und brachte Mrs. Harding zur Tür, und sie bedankte sich überschwenglich. Sie wissen ja gar nicht, wie gut es tut, nur mal zu reden ...

Er hatte seinen Stoff immer von demselben Dealer bezogen, einem Amerikaner in Notting Hill, der ursprünglich nach England gekommen war, um nicht nach Vietnam geschickt zu werden. Rufus wollte sich eindecken, ehe das Geld ausging, das Adam für ein paar Teller und einen Spiegel bekommen hatte und für ein Dutzend Obstbestecke, die er auf sein, Rufus', Betreiben, zum Verkauf angeboten hatte. Wer aß schon Obst mit Messer und Gabel? Der Antiquitätenhändler schien der gleichen Meinung zu sein, und deshalb bekamen sie nicht viel dafür. Was sie hatten, nahm Rufus mit nach Notting Hill. Er fuhr am ersten oder zweiten Juli gegen Mittag mit Matterknax in Nunes los.

Am späten Nachmittag kam er in Notting Hill an, wartete stundenlang – so schien es ihm – in einem Pub mit dem schönen Namen »Sonne und Glanz« auf Chuck und suchte ihn schließlich zu Hause auf. Chuck wohnte im Souterrain eines Hauses in Arundel Garden und war alles andere als erfreut über den Besuch. Er hatte die Verabredung vergessen und sagte immer wieder, was für einen schlechten Eindruck es mache, wenn andauernd Scharen von Leuten vor seiner Tür stünden. Rufus rührte das verständlicherweise wenig. Er bekam seinen Kolumbianer und seine *charas* und noch fünfzig Aufputschpillen und machte sich wieder auf den Weg nach Nunes.

Hätte er ein bißchen Geld übrig gehabt, eine nennenswerte Summe statt der paar Kröten, mit denen er gerade genug Benzin für die Rückfahrt und zehn Zigaretten hatte erstehen können, wäre Rufus viel länger in London geblieben und hätte sich einen schönen Abend gemacht. Er überlegte manchmal, wie anders alles gekommen wäre und daß etliche Menschenleben – auch sein eigenes – einen anderen Verlauf genommen hätten, wenn er statt 2,50 Pfund einen Zwanziger in der Tasche gehabt hätte. Wäre er statt um halb acht um elf in London losgefahren, hätte nicht vor dem Bahnhof von Colchester Zosie gewartet.

»Einer dieser brutalen Trucker hätte dich aufgelesen«, hatte er zwei Tage später zu ihr gesagt, »hätte dich vielleicht vergewaltigt und ermordet und deine Leiche in den Straßengraben geschmissen.«

»Du hast mich ja auch vergewaltigt«, sagte Zosie.

»Was redest du da?«

»Ich hab es nur gemacht, damit du mich mitnimmst und ich für eine Nacht ein Dach über dem Kopf habe. Ich hab es gemacht, um *Asyl* zu haben, und dann ist es im Grunde Vergewaltigung.«

Solche Tiefschläge für sein Ego rief sich Rufus grundsätzlich nicht ins Gedächtnis zurück. Statt dessen dachte er lieber daran, wie sie von Anfang an erklärt hatte, sie wolle nach Nunes. Sie war nie dort gewesen, aber daß sie dorthin wollte, das wußte sie. Heimat ist da, wo du hingehst und sie dich aufnehmen müssen, hatte er mal irgendwo gelesen.

Sie sah wie zwölf aus, solange man sie nicht aus der Nähe betrachtete. Dann erkannte man selbst im Dunkeln, im Licht der grünlichen Straßenbeleuchtung, daß sie älter sein mußte. Ihr Haar war wie ein Käppchen aus hellbraunem Satin. Der Vergleich stammte nicht von ihm, sondern von Adam, dem Worteschmied. Sie hatte ein Gesicht wie sämtliche Elfen auf Geburtstagskarten und in Kinderbüchern zusammengenommen. Auch das war Originalton

Adam. Rufus sah nur ein kleines, schlankes, zierliches Mädchen in Jeans und T-Shirt und mit einem Rucksack, der aussah, als sei nicht viel drin. Und mit einem Ausdruck der Verzweiflung oder der Hoffnungslosigkeit in den weit geöffneten Augen.

Er hielt ein paar Meter vor ihr, und sie lief auf den Wagen zu.

»Wo willst du hin?«

»Irgendwohin.«

»Komm, das muß ich schon ein bißchen genauer wissen.« Sie zögerte einen Augenblick. »Nunes.«

»Wenn das kein Zufall ist! Da fahr ich auch hin.«

Wenn er ehrlich war – und damals war er darin ganz ehrlich gewesen –, hatte er sie mitgenommen, weil er sich eine Chance auf Sex ausrechnete, und er hatte seit Mary keinen Sex mehr gehabt (die Begegnung mit der Freundin der Barfrau hatte sich nicht recht gelohnt, er war damals zu betrunken gewesen). Zuerst fand er sie gar nicht besonders reizvoll. Das war typisch für Zosie. Ihre Reize kamen einem erst allmählich, aber dann umso stürmischer zu Bewußtsein. Sie sah geradezu lächerlich jung aus.

»Kann ich ne Zigarette haben?«

»Ich hab nur sechs.«

»Du könntest in dem Pub da drüben welche kaufen.«

»Wenn ich Geld hätte. Ich hab gerade fünf Liter Benzin getankt. Hast du Geld?«

»Natürlich nicht.«

Sie hätte es nicht fassungsloser, nicht gekränkter sagen können, wenn er sie gefragt hätte, ob in dem Rucksack da ein Nerzmantel steckte.

»Wie heißt du?«

»Zosie.«

»Zoe?«

»Nicht Zoe und nicht Sophie. *Zosie*. Und du?«

»Rufus.«

»Wie der Hofhund. Wauwau«, sagte Zosie.

Er gab ihr eine Zigarette und nahm sich selber eine. Dann fuhr er Matterknax von der Straße weg auf einen der Zufahrtswege nach Boxted, sie rauchten ihre Zigaretten, und dann fiel ihm das Paket Marijuana im Seitenfach der Tür ein. Er zerlegte eine der vier verbleibenden Zigaretten und drehte einen Joint, und während sie ihn gemeinsam rauchten, rückten sie allmählich näher zusammen, berührten mit den Fingerspitzen gegenseitig Gesicht und Lippen und mit den Händen ihre Körper, bis sie soweit waren, sich auf die Rückbank zu legen...

Es war die schnellste sexuelle Vereinigung, die Rufus je erlebt hatte, mit dem kürzesten Vorspiel, der minimalsten Vorbereitung. Fast so unkompliziert wie bei einem alten Ehepaar, dachte Rufus jetzt. Er fragte sich nicht, ob es ihr gefallen hatte, ob es ihr recht gewesen war. Sie hatte die richtigen Bewegungen gemacht und die richtigen Geräusche, und der Ausdruck, den er kurz auf ihrem Gesicht gesehen hatte, leer und doch voller Leidenschaft, war doch wohl so etwas wie Lust gewesen.

Während sie weiterfuhren und er mit der linken Hand unbestimmt-zärtlich ihr Knie tätschelte, fragte er, wohin sie in Nunes wolle.

»Wo fährst du denn hin?«

»Zu meinem Freund. Vielleicht kennst du das Haus?

Wyvis Hall, ein recht ansehnlicher klassizistischer Bau mit einer Menge Land drumrum.«

»Ich war noch nie in Nunes. Gehört das Haus den Eltern von deinem Freund?«

»Nein, es gehört ihm. Außer ihm und mir wohnt dort keiner.«

»Rufus«, sagte sie, und ihre Stimme klang gepreßt und sehr jung, »könnte ich wohl mitkommen? Nur kurz, meine ich. Nur für eine Nacht...«

»Warum nicht? Wo wärst du denn sonst hingegangen?«

Sie schwieg einen Augenblick.

»Okay, du brauchst es mir nicht zu sagen. Geht mich ja nichts an.«

»Ich hab einfach gehofft, daß sich was ergibt«, sagte sie.

»Hast du wirklich kein Geld?«

»Was denkst du denn?« fuhr sie wütend auf. »Soll ich dich noch dafür bezahlen?«

»Schon gut. Ich hab nur gedacht, daß du ohne Geld nicht sehr weit kommen wirst.«

»Ich hab fünfzig Pence.« Sie kramte ein paar Münzen aus dem Rucksack und zeigte sie ihm. Der Rucksack war halb leer. Ein grauer Strickpullover war darin, ein schwarzer Ledergürtel mit Nieten, ein Exemplar der Zeitschrift *Honey* und ein angebissener Schokoladenriegel. Zosie legte sich den Pullover um die Schultern und schlug die Arme übereinander. »Ich wär nach Hause gegangen«, sagte sie.

Er merkte, daß sie sich nicht gern aushorchen ließ, und

deshalb fragte er nicht, wo sie zu Hause war. Inzwischen waren sie auf der Straße, auf der es nach Nunes, zur Kirche und zum Dorfanger ging. Zosie sah aus dem Fenster auf das weiße Mondlicht, die dunklen Flächen. Er merkte, daß sie zitterte, obgleich es warm war.

»Ist was?«

»Ich bin müde«, sagte sie. »Hundemüde.«

Sie lehnte sich zurück und machte die Augen zu. Er fuhr an dem Gehöft vorbei, das Mill in the Pytle hieß, es brannte kein Licht dort, weit und breit war kein Licht zu sehen, und bog in Adams Trift ein. Als Matterknax hielt, wachte sie auf und wimmerte wie ein kleines Kind.

»Da wären wir«, sagte Rufus.

Sie stand auf, reckte sich und rieb sich mit den Fäusten die Augen.

»Das nehm ich«, sagte Rufus und nahm ihr den Rucksack ab.

Gähnend sah sie an dem Haus hoch, betrachtete das Säulenportal, den gelben Glanz des Eßzimmerfensters, durch das man den Kronleuchter sah und den Lichtkreis, den er auf den ovalen Mahagonitisch warf.

»Und das alles gehört deinem Freund? Bloß ihm?«

»Ganz genau.«

»Wie alt ist er denn?«

»Neunzehn.«

»Nicht zu glauben«, sagte Zosie.

Ob sie gleich zu Bett gehen könne, wollte sie wissen. Inzwischen waren sie im Haus, und Adam war von der Terrasse hereingekommen. Rufus wußte nicht recht, wie Adam auf Zosie reagieren würde. Er betrachtete sie abwägend, ja, es war, als könne er den Blick nicht von ihr wenden. Mit Zosie war es irgendwie anders als mit den beiden Frauen, der Barfrau und ihrer verheirateten Freundin, die sie sich mal aus Sudbury mitgebracht hatten. Adam sagte:

»Ich zeig dir, wo du schläfst.«

Rufus widersprach nicht, er hatte beschlossen, eine Flasche Wein aufzumachen. Er hörte Schritte über seinem Kopf, demnach brachte Adam sie in sein, Rufus' Zimmer, das Zentaurenzimmer, das ging also in Ordnung. Mit dem Weinglas in der Hand trat er auf die Terrasse hinaus und sah auf den See, die weiße Spiegelung des Mondes lag auf der glatten Fläche wie eine Marmorscheibe. Er und Zosie hatten alle Zigaretten aufgeraucht, und von jeher ging es Rufus gegen den Strich, wenn abends keine Zigaretten im Haus waren ...

Er kniff die Augen fest zu, machte sie wieder auf, betrachtete die Packung Players auf dem Schreibtisch und ließ sie in der obersten Schublade verschwinden, als die Sprechstundenhilfe seine nächste Patientin meldete.

Als Adam auf sein Elternhaus zuging, nachdem sie sich selbst aus Troremmos vertrieben hatten, hatte er zum ersten Mal in seinem Leben den Wunsch zu sterben. Zwischendurch verspürte er das Bedürfnis, das der Mensch kranken Tieren zuzuschreiben pflegt: sich eine Höhle weit weg von der Herde zu suchen und sich darin zu verkriechen. Nachdem er sich mit diesem lächerlich theatralischen Abschiedswort des Cassius an seinen Freund Brutus von Rufus getrennt hatte, war ihm immer noch die Hoffnung geblieben, unbeobachtet ins Haus und in sein Zimmer zu kommen und dort allein zu bleiben. Aber es sollte nicht sein. Im Vorgarten stand sein Vater, eine Gartenschere in der Hand. Als er Adam sah, äußerte er statt einer Begrüßung etwas, was, wie Adam fand, für einen Mann, der seinen einzigen Sohn ein Vierteljahr lang nicht gesehen hat, sehr eigenartig klang.

»An einem einzigen Nachmittag kriege ich das hier alles wieder tiptop in die Reihe, mit Unkrautzupfen und allem Drum und Dran. Aber mein Garten ist ja auch von der Größe her nicht danach. Ja, wenn's ein paar Morgen wären, etwas, was man mit Fug und Recht einen Garten nennen könnte...«

Adam stand hilflos und ohne Hoffnung dabei und schwieg.

»Das ist Onkels Golftasche, die du da hast«, sagte Lewis Verne-Smith. Dann ging ihm offenbar auf, daß die Tasche jetzt, so bitter und ungerecht das auch war, Adam gehörte. »Du kannst dir vorstellen, wie sehr mein Onkel an ihr gehangen hat. Er hat seine Sachen immer pfleglich behandelt. Dafür hast du wohl überhaupt kein Verständnis. Für dich ist das nur eine alte Golftasche, die du in der Gegend herumwerfen kannst, wie es dir paßt.«

»Ich habe nicht die Absicht, sie in der Gegend herumzuwerfen«, sagte Adam.

Er ging ums Haus herum zur Küchentür, sein Vater immer hinterher. Es kam Adam vor, als ob sein Vater nicht mehr ganz normal war. Der Verlust von Wyvis Hall und das ständige Grübeln über diesen Verlust hatten ihn aus dem Gleis geworfen.

»Du warst also in Griechenland«, sagte Lewis.

»Mm-hm.«

»Mehr hast du dazu nicht zu sagen?«

»Was sollte ich denn dazu sagen?«

»Hätte ich in deinem Alter das unglaubliche Glück gehabt, zehn Wochen Urlaub in Griechenland verbringen zu dürfen, hätte ich es nicht bei einem ›mm-hm‹ bewenden lassen, das kann ich dir versichern.«

Inzwischen waren sie in der Küche angekommen. Seine Mutter und Bridget waren nirgends zu sehen.

»Um dein Erbe hast du dich in der ganzen Zeit vermutlich überhaupt nicht gekümmert. Wenn's nach dir geht, kann man dort ruhig einbrechen, Feuer legen, das ganze Haus dem Erdboden gleichmachen.« Sein Vater hatte sich wieder mal in Rage geredet. »Ich will dir mal was sagen: Dir fehlt jede Spur von Verantwortungsgefühl. Keiner weiß, wo du bist, keiner kann dich erreichen. Wir können alle sterben und verderben, das prachtvolle Haus, auf das du keinen Gedanken verschwendest, kann in Schutt und Asche fallen – und wo bist du? Gondelst in der Ägäis herum.«

Adam ging mit seinem Gepäck nach oben und schloß seine Zimmertür ab. Er war jetzt froh, daß er seinen Vater in dem Glauben gelassen hatte, er sei erst an jenem Tag aus Griechenland zurückgekommen. Später hatte sich sein Vater über seine Bräune mokiert, mit spitzen Bemerkungen über *dolce far niente* und Lotusesser. Zunächst aber verfolgte ihn der Satz ›. . . gondelst in der Ägäis herum.‹ Während er die Treppe hinaufging, sein Zimmer betrat und sich aufs Bett setzte, stieg vor seinem inneren Auge eine Art Vision auf. Azurfarbenes, mit grünen Inselchen betüpfeltes Meer, strahlende Sonne, blauer Himmel. Eine Flotte weißer Schwäne mit goldenen Halsbändern und goldenem Geschirr zogen ein Zauberboot, das ein bißchen aussah wie eine Gondel, und in diesem Boot saß er, Adam, weiß gewandet wie ein antiker Held, und ließ eine Hand anmutig ins Wasser hängen.

Die Vision war so schön und die Wirklichkeit so grauenvoll, daß er sich aufs Bett legte und zu seiner Bestürzung, zutiefst beschämt, in Tränen ausbrach. Er stopfte sich die Bettdecke in den Mund – man konnte nie wissen, ob nicht sein Vater vor der Tür stand und lauschte –, damit man nur ja nichts hörte. Er weinte nicht lange. Nach einer Weile stand er auf, zwang sich, die Golftasche aufzumachen und die Flinte herauszuholen. Er wickelte ein schmutziges T-Shirt um seine linke Hand, hielt damit die Flinte fest und wischte sie mit einer schmutzigen Socke ab. Dann schob er die Golftasche mit der Waffe darin unter sein Bett.

Hatte er keine Angst gehabt, sein Vater könne in seinem Zimmer herumschnüffeln? Adam hatte es sich zur Regel gemacht, immer abzuschließen, aber man weiß ja, wie es mit solchen Regeln geht – er vergaß es häufig. Falls sein Vater die Flinte gefunden hatte, äußerte er sich nie darüber, und Adam hatte sie nie in einem anderen Versteck untergebracht. Er ließ sie unter dem Bett liegen, als er einen Monat später wieder an die Uni ging, und da blieb sie, bis er ein Jahr darauf auszog und mit dem Geld aus dem Verkauf von Troremmos ein eigenes Haus erwarb.

Inzwischen war die Flinte nicht mehr in der Golftasche,

sondern in einem Schrank in dem kleineren Gästezimmer im Obergeschoß. Adam hatte keinen Waffenschein. Der Besuch der Polizei machte ihn zwar nervös, versetzte ihn aber nicht in Panik. Bei dieser ersten Kontaktaufnahme würden sie schwerlich sein Haus durchsuchen. Sie gaben sich unpersönlich und skeptisch. Nein, das war nicht das richtige Wort, Skepsis implizierte Verwunderung, einen offen zur Schau getragenen Zweifel, aber seine Besucher verhielten sich eher so, als schenkten sie Unschuldsbeteuerungen prinzipiell keinen Glauben, seien aber zu jeder Zeit bereit, Schuldbekenntnisse entgegenzunehmen. Adam hatte auch den Eindruck, daß dieser Besuch für sie reine Routine, ja, daß er ihnen ausgesprochen lästig war und daß sie ihn so schnell wie möglich hinter sich haben wollten. Allerdings tröstete ihn das nicht, sondern vertiefte eher noch seine Besorgnis, denn er hatte das Gefühl, daß sie wichtige Fragen aussparten, bis bestimmtes Beweismaterial, bestimmte Bemerkungen, die er gemacht hatte, gesichtet und geprüft worden waren. Dann würden sie wiederkommen, und das nächste Gespräch würde wesentlich anders verlaufen.

Der Inspektor hieß Winder, sein Mitarbeiter Stretton. Ersterer war ein bißchen älter, letzterer ein bißchen jünger als Adam. Sie sahen aus wie Nachbarn von Adam oder wie Leute aus seiner Firma. Er bot ihnen etwas zu trinken an, aber sie lehnten ab. Adam fand es etwas beunruhigend, daß die beiden zwar Anne höflich begrüßten, von Abigail aber nicht die mindeste Notiz nahmen. Gewiß, Anne brachte Abigail gleich zu Bett, nachdem Winder und Stretton eingetroffen waren, aber trotzdem wunderte

Adam sich darüber, daß die beiden der Kleinen nicht Gute Nacht sagten, als seine Frau sie aus dem Zimmer trug, und auch keine Bemerkung über sie verloren, als sie fort war.

Winder begann mit der Frage, ob er je auf Wyvis Hall gelebt habe, und Adam sagte, leben sei zu viel gesagt, er habe sich ein paar Tage dort aufgehalten, um nach dem Rechten zu sehen. Er sei knapp bei Kasse gewesen und habe leider einiges aus dem Haus verkaufen müssen, weniger Möbel als den einen oder anderen Zierat.

»Die Sachen gehörten ja Ihnen, nicht wahr?« meinte Winder mit seiner leidenschaftslosen Stimme.

»Ja, sie gehörten mir, es war mein gutes Recht, sie zu verkaufen.«

»Wie lange haben Sie dort gelebt, Mr. Verne-Smith?«

»Wie lange ich mich dort aufgehalten habe, meinen Sie? Ein, zwei Wochen, ich weiß es nicht mehr genau.« Adam wartete auf die Frage, ob er allein dort gewesen sei, aber er wartete vergeblich. Die Beamten machten sich keine Notizen, was Adam etwas beruhigte. Die unpersönlich-frohsinnige, fast automatenhafte Stimme Winders gefiel ihm nicht, aber vielleicht sprach er immer so, auch mit seiner Frau und seinen Kindern.

»Und sind Sie später noch einmal hingefahren?«

»Nicht, um dort zu leben«, sagte Adam.

»Sie haben ja bei Ihrem ersten Besuch auch nicht dort gelebt, nicht wahr? Haben Sie sich noch einmal dort aufgehalten?«

»Nein.«

»Stimmt es, daß Sie Wyvis Hall zum Verkauf angeboten haben? Ihr Vater hat uns gesagt, daß Sie es im Herbst 1976 verkaufen wollten und dann im Frühjahr, nachdem Sie keinen Käufer gefunden hatten, das Angebot wieder zurückgezogen haben. Im Herbst 1977 haben Sie den Besitz erneut angeboten und ihn dann schließlich an Mr. Langan verkauft.«

Wieder wurde nichts schriftlich festgehalten, aber diesmal beschloß Adam, sich strikt an die Wahrheit zu halten.

»Ich habe den Besitz erst im Spätsommer 1977 zum Verkauf angeboten.«

»Dann hat Ihr Vater sich also geirrt?«

»Offenbar.« Um einer naheliegenden Frage zuvorzukommen, setzte Adam hinzu: »Ich war im letzten Studienjahr und stand kurz vor der Abschlußprüfung, da hätten Verkaufsverhandlungen nur gestört. Es hieß, das Haus würde im Wert steigen, wenn ich es noch eine Weile behalten würde, und das hat sich auch bestätigt.«

Damit gaben sie sich zunächst zufrieden. Stretton stellte die Frage, die Adam gefürchtet hatte, die aber kommen mußte.

»Wußten Sie, daß auf Ihrem Grundstück Haustiere bestattet worden sind?«

»Ich war als Kind häufig auf Wyvis Hall zu Besuch, damals hat man mir die Stelle gezeigt, glaube ich.«

»Sie glauben es, Mr. Verne-Smith?«

»Ich erinnere mich nicht«, sagte Adam. »Ich wußte, daß irgendwo ein Tierfriedhof war, aber ich kann mich nicht erinnern, wann ich ihn zum ersten Mal gesehen habe.«

»Sie haben ihn sich nicht angesehen, als Sie sich im Juni 1976 und im August 1977 auf Wyvis Hall aufhielten?«

»Ich glaube nicht. Nein, nicht daß ich wüßte.«

»Sie wissen natürlich, was vor zwei Wochen auf dem Tierfriedhof gefunden wurde?«

»Ich denke schon.«

»Das Skelett einer jungen Frau und eines Kleinkindes. Beide sind vor neun bis zwölf Jahren gestorben, tatsächlich aber können wir wohl davon ausgehen, daß der Tod vor zehn oder elf Jahren eingetreten ist, meinen Sie nicht auch?«

Das meinte Adam nun gar nicht. Das heißt, er hätte eine so allgemein gehaltene Vermutung nie akzeptiert, und ein Gericht wäre dazu bestimmt ebenso wenig bereit gewesen. Andererseits wußte er natürlich ganz genau, wann der Tod eingetreten war – vor zehn Jahren und zwei Monaten.

»Die junge Frau ist eines gewaltsamen Todes gestorben. Das Kind möglicherweise ebenfalls. Bei der Frau wäre Selbstmord eine Möglichkeit, aber sie hat sich wohl kaum selbst umgebracht und hinterher begraben.«

Adam nickte. Ein elegisches Lächeln wäre wohl angebracht gewesen, aber er konnte nicht lächeln. ›Umgebracht‹ hatte Winder gesagt. Nicht ›erschossen‹. Demnach wußten sie nicht, daß eine Schußwaffe im Spiel war, sie wußten nichts von der Jagdflinte mit der Repetiereinrichtung. Vielleicht hatten sie auch die im Kleinen Wald vergrabene Damenflinte nicht gefunden. Wenn man auf ein lebendes Wesen schoß, hatte er sich das so gedacht – bis dahin hatte er nur auf Vögel geschossen, und auch das nur selten –, daß es taumelte, zu Boden stürzte und starb. Wie im Kino oder im Fernsehen. Er hatte nicht mit dem aufspritzenden Blut gerechnet, den Strömen von Blut aus den von den Schrotkörnern getroffenen Arterien, den großen und kleinen Blutgefäßen. So war es damals gewesen. Und so mußte es auch beim Heiligen Sebastian oben im Nadelkissenzimmer gewesen sein. Die Pfeile hatten Blutfontänen aufspritzen lassen, es waren keine Akupunkturnadeln, die sich sanft in geduldiges Fleisch senkten...

Er mußte an sich halten, um nicht die Hände vors Gesicht zu schlagen.

»Als Sie im Sommer 1976 dort waren – wann genau war das übrigens?«

»Vom 18. Juni ab für etwa eine Woche«, sagte Adam.

»– da ist Ihnen nicht zufällig eine junge Frau dort in der Gegend aufgefallen? Eine Frau mit einem Kinderwagen vielleicht? Es ist denkbar, daß jemand ein Kind in der Zufahrt spazierengefahren hat.«

»Es ist ein Privatweg.«

»Das ist richtig, Mr. Verne-Smith, aber die Dorfbewohner benützen ihn trotzdem gelegentlich. Wie sagt der Dichter? Es ist ein Gebrauch, wovon der Bruch mehr ehrt als die Befolgung...«

Adam schüttelte den Kopf. Bei der Vorstellung, fremde Leute könnten ohne sein Wissen auf seiner Zufahrt herumgelaufen sein, wurde ihm ganz flau.

»Sie haben also dort nie eine junge Frau gesehen?« Er wartete auf Adams Verneinung. »Sie nehmen mir die Frage sicher nicht übel, es ist ja schon lange her – Sie hatten dort nie eine Frau bei sich?«

»Eine Frau? Kein Gedanke!« Adam staunte, wie vehement er lügen konnte.

Unweigerlich kam ihm Vivien in den Sinn. Er sah sie in

ihrem strahlend blauen Kleid, dem mit primitiven Vögeln und Blumen in Rot und Gold bestickten Oberteil. Sie war Hausbesetzerin gewesen. London war Mitte der siebziger Jahre voll von Hausbesetzern gewesen.

»Es ist natürlich möglich, daß während meiner Abwesenheit Leute im Haus waren. Als ich 1977 wieder hinkam, gab es gewisse Anzeichen dafür, daß jemand dagewesen war, daß jemand... wie soll ich sagen... dort kampiert hatte.«

Sie horchten auf, wollten mehr wissen. Doch noch während er ihnen Märchen auftischte, von einer zerbrochenen Fensterscheibe im Waschhaus faselte und den von Mäusen benagten Verpackungsresten, von ein paar Einrichtungsstücken, die gefehlt hatten, spürte er ihre Skepsis. Er spürte, daß sie nur gern hören wollten, was er sich noch alles einfallen ließ, daß sie geduldig den Strick auslegten, Meter für Meter, an dem er sich früher oder später aufhängen würde.

Und dann war es vorbei. Sie schickten sich an zu gehen und hatten nicht gefragt, wo er in jenem Sommer sonst noch gewesen war. Er hatte keinen Griechenlandurlaub erfinden oder andere in ein Alibi hineinziehen müssen. Während er sich, wie mit vorzeitiger Arthritis geschlagen, die Ellbogen auf die Lehnen gestützt, langsam aus seinem Sessel hievte, fragte Winder: »Möchten Sie uns sonst noch irgendetwas sagen?«

Das klang ganz lässig und obenhin, aber Adam traf die Frage wie ein Schlag, sie klang wie eine gezielte, finstere Drohung.

»Ich glaube nicht«, sagte er wieder und überlegte, was

für eine alberne Replik das war, dieser zage, zimperliche Ersatz für ein Nein.

Er brachte Winder und Stretton zur Tür, und Winder bedankte sich für Adams Unterstützung und dann sagte er, als sei es ihm gerade erst eingefallen und so belanglos, daß er es fast vergessen hätte, Adam möge doch so freundlich sein, in den nächsten Tagen zu seinem zuständigen Polizeirevier zu gehen und die eben gemachten Angaben zu Protokoll geben. Sie kämen zwar aus Suffolk, arbeiteten aber selbstverständlich eng mit der Londoner Kriminalpolizei zusammen, er brauche nur nach dem CID oder besser noch nach Sergeant Fuller zu fragen...

Anne war auf die Diele herausgekommen und hörte zu. Sie machte ein arrogantes Gesicht, wirkte aber deutlich beunruhigt.

»Sergeant Fuller nimmt dann Ihre Aussage auf«, sagte Winder. »Jederzeit, wann immer es Ihnen paßt, aber möglichst noch vor Wochenende.«

Stretton schien sich nicht recht trennen zu können. »Komisch«, sagte er, »die Leute – die Öffentlichkeit, meine ich – die Leute meinen immer, daß ein Verbrechen, bloß weil es lange zurückliegt, zehn Jahre, sagen wir mal, weniger folgenschwer ist, als wenn es... ja, als wenn es gestern passiert wäre. Aber so ist das nicht. Ich meine, die Polizei sieht das nicht so.«

»Nein«, sagte Winder etwas geistesabwesend. »Nein, das sehen wir nicht so. Tja, dann dürfen wir uns verabschieden. Gute Nacht, Mrs. Verne-Smith.«

Nachdem er die Tür geschlossen hatte, war Adam ähnlich zumute wie damals, als er mit der Flinte in der Golftasche nach Hause gekommen und im Vorgarten seinem Vater in die Arme gelaufen war. Er sehnte sich danach, allein zu sein, aber dann hätte er nicht heiraten dürfen. Wer heiratet, dem geht es – unter anderem – auch um einen Bundesgenossen.

»Sag mal, was soll das eigentlich alles?« fragte Anne.

»Es geht nicht gegen mich. Die Polizei glaubt, daß Hausbesetzer in Wyvis Hall eingedrungen sind und dort ohne mein Wissen gehaust haben.«

»Und weshalb verlangt der Mann dann, daß du deine Aussage zu Protokoll gibst?«

Adam antwortete nicht. Er schlug noch einmal Rufus' Telefonnummer nach. Wenn sie sich hinter mich stellt und mich anrührt, dachte er, wenn sie noch ein einziges Wort sagt, bringe ich sie um. Und dann fiel ihm ein, daß diese Drohung, nur eine Redensart bei einem Menschen, der sich bedrängt fühlt, für ihn eine ganz andere, reale Bedeutung hatte.

Anne hatte sich in einen Sessel gesetzt und las, aber sie beobachtete ihn aus dem Augenwinkel. Adam lernte Rufus' Nummer auswendig und sagte sie sich immer wieder vor. Er stellte das Telefonbuch an seinen Platz zurück. Er hatte großes Verlangen danach, mit jemandem zu sprechen, der eingeweiht, der dabeigewesen war. Ihm schien, als kämpfe er schon seit einer halben Ewigkeit einsam und auf verlorenem Posten. In Wirklichkeit waren es zehn Jahre gewesen, am intensivsten aber fünf Tage lang.

»Ich glaube, Abigail weint«, sagte er.

»Meinst du? Ich höre nichts.«

»Ich schau mal eben nach.«

Annes übellaunig verzogenem Gesicht war anzusehen, daß er ihrer Ansicht nach wieder mal den überbesorgten Vater spielte. In der Diele sah Adam auf seine Digitaluhr. 9:56. Ein bißchen spät für einen Anruf, vielleicht aber noch nicht zu spät. Fünf vor zehn – um diese Zeit hatte in Troremmos der Abend gerade erst angefangen. Er und Rufus hatten, wie Sultane auf ihrem Lager hingestreckt, ihr Haschisch geraucht, die aromatischen Rauchfäden waren in die Dunkelheit emporgestiegen und hatten sich mit den Düften der Sommernacht vermischt. Gehab dich wohl, mein Rufus, für und für. Ob wir uns wieder treffen, weiß ich nicht. Drum laßt ein wenig Lebewohl uns nehmen...

Im Schlafzimmer hob er den Hörer ab und legte den Zeigefinger auf die Neunertaste. Rufus' Amt hatte die Nummer neun-fünf-neun. Adam wußte, daß er hysterisch war und ein bißchen überdreht, der Besuch der Polizei hatte ihn Nerven gekostet, aber er wollte nicht einfach mit Rufus sprechen, er wollte ihm nahe sein. In diesem Moment sehnte er sich danach, Rufus in den Armen zu halten und Rufus' Körper zu besitzen und sich in ihm zu verlieren, wie er sich einst danach gesehnt hatte, sich in Zosie zu verlieren.

Adam zitterte. Er wählte sehr rasch, ehe ihn der Mut verließ. Wenn eine Frau sich meldete, würde er wieder auflegen. Er hielt den Atem an. Rufus nannte seine Nummer. Dieselbe schleppende Stimme, sehr cool, ganz Rufus.

»Hier Adam Verne-Smith.«

»Ah ja«, sagte Rufus.

Der erste Schritt war getan – und plötzlich wußte Adam nicht weiter.

»Ich habe mit deinem Anruf gerechnet«, sagte Rufus. »Früher oder später.«

»Ich muß mit dir sprechen.«

»Nicht jetzt.« Die Stimme klang unbewegt und distanziert.

»Nein, nein. Nicht jetzt. Morgen? Oder Donnerstag? Wir könnten uns treffen.« Adam würde sofort merken, wenn Anne unten den Hörer abnahm, er würde das Klikken hören und spüren, daß irgendwo eine Tür aufging, und trotzdem hatte er Angst, er könne das Klicken überhört, das Öffnen der Tür nicht gespürt haben, hatte Angst, Anne könne dieses ziemlich finstere Gespräch zwischen ihm und Rufus mitgehört haben oder höre vielleicht noch mit.

»Moment mal«, sagte er, ging bis zur Treppe, blickte nach unten, sah natürlich nichts, mußte bis zum Wohnzimmer gehen und hineinschauen, um sicher zu sein, daß sie noch ihr Buch vor der Nase hatte. Sie blickte auf und sah ihn an, ohne zu lächeln. Adam ging wieder ans Telefon, zu Rufus. »Die Polizei war hier.«

»Mist.«

»Ich hab dich nicht erwähnt. Keinen. Ich hab gesagt, daß ich nie dort gelebt habe.«

»Wo arbeitest du?« fragte Rufus. »Ich meine, wo ist dein Büro oder was?«

»In der Nähe von Victoria, Pimlico.«

»Ruf mich morgen in der Wimpole Street an, vielleicht können wir irgendwo was trinken.«

»Ist gut.«

Rufus legte zuerst auf, aber Adam machte sich nichts daraus, es war keine Zurückweisung und tat nicht weh. Seltsam, wie sehr Rufus' Stimme sich verändert hatte, während er, Adam, unten bei Anne nach dem Rechten gesehen hatte. In diesen dreißig Sekunden war er wieder der alte Rufus geworden, sein bester Freund, einst fast sein Liebhaber, sein Komplize, sein Cassius. Angenommen, dies alles ging vorbei und sie kamen wie durch ein Wunder ungeschoren davon – ob dann vielleicht Rufus wieder sein Freund werden könnte?

Ein Zittern überlief ihn bei dem Gedanken. Er erhob sich von der Bettkante und ging in Abigails Zimmer. Er sah auf das Bettchen herunter und überlegte, daß er heute schwerlich Schlaf finden würde, daß er sich auf viele durchwachte Stunden einstellen mußte.

Und dann sah er in dem Licht, das vom Flur her ins Zimmer fiel, in das Bettchen hinein. Sah seine Tochter mit dem Gesicht nach unten daliegen, völlig regungslos, das Gesicht in dem kleinen flachen Kissen vergraben. Der Atem stockte ihm. Er klappte das Seitenteil des Kinderbetts herunter, konnte keine Bewegung ausmachen, keinen Atemzug, kein sachtes Heben und Senken der zarten Gestalt. Reglos lag die Decke auf dem steifen Körperchen.

Das Zimmer war still und warm und katastrophenträchtig. Adam stieß einen Schreckensschrei aus und riß seine Tochter hoch, Abigail fing – sehr lebendig – laut an zu brüllen, Anne kam nach oben gerannt, das Licht ging an, war schmerzhaft hell, so daß Abigail nur noch lauter weinte und schluchzte und sich die Fäustchen in die Augen bohrte.

»Bist du wahnsinnig geworden? Was machst du denn da?«

»Ich hab gedacht, sie ist tot«, stieß Adam hervor.

»Du bist ja übergeschnappt, du hast den Verstand verloren. Du gehörst in Behandlung. Gib sie her.«

Wortlos überließ er ihr seine Tochter. Anstelle seiner Frau und seines Kindes sah er sekundenlang Zosie mit dem Baby in den Armen dort stehen. Er hätte Zosie heiraten können. Sie hatte einen reichen Mann heiraten wollen, und für sie war er, der Herr von Troremmos, damals reich gewesen. Er hatte nie darüber nachgedacht, weil er allen Überlegungen dieser Art bisher immer ausgewichen war.

Hatte sie das gemeint, als sie von ihrer Zukunft gesprochen hatte? Und hatte er sie verloren, weil es ihm nicht klargeworden war?

Aus Abigails Zimmer vertrieben, ging er nach unten und genoß das ungewohnte Alleinsein. Anne hatte er zutiefst verletzt, aber das kümmerte ihn nicht. Nun würde sie ihm wenigstens nicht mehr mit ihren Fragen nachstellen. In einem kurzen, schönen Traum malte er sich aus, wie Anne ausziehen, daß sie ihn und Abigail sitzenlassen würde. Natürlich würde er ein Kindermädchen nehmen müssen, aber das konnte er sich ja leisten. Jemanden wie Vivien vielleicht...

Alle Wege führten zurück nach Troremmos, alle Gedanken endeten in der Troremmos-Datei, wo die Schlüsseldaten erst vor kurzem von seinem inneren Bildschirm aufgenommen und gelöscht worden waren. Oder vielleicht hatte er das Löschen verlernt...

Er döste im Sessel vor sich hin, aber er war wach, er träumte nicht. Zosie kam durch den Garten, und seine Hände waren rot, aber nicht vom Blut, sondern vom Saft der Himbeeren.

## 11

Im Garten breitete sich Dürre aus. Der Rasen wuchs nur langsam, aber die Sonne hatte sein Grün ausgebleicht, und in der größten Tageshitze ließen die Blumen die Köpfe hängen. Selbst die Blätter der Büsche und kleineren Bäume erschlafften, wenn die Sonne am höchsten stand. Doch das Obst in dem ummauerten Garten wurde prall und reif und leuchtete in ganz unenglischen Rot- und Goldtönen. Die Erdbeeren waren vorbei, aber die Himbeeren standen prächtig, sie waren dick und saftig-rot, groß wie Rosenknospen und in dem Gitterkäfig sicher vor den Vögeln. Daneben wuchsen Johannisbeeren, schwarze, rote und die sogenannten weißen, die eigentlich goldfarben waren, und Stachelbeeren mit Flaum auf purpurroten Wangen, überreif und aufgeplatzt. Die Nektarinen an der alten verwitterten Mauer aus achatfarbenem Feldstein waren nicht mehr grün, sie waren gelb geworden und orangefarben, und manche hatten schon einen rosigen Hauch. In der Ferne, hinter dem Windschutz aus Nußbäumen und Haselnußsträuchern sah man – denn Adam hatte das grüne Rundbogentürchen in der Mauer offengelassen – ein fast schnittreifes gelbes Gerstenfeld.

Er hockte unter dem Vogelgitter und aß Himbeeren. Es war fast zwölf und sehr heiß, der Himmmel war wolkenlos, die Sonne stand hoch. Als er aufblickte, sah er, wie Zosie unter die Tür trat, sich umschaute, bis ihr Blick auf ihn fiel, und dann die Tür hinter sich schloß. Es war ihr zweiter Tag in Troremmos. Sie trug Jeans, gute zwölf Zentimeter über dem Knie abgeschnitten und unten ausgefranst, ein weißes Baumwollunterhemd, das möglicherweise Hilbert gehört hatte, und Espadrilles, die an den Zehen durchgescheuert waren. Die entblößte Haut – und die war sehr reichlich vorhanden – hatte einen gleichmäßigen Beigeton, auch ihr Haar war beige und ihre Brauen und ihre Lippen. Die Augen waren ein bißchen dunkler, wie Tee ohne Milch, dachte er, als sie sich dem Gitterkäfig näherte. Ein guter Tee, Earl Grey etwa. Sie sah ihn einen Augenblick ernsthaft an, und als sie dann lächelte, zeigte sie kleine, sehr weiße Zähne. Adam hatte noch nie ein so kleines Mädchen mit so langen Beinen gesehen. Sie wirkte auf durchaus reizvolle Weise leicht unproportioniert, nicht wie eine junge Frau aus dem wirklichen Leben, sondern eher wie die Idealvorstellung eines Künstlers, mit längeren Beinen, zarterem und schlankerem Hals, schmalerer Taille, als die Natur sie hervorzubringen vermöchte.

Sie kam, gewissenhaft die verschiedenen Haken und Schlingen zum Schließen des Türchens befestigend, zu ihm in den Gitterkäfig.

»Nimm dir Himbeeren«, sagte Adam.

Sie nickte. »Danke.« Aber sie folgte seiner Aufforderung nicht. »Adam«, sagte sie, »hättest du was dagegen, wenn ich noch ein bißchen bleibe?«

Du bist die Freundin von Rufus, dachte er, klar kannst du bleiben, wenn er will. Aber laut sagte er das nicht, er wußte selbst nicht warum. Sie hatte etwas Geheimnisvolles, Befremdliches an sich. Gestern abend, als sie einen

Zug durch die Pubs von Stoke-by-Nayland gemacht hatten, hatte sie sich auf den Boden des Wagens gehockt, bis sie aus Nunes heraus waren. Er fühlte sich beunruhigend stark zu ihr hingezogen, und das verwirrte ihn, einmal, weil sie Rufus gehörte, und zum zweiten, weil er den unbehaglichen Verdacht hegte, sie könne noch sehr jung sein, vielleicht erst vierzehn. Dann wieder, wenn sie sich ganz still verhielt wie jetzt – sie hatte sich mit gekreuzten Beinen auf den Boden gesetzt – und ihn unbewegt ansah, wurde ihr Gesicht ganz hart, und sie wirkte wie Anfang zwanzig.

»Ich hatte mir das eigentlich so vorgestellt, daß die Leute etwas zahlen, wie eine Kommune, wo jeder was zugibt.«

»Ich hab aber kein Geld«, sagte Zosie.

»Nein.«

»Ich könnt natürlich zusehen, daß ich Stütze kriege.«

Der Ausdruck war Adam nicht geläufig, er hatte noch nie für seinen Broterwerb gearbeitet und hatte auch keine Bekannten, die arbeitslos geworden waren und Unterstützung bezogen. Er sah Zosie an und hob fragend die Augenbrauen.

»Ich könnte mich melden und Stütze beantragen und dir davon was geben.«

»Ach, geht das?« Vielleicht war das auch was für ihn, wenn er das Studium an den Nagel hängte. Wahrscheinlich konnte man davon leben. Vielleicht, dachte er, bleibt sie ja noch ein bißchen, wenn Rufus weggeht.

»Es gibt andere Möglichkeiten, an Geld zu kommen, ich kann immer Geld kriegen.«

Er sah unter der weißen Baumwolle den Umriß ihrer kleinen runden Brüste und die Brustspitzen, brav und rund, nicht straff, aber deutlich zu erkennen.

»Ich möchte nicht, daß du so was machst.«

Sie krauste die Nase, das machte sie immer, wenn sie verdutzt war, ein anderes Mädchen hätte statt dessen den Kopf zur Seite gelegt.

»Daß ich was mache? Ach so...« Sie lachte sonderbar atemlos, ohne die Zähne zu zeigen. »*Das* hab ich nicht gemeint. Wahrscheinlich würd ich das auch machen, es würd mich nicht stören. So wie neulich, als ich mich von Wau-Wau hab bumsen lassen, damit ich ein Bett für die Nacht kriege.«

Adam war nicht leicht zu schockieren, aber Zosie schaffte es. Gleichzeitig aber war er froh, fast glücklich.

»Was hast du dann gemeint?«

»Mit dem Geld?« Sie sah weg, pflückte eine Himbeere, eine zweite, steckte die Früchte in den Mund, kostete sie, als äße sie so etwas zum ersten Mal. »Ich hab noch nie einfach was gepflückt und gegessen«, sagte sie. »Ich hab Obst eigentlich immer nur im Laden gekauft.«

»Was hast du mit dem Geld gemeint?«

»Du wirst schon sehen.«

»Sag mal, Zosie, wo bist du hergekommen, als Rufus dich aufgelesen hat? Ich meine, bist du mit dem Zug von irgendwo gekommen?« Adam stellte nicht gern solche Fragen, er mußte dabei immer an seine Eltern denken, die ständig wissen wollten, wo man gewesen war und wohin man wollte und wann man wieder zu Hause sein würde. Doch irgendetwas trieb ihn, Zosie nach diesen Dingen zu fragen. Er wollte, er mußte mehr über sie erfahren. »Warst du gerade mit dem Zug aus London gekommen?«

Sie schüttelte den Kopf. »Und wenn ich dir nun sag, daß ich aus der Klapsmühle gekommen bin?«

»Woher?«

»Aus dem Rappelkasten, dem Irrenhaus.«

»Ist das wahr?«

»Daß ich getürmt bin und sie nach mir suchen? Weißbekittelte Irrenhauswärter? Was glaubst du wohl, warum mich keiner sehen soll, wenn wir hier wegfahren? Was glaubst du, warum ich mich auf den Boden hocke, wenn wir in Wau-Waus Wagen sind?«

»Okay, du brauchst es mir nicht zu sagen.«

Sie hatten zwei Pfund Himbeeren in die Schüssel gepflückt, die Adam mitgebracht hatte, die aßen sie zum Mittag auf der Terrasse und tranken eine Flasche Wein dazu. Zosie vertilgte außerdem unglaubliche Mengen von Brot und Käse und Schokoladenkuchen und trank etwa einen halben Liter Milch. Das machte sie manchmal, sie aß Riesenmengen, wie eine Verhungernde. An anderen Tagen wieder interessierte sie sich überhaupt nicht fürs Essen. Wein zeigte bei ihr anscheinend keinerlei Wirkung, sie trank ihn wie Milch.

Alles wurde anders, als Zosie da war. Nachdem sie gekommen oder vielleicht weil sie gekommen war, sah Adam Troremmos mit anderen Augen. Während der Besitz ihm vorher einfach nur sehr gut gefallen hatte und er stolz darauf gewesen war, ihn aber trotzdem als eine Art ergiebige Schatztruhe betrachtet hatte, aus der man sich guten Gewissens bedienen durfte, begann er ihn jetzt zu lieben. Er lernte Haus und Grundstück kennen und schätzen und wünschte sich sehnlichst, Troremmos für sich zu behalten, koste es, was es wolle. Schon der nächste Tag zeigte diese veränderte Einstellung. Er machte sich daran – Rufus amüsierte sich königlich darüber –, den Garten zu gießen, schöpfte am See Wasser in Gießkannen und schleppte sie hundert Meter weit über den Rasen, der förmlich in der Sonne knisterte. Zosie half ihm dabei. Aber sie mußten etwas falsch gemacht haben, wahrscheinlich war es zum Gießen noch zu heiß gewesen, denn am nächsten Tag hatten alle Pflanzen auf den Beeten braune versengte Blätter.

Draußen auf dem gelben Feld war der Bauer mit einem Mähdrescher bei der Gerstenernte. Die große schwerfällige Maschine rollte dicht an der Grenze zu Troremmos vorbei, dort, wo die Nußbäume standen. Von da aus konnte man die Terrasse sehen und die vielen Decken und die Leute, die sich darauf sonnten. Ob der Bauer sie bemerkt hatte? Ob er sich an sie erinnerte? Zehn Jahre waren eine lange Zeit, wenn man keinen speziellen Grund hatte, sich zu erinnern. Adam hatte zu viele spezielle Gründe, um vergessen zu können.

In der nächsten Woche oder der Woche darauf mußten Shiva und Vivien gekommen sein. Nein, es war am Sankt Swithinstag gewesen, am 15. Juli. Wenn's regnet am Sankt Swithinstag, vierzig Tage es regnen mag... Rufus behauptete, es regne immer am 15. Juli, aber in jenem Jahr hatte es nicht geregnet, woher sollte der Regen auch kommen, nicht die kleinste Wolke stand am Himmel, nicht einmal die hohen, hellen Zirruswölkchen waren mehr da, die sie in den vergangenen zwei, drei Tagen am Horizont gesehen hatten. Sankt Swithinstag mit Sonnenschein, vierzig Tage wird's so sein. Und so war es auch gewesen. Noch sechs Wochen hatte das schöne Wetter angehalten, mediterrane Temperaturen in England, die Tropen in Suffolk, ewiger Sonnenschein, und am einundvierzigsten Tag Sturm und Regen und Wind, der Sommer unwiederbringlich vorbei...

Sie zog einen Kopfkissenbezug an. Alles, was sie mitgebracht hatte außer dem, was sie am Leib trug, war ein grauer Strickpullover und ein Ledergürtel mit Nieten. Als sie ihre Shorts und ihr T-Shirt gewaschen hatte, mußte sie sich irgendwas anderes zum Anziehen suchen. Es war ein Kopfkissenbezug aus weißem Leinen mit Tante Lilians Monogramm LVS in einem Kreis von gestickten Blättern. Zosie trennte die obere Naht in der Mitte auf und ein Stück an den Seiten und machte sich eine Art Tunika. Mit dem Gürtel wirkte es etwas mehr wie ein Kleid. Zosie sah wunderschön aus darin, sie machte es zu einer neuen Mode.

Diese Tunika hatte sie an, als sie nach Sudbury fuhren, um das Silber zu verkaufen, Fischbestecke diesmal und ein Pralinenkörbchen aus Silberfiligran und zwei Saucieren. So was benutzt ja doch kein Mensch, sagte Rufus, die Sachen haben überhaupt keinen praktischen Nutzwert, sie liegen nur in einer Schublade oder stehen in einem Schrank, und keiner schaut sie je an, und wenn man sie draußen stehenläßt, werden sie doch bloß schwarz. Was an Silber und Messing herumstand, war durch mangelnde

Pflege tatsächlich stark verfärbt. Adam fiel es nicht leicht, das Silber zu verkaufen, aber er hatte auch keine Argumente, die er Rufus entgegenhalten konnte. Daß die Sachen sein Eigentum, daß sie Teil von Troremmos waren und Troremmos als Ganzes genau genommen nur vollkommen war als die Summe seiner Teile – das konnte er Rufus nicht sagen. Sie brauchten Geld, sie hatten so gut wie nichts mehr.

»Wenn nicht genug für Wein und Zigaretten da ist und wir nicht mal mehr ab und zu einen draufmachen können, was wollen wir dann eigentlich noch hier?«

Adam sah es nicht so, allerdings mußte er zugeben, daß auch er Gefallen an all diesen Dingen hatte; sie waren sozusagen Vorbedingung für den Genuß. Zosie hatte nichts mehr von Sozialhilfe gesagt. Sie schlief noch im Zentaurenzimmer, meist aber ohne Rufus. Er verbrachte neuerdings die ganze Nacht auf der Terrasse, und gewöhnlich schlich sich gegen Mitternacht oder später Zosie allein ins Haus. Als Matterknax von der Trift auf die Landstraße einbog und in Richtung Mill in the Pytle rollte, hockte sich Zosie auf den Boden. Erst auf der Straße nach Sudbury tauchte sie wieder auf. Zosie kam mit, als sie das Silber verkauften. Sie hatten sich für ein Antiquitätengeschäft in der Friar Street entschieden, dessen Besitzer zweimal recht entgegenkommend gewesen war und keine Fragen gestellt hatte, obschon Adam den Verdacht hegte, daß er sie mit lächerlich niedrigen Preisen abspeiste. Der Mann starrte Zosies Kopfkissenbezug an, der etwa zwanzig Zentimeter Schenkel freiließ. Der Minirock war seit vier oder fünf Jahren aus der Mode, die Leute waren den Anblick nicht mehr gewöhnt. Sie ging im Laden herum und sah sich alles an. Adam und Rufus verzogen sich ins Hinterzimmer, um ihr Geschäft zu tätigen, und bekamen 65 Pfund für das Silber. Adam blutete das Herz, wenn er daran dachte, daß wahrscheinlich schon eine der Saucieren soviel wert war. Zosie saß auf einem Bugholzstuhl, die Hände im Schoß gefaltet, und wartete auf sie.

Rufus kaufte den billigsten Wein, den sie bekommen konnten, richtigen Krätzer aus Gebieten, in denen kein Mensch Weinbau vermutet hätte, Rumänien beispielsweise. Zosie hatte sich selbständig gemacht, sie wollten sich bei Matterknax treffen, der auf dem Marktplatz stand, im Schatten von Gainsborough. Die Verkäuferin in dem Spirituosengeschäft gab ihnen einen Karton für die Flaschen und Rufus' zweihundert Rothman Kingsize. Adam zog den Packen Geldscheine aus der Tasche und zahlte, ohne eine Miene zu verziehen. Erst draußen äußerte er Rufus gegenüber seine Zweifel, seine Bestürzung.

»Er hat mir doch 65 Pfund für das Silber gegeben, nicht?«

»Ja, sicher, warum?«

»Beim Zahlen hab ich aber nur 55 Pfund gehabt.«

»Komm, du hast dich einfach verzählt.«

Sie setzten den Karton mit den Flaschen ab, und Adam zählte und zog 34,62 Pfund für Wein und Zigaretten ab.

»20,28 Pfund«, sagte er. »Es müßten aber 30,28 sein.«

»Dann hast du irgendwo einen Zehner verloren.«

»Bestimmt nicht.«

In diesem Augenblick, während sie auf dem Gehsteig vor dem Rathaus standen und Adam unnötigerweise das

Geld noch einmal zählte, erschien der fehlende Zehner in Gestalt einer neuen Jeanshose, mit der Zosie ziemlich zaghaft hinter dem Gainstborough-Denkmal hervorkam. Sie brauchten einander nichts mehr zu sagen, sie wußten Bescheid, aber sie brachten beide keinen Vorwurf über die Lippen. Sie sahen Zosie an, ihre billigen, schäbigen Jeans, ganz gewöhnliche Baumwollbuxen eigentlich, und das rote T-Shirt, bessere Ausschußware, diese neue Ausstattung, in der sie trotz allem so viel reputierlicher wirkte als in Tante Lilians Kissenbezug.

Daß Zosie ihm unbemerkt in die Tasche gelangt hatte, fand Adam ausgesprochen knickend.

»Ich brauchte was anzuziehen, ich bin mir komisch vorgekommen in diesem Kissendingsbums.«

Mit jener Mischung aus Demut und Bänglichkeit, die so typisch für sie war, streckte sie Adam die geballte Faust entgegen und öffnete sie über seiner Hand. Drei zerknitterte Scheine, ein Zwanzig-Pfund-Schein und zwei Zehner, fielen in seine Handfläche.

»Wo hast du denn das her?«

Sie schüttelte den Kopf. »Ist doch egal. Es ist für uns. Du hast gesagt, daß jeder was zugeben muß.« Sie wandte den Kopf nach links und nach rechts und sah unruhig über den Marktplatz. Adam mußte an eine Häsin denken, die er am Rand des Gerstenfelds hatte sitzen sehen. »Können wir jetzt nach Hause fahren?«

Als sie durch Nunes kamen, hockte sie sich auf den Boden und blieb dort, bis sie auf Troremmos vor der Haustür standen. Er behielt das Geld, das sie ihm gegeben hatte, er fragte nicht nach, er konnte sich denken, was sie getan hatte und nahm sich vor, in Zukunft einen großen Bogen um den Laden in der Friar Street zu machen.

Das war der Tag, an dem Zosie das Bild im Totenbettzimmer sah. Rufus hatte eine Flasche dickflüssigen dunkelroten Wein aufgemacht, ein Zeug wie Stierblut, und Adam wußte, daß er Kopfweh davon bekommen würde. Trotzdem nahm er ein Glas und Zosie auch, sie saßen am Küchentisch und tranken, und dann sagte Zosie, das ginge doch wohl jetzt in Ordnung, sie könne doch jetzt bleiben? Adam sagte ja, aber er sagte es recht widerstrebend, weil ihm das, was am Nachmittag geschehen war, an die Nieren gegangen war und er das Gefühl hatte, daß Zosie sie noch einmal alle ins Unglück stürzen würde. Andererseits wurde ihm mit wachsendem Unbehagen bewußt, daß er sich mehr als alles in der Welt wünschte, sie möge bleiben. Es war fast, als verlöre Troremmos seinen Sinn, wenn sie ging, als würde auch er dann nicht bleiben wollen. So begann die seltsame Sehnsucht, der atemlose Hunger nach ihr, den er nie hatte stillen können, auch nicht, wenn er sie pausenlos liebte. Als sie ihn fragte, ob sie bleiben dürfe, durchfuhr es ihn wie ein körperlicher Schmerz, und er zuckte zusammen.

»Darf ich das Haus angucken? Darf ich mir alles ansehen?«

Er hätte ihr angeboten, sie zu begleiten, aber er mochte nicht in Rufus' Revier wildern. Als Zosie nach oben gegangen war, sah er Rufus an, und Rufus feixte und ließ Rauch zwischen den Zähnen hervorkräuseln.

»Bediene dich, mein Lieber«, sagte Rufus.

»Aber ich dachte –«

»Eine kurze Verirrung. Eine Zwei-Nächte-Nummer.«
Rufus schenkte sich nach. Er trank immer doppelt so viel
und doppelt so schnell wie alle anderen. »Zosie ist eine
Frau mit einem Geheimnis. Es dürfte dir bereits aufgefallen sein, daß ich die letzten beiden Nächte auf der Terrasse
verbracht habe. Am gescheitesten ist es, du nimmst sie zu
dir ins Nadelkissenzimmer, dann kann ich wieder das
Zentaurenzimmer haben.«

Ehe er antworten konnte – was hätte er antworten
können? Daß sie nicht seine Sklavin, nicht sein Geschöpf
war? –, kam Zosie zurück und berichtete, sie habe im
Obergeschoß einen alten Mann gesehen, einen kleinen,
dünnen alten Mann mit goldgeränderter Brille und Glatze.
Rufus lachte, und Adam nahm die Sache nicht sehr ernst,
denn sie hatte im Studierzimmer in den Fotoalben geblättert. Anders standen die Dinge, als sie eine halbe Stunde
später mit tränenüberströmtem Gesicht in die Küche gestürzt kam.

»Warum habt ihr mich da reingehen lassen? Warum
habt ihr mich das sehen lassen?«

Es dauerte geraume Zeit, bis sie dahintergekommen
waren, was sie meinte. Rufus schob ihr ein Glas Wein über
den Tisch.

»Es ist doch bloß ein Bild«, sagte Adam. »Kein Foto.
Nur ein sentimentaler viktorianischer Schinken.«

Rufus aber sah Zosie nur an und sah wieder weg und
nickte leicht, als habe er eine Bestätigung für etwas erhalten, was er vermutet oder schon so gut wie sicher gewußt
hatte. Zosie trocknete sich die Augen und fühlte sich nach
einer Weile wieder besser, und Adam sagte, sie brauche nie

wieder in das Zimmer zu gehen, wozu denn auch, bald würden vielleicht andere Leute kommen und dort wohnen. Wie bald das geschehen würde, hatte er natürlich nicht geahnt.

Manche Diebe, sagen die Psychiater, stehlen Liebe. Wenn im Leben eines Menschen etwas leer bleibt, hat er das Bedürfnis, diese Leere auszufüllen – nach Möglichkeit mit Liebe, und wenn das nicht geht, mit materiellen Dingen. Und er hat das Bedürfnis, anderen Menschen zu gefallen, damit die ihm Liebe schenken. Wer nach Liebe hungert wie andere Menschen nach Brot, nach Lebensnotwendigem, schenkt bedenkenlos seinen Körper her, um Liebe dafür zu bekommen, er würde seine Seele herschenken, wenn er wüßte, wie man das macht, er wird zu Diebstählen der gemeinsten Art, zum Stehlen der gemeinsten Dinge getrieben, weil das die einfachste Möglichkeit ist. Damals wußte Adam das alles nicht, aber er dachte bei sich, daß Zosie wohl ein bißchen verrückt war. »Gestört« nannte er es bei sich. Möglicherweise war sie »schizoid« (ein damals beliebtes Modewort), denn sie schien nicht den mindesten Realitätsbegriff zu haben.

»Flittermus, Ottermus, Myopotamus...« sagte Adam zu Zosie und erwartete, sie würde, wie Mary Gage, das letzte Wort in »Hippopotamus« verbessern, aber sie nickte nur und stupste das arme tote Ding mit der Spitze ihres Leinenschuhs an.

»Es ist ein Nutria.«

Daß sie das wußte, wunderte ihn, er mochte ihr aber nicht sagen, wie das Tier wahrscheinlich umgekommen war, er legte keinen Wert auf einen hysterischen Ausbruch. Sollte sie ruhig denken, es sei eines natürlichen Todes gestorben.

»Manchmal streuen sie ihnen Kügelchen mit Zyankali hin«, sagte sie. »Dann darf man die Aaskrähen nicht ranlassen. Den Maulwürfen geben sie Regenwürmer mit Zyankali. Ist das nicht gemein?«

Adam war ziemlich sicher, daß der Koipu-Mann nicht mit Gift, sondern nur mit Fallen gearbeitet hatte. Woran war dieses große Tier mit dem rauhen Fell dann aber gestorben? »Wir müssen es eingraben.«

Sie waren unter dem Vogelgitter gewesen, hatten Himbeeren gepflückt und während sie auf der anderen Seeseite zurückgegangen waren, hatten sie Himbeeren gegessen, ihre Finger waren rot vom Saft der Früchte. Rufus sah ihre roten Hände und fragte: »Ihr habt das Biest doch hoffentlich nicht angefaßt? Davon kann man Leptospirose kriegen.« Für ihn war Ratte gleich Ratte, Größe und Gattung machten da keinen Unterschied. Sie zogen Gartenhandschuhe an, die sie im Stall gefunden hatten, und nahmen einen Spaten von der Wand, aus einer primitiven Werkzeughalterung, die aus langen, in die Bretterwand geschlagenen Nägeln bestand. Adam erinnerte sich: Zwei Spaten hatten dort gehangen, dieser und ein größerer mit leicht gerundetem Blatt. Mit dem größeren hatten sie dann später das Grab ausgehoben ...

Am Abend des 15. Juli aber, einem Donnerstag, hatte Adam mit dem kleineren, leichten Spaten eine flache Grube im Kleinen Forst ausgehoben und den toten Nutria hineingelegt. Sie warfen Erde über das Tier und traten sie fest. Bald würden hier Gras und Unkraut alles wieder zuwuchern, sagte er zu Zosie, aber das bewahrheitete sich nicht, es war zu heiß und zu trocken dazu.

Nebeneinander an der Küchenspüle stehend, mit Argusaugen beobachtet von dem hygienebewußten Rufus, wuschen sie sich die Hände. Wein bekamen sie erst, als er sich überzeugt hatte, daß ihre Hände wieder peinlich sauber waren. An jenem Abend hatten sie den kratzigen Weißen und den rumänischen Chianti getrunken. Adam machte aus Mehl, Zucker, einem Ei und dem *charas* Haschischküchlein. Eigentlich hatte er gedacht, daß Zosie sie verschmähen würde, aber sie aß gierig zwei Stück, als könne sie gar nicht schnell genug in eine andere Welt abheben.

Sie lagen auf der Terrasse, benebelt vom Haschisch und vom Wein und sahen schweigend in den Himmel, dessen Farbe in der sinkenden Sonne von Blau zu Gold und von Gold zu Rosa wechselte, als Shiva und Vivien kamen. Hin und wieder ging ein leichter Luftzug durch den Garten, wie stets um diese Zeit, gleich einem lebendigen Wesen, das über das Gras und zwischen den Rosenstöcken hindurchschritt, die grünen Stränge der Weidenzweige zum Schwingen brachte, in die Binsen blies und sie erbeben ließ. Adam lag auf der weißen Decke und Zosie auf der gelben, nur einen Meter von ihm entfernt, benommen sahen sie sich an, und Adams Hand bewegte sich bis an die Kante des weißen Chenille und Zosies Hand bis an den gerüschten Rand des gelben Satins, aber ganz kamen ihre Finger nicht zusammen. Rufus lag auf dem Rücken, eine ausgestreckte Hand umfaßte die fast leere vierte Flasche Wein. Das war das Bild, das sich Shiva und Vivien bot, als sie auf der Suche nach Anzeichen von Leben ums Haus herumkamen.

Sie standen auf dem Rasen unter den Geliebten des Zeus, und Adam meinte, Mißbilligung auf ihren Mienen zu lesen. Gewöhnlich waren es die Chinesen, denen man Unergründlichkeit nachsagte, aber Adam überlegte, ob das nicht in noch höherem Maße auf Inder zutraf. Der Inder blickte neugierig und wachsam. Der Name Mary Gage wurde genannt, der Name Bella, und das Mädchen sagte, sie habe eigentlich vorher anrufen und fragen wollen, ob sie kommen könnten, sie habe sich seine Nummer im Telefonbuch herausgesucht, aber der Anschluß sei immer besetzt gewesen.

Der Inder sagte, sein Name sei Shiva, und er fügte seinen Nachnamen hinzu, der Adam mittlerweile entfallen war, wenn er ihn denn überhaupt je registriert hatte.

»Und das ist Vivien Goldman.«

Das Dumme war damals gewesen, daß er, Adam, kaum sprechen, geschweige denn über Abmachungen, über Bedingungen reden konnte. Er war betäubt, ja, vergiftet vom Wein und vom Haschisch, er konnte sich kaum aufrecht halten, und in seinem Kopf hämmerte es. Rufus tat natürlich, als ginge ihn das alles nichts an. Er stützte sich kurz auf einen Ellbogen, sagte »Hi!«, legte sich wieder hin und zündete sich die nächste Zigarette an. Zosie hockte auf der gelben Steppdecke und hatte wieder ihren Häsinnenblick.

Adam brachte die beiden ins Haus. Er wußte nicht mehr genau, welche Erinnerungen aus dieser Nacht stammten und was aus späteren Tagen. Daß Vivien klein und brünett war, daß sie lange Zöpfe hatte, die sie um den Kopf gewunden trug – hatte er das an diesem Abend registriert und in sich aufgenommen? Sie hatte das blaue Kleid angehabt, das für sie alle untrennbar mit Vivien verbunden war, als sei sie ein exotischer Vogel und dies ihr gewachsenes Gefieder. Von Anfang an, schon an diesem Abend, hatte er ihre Enttäuschung gespürt. Als sie durchs Haus und die Hintertreppe hinaufgingen, streifte sie die Möbel, die Bilder, die Teppiche mit einem argwöhnischen und leicht bekümmerten Blick, sie hatte wohl Binsenmatten erwartet und irdene Schüsseln und ernsthafte Menschen, die meditierten oder in einem Mörser Kräuter zerrieben.

Warum hatte er sich nicht dazu aufgerafft, ihnen zu sagen, daß dieses Haus nicht so sehr eine Kommune als ein Hotel war und daß er Geld sehen wollte? Daß sie heute in einem der Nebengebäude kampieren, aber morgen wieder abreisen mußten, falls sie nicht bereit waren zu zahlen? Vom Alkohol vergiftet, von Haus aus weder trinkfreudig noch trinkfest, wankte er vor ihnen her die Treppe hinauf, führte sie ins Totenbettzimmer, brachte mit schwerer Zunge heraus, ein Wasserkessel, Tee und Kaffee seien in der Küche, auch Wein, falls ihnen danach war. Und dann setzte seine Erinnerung aus. Er wußte nur noch, daß Vivien ihre große walzenförmige Stofftasche aufgemacht hatte und daß er in jener Nacht zum ersten Mal ihre Blütenmittelchen und homöopathischen Pillen und Kräutermischungen gesehen hatte. Oder bastelte er seine Reminiszenzen aus Vorfällen zusammen, die sich später zugetragen hatten?

Der Inder war unheimlich sauber und ordentlich gewesen. »Geschniegelt«, dachte der wortverliebte Adam. Irgend jemand, eine unterdrückte Mutter oder Schwester vermutlich, hatte seinen Jeans Bügelfalten verpaßt. Das frisch gestärkte Hemd war blau wie die Lilien vor dem Eßzimmerfenster.

»Was für ein schönes Haus«, sagte er sehr höflich. »Es ist ja richtig eine Ehre, hier zu sein.«

War das am nächsten Tag gewesen oder am Tag darauf? Es mußte an dem Vormittag gewesen sein, als die Postbotin mit dem Brief für ihn gekommen war. Er war gerade aufgestanden, es war also nicht mehr Vormittag, es war nach zwölf, er saß mit einem gewaltigen Brummschädel in der Küche und kam sich vor wie nach einer langen, zehrenden Krankheit, als etwas Blankes, Rotes am Fenster vorbeiflitzte. Es war das Fahrrad der Postbotin, aber das hatte er nicht gleich erfaßt. Die Briefklappe an der Haustür schepperte zweimal, es war ein Laut, den er vor Jahren, noch zu Hilberts Lebzeiten, gelegentlich gehört hatte, aber seither nie mehr.

Sie hatte eine Aufforderung zur Zahlung der halbjährlich fälligen Kommunalsteuern gebracht. Und um diese Zeit mußte es schon die zweite Post gewesen sein. Rufus war draußen und hatte sie gesehen, und sie hatte ihn gesehen, hatte bestimmt auch Matterknax gesehen.

»Eine schöne junge Bauernmaid«, hatte Rufus gesagt. »Ein Milchmädchen auf dem Fahrrad.«

An sich war der Holzkasten an der Einfahrt für die Post gedacht. Vielleicht hatte sie das nicht gewußt, oder vielleicht hielt sie sich nur gewissenhaft an ihre Vorschriften. Shiva hatte in seiner pedantischen Art gesagt:

»Sie sind gesetzlich verpflichtet, die Post bis zur Haustür zu bringen.«

Adam hatte schließlich die Steuern bezahlt. Zutiefst gedemütigt, aber notgedrungen hatte er sich das Geld von seinem Vater geliehen, der die Rückzahlung zuzüglich aller bis dahin aufgelaufenen Zinsen verlangt hatte, sobald Adam Wyvis Hall verkauft hatte. Adam konnte es kaum ertragen, an jenes Jahr zurückzudenken, von der Rückkehr ins Elternhaus, die Golftasche mit der Flinte in der Hand, bis zu dem erneuten Besuch in Troremmos und seiner Verhandlung mit dem Makler. Die Aufregung um Catherine Ryemark hatte monatelang angehalten. An der Uni hatte er zumindest keine Zeitung lesen müssen. Wenn aber in den Weihnachts- und Osterferien zu Hause das Telefon läutete oder es an der Haustür klingelte, drehte es ihm jedesmal den Magen um.

Genau wie jetzt. Er saß allein in seinem Büro in Pimlico und wählte Rufus' Nummer in der Wimpole Street. Er brauchte sie nicht nachzuschlagen, er kannte sie auswendig. Als Rufus an den Apparat kam, schien er distanziert und abwesend. Wie hatte Adam sich in jenem Jahr danach gesehnt, Rufus anzurufen! Aber er mußte damit rechnen, daß der wortlos aufgelegt hätte, und das mochte er nicht riskieren. Überdies war da immer diese irrationale Angst, daß womöglich die Anschlüsse der Verne-Smith und der Fletchers abgehört wurden, daß die Polizei geduldig nur auf diese Kontaktaufnahme wartete ...

Solche Befürchtungen hegte Adam jetzt nicht. Bei aller Geduld – zehn Jahre wären sie nie und nimmer am Ball geblieben. Adam lief über den Gang zur Toilette und übergab sich in heftigen, schmerzhaften Spasmen. Als es vorbei war, lehnte er sich an die Wand und rang keuchend nach Luft.

## 12

Zosie hatte zarte bläuliche Male auf der Haut, die aussahen wie die Daunenfedern eines kleinen Vogels, den die Katze gerupft hat. Sie waren an ihren Oberschenkeln und in der Leistengegend und schwächer auf dem flachen Leib. Mehr noch als an Federn erinnerten sie an ein Stück überdehnte Seide, bei der die Schußfäden so nah aneinandergerückt sind, daß man die Kette sieht. Eines Tages würden sie verblassen, aber noch war es nicht so weit, und ganz würden sie nie mehr weggehen.

Rufus hatte zweimal mit Zosie geschlafen, ehe er die Male sah, einmal im Wagen und einmal im Bett des Zentaurenzimmers (in dem einstmals Lewis und Beryl Verne-Smith friedliche Nächte verschlummert hatten) aber erst in der dritten Nacht sah er sie nackt. Sie erwartete ihn wie ein Opferlamm. Sie sagte kein Wort, aber ihre ganze Haltung – auf dem Rücken ausgestreckt, aufnahmebereit, passiv – sprach für sie: Ich tue alles, was du verlangst, ich bin dein – oder auch nicht –, ganz wie du willst. Ich weiß, daß ich für Kost und Logis, daß ich für diese Freistatt zahlen muß, und eine andere Währung habe ich nicht.

Besonders stimulierend war das nicht, doch daran hätte Rufus sich nicht weiter gestört. Woran er sich störte, das waren die Male, und er überlegte, was es – vor allem auch für seine künftige Karriere – heißen konnte, sich auf dergleichen einzulassen, und welches Risiko er einging oder schon eingegangen war. Und statt mit Zosie zu schlafen, nahm er ein Kissen vom Bett und eine der Decken, die er längst auf den Boden befördert hatte, weil er sie nicht brauchte und zog um auf die Terrasse.

Das war, ehe sie das Silberarmband gestohlen hatte, und diese Geschichte war ein paar Tage vor Viviens und Shivas Ankunft passiert. Während Adam und er in dem Laden in der Friar Street das Fischbesteck und die Saucieren verscherbelten, hatte Zosie sich ein Armband aus einer der Schmuckvitrinen geschnappt. Weil sie in dem Kopfkissenbezug einigermaßen abenteuerlich aussah, hatte sie Adam einen Zehner aus der Tasche gezogen und sich Jeans und ein T-Shirt gekauft, dann war sie mit dem Armband in ein Geschäft in der Gainsborough Street gegangen und hatte es für vierzig Pfund verkauft.

Natürlich gehörte das alles zusammen und war nur zu begreiflich. Rufus hatte gespannt darauf gewartet, was Zosie als nächstes anstellen würde. Für ihn war es eine Fallstudie gewesen, er hatte sogar überlegt, ob er etwas darüber veröffentlichen sollte. Das Muster ihrer Diebereien war hochinteressant, es war keine sinnlose Kleptomanie, sondern kalkulierter Diebstahl von verkäuflichen Gegenständen oder Eßwaren. Stolz wie eine Spießgesellin Robin Hoods, die für die Armen raubt, hatte sie die Lebensmittel vorgezeigt und in Matterknax verstaut.

Doch dann war das mit dem kleinen Jungen passiert. Und das – oder etwas in dieser Art – hätte man voraussagen können. Und etwas in dieser Art war ja dann auch geschehen.

Eine Frau mit einem Geheimnis, so hatte er sie genannt.

Zosie als Frau – das war eine fast lachhafte Vorstellung. Sie war ein Kind und war es doch nicht, war in mancher Hinsicht älter als sie alle. Sie hatte mehr erfahren, mehr erlebt. Adam hätte gesagt – und sagte es auch –, daß sie gelitten hatte. Sie hatten versucht, Zosie über ihr Leben auszufragen, hatten wissen wollen, wer sie war, woher sie kam, wohin sie wollte.

»Bist du Studentin?« hatte Vivien gefragt.

Die anderen drei studierten, warum also nicht Zosie?

Und sie antwortete so ungeheuer naiv, daß es geradezu unaufrichtig klang, aber das war es nicht, es war einfach Zosies Art: »Ich bin bloß ein Mensch.«

Vivien hatte nicht locker gelassen.

»Hast du einen Job?« Sie trug, wie Adam es ausdrückte, ihren Sozialarbeiterinnenhut.

»Ich hab keinen Job, und ich bin auch nicht Studentin.« Zosie überlegte einen Augenblick, dann fügte sie hinzu: »Ich war in der Schule.«

»Wir waren alle in der Schule«, sagte Shiva. »Die Welt, in der wir leben, verlangt von dir, daß du zur Schule gehst, es ist Pflicht.« Er lächelte stolz, weil er die anderen zum Lachen gebracht hatte.

»Was willst du denn später mal machen, Zosie?«

Sie seufzte leise. »Eigentlich will ich überhaupt nichts machen. Am liebsten würde ich immer und ewig hierbleiben. Aber eins werde ich doch machen, ich werde einen reichen Mann heiraten, und vielleicht kauft er das Haus, Adam, vielleicht kauft er es dir ab und schenkt es mir. Wär das nicht nett?«

Sie wollten wissen, warum sie Zosie hieß, was es bedeutete, was für eine Abkürzung es war. »Es ist aus einem russischen Buch«, sagte sie, »da kommt jemand vor, der Zosima heißt.«

»Meinst du Dostojewski?« fragte Adam. »Pater Zosima ist ein Mann.«

»Meine Mutter ist sehr dumm, die weiß so was nicht, wahrscheinlich hat sie bloß gedacht, daß es sich schön anhört.«

Und dann wollte Adam wissen, wo Zosies Eltern wohnten, aber das wollte sie nicht sagen, sie rückte nur damit heraus, daß sie keinen Vater hatte. Ihr Vater war gestorben, und die Mutter hatte wieder geheiratet. Zosie saß auf der Terrasse, hatte die Knie bis zum Kinn hochgezogen und sah nach rechts und nach links wie ein verängstigtes Tier, und Rufus, der bei sich durchaus zugab, daß er kein besonders sensibler oder fürsorglicher Typ war, hatte plötzlich das Gefühl, daß sie alle Zosie drangsalierten. Er wechselte das Thema und fragte, wo sie am Abend hingehen wollten.

Es war vermutlich eine Kneipe gewesen oder dieses Weinlokal, das sie in Colchester aufgetan hatten. Jedenfalls etwas ganz anderes als die Pinte, in der er sich mit Adam verabredet hatte, der sonst an der Warren Street von der Victoria Line in die Northern Line umgestiegen wäre und sich stattdessen heute bereit erklärt hatte, seine Fahrt am Oxford Circus zu unterbrechen und sich in einem Pub am Langham Place mit Rufus zu treffen.

Rufus hätte ihn nicht erkannt, aber er war der einzige, der in Frage kam. Der Bart war ab, vermutlich schon lange.

Die meisten Männer verjüngte diese Depilation, aber Adam sah älter aus als er war, vergrämt und verkniffen. In dem Glas, das vor ihm stand, war etwas, was nach Gin und Tonic aussah, vermutlich aber Perrier war. Rufus konnte sich nicht erinnern, daß Adam schon immer eine so hohe, gewölbte Stirn gehabt hatte, und dann kam ihn fast ein Grinsen an, denn er begriff, daß sie vor zehn Jahren noch nicht so hoch gewesen, daß inzwischen Adams Haaransatz zurückgewichen war.

Er blieb vor dem Tisch stehen, und sie blickten sich an. Rufus sah überrascht, daß Adam errötete, sein Gesicht verfärbte sich fleckig-violett. Beide sagten sie nicht Guten Tag. Schließlich bemerkte Rufus: »Jaja, die Zeit vergeht...« Und dann: »Ich hol mir was zu trinken.«

Gin und Tonic, aber wenig Tonic. Solche Sachen gingen einem doch ganz schön unter die Haut. Rufus setzte sich. Es war der einzige leere Stuhl in dem Gastraum, der raucherfüllt und heiß war und voll lachender, schwatzender Leute, die halb hysterisch waren vor Erleichterung, auf vierzehn Stunden der Arbeit entronnen zu sein.

»Wenn es dir recht ist, lassen wir das Wie-geht's und Was-hast-du-so-getrieben und ähnlichen Schmus«, sagte Adam. »Das ist leeres Gerede, in Wirklichkeit kann uns das gar nicht interessieren.«

Er ist mit den Jahren nicht feiner geworden, dachte Rufus. Ruppig war er im Ansatz auch damals schon, nur ist es jetzt kein Ansatz mehr. Er zuckte die Schultern, sagte aber nichts, sondern nahm einen Schluck und dachte, daß das Leben trotz all seiner Schmerzen, Belastungen und Irritationen um dieses Augenblicks willen, den es nur einmal am Tag gab, doch lebenswert war.

»Die anderen haben sich nicht bei mir gemeldet, eigentlich hatte ich damit gerechnet.« Adam drückte mit seinem Glas nasse Ringe auf die Tischplatte, einen neben dem anderen und dann noch welche dazwischen, als Verbindungsglieder. »Ich dachte mir, daß sie doch sicher würden wissen wollen, was ich der Polizei sage, ob ich ihre Namen nenne.«

»Und hast du bei der Polizei Namen genannt?«

»Nein.«

»Aber die Polizei war bei dir und hat dich vernommen?«

»Ja, aber ich habe niemanden erwähnt.«

»Verstehe.« Im Grunde verstand Rufus überhaupt nichts, aber er verspürte unheimliche, geradezu erstaunliche Erleichterung, wie man sie empfindet, wenn einem vorher gar nicht bewußt war, wie sehr man sich gequält hat. Er merkte, daß er Adam erst jetzt richtig sah, seine schlaffe, rötliche, rauhe Haut, die Stirnglatze, die dunklen Schatten unter den Augen, den nervös zuckenden Mundwinkel. Und ein seltsames, widersinniges Gefühl der Trauer beschlich ihn, der Trauer um Verlorenes, um eine verheerte Vergangenheit, eine zerbrochene, weggeworfene Freundschaft. Wut stieg in ihm auf, er hätte gern die Gläser vom Tisch gefegt und den Tisch umgekippt und dann die Gläser vom nächsten Tisch gefegt und den umgekippt und alles kurz und klein geschlagen. Er beherrschte sich. Wie meist. »Warum nicht?« fragte er.

»Ich habe ihnen gesagt, daß ich nicht da war. Ich meine, sie haben mich gefragt, ob ich jemals dort gelebt hätte, und ich habe gesagt, nein, ich habe mich nur ein, zwei Wochen dort aufgehalten.« Adam sah Rufus an und sah schnell wieder weg. »Zu Beginn der Zeit, in der wir wirklich da waren. Sie haben nicht gefragt, ob ich allein war, dazu habe ich also gar nichts zu sagen brauchen. Sie wollten wissen, ob ich eine Frau dabeigehabt hätte, und ich habe gesagt, nein, kein Gedanke.«

Rufus konnte sich den Ansatz eines Grinsens nicht verkneifen.

»Das ist nicht komisch, Mann!«

»Alles ist auf irgendeine Weise komisch«, sagte Rufus.

»Möchtest du noch einen Drink?«

»Natürlich möchte ich noch einen Drink, so sehr habe ich mich nun auch nicht geändert. Gin mit irgendwas drin, was sie reintun, ist mir egal.«

Adam kam mit einem Glas zurück, das er vor Rufus hinstellte. Es muß unbequem sein, mit einem Mann wie ihm zu leben, dachte er.

»Du bist wahrscheinlich verheiratet?«

»Ja. Und du?«

»Ja.« Sie hatten über diese Dinge nicht reden wollen, all das gehörte zu dem privaten Bereich, der ausgespart werden sollte, und Rufus war etwas erstaunt, als Adam sagte: »Ich habe eine Tochter.«

»Du und Kinder? Kann ich mir gar nicht vorstellen.«

»Danke für die Blumen«, sagte Adam verstimmt. Zwei scharfe Kerben sprangen zwischen seinen Augen auf, dann riffelte sich Adams ganze Stirn zu Waschbrettrillen. Er schien die Luft anzuhalten, dann atmete er tief aus und stieß hervor: »Ich habe mehr oder weniger versprochen, noch vor dem Wochenende zu meinem zuständigen Polizeirevier zu gehen und ein Protokoll zu unterschreiben. Das heißt – nicht mehr oder weniger, ich hab's ihnen zugesagt.«

»Wenn du ihre Fragen schon beantwortet hast, kann das ja nicht mehr so arg sein.«

Adam sagte wie ein beleidigter Schulbub: »Du hast gut reden. Du brauchst keinen Meineid zu schwören, denn darauf läuft es doch hinaus. Mit zwei von den Typen im eigenen Wohnzimmer zu reden, das mag noch angehen, aber ein Protokoll an Eides statt zu unterschreiben, das ist eine ganz andere Sache. Ich habe dich aus der Sache raushalten können – bis jetzt.«

Rufus glaubte nicht an Altruismus. »Es würde dir nichts nützen, wenn du uns mit reinziehst. Bleib einfach bei dem, was du ihnen gesagt hast, das nehmen die dir bestimmt ab, warum denn nicht? Sie sind nur zu dir gekommen, weil du einer der Vorbesitzer bist. Dem Mann, dem du das Haus verkauft hast, geht's nicht anders.«

»Hoffentlich«, sagte Adam, aber er sah etwas weniger unglücklich aus. »Was meinst du, soll ich mich bei Shiva Dingsbums melden?«

»Ja, wie hieß er doch gleich? Ich denke schon die ganze Zeit darüber nach. Du meinst, er könnte womöglich zur Polizei gehen und eine freiwillige Aussage machen? Das kann ich mir eigentlich nicht vorstellen.«

Eine unausgesprochene Frage stand zwischen ihnen. Rufus war nicht phantasiebegabt, er brüstete sich gern damit, keinerlei Einbildungskraft zu besitzen, aber nun geschah ihm – nur für einen flüchtigen Augenblick – etwas

Sonderbares. Es war, als habe sich eine dritte Person zu ihnen gesellt, unsichtbar auf einem unsichtbaren Stuhl sitzend, mit ihrem ureigenen, unverwechselbaren Duft – trocken und salzig und jung – und habe ihm einen Finger auf den Arm gelegt, eine federleichte Berührung, als habe sich ein Nachtfalter dort niedergelassen. Rufus strich sich tatsächlich über den Ärmel. Natürlich war da niemand, was sollte da auch sein... Er sah Adam an.

»Frauen heiraten und nehmen neue Namen an, das ist der Haken.«

»Sie steht nicht im Telefonbuch«, sagte Adam. Es war, als würden ihm die Worte mit glühenden Zangen entrissen. Neben ihnen lachte jemand, und Rufus hörte nicht, was Adam sonst noch sagte.

»Ich an deiner Stelle würde jetzt erst mal hingehen und die Aussage machen, bestimmt bist du hinterher erleichtert.«

»Kathartische Wirkung, wie?«

»Warum nicht?«

»Ich weiß nicht, ob du dir das schon mal überlegt hast, aber etliche Leute wußten oder konnten sich denken, daß wir dort gelebt haben.«

»Etliche ist wohl übertrieben.«

»Der Gärtner zum Beispiel und dieser Antiquitäten-mensch aus Hadleigh.«

»Ja, wie hieß er noch?«

»Evans, Owens, einer dieser walisischen Namen. Aber der war schon ziemlich alt, vielleicht ist er inzwischen tot. Und dann dieser Typ vom Ungezieferdienst, den wir den Koipu-Mann genannt haben, und die Postbotin, die damals mit dem Brief von der Steuer da war und...« Adam zögerte. »...und am letzten Tag auch.«

»Ja, richtig, und dann der wackere Ackersmann. Er muß auf der Pytle Farm gewohnt haben oder noch wohnen.«

»In Krimis gehen Leute in unserer Lage hin«, sagte Adam, »und schaffen mögliche Zeugen beiseite.«

»Ich glaube, ich hab noch nie einen Krimi gelesen.«

»Und dann Mary Gage und Bella. Und bist du nicht mal mit dem Taxi gekommen? Der Taxifahrer war jung, der ist bestimmt nicht tot. Die Postbotin hat ausgesehen wie achtzehn.«

»Mary Gage hat geheiratet und ist nach Brasilien gegangen.« Rufus hatte etwas über ihre kollektive Schuld sagen wollen und fand, dies sei eine gute Gelegenheit. »Juristisch gesehen, haben wir uns wohl alle schuldig gemacht. Ich meine, wir waren alle dabei. Nicht schuldig wäre nur der gewesen, der zur Polizei gegangen wäre.«

»Vivien zum Beispiel«, sagte Adam sehr leise.

»Vivien hat sich jedenfalls nicht schuldig gemacht, das steht fest. Bist du so nett und rufst mich in der Wimpole Street an, Adam, wenn du das Protokoll unterschrieben hast?«

Zum ersten Mal fiel ein Vorname. Adams Gesicht wirkte verkrampft. Dann lenkte er ein.

»Deine Frau weiß nichts von all dem, Rufus?«

Rufus schüttelte den Kopf. »Und deine?«

»Nein.«

Schweigen. Rufus spürte eine große Stille um sich, obschon er wußte, daß der Lärm, der sie umgab, noch da war, sich womöglich noch gesteigert hatte. Adam sah ihn an. Ungebeten kam die Erinnerung an jenen Abend in Troremmos, Mary Gage hatte die Terrasse verlassen, um zu Bett zu gehen, und er, Rufus, hatte mit Adam schlafen wollen. Er hätte nur höhnisch gelacht, wenn irgendjemand ihm homosexuelle oder auch nur bisexuelle Neigungen nachgesagt hätte, aber in jener Nacht hatte er Adam begehrt. Weil er ihn liebte. So einfach war das gewesen. Eine große Liebe zu Adam hatte ihn erfaßt wie eine Hitzewelle, die über den Körper geht, und es schien völlig natürlich, sich Adam zuzuwenden und ihn in die Arme zu nehmen. Rufus hatte so etwas noch nie mit einem Mann gemacht, und weil er betrunken war, machte er es auch in jener Nacht nicht mit Adam, sondern er war, erfüllt von verschwommenen Liebesgefühlen und amüsierter Zärtlichkeit, ganz einfach eingeschlafen.

Rufus stand auf und schob seinen Stuhl zurück.

»Halt die Ohren steif«, sagte er mit mattem Lächeln.

Als er zu seinem Wagen ging, fiel ihm ein, daß sie nicht über die Flinte gesprochen hatten. Adam würde sich melden, nachdem er seine Aussage zu Protokoll gegeben hatte, dann konnte er ihn immer noch danach fragen. Wer hatte den Verkauf der Flinten vorgeschlagen? Shiva vielleicht, oder auch Vivien. Nein, nicht Vivien, die hatte sich angestellt, als hätten sie Folterinstrumente im Haus, Daumenschrauben oder eine ausgewachsene Folterbank. Die Aufregung von Mary Gage über den Koipu-Mann war gar nichts gewesen im Vergleich mit Viviens Bestürzung über die Flinten und ihren Verwendungszweck. Eigentlich hätte es sie dann freuen müssen, daß sie die Waffen verkaufen wollten, aber weit gefehlt, es wäre ihr nicht im Traum eingefallen, Nutzen aus einem solchen Geschäft zu ziehen. Es war Shiva gewesen, der die Damenflinte von der Wand genommen und zu Adam gesagt hatte:

»Die ist vermutlich recht wertvoll, du könntest sie und die andere Flinte verkaufen, statt dich von deinem schönen Familiensilber zu trennen.«

»Ich will sie nicht verkaufen, ich werde sie benutzen.«

»Um Vögel zu schießen?«

»Vögel, Hasen... warum nicht? Fleisch ist teuer.«

»Bitte sag mir vorher Bescheid, dann gehe ich an dem Tag aus dem Haus«, sagte Vivien.

Menschen ihrer Art fand Rufus schlicht und einfach albern – damals wie heute. Sie hatte eine Hausapotheke voll mysteriöser, ja, fast okkulter Mittelchen gegen jede bekannte Krankheit unter der Sonne mitgebracht. Einige der Pflanzen und Blüten, aus denen sie bestanden, mußten in bestimmten Mondphasen gepflückt werden, um volle Wirkung zu entfalten. Rufus betrachtete all das mit der ungläubigen Verachtung, dem Widerwillen des orthodoxen Mediziners. Vivien hatte auch eine sogenannte »Notfallmedizin« im Gepäck, von der sie einem ein paar Tropfen aufdrängte, wenn man einen Schock erlitten hatte, einen Insektenstich etwa oder eine kleinere Verbrennung. Sie glaubte an die verschiedensten alternativen Heilverfahren – allen möglichen Hokuspokus, wie Rufus es nannte –, Iridologie und Reflexologie und Aromatherapie. Sie meditierte, sie war irgendwie hinduistisch angehaucht, eine von denen, dachte Rufus, die einen Schleichweg zur Erleuchtung suchen. Im Grunde redete sie nicht viel darüber, sie belämmerte die anderen nicht allzu offen damit, das mußte er zugeben, aber diese Dinge waren so sehr Teil ihres Ichs, *waren* ihr Ich, daß Vivien sie mit sich herumtrug wie eine Aura.

Wenn es nach ihm gegangen wäre, hätten sie die beiden nicht dabehalten, hätten sie Vivien und Shiva spätestens am nächsten Tag wieder weggeschickt. Rufus mochte Leute, die amüsant und temperamentvoll und ein bißchen überkandidelt waren – oder hatte solche Leute zumindest damals gemocht –, und davon konnte bei Vivien keine Rede sein und bei Shiva, diesem Trauerkloß, natürlich erst recht nicht. Doch ehe er noch Adam auf seine Seite bringen konnte, hatte Vivien – gleich am nächsten Morgen – ihre Stellung gefestigt, indem sie den Haushalt von Troremmos in die Hand genommen hatte. Rufus fand nicht, daß sie eine Köchin oder eine Putzfrau nötig hatten, ein Kräuterweiblein und eine Hausbesorgerin. Die Sonne schien, es gab Wein und Marihuana – was brauchte der Mensch denn noch zu seinem Glück? Adam war da offenbar ganz anderer Ansicht. Fast unmerklich hatte er sich in einen besorgten Hausvater verwandelt, der nach blankgewienerten Räumen verlangte und nach Kost vom heimischen Herd, weil sich damit Geld sparen ließ. Außerdem – und das war eine Entwicklung, mit der Rufus nie gerechnet hätte und die er staunend und leicht angewidert beobachtete – verlangten offenbar Adam wie auch Zosie nach einer Mutter, und die fanden sie in Vivien. Wie Bruder und Schwester – wenngleich mittlerweile ein inzestuöses Paar – liefen sie zu Vivien, um sich trösten zu lassen, oder steckten kichernd die Köpfe zusammen, um gegen sie zu rebellieren, während Shiva mit besorgtem, bekümmerten Lächeln dabeistand, ein verlegener älterer Bruder, der selbst so gern akzeptiert worden wäre und nicht wußte, wie er das erreichen sollte.

*»Ich bin nicht auf dieser Welt, um deine Erwartungen zu erfüllen, und du bist nicht auf der Welt, um die meinen zu erfüllen. Ich bin ich, und du bist du. Und wenn wir einander finden, so ist das wunderschön, wenn nicht, dann kann man es nicht ändern.«* So ungefähr lautete der Text, er hatte ihn vielleicht nicht ganz wörtlich in Erinnerung, und vielleicht war er auch etwas länger gewesen. Er nannte sich Gestalt-Gebet, und Vivien hatte ihn an die Küchenwand gepinnt. Rufus hatte gelacht und gefragt, woher der Mensch denn wissen solle, wozu er auf der Welt sei, aber Zosie gefiel der Spruch, alle Menschen müßten so leben, sagte sie, das wär schön, und Shiva nickte weise.

»Liebe hat etwas mit Toleranz zu tun«, sagte Vivien. »Liebe hat damit zu tun, daß man dem anderen einen Freiraum läßt. Du machst die Käfigtür auf, und wenn du wirklich geliebt wirst, kommt der Vogel zu dir zurück. Nur diese Art von Liebe lohnt.«

Rufus hatte so was mal auf einem T-Shirt gelesen und nahm die Erklärung deshalb nicht mit dem gleichen ehrfürchtigen Ernst zur Kenntnis, wie es die anderen taten – das heißt, Adam tat es auch nicht. Rufus zwinkerte ihm hinter Viviens Rücken zu, und Adam griente ein bißchen.

»Als ich Vögel schießen wollte, war's aber mit deiner Toleranz nicht so weit her.«

»Das ist etwas anderes.« Vivien runzelte die Stirn. Sie verstand überhaupt keinen Spaß. Das ernste Gesichtchen war oft von Sorgen um moralische Fragen verdüstert. Sie machte sich Gedanken über jesuitische Antworten und Halbwahrheiten und das Problem, Gutes im Geheimen zu tun, auf daß die Seele nichts von ihrer eigenen Tugendhaftigkeit merke. »Außerdem habe ich gesagt, daß ich dann weggehe. Nicht, daß ich dich aufhalten würde.«

Vivien hatte sie alle organisieren, sie für bestimmte Aufgaben einteilen wollen wie in einer Großfamilie oder einem Kibbuz. Sie würde einen Plan neben das Gestalt-Gebet an die Wand hängen, sagte sie. Der Tag sollte mit Meditation beginnen, Vivien würde sie unterweisen und für jeden ein passendes Mantra aussuchen. Natürlich war niemand dafür, selbst der sonst so brave, gefällige Shiva hatte aufbegehrt. Alles Obst zu pflücken und an der Einfahrt zu verkaufen, Holz für den Winter zu schlagen, Weben zu lernen, eine Ziege zu halten, Kartoffeln anzubauen – all diese von Vivien vorgebrachten Ideen stießen zunächst auf ungläubiges Staunen und dann auf Ablehnung. Es war zu heiß, es war zu langweilig, es war viel einfacher, Hilberts Silber zu verkaufen.

Keiner fing ein neues Leben an. Sie tranken und rauchten, sie lagen in der Sonne und schwammen im See, sie zogen durch die Kneipen und machten Einkaufstrips und Verkaufstrips. Da niemand Interesse am kommunalen Leben, an einer echten Selbstversorgung zeigte, hätte es nahegelegen, daß Vivien resigniert und sich der Lebensweise der anderen angepaßt hätte, aber das tat sie nie. Ohne Hilfe und ohne viel Dank dafür zu ernten, kochte sie für die anderen, buk Brot, putzte die Zimmer und brachte die Bettwäsche in den Waschsalon nach Sudbury. Erst nach längerem Drängen rückte sie damit heraus, warum sie das alles machte.

»Um meinen Unterhalt zu verdienen. Ich kann ja nichts zahlen.«

Niemand sonst sah es so.

Dabei hatte Vivien nicht die Absicht, in Troremmos zu bleiben. Wäre es dort anders zugegangen, hätte der ganze Stil mehr dem entsprochen, was sie unter einer Kommune verstand, wäre sie vielleicht geblieben. Dann hätte sie aber auf die Stellung verzichten müssen, um die sie sich beworben hatte. Auch Shiva würde nicht bleiben, denn ob er nun weiter Pharmazie studierte oder in Zukunft Medizin –, früher oder später mußte er wieder nach Hause, mußte brav bei seinem Vater vorstellig werden. Er, Rufus, wollte spätestens in der ersten Oktoberwoche wieder zurück ans University College, um sein viertes Studienjahr zu beginnen. Blieben nur Adam und Zosie. Die Waisen im Sturm, Hänsel und Gretel.

Als er sich eines Nachmittags seinen heimlichen Drink holen wollte, den er auf irgendeinem Vorsprung oder Regal, hinter einem Vorhang oder einer Reihe von Nippesfiguren versteckt hatte, fand Rufus die beiden eng umschlungen auf dem Sofa, Leib an Leib, Mund an Mund. Er sah einen Augenblick hin und empfand einen leisen Anflug von Neid. Wem – wenn er nicht ganz übersättigt ist – wäre es nicht so gegangen? Dann war es ausgestanden, und er lächelte den beiden zu. Aber so eng waren sie ineinander verklammert, so sehr bemüht, zwei getrennte Wesen zu einem Leib zu verschmelzen, daß sie ihn gar nicht wahrnahmen. An diesem Tag blieben sie lange verschwunden, und als sie dann spätabends zu den anderen zurückkamen, hatten sie einen verglasten Blick und ein unbestimmtes Lächeln auf den Lippen. Auf der Terrasse standen Kerzen, in Untertassen standen sie zwischen den Steinfiguren. Vivien saß mit gekreuzten Beinen da, Shiva hatte eine eigene Kerze, um in seinem Mathematikbuch lesen zu können, Rufus hatte gerade eine neue Flasche aufgemacht. Welche Wonne, den Korken zu ziehen, den ersten Schluck ins Glas rinnen zu lassen! Die Luft schwirrte von Faltern, dunklen, zartflügeligen, federleichten Geschöpfen, die auf dem Kerzenlicht schwebten wie von der Wärme ermattet. Der Mond ging auf, eine riesige rote Scheibe, die sich mit geheimnisvollem Aplomb aus den dunklen, schwarz bewaldeten Hügeln erhob. Adam kam aus dem Haus und setzte sich neben Rufus, und dann sah er Zosie im Kerzenlicht stehen, die Arme um einen Zeuskopf mit steinernen Locken und wallendem Bart gelegt, das Gesicht zu dem roten Mond erhoben. In diesem ungewissen Schimmerlicht wirkte sie selbst wie eine Kunstfigur, aus Bronze gegossen, weltentrückt, nymphengleich, unwirklich.

»O sie nur lehrt die Kerzen hell zu glühn...«

Rufus sah ihn an. »Red kein Blech.«

In dieser Nacht schlief er nicht auf der Terrasse. Er wußte, daß das Zentaurenzimmer leer sein würde. Und als er endlich zu Bett ging, die letzte Flasche mit einem Rest Wein in der Hand, stellte er fest, daß Zosies Sachen verschwunden waren. Er machte alle Fenster auf, um ihren Geruch herauszulassen, diesen Kinderduft nach Salz und Blüten.

Nach dem Abendessen ging Rufus an die Hausbar und holte sich einen zweiten Drink. Der erste stand in Marigolds sogenanntem Studio, in dem sie vor dem Fernseher saß und die Literatursendung sah. Es ging ihr um den Beitrag über einen inzwischen ziemlich berühmten Dichter, der früher ein Nachbar ihrer Mutter gewesen war. Dieser doppelte Wodka, leicht verdünnt, in einem gedrungenen Whiskyglas, war sein »heimlicher Drink« für diesen Abend, den er sogleich kosten, dann hinter einem Vorhangsaum oder zwischen Marigolds üppigen Zimmerpflanzen verstecken und sich hin und wieder zu Gemüte führen würde, bis es Zeit war, schlafen zu gehen. In besonderen Streßsituationen frönte Rufus dieser neurotischen Neigung sogar, wenn er allein war. Natürlich wußte er, daß sie neurotisch war, aber nur aus diesem Grunde hätte er nie darauf verzichtet. Wenn der Pegel unter die Mitte abgesunken war, schenkte er heimlich noch einen einfachen Wodka nach. Den legitimen, den erlaubten Drink konsumierte er langsam, unter Marigolds Augen und teilte ihn so ein, daß er den ganzen Abend reichte. Was Rufus an alledem doch etwas beunruhigte, war die unverhältnismäßig starke Erregung, war das ausgesprochene Glücksgefühl, das ihm dieser heimliche Drink bescherte.

Er setzte sich auf die Couch neben Marigold. Dichter interessierten ihn nicht sonderlich, sie zeichneten sich in seinen Augen weder durch kommerziellen Erfolg noch durch Unterhaltsamkeit oder erkennbare geistige Überlegenheit aus. Dieser Dichter nun stand, klein und bärtig, an einem Pult und las aus seinen eigenen Werken. Adam hatte, soweit Rufus wußte, nie selbst Gedichte geschrieben, rezitierte aber manchmal welche, und Vivien hatte verlangt, jeder solle einen ganzen Abend lang den anderen seine Lieblingsgedichte vorlesen, – ein Plan, den Rufus schon im Keim erstickt hatte. Keiner hatte an jenem Abend Lust gehabt schlafen zu gehen, sie hatten bis tief in die Nacht draußen gelegen und lagen noch draußen, als sich am Himmel die erste Helle abzeichnete, ein fahles Leuchten, das ihn allmählich ganz überzog. Adam hatte den Arm um Zosie gelegt, die mit dem Kopf auf seiner Brust eingeschlafen war, und sagte träumerisch: »Ich leide an Eusophobie.«

»An *was*?«

»An einer irrationalen Angst vor dem Morgengrauen.«

Warum, überlegte Rufus, fiel ihm das ausgerechnet jetzt wieder ein? Vielleicht hatte etwas, was der Dichter gesagt hatte, den Anstoß gegeben. Am nächsten Morgen – das heißt, eigentlich am gleichen Morgen – sollte Vivien sich bei Robin Tatian vorstellen. Natürlich hatten sie alle nicht aus den Federn gefunden, Rufus wäre bis zum Nachmittag im Bett geblieben, wenn Vivien ihn nicht geweckt hätte. Sie rüttelte ihn wach, brachte ihm Frühstück auf einem Tablett und erinnerte ihn daran, daß er versprochen hatte, sie nach London zu fahren.

War es nicht sonderbar, daß er nur Vivien und Zosie mitgenommen hatte und Adam und Shiva dageblieben waren? Shiva hätten sie allerdings sowieso nicht mitgenommen – an jenem Nachmittag hatte er auf einem seiner Erkundungsgänge den Tierfriedhof entdeckt –, und Adam hatte sich gesträubt, nach London, jedenfalls nach Nordlondon, zu fahren mit der Begründung, er habe keine Lust, seinem Vater oder seiner Mutter oder beiden in die Arme zu laufen, denn die glaubten ja, er sei in Griechenland.

Vivien hatte sich, ehe sie nach Troremmos kam, um eine Stelle als Kindermädchen bei einem gewissen Robin Tatian in Highgate beworben. Tatian war Architekt und – da er in der View Road wohnte – wahrscheinlich erfolgreich und nicht arm. Rufus und Adam, die beide an der Highgate School gewesen waren, kannten die Gegend gut. Rufus fand es im Nachhinein erstaunlich, daß er Tatian nie begegnet war, daß er sein Aussehen nur aus der Beschreibung kannte, die Vivien ihnen nach ihrem Vorstellungsgespräch gegeben hatte.

»Er ist groß und braungebrannt, hat braune Locken und ist so um die fünfunddreißig.«

»Hört sich toll an«, sagte Zosie.

»Ich habe ihn nicht persönlich gesehen«, sagte Vivien. »Die Frau hat mir ein Foto gezeigt, von ihm und dem Baby. Sie ist seine Schwester. Sie ›kümmert sich für ihn um das Personal‹, hat sie gesagt.«

»Scheint eine eingebildete Ziege zu sein.«

Tatian war wohl in seinem Büro oder seinem Studio gewesen oder wo immer Architekten ihren Arbeitsplatz haben. Es war der Donnerstag der dritten oder vierten Juliwoche. Und die Hitze nahm und nahm kein Ende. Sie hatten alle Fenster in Matterknax offen, und es war ihnen nicht zuviel, selbst als er ziemlich schnell über die A 12 fuhr. Die Mädchen saßen hinten, weil sie sich nicht darüber hatten einigen können, wer bei ihm sitzen sollte.

»Ich spare für eine Indienreise«, sagte Vivien. »Wenn ich ein halbes Jahr mein Gehalt nicht angreife, reicht mir das, um nach Indien zu gehen, und das müßte sich eigentlich machen lassen, ich habe freie Kost und Logis.«

»Was willst du denn in Indien?«

»Es gibt da diesen Mystiker, einen *Sadhu*. Ich habe über ihn gelesen. Die Leute kommen, um bei ihm zu lernen. Viele tun das.« Vivien wurde ein wenig verlegen, aber sie fuhr mit leiser Stimme fort: »Es wäre ein Anfang für mich. Ob ich dann dableibe oder wieder herkomme, weiß ich noch nicht, aber wenn ich gar nicht erst hinfahre, würde ich denken, ich hätte eine Chance verpaßt, ich würde mir ständig Vorwürfe machen.«

»Habt ihr da so eine Art Aschram?« fragte Rufus. »Mit gelben Gewändern und Messingglöckchen und so?«

Wenn er sich über Vivien lustig machte, tat sie immer so, als habe er es völlig ernst gemeint. Es war keine schlechte Taktik, das mußte er zugeben. Falls es Taktik war. Wenn nicht – und dafür sprach einiges –, ließ ihr Verhalten auf einen beklagenswerten Mangel an Humor schließen.

»Ich werde mir ein Zimmer im Dorf nehmen«, sagte sie.

»Du wirst dich mit dem ungesunden Essen und dem schmutzigen Wasser krank machen«, sagte Rufus, der Mediziner. »Wahrscheinlich kriegst du Amöbenruhr.«

»Das glaube ich nicht, ich seh mich schon vor.«

»Bloß gut, daß du nicht gesagt hast, daß das Heil der Seele wichtiger ist als das Heil des Körpers.«

»So dumm bin ich auch wieder nicht«, sagte Vivien, und Zosie meinte: »Ich wünschte, ich könnte mitkommen.«

Rufus konnte Vivien nicht sehen, weil sie hinten saß und er fahren mußte, aber er stellte sich vor, wie sie mit priesterlicher Geste die Arme ausstreckte und den Blick gen Himmel wandte, während sie ein einziges Wort sagte: »Komm!«

Vivien war für drei Uhr zu Tatian bestellt. Sie trug das leuchtendblaue Kleid mit dem gestickten Oberteil, das lange Haar hatte sie zu Zöpfen geflochten und um den Kopf gewunden. Sie sah wie eine Figur auf einem Bild von Rosetti aus, wie eine der Maiden, die den Baldachin in *Dantes Traum* halten, ganz und gar nicht wie ein künftiges Kindermädchen. Das Bild gehörte zu den wenigen Kunstwerken, die Rufus erkannt hätte. Eine Kopie hatte im Haus seiner Eltern gehangen und hing – so sonderbar das klang – jetzt bei ihm. Als er Marigold zum ersten Mal mit nach Hause brachte, hatte sie das Bild in den höchsten Tönen gelobt. Später sagte sie, das sei pure Höflichkeit gewesen. Doch das Ende vom Lied war, daß seine Mutter Marigold den Schinken zur Hochzeit schenkte und er jetzt in einer Dielenecke hing. Als das Fernsehen den Dichter ausgeblendet hatte, stand Rufus auf und ging hinaus, um sich das Bild anzuschauen. Unterwegs stärkte er sich aus seinem heimlichen Glas.

Rufus konnte keine Ähnlichkeit mehr erkennen. Die jungen Frauen auf dem Bild waren beide rothaarig, die eine trug ein spinatgrünes, die andere ein dunkelblaues Kleid. Und die zarten, feinen Gesichter mit ihrem melancholischen Ausdruck erinnerten eher an Zosie als an Vivien. Rufus schloß die Augen. Vivien hatte nur diese beiden Kleider gehabt, eins aus cremefarbenem Musselin, und das bewußte blaue, beide mit langem Rock, viereckigem Ausschnitt und weiten Ärmeln, die sie wegen der Hitze damals bis zum Oberarm oder bis zur Schulter hochgekrempelt trug. Er konnte sich nicht entsinnen, je ihre Beine gesehen zu haben. Aber an ihre Füße erinnerte er sich und an ihre schmalen, knochigen Fesseln. Meist ging sie barfuß. An diesem Tag allerdings hatte sie blaue Leinenschuhe angehabt.

»Hast du eigentlich Zeugnisse?« fragte Zosie, und Rufus registrierte überrascht die Lebenserfahrung, die sich in dieser Frage äußerte.

»Ich habe schon mal ein Kleinkind betreut. Die Frau würde mir wahrscheinlich ein Zeugnis ausstellen. Wenn ich gefragt werde, gebe ich sie als Referenz an.«

Er hatte Zosie ebensowenig sehen können wie Vivien, und wenn er sich zu erinnern meinte, daß sie bekümmert ausgesehen hatte, mußte er sich das hinterher dazugedacht haben.

»Magst du Babys?« hatte sie gefragt.

»Natürlich, ich bin ja eine Frau.«

Rufus lachte.

»Das ist nicht zum Lachen. Frauen mögen Babys von Natur aus.«

Zosie formulierte immer sehr schlicht. Sie war wie ein Kind, aber direkter, naiver. »Warum kümmert sich die Frau nicht selbst um ihr Baby?« fragte sie.

»Wahrscheinlich ist sie zu reich«, sagte Vivien. »Das Baby hat eine Nanny, aber die hat gekündigt. Sie haben noch ein etwas älteres Kind.«

Auf dem Weg zurück zu Marigold nahm Rufus einen

längeren Schluck aus dem Glas hinter dem Vorhang. Es wurde allmählich Zeit zum Nachfüllen. Er ging mit dem Glas zur Flasche und nicht mit der Flasche zum Glas, nach Art aller heimlichen Trinker, die dadurch nicht – oder nicht so schnell – Gefahr laufen, mit der Flasche in der Hand erwischt zu werden. Das Glas stellte er wieder an seinen Platz hinter dem Vorhangsaum zurück.

Als sie in die östlichen Vororte von London kamen, nach Romford und Ilford und Newbury Park, beschloß er, Zosie ein bißchen auszuhorchen, ihr die Antworten auf die eine oder andere Frage zu entlocken. Die Zeit schien reif, das Gespräch lieferte ihm geeignete Stichworte.

»Das wäre sicher nichts für dich, Zosie. Du hast doch nichts mit Babys am Hut, was?«

Ein langes Schweigen. Der Verkehr war dicht, dreispurig, Bremsen quietschten, wenn die Schlange vor den Ampeln hielt. Wie eine Ertrinkende, die keuchend hochkommt und nach der Rettungsleine greift, mit der Stimme eines Menschen, der mit dem Kopf unter Wasser gewesen ist, sagte Zosie:

»O doch. Ich hätte gern sechs. Oder zwölf.«

Da mußte er lachen. Sie hielten an einer Kreuzung. Er wandte sich um und sah die beiden Mädchen an. Vivien hatte Zosie in die Arme genommen und hielt sie fest. Es war so heiß, daß Zosie ihr T-Shirt durchgeschwitzt hatte, er sah den dunklen Fleck auf ihrem Rücken. Viviens starke, tüchtige Hände, große Hände für eine so kleine Person, umschlossen mit mütterlicher Sicherheit Zosies Schultern, statt sie verlegen zu tätscheln, wie es die meisten Menschen tun, wenn ihnen jemand spontan um den Hals fällt.

Sie setzten Vivien in der View Road ab. Das Haus hieß Cranmer Lodge, es war ein weißes Haus mit grün gedecktem Dach und grünen Eisenbalkons. Zu dunklen Zapfen beschnittene Bäume ordneten sich stufenförmig rechts und links von der Haustür. Das Tor war aus Schmiedeeisen, auf jedem Torpfosten stand eine steinerne Ananas.

Zosie, die hinten gesessen und nur hin und wieder einen erstickten Laut von sich gegeben hatte, der ein Weinen sein mochte, machte plötzlich wieder den Mund auf. »Ist das nicht ein tolles Haus? Also ich find's toll.«

Es war zumindest groß, hatte Rufus bei sich gedacht. Es war imposant und ziemlich protzig. Er war nur noch einmal dort gewesen, eineinhalb Stunden später, um Vivien abzuholen. Danach nie wieder, er war nie weiter als bis North Hill gekommen, von dem die View Road abzweigt, auf dem Weg zu einer der Ausfallstraßen auf die North Circular Road. Er hatte ein ungutes Gefühl in dieser Gegend, als sei sie – und diese Reaktion war eigentlich typischer für Adam – voller Augen und Erinnerungen. Die Schulzeit war vergessen, geblieben war der Eindruck aus den späteren Jahren. Nie im Leben würde er Marigolds Vorschlag folgen und nach Highgate ziehen.

Als er sich jetzt neben sie setzte, versuchte er sich zu erinnern, wo sie gewesen waren, Zosie und er. Sie mußten die Zeit totschlagen, solange Vivien in dem weißen Haus war. Sie waren in ein großes Geschäft gegangen oder eine Gruppe großer Geschäfte, ein Einkaufszentrum. Brent

Cross vielleicht oder John Barnes, der war damals noch in Swiss Cottage gewesen.

»Wann hat Brent Cross aufgemacht?« fragte er Marigold.

Sie sah ihn verwundert an. »Wie kommst du denn darauf?«

»Keine Ahnung. Weißt du's noch?«

»Ich bin noch zur Schule gegangen, ich glaube, ich war erst elf.«

Es konnte also durchaus Brent Cross gewesen sein. Er hatte etwas Klimatisiertes in Erinnerung. In den englischen Sommern brauchte man kaum einmal eine Klimaanlage, aber in jenem Sommer war man froh darüber gewesen. Den Wagen hatte er ganz in der Nähe abgestellt, auf einem Parkplatz, auch das sprach dafür, daß es Brent Cross gewesen war, und jetzt erinnerte er sich auch an eine große Halle und eine Rolltreppe und an ein Gefühl erwartungsvoller Erregung, ein Kribbeln im Bauch. Zosie würde etwas stehlen, und er würde zusehen. Er beobachtete sie, wie man ein Versuchstier bei einem Pharmatest beobachtet. Alles, was er je an Begehren für sie empfunden hatte, war erloschen. Er hätte sie jetzt nicht einmal mehr anrühren mögen.

Sie waren durch alle möglichen Läden oder Warenhausabteilungen gezogen. Er erinnerte sich an eine Lebensmittelabteilung, an viele Kleider, an Menschenmassen und an die Hitze. Vielleicht waren die Räume also doch nicht klimatisiert gewesen oder nur zum Teil. Falls Zosie etwas von einem Regal oder aus einer der Trommeln voller Strümpfe, Strumpfhosen und Unterwäsche genommen hatte, merkte er es nicht. Er zündete sich eine Zigarette an, und ein Mann mit einer Dienstmarke am Revers kam auf ihn zu und ersuchte ihn höflich, sie wieder auszumachen. Dann kam die Durchsage über den Lautsprecher. An den genauen Wortlaut erinnerte er sich nicht, wohl aber an den Sinn:

»Die Eltern oder Betreuer eines etwa dreijährigen Jungen in weißem Hemd, blauen Shorts und blauen Sandalen werden gebeten...«

Und dann wurde irgendein Büro im Verwaltungstrakt genannt, in dem das Kind abgeholt werden konnte. Rufus wußte genau, wo er gewesen war, als die Durchsage kam. Das Gedächtnis, dieses so willkürlich arbeitende Instrument, das herzlich wenig Rücksicht auf die Dinge nimmt, an die wir uns am dringendsten zu erinnern wünschen, hatte das Bild an irgendeine Wand seines Gedächtnisses projiziert und auf Dauer festgehalten. Er hatte auf einer Seite eines Verkaufsständers mit Kosmetikartikeln gestanden, noch heute sah er die schwarzsilbernen Mary Quant-Packungen vor sich. Auf der anderen Seite war Zosie gewesen, außer Sicht, aber nicht mehr als drei Meter von ihm entfernt. Er hörte die Durchsage über den verlorengegangenen kleinen Jungen und sah sich sofort nach Zosie um, aber Zosie war ebenfalls verschwunden, auch sie war verlorengegangen.

Er machte sich auf die Suche nach ihr. Es herrschte ein fürchterliches Gedränge. Eigenartigerweise war Zosies Schönheit nicht sehr einprägsam. Sie sah nicht ungewöhnlich aus. Tausende junger Mädchen sahen aus wie sie – zumindest auf den ersten Blick, aus der Entfernung. Alle trugen sie Jeans und T-Shirts und Sandalen und kein Make-up und hatten entweder sehr lange oder sehr kurze Haare.

Sie wußte ebensogut wie er, wo der Wagen stand. Sie wußte, wie spät es war – oder nicht? Natürlich hatte sie keine Uhr. Aber das war ihm gleich, er würde bis zehn nach vier auf sie warten und keine Minute länger. Um halb fünf sollten sie Vivien abholen. Notfalls würde Zosie auch allein zurückfinden. Zuhause ist da, wo du hingehst, wenn du sonst nicht weißt wohin. Zuhause, das ist der einzige Hafen im Sturm.

Rufus saß im Wagen und rauchte. Er sah Zosie in dem Gang zwischen den geparkten Wagen auf sich zukommen, das Metall glitzerte, der Asphalt flimmerte unter einem Hitzeschleier, ihr Schatten und der des kleinen Jungen – kurz und schwarz – kamen auf ihn zugetänzelt. Er hatte blondes Haar und blaue Augen und war ein bißchen durcheinander. Er hatte ein weißes Hemd an und blaue Shorts und blaue Sandalen und hatte Zosie an der Hand gefaßt.

»Mach die Tür auf, Rufus, schnell. Er kann hinten sitzen, neben mir. Schnell, fahren wir.«

Rufus hatte nicht oft Angst. Er war stolz auf seine Gelassenheit, stolz darauf, stets cool zu sein, kalt wie eine Hundeschnauze. In diesem Augenblick aber hatte er Angst, sie traf ihn wie eine Faust in den Leib. Er sprang aus dem Wagen und schlug die Tür zu.

»Bist du verrückt?«

Er wußte es, im Grunde war es keine Frage.

»Bring ihn zurück. Wo hast du ihn her? Nein, laß, ich will es gar nicht wissen. Bring ihn zurück, setz ihn irgendwo ab und laß ihn stehen, mach, was du willst, nur bring ihn zurück.«

»Ich will ihn haben, Rufus. Er heißt Andrew. Er sagt, daß er Andrew heißt. Andrew will zu Mammi, hat er gesagt, und da bin ich hingegangen und hab gesagt, hier ist doch deine Mammi, wo warst du denn, Andrew, hab ich gesagt, komm, wir gehen. Sie haben mich nicht aufgehalten, sie haben nichts gefragt, und er ist brav mitgegangen. Schau, er mag mich. Wir können ihn nach Troremmos mitnehmen, er kann bei uns wohnen.«

Von Anfang an hatte Rufus stets seine berufliche Karriere vor Augen gehabt, er hatte gewußt, daß er eine weiße Weste behalten oder daß es zumindest so aussehen mußte. Dieser Grundsatz war die Richtschnur seines Lebens und bewahrte ihn vor den schlimmsten Exzessen. Bei Shiva war es ebenso, aber Shiva war ein Verlierer, Shiva würde, da er nicht skrupellos genug war, untergehen. Rufus hatte Alpträume, daß er etwas anstellen oder daß etwas geschehen könnte, was ihm sein Ziel, die Zulassung als Arzt und damit alles andere, seine ganze Zukunft verbauen würde. Es waren Alpträume. Nachtmahre mitten am Tage, bei vollem Bewußtsein.

»Bring ihn zurück.«

Der Junge, den das Geschehen um ihn her bis jetzt vielleicht betäubt hatte, fing an zu weinen. Rufus nahm ihn auf den Arm. Das Herz schlug ihm bis zum Hals, das war ganz wörtlich zu nehmen, er hatte das Gefühl, jeden Augenblick ersticken oder sich übergeben zu müssen. Er rannte über den Asphalt, das brüllende Kind auf dem Arm, rannte durch einen überdachten Gang, stürzte durch eine verglaste Doppeltür und legte in dem ersten Geschäft, das er sah, einem Schuhgeschäft, einer Verkäuferin das Kind in die Arme.

»Das ist der vermißte Junge, er heißt Andrew. Es ist über den Lautsprecher durchgegeben worden...«

Um ein Haar hätten sie den Kleinen noch fallen lassen. Er schrie markerschütternd. Rufus wandte sich um und floh. Er sprang in den Wagen, fluchte laut, stieß an Obszönitäten hervor, was ihm nur einfiel, drohte Zosie, daß er sie umbringen würde, sie sei eine gemeingefährliche Irre. Sie lag auf der Rückbank, hatte den Kopf zurückgelegt und weinte. Er fuhr vom Parkplatz herunter, so rasch er konnte. Wenn er daran dachte, schlug sein Herz jetzt noch schneller. Er hob den erlaubten Drink an die Lippen, das Glas, das vor ihm auf dem Tisch stand. Der Wodka war warm geworden und schmeckte süßlich, aber der erste Schluck war sowieso immer der beste.

Lange Zeit fuhren sie, ohne etwas zu sagen. Zosie schluchzte. Es hätte ihm eine Warnung sein müssen. Er hatte die Male an ihrem Körper gesehen, die blauen, also noch frischen Schwangerschaftsstreifen. Er hatte ihre Reaktion auf das Bild erlebt, und jetzt hatte sie versucht, ein Kind zu stehlen. Wo war ihr eigenes Kind abgeblieben? Er fragte nicht, er sagte kein Wort. Sie waren spät dran, und so unglaublich es im Nachhinein schien, damals machte ihm die Verspätung mehr zu schaffen als Zosie und das, was sie angestellt hatte oder noch anstellen würde. An das, was sie vielleicht noch anstellen würde, hatte er überhaupt nicht gedacht.

Der Verkehr wurde dichter, sie steckten schon fast im

Rush hour-Gedränge fest. Er fuhr über die Aylmer Road, die Archway Road hinunter und nach North Hill, und wenn er an einer Ampel halten mußte, drehte er sich zu Zosie um und sagte, sie solle endlich aufhören, sie solle sich gefälligst zusammenreißen. Niemand folgte ihnen, natürlich nicht. Was hatte er erwartet? Streifenwagen? Scharen gummiknüppelschwingender Polizisten? Wahrscheinlich dachten alle, daß er, Rufus, das zum zweiten Mal ausgesetzte, hilflos herumirrende Kind gefunden und in Sicherheit gebracht hatte.

Zosie bohrte das Gesicht in die abgewetzten Polster von Matterknax und rollte sich in Embryonalhaltung zusammen. Sie hatte aufgehört zu weinen. Rufus bog in die View Road ein. Vivien wartete schon, sie saß auf einer Gartenmauer, das blaue Kleid wirkte irgendwie unpassend zwischen all den Grün- und Grautönen in dem harten weißen Licht vor dem ausgebleichten Rasen.

Sie setzte sich neben ihn, warf Zosie einen raschen Blick zu und sah diskret weg.

»Wie ist es gelaufen?«

»Ich habe mit seiner Schwester gesprochen, nicht mit seiner Frau. Seine Frau ist tot. Sie ist bei der Geburt des Babys gestorben. Eine Embolie oder so was.«

»Ungewöhnlich«, sagte Rufus, »aber hin und wieder kommt das noch vor.« Er fuhr in Richtung North Circular Road.

Zosie hob den Kopf. »Was ist eine Embolie?«

»Eine Luftblase in einer Vene. Wenn sie ins Herz wandert oder ins Gehirn, muß man sterben. Stimmt das, Rufus?«

»So ungefähr.« Schon damals erörterte er diese esoterischen Dinge nur ungern mit Laien. »Hast du den Job bekommen, oder weißt du es noch nicht?«

»Sie sagen mir Bescheid. Die Schwester wollte sich noch ein paar Leute ansehen, ehe sie wieder nach Amerika geht, sie lebt in Amerika. Sie haben jetzt eine Nanny für Nicola – das ist die Kleine – und für ihre Schwester Naomi, aber die hat gekündigt, weil sie heiraten will.«

»Wie alt ist die Kleine?« fragte Zosie.

»Ein Dreivierteljahr.«

»Wie sieht sie aus? Ist sie hübsch?«

»Ja, natürlich. Bildhübsch.« Vivien zögerte. Sie berührte Rufus leicht am Arm. »Ich glaube, ich hab da eine Dummheit gemacht. Sie hat gesagt, sie würde mir schreiben, und ich habe ihr als Adresse Troremmos, Nunes, Suffolk angegeben. Aber so heißt das Haus ja gar nicht...«

Rufus lachte. »Es heißt Wyvis Hall. Du wirst anrufen und die richtige Adresse durchgeben müssen.«

»Oder ich warte erst mal ab und rufe in zwei Wochen an. Sie hat gesagt, sie würde mir in etwa zwei Wochen Bescheid geben.«

Zumindest, dachte Rufus, würde sich über die Post nicht nachweisen lassen, daß im Juli 1976 eine Miss Vivien Goldman auf Wyvis Hall gewohnt hatte. Kein diensteifriger Postbeamter mit Superhirn würde sich an einen Umschlag mit einer solchen Adresse erinnern. Und die hübsche Postbotin hatte auch keinen Brief von Robin Tatian an die Haustür gebracht oder in den Kasten an der Einfahrt gelegt. Sein Brief war nach Troremmos gegangen und vielleicht früher oder später mit dem Vermerk »Unbekannt« dem Absender wieder zugestellt worden.

Nur Adam hatte damals Post bekommen, den Brief von der Steuer und an jenem letzten Tag eine Stromrechnung. Manchmal hatte Rufus den Deckel des großen hölzernen Briefkastens gehoben, der an der Straße stand, und hatte hineingesehen, auch an dem Tag, als sie aus London zurückgekommen waren. Damals war ein welkes Blatt dringewesen und das Gemeindeblättchen von Nunes.

Auf der Trift begegneten sie Adam und Shiva, die den von Shiva entdeckten Tierfriedhof besichtigen wollten. Rufus parkte Matterknax, und jetzt zeigte ihm Zosie, was sie außerdem noch gestohlen hatte: einen billigen kleinen Fotoapparat. Sie stiegen aus und folgten den anderen zum Kiefernwäldchen. Vivien schalt Zosie in mild-mütterlichem Ton und nannte sie eine »kleine Diebin«. Rufus sah noch Zosies mürrisches Gesicht vor sich, sah ihre tänzelnden Schritte, ihre beweglichen Hände. Er sah die schräg in den Wald einfallenden Sonnenbahnen, hörte das leise, tonlose Gezwitscher der Vögel, die ihre Schlafplätze aufsuchten.

»Möchtest du noch was trinken?« fragte Marigold.

Er schüttelte den Kopf. Sie schaltete den Fernseher ab, nahm sein leeres Glas, streifte mit einer unbestimmt-zärtlichen Geste über seine Schulter und verließ das Zimmer. Rufus holte sich seinen heimlichen Drink und überlegte, ob sie wohl davon wußte, ob sie es seit jeher gewußt und taktvollerweise nie etwas gesagt hatte. Ein- oder zweimal hatte er vergessen, das heimliche Glas wegzustellen und abzuwaschen, und am nächsten Tag war es nicht mehr dagewesen.

Das Telefon läutete.

Rufus meldete sich. Eine Stimme, die er nicht erkannt hätte, eine ganz gewöhnliche junge Frauenstimme, sagte:

»Rufus, hier ist Mary Passant. Früher Mary Gage.«

## 13

Das Gestalt-Gebet an der Küchenwand erinnerte Shiva täglich daran, daß Rufus und Adam nicht auf dieser Welt waren, um seine Erwartungen zu erfüllen. Sie taten nichts, sie standen selten vor zwölf auf. Sie nahmen Drogen, und Rufus trank im Übermaß. Shiva hatte sich auf Diskussionen über das Wesen der Dinge gefreut, die Zukunft der Welt, verschiedenartige religiöse Erfahrungen und andere moralphilosophische Fragen, aber Rufus und Adam, die offenkundig von den geistigen Anlagen her durchaus dazu befähigt waren, dezidierte Meinungen zu diesen Themen zu äußern, sprachen nur von Bagatellen, vom Essen und Trinken, von Orten, an denen sie gewesen waren und von Filmen, die sie gesehen hatten und von Leuten, die sie kannten, und vergnügten sich mit einem Schlagabtausch unverständlicher, vorgeblich geistreicher Repliken.

Shiva fiel es schwer, seine Tage sinnvoll auszufüllen. Er arbeitete seine Mathematikbücher durch. Er half Vivien in der Küche, wenn auch grollend, weil die anderen Männer das nie taten, obgleich sie aus einer lange nicht so patriarchalisch geprägten Kultur kamen wie er. Er versuchte, mit Rufus über medizinische Fragen und den Ärztestand ins Gespräch zu kommen, über die verschiedenen medizinischen Fakultäten und seine Chancen, einen Studienplatz zu ergattern, doch Rufus kam ihm nicht sehr entgegen. Er war zwar durchaus höflich und liebenswürdig, schien aber dem Thema merkwürdig gleichgültig gegenüberzustehen, ja, er tat gerade so, als könne jeder einen Studienplatz für Medizin bekommen, wenn er – oder sie – nur wollte.

Oft vertrieb er sich die Zeit mit Erkundungsgängen, wobei er allerdings selten Straßen benutzte. Straßen gab es auch zu Hause. Er ging über die Felder, wo er eigentlich nichts zu suchen hatte, aber das wußte er nicht. Die moderne mechanisierte Landwirtschaft kam ohne Menschen aus, und so gab es niemanden, der ihn hätte wegjagen können. Manchmal schritt er durch die reifenden Gersten- und Weizenfelder, aber er war so geschmeidig und leichtfüßig, daß er den jungen Halmen keinen Schaden zufügte. Von den Namen der Bäume und Pflanzen hatte er keine Ahnung, er konnte einen Löwenzahn nicht von einer Hundsrose unterscheiden, aber vielleicht kamen sie ihm eben deshalb, weil sie so geheimnisvoll waren, umso wundersamer vor. Er folgte dem Bachlauf und betrachtete die Algen, die wie grünes Haar unter der Wasseroberfläche dahintrieben, und die Libellen, die hin und wieder über das Wasser schwebten. Einmal sah er einen Eisvogel, er war blau wie Viviens Kleid, aber strahlend wie ein Edelstein, er leuchtete, als brenne ein Licht unter dem hellblauen Gefieder. Der Himmel war immer blau, fast immer wolkenlos, nur manchmal überspannte ihn ein feines Netz dünner, fedriger Zirruswolken, und jeden Tag stieg aufs neue die Sonne auf, heiß, kraftvoll, wie für alle Ewigkeit.

Sie waren seit etwa zwei Wochen in Troremmos, Vivien und er, als er auf den Friedhof im Kiefernwald stieß. Vivien und Zosie waren mit Rufus nach London gefahren, Vivien war zum Einstellungsgespräch in das Haus des

Architekten in Highgate bestellt. Adam lag auf der Terrasse und las ein unanständiges Buch aus dem vorigen Jahrhundert, das seinem Großonkel gehört hatte. Es war später Nachmittag oder früher Abend, obschon die Sonne so heiß brannte wie am Mittag, und Shiva fiel ein, daß er Vivien versprochen hatte, Anmachholz zu holen, damit sie den Küchenherd anschüren und Brot backen konnte.

Eigentlich war es zu heiß, um einen Herd anzuheizen, der die Küche noch heißer machen würde, aber Shiva holte trotzdem den Flechtkorb, den Vivien als Kiepe bezeichnet hatte, aus dem Stall und machte sich auf den Weg. Er ging über die Trift, die jetzt zu einem fast völlig geschlossenen Tunnel geworden war. Er wollte zu einem umgestürzten Baum am nördlichen Rand des Waldes.

Zuerst kamen nur Laubbäume, Eichen und Eschen und Buchen und Linden. Die Nadelbäume waren weiter oben, näher an der Straße. Der Geruch, der sich verstärkte, als er die Anhöhe erreicht hatte, erinnerte ihn an ein bestimmtes Badesalz. Shiva kombinierte nicht ohne Stolz, daß die Kiefern, denen das Badesalz seinen Geruch verdankte, dasselbe oder so was Ähnliches sein mußte wie diese Bäume, die er nun mit ganz anderen Augen betrachtete. Sie waren dunkelgrün, fast schwarz, die Nadeln wuchsen in dichten runden Büscheln, und um die Büschel herum standen lange, spitze lichtgrüne Zapfen, aber die Zapfen, die auf der Erde lagen, auf einer braunen Decke aus Millionen und Abermillionen abgefallener Nadeln, waren ebenfalls braun und glänzten, als habe man jeden einzelnen aus massivem Holz in Ananasform geschnitzt und poliert. Die Kiefern standen dicht an dicht und in symmetrischen Reihen, so daß der Wald dem phatansiebegabten Shiva erschien wie eine antike Säulenhalle mit einem bedrohlichen dunklen Dach.

Die Zapfen waren zum Anschüren bestimmt noch besser als dürre Zweige. Er fing an, sie in seinen Korb zu sammeln. Dabei sah er in der Ferne immer noch schönere Zapfen liegen und drang allmählich tiefer und tiefer in den Wald ein. Bald mußte er sich zwischen den Zweigen hindurchzwängen, so eng waren die Bäume gepflanzt. Es war trocken, still und ein bißchen stickig. Der Wald war nicht sehr groß, er hatte ihn einmal im Ganzen überblicken können, als er nachmittags in Rufus' Wagen von Hadleigh gekommen war, verirren konnte man sich nicht darin. Von dieser erhöhten Warte – fast schon aus der Vogelschau – hatte er einen Sandweg gesehen, der von Norden nach Süden durch den Wald ging, wahrscheinlich dazu gedacht, die Stämme aus dem Forst zu schaffen. Sehr bald, dachte Shiva, mußte er auf diesen Weg stoßen, und nachdem er sich noch weitere fünfzig Meter vorgekämpft und dabei Zapfen gesammelt hatte, sah er vor sich einen Lichtschein, und der Baumbestand wurde dünner. Über seinem Kopf hing an einem Zweig ein Vogelnest, es sah aus wie ein Körbchen, aber die Goldhähnchen, zwei zwitschernde gelbe Vögelchen, entdeckte Shiva erst, als er schon den Weg erreicht hatte.

Als der dichte Kiefernwald hinter ihm lag, erkannte er, daß der Weg in südlicher Richtung bis zu dem Grasstreifen führen mußte, der den Kiefern- vom Laubwald trennte. Shiva beschloß, diese Richtung einzuschlagen, um sich den Rückweg durch das Labyrinth hölzerner Säulen und scharfer, spitzer Zweige zu ersparen. Er sah sich um. Auf der anderen Seite des Weges, ein Stück weiter rechts, war die gerade Linie der Kiefern unterbrochen, die Bäume bildeten dort drei Seiten eines offenen Platzes, der mit Gras bewachsen war wie die Böschungen der Schneise, aber das Gras war nicht glatt und eben, sondern bildete zwölf bis fünfzehn flache Kuppen. Sie sahen aus wie eine Kette grüner Berge, ein Zwergengebirge, aus einem Zwergenflugzeug gesehen, oder wie grasbewachsene Maulwurfshügel. Überall auf dem Platz lagen irgendwelche Gedenktafeln herum. Shiva, den Korb mit den Zapfen in der Hand, ging näher heran.

Es war ein Friedhof. Die meisten Grabmäler waren aus Holz, steingrau oder flechtengrün verwittert, manche waren umgefallen und lagen auf der Seite. Auch ein paar Grabsteine aus Marmor waren da, rosa, graufleckig, weiß, auf dem letzten entzifferte Shiva den Namen Alexander und die Jahreszahlen 1901–1909. Auf einem anderen Grabmal stand ein Spruch, den er nicht verstand, aber die schlichten Nachrufe bewegten ihn sehr. Gerührt las er: »Von uns gegangen nach drei kurzen Jahren« und: »Auf welchen ewigen Strömen, Pinto...« Die Toten, die hier ruhten, hatten ein sehr kurzes Leben gehabt, der Älteste war ein gewisser Blaze, der 1957 im Alter von fünfzehn Jahren gestorben war. Für Shiva gab es kaum einen Zweifel, daß er auf einen Kinderfriedhof gestoßen war. Hier also lagen die Sprößlinge der Familie Verne-Smith an der Ruhestätte ihrer Ahnen. Die früheste Jahreszahl war 1867, die letzte – vor Blaze – 1912. Er wußte, daß die Kindersterblichkeit im England jener Jahre erheblich gewesen war, und das Herz tat ihm weh, wenn er an die jungen Toten dachte, an den Dreijährigen und an Alexander, der im Alter von acht Jahren gestorben war. Doch während er auf der Schneise seinen Weg fortsetzte, tröstete ihn über diese traurigen Betrachtungen der Gedanke hinweg, daß er jetzt den anderen etwas zu erzählen hatte, zum ersten Mal würde er ihnen etwas Interessantes berichten können. Adam wußte bestimmt nichts davon. Adam hatte ihm gesagt, daß er den Kiefernwald nie betreten hatte.

Weil er sich im voraus auf eine gelungene Überraschung freute, sagte Shiva zu Adam nur, er wolle ihm etwas Interessantes zeigen. Das sagte er auch zu den anderen, die ihm und Adam in Matterknax entgegenkamen, als sie die Trift erreicht hatten. Später war er heilfroh, daß er ihnen nicht erzählt hatte, er habe einen Kinderfriedhof entdeckt. Die Blamage wäre zu arg gewesen.

Auch Vivien wußte es nicht besser. Shiva und sie kamen aus sehr unterschiedlichem Milieu, aber sie standen sich doch näher, als sie beide Rufus oder Adam standen. Zosie machte große Augen und drückte eine Faust an den Mund. Hinter den beiden Engländern stand eine lange Tradition, eigentlich mehr eine Mythologie, und Shiva sagte sich, daß er die nie verstehen würde, ebensowenig wie sein Vater sie verstanden hatte, so sehr er sich auch seiner Liebe zu England und seiner Bewunderung für englische Lebensart gerühmt hatte.

Adam lachte, als Vivien genauso reagierte wie Shiva, das heißt, sie reagierte nicht wie Shiva, sondern viel impulsiver, mit lautem Jammer um trauernde Eltern und vergangenes Leid.

»Es sind Hunde und Katzen«, sagte Adam. »Vielleicht ist auch eine Ziege dabei und ein Papagei, aber hauptsächlich Hunde und Katzen.«

»Woher willst du das wissen?«

»Ich weiß es eben«, sagte Adam, und Rufus nickte. Auch für ihn war klar, daß man so was eben wußte. »Ein Tierfriedhof paßt zu Typen wie den Berelands, das war die angeheiratete Familie meines Großonkels.«

»Und ich habe noch gedacht, was für ein kurzes Leben die armen Kleinen doch hatten«, meinte Vivien.

»Im Grunde waren sie ganz schön langlebig, was? Blaze ist in Hundejahren gerechnet hundertfünf geworden.«

Zosie hatte geschwollene Augen, als hätte sie geweint. Shiva war das vorhin schon aufgefallen, sie sah aus, als könne sie gleich wieder anfangen. Sie fragte in dem kindlich-naiven Ton, in den sie verfiel, wenn sie traurig war:

»Ob da überhaupt nochmal welche begraben werden?«

»Noch weitere Tiere, meinst du? Kaum. Ich könnte mir nicht vorstellen, ein Haustier zu halten.«

»Wirklich nicht, Adam? Und würdest du es auch anderen nicht erlauben? Dürfte ich keinen Hund haben, wenn ich wollte, oder ein Kätzchen?«

Adam legte seine Arme um sie, aber er gab keine Antwort. Zosie ist bestimmt geistig zurückgeblieben, dachte Shiva, während sie alle zum Haus zurückgingen. So etwas wie sie war ihm noch nicht vorgekommen. Daß sie so mir nichts, dir nichts als Rufus' Freundin mit nach Troremmos gekommen und dann in Adams Bett übergewechselt war – das alles hatte er sich erst ganz allmählich zusammengereimt –, schockierte ihn sehr. In seinen Augen war sie eine Art frühreif-verderbtes Nymphchen. Er hatte nie richtig mit ihr geredet, und wären sie irgendwann miteinander allein gewesen, hätte er nicht gewußt, was er zu ihr hätte sagen sollen.

»Sie hatte ein Kind geboren«, sagte er zu Lili. »Dieses Kind hatte ein Kind geboren. Sie war noch nicht ganz siebzehn, als es zur Welt kam.«

»Das war sehr traurig, Shiva«, meinte Lili in leicht verweisendem Ton.

»Nicht für das Baby, das Baby hat jemand adoptiert. Lieber Himmel, inzwischen muß es zehn sein oder noch älter. Sie war so eine schreckliche Lügenliese. Einmal hat sie Vivien erzählt, ihr Stiefvater habe ihr das Kind gemacht, dann wieder, es sei ein Junge aus der Schule oder ein Lehrer gewesen. Was nun eigentlich gestimmt hat, weiß kein Mensch. Vivien hat sie ihr Herz ausgeschüttet. Vivien war wie eine Mutter zu ihr und Adam.«

»Schüttet man der eigenen Mutter sein Herz aus? Ich mache das nie.«

»Das war nur so eine Redensart, Lili. Von Herzausschütten kann wohl wirklich keine Rede sein, wenn die Hälfte von dem, was sie erzählt hat, gelogen war. Fest steht, daß sie von der Schule abging, weil sie das Kind erwartete, und als es da war, ging sie in so ein Heim, wo junge, unverheiratete Mädchen mit ihren Babys wohnen können, bis die Kinder adoptiert sind. Sie ist nicht zu ihrer Mutter zurückgegangen, hatte es aber wohl eigentlich vor. Sie hatte ja sonst niemanden, bis Rufus sie am Straßenrand fand.«

»Sie war krank im Kopf«, sagte Lili. »Das hast du immer gesagt. Daß sie krank im Kopf war.«

»Manche Frauen werden so, wenn sie ein Kind geboren haben, nicht?«

Lili wandte den Blick ab. »Postpartale Depression nennt man das.«

»Es war keine Depression. Zosie war nicht deprimiert. Sie war unglücklich, sie war wie von Sinnen vor Kummer, sie war verzweifelt. Rufus wußte das. Er war ja schon ein halber Doktor. Er hätte etwas tun, er hätte sie in Behandlung schicken müssen. Aber Rufus und Adam haben sie bei den Diebereien noch ermutigt, sie fanden das lustig. Ein Psychiater würde sagen, daß sie Liebe gestohlen hat.«

Lili zuckte die Schultern. »Sie hatte ihre Eltern oder zumindest ihre Mutter. Hat die sie nicht geliebt?«

»Zu Vivien hat Zosie gesagt, daß es ihrer Mutter peinlich war, als sie schwanger wurde. Wohlgemerkt, sie hat nicht gewütet oder geweint. Geniert hat sie sich, weil sie Angst davor hatte, was ihre Bekannten sagen würden.«

»Warum hat Zosie das Kind nicht abtreiben lassen?«

»Weil sie die Tatsachen nicht hat wahrhaben wollen, meint Vivien, sie hat so getan, als ob überhaupt nichts passiert wäre. Als sie es ihrer Mutter gesagt hat, war es zu spät, um noch etwas zu unternehmen. Und als einzige Lösung ist dann der Mutter die Adoption eingefallen. Es traf sich gut für sie – für die Mutter, meine ich –, daß sie und ihr Mann etwa um die Zeit, als das Kind kommen sollte, umgezogen sind. Wenn sie Glück hatten, brauchten die alten Nachbarn nichts mehr davon zu erfahren, und die neuen kriegten das mit dem Baby erst gar nicht mit.

Deshalb sollte ja Zosie in dieses Heim für Alleinerziehende, nachdem das Baby da war.«

»Solche Mädchen hießen früher ledige Mütter, hast du das gewußt? Ich habe es in einem Roman gelesen.«

»Viele hätten noch gar keine Heiratserlaubnis gekriegt, sie waren zu jung. Bei Zosie war es ja auch fast so. Sie hat das Baby in einem Londoner Krankenhaus zur Welt gebracht, da blieb sie nur fünf Tage, dann wurde sie entlassen und kam in dieses Heim. Eine Woche später hat sie das Kind zur Adoption freigegeben, und es kam zu seinen neuen Eltern.«

»Mädchen oder Junge?«

»Das weiß ich nicht«, sagte Shiva. »Ich habe nicht gefragt, und Vivien hat es nicht erzählt.«

»Das wäre aber vielleicht wichtig.«

»Ohne Baby konnte Zosie dort nicht bleiben. In ihre Schule konnte sie nicht zurück. Die Mutter und der Stiefvater waren umgezogen, aber natürlich hatte sie die neue Adresse, so ein böses Weib war die Mutter nun auch wieder nicht. Sie hat wahrscheinlich damit gerechnet, daß Zosie nach Hause kommen würde – in das neue Zuhause, meine ich. Und Zosie hat sich auch dorthin auf den Weg gemacht, weil ihr nichts weiter übrig blieb, sie wußte ja sonst nicht wohin, und sie hatte kein Geld.«

Shiva hielt inne und griff wieder nach der Zeitung. Eine Meldung auf einer der inneren Seiten hatten den Anstoß zu diesem Gespräch gegeben. Aufgrund neuer Hinweise, hieß es da, rechne die Polizei damit, in Kürze die Gebeine einer jungen Frau und eines Babys, die auf dem Tierfriedhof von Wyvis Hall gefunden worden waren, eindeutig identifizieren zu können. Das war alles. Shiva las den kurzen Absatz noch einmal sorgfältig.

»Du konntest nichts dafür«, sagte Lili. »Du warst nur zufällig da.«

»Nein, so einfach ist das nicht. Ich hätte weggehen müssen, als ich sah, wie sich alles entwickelte. Statt dessen habe ich Vivien zum Bleiben überredet. Als sie hörte, daß ihr die Stellung bei Robin Tatian sicher war, trug sie sich mit dem Gedanken, nach London zurückzugehen, in das Abbruchhaus. Mit Troremmos war es nicht so gelaufen, wie sie gedacht hatte. Außer ihr hatte dort niemand was getan, niemand was gearbeitet, und was sie tat, nahmen sie als so selbstverständlich hin wie das, was die Mutter für einen tut. Bleib du ruhig hier, Shiva, sagte sie, wenn ich gehe, heißt das nicht, daß du auch gehen mußt. Da wußte ich, daß das, was zwischen uns gewesen war, ein Ende hatte. Du bist doch nicht böse, wenn ich darüber rede, Lili?«

Sie schüttelte den Kopf und lächelte flüchtig.

»Das dachte ich mir, du brauchst mir deswegen auch nicht böse zu sein, es war nie eine richtige Liebesbeziehung, eigentlich mehr eine Freundschaft. In Troremmos haben wir in einem Bett geschlafen, aber wir haben einander nicht angerührt. Ich glaube, Vivien war zu der Überzeugung gekommen, daß sie in ihrem Leben keinen Platz für Sex hatte, daß er sie nur abgelenkt hätte, und irgendwie hatte sie auch keine Zeit dazu. Manchmal bin ich in der Nacht aufgewacht und habe sie in einer Ecke sitzen sehen, neben sich eine Lampe mit abgeschirmtem Licht, da hat sie die Gita gelesen. Es war ein sonderbares Gefühl für mich, weil ich sie nie gelesen hatte, obgleich ich doch Inder bin. Ich habe sie zum Bleiben überredet. Die anderen... ja, die standen mir sehr fern. Ich will ganz ehrlich sein, ich hatte einen gewaltigen Respekt, sogar ein bißchen Angst vor ihnen. Nicht vor Zosie, ich meine die Männer. Wie gesagt, Vivien war wie eine Mutter zu Zosie und Adam, aber gut, ich gebe es zu, für mich war sie auch so etwas wie eine Mutter. Sie war wie ein Schutzschild zwischen mir und ihnen. Bitte bleib, habe ich zu ihr gesagt, bis du deine Stellung antrittst, laß mich nicht allein, und sie hat es mir versprochen. Ich glaube, sie hat es nicht gern getan, aber sie hat sich eben an das gehalten, was sie immer vertreten hat, daß man Gutes tun muß im Leben.

Danach hat sie sich bedankt, daß ich Inder bin. Wir hatten nie über Hinduismus gesprochen, ich kenne mich da ja sowieso nicht aus, aber für sie sei es genug, sagte sie, daß ich Inder sei, es habe ihr den Weg gewiesen. So ganz habe ich nie begriffen, was sie gemeint hat.«

Er schwieg. Lili wartete. Sie sah ihn an, denn griff sie nach dem Buch, in dem sie vorher gelesen hatte, sie schlug eine Seite um und starrte auf den Text, aber Shiva hatte den Eindruck, daß sie ihn nicht aufnahm. Er ging in die Diele und schlug Adams Nummer in dem blauen und Rufus' Nummer in dem rosa Telefonbuch nach. Es ging weniger darum, daß er Angst gehabt hätte, den einen oder den anderen oder auch beide anzurufen, nein, er wußte einfach nicht, was er zu ihnen sagen sollte. Was gab es zu sagen? Nennt meinen Namen nicht, verratet nicht, daß ich je dort war... Sie würden es verraten oder auch nicht, seine Bitten würden nichts daran ändern.

Shiva klappte das rosa Telefonbuch zu und knipste das Licht aus. In der Fifth Avenue ging man sparsam mit dem Strom um. Er sah aus dem kleinen Fenster auf die trüb beleuchtete Straße hinaus. Die Leute von gegenüber zogen aus. Sie waren mit die letzte weiße Familie auf diesem Abschnitt der Fifth Avenue gewesen, ein junges Paar mit zwei Kindern. Viele Monate hatte das Schild »Zu verkaufen« vor dem Haus gestanden, schließlich waren sie es doch losgeworden. Für fünftausend weniger als vorgesehen, hatte Lili erzählt, und fünftausend Pfund waren viel bei dem Preisniveau in dieser Gegend. Den ganzen Tag hatte der Umzugswagen vor der Tür gestanden, aber jetzt war er weg. Eingezogen war niemand, vor den Fenstern hingen keine Gardinen. Wenn die neuen Bewohner sich nicht beeilen, dachte Shiva, sind sehr bald die Hausbesetzer da, oder alle Scheiben gehen zu Bruch. Farblos im Licht der Natriumdampflampen zog sich die Doppelreihe der Autos die Anhöhe hinauf, die Wagendächer spiegelten, hinter der bunten Bleiverglasung des Pubs leuchtete es orangefarben, wie von lodernden Feuern. Städtische Leere hatte etwas Unheimliches, Drohendes an sich. Zu Wohnstraßen gehören Menschen, aber es sagt einiges über den Zustand unserer Gesellschaft aus, dachte Shiva, daß er Freude und Erleichterung empfand, wenn die Straße menschenleer war, daß er dankbar war für die Sicherheit, die sich einstellte, wenn seine Mitmenschen sich nicht sehen ließen.

*Lebewesen gibt es ohne Zahl: Ich schwöre, sie ans andere Ufer zu rudern.*

*Makel gibt es ohne Zahl: Ich schwöre, sie von mir zu nehmen.*

*Die Zahl der Gebote ist grenzenlos: Ich schwöre, mich in sie zu vertiefen und mich an sie zu halten.*

*Der Weg ist lang. Ich schwöre, ihn bis ans Ende zu gehen.*

Er wußte nicht, woher der Text stammte, aus irgendwelchen buddhistischen oder hinduistischen Schriften vermutlich. Die waren alle so, alle setzten sie ihren Anhängern unerreichbare Ziele. Vivien hatte das Zitat abgeschrieben, das Blatt lag auf dem Tisch in ihrem Zimmer, unter dem Bild, auf dem das tote Kind mit seinen Eltern und dem Arzt zu sehen war. Während ihres ganzen Aufenthaltes lag es da, mit einer Flasche von Viviens Sandelholzöl beschwert. Er konnte den Text noch immer auswendig, weil er ihn sechs Wochen lang täglich vor Augen gehabt, täglich gelesen hatte.

Vivien stand ganz allein in der Welt, sie war in einem Heim aufgewachsen. Shiva erinnerte sich, daß Vivien erzählt hatte, ihre Mutter habe so viele Kinder gehabt, daß für sie kein Platz mehr gewesen sei. Vivien war ins Heim gekommen, weil ihre Mutter krank war und mit ihrer großen Familie nicht mehr fertig wurde. Als die Mutter sich erholt und wieder ein bißchen gefangen hatte – sie heiratete den Mann, mit dem sie lebte –, schien sie Vivien und einen ihrer Brüder, der auch im Heim war, einfach vergessen zu haben. Beide kehrten nie wieder nach Hause zurück, und eines Tages stellte Vivien fest, daß man sie im wahrsten Sinne des Wortes ausgesetzt hatte, denn ein ganzes Jahr zuvor war ihre Mutter mit der restlichen Familie umgezogen, in eine ganz andere, weit entfernte Gegend.

Vivien hatte das ohne jedes Selbstmitleid erzählt, sie hatte ganz sachliche Überlegungen angestellt, wieviele Geschwister sie inzwischen haben mochte. Zosie hatte mit großen Augen zugehört, die Ellbogen auf den Tisch, das blasse Gesichtchen in die Hände gestützt.

»Meine Mutter hat mich auch ausgesetzt«, sagte sie.

Da hatte sie Vivien noch nichts von dem Baby erzählt, war noch das geheimnisvolle Mädchen aus Nirgendwo.

»Meine Mutter weiß nicht, wo ich bin«, sagte sie. »Es ist ihr offenbar auch egal. Sie hat überhaupt nicht versucht mich zu finden, sie hat nicht nach mir gesucht, sie war nicht bei der Polizei. Ich werde vermißt, aber ihr ist es egal.«

»Woher willst du das wissen?« fragte Rufus. »Du bist ihr doch weggelaufen, es ist nicht so, als ob sie dir davongerannt wäre. So sieht's jedenfalls aus. Woher willst du wissen, daß sie sich nicht halb verrückt macht vor Sorge um dich?«

»Wir hatten jeden Tag das Radio an, und sie haben nichts darüber gebracht. In London habe ich mir eine Zeitung gekauft, und wenn wir in Sudbury waren, hab ich immer in die Zeitung gesehen, aber es war nie was drin. Ihr ist es egal, sie ist froh, daß ich weg bin.«

»Na und?« sagte Rufus, der Vernünftige. »Ich denke, du willst gar nicht nach Hause, du willst nicht, daß deine Mutter ständig an dir rummacht.«

Shiva meinte zu verstehen, Vivien hatte mit Sicherheit verstanden. Es ist etwas anderes, sagte Vivien, ob ein junges Mädchen von zu Hause wegläuft und sich freut, von den Eltern wegzukommen, oder ob es feststellen muß, daß die Eltern froh sind, ihr Kind loszuwerden. Und Zosie sagte:

»Begreifst du denn nicht, wie scheußlich das ist? Ich werde vermißt, und meine Mutter macht sich keine Sorgen. Ich könnt ja auch ermordet sein, ich bin doch erst siebzehn.«

Sie begann bitterlich zu weinen. Vivien setzte sich neben Zosie und legte einen Arm um sie, drehte sie zu sich herum und hielt sie ganz fest. Das war der Tag, an dem Zosie ihr alles erzählte – oder fast alles. Jedenfalls das mit dem Kind. Und Sachen über Adam. Adam hatte ihr gesagt, er sei in sie verliebt, er sei verrückt nach ihr, und so, wie er sie ansah, mit den Blicken verschlang, glaubte Shiva ihm das aufs Wort. Wie Zosie darüber dachte, ob sie seine Gefühle erwiderte, hatte sie Vivien nicht gesagt, oder Vivien hatte ihm nichts davon erzählt. Eine Bemerkung, die Zosie gemacht hatte, war vielleicht von Bedeutung:

»Hätt ich das vorher gewußt, hätt ich mein Baby behalten können.«

Vivien hatte sie gefragt, was sie meinte.

»Er will, daß ich hierbleibe, bei ihm. Daß ich hier mit ihm lebe. Auf immer. Das hat er gesagt. Er geht nicht zurück nach London, er studiert nicht weiter. Das ist jetzt mein Zuhause, hat er gesagt. Und ich denk mir, wenn ich das bloß gewußt hätt, wenn ich es bloß gewußt hätt, eh ich mein Baby weggegeben hab. Ich hätte mein Baby hier kriegen können, und wir hätten hier wohnen können, alle drei, wie eine Familie. Ganz schrecklich ist das, wenn ich dran denk, wie's hätte sein können. Wenn ich es bloß gewußt hätt.«

Die wenigen Zeilen über die bevorstehende Identifizierung der Gebeine von Wyvis Hall las Adam per Zufall, während er darauf wartete, seine Aussage zu machen. Er saß im Revier und wartete, bis er drankam und warf dabei einen Blick in das Abendblatt, das er gerade gekauft hatte. Sofort bildete er sich ein, daß sich aller Blicke auf ihn richteten, daß die Polizisten hinter ihrem Tresen, die zwei, drei Besucher, die ebenfalls auf Abfertigung warteten, genau wußten, an welcher Stelle der Seite die Meldung stand, daß sie wußten, worauf sie sich bezog und sich Gedanken über seine Verwicklung in den Fall machten. Er faltete so beiläufig wie möglich die Zeitung wieder zusammen. Aber sein Herz schlug schmerzhaft, als ihm die Bedeutung des Gelesenen bewußt wurde.

Fünf Minuten später saß er in einem kahlen kleinen Büro Sergeant Fuller gegenüber. Trotz seines Lampenfiebers vor diesem Gespräch hatte Adam sich immer wieder vorgehalten, daß er ja alles, was er zu sagen bereit war, schon Stretton und Winder gesagt hatte. Sie waren über den Fall im Bilde. Dieser Fuller hatte vermutlich keine Ahnung, er war als Amtsträger einfach aufgrund seines Ranges oder auch, weil er gerade verfügbar war, dazu abgestellt, Adams Aussage entgegenzunehmen. Er war deshalb wie vor den Kopf geschlagen, als Fuller, nachdem das, was Adam Winder gegenüber ausgesagt hatte, wiederholt und von einer Polizistin getippt worden war, lässig und wie nebenbei fragte: »Übrigens, nur der Ordnung halber, wo waren Sie außerdem noch in den Sommerferien? Zu Hause bei Ihrer Familie vermutlich. Oder waren sie verreist?«

»Ich war in Griechenland«, sagte Adam.

»Allein?«

»Ich begreife nicht, was das mit Wyvis Hall zu tun hat. Ich war nicht dort, und nur darauf kommt es schließlich an.«

»Nur darauf kommt es schließlich an?« wiederholte Sergeant Fuller. »Na hören Sie mal, das wär denn doch ein bißchen viel verlangt. Wenn's nur darauf ankäme...«

Adam traute sich nicht zu sagen, er sei allein nach Griechenland gefahren. Was war, wenn sein Vater der Polizei schon erzählt hatte, er sei mit Rufus dort gewesen? Hätte er bloß seinen Vater gefragt, was der im einzelnen ausgesagt hatte...

»Tja, wenn das alles ist...« sagte er. »Ich bin nämlich ziemlich in Zeitdruck.«

»Sie müssen noch unterschreiben, Mr. Verne-Smith.«

Adam unterschrieb.

»Sie wollten mir sagen, mit wem Sie nach Griechenland gefahren sind«, meinte Fuller.

»Mit einem Freund, einem gewissen Rufus Fletcher. Jetzt Dr. Fletcher.«

»Wenn Sie so nett wären, mir Dr. Fletchers Adresse zu geben, Mr. Verne-Smith...«

Adam bereute seine Antwort, sobald sie heraus war. »Er steht im Telefonbuch.«

Fuller sagte nichts, aber er sah Adam scharf an, und Adam wußte, was er dachte. Woher wissen Sie, mein

Bester, daß er im Telefonbuch steht, wenn er ein Freund von Ihnen ist? Dann wüßten Sie doch bestimmt seine Nummer auswendig oder hätten sie in Ihrem Notizbuch. Oder haben Sie gemeint, er *war* ein Freund von Ihnen, ist es aber nicht mehr, und Sie wissen, daß er im Telefonbuch steht, weil Sie seine Nummer nachschlagen mußten, um ihn zu warnen oder den Fall mit ihm zu besprechen oder ein Alibi auszutüfteln? Und wenn dem so ist, Mr. Verne-Smith, eröffnen sich da interessante Möglichkeiten ...

Er mußte Rufus warnen. Die Polizei würde ihn natürlich ansprechen und sich Adams Aussage von ihm bestätigen lassen. Adam hatte die ganze Geschichte so satt, er fühlte sich leicht benommen, als habe ihn jemand niedergeboxt, aber nicht bis zum Knockout. Um diese Zeit begann er sich sonst auf Abigail zu freuen, heute aber erfüllte ihn der Gedanke an das Kind nur mit Verzweiflung. Und was Anne anging ... Er hatte nun alle Vorspiegelungen, alle Selbsttäuschung abgetan und begriff, daß er nur wegen Abigail bei ihr blieb. In seinem ganzen Leben hatte er nur zwei Menschen geliebt, Zosie und Abigail, und die Zosie, an die er sich erinnerte, kam ihm fast so jung und klein und hilflos vor wie seine Tochter.

Die bläulich-weißen Male an ihrem Körper hatte er zuerst für eine ihr angeborene Besonderheit gehalten, für ideopathisch, um mit Rufus zu reden. Zosies Haut war hellbraun, und die kleinen weißfedrigen Male sahen nicht aus wie Narben, sondern wirkten ausgesprochen hübsch und reizvoll. Eines Nachmittags hatte er sie danach gefragt. Sie lag auf der Seite, auf einen Ellbogen gestützt, die Hand unter dem Kinn, eine typische Geste für Zosie, und besah sich das Bild des Heiligen Sebastian, der sich einem Trupp römischer Bogenschützen stellt.

»Sie haben Pfeilschießen mit mir gemacht«, sagte sie.

»Komm, Zosie, sag mir's.«

»Meine Haut hat sich gedehnt und gedehnt, und zum Schluß ist sie nicht wieder so geworden wir vorher. Wie bei einem Stück Seide. Paß auf!« Sie sprang vom Bett und griff sich einen der alten, verschossenen rosaseidenen Vorhänge, packte ihn mit beiden Fäusten und zog. Es gab ein ratschendes Geräusch. »O je, der Stoff ist zu alt, er ist mürbe. Aber ich bin jung, deshalb ist bei mir nichts gerissen.«

»Zosie, Zosie, was meinst du nur...«

»Soll ich's dir sagen? Jetzt gleich?«

Er streckte ihr die Arme entgegen, und sie schmiegte sich vertrauensvoll an ihn und sprach flüsternd in seine Schulter hinein. Seltsamerweise hatte es ihn nicht sehr berührt. Hätte man ihm jetzt von einer Siebzehnjährigen erzählt, die ein Kind bekommt und es zur Adoption freigibt, die aus einem Heim davonläuft und, noch postpartal, erst mit einem, dann mit einem zweiten Mann schläft, ohne medizinische Betreuung und Verhütungsmittel, hätte ihn eine solche Geschichte schockiert und empört. Damals hatte er das nicht so gesehen. Über Verhütung hatte er sich überhaupt keine Gedanken gemacht, hatte nicht einmal gewußt, daß eine Frau erst sechs Wochen nach der Geburt und auch dann nur nach ärztlicher Erlaubnis wieder sexuell aktiv werden soll. Doch nicht einmal über das Kind und über das, was Zosie für das Kind empfunden haben mochte, hatte er groß nachgedacht.

Jetzt schämte er sich, wenn er an seine Gefühllosigkeit dachte. Tatsache war, daß er damals, als Neunzehnjähriger, ein Baby als Belastung empfunden und sich gedacht hatte, jede unverheiratete Frau müsse froh sein, es loszuwerden, entweder durch die Geburt oder vorzugsweise schon vorher, durch eine Abtreibung. Als sie ihm sagte, daß die bläulich-weißen Federchen Schwangerschaftsstreifen waren, hatte er sie mit dem getröstet, was ihr seiner Meinung nach allein wichtig sein würde.

»Sie entstellen dich nicht, Zosie, Liebste, sie sind nicht häßlich, sie sind ganz süß, ich mag sie.«

Ein Frösteln überlief sie, ihre Brustspitzen strafften sich, aber nicht vor Begehren, sondern vom Frösteln. Er wünschte sich sehnlichst, Zosie möge ihn so begehren, wie er sie begehrte, denn er hegte den Verdacht, daß sie in dieser Hinsicht überhaupt nichts für ihn empfand. Weshalb das so war, begriff er beim besten Willen nicht, er müsse wohl nur kundiger, erfindungsreicher vorgehen, dachte er sich, brauche nur den Akt zu verlängern. Daß sie womöglich an einer Frigidität litt, wie sie bei Frauen nach einer Geburt nicht selten ist, wäre ihm nie in den Sinn gekommen, von solchen Sachen wußte er nichts. Es war alles ein hoffnungsloses Mißverständnis gewesen, dachte er jetzt. Nicht ein einziges Mal in jenem Juli und August war er auf die Idee gekommen, daß es vielleicht die Trennung von ihrem Kind war, die Zosie so unglücklich machte, nie hätte er in ihrem manchmal so absonderlichen Verhalten eine postpartale Psychose vermutet. Weil sie mit ihm schlief, wann immer er es wollte – mindestens einmal, manchmal zwei- oder dreimal am Tag –, war er davon ausgegangen, daß auch sie es wollte. Und sie war nicht passiv, nicht unbeteiligt und trocken, sie zappelte und stöhnte und drehte und wand sich, und in den heißen Nächten standen die Schweißtropfen auf ihrer Haut wie Glasperlen und rollten an ihren birnenförmigen Brüsten herunter und an den Schenkeln mit den fedrigen Narben entlang. Wie hätte er es auch wissen sollen? Woher weiß ein Mann so etwas? Frauengefühle sind wie ein dunkler Wald. Woher soll der Mann wissen, was echt ist und was eine Komödie, die sie um ihrer eigenen obskuren Zwecke willen spielt?

Adam dachte: Ist eine Frau überhaupt mal bei mir gekommen? Ich weiß es nicht. Ich bin verheiratet und weiß es trotzdem nicht. Ich weiß nur, was sie gesagt haben. Und Zosie hat nie was gesagt. Sie hat manchmal geweint und manchmal auf eine irre Art gelacht, und manchmal hat sie mich tüchtig hergenommen und die Beine angezogen und mit dem Po gewackelt. Und ich habe nie begriffen, daß sie damit nur hat zahlen wollen, damit sie bleiben darf. Aber ich habe ja überhaupt nichts begriffen. Einmal hat sie zu mir gesagt:

»Wenn ich bloß gewußt hätte, daß du hier wohnst und daß du möchtest, daß ich auch hier wohne, hätte ich mein Baby nicht wegzugeben brauchen, ich hätte es behalten können. Warum passieren die Dinge nicht in der richtigen Reihenfolge, Adam?«

»Was sollten wir denn hier mit einem Baby anfangen?« hatte er gesagt. »Es würde uns nur belasten, und wir könnten nicht mehr weggehen.«

Bei Abigails Geburt war er dabeigewesen und hatte

ebenso intensive Muttergefühle entwickelt wie Anne. Abigail war mit einem Ruck herausgekommen, und die Hebamme hatte sie triumphierend der schwer atmenden, lächelnden Anne gezeigt und dem weinenden Adam, einem Vater, dem die Tränen in Strömen übers Gesicht liefen. Später hatte Anne ihm Vorwürfe deswegen gemacht. Da denke ich die ganze Zeit, hatte sie gesagt, ihr Verne-Smiths (die verdammten Verne-Smiths) wißt überhaupt nicht, was Emotionen sind, und da sitzt du und heulst, weil ein Kind geboren wird. Er hatte ihr nicht begreiflich machen können, daß er vor Freude geweint hatte und vor Glück, wieder lieben zu dürfen und Vater zu sein, was für ihn ein Wunder war. Später, als das Kind sauber und angekleidet in Annes Armen, an ihrer Brust lag, erinnerte er sich an Zosie und empfand zum ersten Mal tiefes Mitleid mit ihr.

In sehr jungen Jahren ein Kind zu bekommen, das einem gleich nach der Geburt weggenommen wird – das kann einen schon aus dem Gleis werfen, kann zu einer vorübergehenden geistigen Störung, zu Kleptomanie und zum Gespensterersehen führen. Er hatte nie Angst *um* Zosie gehabt, nur Angst *vor* ihr, vor dem, was sie noch anstellen würde. Weil er Angst gehabt hatte, sie könne wieder irgendwo etwas mausen, hatte er sie in Matterknax sitzen lassen und ihr dadurch die Möglichkeit eröffnet, etwas viel Schlimmeres zu tun...

Ungefähr einen Monat davor waren sie und Rufus und Vivien nach London gefahren, und Zosie hatte einen Fotoapparat gestohlen. An dem Abend waren sie alle zum ersten Mal zum Tierfriedhof gegangen. Vivien machte

Zosie Vorhaltungen wegen ihrer Diebereien und sagte, sie müsse den Fotoapparat zurückgeben, worauf Zosie abwechselnd schmollend und mit Gegicker reagiert hatte. Sie hatte wohl auch einen Film gestohlen, oder Rufus hatte einen gekauft, jedenfalls machte er ein paar Aufnahmen von dem Tierfriedhof und dann eine Aufnahme von dem Haus. Er stand auf dem Rasen vor der Zeder, mit deren Zweigen der Abendwind spielte, und fotografierte das Haus. Dann posierte Zosie auf der Terrasse wie Julia, und er, Adam, posierte unten auf dem Rasen wie Romeo, und Rufus fotografierte wieder. Wo waren diese Fotos wohl abgeblieben? Vielleicht hatte Rufus sie noch, aber wenn Gefahr im Verzug war, würde er sie bestimmt vernichten.

War es an jenem Abend so kühl geworden? Es mußte der letzte oder zumindest einer der letzten Juliabende gewesen sein. Es dunkelte, und Zosie stand am Ende des Ganges, als sie plötzlich Hilbert sah und den kleinen Blaze, der um ihn herumschwänzelte und an ihm hochsprang. Das heißt, sie sah einen alten Mann und ein junges Hündchen, und das paßte nicht ganz zu den Fakten. Es wirkte alles umso weniger glaubhaft, als sie von dem Hund erst sprach, nachdem sie den Tierfriedhof gesehen hatte.

Die Nacht war kalt, und sie waren froh um die Wärme aus dem Küchenherd. Das ist das Ende der Schönwetterperiode, dachten sie alle, aber am nächsten Tag war die Sonne wieder da und schien den ganzen August hindurch so heiß wie eh und je. In dieser kalten Nacht, in ihren grauen Pullover gehüllt, fragte Zosie, ob sie ein Kätzchen haben dürfe, und er hatte ja gesagt, aber erst später, als die anderen weg waren. Eine Katze und einen Hund und ein Lämmchen und auch ein Pony, wenn sie wollte.

»Zu Hause durfte ich das nicht, ich hätt's auch nicht gewollt. Ich hätte mich nicht getraut. Cliff macht Tiere tot.«

»Wer ist Cliff?« fragte er.

»Mein Stiefvater.« Sie saß dicht neben ihm und hatte die Arme um ihn gelegt wie ein Kind. Ihr Gesicht lag an seinem Nacken, ihre Lippen berührten seine Haut. »Er macht so kleines Viehzeug einfach tot, er hat kein Mitleid.«

»Du meinst, er jagt und schießt?«

»Er jagt sie, ja. Bloß mich hat er nicht gejagt. Vielleicht weiß er nicht, wo er anfangen soll, er hat keine Spur.« Und sie lachte und liebkoste seinen Nacken, saugte daran wie ein Kind an der Brust.

Es war eine der wenigen Nächte gewesen, in denen er sie in den Armen halten konnte, ohne daß die Hitze ihnen zusetzte, ohne daß der Schweiß von den ineinander verklammerten Körpern rann.

Adam, der etwas später als sonst nach Hause gekommen war, ging gleich nach oben. Er hörte, wie Abigail gebadet wurde, hörte das Planschen und Juchzen. Die Badezimmertür stand einen Spalt breit offen. Er rief Anne einen Gruß zu, aber er steckte den Kopf nicht durch die Tür, er wollte sich durch den hinreißenden Anblick von Abigail mit ihren schwimmenden Delphinen und ihrer Ente und dem aufblasbaren Fisch nicht von seiner Aufgabe ablenken lassen. Er ging in das Gästezimmer, in dem er Hilberts Schrotflinte aufbewahrte. Es schien ihm äußerst unklug, sie auch nur eine Minute länger im Haus zu behalten. Ein Besuch der Polizei mit einem Haussuchungsbefehl hätte ihn nicht im mindesten überrascht.

Die Flinte steckte in der Golftasche, in der er sie aus Troremmos geholt hatte. Ob sie noch funktionierte? Während er sie nach unten brachte, vorbei am Badezimmer, aus dem die Geräusche unschuldiger Heiterkeit drangen, erwog er zum ersten Mal, die Flinte gegen sich selbst zu richten, überlegte, daß ihm das Frieden bringen und alle Qualen beenden würde.

»Aber dessen müde, wünsch ich tot zu sein,
bliebe, wenn ich sterbe, nicht mein Lieb allein.«

Er mußte an Abigail denken.

In den letzten Tagen war ihm mehrmals ein bedrückender Gedanke durch den Kopf gegangen. Zosie hätte durchaus ihr Baby zurückbekommen können, sie hätte es zu sich holen und sie hätten alle miteinander in Troremmos leben können, diesem kleinen Paradies, Sommerort, rückwärts gelesen, denn es war noch nicht zu spät, die Zustimmung zur Adoption zu widerrufen, nur hatte sie das nicht gewußt, und auch er hatte es nicht gewußt – damals.

Adam öffnete den Deckel des Kofferraums, packte die Flinte hinein und legte die Plastikfolie darüber, die er dort griffbereit hatte, um bei Frost seine Windschutzscheibe abzudecken.

## 14

Es war mittlerweile ihr zweiter Versuch mit der Ehe, erzählte Mary Gage, und Rufus entnahm ihren Andeutungen, daß er sich nicht erfolgreicher anließ als der erste. Sie war zu einem Kurzbesuch in London und hatte im Flugzeug die Zeitung gelesen. In fünf Tagen ging es wieder zurück nach Rio, aber irgendwie, hatte sie sich gedacht, müßte sie sich daraufhin doch mal bei ihm melden. Natürlich glaubte sie nicht, daß der Fund in dem Grab auf dem Tierfriedhof irgendwas mit Adam und ihm zu tun hatte...

»An einen Tierfriedhof kann ich mich überhaupt nicht erinnern«, sagte sie.

Marigold kam auf dem Weg ins Badezimmer an ihm vorbei. Sie sah ihren Mann mit erhobenen Brauen an. Rufus legte eine Hand über das Mundstück.

»Mary Passant«, sagte er.

Marigold wußte natürlich nicht, wer Mary Passant war, aber daß er den Namen so offen aussprach, mußte jeglichen Argwohn entschärfen. Und später würde er ihr alles erklären, offener, ehrlicher Ehemann, der er war, ein Mann, der Vertrauen schenkt und seinerseits Vertrauen erwartet und deshalb seiner Frau erzählen kann, daß ihn eine Ex-Freundin angerufen hatte, weil sie für zehn Tage in der alten Heimat war.

»Mit wem hast du gesprochen?« fragte Mary Gage.

»Mit meiner Frau.«

Auch Marigold mußte die Antwort gehört haben, ehe sie die Tür hinter sich schloß.

Mary seufzte leicht. »Du weißt also nichts darüber? Na ja, ich hab's mir fast gedacht.«

»Eben. Adam und ich sind damals auch nicht mehr lange geblieben.«

»Diese Bella hat also niemanden für eure Kommune gefunden?«

»Dein Gedächtnis ist phänomenal, Mary«, sagte Rufus in seinem leichten, neckenden Ton, aber es überlief ihn kühl, fast wie ein Frösteln. Nach zehn Jahren wußte sie noch Bellas Namen. Er war ungeheuer erleichtert, als sie fortfuhr:

»Es ist mir nur eingefallen, weil mir gestern jemand erzählt hat, daß sie tot ist, sie ist an irgendeiner scheußlichen Sache gestorben, dabei war sie erst dreißig.«

Rufus war plötzlich wieder äußerst munter, ja, geradezu euphorisch. Bella war tot, Bella konnte von keiner Polizei mehr aufgespürt werden, konnte niemandem erzählen, wie sie am 15. Juli 1976 Shiva und Vivien nach Troremmos geschickt hatte.

»Wann fliegst du zurück?« fragte er.

»In fünf, nein, eigentlich in vier Tagen. Am Dienstag in aller Frühe.« Je eher, desto besser, dachte er. Daß sie von sich aus zur Polizei gehen würde, war unwahrscheinlich.

»Weißt du, daß wir uns nie mehr gesprochen haben, nachdem du mich nach Colchester gebracht hast und ich mit der Bahn nach London gefahren bin?«

»Stimmt«, sagte er und richtete sich auf ein längeres

Gespräch ein. Oben lief Marigolds Badewasser aus der Wanne. Er griff nach seinem heimlichen Drink und nahm einen Schluck. Der Wodka schmeckte abgestanden, lau und widerlich.

»Trinkst du?« fragte sie. »Herrje, da hast du dich offenbar nicht wesentlich geändert.«

Nach einer weiteren Minute war ihnen der Gesprächsstoff ausgegangen. Er wünschte ihr ganz aufgeräumt eine gute Reise und verabschiedete sich. Im Grunde war es ein sehr erfreulicher Anruf gewesen, sie hatte ihm denkbar gute Kunde gebracht. Viviens Herkunft blieb nun für immer im Ungewissen. Rufus zündete sich eine Zigarette an, die letzte des Tages, und nahm einen tiefen Lungenzug. Wenn Adam sich nicht an Shivas Nachnamen erinnern konnte – umso besser. Woran er sich nicht erinnern konnte, das konnte er der Polizei nicht sagen. Wenn er klug war, ließ er Zosie ganz aus dem Spiel, die arme, kleine, verhuschte, mäuschengleiche Zosie. Seltsam, daß einem, wenn man an sie dachte, ständig hübsche kleine Tiere in den Sinn kamen, Tiere mit großer Verletzlichkeit und kurzer Lebenserwartung. Sie erinnerte an eine Häsin, wenn sie so wachsam dasaß und lauschte, an eine Maus, wenn ihr Augen groß und rund wurden, an ein Kätzchen, das auch im Schlaf nie ganz entspannt ist. Sie war so voller Ängste, voller Verzweiflung gewesen...

Rufus ging nach oben ins Schlafzimmer. Mary Gage hatte er schon fast vergessen. Seine Gedanken wandten sich Troremmos zu.

Weil Zosie das Silberarmband gemaust und verkauft hatte, trauten sie sich nicht mehr, Silber und andere Gegenstände aus dem Haus in Sudbury anzubieten. Adam glaubte – vielleicht zu Recht –, daß die beiden betroffenen Händler zornentbrannt ihre Kollegen alarmiert hatten, so daß die ganze Antiquitäten- und Trödlergilde der Stadt jetzt nur darauf wartete, die Falle zuschnappen zu lassen, wenn sie zu ihrer nächsten Transaktion in Sudbury auftauchten. Und wenn dem so war, konnte man nicht ausschließen, daß sich ihre Beschreibung und ihr Ruf bis nach Long Melford, nach Lavenham, ja sogar bis nach Colchester herumgesprochen hatte.

Ganz hinten in einer langen, tiefen Schublade des Küchenbüffets hatte Vivien zwei große, schwere Löffel gefunden. In den vorderen Fächern hatten Tranchiermesser, eine Gabel und ein Wetzstein gelegen. Rufus hatte solche Löffel mal bei einem Regimentsessen gesehen, zu dem ihn sein Vater mitgenommen hatte.

»Es sind Farcenlöffel«, sagte er. »Um die Füllung aus Hühnern und so Sachen rauszuholen.«

Sie sahen antik und wertvoll aus, fand Adam. »Ist das nicht ein georgianisches Perlmuster?«

Das Dumme war, daß sie sich nicht trauten, mit den Löffeln die Geschäfte der Umgebung abzuklappern. Das gleiche galt für ein Dutzend Likörgläser, die beiden sechseckigen Präsentierteller und den Maskenkrug, die ebenfalls zum Verkauf vorgesehen waren. Das Geld war sehr knapp geworden. Zosie erbot sich, Lebensmittel für sie zu stehlen und Wein, aber Adam untersagte es ihr. Er hatte Angst, daß man sie schnappen und er sie verlieren könnte.

»Ich könnte meinen Ring verkaufen«, sagte sie.

Den Ring trug sie am kleinen Finger der linken Hand. Zosie hatte sehr kleine, zarte Finger, und Rufus bezweifelte sehr, ob der Ring einer Erwachsenen überhaupt passen würde. Er war aus mehreren drahtdünnen Goldsträngen gemacht, die zu einem komplizierten Muster verflochten waren. Zosie trug ihn noch nicht lange. In den ersten Wochen nach ihrer Ankunft hatte er mit dem Pullover und dem Nietengürtel in ihrem Rucksack gelegen. Meine Finger werden schwarz davon, sagte sie. Auf Gold reagierte ihre Haut mit schwärzlichen Ablagerungen. Ständig sah sie sich jetzt ihre Hand daraufhin an, aber bisher merkte man noch nichts.

»Ich will nicht, daß du deinen Ring verkaufst«, sagte Adam und legte einen Arm um sie.

Shiva warf einen Blick darauf. »Wem würde er auch passen? Vielleicht einer Inderin. Engländerinnen haben zu dicke Finger. Und Gold hin, Gold her, viel würdest du wahrscheinlich sowieso nicht dafür kriegen.«

Das nahm Adam krumm. »Ich schätze, daß er mindestens fünfzig Pfund bringen würde, aber ich möchte nicht, daß sie ihn verkauft, es wäre mir schrecklich. Es gibt andere Möglichkeiten, an Geld zu kommen. Vielleicht müssen wir mit den Sachen nach London fahren. In der Archway Road gibt es eine Menge Geschäfte, die gute Preise für Silber bieten.«

Eine Kommune waren sie in nur einem – allerdings nicht ganz unwichtigen – Punkt. Was sie hatten, wurde geteilt. Natürlich bedeutete das vor allem, daß das, was Adam hatte, geteilt wurde, aber jetzt steuerte auch Rufus etwas bei. Er versetzte seine goldene Halskette. Genau genommen war es gar nicht seine, sie gehörte seiner Mutter. Rufus fand, daß er in einem bis zur Taille offenen Hemd und der goldenen Kette mit Anhänger auf der braungebrannten Brust nicht unflott aussah, und da seine Mutter sie nie trug, hatte er sich kurzerhand bedient. Er sagte den anderen nicht, daß er die Kette verpfänden wollte, er wußte nicht einmal, ob man heutzutage noch Sachen verpfänden konnte oder ob das mittlerweile aus der Mode gekommen war. Er fuhr nach Colchester, zu dem Leihhaus in der Priory Street, voller Bedenken, ob die drei Messingkugeln noch das bedeuteten, was sie früher bedeutet hatten, aber es gab keine Probleme, das Versatzgeschäft florierte offenbar nach wie vor, und der Pfandleiher gab ihm hundert Pfund für die Kette.

Als er jetzt an jene letzten Wochen dachte, jene Wochen im August, fiel Rufus ein, daß er die Kette nie eingelöst hatte. Wahrscheinlich war sie immer noch dort. Inzwischen mochte sie an die fünfhundert Pfund wert sein. Seine Eltern waren im Abstand von einem Jahr gestorben, vor vier beziehungsweise fünf Jahren. Sie waren nicht mehr jung, waren schon an die vierzig gewesen, als er und sein Bruder geboren wurden. Seine Mutter hatte die Kette offenbar nicht vermißt – jedenfalls hatte sie nie etwas davon verlauten lassen.

Das Geld hatte er Adam und Vivien gegeben und sich ausbedungen, daß sie einen Teil davon für Wein ausgaben. Zosie behielt ihren Ring. Nach ein, zwei Tagen wurde die Haut darunter wieder schwarz, und sie nahm ihn ständig ab, um sich die Hände zu waschen. Oft fanden sie ihn auf dem Rand der Küchenspüle oder im Badezimmer oder zwischen irgendwelchen Küchengeräten.

Rufus versuchte sich zu erinnern, wann Adam und Zosie nach London gefahren waren, um die Löffel, die Likörgläser und den Maskenkrug zu verkaufen. Es war Ende August geworden, bis Adam sich dazu aufgerafft hatte, am liebsten hätte er es überhaupt nicht gemacht, weil er eine geradezu neurotische Angst davor hatte, dort seinen Eltern zu begegnen. Er käme ihm vor wie einer von den Antipoden, hatte Rufus zu Adam gesagt, der dem auf Urlaub nach London fahrenden Nachbarn Grüße an den Vetter oder Freund aufträgt für den Fall, daß er ihn auf der Straße trifft. Doch die Tatsache, daß es in London neun Millionen Menschen gab und daß Adam nach Highgate wollte, während seine Eltern in Edgware wohnten, vermochte wenig gegen seine Angst. Er wollte ja hin, er brauchte das Geld, aber er schob es immer wieder auf. Rufus verbot sich alle »Rückwärtsgedanken«, wie sein Vater das zu nennen pflegte. Keinem war damit geholfen, wenn er sich an die Brust schlug und sagte: Wäre Adam bloß nie hingefahren ... Ende August war es dann zu dem Trip nach London gekommen. Mit all seinen Folgen.

Rufus war nervös und zappelig, er traute Adam nicht über den Weg. Adam gehörte zu den Typen, die unter Streß einknicken. Wenn es kritisch wird, ist mit ihnen nichts anzufangen. Man brauchte nur daran zu denken, was sich an jenem letzten Vormittag abgespielt hatte, als die Postbotin gekommen war. Adam war schon in Panik gewesen, weil er sich einbildete, mitten in der Nacht seien Schritte ums Haus geschlichen, und war doch tatsächlich diesem unsichtbaren, diesem gar nicht vorhandenen Eindringling mit gespannter Flinte nachgegangen. Und war gleich wieder mit der Waffe bei der Hand gewesen, als sie das rote Fahrrad vorbeiflitzen sahen, die Briefkastenklappe zweimal scheppern hörten. Er verlor die Nerven, Hysterie quoll in ihm hoch und brach sich Bahn.

Ganz ruhig, predigte sich Rufus, du bist nicht einer von denen, die zusammenfahren, sobald das Telefon Laut gibt. Doch genau das passierte ihm an diesem Morgen. Seine Sprechstundenhilfe war sehr zurückhaltend mit dem Durchstellen von Gesprächen, wenn eine Patientin bei ihm war, aber wenn Adam ihr nun vorgetönt hatte, es sei dringend…?

Adam war unselbständig, allein kriegte er nichts hin, das war schon immer so gewesen. Er brauchte ständig Rückenstärkung, und dafür gab er einem dann noch einen Tritt vors Schienbein. Geduld hatte er auch nicht. Wie mochte das mit seiner Tochter gehen? Rufus konnte es sich beim besten Willen nicht vorstellen, er sah nur den neunzehnjährigen Adam, der in Troremmos die Tragetasche die Treppe hinaufgeschleppt hatte, ohne einen Blick hineinzuwerfen. Adam, der Zosie geliebt, der gesagt hatte, er wolle für immer mit ihr in Troremmos leben, in ihrem Garten Eden, und der sie, als sie angefangen hatte zu weinen, angebrüllt hatte: »Sei still, oder ich bring dich um.«

Rufus zwang sich zur Gelassenheit, befahl sich, ganz cool zu sein, ruhig und optimistisch, aber er hatte sich nicht ganz im Griff. Als Mrs. Hitchens bei ihm saß, bekam er das falsche Krankenblatt zu fassen und wollte ihr gerade sagen, daß ihre Symptome wohl von den Wechseljahren herrührten, als er aufblickte und feststellte, daß er eine knapp Achtundzwanzigjährige vor sich hatte. Es war kurz vor eins, als Adam anrief, inzwischen hatte Rufus die Hoffnung schon fast aufgegeben.

»Tut mir leid, aber ich hab ihnen sagen müssen, daß ich mit dir nach Griechenland gefahren bin. Sie wollten wissen, wo ich in dem Sommer war und mit wem. Ich mußte es sagen, ich konnte nicht einfach jemanden erfinden.«

»Vielen herzlichen Dank«, sagte Rufus.

»Ja, und das Komische an der ganzen Geschichte ist, daß ich danach meinen Vater angerufen und ihn gefragt habe, was er der Polizei über mich erzählt hat, und da hat sich herausgestellt, daß er kein Wort von Griechenland hat verlauten lassen.«

»Komisch nennst du das?« Rufus' Sprechstundenhilfe ging zur Mittagspause. Er wartete, bis sie die Tür hinter sich geschlossen hatte. »Du hast mich da völlig unnötig reingerissen. Warum hast du nicht vorher mit deinem Vater geredet, verdammt noch mal?«

»Weil ich nicht dran gedacht habe, darum. Und warum sollst du nicht auch mit drinhängen? Ich seh nicht ein, warum ich die ganze Last allein tragen soll.«

»Weil du sie erschossen hast, darum. Du hast mit der verfluchten Knallbüchse rumgeballert.«

Rufus hieb den Hörer auf die Gabel. Das Blut dröhnte ihm im Kopf. Er setzte sich und zwang sich zu ruhigen, gleichmäßigen Atemzügen. Schlimmstenfalls, sagte er sich, würde die Polizei ihn auffordern zu bestätigen, daß er im Juli und August 1976 mit Adam Verne-Smith in

Griechenland gewesen war. Das Gegenteil würden sie ihm kaum beweisen können. Sein damaliger Paß war abgelaufen, und er hatte sich einen neuen ausstellen lassen, aber selbst wenn sie den alten Paß sehen wollten und er ihn herzeigte – daß die Paßbeamten sich bei Europäern in den wenigsten Fällen die Mühe machten, ihren Stempel in den Paß zu drücken, war ja hinlänglich bekannt.

»Ein winziges Nest, Troremmos«, konnte er sagen, wenn sie genauer wissen wollten, wo er gewesen war. »Sehr klein und sehr unbekannt, auf keiner Karte zu finden.«

Etwas so Unvorsichtiges würde er natürlich nie sagen. Das wirklich Beunruhigende an der ganzen Geschichte war Adams Unzuverlässigkeit. Adam würde die Nerven verlieren. Wenn er mit Rufus' Namen herausgeplatzt war, sobald sie ihn aufgefordert hatten, einen Reisegefährten zu nennen, war überhaupt nicht vorauszusehen, was er noch alles ausspucken würde, nachdem sie wirklich Verdacht geschöpft hatten. Angenommen, sie erzählten Adam, der Antiquitätenhändler mit dem walisischen Namen oder der Koipu-Mann oder der wackere Ackersmann von der Pytle-Farm seien bereit zu schwören, daß Adam zusammen mit einer ganzen Clique, darunter zwei Frauen, auf Wyvis Hall gelebt hatte? Angenommen, die Müllmänner hatten sie gesehen? Gewiß, ihren Abfall – hauptsächlich Weinflaschen – hatten sie am Dienstag oder Mittwoch, oder wann immer die Tonnen geleert wurden, oben an die Einfahrt zur Trift gestellt, weil Hilbert das, wie Adam ihnen erläuterte, auch immer so gemacht hatte, aber einer der Männer mochte sich erinnern, daß er Woche für Woche dort Müll abgeholt hatte. Was würde Adam sagen, wenn die Polizei ihm das vorhielt? Vermutlich drehte er durch und gestand alles. Am besten wäre es gewesen, auf die Frage, wo er gewesen war, die Aussage zu verweigern. Dieses Recht stand ihm zu, jedem stand es zu. Rufus hätte gern die Aussage verweigert, aber diese Möglichkeit war ihm jetzt verbaut, denn damit hätte er Adam belastet und dadurch sie alle.

Seit er sich gestattete, an sie zu denken, dachte er ständig an sie. Sie ging durch seine Träume, in seltsamen Verkleidungen, sie kam in Schwesterntracht zu ihm – blaues Kleid und weiße Haube – und sagte ihm, Abigail sei tot. Sie, Zosie, habe sich gewissenhaft um Abigail gekümmert, habe über ihr gewacht und an ihrem Bettchen gesessen und sie geliebt, und trotzdem sei sie gestorben. Sie habe ihr Gesicht ins Kissen gedrückt und sei gestorben. Aus diesem Traum erwachte er wild um sich schlagend, mit rudernden Armen.

»Du bist nicht in Ordnung«, sagte Anne. »Du bist krank. Tu mir den Gefallen und geh endlich zum Arzt.«

Er stand auf, fuhr um zwei Uhr morgens den Highgate West Hill entlang und die Merton Lane hinauf und ließ den Wagen auf halbem Wege stehen. Hilberts Flinte nahm er mit. Nach reiflicher Überlegung hatte er sie erst in Lumpen gewickelt, dann in einen alten braunen Vorhang, mit dem sie früher, wenn er ein Zimmer neu tünchte, die Möbel abgedeckt hatten. Mit Schnur umwunden sah das Ganze aus wie ein harmloses Paket. Zumindest sah es nicht mehr aus wie eine Flinte. Die Stoffetzen, sagte er sich, würden die

Form der Flinte kaschieren, ohne ihr Schutz vor der Witterung zu bieten.

Kein Mensch war zu sehen. Der Himmel war dunkel, aber die Straßenbeleuchtung brannte die ganze Nacht. Er ging zu den Staubecken hinunter, und da verließ ihn der Mut. Wenn er die Flinte einfach ins flache Wasser legte, würde man sie bald finden, und er traute sich nicht, sie ins Tiefe zu werfen. Er konnte das laute Klatschen förmlich hören. Hier standen einfach zu viele Häuser. Er fuhr wieder heim. Anne saß im Bett und hatte das Licht an.

»Wo warst du?«

»Nicht beim Arzt«, sagte Adam.

Am nächsten Morgen, einem Samstag, fuhr er herum, bis er nördlich von der North Circular Road einen riesigen Autofriedhof entdeckte, ein Gebirge aus zerbrochenem, geborstenem, rostigem, morschem Metall. Der Platz war verlassen und unbewacht. Für die Vehikel auf diesen Halden gab es weder Rettung noch Verjüngung, sie würden entweder auf ewig hier liegenbleiben, ein Schandfleck, ein Schutthaufen schlimmster Art, oder man würde sie einzeln plattquetschen oder mit Hilfe einer sinnreichen Maschine zu kleinen Metallwürfeln komprimieren.

Adam betrat das vegetationslose Metallgebirge mit dem harten, staubigen Boden. Rechts und links von einem Mittelgang erhoben sich Berge mit blauen, roten und elfenbeinfarbenen Schichtungen, hier und da ragten Auswüchse aus schwarzem Gummi und Glasscherben und Chromleisten hervor. Es roch bitter und unnatürlich nach Motorenöl mit einem hohen Anteil an Metallspänen. Er schob die Flinte durch das zerbrochene Rückfenster eines ausgedienten Lancia Beta. Es war unwahrscheinlich, daß man sie dort finden, noch unwahrscheinlicher, daß der Finder sie zur Polizei bringen würde. Vermutlich landete sie – zusammen mit der metallenen Hülle, die sie jetzt barg – früher oder später im Kompressor.

Als er zum Wagen zurückging, überlegte er, warum er überhaupt die Flinte aus Troremmos mitgebracht hatte. Warum hatten sie die Waffe nicht zusammen mit der Damenflinte in dem Kleinen Forst vergraben? Hatte er sich wirklich eingebildet, er würde sie irgendwann noch einmal benutzen?

Vom Putzen oder Ölen von Schußwaffen hatte er keine Ahnung, aber am 12. August war er ins Jagdzimmer gegangen, hatte die Flinte von der Wand genommen und einfach angefangen. Putzen war putzen, allzu viele Möglichkeiten gab es da wohl nicht. Zosie kam herein und sah ihm zu.

»Heute ist der glorreiche Zwölfte«, sagte er.

»Und was bedeutet das?«

»So heißt der Tag, an dem die Moorhuhnjagd anfängt, am zwölften August, und den haben wir heute.«

»Ich würd ein Moorhuhn nie erkennen«, saagte Zosie.

»Hier gibt's auch keine, südlich von Yorkshire kommen sie nicht vor, soviel ich weiß. Ich will auch keine Moorhühner schießen. Fasane vielleicht oder Tauben oder so was. Oder einen Hasen. Vivien könnte uns Hasenpfeffer machen.«

Fasane, sagte Rufus, könne man erst ab 1. Oktober schießen.

»Glaubst du, daß im Wald Wildhüter lauern, die es mir verbieten?«

Rufus lachte. »Recht hast du, das merkt doch hier kein Mensch.«

Vivien war entsetzt gewesen, daß er versuchen wollte, einen Hasen zu schießen. Sie machte um die Sache mehr Theater als Mary Gage um den Koipu-Mann. Daraufhin versprach Adam, sich auf Vögel zu beschränken, und schaffte es tatsächlich, zwei Tauben zu erlegen, die sie verspeisten, obgleich das rotbraune Fleisch zäh war. Durch diese Übungen aber fand er Gefallen daran, mit der Flinte zu hantieren, und zog nun jeden Tag damit los, zielte auf Eichhörnchen oder Tauben oder manchmal auf ein Astloch. Er sah sich schon ganz als englischen Landedelmann, Zosie an seiner Seite. In zwei Wochen würde Vivien sie verlassen und mit ihr Shiva. Eine Woche danach würde auch Rufus abreisen. Adam konnte es kaum erwarten. Nur das Geld machte ihm Kummer. Wovon sollten er und Zosie leben? Sie hatten ja nichts.

»Wir werden uns Arbeit suchen müssen«, sagte er zu ihr, als sie in der Abenddämmerung auf dem Bett im Nadelkissenzimmer lagen. Die Fenster standen offen, und der Himmel leuchtete jetzt, kurz nach Sonnenuntergang, in einem weichen, satten Rosaviolett, er war nicht klar, sondern über und über mit winzigen Wolkenkrisseln bedeckt wie mit Flamingofedern. »Wir werden beide irgendwas arbeiten müssen.«

»Ich kann nichts«, sagte Zosie. »Was könnte ich schon machen?«

»Kannst du tippen?«

Sie schüttelte den Kopf. Ihr Haar streifte seidig über die empfindliche Haut seiner Achselhöhle.

»Du könntest irgendwas in einem Geschäft machen.«

»Ich bin nicht gut im Zusammenzählen«, sagte sie. »Es kommt immer was Falsches raus. Am besten kann ich eigentlich stehlen. Ehrliche Sachen kann ich nicht. Ich hab ja gesagt, daß ich einen reichen Mann heiraten muß. Weißt du, wie mich meine Mutter nennt? Genannt hat... Gräfin Rotz. Weil ich faul bin, aber gern schöne Sachen habe. Warum sucht meine Mutter nicht nach mir, Adam?«

»Sie weiß ja nicht, wo du bist.«

»Nein, aber sie hat sich auch gar keine Mühe gegeben, es rauszukriegen. Ich bin so jung, Adam. Daß sie sich gar keine Sorgen macht... Warum liebt sie mich nicht?«

»Ich liebe dich«, sagte Adam.

»Du vögelst mich gern.«

»Ja, das auch, aber ich hab dich wirklich gern, Zosie. Ich bete dich an, ich liebe dich von ganzem Herzen. Glaubst du mir nicht? Sag, daß du mir glaubst.«

»Ich weiß nicht. Es ist zu früh. Wenn du's in einem Jahr noch sagst...«

»Ich sag's in fünfzig Jahren noch.«

Sie wandte sich ihm zu, mit zitternden Lippen, Tränen in den Augen, für die er keinen Grund sah. Er liebte sie in dem rosafarbenen Licht, das langsam lila wurde und dann ganz in Dunkelheit versank. Sie war warm und feucht, und er schmeckte auf ihrer Haut das Salz von Schweiß und Tränen. Als es vorbei war, setzte sie sich auf und sagte:

»Wenn wir wieder in Matterknax wegfahren, versteck ich mich nicht auf dem Boden.«

Er lächelte und hielt sie fest und freute sich, daß sie plötzlich so vernünftig war.

»Jetzt müssen wir überlegen, wie wir an einen Job kommen. Und an Geld.«

»In der Schule haben sie uns immer aus der Bibel das von den Vögeln vorgelesen, die nicht säen und nicht ernten, und der himmlische Vater ernährt sie doch. Dabei ist das gar nicht wahr. Vögel sterben, und Menschen sterben, und er tut nichts dagegen. Das versteh ich nicht.«

»Das versteht keiner, mein Schatz«, sagte Adam.

Eines Abends hatte Rufus in einem Pub in Colchester eine Soldatenfrau kennengelernt. Der Mann war zu einem Fortbildungskurs. Irgendwo hatte Rufus gehört, daß Colchester eine einzigartige Stellung unter den Städten Englands einnahm, weil es dort einen Hafen, eine Garnison und eine Hochschule gab und vielleicht deshalb die höchste Zahl an Geschlechtskranken im ganzen Land. Das erzählte er der Frau, weil er sich darüber amüsiert hatte. Später fuhr er mit ihr nach Hause. Wie sie hieß, wußte er nicht mehr genau, Janet oder vielleicht Janice.

Daß er sie nicht mit nach Troremmos genommen hatte, wußte er hingegen ganz genau. Sie hatten sich noch fünf oder sechs Mal getroffen, aber immer bei ihr. Rufus hatte nichts dagegen gehabt, daß die anderen erfuhren, wo er gewesen war und was er getrieben hatte. Sein Selbstwertgefühl und sein Machismo hatten darunter gelitten, daß er einschichtig herumlief, während die anderen Männer (weniger attraktiv für Frauen als er, fand Rufus, und mit weniger Erfolg beim anderen Geschlecht) eine feste Freundin hatten. Adam schien erleichtert zu sein und hatte ihm sogar gratuliert. Vermutlich hatte er ein schlechtes

Gewissen wegen Zosie, als habe er sie Rufus ausgespannt, dabei hatte Rufus sie ihm ja freiwillig überlassen. Shiva war schockiert gewesen, was aber auch seine Vorteile hatte. Shiva hörte auf, ihn ständig wegen seiner Chancen für einen Medizinstudienplatz zu belämmern. Statt dessen setzte er sich endlich hin und schrieb Bewerbungen an sämtliche Hochschulen, die ihnen einfielen. Die Adressen suchte er sich in der Stadtbibliothek von Sudbury zusammen. Hin und wieder beäugte er Rufus, wie einer wohl den Antichrist beäugen würde, wenn er das Pech hätte, ihm zu begegnen.

Am 17. August war Rufus' dreiundzwanzigster Geburtstag gewesen. Vor zehn Jahren und zwei Monaten. Es war der erste Geburtstag, an dem er sich nicht freute, weil er nun ein Jahr älter war. Er wäre sehr viel lieber erst zweiundzwanzig geworden.

»Noch ein Jahr älter und noch mehr Schulden«, sagte Adam am Geburtstagsmorgen – bestimmt wieder ein Zitat. Aber es traf den Nagel auf den Kopf. Von dem Geld des Pfandleihers war kaum mehr ein Zehner übrig.

An dem Abend, als sie losfuhren, um seinen Geburtstag zu feiern, war es heißer denn je. Sie aßen bei dem Chinesen in Sudbury und machten dann einen Zug durch die Pubs, und Rufus verzichtete diesmal auf Wein und trank Kognak. Das Gesöff der Helden, sagte Adam – wieder ein Zitat. Zur Finanzierung der Fete hatte er Evans oder Owens einen Flora-Danica-Wandteller verkauft, und dafür war Rufus ihm dankbar. Sie waren zusammen nach Hadleigh gefahren, und Rufus erinnerte sich mit leisem Frösteln, daß der Alte gesagt hatte: »Sie haben sich also auf Wyvis Hall häuslich eingerichtet, wie?«

Und Adam hatte sehr begeistert erklärt, er fühle sich überaus wohl dort und habe die Absicht, dazubleiben. Hatte Adam das vergessen? Hatte er vergessen, daß der Alte gesagt hatte – so alt war er im übrigen gar nicht gewesen, etwas über secnzig und sehr rüstig –, er werde in ein, zwei Wochen wieder mal vorbeikommen? »Will doch sehen, ob ich Ihnen nicht doch den Schrank abluchsen kann, der hat's mir nun mal angetan.«

Der Schrank im Eßzimmer mit dem Muster im Furnier, das er »geflammt« genannt hatte. Adam mochte auch jetzt nicht verkaufen. »Ich würde Ihnen dreihundert Pfund dafür geben. Na, ist das nicht ein verlockendes Angebot?«

Adam war es nicht verlockend genug gewesen. Warum eigentlich nicht? Was bedeutete ihm der Besitz dieses alten Krempels? Schloßherrensyndrom, dachte Rufus, wahrscheinlich hatte man das gar nicht mal so selten. Statt Owens oder Evans einen alten Schrank zu verkaufen, den er bestenfalls einmal in der Woche ansah, hatte er diese entsetzliche Dummheit begangen, die sie alle ins Unglück gestürzt hatte und bei der kein Penny herausgesprungen war.

Natürlich hatte er es nicht um das Geld getan, sondern für Zosie. Weil er Zosie verfallen war. Die Idee, Geld damit zu machen, stammte von Shiva. Zehntausend Pfund. Heutzutage war das nicht allzuviel, aber die Zeiten hatten sich geändert, er selbst hatte sich geändert und seine Lebensumstände auch. Es war ohnehin Feengold gewesen, Geld am Ende eines Regenbogens, die dreihundert Pfund von Evans oder Owens hingegen wären knisternde Scheine gewesen, Geld zum Anfassen.

Ein dynamischer kleiner Mann mit noch immer walisischen Anklängen in der Stimme, obgleich er sein ganzes Leben in Suffolk verbracht hatte. Er war in Wyvis Hall herumgelaufen, als habe er dort irgendeine Art von Vorkaufsrecht, als könne er sich dank ihrer Armut und seines relativen Wohlstands und Sachverstands nach Belieben bedienen. Als sie zu ihm ins Geschäft gekommen waren, hatte er den Teller aus Kopenhagener Porzellan in der Hand gehalten und abwechselnd den Teller und seine beiden Kunden angeschaut, man sah ihm an, daß er darauf brannte, den Teller zu kaufen, und sie verachtete, weil sie bereit waren, ihn wegzugeben.

Ich bin vielleicht verrückt, dachte Rufus, aber ich fahre hin. Ich muß Gewißheit haben. Ein Glück, daß heute Samstag ist.

Und ein Glück, daß er eine Frau hatte, die nicht bohrte, die anscheinend kein Gefühl für seine Stimmungen hatte, die seine Bangigkeit ebensowenig spürte wie seine geheimen Seufzer der Erleichterung. Er hätte eine Affäre oder einen Nervenzusammenbruch haben können, und sie hätte es nicht gemerkt. Daß er mit lebenslangem Mißverstandenwerden dafür zahlen mußte, hielt er für ein faires Geschäft.

Dennoch dauerte es eine Weile, bis er sich eine überzeugende Lüge ausgedacht hatte. Eine Privatpatientin sei zu einer Notoperation in eine Klinik in Colchester eingeliefert worden, sagte er zu Marigold. Natürlich habe er keine besondere Lust hinzufahren und sie zu besuchen, aber es bliebe ihm wohl nichts anderes übrig. Es hätte ihn überrascht, wenn Marigold Fragen gestellt hätte, aber daß sie so gar nichts sagte, fand er doch etwas eigenartig. Es wäre durchaus normal gewesen, wenn eine Frau, die erst seit drei Jahren verheiratet war, Protest angemeldet hätte, wenn der Ehemann sie den ganzen Samstag allein ließ.

Sie äußerte sich auch nicht darüber, wie sie den Tag verbringen würde. Sie trug ihren neuen Edina Ronay-Pullover, und Rufus fiel auf, wie lang ihr Haar jetzt war. Es reichte ihr bis über die Schultern, wunderschönes, dichtes, glänzendes blondes Haar, sie hatte es gleich nach dem Aufstehen gewaschen. Daß er nach Colchester fahren wollte, schien sie weder zu freuen noch zu betrüben, sie zeigte keinerlei Anzeichen von Erleichterung. Trotzdem, überlegte Rufus, wenn ich hier geblieben wäre und sie gesagt hätte, sie ginge zu ihrer Mutter oder zu irgendeiner Freundin zum Vormittagsklatsch, wenn sie unter irgendeinem Vorwand das Haus verlassen hätte – ich hätte mir nichts dabei gedacht, ich hätte es akzeptiert. Jetzt braucht sie gar nichts zu sagen. Vielleicht ist sie sogar ganz froh, daß ich nicht hier bin, dann braucht sie nicht aus dem Haus zu gehen.

Doch mit diesen komplizierten Einzelheiten konnte er sich jetzt nicht aufhalten. Die Kluft zwischen ihnen, die sie mit einem »Schätzchen« hier, einem »Schätzchen« da zu überbrücken pflegten, war ein wenig breiter geworden, das war alles. Um zehn war er auf der Autobahn, von seinem Haus bis zum Zubringer waren es nur ein paar hundert Meter.

Der Kasten aus gelbem Backstein am Bahnhof von Colchester, der ein Krankenhaus oder ein Kinderheim oder irgendein Institut für geistig Behinderte gewesen sein mochte, war verschwunden, ein hoher Zaun umgab das Gelände. An dieser Stelle, unmittelbar hinter der Brücke, hatte er Zosie aufgelesen. Erst in diesem Augenblick ging Rufus so richtig der Unterschied zwischen dem Mann auf, der er jetzt war, und dem jungen Mann von damals. Ein ganzes Leben schien sie zu trennen statt zehn kurzer Jahre. Der klapprige Wagen, die Drogen unter der Rückbank, das lange, zottige Haar, das unrasierte Kinn, der nackte Oberkörper, nikotinfleckige Hände, eine raubtierhafte Art, mit Frauen umzugehen. Er fühlte sich hundert Jahre älter, meist fühlte er sich sowieso älter, als er war. Der Mercedes glitt, automatisch die Gänge schaltend, sanft schnurrend dahin. Unwillkürlich legte er die Hand ans Gesicht, spürte die glatte Haut, spürte auch die tiefe Kerbe, die sich jetzt von der Nase zum Kinn zog.

Ob Nunes sich verändert hatte, hätte er nicht sagen können, er hatte keinen Blick für so etwas. Dieses Haus mochte neu sein, jenes umgebaut. Was den Ort am meisten veränderte, war die Jahreszeit, waren die grauen Herbsttöne, die fallenden Blätter, die matschige Laubschicht auf dem Boden. Ein Schild an einer Stange vor der Kirche forderte zu Spenden für die Reparatur des Kirchendaches auf. Er kam an der »Föhre« vorbei und an der Telefonzelle, zu der er Vivien gebracht hatte, als sie Robin Tatian anrufen wollte. An der Telefonzelle hatte ein Streifenwagen gestanden. Sie hatten beide nicht gerade erschrocken, aber wachsam reagiert. Gewiß, der Streifenwagen hatte nichts mit ihnen zu tun, aber sie hatten beide an Zosie gedacht, die vermutlich als vermißt geführt wurde, und an die Sachen, die sie gestohlen hatte.

Trotzdem hatte er Matterknax hinter dem Streifenwagen geparkt, der im übrigen leer war, und Vivien war in die Telefonzelle gegangen und gleich wieder herausgekommen, das Telefon war beschädigt und funktionierte nicht. Er war weitergefahren und hatte eine andere Telefonzelle gefunden, vor einem Cottage, in dem eine Arztpraxis mit Warteräumen untergebracht war. Am Zaunpfosten war ein Schild gewesen, und da war es noch, dasselbe Schild, wenn auch die Zusammensetzung der Gemeinschaftspraxis sich vermutlich inzwischen geändert hatte. Dort auf der Böschung, die heute naß glänzte und mit Laub bedeckt war – damals war dort trockenes, federndes Gras gewesen – hatte er gesessen und auf Vivien gewartet, weil es im Wagen zu heiß war. Ein paar Leute waren vorbeigekommen und hatten ihn angesehen, zwei Frauen und ein Trupp Kinder und ein Hund. Rufus war jetzt froh, daß er die damalige Mode nicht mitgemacht und Matterknax nicht mit Mond und Sternen und Blumen und Hieroglyphen bemalt hatte.

Er hielt am Straßenrand und nahm sich die Karte vor, obgleich das nicht nötig gewesen wäre. Er wollte Passanten einen Autofahrer vorspielen, der sich auf der Karte orientierte. Aber es gab keine Passanten. Es war ein trostloser Oktobertag, und hier auf dem Land wurde um zwölf gegessen, alle waren im Haus. Er sah zu der roten Telefonzelle hoch und zu der efeuberankten Backsteinmauer.

Vivien war herausgekommen und hatte ihm sein restliches Kleingeld zurückgegeben, auch die Zwei-Pence-Stücke. Sie war immer sehr korrekt in Geldsachen, überkorrekt. Sie hatte ihm erzählt, daß Robin Tatian selbst am

Apparat gewesen war. Ja, natürlich könne sie die Stellung haben, er habe ihr doch geschrieben. Hatte sie den Brief nicht bekommen? Vivien brachte keine Lüge, nicht einmal die harmloseste, über die Lippen. Sie gestand, daß sie ihm versehentlich die falsche Adresse gegeben hatte. Rufus hatte nicht gefragt, ob sie ihm im Gespräch die richtige Adresse genannt hatte, weshalb hätte er das auch fragen sollen, es gab keinen Anlaß zu Vorsorge und Wachsamkeit, ebensowenig wie für Adam, als Evans oder Owens ihn gefragt hatte, ob er sich nun in Wyvis Hall häuslich eingerichtet habe. Es war durchaus denkbar, daß Robin Tatian jetzt in der Zeitung die Meldung von der bevorstehenden Identifizierung las, daß er den Namen Wyvis Hall und den Namen Nunes sah und sich erinnerte, daß sein früheres Kindermädchen...

»Ich werde ein Jahr bleiben«, hatte sie gesagt. »Danach habe ich genug für die Reise nach Indien. Und wenn ich erst da bin... Falls ich in Indien verhungere, bin ich zumindest nicht allein. Ich habe nur ein bißchen Angst, daß ich vielleicht die Kinder zu lieb gewinne.«

»Die Kinder?«

»Die Tatian-Kinder, Naomi und Nicola. Ich könnte mir vorstellen, daß sie mir ans Herz wachsen, im Grunde wünsche ich mir das sogar, aber dann ist die Trennung natürlich um so schwerer.«

»Es ist doch bloß ein Job.« Rufus hatte – damals wie heute – kein Verhältnis zu Kindern. »Für dich ist es doch nur ein Broterwerb, nicht?«

Sie warf ihm einen eigenartigen Blick zu.

»Glaubst du, daß es so einfach ist?«

Er mißverstand sie. »Ich sage nicht, daß es leicht ist. Es ist eine schlecht bezahlte und verdammt schwere Arbeit, aber es war ja wohl deine Entscheidung.«

»Das meinte ich nicht, Rufus. Die kleinen Mädchen werden mir ganz von selbst ans Herz wachsen, denn ich bin eine Frau mit den Gefühlen einer Frau, und ich fürchte, auch sie werden mich liebgewinnen und noch trauriger sein als ich, wenn wir Abschied nehmen müssen. Und ich habe Angst, daß ich vielleicht nicht die Kraft zur Trennung aufbringe, wenn es so kommt. Hast du dir mal überlegt, wie das Leben eines Kindermädchens so aussieht? Ein ständiger Wechsel zwischen Glück und schmerzlichem Verlust.«

»Du übertreibst«, sagte er.

Er hatte sie nie gemocht. Sie war eine lästige Person, ein unbequemer Umgang. Er konnte sich nicht erinnern, daß sie je gelacht hätte, und wenn sie lächelte, dann nicht, weil sie sich über etwas amüsierte, sondern weil sie etwas Besonderes sah und anstaunte, einen Vogel oder eine Blume oder einen Sonnenuntergang. Aus ihren Plänen war nichts geworden, sie waren verweht, zerbrochen, zerstört. Dumm war nur, daß er sie sich sehr gut zu Füßen eines dreckigen, ausgemergelten Fakirs vorstellen konnte, mit einer Bettelschale in der Hand oder im Nonnengewand. Es läuft nicht immer alles so, wie wir es uns ausgedacht haben. Bei ihm allerdings hatte es wunschgemäß funktioniert.

Wenn er nach Hadleigh wollte, mußte er sich beeilen. Nach zwölf war dort am Samstag alles dicht, kein Mensch ging einkaufen. Die Hälfte der Geschäfte war geschlossen.

An der Post und den Villen fuhr er zunächst vorbei, die Erkundigungen dort verschob er auf später. Seine Hoffnung war, daß es den Laden von Evans oder Owens – er wußte noch ganz genau, an welcher Stelle der High Street er gestanden hatte – gar nicht mehr gab, daß statt dessen vielleicht ein Friseur oder ein Blumengeschäft eröffnet hatte. Und die Blumenfrau würde ihm sagen, daß der Alte gestorben war und keine Kinder hinterlassen hatte, die das Geschäft hätten weiterführen können.

In langer Reihe marschierten sie vor ihm auf, die Zeugen, die sich an die Clique in Wyvis Hall erinnern konnten, und sobald ein Zeuge abgeschrieben war – wie Bella –, meldete sich schon der nächste, ebenso bedrohlich, ebenso gefahrbringend. Er hatte so was mal in einem Theaterstück gesehen, eine Reihe gefährlicher Leute, Könige vielleicht, eine endlose Prozession, aber er wußte nicht mehr, welches Stück es gewesen war. Adam würde es wissen. Bella war nicht mehr da, aber nun waren ihm die Müllmänner eingefallen, die jede Woche die in der Auffahrt abgestellten Mülltonnen geleert hatten. Irgendjemand mußte auch den Strom abgelesen haben, allerdings hatten sie niemanden ins Haus gelassen.

Hadleigh war verändert, wirkte gepflegter, das Alte war gezielt erhalten, bewahrt, aufgewertet. Am Ortsanfang stand eine Ampel, die es damals, soviel er wußte, noch nicht gegeben hatte. Er fuhr über die Brücke. Dort rechts war es gewesen, hinter dem Spirituosenladen, aber vor dem Fleischer, ein kleines Geschäft, zu dem ein paar Stufen hinunterführten . . .

Und da war es noch.

Er parkte den Wagen auf der anderen Straßenseite, vor dem Tierarzt, und ging über die Fahrbahn. Vor dem Laden blieb er stehen und sah durch die beschlagenen Scheiben auf polierte Möbel in anmutig-sparsamer Anordnung, auf einen Leoparden aus Porzellan, braungefleckt und goldglasiert, der es sich auf einem runden Mahagonitisch bequem machte, entdeckte dahinter, im Gespräch mit einer Kundin, einen geschäftsmäßig wirkenden, sehr jungen Mann, ein halbes Kind noch.

Rufus ging die Stufen hinunter. Die Frau verabschiedete sich rasch, als sie Rufus sah, und verließ das Geschäft.

»Wie ich sehe, hat hier der Besitzer gewechselt«, sagte Rufus. »Früher gehörte der Laden einem gewissen Evans oder Owens...«

»Mr. Evan, nicht Evans. Das ist mein Vater. Wie kommen Sie darauf, daß der Besitzer gewechselt hat? Es spielt weiter keine Rolle, aber es würde mich doch interessieren.«

Ehe Rufus antworten konnte, war Evan selbst aus einem Hinterzimmer in den Ladenraum gekommen, rüstig und mit einem leichten Lächeln auf den Lippen. Er sah nicht einen Tag älter aus als vor zehn Jahren.

## 15

Die Unruhen der vergangenen Nacht waren das beherrschende Thema in den Morgenblättern. Zwei östliche Vororte waren betroffen. Angefangen hatte es damit, daß die Polizei in ein Haus in der Whiteman Road eingedrungen war, um einen wegen eines Raubüberfalls gesuchten Mann festzunehmen. Bei dem nachfolgenden Handgemenge war eine Frau niedergeschlagen worden. Die Hausbewohner waren Schwarze und einer der Polizisten Inder, und das war einer der Auslöser für die Gewalttätigkeiten gewesen. Auf einem der Fotos war der Name der Straße zu sehen: Whiteman Road, Weißemannstraße – ein trauriger Witz. In der Forest Road waren Autos umgestürzt worden, zwischen der Mersey Road und der U-Bahnstation Blackhorse Road fast alle Scheiben zu Bruch gegangen, und in einer Seitenstraße hatte es gebrannt.

Anne, die am Samstagvormittag gern in diese Gegend zum Einkaufen fuhr, traute sich nicht hin, und Adam machte sich allein auf den Weg. Stellenweise waren die Schäden so groß, daß man ganze Straßenabschnitte abgeriegelt und den Verkehr umgeleitet hatte, und Adam kam in Hornsey heraus, an der alten Kirche, es war eine Gegend, die er immer bewußt gemieden hatte, denn auf dieser Strecke war er damals mit Zosie nach London gekommen.

Diesmal fuhr er in dichtem Verkehr in die Gegenrichtung, und erst an der Kirche, die nach Neugotik aussah, aber einen echt mittelalterlichen Turm hatte, erkannte er, wo er war. Die Kirche war ein Schlüssel, der ihm schlagartig den Zugang zu der Datei jener letzten Tage öffnete. Hier, die Kirche links vor sich, wäre er beinah links abgebogen, in Richtung Holloway, Islington, zum Rand der City. Zosie hatte den Straßenatlas auf dem Schoß, und er hatte gesagt:

»Warum halte ich mich eigentlich so weit westlich? Vielleicht wäre es besser, über Holloway zu fahren.«

Und sie hatte gemeint: »Mach, wie du denkst, du kennst dich ja hier aus. In dieser Gegend war ich noch nie.«

Und er: »Dann hätte ich aber an der Seven Sisters Road abbiegen müssen.«

Und dann war er weitergefahren und hatte damit seiner ganzen Zukunft eine andere Richtung gegeben. Wäre er links abgebogen, wären Zosie und er verheiratet, wohnten – warum nicht? – vielleicht noch immer in Troremmos. Das Gras auf dem Friedhof wäre unberührt geblieben, die Flinten hingen noch im Jagdzimmer, Abigail wäre nicht auf der Welt, aber andere Kinder wären ihm geboren worden, und er wäre kein Mörder, der täglich mit seiner Verhaftung rechnen mußte.

In der Nähe des Ladenzentrums fand Adam mit einiger Mühe einen Parkplatz. Er hatte gedacht, er hätte Annes Einkaufszettel eingesteckt, fand ihn aber nicht. Nun würde er seine Einkäufe aus dem Gedächtnis erledigen müssen, so gut es ging, aber alles, was sein Gedächtnis im Augenblick für ihn leistete, war Wühlarbeit in alten Akten. Abends erwarteten sie Annes Eltern zum Essen, es war das erste Mal seit Weihnachten und hatte sich deshalb nicht gut vermeiden lassen. Damals hatten sie ein großes Familientreffen gehabt, auch seine Eltern waren gekommen und seine Schwester und Annes Schwester. Vor dem Mittagessen waren feierlich die Geschenke überreicht worden. Annes Vater hatte seiner Frau einen Maskenkrug verehrt. Sie sammelte viktorianisches Porzellan. Annes Vater hatte, wie er stolz betonte, keine Ahnung von Antiquitäten, die Frau in dem Laden habe garantiert, daß der Krug echt und sein Geld wert sei, und in Anbetracht dessen, was er dafür habe auf den Tisch blättern müssen, könne er das wohl auch erwarten. Der Krug war aus elfenbeinfarbenem und gelbem Porzellan, die Tülle ein Gesicht im Profil mit goldenem Haar, das sich um den Rand herumzog.

»So was nennt sich Maskenkrug«, hatte Adams Vater gesagt. »Ihr seht ja, warum. Weil die Tülle die Form einer Maske hat.«

Das wußten sie natürlich alle schon, sie hatten ja Augen im Kopf. Doch sein Vater setzte seinen belehrenden Vortrag fort, er nahm Annes Mutter den Krug aus der Hand und hielt ihn ans Licht, schwenkte ihn durch die Luft und drehte ihn um, und Adam stand Todesängste aus, weil er jeden Augenblick dachte, sein Vater würde ihn fallen lassen. Immerhin war es erst der zweite Maskenkrug, den er in seinem Leben zu Gesicht bekam.

»Mein alter Onkel, dem dieses schöne Haus in Suffolk gehörte, ein Herrenhaus eigentlich, hatte so einen Krug. Weiß mit Goldglasur.« Und dann fiel ihm ein, daß Adam mit der Einrichtung von Wyvis Hall ja auch den Krug geerbt hatte. »Was mag aus dem geworden sein? Steht er bei dir drüben? Oder hast du ihn etwa verkauft, zusammen mit all den anderen unschätzbaren Werten?«

»Ich weiß nicht«, murmelte Adam. »Ich erinnere mich nicht.«

Doch er erinnerte sich nur zu gut. Damals war er noch vor allem geflohen, was sich mit Troremmos verband, oder hatte es so schnell wie möglich wieder gelöscht. Darin war er so versiert, daß er an jenem Weihnachtstag Mühe gehabt hätte, sich Form oder Farbe des Kruges ins Gedächtnis zu rufen. Jetzt sah er ihn vor sich: Etwa 25 Zentimeter hoch, glänzendweiß, die Tülle ein lächelnder Silen mit wehenden, leicht vergoldeten Locken, auf dem fast kugelförmigen Krug selbst ein goldenes Farnblattmuster. Zosie hatte ihn in Seidenpapier gewickelt, mit dem eine Schublade ausgelegt gewesen war und dann in Zeitungsbogen. Wenn sie unterwegs waren, kaufte sie immer eine Zeitung, weil sie sehen wollte, ob ihre Mutter schon bei der Polizei gewesen war und ob man nach ihr suchte. Inzwischen hatte sich ein ganzer Stoß Zeitungspapier angesammelt. Auch die Löffel und die zarten Gläser mit dem griechischen Mäandermuster wickelten sie darin ein.

Vivien holte ihnen einen Karton für die Sachen, es war einer der Kartons, die Rufus in dem Spirituosengeschäft bekommen hatte. Eigentlich hatte Rufus mitkommen wollen. Was hatte ihn abgehalten? Er hatte eine Verabredung mit dieser verheirateten Frau, das war's. Es war für ihn die letzte Gelegenheit vor der Rückkehr ihres Mannes.

Adam hörte, wie Shiva zu Vivien sagte: »Er tut etwas schrecklich Böses, glaube ich. Wie euer König David.«

»Rufus hat ihren Alten nicht in die Schlachtreihen geschickt«, sagte Adam. »Er ist bloß auf einem Schießkurs.«

»Wie wäre wohl Rufus zumute, wenn ihm dort etwas zustoßen würde?«

»Ziemlich scheußlich, denke ich mir, aber das ist denn doch recht unwahrscheinlich.«

Rufus war also zu Hause geblieben, obgleich er erst um halb neun verabredet war. Es wäre anders gelaufen, wenn er mitgekommen wäre. Auch wenn er nach acht noch zu Hause gewesen wäre, hätte sich vielleicht einiges anders entwickelt. Vivien und Shiva hatten sowieso nicht mitkommen sollen. Shiva wollte einen seiner erbaulichen Streifzüge durch Wald und Flur machen, und Vivien hatte montags immer ihren Backtag. Als sie aufbrachen, stellte sie sich gerade ihre Sachen zurecht, die Waage, eine große irdene Schüssel, einen Meßbecher, eine große Tüte Vollkornmehl, einen Würfel Hefe. Sie schüttete Mehl in die Schüssel, begann die Hefe zu zerschneiden, um sie in warmes Wasser zu legen, und sah gerade noch rechtzeitig Zosies Ring, der an der Unterseite des Hefewürfels klebte. Dieser kleine Ring aus geflochtenem Golddraht lag immer irgendwo herum, klebte an Teigklumpen, geriet zwischen Gemüseabfälle, war stets in Gefahr, mit dem Spülwasser im Ausguß zu verschwinden. Und dann tat Zosie etwas Sonderbares, oder vielleicht war es, wenn man Zosie kannte, auch nicht so sonderbar. Sie steckte sich den Ring an den kleinen Finger, legte Vivien die Arme um den Hals und drückte sie an sich. Vivien hielt sie fest, ohne sich darum zu kümmern, daß ihre mehligen Hände weiße Flecken auf Zosies hellblauem T-Shirt hinterließen.

»Was ist, Kleines?«

»Ich weiß nicht, ich fühl mich manchmal so komisch, als ob ich niemand bin, wie ein Schatten oder ein welkes Blütenblatt, und jeden Augenblick kann einer hergehen und mich wegfegen. Wenn ich den Ring am Finger hab, komm ich mir ein bißchen wirklicher vor, dann bin ich die Frau, die den Ring trägt.«

Adam konnte es nicht leiden, wenn sie so daherredete. Er kam sich zurückgesetzt vor, weil sie sich in Viviens Arme geflüchtet hatte und nicht in die seinen. »Der Überlieferung nach«, sagte er, »verhält es sich mit Ringen so, daß sie den Träger unsichtbar machen. Sie sind nicht zur Enthüllung da.«

Zosie schien zu schrumpfen. Sie löste sich von Vivien, drückte die Arme eng an sich und rollte die Finger zusammen wie ein Tier, das die Krallen einzieht.

»Ich bin aber doch nicht unsichtbar?« Ihr Blick, fern und fremd, ging zwischen Vivien und Adam hin und her. »Ihr könnt mich doch sehen? Sagt, daß ihr mich sehen könnt.«

»Sei nicht albern«, sagte Adam grob. »Natürlich können wir dich sehen.«

Vivien nannte ihn warnend beim Namen.

»Zosie, Liebste«, sagte er.

»Bin ich deine Liebste?«

Es war ihm peinlich, wenn sie vor Vivien so mit ihm sprach, es war fast, als stünde seine Mutter dabei. »Das weißt du doch.«

»Würdest du zur Polizei gehen, wenn ich verschwunden wär? Würdest du nach mir suchen?«

Ständig ritt sie darauf herum.

»Wenn du mir bloß verraten würdest, wo deine Mutter wohnt, verdammt noch eins, könnten wir hinfahren und rauskriegen, was wirklich mit ihr los ist.«

»Eines Tages sag ich es dir, ehrlich.«

»Aber jetzt wollten wir eigentlich erst mal nach London. Es ist nach eins, und wenn wir uns nicht ranhalten, wird es zu spät.«

»Ich komme«, sagte sie. »Ich komm ja schon.«

Er sah noch den zierlichen Ring an ihrem zierlichen Finger, das geflochtene Gold. Es muß ein Kinderring sein, sagte er zu ihr.

»Ist es auch, er ist für mich gemacht worden, als ich klein war. Damals hab ich ihn auf einem meiner großen Finger getragen.«

Zosie und große Finger ... Er mußte lachen. Sie nahm den Ring ab und zeigte ihm das auf der Innenseite eingravierte z.

»Du heißt also wirklich so. Ich hab mir das schon manchmal überlegt ...«

Sie schlang ihm beide Arme um den Hals und legte den Kopf an seine Schulter, und es war wunderschön. (Wenn wir einander finden, ist das wunderschön, wenn nicht, dann kann man es nicht ändern), aber seine Fahrkünste waren solchen Ablenkungen nicht gewachsen. Jetzt ließ sie ihren rechten Arm auf seiner Rückenlehne liegen, die Hand ruhte in seinem Nacken, die andere Hand, die mit dem Ring, lag in ihrem Schoß. Sie hatte einen Rock an, zum ersten Mal sah er sie in einem Rock. Es war ein Wickelrock, weiß mit hellblauen Karos. Vielleicht war es gar kein Rock, sondern ein Vorhang, den sie irgendwo gefunden hatte. Sie sah darin älter aus, nicht mehr so sehr wie ein hübscher Junge. Er hatte sie erst vor zwei Stunden geliebt, aber als er sie jetzt so sah, mit den braunen, glänzenden Schenkeln, über denen der Vorhang sich teilte, als er ihre Finger in seinem Haar spürte, wäre er am liebsten auf einen Acker gefahren und hätte sie zu einer der Hecken getragen, an denen die wilde Clematis blühte und das hohe Unkraut wucherte.

Es war heiß, drückend heiß, anders als vorher. Eine feuchte Hitze, die einem den Schweiß aus allen Poren trieb, sobald man ins Freie trat, und einem den Atem nahm. Der Horizont verlor sich in dunstigem Blau. Man brauchte kein Meteorologe zu sein, um zu erkennen, daß die lange Schönwetterperiode sich ihrem Ende zuneigte. Alle Fenster in Matterknax standen offen, und trotzdem war die Hitze fast unerträglich. Adam wußte, daß Zosie eingeschlafen war, als ihre Hand nach unten sank. Wie groß muß ihr Vertrauen sein, dachte er. Nie würde es mir einfallen zu schlafen, wenn jemand anders am Steuer sitzt.

Er fuhr über die A 12, und noch immer schlief sie, friedlich atmend wie ein Kind. Eine Weile dachte er über Wörter nach, über Wörter, die keiner richtig schreiben konnte, wie desavouieren oder irisierend, selbst Rechtschreibkanonen bekamen diese Wörter nie richtig hin. Dann wandten sich seine Gedanken wieder Zosie zu, er überlegte, wie so oft, ob sie ihn liebte, wirklich liebte, und ob es ihr Freude machte, wenn er mit ihr schlief. Genoß sie es, oder spielte sie ihm, aus irgendwelchen Gründen, nur etwas vor? Woher sollte man das wissen? Adam überlegte, ob sie dies Spiel vielleicht trieb, weil sie sich wünschte, weiterhin von ihm geliebt zu werden, auch wenn sie keine Liebe für ihn empfand.

Er war über die Forest Road, durch Walthamstow und Tottenham nach London gefahren. Es roch nach Öl und Ruß und stehendem Wasser. Zosie war aufgewacht, sie guckte aus dem Fenster und sagte, in diesen häßlichen nordöstlichen Vororten sei sie nie gewesen. Damals waren Unruhen noch etwas völlig Unbekanntes, abgesehen von den alten Geschichten in Notting Hill und gelegentlichen Zusammenstößen bei einem Fußballspiel. Der Straßenatlas lag offen in Zosies Schoß, und sie wollte wissen, wo denn all diese Stauseen und Parks und Grünflächen waren, die man auf der Karte sah, wo doch draußen in dem grauen Dunst nur Häuser vorüberzogen.

An der Kirche war er geradeaus gefahren, über Muswell Hill nach Highgate Wood. Wäre er an der Archduke Avenue vorbeigekommen, in der er jetzt wohnte, hätte es ihn wahrscheinlich nicht gereizt, dort ein Haus zu kaufen, aber er war damals dort nicht vorbeigekommen, und nichts an seinem Haus oder an seiner Straße erinnerte an jene Fahrt. Nur der graue Kirchturm hatte ihn daran erinnert und der Artikel über die Unruhen in der Gegend, durch die sie damals gefahren waren.

Adam nahm sich einen Einkaufswagen. Benommen begann er, ihn durch den Laden zu schieben.

Es war nicht ihr Evan, sondern der jüngere Bruder. Ihr Evan war tot. Rufus schien es, als würden seine Gegner in rascher Folge geschlagen und vernichtet, erst Bella, jetzt der alte Antiquitätenhändler.

»Ich war immer hier«, sagte Evan beflissen. »Wir waren Partner, reiner Zufall, daß wir uns nie kennengelernt haben. Allerdings war im allgemeinen mein Bruder als Einkäufer unterwegs, während ich mich hier ums Geschäft gekümmert habe.«

Lächerlich erleichtert fuhr Rufus nach Nunes zurück. Er lechzte nach einem Drink. Aber natürlich kam Alkohol nicht in Frage, schließlich hatte er noch eine Fahrt von hundert oder hundertzwanzig Kilometern vor sich. Er zündete sich eine Zigarette an. Hätte ich in der Haut dieser Leute gesteckt, dachte er, wäre ich der Koipu-Mann oder der Stromableser oder der brave Ackersmann oder die Postbotin, ich wäre zur Polizei gegangen und hätte ausgepackt. Ich hätte es für meine Pflicht gehalten und vermutlich auch noch Spaß daran gehabt. Jetzt erst sah er sich und Adam und Shiva und Vivien und Zosie so, wie die Leute aus der Gegend sie gesehen haben mußten, zügellos und ohne Verantwortungsgefühl, seltsam gewandet oder halbnackt, mit überhöhtem Tempo in einem schmutzigen, klapprigen Wagen durch die Gegend brausend, Hippies, Junkies, es mußte den Leuten doch eine wahre Freude sein, der Polizei zu stecken, was sie über diese Clique wußten. Falls sie sich erinnern, dachte er. Falls sie uns mit der Sache in Verbindung gebracht haben.

In Richtung Hadley standen die vier Villen. Sie erschienen ihm viel kleiner als damals. Vor zehn Jahren hatte er nicht auf den Namen des gekrümmten Sträßchens geachtet. Fir Close. Ein halbmondförmiges Rasenstück trennte es von der Hauptstraße, vier oder fünf junge Bäume standen darauf, laublose Stämme ohne Seitentriebe. Er fuhr in die Straße hinein, konnte sich aber nicht mehr erinnern, in welcher Einfahrt er den Lieferwagen von Vermstroy gesehen hatte, es mußte wohl vor einem der mittleren Häuser gewesen sein. Auch wie der Koipu-Mann aussah, wußte er nicht mehr. Er hatte ihn nur einmal flüchtig zu Gesicht bekommen, als er auf der Terrasse gelegen hatte und der Mann am anderen Seeufer aufgetaucht war, in einer Entfernung von etwa zweihundert Metern.

»Wie ein Räuberhauptmann«, hatte Adam gesagt. »Grimmiges Gesicht, gewaltiger schwarzer Schnurrbart.«

Aber Adam hatte eine zu lebhafte Phantasie. Eine Frau trat aus einem der Häuser, und Rufus kurbelte das Fenster herunter und fragte, wo der Mann vom Ungezieferdienst wohnte. Er merkte sofort, daß sie keine Ahnung hatte.

»Wir sind erst seit zwei Jahren hier«, sagte sie. »Die Leute da hinten haben was mit einer Eisenwarenfirma in Sudbury zu tun, die meinen Sie aber nicht, was? Der Mann im Nachbarhaus hat Selbstmord begangen, aber das war viele Jahre vor uns, und die Witwe ist weggezogen. Ein weißer Transporter, sagen Sie? Die Leute ganz hinten hatten einen weißen Transporter, eigentlich mehr ein Wohnmobil...«

Es gab streng genommen überhaupt keinen Grund zu der Annahme, daß der Koipu-Mann dort gewohnt hatte, es war eine bloße Vermutung aufgrund äußerst dürftiger Indizien, die irgendwie in die Troremmos-Mythologie eingegangen war. Als Rufus zur Post kam, war es zehn Minuten vor Toresschluß, danach lief bis Montagmorgen dort nichts mehr.

Vor zehn Jahren hatte es diese Post noch nicht gegeben, das Postamt war eine Fertigbaubaracke gewesen, die keiner von ihnen je betreten hatte. Sie hatten keine Briefmarken gekauft, keine Briefe verschickt. Jetzt war das Postamt in einem Laden im Untergeschoß eines Cottage untergebracht, das fast unmittelbar gegenüber der »Föhre« stand. Rufus hatte bereits festgestellt, daß das Pub nicht mehr denselben Wirt hatte wie vor zehn Jahren, als er sich zum letzten Mal mit Janet oder Janice dort getroffen hatte. Der Name des Wirts stand über der Tür zum Schankraum, und Rufus wußte, daß es nicht derselbe Name war. Wie der Mann damals geheißen hatte, wußte er allerdings nicht.

Er ging hinein, ohne sich etwas zurechtgelegt zu haben, auf seine Eingebung vertrauend. In einer Art Verschlag mit maschendrahtvergittertem Fensterchen war ein bebrillter Mann mittleren Alters hingebungsvoll mit jenen geheimnisvollen Formularen, Papierstreifen und Gummiringen beschäftigt, die offenbar allenthalben den Postmeistern die Zeit stehlen. Eine jüngere Frau, korpulent und liebenswürdig, aber mit müdem Gesicht, stand hinter einem Ladentisch mit Süßigkeiten, Zeitungen und Postkarten. Rufus nahm sich den *Daily Mirror*. Andere Zeitungen waren nicht mehr da, vielleicht führten sie auch sonst keine.

»Wo bekommt man denn hier was Anständiges zu essen, können Sie mir was empfehlen?«

Sie zögerte und sah den Postmenschen an.

»Die ›Föhre‹ wohl nicht, Tom, was meinst du?« Sie sprach ausgeprägten Suffolk-Dialekt, einen derben Tonfall mit Knacklauten und ›hohlen Vokalen‹, wie Adam das damals genannt hatte. »Nein, die würde ich nicht empfehlen. Das Beste wär wohl der ›Bär‹ in Sindon.«

»Er weiß nicht, wo das ist«, sagte Tom, seine Stimme klang nach Ex-Offizier.

»Ich war schon lange nicht in der Gegend«, sagte Rufus rasch. »Viele Jahre nicht. Kannten Sie einen Mr. Hilbert Verne-Smith in Wyvis Hall?«

»Den kannte jeder«, sagte sie. »Freund von Ihnen? Mein Onkel hat ihm im Garten geholfen, zweimal in der Woche war er da, jahrein, jahraus. Aber der junge Spund, der alles geerbt hat, der Neffe, der hat ihn nicht gewollt, hat ihm das restliche Geld in die Hand gedrückt und ihn weggeschickt.«

Rufus sah sofort einen alten Mann mit geknotetem Taschentuch auf dem Kopf vor sich. »Ist er tot?«

»Mr. Verne-Smith? Vor zehn oder elf Jahren gestorben, gut und gern. Der Neffe hat alles geerbt, hab ich doch gesagt.«

»Ich meinte Ihren Onkel.«

»Tot? Nee, der ist drüben im Walnut Tree, weil er ein bißchen Pflege braucht, aber sonst ist er putzmunter.«

»Das ist die Altenpflegestation in Sudbury«, kam Tom dem ratlosen Rufus zu Hilfe.

»Ah so, ja.«

»Er ist nie mehr hingegangen«, sagte die Frau. »Keinen Fuß hat er mehr auf das Grundstück gesetzt. Hat ihm glatt das Herz gebrochen. Nur einmal war er noch da, um seine Sachen zu holen, den alten Spaten und das Setzholz, früh um fünf war er da, um keinen zu stören und hat sich in seinem Garten umgesehen – für ihn war es immer sein

Garten –, und der war total kaputt, alles versengt und voller Unkraut und Gras so hoch wie 'ne Wiese. Es war dieser heiße Sommer, 1976 muß es gewesen sein.«

Um keinen zu stören, wiederholte Rufus bei sich. Er wußte jetzt, wessen Schritte Adam an jenem letzten Morgen gehört hatte. Und Matterknax hatte draußen gestanden, und Vivien hatte Wäsche aufgehängt... In der Altenpflegestation war er, der alte Gärtner, aber sonst putzmunter.

»Der Bär in Sindon, sagen Sie...«

Sie gab ihm eine komplizierte, verworrene Beschreibung dorthin. Rufus musterte sie, während sie, über den Ladentisch gebeugt, mit dem Zeigefinger eine Skizze auf die Umschlagseite der *Radio Times* malte. Die Züge kamen ihm vertraut vor, er erinnerte sich an ein rotes Fahrrad, eine winkende Hand, stämmige Beine, die in die Pedale traten, um die Steigung auf der Trift zu bewältigen... Er wußte nicht, wie er die Frage hätte anbringen sollen, ob sie die Postbotin war, die ihnen den Brief von der Steuer gebracht hatte und die Stromrechnung, und wenn er nicht fragte, würde er es nie erfahren.

Er hatte nicht die Absicht, zum Essen nach Sindon zu fahren, er hatte keinen Appetit. Und er hatte nichts erreicht, es war alles nur noch komplizierter geworden. Vielleicht hat sich der wackere Ackersmann schon bei der Polizei gemeldet, dachte er, als er an der Pytle Farm vorbeifuhr. Bestimmt hatte man ihn vernommen, als sie mit den Ermittlungen begonnen hatten. ›Um keinen zu stören...‹ ging es ihm durch den Kopf. Er kam sich jetzt recht naiv vor. Wie hatte er sich auch nur für einen Augenblick einbilden können, daß sie zweieinhalb Monate dort hatten leben können, ohne daß jemand Kenntnis davon nahm!

An der Trift hielt er. Auf einem Wegweiser – lateinische Buchstaben auf einem Eichenbrett – stand der Name Wyvis Hall, und darunter: *Privatweg*. Ganz plötzlich fiel Rufus ein, daß weder Vater und Sohn Evan noch die Villenbewohnerin in der Fir Close, der Postmeister oder die Frau, die vielleicht die Postbotin gewesen war, ihm gegenüber den Tierfriedhof, den Fund auf dem Tierfriedhof oder die Polizei erwähnt hatte. Es wunderte ihn ein bißchen, aber eine Erklärung wollte ihm nicht einfallen.

Daß er nicht auf die Trift einbog und bis zum Haus fuhr, lag schlicht und einfach daran, daß er Angst hatte. Angst – obwohl er sonst nicht übermäßig mit Phantasie begabt war – vor einem Empfangskomitee, bestehend aus den Besitzern – (Chipstead oder wie sie hießen), natürlich der Polizei, der noch immer achtzehnjährigen Postbotin, dem Stromableser, dem Ackersmann, dem Pytle-Farmer, dem Koipu-Menschen...

Schließlich trat er den Heimweg an. Es hatte angefangen zu regnen wie an jenem letzten Tag, dem Tag der Vertreibung aus dem Paradies. Es war dieselbe Art von Regen, windverwehte Schauer. Auch in den Tagen darauf, als er wieder daheim gewesen war, hatte es unentwegt geregnet, so daß er im Haus herumlungern mußte, wo er kaum ein Wort mit seinen Eltern und seinem Bruder sprach und ständig darauf gefaßt war, daß etwas passierte.

Genau wie jetzt las er täglich sehr sorgfältig die Zeitung, las alles über das Baby. Seine Erregung steigerte sich, wenn es hieß, die Polizei habe eine Spur, beschämte Erleichterung machte sich breit, wenn sich herausstellte, daß sie von der Wahrheit weiter entfernt schien denn je. Nachts wachte er auf und überlegte, wie es mit seinem Medizinstudium weitergehen sollte, ob er noch frei herumlaufen würde, wenn das neue Studienjahr begann. Im Grunde hatte er ja nichts angestellt, er war nur dabeigewesen, aber er hatte nie versucht sich einzureden, daß er keinen Anteil an der kollektiven Schuld, der kollektiven Verantwortung hatte. Auf die Idee, sich über das gegebene Versprechen hinwegzusetzen, das Versprechen, die anderen nie wiederzusehen, wäre er nie gekommen. Er wollte sie gar nicht wiedersehen, er war froh, wenn er sie los war. Ein für allemal.

Um diese Zeit hatte seine alte Schule ein Ehemaligentreffen veranstaltet, aber er war nicht hingegangen. Seit damals machte er einen großen Bogen um Highgate, suchte sich komplizierte Umwege, um nicht durch die Archway Road und North Hill und an dem Polizeirevier von Highgate, Ecke Church Road, vorbeifahren zu müssen.

Adam und Zosie waren über die Muswell Hill Road, die sich zwischen Queens Wood und Highgate Wood hindurchschlängelt, bis zur Kreuzung gefahren, an der die Archway Road nach Norden geht und zur A 1 wird. Dort bog er rechts ab und begann, sich nach einem Parkplatz für Matterknax umzusehen. In der Archway Road selbst konnte man nicht parken. Adam war seit dem Schulabschluß vor etwa dreizehn Monaten nicht mehr dort gewesen, aber die kleinen Antiquitäten- und Trödelläden, die er in Erinnerung hatte, waren noch da, und in einem

Schaufenster erspähte er sogar einen Zettel, in dem die verehrte Kundschaft aufgefordert wurde, hierher ihr Silber zum Verkauf zu bringen.

Er war nach links in die Church Road eingebogen. Jede dieser breiten Straßen hätte es getan, hatte er später gedacht, aber nein, ausgerechnet die Church Road hatte er sich aussuchen müssen, dabei hatte Zosie noch gesagt:

»An der Ecke ist ein Polizeirevier. Du wirst doch nicht vor einem Polizeirevier parken?«

»Warum nicht? Wir machen doch nichts Verbotenes.«

So arglos war er gewesen.

»Fahr noch ein Stück weiter«, sagte sie.

Er war mit Matterknax über die Kreuzung zur Talbot Road gefahren. Er wollte nicht, daß Zosie ihn begleitete. Am liebsten wäre es ihm gewesen, wenn sie im Wagen auf ihn gewartet hätte. In diesen Tagen ging ihm allmählich auf, daß er sich im Grunde wünschte, sie ganz für sich, ausschließlich zu seiner Gesellschaft zu haben – er ein Marcel, sie seine Albertine.

Sie sah zu ihm auf, mit großen, goldenen Augen, kindlich-unschuldigem Blick.

»Weißt du was? Da drüben ist View Road, auf der anderen Seite von ... wie heißt das hier ... North Hill.« Sie hatte wieder Rufus' Straßenatlas studiert. »Da wird Vivien Kindermädchen, wir haben sie hingebracht, Wauwau und ich.«

»Ach ja?« sagte er uninteressiert.

Das war's – uninteressiert war er gewesen. Er konnte es kaum erwarten, Vivien und Shiva loszuwerden, aber wohin Vivien ging, das war ihm gleichgültig.

»Es wird eine halbe Stunde dauern«, sagte er. »Vielleicht etwas länger. Sagen wir fünfundvierzig Minuten.«

Sie nickte und sah schon wieder auf die Straßenkarte. Er stieg aus und griff sich den Karton mit den Likörgläsern und dem Maskenkrug und den großen Silberlöffeln. Und in diesem Moment hörte er das erste Donnergrollen, weit weg, wie gedämpften Trommelschlag.

»Du hast mir nie erzählt«, sagte Lili zu Shiva, »wie sie darauf gekommen sind, das Baby zu stehlen. Aber wahrscheinlich weißt du das auch nicht so genau.«

Nicht sie hatte damit angefangen, sondern er. Der Verkehr war aus der Forest Road in die Fifth Avenue umgeleitet worden, und er betrachtete die Autoschlangen. Es war tröstlich zu wissen, daß er in seiner Straße sicher war und weit vom Schuß im bitteren Wortsinne, obschon Schüsse bisher nicht gefallen waren. Die Scheiben waren hier alle heil geblieben, die Nacht war friedlich verlaufen, selbst der Auszug der letzten Gäste aus dem *Boxer* hatte sich manierlich vollzogen. Und dann hatte er sich unvermittelt, ohne recht zu wissen warum, abgewandt und war zu Lili gegangen, zu Lili in ihrem rosafarbenen Sari und der Strickjacke von Marks & Spencer, und hatte gesagt, er wolle von damals reden, von Troremmos.

Er schüttelte den Kopf. »Doch, ich weiß es. Und ob ich es weiß. Aber zuerst, am ersten Tag, da habe ich es nicht gewußt. Als sie heimkamen, haben wir gedacht, daß es Zosies Baby ist. Verrückt, wirst du sagen, aber wir wußten, daß Zosie ein Baby gehabt hatte und es gern behalten hätte, und als sie mit einem Baby zurückkam, war es für uns ganz selbstverständlich, daß es ihr Kind sein mußte. Das heißt, für Vivien und mich. Rufus war nicht da. Er war bei dieser Frau, die ihren Mann, den Soldaten, betrog. Eine schöne Geschichte, was? Rufus war ein schlechter Mensch, durch und durch. Ich glaube wirklich, er hatte keine einzige positive Eigenschaft.«

»Laß Rufus jetzt mal beiseite, Shiva. Du meinst, sie sind einfach mit dem Baby angekommen, und ihr habt es akzeptiert? Einfach so?«

»Du mußt bedenken, daß um Zosie immer etwas Geheimnisvolles war. Es gab so vieles, was wir über sie nicht wußten, und ständig kam etwas Neues heraus. Als sie heimkamen, waren Vivien und ich mit dem Abendessen fertig, ich saß draußen auf der Terrasse und las, und sie arbeitete in ihrem Kräutergarten. Sie hatte ein Stück Land umgegraben und einen Kräutergarten angelegt, und sie mußte jeden Abend gießen, sonst wäre alles eingegangen. Wir hörten den Wagen kommen, oder ich hörte ihn kommen, und ein bißchen später hörte ich ein Baby weinen. Vivien kam mit ihrer Gießkanne ums Haus herum und wollte wissen, was das war. Es hört sich an wie ein Baby, sagte ich. Dann kam Zosie und fragte, ob wir Milch hätten, sie brauche Milch für das Baby. Sie hatte ein Fläschchen in der Hand und – und sie strahlte geradezu vor Glück und Aufregung. Deshalb haben wir gedacht, bestimmt haben wir beide gedacht, daß es ihr Baby war.«

»Ist sie absichtlich nach London gefahren, um es zu entführen?«

»Nein, so war es nicht«, sagte Shiva. »Es war mehr ein Versehen, ein Zufall. Es war so – jedenfalls haben sie es mir so erzählt. Als sie hinkamen, war es etwa halb vier, und Adam parkte den Wagen in einer der Nebenstraßen der Archway Road. Es war eine Art Verlängerung der Straße, in der Viviens künftige Arbeitsstelle war, aber ich glaube, das hatte sich einfach so ergeben. Ich bin dagewesen, Monate später, es faszinierte mich irgendwie, so schrecklich das auch alles war. Ich wollte es mir mal ansehen. Und als ich hinkam, begriff ich, daß es gar kein so großer Zufall war. Wenn man in die Archway Road zum Einkaufen will, muß man in einer der Nebenstraßen parken, anders geht es eigentlich gar nicht.«

»Adam hat sie also im Wagen gelassen. Warum ist sie nicht mitgegangen?«

»Er wollte nicht, daß sie mit in die Geschäfte kam, und das war auch verständlich. Er dachte, sie würde etwas mitgehen lassen, unbeaufsichtigte Kleinigkeiten, wie er das nannte, sie würde der Versuchung nicht widerstehen können, was ›abzustauben‹, so hat er es ausgedrückt. Die Geschichte in Sudbury ging ihm noch nach. Jedenfalls nahm er den Karton mit seinem Zeug und ging das Geschäft suchen mit dem Schild im Fenster, daß sie gute Preise für Silber zahlen. Zosie blieb im Wagen sitzen, sie würde vielleicht ein bißchen herumlaufen, sagte sie, es war zu heiß, um die ganze Zeit drinzubleiben.

Sie war nicht normal, sie hatte eine Art postpartale Störung. Ihr Gehirn funktionierte nicht wie das von anderen Leuten, sie war nicht rational.«

»Willst du damit sagen, daß deiner Meinung nach die meisten anderen Leute normal sind, Shiva?«

Er dachte an die vergangene Nacht, den Lärm, das

scheinbar stundenlang andauernde Splittern von Glas, das sich über die Kakophonie der Zerstörung erhebende Geschrei und tierische Gebrüll. An das laute, aber dumpfe und sinnentleerte Knirschen, ein hallendes Geräusch der Auflösung, das entsteht, wenn ein Auto umgestürzt wurde. Bremsenkreischen, hastende Schritte, in der Ferne eine dumpfe Explosion. Nein, der Mensch war nicht rational. »Sie haben zumindest einen gewissen Begriff von Realität«, sagte er, wenn auch skeptisch. »Eine Ahnung jedenfalls. Für Zosie war ein Baby eine Puppe, ein Trost. Nein, das stimmt nicht ganz. Für sie war das, was sie getan hatte, nicht anders – nicht schlimmer jedenfalls –, als wenn ein Kind einem anderen eine Puppe wegnimmt. Dabei war es nicht so, als ob sie nicht für das Baby gesorgt hätte, sie hat die Kleine geliebt.«

»Kleine Mädchen lieben ihre Puppen, aber dann werden sie ihnen langweilig, und sie stellen sie in den Schrank.«

»So war es nicht, sie hat das Baby nicht vernachlässigt. Allerdings blieb ihr ja nicht viel Zeit mit dem Kind.«

»Wie ist sie überhaupt drauf gekommen, es zu entführen?«

»Sie«, verbesserte Shiva. »Es war ein kleines Mädchen. Zosie ging ein bißchen spazieren, sie wollte sich die Beine vertreten und ging bis zu dem Haus, in dem Vivien arbeiten würde. Sie war schon mal dagewesen. Ich glaube nicht, daß sie sich vorgenommen hatte, Mr. Tatians Baby zu stehlen, aber daß in dem Haus ein Baby war, das wußte sie. Es sah aus, als sei niemand zu Hause. Es war ja dieser heiße Sommer, aber alle Fenster waren zu. Sie ging noch um die Ecke bis zum Golfplatz von Highgate, und dann kam sie zurück. Sie hatte keine Uhr, aber sie schätzte, daß Adam schon über eine halbe Stunde weg war.

Diesmal standen oben in Mr. Tatians Haus Fenster offen, und sie sah eine Frau mit so einem Ding herauskommen, in dem man Babys transportiert, wie nennt man das gleich?«

»Eine Babytragetasche?«

»Ja, eine Tragetasche. Die Frau hat nicht zu ihr hingesehen, sagt Zosie, und das nehme ich ihr auch ab. Sie hat die Tragetasche auf den Rücksitz des Wagens gestellt und die Wagentür offengelassen, wahrscheinlich weil es so heiß war. Dann ist sie ins Haus zurückgegangen und hat die Haustür nicht ganz zugemacht. Vielleicht hatte sie was vergessen, meinte Zosie, oder sie ist nochmal zurückgegangen, um irgendwas nachzusehen.

Sie konnte nicht anders, hat Zosie gesagt. Sie hat nicht überlegt, wie gefährlich es war. Sie mußte dieses Baby haben, und sie hat es sich genommen. Es war wie mit dem kleinen Jungen im Warenhaus, nur war diesmal kein Rufus da, um sie zu bremsen. Niemand war da, um sie zu bremsen. Sie hat die Hand in den Wagen gesteckt und die Tragetasche herausgezogen und ist damit die Straße heruntergegangen. Das Baby schlief. Es war ein besonders ruhiges, schläfriges Baby, glaube ich, aber ich verstehe nichts von Babys.« Shiva sah rasch zu Lili auf und wieder weg. »An der Kreuzung North Hill war ein Stau. Sie ist über die Straße und die Church Road hinuntergegangen. Niemand kam ihr entgegen. Die Fahrer der Wagen, die im Stau standen, müssen sie gesehen haben, aber keiner hat sich gemeldet und ausgesagt, daß ihm ein Mädchen in blaukariertem Rock mit einer Tragetasche aufgefallen ist. Sie hat die Tragetasche auf die Rückbank gestellt und sich vorn auf den Beifahrersitz gesetzt, und Sekunden später war Adam wieder da. Er setzte sich ans Steuer. Er sagte: ›Die Mühe hätte ich mir sparen können‹, startete, bog in die North Hill ein und fuhr in Richtung Finchley und North Circular Road. Zosie sah nach links, in die View Road hinein. Der Wagen war noch draußen, die hintere Tür stand offen, und die Frau kam gerade über den Gartenweg zurück zur Straße.«

»Soll das heißen, daß Adam es nicht gewußt hat? Er hat nicht gewußt, daß hinten das Baby liegt?«

»Er hat es nicht gewußt, bis sie schon fast in Enfield waren. Sie mußten vor einer Ampel halten, da ist das Baby aufgewacht und hat angefangen zu weinen.«

## 16

Das Straßenschild, das auf die Garnison hinwies, erinnerte Rufus an die Frau, die er ein paar Tage oder zwei Wochen oder auch länger gehabt hatte und deren Namen ihm in zweierlei Form peinigend präsent war. Hieß sie nun Janet oder Janice? Es ging ihm mit ihr so ähnlich wie Adam, der nicht wußte, ob der Antiquitätenmensch Evans oder Owens geheißen hatte. Wie sich herausstellte, hieß er in Wirklichkeit Evan, vielleicht war die Frau also auch eine Janine oder gar eine Jeanette gewesen.

Die Erinnerung war ein für allemal weg. Sie hatte gefärbtes rotes Haar gehabt und war dünner, als eine Frau nach seinem Geschmack eigentlich sein durfte. Seine Adresse in Nunes hatte er ihr bestimmt nicht gegeben, und eine Telefonnummer hätte sie ihm auch nicht entlocken können, weil sie kein Telefon hatten. Nach Troremmos hatte er sie nie mitgenommen. Außerdem war es äußerst unwahrscheinlich, daß ausgerechnet sie mit einer zehn Jahre alten Geschichte zur Polizei laufen würde, besonders wenn sie noch mit dem Soldaten verheiratet war, vielleicht Kinder von ihm hatte.

Er brachte sie irgendwie mit dem Taxi in Verbindung, das er einmal nach Troremmos genommen hatte. Und mit dem Treffen in der »Föhre«, zu dem er zum ersten und einzigen Mal zu Fuß nach Nunes gegangen war, und bei dem er aus irgendeinem unerfindlichen Grund über der

Tür zum Schankraum den Namen des Wirtes gelesen hatte, der jetzt mit ziemlicher Sicherheit anders hieß. Warum aber war er zu Fuß gegangen, wenn er doch Matterknax hatte?

Janet oder Janice (Janine oder Jeannette) war mit ihrem eigenen Wagen oder mit dem Wagen ihres Mannes zu diesem letzten Treff gekommen, und er war gelaufen, keine angemessene Betätigung für einen Macho, wie er fand, aber schon damals wollte er nicht, daß sie erfuhr, wo er wohnte. Vermutlich hatte er damals gefürchtet, sie könne in einem Anfall von Aufrichtigkeit oder Gewissenspein ihrem Mann alles beichten und ihm damit den Krieger auf den Hals hetzen.

Und – ja, natürlich, das war's überhaupt! – er war nicht mit Matterknax zu seinem Rendezvous gefahren, weil Adam und Zosie Matterknax für die Expedition nach London gebraucht hatten. Es war der Abend gewesen, an dem sie das Baby mitgebracht hatten. Er war nicht dagewesen, hatte die Heimkehr nicht miterlebt, weil er mit Janet oder Janice zuerst in der »Föhre« und dann in einem anderen Pub oder Restaurant gesessen hatte, wo es beim Essen zu einem heftigen Streit kam, weil Rufus nur noch den letzten Pfandhaus-Zehner besaß und ihr klipp und klar erklärt hatte, die restlichen Runden des Abends würde sie spendieren müssen.

In ihrem Schlafzimmer mit dem breiten Doppelbett aber, wo auf dem Nachttisch – mit dem Gesicht nach unten – das Foto des Kriegers lag, hatten sie sich dann wieder versöhnt. Am nächsten Morgen trennten sie sich ohne Bedauern, und Rufus hoffte nur, daß er dabei mehr

Erleichterung verspürte als sie. Allerdings hatte sie ihn nicht nach Nunes zurückgefahren, dazu sei das Benzin zu teuer, hatte sie gesagt, es waren hin und zurück immerhin 36 Kilometer. Deshalb hatte er ein Taxi genommen, jetzt fiel es ihm wieder ein, und als er nach Troremmos kam, hatte der Fahrer mit laufender Uhr warten müssen, bis Adam ihm das Geld gegeben hatte.

Er war gar nicht – oder nur knapp – bis ins Haus gekommen, denn Adam hatte entweder in der Halle oder unter dem Portikus gestanden und sofort angefangen zu jammern, wie schlecht es ihm beim Verkauf der Sachen in der Archway Road ergangen war. Für die Löffel und den Maskenkrug zusammen hatte er weniger als hundert Pfund bekommen, kein Mensch wolle heutzutage solche Löffel haben, hatte man ihm gesagt, was sollten die Leute wohl mit so was anfangen? Die Likörgläser war er überhaupt nicht losgeworden. Es war gar nicht so einfach, die vier Pfund für das Taxi bei Adam loszueisen, aber Rufus hatte es dann doch geschafft. Ob der Taxifahrer sich erinnerte? Er war jung gewesen, nicht älter als Rufus selbst. Daß er ihn die Trift hatte hinunterfahren lassen, war ein Fehler gewesen, dieses Gefühl hatte er damals schon gehabt, aber was hätte er machen sollen? Oben an der Straße hätte der Mann bestimmt nicht auf sein Geld gewartet.

Höchstwahrscheinlich hatte er in jener Woche Dutzende von Fahrgästen gehabt, viele davon auch in ländlichen Gebieten. Die Fahrt über die kurvenreiche Straße durch den Wald nach Troremmos konnte nicht besonders denkwürdig für ihn gewesen sein. Falls er nicht das Kind hatte schreien hören...

Nein, das war ausgeschlossen, auch Rufus hatte es erst gehört, als das Taxi schon fast außer Sicht war. Der Fahrer mochte jung gewesen sein, vielleicht sogar ein heller Kopf, aber nach zehn Jahren würde er Rufus ebensowenig identifizieren können wie Adam, der mit dem Geld in der Hand dagestanden und ausgesprochen »abgeschlafft« ausgesehen hatte, wie man so schön sagte. Als ob er gekifft hätte, fand Rufus, aber das war eigentlich gar nicht möglich, Haschisch konnten sie sich nicht mehr leisten.

»Alles okay?« fragte er, während das Taxi durch den grünen Tunnel davonfuhr. »Scheint sich um einen Mordskater zu handeln.« (Wie gern wir andere nach uns selbst beurteilen...)

Adam gab keine Antwort. Sie gingen auf die Haustür zu, die offenstand. Und in diesem Moment hörte er zum ersten Mal das Weinen des Babys. Klagend scholl es ihnen entgegen, ein Laut, so unwahrscheinlich wie das Gebrüll eines Löwen in diesem Haus. Oder vielleicht auch nicht, vielleicht auch nicht...

»Verdammt«, sagte Adam.

»Zosie hat demnach ihr Kind hergebracht.«

»Sagte er mit eisiger Stimme«, ergänzte Adam. »So steht es immer in den Romanen.«

»Nur in sehr schlechten Romanen.« Das Weinen verstummte. »Später wird man wohl auch Kinder haben und so etwas ertragen müssen, nur könnte ich eigentlich jetzt noch darauf verzichten. Aber es ist schließlich dein Haus.«

Adam schwieg einen Augenblick, und dann sagte er: »Ich möchte dir das später gern erklären. Das heißt, ich möchte gar nicht, aber es muß wohl sein.«

»Meinetwegen brauchst du dich nicht zu bemühen«, erklärte Rufus sehr steif und hochfahrend.

»Woher hast du denn gewußt, daß Zosie ein Baby hat?«

»Was meinst du wohl?« gab Rufus zurück. »So was zu wissen ist mein Geschäft – oder wird es sehr bald sein.«

Erst am Nachmittag bekam er das Baby zu sehen. Adam, der die ganze Zeit sehr nervös und zappelig war, erzählte ihm gerade von seinen erfolglosen Anläufen, die Löffel zu verkaufen, als Zosie mit einem verhüllten Bündel auf dem Arm die Terrasse betrat. Zosie war seit zwei Monaten in Troremmos, und das Kind war schätzungsweise einen Monat davor zur Welt gekommen, so hatte er es sich an jenem Nachmittag zurechtgelegt. Von dem Gesicht war zwischen den Falten von Viviens dunkelrotem Schal nicht viel zu erkennen, aber soviel sah Rufus doch, daß es jung war, noch ganz winzig, etwa ein Vierteljahr alt. Vivien folgte Zosie mit einem Fläschchen und einem von Lilian Verne-Smiths gestickten Handtüchern, Shiva machte die Nachhut, er wirkte ratlos und unsicher. Ein beachtliches Gefolge.

Natürlich dachten sie alle (bis auf Adam), es sei Zosies Baby. Was hätten sie sonst denken sollen? Und litt Adam an einer Amnesie – oder gar an Aphasie –, wenn er nicht begriff, was Viviens arglose Hinnahme bedeutete? Aber vielleicht war das im Grunde gar nicht wichtig, denn ein entführtes Kind ist ein entführtes Kind.

Zunächst dachte Adam, er sei mit der Polizei fertig. Oder die Polizei mit ihm. Er hatte alle Fragen beantwortet und das gewünschte Protokoll unterschrieben. Er konnte sich natürlich vorstellen, daß sie ihn wieder aufsuchen würden, diesmal, um ihn zu verhaften – der Gedanke war sein ständiger Begleiter –, aber auf die Idee, daß sie ihn anrufen würden, wäre er nie gekommen.

Er war zu Hause, und die Abendzeitung, die er mitgebracht hatte, lag ungelesen auf der Sessellehne neben ihm. Er brachte es nicht fertig, sie durchzublättern und nach der kleinen Meldung zu suchen, die schwarz auf weiß die Identität des Erwachsenenskeletts enthüllen würde. Eine dunkle Ahnung sagte ihm, daß er sie heute in der Zeitung finden würde, und obschon er wußte, daß es eine Erleichterung wäre, sich vom Gegenteil zu überzeugen, zu wissen, daß er noch eine Galgenfrist von zwölf, ja, vielleicht sogar von vierundzwanzig Stunden hatte, konnte er sich nicht aufraffen nachzusehen. Sie erwarteten seine Schwiegereltern, er wußte nicht mehr, aus welchem Grund Anne sie eingeladen hatte, und er wehrte sich dagegen, noch mehr vor einem noch größeren Kreis verbergen, trotz der immer schwerer werdenden Bürde nach außen hin locker und unbeschwert erscheinen zu müssen.

Als das Telefon läutete, war er allein im Zimmer, Anne machte Abigail für die Nacht zurecht und hatte sie ihm noch nicht heruntergebracht. Bestimmt Rufus, dachte er, Rufus ruft an und will mir sagen, daß er mit der Polizei gesprochen und die Details der Griechenlandreise bestätigt hat, daß sie damit offenbar voll zufrieden sind, vielleicht sogar, daß sie ihm gesagt haben, damit sei die Sache höchstwahrscheinlich ein für allemal erledigt... Er nahm ab. Es war Winder von der Kriminalpolizei. Adam überlief es eiskalt, die Kehle war ihm wie zugeschnürt.

»Ach, Mr. Verne-Smith, nur noch ein paar kleine Fragen, ich will Sie gar nicht lange aufhalten.«

Adams Stimme hörte sich an, als sei er schwer erkältet.

»Macht gar nichts«, sagte er und überlegte, was für eine stupide, unsinnige Antwort das doch war.

»Ich weiß nicht, ob Sie sich noch erinnern, es ist ja lange her.«

»Woran denn?« fragte Adam.

»Als Sie auf Wyvis Hall lebten, im Sommer 1976...«

»Ich sagte Ihnen doch, daß ich dort nie gelebt habe«, entgegnete Adam. »Ich habe mich dort aufgehalten. Eine Woche lang.«

»Gelebt, gewohnt, das ist ja nur eine Frage der Formulierung. Es geht um Folgendes: Können Sie sich erinnern, ob irgendwann mal ein Ungezieferdienst bei Ihnen war, eine Firma Vermstroy?«

Der Koipu-Mann also... Er hatte sich an die Begegnung an der Hintertür erinnert, an Rufus, der auf der Terrasse gelegen hatte, und an Mary Gage und ihre lautstarken Proteste.

»Nein«, sagte er. »Nein, ich wüßte nicht.« Mit angehaltenem Atem wartete er auf Winders Eröffnung, sie hätten jetzt Beweise dafür, daß er sich nicht allein dort aufgehalten hatte, daß da noch ein Mann gewesen war und eine Frau, obgleich er doch versichert hatte, er habe nie eine Frau dabeigehabt. Was blieb ihm anderes übrig, als es zu leugnen? Er würde es immer leugnen, er würde nichts zugeben.

Winder ließ nicht locker, allerdings reagierte er zunächst noch nicht so, wie Adam erwartet hatte.

»Ein ziemlich großer, brünetter Mann mit Schnurrbart? Sie haben keine Erinnerung daran? Soviel wir wissen, hat er Ungeziefer für... für Ihren Großvater vernichtet. Oder war es Ihr Onkel?«

»Mein Großonkel.«

»Richtig, Ihr Großonkel. Auch Ratten und Maulwürfe, glaube ich. Und diese komischen Viecher – wie heißen sie gleich?«

Jetzt wartet er darauf, daß ich ihm mit dem Namen aushelfe, dachte Adam, aber auf so was falle ich nicht rein.

»Na, ist auch nicht weiter wichtig. Tja, Mr. Verne-Smith, wenn Sie uns dazu nichts sagen können, ist das schade, aber nicht zu ändern. Unsere Ermittlungen sind sowieso fast abgeschlossen. Entschuldigen Sie bitte die Störung. Gute Nacht.«

Adam hielt den Hörer in der Hand und horchte dem Freizeichen nach. Ein, zwei Sekunden blieb er so sitzen, dann legte er auf. Offenbar hielten sie das Mädchen, das der Koipu-Mann gesehen hatte, für Vivien. Er stellte sich vor, wie der Koipu-Mann von sich aus zur Polizei gegangen war.

»Ob es ein Akrodingsbums ist, hat er mich gefragt und ich hab gesagt, es ist ne Art Ratte. Und ein Typ hat hinten auf der Art Terrasse gelegen und gepennt, und eine Frau ist hinter meinem Wagen hergerannt. Ende Juni, Juli muß das gewesen sein...«

Vielleicht war er nicht nur dieses eine Mal dagewesen. Außerdem gab es da noch die Rechnung, die er, Adam, bezahlt hatte, an eine Adresse in Ipswich. Der Koipu-Mann war in den Wald gegangen und hatte dort bestimmt den Tierfriedhof gesehen und konnte bezeugen, daß er zu jener Zeit unberührt gewesen war. Vielleicht war er im September wieder dagewesen und hatte das frische Grab gesehen, die wieder eingefügten Grassoden. Flittermus, Ottermus, Myopotamus. Man muß sehr jung sein, dachte Adam, sehr sorglos, sehr leichtfertig, um so schlichte Reime zu schmieden. War das damals wirklich ich?

Adam wußte, daß er eigentlich Rufus anrufen und ihm Bescheid sagen müßte, aber er hatte einfach keine Kraft dazu. Winders Anruf hatte ihn geschockt und entnervt. Der Schock war fast so schlimm gewesen wie neulich beim Anblick seines Vaters in Heathrow oder wie damals, als er und Zosie von Highgate nach Suffolk zurückgefahren waren.

Er ließ die Erinnerungen kommen. Zunächst die Hitze des Abends, die schwere Luft, die man kaum atmen konnte, seine Hände, die immer wieder vom Lenkrad glitschten, die Perlchen auf Zosies Stirn und Oberlippe, der Schweiß, der seinen Körper, seine Sachen an den Sitz klebte. All das spürte und sah er so klar wie damals und drückte sich noch einen Augenblick vor der Erinnerung an jenen entsetzlichen Laut, der in die Stille eingedrungen war und eine Welt zertrümmert hatte.

Um ein Haar wäre er auf seinen Vordermann aufgefahren. Es war ein jäher Jammerlaut ohne jede Vorwarnung in Form eines Raunens oder Flüsterns. Er hatte den niedrigsten Gang eingelegt, und vor Schreck ließ er die Kupplung los und gab Gas. Er konnte von Glück sagen, daß die Ampel in diesem Moment auf Gelb schaltete und der Mann vor ihm mit einem Kavaliersstart über die Kreuzung rauschte.

Matterknax machte einen Satz nach vorn. Adam stieg auf die Bremse, der Ruck schleuderte Zosie vom Sitz, fast wäre sie mit dem Kopf gegen die Windschutzscheibe geprallt.

»Himmelherrgott«, sagte er.

»Bitte sei nicht böse. Du darfst nicht böse sein.«

Er schaute nach hinten und sah die Tragetasche, sah keinen Kopf, kein Gesicht, nur eine winzige erhobene Hand. Noch heute sah er es vor sich, dieses Seesternhändchen. In diesem Moment war ihm noch nicht klar, was sie getan hatte. Er glaubte, wie später die anderen, es sei Zosies Kind. Für ihn war das natürlich nur ein kurzer Wahn. Doch während er an den Straßenrand fuhr und anhielt, hatte er die unbestimmte Vorstellung, Zosie müsse sich in den knappen vierzig Minuten seiner Abwesenheit wieder in den Besitz ihres Kindes gesetzt haben.

Sie warf ihm einen ängstlichen Blick zu, ihren Mäuseblick, blanke, runde, angsterfüllte Augen huschten hin und her, die Lippen schürzten sich zu einem kleinen Mäusemund. Als sie ausstieg, sah es aus, als wolle sie vor ihm davonlaufen und um Hilfe schreien. Aber sie machte nur die hintere Tür auf und zog die Tasche heraus. Als sie zurückkam, hatte sie das Kind auf dem Arm. Es sah sehr klein aus, zu klein, um schon so laut schreien zu können.

Was Zosie sagte, sollte zuversichtlich klingen, aber die Bänglichkeit schlug durch. »Was für ein Glück, daß das hier mit in der Tragetasche war.« Sie hielt ein zur Hälfte mit Milch gefülltes Fläschchen hoch. »Sonst hätten wir eins kaufen müssen. Mit dem, was wir sonst noch für sie brauchen, komme ich wahrscheinlich zurecht.«

Adam schloß die Augen. So mußte es sein, wenn von jemandem gesagt wurde, er sei einer Ohnmacht nahe.

»Was heißt Glück?« sagte er. »Was heißt ›daß das mit in der Tragetasche war‹ . . .«

»Ich hab die Tragetasche gleich mitgenommen. Sie lag in der Tragetasche drin. Auf dem Rücksitz von Mr. Tatians Wagen.«

Damit war alles klar. Dachte er. »Wir müssen es zurückbringen, Zosie, wir müssen sofort wenden und es zurückbringen.«

»Sie. Es ist ein Mädchen. Sie heißt Nicola. Vivien hat gesagt, daß sie Nicola heißt.«

»Okay, und jetzt wenden wir und bringen sie dahin zurück, wo du sie hergeholt hast.«

Zosie fing an zu weinen. Sie und das Baby saßen auf dem Beifahrersitz und weinten laut. Zosies Tränen tropften auf das Gesicht des Kindes. Adam konnte es nicht ertragen, sie weinen zu sehen, es brachte ihn um. O Gott, und er hatte sie im Wagen gelassen, weil er Angst gehabt hatte, sie könnte in den Geschäften etwas stehlen. Wieviel besser wäre das gewesen als der Diebstahl, den sie sich nun geleistet hatte.

»Wir müssen es – sie – zurückbringen. Die Eltern sind inzwischen bestimmt am Durchdrehen, das kann man sich ja vorstellen. Bitte weine nicht, Zosie, bitte. Ich kann es nicht ertragen. Du sollst dein eigenes Baby haben, du und ich, wir werden ein Baby haben.«

Im Nachhinein fand er diese flehentlichen Bitten, diese Versprechungen schlimm und peinlich. Auch er war den Tränen nah. Sie waren selbst noch Kinder, zusammen erst sechsunddreißig Jahre alt, das Leben in seiner fürchterlichsten Form hatte sie angefallen, und sie hatten sich seiner nicht erwehren können. Adam war hin- und hergerissen. Er liebte sie, er wollte, daß sie glücklich war, und doch war er fast aufgelöst vor Angst.

»Ich geb sie nicht her«, schrie Zosie ihn an. »Wenn du umdrehst, spring ich aus dem Wagen. Ich spring raus und werf mich vor einen Laster.«

»Zosie...«

»Ich will sie haben, ich liebe sie. Ich hab sie mir genommen, und ich geb sie nicht wieder her.« Sie war fast häßlich in ihrer Wildheit, mit dem entblößten Gebiß einer Tigerin, die fauchend um ihr Junges kämpft. »Ich will, daß sie mich liebt, verstehst du das nicht? Wenn ich für sie sorge, muß sie mich lieben, dann bin ich ihre Beste. Weißt du nicht, was es bedeutet, wenn man die Beste für jemand sein will?«

»Ich liebe dich«, sagte er und hatte das Gefühl, in bodenlose Tiefen zu stürzen. »Du bist meine Beste.« Seine Kehle zog sich zusammen, er krächzte nur noch. »Ich werde dich immer lieben, ich werde mich nie ändern, das verspreche ich dir, Zosie, aber bitte, bitte, um alles in der Welt...«

Wie war es gekommen, daß er nachgegeben, sich ihren Wünschen gefügt hatte, weitergefahren war? Er wußte es nicht mehr. Er war nicht mehr der Knabe von damals. Sein Charakter hatte sich verhärtet, in müde Teilnahmslosigkeit eingekapselt. Vielleicht hatte nicht ihr Flehen den Ausschlag gegeben, sondern die Angst vor der Umkehr, vor dem Empfang, der sie erwartete, wenn sie mit ihrer

Geschichte – welcher Geschichte? – ankamen. So war er denn wieder losgefahren, auf der langsamen Spur, weil seine Hände zitterten. Zosie hatte sich erschöpft zurückgelegt, das Baby im Schoß des Rockes, der ein blauweiß karierter Vorhang war. Es nuckelte an der Flasche und schlief schließlich ein. Zosies Gesicht war wunderschön und seltsam gereift in seiner mütterlichen Milde, die Tränen auf ihren Wangen waren zu einer kleinen Salzwehe getrocknet.

Dem schwülen Tag folgte ein stickiger Abend. Dicke Wolken türmten sich zu Bergen, der Mond segelte zwischen ihnen hindurch wie eine weiße Galeone auf den Meerengen zwischen vulkanischen Inseln. Ein böiger Wind trieb sie voran. Die Zeder vor dem Haus schlug mit den rauhen schwarzen Armen um sich, wie ein lebendes Geschöpf, wie eine Hexe in schwarzen Röcken, sagte Zosie. Die letzte Nacht meines Lebens, dachte Adam, in der ich glücklich war.

Natürlich konnte das nicht sein. Es war eine Übertreibung. Sicher hatte es doch auch später noch Augenblicke des Glücks für ihn gegeben, der Selbstvergessenheit, der Euphorie, es war gar nicht anders möglich, aber an einen bestimmten Augenblick dieser Art konnte er sich nicht erinnern. Doch an jene Nacht erinnerte er sich genau, in allen Einzelheiten. Wie sie die Trift hinuntergefahren waren, wo der Wind in den überhängenden Zweigen rauschte, wie Zosie mit dem Baby im Arm ins Haus gelaufen und er mit der Tragetasche hinterhergekommen war. Typische junge Eltern, die ihr erstes Kind aus dem Krankenhaus nach Hause bringen, die noch keine Ahnung haben, wie sie mit ihm umzugehen haben und was das Leben ihnen noch bringen wird. Als er selbst in dieser Situation gewesen war, als Abigail nach Hause kam, hatte er im Büro gesessen, und Annes Mutter hatte sie abgeholt.

Das Baby stieß einen einzigen durchdringenden Schrei aus, den Vivien offenbar gehört hatte. Vivien war gerade dabei gewesen, ihren Kräutergarten zu wässern, die kümmerlichen kleinen Petersilien- und Korianderstengel zu hegen und zu pflegen, aber sie kam ins Haus und half Zosie, ein Fläschchen zurechtzumachen. Zosie brachte das Baby gleich hinauf in ihr Zimmer, zog eine Schublade aus der Nußbaumkommode und machte darin ein Bettchen zurecht. Sie legte ein großes, längliches Kissen aus dem Salon als Matratze hinein und deckte das Kind mit ihrer eigenen Decke und Viviens rotem Schal zu. Sie zerriß ein Handtuch, um Windeln daraus zu machen. Adam wollte seinen Ohren kaum trauen, als sie sagte, sie würde die Kleine baden, aber sie tat es wirklich, im Waschbecken des Badezimmers. Sie windelte die Kleine neu, steckte sie wieder in ihren rosa Strampelanzug und jammerte, weil sie ihr nichts Frisches anziehen konnte. Das Kind schrie, aber es klang nicht besonders jämmerlich. Zosie hielt es im Arm und gab ihm Milch zu trinken.

Adam ging nach unten, holte zwei Gläser Milch, einige Scheiben von Viviens frischem Brot, Käse und ein paar von seinen eigenen Frühäpfeln, Beauty of Bath, rotgestreift mit gelber Runzelschale. Sie saßen auf dem Bett und aßen, während das Baby in der Schublade schlief und Adam es irgendwie fertigbrachte, vorübergehend zu vergessen, wie schrecklich das war, was sie getan hatten, und nicht daran zu denken, was an Angst und Qual durch diesen Raub auf sie zukommen würde. Der Wind legte sich mit leisem Flattern, er hatte sich verausgabt und den Himmel blankgefegt, der nun violett war wie ein dunkel gestreiftes Blütenblatt. Wolken standen am Horizont wie ferne Hügelketten. Er machte das Fenster auf und sah in den vertrockneten Garten hinaus. Shiva stand am See, ein Buch in der Hand, obgleich es zu dunkel zum Lesen war, und sah zu den Sternen hoch. Es war noch früh, knapp zehn. Noch nie waren sie so zeitig zu Bett gegangen. Eltern, sagte Zosie, müßten früh zu Bett, weil ihr Baby sie beim Anbruch der Dämmerung weckte. Sie war nicht bei Verstand, er wußte es, aber es störte ihn nicht.

Er nahm sie in die Arme und liebte sie, und zum ersten Mal – zum ersten und letzten und einzigen Mal – liebte auch sie ihn, ging sie auf ihn ein. Sie war leidenschaftlich und lüstern, naß und weich, und das warme, zerwühlte Bett roch nach Watt und frisch gefangenen Fischen. Ihre Zunge war ein kleiner, glitschiger Fisch, aber in ihr war ein warmes, weites Binnenmeer, das ihn umfing und ihn, als er am Versinken war, wieder an den Strand warf. Sie nahm ihn mit einem schmerzhaften Ruck in sich hinein, er schrie auf und schloß die Augen und wölbte den Rücken und ließ sich mit einem rasselndem Keuchen auf sie fallen. Sie gab seinen Blick zurück, als er sie ansah, lächelnd und sicher doch befriedigt.

Befriedigt? Woher wollte er das wissen? Wie soll ein Mann so etwas wissen? Außerdem wußte er jetzt, daß nicht er ihr Verlangen gestillt hatte, sondern daß dies das Baby, der Besitz des Babys zuwegegebracht hatte. Schon bedeutete ihr das Kind, *ihr* Kind seit erst vier oder fünf Stunden, mehr als er. Doch er nahm sie noch einmal, erregte sich und sie aufs neue, in diesem Augenblick und später noch einmal, da ging es schon auf den Morgen zu. Er war jung, er hatte gedacht, daß es so weitergehen würde, in jedem Alter. Und daß die Liebe etwas Bleibendes sei und er Zosie immer lieben würde, in alle Ewigkeit.

Adam saß mit Anne und Annes Eltern zusammen, die Whisky und Kaffee tranken. Eine widerliche Mixtur, aber beides war ihm ohnehin verhaßt. Unaufhörlich gingen ihm Winders Fragen, seine verschlagen-höhnischen Bemerkungen durch den Kopf. Er beteiligte sich nicht an der Unterhaltung, saß schweigend dabei und bestätigte einmal mehr seinen Ruf, »nicht sehr gesprächig« zu sein. In solchen Situationen wünschte er sich oft, Abigail möge aufwachen, damit er nach oben gehen und sie trösten, mit ihr schmusen konnte. Aber sie wachte abends schon lange nicht mehr von selbst auf, sie schlief tief und fest, in heiter-friedvoller Lautlosigkeit. Das war bei der anderen Kleinen anders gewesen, sie gab im Schlaf schwache Pfeifgeräusche von sich und gelegentlich leise, unregelmäßige Klicklaute. Hatte Annes nächtliches Klicken ihn deshalb so in Rage gebracht?

Kurz vor dem Aufwachen ertönte das Klicken häufiger, Stöhn- und Wimmerlaute kamen hinzu. Und dann fing sie an zu schreien. Das Schreien verunsicherte ihn sehr, ließ Ansätze von Panik in ihm hochsteigen, es war fast das, was er jetzt empfand. Zuerst hatte er nicht gewußt, was es war und wo er war. Und auch am nächsten Morgen war es ihm so gegangen. Als er die Augen aufschlug, war der Himmel rot wie von einem riesigen Feuer, und es dauerte einen Augenblick, bis er begriff, daß dies die Morgenröte war.

»Ich leide an Eusophobie«, hatte er einmal gesagt. »Einer irrationalen Angst vor dem Morgengrauen.«

Zosie ging nach unten, um Milch für das Fläschchen zu holen. Sie windelte das Baby, das konnte sie, man hatte es ihr in dem Krankenhaus beigebracht, in dem sie ihr Kind bekommen hatte, obgleich dort bekannt war, daß sie es zur Adoption freigeben würde. Und dann schliefen sie wieder ein, alle drei. Und draußen, vor dem Bannkreis, der Troremmos umgab, der unsichtbaren Mauer, die der Zauberspruch um sie gezogen hatte, suchte die Welt wie wahnsinnig nach dem Kind.

Als sie aufstanden, lagen vier nasse Windeln in dem Eimer, den Zosie aus der Küche mitgebracht hatte. Vivien wusch sie, weil sie ihr blaues Kleid waschen mußte. Sie betrachtete das Baby und redete mit ihm und streckte ihm einen Finger hin, den die Kleine mit ihren blassen Fingerchen umfaßte, aber sie stellte keine Fragen, hielt sich zurück wie eine sehr fürsorgliche, sehr liebevolle Mutter. Und auch da hatte er noch nicht erfaßt, was Viviens Zustimmung bedeutete.

Sie hatten keine Zeitung, und wenn im Radio die Nachrichten kamen, hörte keiner hin. Ob wohl Vivien, wenn ihr bei ihrer Arbeit etwas von einem verschwundenen Baby zu Ohren gekommen wäre, den Zusammenhang erfaßt hätte? Sie und Rufus gingen davon aus, daß das

Baby Zosies Kind war und folgerten vermutlich, daß sie den Adoptionsbeschluß hatte annullieren lassen, da sie nun selbst ein Zuhause und einen Mann hatte.

An jenem Tag hatte er nur ein bißchen Angst gehabt. Als der Wagen mit dem Licht auf dem Dach die Trift herunterkam – allerdings war es ein gelbes Licht und kein blaues –, dachte er einen Augenblick an die Polizei, aber es war nur Rufus, der sich ein Taxi genommen hatte und es nicht bezahlen konnte. Auch das Wetter machte ihm angst, so verrückt das klingen mochte. Es ängstigte ihn, weil es so anders war. Über Nacht war es kalt geworden, die Temperatur war von über dreißig auf unter fünfzehn Grad gesunken. Und es kam ihm vor, als sei das ein Omen für einen Wandel auch in ihrem Geschick, das Ende der guten Tage, erste Anzeichen der nahenden Katastrophe.

Was hatten sie an dem Tag sonst noch gemacht? Nichts Besonderes. Wenn er jetzt zurückblickte, erinnerte er sich, daß Zosie sich nicht von dem Kind hatte trennen können, sie hatte mit ihm geschmust und es gefüttert und gewickelt, und er selbst war unruhig und nervös gewesen und froh, daß bald Abend war, daß er früh würde schlafengehen können. Das Baby wachte auf und schrie, und er dachte, so ein Mist, soll das in Zukunft mein Leben sein?

Die ungewohnte Kälte deprimierte ihn. Der Vormittag war trüb und windig. Zosie schmuste mit dem Kind und schwatzte mit dem Kind, und plötzlich wußte er, daß das Kind weg mußte. Wie hatte er sich je einbilden können, sie könnten ein entführtes Kind bei sich behalten, ohne daß man ihnen auf die Spur kam?

Er überlegte, ob er versuchen sollte, vernünftig mit

Zosie zu reden, aber das wäre schon unter normalen Bedingungen ein sinnloses Unterfangen gewesen. Er konnte sich das Kind nicht einfach schnappen und allein nach London bringen, er brauchte die Hilfe der anderen. Nur wußten die noch nichts.

Das sollte sich bald ändern. Nachdem Shiva ihm das Stichwort geliefert hatte, konnte er nicht schweigen. Nicht einmal Zosie zuliebe. Außerdem hätte er mit seinem Schweigen Zosie gar keinen Gefallen getan, es war besser für Zosie, das Kind herauszugeben, so dachte er damals, er sah nicht über die Gegenwart hinaus, sah nur das kalte, zunehmend bedrohliche Jetzt.

Es war Shiva, der die Frage stellte.

»Wem gehört das Kind, Zosie? Ist es deins?«

Vivien nickte lächelnd. Rufus war nicht dabei, er hatte sich hoffnungsvoll auf die Terrasse gelegt, auf die einst die Sonne geschienen hatte. Shiva saß am Küchentisch und ließ seinen Blick zwischen den beiden Frauen hin- und hergehen. Jetzt sah Adam seine Chance und nutzte sie.

»Es ist nicht Zosies Kind«, sagte er. »Es gehört fremden Leuten.«

»Sie gehört mir«, sagte Zosie.

»Nur in dem Sinne«, sagte Adam, Pedant bis zum Letzten, »daß sie sich zur Zeit in deinem Besitz befindet.«

Shiva sagte: »Wovon redet ihr eigentlich?«

Zosie, die Milch in einer Kasserolle angewärmt hatte, trat vom Herd zurück, die Schultern hochgezogen, eine Maus, die man in die Enge getrieben hat, die nicht mehr ein noch aus weiß. Vivien hatte das Baby auf dem Arm. Sie und Zosie hatten gleich Priesterinnen irgendwelcher mütterlicher Mysterien gemeinsam die Riten eines alten Kultes zelebriert, und Vivien hatte Zosies Mutterschaft lächelnd und auf eine Weise bestätigt, die Männern den Zugang verwehrte. Dabei aber war sie einer Täuschung zum Opfer gefallen, und als Adam Shivas Frage verneinte, machte sie einen Satz und drückte das Kind fest an sich. Ihr Gesicht war starr vor Schreck. Jeder anderen Frau, dachte Adam, hätte nach einer solchen Enthüllung leicht das Kind hinunterfallen können, aber Vivien hielt es nur noch fester, als sei es allein schon durch bestimmte Worte gefährdet und bedürfe ihres besonderen Schutzes.

Ungerührt fuhr er fort: »Zosie hat das Baby aus einem Auto genommen, als wir in London waren. Sie hat es entführt, wenn ihr so wollt.«

»Das glaube ich nicht«, sagte Shiva langsam und wie benommen.

»Komm, red keinen Unsinn. Du weißt ganz genau, daß es Menschen gibt, die Babys stehlen, Frauen zum Beispiel, die ihr eigenes Kind verloren haben. Das ist doch allgemein bekannt.«

»Sie hat einfach ein Baby aus einem Auto genommen? Hat das denn niemand gesehen?«

»Scheint nicht so. Aber das haben wir alles schon durchgekaut, ich hab die Nase voll davon. Ich weiß, daß es unrecht und schrecklich war und so weiter, ich bin ja nicht schwachsinnig. Ich weiß, daß wir das Kind zurückgeben müssen, und zwar so schnell wie möglich.«

Vivien hatte noch immer das Baby im Arm, sie mochte es nicht hergeben. »Ihr habt etwas sehr Schlimmes, sehr Böses getan. Nicht schwachsinnig, sagst du? Und ob ihr schwachsinnig seid, alle beide! Das Kind muß zurück zu seinen Eltern, auf der Stelle. Ihr müßt nach London fahren und das Kind zurückbringen.«

»Ganz meine Meinung«, sagte Adam ergeben.

»Wißt ihr, wer die Eltern sind? Nein, wahrscheinlich nicht. Du hast sie aus einem Auto genommen, Zosie? Ihr seid ja verrückt. Ihr seid krank im Kopf.«

»Ach, sei doch still.«

»Wir müssen es Rufus sagen. Rufus muß das wissen.« Vivien hatte sich bisher noch nie mit irgendwelchen Problemen an Rufus gewandt. Sie hatte noch immer das Kind auf dem Arm, als sie den Kopf zum Fenster hinausstreckte.

»Rufus, komm doch bitte mal herein.«

Zosie hatte das Fläschchen gefüllt und hielt es zum Abkühlen unter den Kaltwasserhahn. Sie trocknete die Flasche ab und kam mit ausgestreckten Armen auf Vivien zu. Einen Moment schien es, als wolle Vivien das Baby nicht herausgeben, sie hob kurz den linken Arm, um Gesicht und Kopf vor Zosie zu schützen.

»Du hast einen kleinen Menschen gestohlen«, sagte sie leicht benommen. »Eine Person. Kein Tier und kein Spielzeug. Ist dir das klar? Denkst du überhaupt nach?«

Beim Anblick des so verlockend vor ihr schwebenden Fläschchens fing die Kleine an zu brüllen.

»Ich habe gedacht, es ist dein Kind«, sagte Vivien, »ich habe gedacht, es ist dein Kind, das du irgendwie zurückbekommen hast.«

»Bitte gib sie mir, Vivien.«

Rufus kam, eine Zigarette zwischen den Lippen, in die

Küche, als der Tausch gerade vonstatten ging, als Vivien mit abgewandtem Gesicht das Baby in Zosies Arme legte. Shiva hatte angefangen zu lachen, nicht schrill, sondern leise und leicht melancholisch, und schüttelte den Kopf dazu.

»Was ist denn hier los?«

»Zosie hat das Kind aus einem fremden Wagen gestohlen. Gestern nachmittag. Natürlich ist sie verrückt. Sie bildet sich offenbar ein, daß sie ungestraft ein Kind entführen kann. Ich weiß, daß du gedacht hast, es ist ihr Baby, aber es gehört fremden Leuten. Sie wissen nicht einmal, wem es gehört, sie wissen nicht mal, wer die Eltern sind.«

»Doch, das wissen wir. Es ist die Kleine von Tatian, deinem künftigen Arbeitgeber.«

Vivien sah Adam an. Sie legte die Hände ans Gesicht, das so weiß geworden war wie das Baumwollkleid, das sie trug. Das Baby in Zosies Armen hatte die muschelrosa Händchen um die Flasche gelegt und nuckelte. Vivien trat einen Schritt an Zosie heran, es sah bedrohlich aus, fand Adam und machte Anstalten aufzustehen, aber sie sah dem Baby nur ins Gesicht.

»Ihr glaubt also, daß dieses Kind Nicola Tatian ist? Nicola ist ein Dreivierteljahr alt, sie ist ein großes Mädchen, sie krabbelt schon. Ich muß es wissen, ich habe sie gesehen. Weiß der Himmel, wer das hier ist. Wie kommst du auf die Idee, du hättest Robin Tatians Baby gestohlen?«

Zosie gab keine Antwort. Es kümmert sie nicht, dachte Adam, es kümmert sie nicht, wem das Kind gehört hat, denn jetzt gehört es ihr, und nur das zählt.

»Es war in einem Auto vor Tatians Haus, und da hat Zosie verständlicherweise gedacht, es ist seins.«

Shivas nervöses Gekicher war verstummt, aber er schüttelte noch immer den Kopf. Dafür fing jetzt Rufus an zu lachen, laut und rauh, das Lachen schüttelte ihn so heftig, daß er sich an den Tisch setzen und das Gesicht auf die Arme legen mußte.

»Macht das Radio an«, sagte Vivien. »Laßt es laufen, bis die Nachrichten kommen, in den Nachrichten sagen sie bestimmt was darüber. Du bist nicht zu gebrauchen«, fuhr sie Rufus an. »Du findest alles komisch, du würdest selbst über einen Mord noch lachen.«

»Kann schon sein.« Er warf den Kopf zurück. »Kann schon sein.«

Doch als es dann soweit war, hatte er nicht gelacht.

Shiva machte das Radio an, und Rockmusik dröhnte durch den Raum. Fast zur gleichen Zeit, wie vom Radio ausgelöst oder von der Musik, begann ferner Donner zu grollen, als poltere eine Ladung Steine in eine Grube. Und dann verstummte die Musik, und eine Männerstimme verlas die Nachrichten.

Sein Schwiegervater sprach von Wyvis Hall. Adam, der mit seinen eigenen Gedanken beschäftigt war, hatte auf Durchzug geschaltet und deshalb nicht mitbekommen, wie das Thema aufgekommen war. Dunkel war ihm bewußt, daß sein Schwiegervater etwas gehört oder gelesen haben mußte, was ihm, Adam, entgangen war, etwas Neues aus den Medien, und einerseits brannte er darauf zu erfahren, worum es sich handelte, andererseits hätte er alles darum gegeben, es nicht erfahren zu müssen, sich Augen und Ohren zuhalten zu können. Auch auf die Fragen, die ihm jetzt gestellt wurden, hätte er am liebsten nicht geantwortet, Fragen nach der Zeit, als ihm das Haus gehört hatte. Was für ein Haus es gewesen und wie groß das Grundstück gewesen war und was für Nachbarn er gehabt hatte.

Er antwortete brav, wenn auch ziemlich geistesabwesend, und dabei überlegte er, daß er ja nur Annes Vater zu fragen brauchte, daß der ihm schon sagen würde, was der Auslöser gewesen war. Aber er fragte nicht, er sagte nur schroff, es sei ein unerfreuliches Thema, und er spreche nicht gern darüber. Anne sah ihn aus argwöhnisch verengten Augen an, wie neuerdings so oft. Das hält meine Ehe nicht aus, dachte Adam plötzlich, das bedeutet die Trennung. Im Grunde wäre es noch das kleinste Übel. Hätte die ganze Geschichte als einzige Konsequenz das Ende seiner Ehe, wäre er glimpflich davongekommen. Aber es konnte nicht die einzige Konsequenz bleiben. Nicht mehr, nachdem der Koipu-Mann auf der Bildfläche erschienen war und sein Sprüchlein aufgesagt hatte.

Adam erinnerte sich an den Blitz, der sein weißes Licht in die Küche warf. Erst jetzt merkten sie, wie dunkel es geworden war. Man hätte denken können, es sei Nacht, aber es war nicht Nacht, es war noch nicht einmal Abend, sondern drei Uhr nachmittags. Er war ans Fenster getreten und hatte zu dem grauvioletten Himmel hochgesehen, an dem die Wolken standen wie schneebedeckte Bergketten. Wie der Himalaya, warm und feucht im Vorgebirge, eisigklar auf den fernen Gipfeln. Aus dem blauen Horizont wuchs ein Baum aus Blitzen hervor, verzweigte sich in den Kumuluswolken, der Donner knatterte wie Geschützfeuer.

Er horchte auf die Stimme, die aus dem Radio kam, alle hörten zu, sogar Rufus. »Das verschwundene Highgate-Baby« – so nannte die Stimme das Kind in Zosies Armen. Ein Name fiel nicht. Zosie rieb der Kleinen den Rücken und lehnte sie an ihre Schulter. Ein paar Sekunden legte sie den Kopf schief und lauschte den Worten nach, die der Ansager in bedeutungsschwerem Ton von sich gab, aber es schien, als ginge sie die Sache persönlich überhaupt nichts an, als sei von einem Erdbeben am anderen Ende der Welt die Rede.

Sie hatte noch ein Handtuch zerlegt und wechselte die Windeln. Shiva trat mit gerümpfter Nase zurück und zog die Mundwinkel herunter.

»Ich möchte bitte nach Sudbury fahren und ihr ein bißchen was kaufen. Sie braucht noch einen Strampelanzug und Hemdchen und so Sachen. Und sie müßte auch richtige Windeln haben.«

In Adam regte sich eine Erinnerung. Er schloß die Augen. Ja, richtig – Bridget war ihm in den Sinn gekommen, seine Schwester Bridget als Sieben- oder Achtjährige, als sie ein paar Tage nichts anderes im Sinn gehabt hatte als eine Geburtstagspuppe.

»Du fährst nicht nach Sudbury«, sagte Vivien. »Du fährst nach London und bringst das Kind zurück.«

Sie war die Mutter, sie führte den Befehl, ihre Stimme war die Stimme der Autorität. Doch so ganz funktionierte das nicht mehr. Und Rufus war dann wohl der Vater gewesen. Weshalb brauchen wir diese Rollen, überlegte Adam – damals wie heute –, weshalb übernehmen wir sie?

»Da gibt's nur eine kleine Schwierigkeit«, sagte Rufus. »Wir wissen nicht, wem es gehört.«

»Es steht bestimmt in der Zeitung, heute früh haben sie sicher was darüber gebracht.« Adam begriff, was er würde tun müssen. »Ich fahre mit Zosie nach Sudbury und kaufe eine Zeitung, und dann stellen wir fest, wer sie ist.«

»Wozu?« fragte Zosie. »Ich geb sie doch nicht wieder her.«

Adam legte einen Arm um sie. Um sie und das Kind. Das Kind war zwischen ihnen und trennte sie. Aus mehr als einem Grunde wollte er das Kind los sein.

Shiva, der bis jetzt geschwiegen, der nur aufmerksam zugehört hatte wie jemand, der die englische Sprache nur unvollkommen beherrscht, aber Wert darauf legt, alles zu erfassen, sagte langsam:

»Du hast Glück gehabt, daß du nicht Mr. Tatians Baby erwischt hast, ist dir das eigentlich klar? Dann hätten sie dich inzwischen schon gefunden, die Polizei hätte dich gefunden.«

Sie sahen ihn alle an. Polizei... das Wort fiel jetzt zum ersten Mal.

»Weil die sich für alles interessiert hätte, was mit den Tatians zusammenhängt. Mr. Tatian hätte gesagt, am Donnerstag sei die neue Nanny dagewesen, allerdings wisse er nicht viel über sie, seine Schwägerin habe mit ihr gesprochen. Aber irgendwas stimmte mit der Adresse nicht, hätte er gesagt, sie hatte eine falsche Adresse angegeben. Dieses Troremmos gab es offenbar gar nicht, aber Nunes, Suffolk, das mochte stimmen. Was glaubt ihr, was die Polizei dann gemacht hätte? Sie wären hergekommen, sie hätten uns gefunden, sie hätten jedes Haus abgeklappert.«

»Herzlichen Glückwunsch«, sagte Rufus. »Sie werden der Polizei noch mal Ehre machen, junger Mann.«

Eine rote Welle überlief Shivas olivbraunes Gesicht. »Aber es stimmt doch...«

»Mein Schutzengel hat mich bewacht«, sagte Zosie.

»Und was war mit dem Schutzengel der Mutter von diesem Wurm da? Der war auf Urlaub, wie?«

»Ich hab gedacht, du bist auf meiner Seite, Rufus.«

Das Radio spielte Rockmusik, nicht sehr laut. Rufus machte es aus. Er zündete sich eine Zigarette an.

»Hast du gedacht, wie?« Er schaute Zosie abwägend und gleichzeitig so an, wie man ein seltenes Tier anschauen würde. »Ich will dir sagen, auf welcher Seite ich bin. Auf der Seite von Rufus. Ein für allemal.«

Adam hatte das unbehagliche Gefühl, daß jetzt die Erwachsenen das Sagen hatten. Er sah Rufus an, er brauchte ihn, brauchte seinen Rat, seine Führung. Rufus' nächste Worte trafen ihn wie ein Schlag unter die Rippen. Er spürte, wie ihm das Blut ins Gesicht stieg und seine Haut heiß wurde.

»Ehrlich gesagt hält mich hier nichts mehr. Wird Zeit, daß ich mich absetze.« Er lächelte Adam an. Es war ein unfreundliches Lächeln ohne jede Spur von Kumpanei. »Wenn ihr erlaubt, mach ich mich morgen auf die Sokken.«

Adam zwang sich cool zu bleiben, die Augenbrauen hochzuziehen und die Achseln zu zucken.

»Wie du willst. Es ist deine Entscheidung.«

»Sehr richtig. Leider muß ich euch dann den Wagen entziehen.« ›Den Wagen‹ sagte er und nicht ›Matterknax‹, es gab Adam einen Stich. »Wenn ihr also Zeitungen und Babysachen kaufen wollt, schlage ich vor, daß ihr gleich nach Sudbury fahrt. Noch ist Zeit dazu.«

Kalt wie eine Hundeschnauze war Rufus. Seine Stimme klang schneidend. Er brauchte nicht auszusprechen, was er dachte: Ich studiere an einer bedeutenden Universität, ich habe glänzende Zukunftsaussichten. Und ich bin gut, ich schaffe es. Ich habe noch zwei Jahre bis zum Abschluß, es sind noch viele Sprossen die Leiter hinauf, aber ich lasse mir den Weg nach oben nicht verbauen, von keinem, von euch schon lange nicht. Ich denke nicht daran, wegen einer verdrehten Kleptomanin meine Karriere aufs Spiel zu setzen, einer Kleptomanin, die nicht Sachen stiehlt, sondern Kinder. Aus irgendeinem geheimnisvollen Versteck holte Rufus eine große kantige Flasche Gin hervor, von der Adam nichts gewußt hatte, schenkte sich einen großzügigen Schluck ein und kippte ihn unverdünnt. Ohne ein weiteres Wort verschwand er mit der Flasche in der Hand. Sobald er weg war, erzählte Zosie ihnen von dem kleinen Jungen, den sie sich in dem Einkaufszentrum mitgenommen hatte, als sie und Rufus und Vivien in London gewesen waren. Adam hörte zum ersten Mal davon, und es überlief ihn kalt. Das Baby mußte weg. Rufus konnte ruhig gehen, er wäre ja sowieso bald gegangen. Adam wollte nur noch mit Zosie allein sein. Ohne das Baby.

Später, wenn er sie ablenken konnte oder sie eingeschlafen war, konnte er vielleicht das Kind zurückbringen. Aber was wurde dann aus ihrer Beziehung? Und was wurde aus der Beziehung, wenn sie das Kind behielten?

Die leere Tragetasche stand auf dem Rücksitz von Matterknax. Zosie hatte das Baby, in Viviens Schal gehüllt, im Arm. Der geflochtene Goldring blitzte, als sie dem Kind das spinnwebfeine Haar zurückstrich, die runden, samtigen Wangen berührte. Ihr Gesicht strahlte selig, und ihr Schutzengel breitete die Flügel über sie. Zosie erinnerte ihn nicht mehr an seine Schwester, sondern an Frauen, die er auf Gemälden gesehen hatte, Renaissance-Madonnen, deren leidenschaftliche Züge und strahlende Augen nichts mit Frömmigkeit zu tun hatten.

Wie ein mißhandeltes Tierchen Vertrauen zu dem ersten Menschen faßt, der gut zu ihm ist, der es nicht tritt oder wegjagt, so hatte Zosie zu ihm Vertrauen gefaßt. Sie hatte keine Bedenken, das Kind in seine Obhut zu geben. Eigentlich hätte ihm das schmeicheln müssen, und in gewisser Weise war es auch so, er freute sich darüber, denn es bedeutete, daß er später würde tun können, was er tun mußte. Zuerst aber ließ er sie mit dem Kind im Wagen sitzen und kaufte einen *Daily Telegraph*. Die Story von dem verschwundenen Baby war der Aufmacher, und da stand auch der Name. Das Kind, das in der Tragetasche auf dem Rücksitz von Matterknax lag und schlief, hieß Catherine Ryemark, und die Eltern, deren Schutzengel Urlaub gehabt hatte, wohnten auf der anderen Seite von Highgate, in einem Viertel, das sich Miltons nannte.

Mit Paketen beladen, eine Plastiktüte über den Arm

gehängt, kam Zosie zurück, mit tänzelnden Schritten trotz ihrer Last. Die Einkäufe mußten ein großes Loch in die Summe gerissen haben, die er für den Maskenkrug und die Löffel bekommen hatte.

»Catherine«, wiederholte Zosie, als er es ihr sagte: »Catherine gefällt mir besser als Nicola.«

Das Baby schien sie anzulächeln. Es war sehr still und friedlich, die großen blauen Augen sahen nicht hierhin und dorthin, sondern waren sanft und unentwegt auf Zosies Gesicht gerichtet. Adam las eine genaue Beschreibung der Tragetasche vor, elfenbeinfarben mit einem Futter aus elfenbeinfarben und weiß kariertem Stoff, weißes Laken, rosa Decke, pastellfarbene Steppdecke. Er fand es verwunderlich, daß nicht sämtliche Passanten in den Wagen schauten, einen Blick auf die Tragetasche warfen und davonstürzten, um ihn anzuzeigen.

Ein paar Tropfen Regen waren gefallen, in großem Abstand, jeder Tropfen wie eine große Münze. Überrascht, fast neugierig betrachteten sie den dürftigen Regen. Sie hatten so lange keinen gesehen, daß es fast wie ein Wunder war.

»Hier steht, daß sie vierzehn Wochen alt ist«, sagte Adam, als sie sich auf den Rückweg machten.

»Winzig, nicht? Vierzehn Wochen, das kann man sich gar nicht vorstellen . . .«

Zosie saß mit Catherine hinten. Sie hatte die Kleine aus der Tragetasche genommen und hielt sie in den Armen. »Mein Kind war ein kleines Mädchen, das hab ich dir noch nie erzählt, oder? Das Komische ist, daß ich für sie ebenso empfinde wie für meine kleine Tochter, ganz genau so, es ist kein bißchen anders. Paß auf, Adam, es dauert nicht lange, dann haben wir vergessen, daß es nicht unser eigenes Baby ist.«

Adam sagte nichts. Er hätte gern mehr erfahren als das, was in der Zeitung stand, aber der Hinweis auf eine »landesweite Suche nach Catherine Ryemark« gefiel ihm nicht. In dem Artikel stand nichts darüber, daß Autofahrer angehalten hatten, um eine junge Frau in blauem T-Shirt und blauweiß kariertem Rock mit einer Tragetasche in der Hand auf einem Fußgängerüberweg am North Hill passieren zu lassen. Vielleicht hatte niemand sie gesehen.

In Troremmos wartete Vivien auf sie, sie stand unter dem Portikus und sah ihnen entgegen. Es hatte nun doch nicht angefangen zu regnen, obgleich sich noch immer drohende Wolken über den Himmel wälzten und in der Ferne der Donner grollte. Wind war aufgekommen und zauste die Bäume. Sie waren noch nicht durch die Tür, als Vivien erklärte, das Baby müsse weg, sie dürften gar nicht erst mit ihm ins Haus kommen, sondern müßten es sofort nach Hause bringen.

Eigentlich fand Adam das auch, aber wenn es ihm gelingen sollte, das Kind zurückzugeben, mußte er so tun, als sei er anderer Meinung. Er drängte sich brüsk an Vivien vorbei. Rufus war nicht zu sehen, vermutlich war er oben im Zentaurenzimmer. Weil sie im Morgengrauen aus dem Schlaf gerissen worden war und danach nur noch ein paarmal kurz gedöst hatte, war Zosie müde und bohrte sich gähnend die Fäuste in die Augen, wie Kinder es tun. Es war noch nicht fünf, aber es schien schon zu dämmern, die Zimmer wirkten düster, fast winterlich, obschon sie warm und stickig waren. Sie hatten wegen des drohenden

Gewitters alle Fenster geschlossen, jetzt ging Adam im Haus herum und machte sie wieder auf.

Oben im Nadelkissenzimmer lag Zogie fest schlafend auf dem Bett, und neben ihr, nicht in der Tragetasche, sondern auf der Matratze, in Zosies Armbeuge, lag, ebenfalls schlafend, die kleine Catherine Ryemark. Adam beugte sich über Zosie und küßte sie sanft auf die Stirn. Es war fast, als habe er sie wecken und damit sich daran hindern wollen, Verrat an ihr zu üben. Aber sie wachte nicht auf. Der Kuß förderte sogar noch sein Vorhaben, denn sie stöhnte im Schlaf leise auf, drehte sich zur Wand und zog den Arm unter dem Kopf des Kindes hervor.

Adam legte das Baby in die Tragetasche und ging damit über den Gang zum Zentaurenzimmer. Keiner von ihnen hatte je das Zimmer der anderen betreten. Seltsam war das... In dieser Hinsicht waren sie fast prüde gewesen, hatten altmodische und unerwartete Achtung vor der Privatsphäre gehabt. Adam wußte nicht recht, ob er klopfen sollte. Er wollte mit Rufus sprechen, wollte ihn fragen, ob er ihm Matterknax leihen würde, um das Baby nach London zurückzubringen, oder ob Rufus womöglich sogar bereit war, ihn und das Baby nach London zu fahren. Mit der Tragetasche in der Hand blieb er unentschlossen vor der Tür stehen. Dann klopfte er, aber niemand antwortete. Er machte die Tür auf und sah in das Zimmer hinein. Es war leer, das Bettzeug lag auf dem Boden, die Fenster standen weit offen.

Adam sah sich den Böcklin-Druck an. *Kentaur in der Schmiede*. Erst jetzt fiel ihm auf, daß in der Menge der Neugierigen um das Mann-Pferd herum, das gekommen war, um sich die Hufe beschlagen zu lassen, auch eine Frau mit einem Baby auf dem Arm war. Adam wandte sich ab. Er brauchte Rufus, brauchte ihn dringend. Es hätte Rufus ähnlich gesehen, wenn er sich ausgerechnet jetzt in ein Pub verzogen hätte.

Er ging zurück und überlegte, wohin sie das Kind bringen sollten. Am besten stellte man die Tragetasche wohl auf den Stufen einer Kirche oder eines öffentlichen Gebäudes ab. Natürlich nur, wenn es nicht gewitterte. Dann mußten sie das Kind eben möglichst geschützt und trokken unterbringen.

Das Haus kam ihm dunkler vor, als er es je erlebt hatte, obgleich er natürlich auch im Winter dagewesen war, und da mußte es noch dunkler gewesen sein. Mit leisem Unbehagen erinnerte er sich daran, daß Zosie hier oben, an der Hintertreppe, Hilberts Geist gesehen hatte oder gesehen haben wollte. Heute ließ sich dort natürlich nichts und niemand blicken, nur Vivien riß die Tür zum Totenbettzimmer auf und fing wieder an, auf ihn einzureden.

»Okay, das Baby kommt heute abend weg«, sagte er. »Aber jetzt laß mich in Ruhe, ich muß nachdenken.«

Wohin war Vivien verschwunden? Wie kam es, daß er allein in die Küche gegangen war, wo Shiva an dem runden Kiefernholztisch saß und fasziniert den Artikel über die Entführung der kleinen Catherine Ryemark studierte? Er wußte es nicht, ebensowenig wie er jetzt, da er seinen Schwiegereltern flüchtig gute Nacht sagte und sich darauf gefaßt machte, Anne sein Schweigen und seine »Ruppigkeit« erklären zu müssen, hätte sagen können, wo Rufus gewesen war. In Matterknax war er nicht unterwegs gewesen, denn durch ein Seitenfenster der Küche hatte er den Wagen in der Einfahrt stehen sehen. Vielleicht war er im Salon, um die Happy Hour, wie er es nannte, mit einem Drink gebührend zu begrüßen – und seinen heimlichen Drink nachzuschieben, von dem er glaubte (dieser Zug von Naivität war seine einzige Lindenblattstelle), er sei stets unbemerkt geblieben.

Shiva besah sich Adam mit der Tragetasche, und dann erläuterte er ihm seinen Plan, lächelnd und mit spitzbübischem Gesicht.

»Das können wir nicht machen«, sagte Adam.

»Warum nicht? Du hast den Namen, die Adresse, alles. Denen fällt doch ein Stein vom Herzen.«

»Ich weiß nicht«, sagte er. »Ich weiß nicht.«

Aber es war schon entschieden.

Abigail wachte auf und weinte, als er gerade zu Bett gehen wollte. Er stand auf und beruhigte sie, wechselte die Windel, füllte ihr Orangensaft ins Fläschchen – völlig falsch, sagte Anne, damit förderst du nur schlechte Angewohnheiten, außerdem ist es nicht gut für die Zähne, dabei hatte Abigail erst einen – und überlegte dabei daß sich vielleicht an den Fingern einer Hand abzählen ließ, wie oft er diese simplen väterlichen Verrichtungen noch würde ausführen können. Als er sie wieder hinlegte, sah er plötzlich das Gesicht der kleinen Catherine vor sich, jünger, zarter und verletzlicher als das seiner Tochter, der Blick glasig und nicht ganz konzentriert. Er wandte den Kopf ab und schloß die Augen. Als er sie wieder aufmachte, sah er auf sein eigenes Kind, das ihn ernsthaft anschaute und ihm dann ein strahlendes Lächeln schenkte.

In der Vorortnacht, die keine echte Dunkelheit kennt, lauschte er Annes ruhigen Atemzügen und dem leisen, unregelmäßigen Klicken. Es störte ihn nicht mehr. Ihm war, als seien diese Laute so etwas wie eine Strafe, weil er Shivas Vorschlag gefolgt war. Nachts kommen dem Menschen die wunderlichsten Gedanken. Zu dieser Stunde war es durchaus möglich sich vorzustellen, daß es der Geist des toten Kindes war, der sich Annes leicht geöffneter Lippen bediente, um diese sanften Klicklaute von sich zu geben. Oder – besonders, wenn man um Schuld und Angst wußte –, daß diese Geräusche gar nicht wirklich da waren, daß seine fiebrige Phantasie sie aus jener Nacht vor zehn Jahren zurückholte, als endlich der Regen gekommen war und die Luft sich abgekühlt hatte. Als er dem Rauschen und Nachlassen und erneuten Rauschen des Regens gelauscht hatte und dann dem Atmen des Babys, dem gelegentlichen schwachen Klicken, dem Stöhnen, dem Wimmern, Vorboten eines Schreis, der nie kam ...

Er erinnerte sich, aber er träumte nicht. Er wußte, daß er doch nicht würde schlafen können. Es regnete jetzt, er hörte das raunende Tröpfeln des trägen Winterregens. In jener Nacht hatte er vergessen, das Fenster zuzumachen, und am Morgen hatten sie unter anderem festgestellt, daß Wasser auf dem breiten eichenen Fensterbrett stand.

Unter anderem ...

Die Sonntagszeitung kam früh, er stand auf und holte sie herein, und dabei betete er bitte, bitte, bitte, und klopfte auf Holz, immerzu, auf dem Geländer, an der Haustür, dem Türsturz. Abigail meldete sich, aber ausnahmsweise überließ er es Anne, zu ihr zu gehen.

Die Nachrichten aus dem Inland. Er blätterte, und seine Hände zitterten. Als er die Überschrift gefunden hatte, brachte er es nicht fertig hinzusehen. Er schloß die Augen. Als er sie wieder aufmachte, konnte er nicht verstehen, was er las, dachte, die Sorge hätte ihn um den Verstand gebracht. Die Gebeine aus dem Grab auf Wyvis Hall waren als die sterblichen Überreste einer jungen Frau aus Nunes und ihres Säuglings, eines kleinen Mädchens, identifiziert worden. Die Identifizierung hatte eine gewisse Mrs. Rita Pearson aus Felixstowe vorgenommen.

Das war alles.

## 17

Jetzt holt dich die Polizei, dachte Shiva, als die beiden Männer am Montag kurz vor Feierabend die Apotheke betraten und einer ihm auf der flachen Hand seine Dienstmarke hinstreckte. Auch Shiva hatte die Meldung in der Zeitung gelesen, er kannte sie schon seit gestern früh, Lili hatte ihn auf die wenigen versteckten Zeilen im *Sunday Express* aufmerksam gemacht. Sie hatten ihm nicht den Schlaf geraubt, denn das Gefühl, das ihn beherrschte, war nicht mehr Angst, sondern Resignation. Lili hatte sich zurückgezogen, es war zuviel für sie geworden. Sie hatte ihn gewarnt: Wenn er ihr zuviel erzählte, könne kaputtgehen, was sie für ihn empfand. Und er hatte zuviel erzählt. Sie hatten kein anderes Gesprächsthema, sie sprachen die ganze Zeit davon, und er hatte ihr auch das Letzte erzählt, und das hatte ihn ihre Liebe gekostet.

Aber die Polizisten wollten gar nicht zu ihm, sie wollten den Apotheker sprechen. Sie hatten (vermutete Shiva) einen Hinweis erhalten, daß Kishan aus dunklen Quellen Drogen erworben, neu verpackt und zum gültigen Ladenpreis in seiner Apotheke verkauft hatte. Shiva hegte den Verdacht, daß sich Kishan auf solche Geschäfte tatsächlich eingelassen hatte, aber er hielt sich heraus, drehte das Schild an der Glastür so, daß die Aufschrift »Geschlossen« nach außen wies, sagte gute Nacht und ging nach Hause.

Nach Hause, wo Lili auf ihn warten würde (würde sie

warten?), aber ohne einen freundlichen Blick, ohne zärtli-
chen Zuspruch, ohne praktisch-zupackenden Trost. All
das hatte es gestern abend zum letzten Mal für ihn gegeben
– bevor er es ihr erzählt hatte.

»Du kannst nichts dafür«, hatte sie gesagt. »Du warst
nur zufällig da. Oder glaubst du, du hättest freiwillig zur
Polizei gehen müssen?«

»Nein, so meine ich es nicht. Es war meine Schuld.
Hätte ich Adam nicht von meiner Idee erzählt, hätte er das
Baby gleich zurückgebracht. Er hätte mit Rufus gespro-
chen und wäre mit der Kleinen nach London gefahren.
Und hätte er sie an dem Abend noch zurückgebracht,
wäre sie vielleicht nicht gestorben.«

»Wollte er sie denn wirklich zurückbringen?«

»Ja, er brauchte nur noch den Wagen. Aber ich habe ihn
daran gehindert.«

Lili schwieg, aber ihr Gesicht veränderte sich. Sie schien
von ihm abzurücken, obwohl sie sich nicht gerührt hatte.
Es war, als habe sich ihr Geist, ihre Seele, wie immer man
es nennen mochte, in tiefere Schichten ihres Seins zurückgezogen. Sie trug ein Kleid aus indischer Baumwolle, reich
bestickt und mit Spiegelstückchen besetzt, nicht unähnlich dem, das er Vivien aus dem Warenlager seines Vaters
mitgebracht hatte. Weiß Lili eigentlich, dachte er zusam-
menhanglos, daß keine indische Frau solche Sachen trägt?
Sie hob eine Hand an die Wange und rieb sich die helle
alpenländische Haut.

»Das hast du mir bisher nicht erzählt.«

»Nein.«

»Hast du das wirklich getan, Shiva?«

»Es sah so harmlos aus. Ich habe nicht geahnt, daß ich damit Schaden anrichten würde, das schwöre ich. Es tut doch keinem weh, habe ich gedacht, nicht einmal mehr Angst brauchen die Eltern zu haben, sie wissen dann wenigstens, daß ihr Kind lebt. Ich habe nicht an mich dabei gedacht, Lili. Ohne Vivien wäre ich sowieso nicht mehr geblieben, es zog mich nach Hause, vielleicht waren schon Antworten von den Hochschulen da, bei denen ich mich um einen Studienplatz für Medizin beworben hatte. Ich schwöre, daß ich es nicht für mich getan habe. Adam brauchte Geld, und ich dachte, damit könnte ich ihm welches beschaffen.«

»Du hast immer versucht, dich bei den beiden einzuschmeicheln. Um ihnen zu imponieren, hättest du alles getan. Aber im Grunde haben sie dich verachtet.«

»Ich weiß nicht. Mag sein. Sie gehören zu der Sorte von Engländern, die immer glauben, daß sie so einem wie mir über sind. Dafür können sie nichts, es ist ihnen angeboren.«

Als er jetzt zur Bushaltestelle ging, nickte er nachdenklich vor sich hin. Adam hatte ihn in Heathrow erkannt und absichtlich übersehen. Natürlich ließ sich dafür eine einleuchtende Erklärung finden. Sie hatten einen Pakt geschlossen, einander wie Fremde gegenüberzutreten. Das war vor dieser Sache in der Presse gewesen. (In Gedanken sagte Shiva immer »die Sache in der Presse«, obgleich er sehr wohl wußte, daß hinter den gedruckten Buchstaben eine Realität, eine Folge faktischer Begebenheiten stand). Dunkel spürte er, daß dieser Pakt gebrochen worden war, daß Adam und Rufus die Entwicklung gemeinsam verfolgten. Er stellte sich vor, wie sie miteinander telefonierten, sich trafen, vielleicht täglich Zwiesprache miteinander hielten. Mit ihm aber hatten sie sich nicht in Verbindung gesetzt. Manjusri war ein ungewöhnlicher Name, im Londoner Telefonbuch waren nur er und seine Familie darunter verzeichnet. Sie hätten ihn ohne Mühe ausfindig machen können, aber in ihren Augen war er unwichtig und belanglos und hätte bei ihren Zusammenkünften nur gestört. Shiva kam sich sehr verlassen vor, und wenn er nach Hause kam, war seine Isolation noch nicht beendet.

Lili hatte natürlich recht, er hatte bei Adam um Beachtung geworben. Nie hatte er sich in Troremmos einsamer gefühlt als in der Stunde, ehe Adam mit der Tragetasche in die Küche gekommen war. Was es mit der Entführung des Babys auf sich hatte, mußte er sich aus zweiter Hand von Vivien erzählen lassen oder aus Gesprächen zusammenreimen. Niemand hatte ihn eingeweiht, geschweige denn zu Rate gezogen. Er hatte sich die Zeitung vorgenommen, die Adam und Zosie aus Sudbury mitgebracht hatten, und sich mit den Tatsachen vertraut gemacht. Und dann war Adam hereingekommen und hatte wissen wollen, wo Rufus war. Hatte er die Frage wirklich gestellt, hatte er überhaupt etwas gesagt? Adam wollte ständig wissen, wo Rufus war, vielleicht hatte er es auch falsch in Erinnerung, und Adam hatte gar nichts gesagt, hatte ihn nicht einmal angesehen, als er mit dem Baby in der Tragetasche durch die Küche zur Hintertür gegangen war.

»Es hatte angefangen zu regnen«, sagte er zu Lili, »und Vivien holte die Decken von der Terrasse herein. Die Terrasse sah aus wie ein riesiges Bett, überall lagen Decken herum. Sie war draußen, und Rufus war im Studierzimmer, hörte Radio und trank Gin.«

»Was hat Adam gesagt?«

»Als ich ihm das mit dem Lösegeld vorgeschlagen habe? Zuerst hat er gesagt, das können wir nicht machen, dann hat er gesagt, ich weiß nicht, und dann hat er wissen wollen, wie man es machen könnte. Er hat die Tragetasche abgestellt und sich an den Tisch gesetzt. Einen Anruf hätte man zurückverfolgen können, außerdem hatten wir die Nummer nicht, und von der Auskunft konnten wir sie uns ja nicht gut geben lassen. Schick einen Brief, hab ich gesagt, schneid Worte aus der Zeitung aus und kleb sie auf Papier. Adam hat gemeint, wir sollten nicht allzu viel verlangen, keine riesige Summe. Er hat gesagt, wir sollten zehntausend Pfund fordern, zehntausend Pfund könnten Leute aus dem Mittelstand notfalls aufbringen.«

»Wir sind demnach wohl kein Mittelstand...« bemerkte Lili.

»Adam hat das Kindchen dann wieder nach oben gebracht, und wir haben die Zeitung in unserem Zimmer, in Vivien und meinem Zimmer, ausgeschlachtet. Adam nannte es immer das Totenbettzimmer, weil an der Wand ein Bild mit einem toten Kind und weinenden Eltern hing. Als wir mit dem Lösegeldbrief fertig waren, hat Adam das Bild abgehängt und gesagt, er würde es aus dem Rahmen nehmen und verbrennen. Aber das hat er dann erst später gemacht.

Wir wollten den Brief in London abschicken, aber das ging erst am nächsten Tag. Adam hat gesagt, er würde ihn

Rufus mitgeben, denn Rufus wollte sowieso nach London, und Rufus würde bestimmt mitziehen, so Sachen machen ihn an, hat er gemeint. Ich zitiere nur, Lili, so hat er sich ausgedrückt. Aber er hat es Rufus nicht gleich sagen können, weil der mit Matterknax weggefahren war. In ein Pub.

Vivien stand vor dem Herd und trocknete sich. Ihr Kleid war naß geworden, aber das andere, das blaue, war auch naß und hing noch auf der Leine. Adam sagte ihr, er würde das Baby in der Nacht zurückbringen.

Was danach geschah, das war schon sonderbar. Vivien wußte offenbar nicht, daß Rufus weggefahren war. Sie ging nach oben, um zu baden, und als sie herunterkam, saß ich allein da – wie üblich –, und Adam und Zosie steckten irgendwo zusammen, vielleicht in ihrem Zimmer. Ich habe Vivien nicht direkt gesagt, Adam und Rufus wären weggefahren, um gemeinsam das Baby zurückzubringen, aber ich habe sie in dem Glauben gelassen. Sie hat nämlich gefragt, ob die beiden weggefahren wären, um die Sache in Ordnung zu bringen, und ich habe gesagt: Soviel ich weiß ja. Dabei hatte ich den Lösegeldbrief in der Tasche, und die Kleine war oben. Wie es weitergegangen wäre, wenn sie geschrien hätte, weiß ich nicht, aber auf die Idee bin ich überhaupt nicht gekommen, auf so was kommt man nicht, wenn man den Umgang mit Babys nicht gewöhnt ist.«

»Mag sein«, sagte Lili.

»Vivien sortierte ihre Pflanzenmittelchen und ging früh zu Bett. Wir sind alle früh zu Bett gegangen – bis auf Rufus. Die ganze Zeit hatten wir draußen im Freien, in der

Sonne und Wärme, zugebracht, und plötzlich war es aus mit der Sonne und der Wärme, und wir wußten nicht, was wir mit uns anfangen sollten. Das Baby schrie nicht, jedenfalls haben wir nichts gehört. Zosie holte noch Milch aus der Küche, als ich gerade nach oben gehen wollte. Sie war wie eine junge Mutter, gar nicht wiederzuerkennen, sie war fröhlich und praktisch und rechtschaffen müde. Ich habe lange Zeit wach gelegen, und Vivien auch, und wir haben miteinander geredet. Immer wieder hat sie gesagt, wie froh sie sei, daß die beiden das Kind zurückgebracht hätten. Wohin sie die Kleine gebracht hätten, wollte sie wissen, wie alles geplant sei. Sie würden doch sicher gut auf das Kind achtgeben? Ob sie daran gedacht hatten, die Eltern zu verständigen? Sie war kaum zu bremsen. Und um Mitternacht oder noch später hörten wir Matterknax vorfahren.

Rufus kannte eine Menge Kneipen, die sich nicht an die Polizeistunde hielten, die bis eins oder zwei auf waren, der Wirt gab die Gäste als seine privaten Bekannten aus, ein ausgesprochener Betrug, aber daß so was gegen das Gesetz war, störte Rufus nicht. Vivien dachte, er hätte Adam mitgebracht, sie seien aus London zurück, und ich habe ihr nicht widersprochen. Ich wollte schlafen, und am nächsten Morgen, habe ich mir gedacht, würde sich schon alles aufklären.«

»So war es dann ja auch«, sagte Lili. »Und jetzt machst du dir Vorwürfe, weil sie das Kind nach London gebracht hätten, wenn du nicht mit dieser Lösegeldidee gekommen wärst.«

»Ja.«

»Ich denke, daß du dir zu Recht Vorwürfe machst«, sagte Lili.

Er hatte gehofft, sie würde es dabei bewenden lassen und ihn in die Arme nehmen, aber sie tat nichts dergleichen. Und später sagte sie, er solle ruhig schon zu Bett gehen, sie sei nicht müde, sie würde noch eine Weile aufbleiben. Es war eine sehr stille Nacht, Mensch und Natur schwiegen gleichermaßen. In dieser Stille lag Shiva im Bett und dachte an die Geräusche jener Nacht in Troremmos, an Rufus' Rückkehr, seine raschen Schritte auf dem nassen Kies, das Zuschlagen der Haustür. Vivien hatte sich mit einem Seufzer umgedreht, hatte »Gute Nacht!« gemurmelt und war sofort eingeschlafen. Ihr Atem ging sanft und regelmäßig. Mit einer Ausnahme waren bisher alle Nächte warm gewesen, mond- oder sternenhell, blausamtene Nächte vor den zurückgezogenen Vorhängen, den weit geöffneten Fenstern. Jene Nacht damals war kalt, hin und wieder schlug Regen gegen die Scheiben.

Der Regen in der Fifth Avenue war so fein, daß er in der Luft zu stehen schien wie Nebel. Shiva ging durch die menschenleere Straße. In Richtung Forest Road waren nach den Krawallen vor zwei Tagen alle Fenster mit Brettern vernagelt, seltsam sah das aus, als sei die ganze Straße zum Abriß bestimmt. Niemand sprach ihn an, niemand pfiff ihm nach, wie es sonst manchmal geschah. Doch als er am *Boxer* vorbeikam und die Fahrbahn überquerte, traf ihn ein Stein, nicht größer als ein Stück Kies, an der Wange. Shiva spürte einen kurzen, scharfen Schmerz und hob die Hand ans Gesicht.

Ein zweiter Stein, mit beängstigender Sicherheit die Flugbahn des ersten wiederholend, schlug gegen den Rükken seiner erhobenen Hand. In der nebelfeuchten Dunkelheit wirbelte Shiva herum. Irgendwo schlug eine Tür. Die Straße war leer, aber er spürte viele wachsame Augen – oder bildete sie sich ein. Nur gut, daß es ihm passiert war und nicht Lili. Vor seinem Haus blieb er stehen und starrte den Zaun an.

In roten Spraybuchstaben stand dort: »Haut ab nach Pakistan.« Shiva lächelte bitter. Er dachte an Mitglieder seiner Familie, an seinen Großvater und die Onkel seines Vaters, die den Namen Pakistan mehr gehaßt hatten, als sich ein Jamaikaner aus Walthamstow oder ein Ire je vorstellen konnten. Morgen würde er versuchen, die Schrift abzuwaschen oder vielleicht abzudecken, das mußte er sich noch überlegen. Es war ein ungutes Gefühl, daß sie die Nacht über stehenbleiben würde, sie hob sein Haus hervor, kennzeichnete ihn und Lili als Feindopfer oder potentielle Opfer.

Er ging hinein und schloß die Tür leise hinter sich. Ein Brief an seine Schwiegermutter in Salzburg lag auf dem Bord neben dem Telefon, auf dem Lili auch ihre Handschuhe abgelegt hatte. Wenn Frauen ihre Männer verlassen, dachte er, gehen sie heim zur Mutter, sie fragen an, ob sie kommen dürfen. Bilde dir doch keinen Unsinn ein, redete er sich gut zu, während er durch das kleine Haus ging, um nach ihr zu suchen.


Adam hatte an jenem Abend Rufus nichts von dem Lösegeldbrief erzählt. So halb und halb hoffte er nämlich, daß er Rufus den Brief würde mitgeben können, ohne ihm zu sagen, was drinstand. Rufus hatte keinerlei Interesse an Catherines Herkunft erkennen lassen, hatte, soviel Adam wußte, die Zeitung nicht einmal überflogen, und jetzt konnte er sie nicht mehr lesen, denn Adam und Shiva hatten nach Abfassung des Briefes die ausgeschlachteten Blätter in den Küchenherd gesteckt.

Allerdings würde Rufus sich fragen, warum Adam die Adresse in Druckbuchstaben, noch dazu in verstellten, schräg nach hinten kippenden Druckbuchstaben geschrieben hatte. Und ansehen würde Rufus sich den Umschlag auf jeden Fall, denn er mußte ihn noch frankieren, Shiva und Adam hatten keine Briefmarken. Höchstwahrscheinlich würde Rufus es ablehnen, mit so einer kriminellen Handlung – denn das war es ja – auch nur mittelbar etwas zu tun zu haben. Wenn er das Problem so betrachtete, wurde Adam ganz flau, gleichzeitig aber kam ihm die ganze Geschichte unwirklich und seine Beteiligung daran völlig unglaubhaft vor. Andererseits mußten sie irgendwann das Baby zurückgeben, riskant war es so oder so, und warum sollten sie sich für dieses Risiko nicht bezahlen lassen?

Lange Zeit fand Adam in jener Nacht keinen Schlaf. Er horchte auf den Regen, den Donner, der leise knurrte wie ein Tier, das sich im Schlaf bewegt, die sachten Atemzüge des Babys und seine unregelmäßig klickenden Kehllaute. Es war der kühlste Tag seit ihrem Einzug in Troremmos, sie hatten sich zwei Steppdecken übergelegt, und zum ersten Mal konnte er Zosie im Schlaf in den Armen halten und seinen Kopf an ihre zarte Schulter legen. Es war auch das letzte Mal, und hätte er das gewußt, hätte er sich ganz diesem Glück hingegeben statt sich über Rufus und Briefmarken und die Beschriftung des Umschlags den Kopf zu zerbrechen.

Jetzt, zehn Jahre später, wußte er nicht mehr, was in dem Lösegeldbrief gestanden hatte. Sicher hatten sie doch diesen Ryemarks mitgeteilt, wie sie sich mit ihm oder er sich mit ihnen in Verbindung setzen konnte. Der Brief mußte Anweisungen enthalten, einen Ort für die Übergabe des Lösegelds genannt haben, ein Verbot, die Polizei einzuschalten und dergleichen mehr. Im Gedächtnis geblieben war ihm nur die Summe: Zehntausend Pfund.

Davon hätten er und Zosie, so hatte er damals geglaubt, zwei Jahre leben können, und trotz seiner Naivität, seiner Unerfahrenheit hatte er doch gewußt, daß ihm das genügen würde, daß er sich nichts Besseres erhoffen konnte, als zwei Jahre mit ihr in Troremmos zu verbringen. Danach würde er in die reale Welt zurückkehren, würde das Haus verkaufen, würde wieder anfangen zu studieren. Nur jetzt, hatte er damals gedacht, nur jetzt kann ich noch nicht zurück, ich kann es einfach nicht, kann nicht so ohne weiteres wieder heimfahren, das Haus aufgeben, zum Studenten werden. Dunkel spürte er, daß seine Beziehung zu Zosie und seine Liebe zu ihr in der rauhen Wirklichkeit nicht überleben würde, sondern nur hier im Traumland von Troremmos eine Chance hatte.

Er lag auf der Seite, Zosie hatte sich zusammengerollt und lag da, als sitze sie auf seinem Schoß, er hielt ihre rechte Hand in seiner Rechten und spürte den goldenen Ring an ihrem kleinen Finger. Bald würden sie hier allein sein, ohne die anderen, vielleicht auch ohne das Baby. Sie konnten ein eigenes Baby haben, wenn Zosie es gern wollte, warum nicht? Vielleicht war Zosie schon schwanger mit seinem Kind. Er hatte nichts dagegen unternommen.

Unten schlug die Haustür. Das war Rufus. Adam hörte, wie Rufus die Treppe hinaufkam und in das Zentaurenzimmer ging, und nach einer Weile merkte er, daß es aufgehört hatte zu regnen. Nur von der Regenrinne an der Hausecke ertönte noch ein stetiges Tripp-tripp-tripp, und auch das ließ allmählich nach, die Tropfen fielen in immer größeren Abständen und blieben schließlich ganz aus. Tiefe Stille legte sich über Land und Himmel, die Luft duftete nach Frische, der Wind war abgeflaut. Draußen war pechschwarze Nacht, aber das offene Fenster zeichnete sich schwach als ein graues, ganz matt leuchtendes Rechteck ab. Seine Beine waren steif geworden, und der linke Arm tat ihm weh, aber wenn er sich auf die andere Seite drehte, mußte er Zosie loslassen, und er war sich durchaus nicht sicher, ob sie sich auch umwenden und die Arme um ihn legen würde. War es ein Liebesbeweis, wenn man sich im Schlaf instinktiv zu dem Geliebten umdreht und ihn in die Arme nimmt? Er fand keine Antwort. Entschlossen rollte er sich herum, aber Zosie folgte seiner Bewegung nicht, um sich wieder an ihn zu kuscheln.

Trotzdem schlief er, als er auf der rechten Seite lag, rasch ein. Die Römer – oder waren es die Griechen? – hatten ihre Sklaven gezwungen, auf der rechten Seite zu schlafen, zur Schonung des Herzens. Es war etwas Beruhigendes, Tröstliches um die schwarze Stille, die kein Laut des in seiner Schublade schlummernden Babys störte.

Ein alter Morris Minor-Kombi hielt an der Ampel vor Rufus. Er bremste den Mercedes ab. Der Morris war dunkelgrün, wie Matterknax es gewesen war, nach dem Nummernschild auch der gleiche Jahrgang und demnach inzwischen recht bejahrt. Gut erhalten, dachte Rufus, sorgsam gepflegt wahrscheinlich, während Matterknax inzwischen wohl längst Schrott war. Schon damals war er ständig kaputt gewesen.

Weil er an das Geklapper und die Unbequemlichkeit des Vehikels längst gewöhnt war und weil er, um der Wahrheit die Ehre zu geben, schwer geladen hatte, war ihm auf dem Rückweg vom Pub nichts Ungewöhnliches aufgefallen. Die Fahrt über die Trift war ziemlich holprig gewesen, aber das war sie eigentlich immer. Am nächsten Morgen wachte er gegen zehn auf, mit trockenem Mund und dröhnendem Kopf, aber bei weitem nicht so verkatert, dachte er, wie ich es heute nach vergleichbarem Alkoholkonsum wäre. Er zog sich an und brachte ein Bündel Sachen zum Wagen, gegen Mittag wollte er los. Er freute sich auf London, wo man bei grauem, nassem Wetter doch besser aufgehoben war. Daß Matterknax einen Platten hatte, war ärgerlich, mehr aber auch nicht. Bei der großen Generalüberholung im Juni hatte er sich zum Glück auch einen neuen Reservereifen angeschafft. Er stand da und drückte sich noch ein bißchen um den Reifenwechsel, als Shiva mit einem Umschlag in der Hand auf der Bildfläche erschien. Er trat vor die Tür, mit aufgespanntem Regenschirm und für einen Bewohner von Troremmos sehr formell gekleidet – graue Flanellhosen, grau-weiß gestreiftes Hemd und schwarze Lederjacke.

»Der Regen, er regnet jeglichen Tag«, sagte Shiva, und das hätte auch ein Ausspruch von Adam sein können. Der Regenschirm hatte einen goldenen Ring um den Griff und stammte vermutlich aus Hilberts Hinterlassenschaft, ebenso wie der graue Pringle-Pullover, den Rufus in einer Schublade gefunden und über sein T-Shirt gezogen hatte. Er nahm den Umschlag und las die Adresse.

»Was ist denn das?«

Es regnete wieder ziemlich stark, und Shiva hielt den Schirm über Rufus. »Adam läßt dich bitten, den Brief für ihn in London zur Post zu geben.«

»Soso... Was ist es denn? Ein Lösegeldschreiben?«

Das war auf gut Glück dahingesagt, und noch während er die Frage stellte, glaubte er nicht recht an eine Geldforderung, so was traute er Adam einfach nicht zu. Nicht etwa aus moralischen Gründen, nein, er konnte sich einfach nicht vorstellen, daß jemand, den er so gut kannte wie Adam, derart unbedacht handeln könnte. Nicht einmal die Darstellung, die man ihm von der Entführung des Babys gegeben hatte, glaubte er unbesehen. An der Geschichte mußte mehr sein, als sie ihm erzählt hatten – oder weniger. Zwar veranlaßte ihn ein stark ausgeprägter Selbsterhaltungstrieb heute dazu, sich in eine weniger heiße Gegend abzusetzen, andererseits aber hatte er nie an eine ausgesprochene Gefährdung für sich oder die anderen geglaubt. In seinen Augen war das alles mehr ein Spiel, allerdings ein Spiel, in dessen Regeln er sich nicht auskannte und das er auch gar nicht erlernen wollte. Hätte er die ganze Wahrheit gewußt, hätte er in der vergangenen Nacht kein Auge zugetan, aber er hatte sehr gut geschlafen. Hätte er gewußt, was tatsächlich passiert war und was Adam und Shiva im Schilde führten, hätte er noch gestern abend das Weite gesucht – oder hätte sich zumindest darum bemüht.

»Du hast einen Platten«, sagte Shiva.

»Ja, ich weiß.«

»Ich helfe dir.«

»Nicht in diesen Klamotten«, sagte Rufus. »Wer sind Mr. und Mrs. Ryemark, und warum ist die Adresse in Druckbuchstaben geschrieben?«

Und dann hatte Shiva ihm alles erklärt und betont, daß die Lösegeldforderung seine Idee war. Er schien noch stolz darauf zu sein.

»Komm ins Haus«, sagte Rufus.

Weil Vivien in der Küche war, gingen sie in den Salon. Das Radio lief, man hörte Musik und dann eine Männerstimme.

»Was steht in dem Brief?«

»Adam verlangt zehntausend Pfund. Die Mutter soll das Geld zur Liverpool Street Station bringen, auf Bahnsteig zwölf. Eine Stunde später kann sie das Kind im Raum für Mutter und Kind abholen.«

»Das darf doch nicht wahr sein!«

»Es kommt ja niemand zu Schaden, Rufus, Adam würde dem Baby nie etwas tun, auch wenn sie nicht zahlen. Und wenn sie das Geld herausrücken – warum soll das eigentlich schlimmer sein als ein gewöhnlicher Diebstahl? Ich finde, es ist nicht anders, als wenn Zosie ein Silberarmband stiehlt oder eine Kamera. Es geht um mehr Geld, das ist alles.«

»Damit will ich nichts zu tun haben«, sagte Rufus. »Und wenn ich dir raten darf, läßt du auch die Finger davon. Was ist bloß in dich gefahren? Ich denke, du willst Mediziner werden. Und da machst du so einen Mist?«

»Ich will ja von dem Geld gar nichts haben, Rufus.«

»Ihr werdet überhaupt kein Geld sehen. Eine Polizistin wird einen Koffer mit Papier auf den Bahnsteig stellen, und eine zweite wird sich das Baby schnappen.«

»Meinst du? Dann solltest du das Adam sagen, aber der ist jetzt richtig scharf auf die Sache.«

»Gar nichts werde ich ihm sagen. Ich wechsele jetzt den Reifen, und dann hau ich ab.«

Aber er war erst bis zur Haustür gediehen, als Adam mit wildem Blick die Treppe hinunterkam, kalkweiß, mit zuckendem Gesicht, und von oben ein langgezogener Jammerlaut ertönte.


Plötzlicher Kindstod ist nach angeborener Abnormalität die zweithäufigste Todesursache bei sehr kleinen Kindern. Meist trifft er Säuglinge von zwei Wochen bis zu einem Jahr, aber am häufigsten tritt er im Alter von zwei bis vier Monaten auf. Alle Schichten der Bevölkerung sind betroffen, allerdings gibt es, statistisch gesehen, Zusammenhänge mit schlechten Wohnverhältnissen und einer gewissen Vernachlässigung oder auch nur Unachtsamkeit. In Großbritannien sterben jährlich etwa 1200 Babys den plötzlichen Kindstod.

Soviel wußte er damals, als Student, aber er hatte noch nie einen Fall zu Gesicht bekommen. Catherine Ryemark war der erste, und deshalb konnte er, als er zwei Jahre später Assistenzarzt an einem Krankenhaus im Londoner East End war und den zweiten sah, sofort die Diagnose stellen. Die Hand hatte ihm dabei gezittert und seine Kehle war trocken geworden.

An jenem Tag, bei seinem ersten Fall, war er in Riesensätzen die Treppe hinaufgerannt und in das Nadelkissenzimmer gestürzt und hatte die Kleine aus dem Bettchen gerissen, das Zosie ihr in einer Schublade zurechtgemacht hatte. Zosie saß nackt auf dem Bett und schaukelte sich hin und her, hinter ihren geschlossenen Lippen drang ein schauerlicher, menschenunähnlicher Laut hervor, ein dünnes Wehklagen, wie der Schrei einer Katze. Das Baby fühlte sich kühl an, aber nicht kalt, das Gesicht war wächsern, nicht bläulich verfärbt, die geöffneten blauen Augen waren klar, aber leer und ohne Leben. Rufus hielt das Kind mit dem Kopf nach unten, massierte ihm die Brust, versuchte es, ihre kalten, blassen Lippen mit den seinen berührend, mit Mund-zu-Mund-Beatmung.

»Sie lag mit dem Gesicht nach unten«, sagte Adam immer wieder. »Sie lag mit dem Gesicht nach unten.«

Zosies Jammerlaute schraubten sich eine Oktave höher.

»Sieh zu, daß sie Ruhe gibt«, sagte Rufus. »Bring sie weg.«

Sie sträubte sich, klammerte sich an den Bettpfosten. Rufus bemühte sich weiter um das Baby, obgleich er wußte, wie sinnlos, wie hoffnungslos es war, das Kind war tot, war schon tot gewesen, ehe er kam. Er spürte, wie unter seinen Händen die letzte Wärme aus dem zarten Körperchen wich.

»Was ist es denn? Was hat sie denn gehabt?«

Auch jetzt hörte Rufus noch nicht auf. Er sah Adam nicht an. »Plötzlicher Kindstod«, sagte er. »Man nennt es auch Krippentod.«

## 18

Sie waren keine erfahrenen Eltern. Sie wußten nicht, daß Babys einen nicht bis zehn oder elf Uhr morgens durchschlafen lassen. Adam hatte sich darüber ohnehin nie Gedanken gemacht. Er wäre überrascht, ja verstimmt gewesen, wenn das Baby ihn nachts gestört oder in aller Herrgottsfrühe geweckt hätte. Daß nichts dergleichen geschah, beunruhigte ihn nicht im mindesten. Neun Jahre später, als er verheiratet war und Abigail zur Welt kam, schlief er vor lauter Angst so gut wie gar nicht mehr, und wenn er einmal, total übermüdet, kurz eindämmerte, fuhr er bestimmt wenig später und in der festen Überzeugung auf, Abigail sei gestorben, während er schlief. Fast ein Vierteljahr lang, bis Abigail über das Alter von Catherine Ryemark hinaus war, hatte er von Anne verlangt, abwechselnd mit ihm bei Abigail zu wachen. Oder besser gesagt – er hatte versucht, es von ihr zu verlangen. Es waren ihre widerstrebende, halbherzige Zustimmung gewesen und ihr Spott über seine Ängste, die ihre Ehe so zerrüttet, die einen tiefen Graben zwischen ihnen aufgerissen hatten, und nur Adam wußte, daß in Wahrheit seine Vergangenheit, seine frühen Erfahrungen diese Kluft geschaffen hatten.

Als er in jener Nacht einschlief, zwei oder drei Stunden vor Morgengrauen, war es noch ganz dunkel. Kurz vor dem Aufwachen träumte ihm, er sei mit Hilberts Flinte im

Wald. In der Ferne erschien ein großes Tier zwischen den Bäumen. Adam sah ohne die mindeste Überraschung, daß es eine Löwin war, ein wunderschönes, nervös witterndes Tier von blaßgelber Farbe. Er legte die Flinte an und zielte, aber ehe er abdrücken konnte, wurde er von hinten gepackt. Er wachte auf und merkte, daß Zosie ihn schüttelte.

»Du hast gräßliche Geräusche gemacht, du hast geprustet.«

Im Zimmer stand klares graues Licht. Es war heller Tag, aber zum ersten Mal seit Monaten schien keine Sonne. Er drehte sich um und legte die Arme um Zosie, und sie kuschelte sich an ihn.

»Ist Catherine nicht brav? Sie schläft und schläft, sie muß doch gern hier sein, sie muß uns mögen.«

»Wahrscheinlich ist es noch gar nicht so spät, erst gegen sechs. Schlaf weiter.«

»Ich hab genug geschlafen«, sagte Zosie. »Ich bin so glücklich. Bist du glücklich?«

»Natürlich.«

»Am liebsten würd ich sie meiner Mutter zeigen. Aber das geht wohl nicht.«

»Schlag dir das nur gleich aus dem Kopf.« Die Sorgen um den kommenden Tag drängten heran und vertrieben den Schlaf. Rufus würde sie verlassen, und mit ihm verloren sie ihr Transportmittel. Was hatte er eigentlich mit dem Brief gemacht, hatte er ihn mit nach oben genommen oder Shiva dagelassen? Er streckte die Hand aus, tastete auf dem Nachttisch nach dem Brief und bekam statt dessen seine Uhr zu fassen. »Du hattest recht«, sagte er zu Zosie. »Es ist zehn nach elf.«

Sie setzte sich auf und sprang aus dem Bett. »Die arme Catherine hat bestimmt Frühstückshunger.«

Dumme Kinder waren sie gewesen, die nicht einmal gewußt hatten, daß ein gesundes Baby sich lautstark brüllend sein Frühstück einfordert, daß es nicht geduldig daliegt und wartet wie ein betagter Krankenhauspatient. Zosie kniete sich hin und beugte sich über die Schublade, sie schnappte erschrocken nach Luft, dann stieß sie einen hohen, langgezogenen Schrei aus. Nie würde er diesen Schrei vergessen, nie den Anblick des Babys, das Gesicht tief im Kissen vergraben, der Körper reglos, die Haut kühl und wächsern.

Sie holten Rufus, nein, Adam holte ihn. Zosie saß auf dem Bett, hatte die Arme an sich gepreßt, schaukelte sich hin und her und schrie wie eine Katze. Adam wollte Rufus eine vernünftige Erklärung geben, aber er brachte nur heraus: »Sie lag mit dem Gesicht nach unten, sie lag mit dem Gesicht nach unten.«

Rufus drehte die Kleine um, massierte sie, versuchte es mit Mund-zu-Mund-Beatmung. Das Kind war schon lange tot, ehe Rufus ins Nadelkissenzimmer gekommen war, war gestorben, ehe sie aufgewacht waren, vielleicht noch vor der Dämmerung. Wenn er nach ihr gesehen hätte, während er wach gelegen und auf den Regen und die tropfende Regenrinne gelauscht hatte – hätte er sie dann wohl retten können? Er wußte, daß es plötzlicher Kindstod war, noch ehe Rufus es ihm sagte.

Zosie stieß ihn schreiend weg, als er versuchte, sie aus dem Zimmer zu bringen. Sie kniete vor Rufus nieder und legte ihre Arme um seine Knie und sagte mit dünner, gepreßter, irrer Stimme, das Kind sei gestorben, weil es ihren Ring verschluckt habe.

»Was redest du da?«

»Unsinn, sie hat deinen Ring nicht verschluckt«, sagte Adam. »Du trägst ihn ja am Finger.«

Es war das einzige, was Zosie trug. Er nahm ein Bettuch und wickelte sie darin ein. Sie begann wieder zu jammern. Mit tonloser Stimme sagte sie: »Ich habe ihr meinen Ring angesteckt, aber ihre Fingerchen waren zu klein.«

»Mit deinem Ring hat das überhaupt nichts zu tun«, sagte Rufus. »Was den plötzlichen Kindstod auslöst, ist nicht bekannt. Es ist möglich, daß das Atemzentrum im Gehirn einfach abschaltet.«

Adam kämpfte gegen den Wunsch an, auch zu schreien. »Und wie kommt das?« stotterte er.

»Es könnte eine Art Infektion sein, möglicherweise ist auch Essen – in diesem Fall Milch – in die Luftröhre geraten. Vielleicht war sie erkältet. Hat sie pfeifend geatmet?«

Adam wußte es nicht. »Was machen wir denn jetzt?« fragte er hilflos.

Rufus ging nicht auf seine Frage ein. Er sagte etwas, was Adam nie vergessen würde, was ihn – wie immer diese Geschichte letztlich auslief – bis in alle Ewigkeit verfolgen würde. Und er sagte es aus purer Grausamkeit.

»Es gibt da eine Hypothese, daß der plötzliche Kindstod eine Angstreaktion ist. Das Kind hat nicht die Umgebung, die es gewohnt ist, der gleichbleibende Tagesablauf ist gestört, es ist nicht das Gesicht der Mutter, das es beim Aufwachen als erstes sieht.«

Adam erbebte, er krümmte sich vor Schmerz. Die beiden Männer sahen zu Zosie hinüber, die sich wie eine Wahnsinnige hin und her wiegte und deren halb geöffneten Lippen tierische Laute entquollen. Was Rufus gesagt hatte, traf sie nicht, sie hatte es gar nicht gehört.

»Ich kann ihr was geben.« Rufus meinte ein Beruhigungsmittel. »Und wir müssen ihr was Warmes zu trinken machen.«

In diesem Augenblick sah Adam den Umschlag mit Namen und Adresse der Ryemarks in Druckbuchstaben, der aus Rufus' Tasche hervorsah. Er stieß einen Schmerzenslaut aus und legte die Hände über den Mund.

»Herrgott, dieser verfluchte Brief…«

»Nicht mehr wichtig.«

»Hast du das ernst gemeint? Stimmt das? Ich meine, daß das Baby Angst hat, weil es die verkehrten Gesichter sieht?«

»Es ist eine Theorie, ich hab sie mal irgendwo gehört oder gelesen.«

»Aber warum sollte sie sterben, weil sie Angst hatte?«

»Das behaupte ich ja gar nicht. Es ist nur eine Theorie, die noch niemand bewiesen hat. Du weißt doch, daß sich Tiere gern tot stellen, um einen Angreifer zu täuschen. Nach dieser Theorie machen es Babys so ähnlich, und dann sterben sie wirklich.«

Adam wandte das Gesicht ab. »Das ist nicht sehr tröstlich.«

»Es ist nicht meine Sache, dir was Tröstliches zu sagen«, erklärte Rufus schroff. »Ich sage nur, was ich denke, welche Möglichkeiten es gibt.«

»Du wirst doch jetzt nicht wegfahren, Rufus?« flehte Adam, er bettelte wie ein Kind. »Bitte, bitte geh nicht, laß mich in diesem Schlamassel nicht allein.«

»Ich fahr nicht weg«, sagte Rufus.

Zosie hatte sich einen Bettuchzipfel in den Mund gestopft, ihr Kopf hing über die Knie, sie ächzte gedämpft wie jemand, der einen Knebel im Mund hat.

»Was machen wir denn jetzt?« fragte Adam wieder.

»Bleib hier, ich hol ihr was.«

Adam versuchte, die Arme um Zosie zu legen, ihr das Bettuch aus dem Mund zu ziehen. Die erstickten Laute wandelten sich zu einem dünnen Schrei. Er wandte sich ab und verkrampfte die Hände ineinander. Mit einer Mischung aus Grauen, Mitleid und Fassungslosigkeit betrachtete er das tote Kind. Es lag auf dem Rücken, die Augen waren weit geöffnet, die Haut blutlos, weiß wie Elfenbein. Er erinnerte sich an etwas, was er gelesen oder vielleicht im Kino gesehen hatte und deckte Viviens roten Schal über das kleine Gesicht.

Rufus kam mit einem dampfenden Becher zurück. Von irgendwoher, wahrscheinlich von Chuck, dachte Adam, hatte er Downers bekommen, Beruhigungspillen. Zosie schlug nach dem Becher, Rufus hätte ihn um ein Haar fallen lassen, der Tee spritzte nach allen Seiten. Nach einer Weile gelang es ihm, sie zu beschwichtigen, ihr behutsam das Bettuch aus dem Mund zu nehmen. Leise redete er auf sie ein, er sprach ihr keinen Trost zu, Heulen und Kreischen, sagte er, sind völlig sinnlos, damit machst du alles nur noch schlimmer. Die beiden rot-schwarzen Kapseln lagen auf seiner Handfläche. Er streckte ihr den Becher hin, sie nahm die Kapseln, schweigend, bleich und wie erstarrt, sie trank, schluchzend würgte sie an ihrem Tee, aber sie brachte die Pillen hinunter.

Adam ließ Rufus nicht aus den Augen. Er baute fest auf ihn. Rufus würde sie retten, Rufus war ihr Fels.

»Frag mich bitte nicht nochmal, was wir jetzt machen sollen«, sagte Rufus. »Ich weiß es noch nicht.«

»Können wir es den anderen verheimlichen?«

»Shiva weiß Bescheid«, sagte Rufus.

Zosie schlief sehr schnell ein, obgleich sie jetzt gerade zwölf Stunden und am vergangenen Nachmittag schon einmal zwei geschlafen hatte.

»Wenn sie diese Dinger noch nie genommen hat«, konstatierte Rufus zufrieden, »verschläft sie wahrscheinlich den ganzen Tag und die halbe Nacht.«

Sie sagten ihm nichts. Das hatte Shiva mehr getroffen als der Tod des Kindes, damals jedenfalls. Die Reue kam später. Damals beschäftigte ihn dies mehr als alles andere: Daß er aus dem Drama, der Tragödie ausgeschlossen war, die sich auf Troremmos abspielte.

Er und Rufus hatten über den Lösegeldbrief gesprochen, und Shiva hatte tüchtig an dem Rüffel gekaut, den ihm Rufus verpaßt hatte. Rufus wollte einen Reifen wechseln, und er, Shiva, hatte beschlossen, ihm seine Hilfe anzubieten, um – ja, er gab es zu – um bei Rufus wieder in Gnade aufgenommen zu werden. Bis dahin hatte er noch davon geträumt, daß Rufus sagen würde: »Gib mir Bescheid, wenn du angenommen worden bist, ruf mich an, vielleicht können wir uns auf einen Drink zusammensetzen.« Doch dann war Adam die Treppe heruntergekommen und hatte gesagt, Rufus müsse sofort mit nach oben, er glaube, das Baby sei tot.

Shiva blieb noch einen Augenblick in der Halle stehen. Dann ging er in die Küche und machte Tee, völlig mechanisch, nur um sich zu beschäftigen, in Bewegung zu bleiben. Außerdem hatte er das Gefühl, daß er einen starken heißen Tee gebrauchen konnte. Er dachte zunächst, Adam – oder Zosie – hätten das Kind getötet und beschloß, es Vivien zu erzählen, vermutlich, um sich an ihnen zu rächen.

Wenig später kam Rufus herein und sah die Teekanne auf dem Herd.

»Schenk mir bitte eine Tasse ein.«

Medizinisch nüchterner Ton, kühle Distanz.

»Was ist denn passiert?« fragte Shiva.

»Du hast doch gehört, was Adam gesagt hat. Das Baby ist tot.«

Rufus nahm den Brief aus der Tasche, machte die Herdklappe auf und warf ihn auf die Glut. Ohne ein weiteres Wort verschwand er mit dem Teebecher. Shiva ging in den Garten, er wollte zu Vivien.

All das hatte er Lili gestern abend erzählt, vor seinem Geständnis. Er hatte Vivien einweihen wollen. Zu zweit hätten sie zur Polizei gehen und erklären können, was sich abgespielt hatte. Der Lösegeldbrief war nicht mehr wichtig, war irrelevant geworden und in Flammen aufgegangen, als habe es ihn nie gegeben.

Und dann, als er unterhalb der Terrasse über den Rasen ging, vorbei an den Steinfiguren, die er von jeher häßlich gefunden hatte, bar jeden erotischen Reizes, begriff er, daß Vivien ihn fragen würde, warum Adam nicht – wie vereinbart – das Kind gestern nacht zurückgebracht hatte, und daß er, Shiva, ihr würde sagen müssen, daß er Adam daran gehindert hatte. In jenem Augenblick hatte sich zum ersten Mal der Selbsthaß gemeldet. Er blieb stehen, die Hand an der Stirn, und sah sich im Garten um.

»Hätte man mich nach dem Garten gefragt«, sagte er, »hätte ich gesagt, daß er in allen Farben leuchtete, daß er ein Blütenmeer war. In Wirklichkeit waren gar keine Blüten mehr da, die Blumen waren abgeblüht oder verdorrt. Als ich mich an jenem Morgen dort umsah, mit neuen Augen gewissermaßen, sah ich nur eine Wildnis, eine Wüstenei. Der Regen war zu spät gekommen. Vertrocknete Bäume mit eingerollten Blättern standen herum und strohdürre Stauden. Die Äpfel waren von den Wespen zerfressen, und die Pflaumen, die Vivien aus dem Obstgarten holte, waren voller Maden.

Wir saßen in der Küche und machten Pflaumen für Kompott zurecht, die schlechten Stellen mußten herausgeschnitten werden, es wurde einem ein bißchen übel dabei, und der Appetit konnte einem vergehen, für mich jedenfalls stand fest, daß ich das Obst nicht essen würde, wenn Vivien es gekocht hatte. Ich schnippelte mechanisch weiter. Am liebsten wäre ich weggerannt und hätte mich versteckt, mich völlig von diesem Haus und seinen Bewohnern abgesondert. Es war schlimm, dort in der Küche zu sitzen und Vivien so... so arglos reden zu hören. Rufus hatte ihr gesagt, daß Adam und er die Kleine zu ihren Eltern zurückgebracht hatten, und sie war erleichtert, wenn auch immer noch sehr ernst. Sie würde jetzt nicht zu Mr. Tatian gehen können, sagte sie zu mir. Nach dem, was sie wisse, könne sie die Stellung nicht antreten, die Ryemarks seien schließlich Bekannte von ihm. Es wäre unrecht, es wäre eine Täuschung.

Vivien war so gewissenhaft in allem, was sie tat. Täglich prüfte sie ihre Beweggründe und ihre Handlungen, das war ungeheuer wichtig für sie. Eine Lüge hätte sie nie über die Lippen gebracht. Immerhin hatte sie sich zu der Entscheidung durchgerungen, Mr. Tatian anzurufen und ihm zu sagen, aufgrund unvorhersehbarer Umstände könne sie die Stellung bei ihm nicht antreten. Und das stimmte ja auch. Es machte ihr großen Kummer, ihn so kurzfristig im Stich lassen zu müssen, aber sie sah keine andere Möglichkeit. Daß sie nicht wußte, wohin sie sollte, daß sie kein Geld hatte, berührte ihre Entscheidung nicht. Sobald der Wagen wieder da war, würde sie Adam oder Rufus bitten, sie ins Dorf zu fahren, und von dort aus würde sie anrufen.

Ich fühlte mich für sie verantwortlich, und ich wollte diese Verantwortung nicht, sah sie als zusätzliche Belastung. Was würde Adam machen, wenn sie morgen nicht das Haus verließ? Und dabei hatte ich die ganze Zeit auch Angst, daß plötzlich die Polizei vor der Tür stehen könnte.

Im Lauf des Nachmittags packte ich meine beiden Koffer. Ich hatte nicht viel mitgebracht, und sie waren nicht sehr schwer. Ich wollte zu Fuß nach Colchester. Es waren achtzehn Kilometer, aber achtzehn Kilometer traute ich mir zu, ich hatte in den letzten Wochen viel Bewegung gehabt und war ziemlich fit. Vielleicht hätte ja auch irgendwann ein Autofahrer angehalten und mich mitgenommen.«

»Und was war mit deiner Verantwortung für Vivien?« fragte Lili.

»Ich hatte versucht, ihr den Anruf bei Tatian auszureden, hatte versucht ihr zu sagen, daß sie irgendwann auch mal an sich denken müsse. Es war sinnlos. Und sie konnte mit mir auch nichts mehr anfangen. Sie hatte sich mit mir überhaupt nur eingelassen, weil ich Inder war und sie Inder für irgendwie mystische Wesen hielt, die ihr etwas zu bieten hatten und kultivierter waren als andere Leute. Aber dann hatte sich herausgestellt, daß ich ein ganz gewöhnlicher Mensch war, der nur zufällig eine braune Haut hatte, kein Prophet oder Dichter oder Heiliger. Ich habe ihr ganz offen gesagt, daß ich gehen würde, habe mich nicht heimlich aus dem Staub gemacht. An Rufus kam ich nicht heran, er hatte sich im Zentaurenzimmer eingeschlossen. Sie widersprach nicht, ich glaube, sie war ganz froh, mich loszuwerden. Ich ging mit den Koffern die Trift hinauf, und auf halbem Wege traf ich Adam, der aus dem Wald kam.

Er bat mich, er flehte mich an, nicht zu gehen. Es war schmeichelhaft, daß sie mich endlich einmal brauchten. Ich müsse ihm Vivien vom Hals schaffen, sagte er. Wenn sie tatsächlich Tatian anruft und ihre Stellung sausen läßt, meinte Adam, bleibt sie in Troremmos, und ich werde sie nie los. Und da habe ich nachgegeben und bin mit ihm zum Haus zurückgegangen.«

»Hast du versucht, Vivien zum Gehen zu bewegen?«

»Wohin hätte ich mit ihr gehen sollen? Das war der

Haken bei uns allen. Wir hatten sonst keine Bleibe, wir hatten nur unser Elternhaus. Und Zosie, so dachten wir jedenfalls, hatte nicht mal das. Schließlich fuhr Rufus Vivien ins Dorf zum Telefonieren, aber bei Tatian meldete sich niemand. Es half nichts, sie würde es am nächsten Tag noch einmal versuchen müssen.

Du weißt, was am nächsten Tag passiert ist, das habe ich dir schon erzählt.«

»Ja, ich weiß«, bestätigte Lili.

»Danach bin ich nach Hause gefahren und bin gleich krank geworden. Eine Art Nervenzusammenbruch, hieß es. Ich war ein Jahr lang krank, und danach hatte ich den Plan, Arzt zu werden, aufgegeben, und habe auch die Pharmazie an den Nagel gehängt. Ich konnte es nie so sehen, daß das alles unvermeidlich war, daß ich nichts dagegen hätte tun können. Hätte ich von Anfang an zu Vivien gehalten, hätte Rufus uns bestimmt unterstützt. Hätte ich gesagt, das Baby müsse weg, hätten wir es irgendwie zurückgebracht.«

»Und Rufus – und Adam – hätten mehr Achtung vor dir gehabt.«

Shiva zuckte die Schulter. »Vielleicht wäre die Kleine nicht gestorben. Rufus hat gemeint, zu Hause oder bei Leuten, die sich mit Kindern auskannten, wäre es nicht passiert. Adam und Zosie haben sie vernachlässigt. Ungewollt natürlich. Sie wußten es nicht besser.

Ich hätte Vivien zu meiner Tante bringen können. Wahrscheinlich hätte es Krach gegeben, ich hätte eine Menge erklären müssen, aber es wäre eine Möglichkeit gewesen. Damals dachte ich, es wäre leichter sie zu überreden, doch zu Tatian zu gehen, ich dachte, ich würde es noch schaffen. Auf einen Tag mehr oder weniger kommt es schließlich nicht an, dachte ich...«

Es war ein windiger, kühler Abend mit gelegentlichen Regenschauern. Die einzig Ruhige, Arglose unter ihnen war Vivien, sie kochte ihnen ein Linsengericht und machte Salat dazu. Aus den Pflaumen hatte sie eine Art Mousse gemacht. Während das Essen auf dem Herd stand, bügelte Vivien in der Küche das blaue Kleid. Und oben, betäubt von Rufus' Barbituraten, schlief Zosie immer noch.

Adam erinnerte sich sehr deutlich daran, wie er das Radio beiseitegeschafft hatte. Er war nachmittags damit in den Wald gegangen, hatte es mit einem schweren Stein zertrümmert und unter der dicken verrottenden Laubschicht vergraben. Auf dem Rückweg hatte er Shiva getroffen, der sich heimlich aus dem Staub machen wollte, und hatte ihn zum Bleiben überredet. Als Vivien mit dem Bügeln fertig war, suchte sie das Radio. Sie wollte wissen, wie die Ryemarks auf die Rückkehr ihres Kindes reagiert hatten. Sie wollte sich mit ihnen freuen, sagte sie. Adam ging nach oben, um nach Zosie zu sehen. Alle fünf Minuten schaute er bei ihr herein. Sie schlief noch immer, und das gefiel ihm nicht, da mochte Rufus sagen, was er wollte, es gefiel ihm nicht, daß sie schlief und schlief, tot für die Welt.

Vivien dachte, sie sei nicht nach unten gekommen, weil ihr die Trennung von dem Baby zu schaffen machte. Sie würde zu ihr gehen und ihr ein paar Tropfen von ihrer berühmten Notfallmedizin geben, sagte sie. Nein, tu das nicht, sagte Adam, laß sie schlafen. Und dann fragte Vivien:

»Ist es dir recht, wenn ich noch ein bißchen bleibe, Adam? Nur solange, bis ich einen Job gefunden habe . . .«

»Du hast doch einen Job«, sagte Shiva.

»Es wäre nicht recht, ihn anzunehmen, das habe ich dir schon gesagt, es wäre Betrug. Mrs. Ryemark könnte zu Besuch kommen und das Baby mitbringen, und ich würde lügen müssen – wenn nicht in Worten, so doch in Taten.«

»Das Leben ist zu kurz für solche Skrupel.«

»Woher willst du das wissen, Adam? Du bist nicht älter als ich, ja, du bist noch nicht einmal so alt wie ich. Um etwas zu tun, von dem wir von vornherein wissen, daß es Unrecht ist – dazu ist das Leben zu lang.«

Sie war ein so ernsthaftes Mädchen gewesen und dabei so demütig, nie aggressiv, mit dieser sanften, leisen, eindringlichen Stimme, humorlos, völlig aufrichtig. Für ihn war sie ein Alp, wie ihn uns das Leben zuweilen schickt, unvermutet auftauchend, hartnäckig verweilend, fast unmöglich abzuschütteln.

»Hier kannst du nicht bleiben«, sagte er kurz und grob und sah auf das Essen herunter, das sie gekocht hatte.

Sie war wie vor den Kopf geschlagen. Das hatte sie nicht erwartet. »Ich meine ja nur für ein, zwei Wochen.«

»Ich bleibe hier mit Zosie allein, und das ist mein letztes Wort.«

Sie sah ihn an und legte eine Hand an den Mund.

»Du hältst mich für undankbar, wie? Irrtum. Ich bedanke mich sehr für alles, was du getan hast. Aber damit ist jetzt Schluß, damit das ganz klar ist. Die Party ist vorbei, der Sommer ist vorbei. Shiva geht weg, und Rufus geht weg, und du wirst auch gehen müssen, so leid es mir tut. Und jetzt entschuldige mich bitte.«

Er schaffte es gerade noch bis ins Badezimmer. Er hielt den Kopf über das Toilettenbecken und erbrach sich mehrmals. *Mal au cœur* nannten es die Franzosen, und das war durchaus treffend, genauso fühlte er sich: Krank am Herzen. Im Nadelkissenzimmer lag Zosie auf dem Rücken und atmete tief und regelmäßig. Wenn sie nun gar nicht schläft, dachte er, wenn sie im Koma liegt? Aber er mußte, er würde Rufus vertrauen.

Im Sterbebettzimmer, wo das frisch gebügelte Kleid an einem Bügel am Griff des Kleiderschranks hing, nahm er das Bild von der Wand, drehte die staubige, papierverklebte Rückseite nach außen und ging damit hinunter in den Garten. Er würde ein Feuer machen.

Als Platz dafür hatte er sich die Obstgartenmauer ausgesucht. Adam hatte noch nie ein Gartenfeuer gemacht, aber Paraffin konnte vermutlich nicht schaden. Er fand einen Kanister im Stall. Der Sturm hatte dürre Zweige von den hohen Bäumen geweht, er trug sie zusammen und betrachtete wehmütig seinen zerstörten Garten, sein verlorenes Paradies. Das Bild warf er in die Flammen, ohne es aus dem Rahmen zu nehmen. Es brannte problemlos. Die Flammen erfaßten den Lack des Rahmens und hatten Sekunden später Glas und Bild verschlungen. Die Babytragetasche brannte nicht so gut, vermutlich war sie aus irgendeinem schwer entflammbaren Material.

Weil ihm der Gedanke unerträglich war, dort zu schlafen oder sich auch nur dort aufzuhalten, wo die Kommodenschublade stand, brachte er sie samt Inhalt in das Zimmer des Erstaunens. Er wußte gar nicht mehr, weshalb sie es so getauft hatten, denn es barg nichts weiter Erstaunliches außer einer Wendeltreppe, die von einem Wandschrank aus auf den Dachboden führte. Der Raum lag gegenüber vom Totenbettzimmer und ging nach Norden, so daß es dort immer ziemlich dunkel war. Dorthin verirrte sich nie jemand.

Er legte sich nicht gleich neben die noch immer fest schlafende Zosie. Sein Feuer brannte noch. Es war zu nah an der Mauer, der Rauch hatte die Steine geschwärzt. Soviel konnte man in dem roten Glast vom Fenster aus erkennen. Die Nacht war dunkel, von Zeit zu Zeit erhob sich ein böiger Wind und ließ schwarze Äste vor einem etwas helleren Himmel tanzen. Vorhin, ehe sie sich getrennt hatten, um schlafenzugehen, hatte er zu Rufus gesagt, es wäre eine Art ausgleichende Gerechtigkeit gewesen, wenn das Feuer das Haus erfaßt hätte. Irgendwie hätte es für sie damals seine Richtigkeit gehabt, wenn Troremmos in Flammen aufgegangen wäre.

Ein Licht bewegte sich über den Rasen, jemand ging dort mit einer Taschenlampe herum. Adam sah, daß es Shiva war, der sich das Feuer ansehen wollte, dunkel empfand er das als Einmischung und ärgerte sich darüber. Aber er unternahm nichts, er sah zu, wie Shiva sich einen dürren Ast griff und damit in dem Scheiterhaufen herumstocherte, bis Funken sprühend gen Himmel stoben wie bei einem Feuerwerk.

Lili hatte Shiva einen Brief hingelegt. Nicht die Art von Brief, die er gefürchtet hatte, als er das weiße Blatt sah, das unter einer kleinen Vase mit zwei Chrysanthemen lag, sondern nur die üblichen ein, zwei Zeilen, die sie ihm manchmal schrieb, um ihn daran zu erinnern, daß sie zu ihrem Bengalisch-Unterricht gegangen war.

Er holte sich aus dem Kühlschrank etwas zu essen und setzte sich vor den Fernseher. Über Wyvis Hall brachten sie nichts, aber seit jener ersten Meldung hatten sie nie wieder etwas gebracht. Um die Zeitung zu holen, hätte er die ganze Straße entlanggehen müssen, es war keine verlockende Vorstellung. Erst jetzt sah er im Spiegel die Wunde an seinem rechten Wangenknochen, den angetrockneten Blutfaden, der von der aufgeplatzten Haut nach unten gesickert war.

Lili würde um neun nach Hause kommen. Er beschloß, sie abzuholen, die Spraybuchstaben am Zaun gaben den Ausschlag, obschon er nicht sicher war, wie sie es aufnehmen, ob sie ihn womöglich abweisen würde. Der Gedanke erschreckte ihn zutiefst, und hätte er nicht die Hände zu Fäusten geballt und die Zähne zusammengebissen, hätte Panik ihn erfaßt. Er schaltete den Fernseher wieder ein und zwang sich, eine Quizsendung zu verfolgen. Gegen Viertel vor neun ging er in die Diele und griff sich den Brief an Sabine Schnitzler. Er war noch nicht frankiert. Shiva hatte Marken in der Brieftasche, Achtzehn-Pence- und Dreizehn-Pence-Marken. Beide allein langten nicht für einen Brief nach Österreich, aber zwei Dreizehn-Pence-Marken waren sicher genug. Er klebte sie auf den Umschlag. Falls Lili bei ihrer Mutter angefragt hat, ob sie zu ihr kommen kann, wenn sie mich verlassen hat, dachte er, bringe ich sozusagen mein eigenes Todesurteil zum Henker. Trotzdem nahm er den Brief mit und steckte ihn auf dem Weg zu Lilis Freundin, die in der Third Avenue wohnte, in den Briefkasten.

Er hatte es so abgepaßt, daß sie gerade die Stufen von der Haustür zur Straße herunterkam. Wieder trug sie Salwar und Kamiz zu ihrem braunen Wintermantel über den langen Hosen aus rosa Seide. In der Dunkelheit sah man nicht, wie hell ihre Haut war. Wenn sie sich bei mir einhakt, dachte er, ist alles in Ordnung. Sie tat es, aber es war eine teilnahmslose Bewegung, und er war nicht klüger als zuvor. Sie gingen schweigend nebeneinander her, es gab keine Steine, keine Pfiffe, kein Mensch war auf der Straße zu sehen.

Shiva fiel der aufgesprühte Slogan ein, als sie in die Fifth Avenue einbogen, aber er beschloß, Lili nicht darauf aufmerksam zu machen. Aus dieser Richtung war er nicht ohne weiteres zu sehen. Morgen früh würde sie die Schrift natürlich bemerken, aber bei Tageslicht sieht alles anders aus. Sie kamen zum Gartentor, und Lili blickte nicht nach links und merkte nichts. Weit weg hörte Shiva wüstes Geschrei, und wieder ertönte das Scheppern einer gekickten Konservendose. Er schob Lili rasch ins Haus und legte beide Riegel an der Haustür vor.

Ehe sie zu Bett gingen, zwang er sich zu der Frage, ob sie ihm vergeben habe.

»Ich kann dir schlecht etwas vergeben, was du mir nicht angetan hast«, sagte sie ganz vernünftig.

»Kannst du wenigstens vergessen?«

»Ich weiß nicht. Noch habe ich nicht vergessen.« Und mehr mochte sie nicht sagen.

Shiva lag neben ihr – immerhin hatte sie heute nicht behauptet, sie sei nicht müde, war nicht bis weiß Gott wann aufgeblieben – und dachte, wie töricht es war, von Vergessen zu sprechen, wenn es noch gar nicht richtig angefangen hatte, wenn das Strafgericht sich gerade erst über ihm zusammenzog. Man wird ihr gar kein Vergessen gönnen, dachte er.

Der Hall rascher Schritte weckte ihn, Schritte, die von der Forest Road her die Fifth Avenue hinuntergerannt kamen. Zwei Paar Füße, aber keine Stimmen. Merkwürdig, dachte er, denn diese Leute mäßigten sonst nie die Lautstärke, hielten sich nie in ihren Ausdrücken zurück, nur weil es Nacht war und andere Menschen schliefen. Die Schritte verhielten, schienen vor seinem Haus haltzumachen. Vielleicht sprühten sie noch etwas auf den Zaun. Aber dann schepperte die Briefkastenklappe an der Haustür, sie hatten etwas hineingeworfen. Hoffentlich nichts Ekliges. Er hörte Füße stampfen, das Gartentor schlug zu. Einmal hatten sie ihm ein Päckchen durchgesteckt, er hatte es nicht aufgemacht, aber es hatte sich angefühlt, als wären Innereien darin gewesen, Hühnerdärme wahrscheinlich.

Die stampfenden Füße kickten eine Dose. Das Scheppern – die Dose wurde nicht einfach geradeaus gekickt, sondern von einem Rinnstein zum anderen quer über die Straße – weckte Lili. Sie setzte sich auf und legte die Arme um ihn. Shiva knipste eine Nachttischlampe an. Noch in seiner Angst machte es ihn glücklich, daß sie sich instinktiv ihm zuwandte, seinen Arm hielt, seinen Blick suchte.

»Jemand hat uns was durchgesteckt«, sagte er. »Ich geh mal nach unten.«

»Geh nicht.«

Das blecherne Scheppern wurde schwächer, war aber immer noch zu hören. Sie hatten das Fenster nicht ganz zugeschoben, und die Vorhänge flatterten leise.

»Du hast recht«, sagte er. »Morgen ist auch noch ein Tag.«

Er machte das Licht aus und spürte, wie sich Lilis Anspannung allmählich löste. Sobald sie ganz entspannt war, würde sie einschlafen. Sein Rücken berührte den ihren, und er freute sich, weil sie nicht wegrückte. Die tiefe Stille, die dem Scheppern gefolgt war, erfüllte das Zimmer mit Frieden, erfüllte auch Shivas Kopf und brachte die ersten Ansätze von Schlaf, zögerndes Verharren am Rande der Schwärze.

Es war der Geruch, der ihn wieder hellwach werden ließ. Er war ein bißchen durcheinander und dachte einen Augenblick, was da so roch, sei das Päckchen, das sie ihm durchgesteckt hatten. Und in gewisser Weise war es das ja auch.

Ein Knistern ging durchs Haus, ein sinnloses Plappern. Shiva stieg aus dem Bett, der Brandgeruch war so stark, daß er husten und nach der Luft rang, die das Feuer aufsaugte. Er riß die Tür auf. Die ganze Diele brannte, war ein Meer aus starken, aufschießenden, gierigen Flammen, die sich hungrig auf das Haus zu stürzen schienen.

Er stieß einen Schrei aus, der im Gebrüll des Feuers

unterging. Die Flammen kletterten die Treppe hinauf und nagten am Geländer, er konnte die Tür zum Wohnzimmer nicht mehr erkennen, die sie offengelassen hatten und durch die das Feuer sich ausgebreitet hatte. Ein Funkenregen ergoß sich über das brennende Treppenhaus. Shiva flüchtete ins Schlafzimmer, schlug die Tür hinter sich zu, legte die Hände über den Mund.

Wimmernd, heulend rief er Lilis Namen und öffnete das Schiebefenster. Eine Feuerzunge schoß aus dem brennenden Erker hoch und versengte ihm das Gesicht. Er wich mit erhobenen Händen zurück, während die langen knisternden Flammen sich ins Zimmer schlängelten.

Blindlings tastete er sich zurück zum Bett und riß die schluchzende Lili in seine Arme.

Das traurige Foto des geschwärzten Hauses, der Bericht über das vorangegangene Feuer und die Suche nach Brandstiftern erinnerten Adam nur an jene letzte Nacht in Troremmos. Er entsann sich, wie er halb gefürchtet, halb gehofft hatte, sein Haus könne in Flammen aufgehen. Ein Inder und seine Frau hatten in dem kleinen Reihenhaus in Ostlondon gewohnt, sie waren beide tot, der Mann war bei dem Versuch, seine Frau zu retten, ums Leben gekommen, sie hatte die Einlieferung ins Krankenhaus nur um eine oder zwei Stunden überlebt. Eine gezielte rassistische Greueltat, erklärte ein Polizist im Fernsehen. Den Namen des Ehepaares hatte Adam nicht mitbekommen und machte sich auch nicht die Mühe, ihn in der Zeitung nachzulesen.

Ihm war, als habe er in der Nacht die Sirenen der Feuerwehr gehört, – aber durfte die um diese Zeit überhaupt mit Sirene fahren? Vielleicht hatte er es sich auch nur eingebildet, so wie vor zehn Jahren die Schritte, die ums Haus schlichen, eingebildet oder auch nur geträumt hatte. Manchmal dachte er, daß ihm damals die Fähigkeit zum Tiefschlaf abhanden gekommen war. Seit jener Zeit schlief er leicht und unruhig. Die Schritte waren unter seinem Fenster vorbeigegangen, hatten innegehalten und sich dann wieder in Bewegung gesetzt, bis zur Hausecke, wo das Zentaurenzimmer war, in dem Rufus schlief, bis zum

Stall. Der Himmel wurde heller, die Morgendämmerung kündigte sich an, noch nicht der Sonnenaufgang. Ein Vogel rief, ein Lied konnte man es nicht nennen.

Was hatte er gefürchtet? Daß sie die Spur der Kindesentführer bis hierher verfolgt hatten? In dem Fall war seine Reaktion ausgesprochen leichtsinnig. Aber er hatte nicht gewußt, was er tat, der Selbsterhaltungstrieb beherrschte ihn ganz. Er lief nach unten ins Jagdzimmer und nahm Hilberts Flinte von der Wand. Er lud sie, ging ins Eßzimmer und verbarg sich am Fenster hinter dem Vorhang.

Kein Mensch war zu sehen. Adam ging in die Halle und horchte. Die Vögel hatten ihren Chor angestimmt, ein herbstliches Zwitschern, kein Frühlingslied. Sonst war nichts zu hören. Er öffnete die Haustür und ging mit entsicherter Waffe hinaus. Er mußte verrückt gewesen sein. Wenn nun draußen die Polizei wartete? Und wer anders als die Polizei hätte hier nach Catherine Ryemark gesucht?

Grau und dürr lag Troremmos im grauen Morgenlicht. Es war ziemlich kalt, die Luft fühlte sich frostig und feucht an. Adam roch abgestandenen Holzrauch. Mit der Flinte in der Hand ging er zu seinem Feuer hinüber. Es war nur noch ein Häufchen grauer Asche. Der geschwärzte Metallrahmen der Tragetasche wippte auf einem halb verbrannten Ast. Er hörte die unheimliche Stille; nur auf dem Land im Morgengrauen gibt es diese Art von Stille, die Stimmen der Vögel vermögen nichts gegen sie, es ist, als sei ihr Lied etwas völlig anderes, auf einer anderen Bewußtseinsebene Erlebtes.

Hatte er die Schritte geträumt? Es mußte wohl so sein. Er hatte keine Lust, wieder zu Bett zu gehen, sondern setzte sich im Jagdzimmer in den Sessel, die Waffe neben sich. Er mußte eingenickt sein, denn als er aufwachte, zitterte er vor Kälte, obgleich er sich Hilberts alte Jagdjacke übergezogen hatte. In der Küche hörte er Vivien herumlaufen und singen. Vielleicht sang sie immer morgens nach dem Aufstehen. Er war bisher zu weit weg gewesen und hatte nichts davon gemerkt. Sie sang »We shall overcome«, die Hymne des Widerstandes, und die Gesinnung, die sich darin ausdrückte, die Einfalt und Anmaßung, machten ihn verrückt.

Er ging nach oben. Endlich war Zosie aufgewacht. Als sie ihn sah, stieß sie einen erstickten Schrei aus und fing an zu weinen. Sie klammerte sich an ihn und schluchzte an seiner Schulter. Etwas Seltsames und Erschreckendes war Adam in den vergangenen vierundzwanzig Stunden widerfahren. Seine Liebe zu Zosie war ihm abhanden gekommen, buchstäblich über Nacht hatte sie sich verflüchtigt. Er hatte die Gefühle, die er ihr entgegenbrachte, für etwas Tiefes und Bleibendes gehalten, für etwas, was dem Leben einen Sinn gab, sah sie beide als ein klassisches Liebespaar mit allem, was dazugehört – ein Fleisch, zwei Hälften eines Ganzen, sich selbst genug, zwei gegen die Welt. Noch vor vierundzwanzig Stunden hatte er sich nichts sehnlicher gewünscht, als mit ihr in Troremmos zu leben, ohne die anderen, in glückseliger Zweisamkeit. Sie war ganz Sinnlichkeit für ihn gewesen, aber auch seine erhabene Göttin. Zutiefst verzagt merkte er jetzt, daß er ein verstörtes kleines Mädchen in den Armen hielt, ein infantiles, nicht besonders aufgewecktes, nicht einmal besonders hübsches Geschöpf.

»Hör auf zu weinen«, sagte er. »Bitte. Versuch dich zusammenzunehmen.«

Sie schluchzte und schudderte.

»Wo ist Catherine?«

»In unserem Zimmer, dem anderen Zimmer. Und da soll sie auch bleiben, du läßt sie dort, verstehst du, Zosie? Hör zu, wir müssen sie heute hier wegbringen, sie irgendwo verstecken. Bitte, hör auf...« Sie hatte zu einem protestierenden Aufschrei angesetzt. »Sie ist tot, Zosie. Du weißt, daß sie tot ist. Sie ist kein Baby mehr, sie ist nicht mehr *da*. Es war nicht unsere Schuld, aber wir müssen jetzt an uns denken.

Du willst doch nicht ins Gefängnis, oder? Du willst doch nicht, daß wir alle ins Gefängnis kommen...«

Wir werden tun, was jetzt noch zu tun ist, hatte er sagen wollen, und dann müssen wir vergessen, wir werden hierher zurückkommen und anfangen zu vergessen. Doch er konnte es nicht sagen, denn es war nicht mehr das, was er sich wünschte. Er mochte nicht mehr mit Zosie hier allein sein, er mochte nirgends mehr mit ihr allein sein. Und die Vorstellung, mit ihr zu leben, ein Kind mit ihr zu haben...

Ihr Gesicht war verweint und fast häßlich. Sie roch nach Schweiß. Am liebsten hätte er sie gepackt und geschüttelt. Du bist schuld, dachte er, du hast uns das alles eingebrockt mit deiner irrwitzigen Babygier, mit deiner Kleptomanie, deinen Lügengeschichten. Aber er sagte nichts, setzte sie nur auf, wischte ihr mit einem Zipfel des Bettuchs das

Gesicht ab, gab ihr Stück für Stück ihre Sachen und half ihr beim Anziehen.

»Ich soll wohl keine Kinder haben, Adam. Warum werden mir all meine Kinder genommen?«

»Es war nicht deins«, sagte er ungeduldig. »Es ging dich überhaupt nichts an.«

»*Sie*. Sie war ein Mensch.« Sie zog sich den grauen Pullover über den Kopf und fuhr sich mit den Fingern durch das helle, feine Haar. »Wo sind ihre Sachen?«

»Ich habe ein Feuer gemacht und alles verbrannt.«

Er warf noch einen Blick auf das Foto, das Hausgerippe mit dem Brustkorb aus geschwärzten Eisenträgern, und meinte wieder Zosies durchdringenden Jammerlaut zu hören, ihre hochgereckten Fäuste zu sehen. Die Hülse der Tragetasche war dem ausgebrannten Haus nicht unähnlich gewesen, aus einem Bett aus glühender Asche hochragend, vor einer rußgeschwärzten Mauer.

Vivien war in der Küche, sie trug ihr helles Baumwollkleid und brühte Tee in der großen braunen Teekanne, an die sich Adam von Tante Lilian her erinnerte. Und Shiva und Rufus saßen sich am Tisch gegenüber, Rufus schnitt eins von Viviens glatten runden dunklen Broten auf, die mit Mohn bestreut waren. Es war wie an jedem anderen Morgen, nur daß sich alles früher abspielte. Draußen klatschte der Wind dünne Regenschauer an die Scheibe. Adam setzte Zosie an den Tisch und stellte Frühstück vor sie hin, einen Becher Tee, eine Scheibe Brot mit Butter und Honig. Sie polkte die blauen Mohnkörner ab und legte sie sich auf die Zunge. Sie ist verrückt, dachte er, sie hat den Verstand verloren.

Irgendwo im Haus begann eine Uhr zu schlagen. Adam fuhr zusammen und fröstelte. Keine von Hilberts Uhren war gelaufen, seit sie hier waren.

»Was ist das, verdammt nochmal?«

»Ich hab die Standuhr aufgezogen«, sagte Rufus. »Ist mir gerade so eingefallen.«

Adam zitterte am ganzen Körper. »Warum kümmerst du dich nicht um deinen eigenen Scheiß?«

Zehnmal schlug die Uhr. Letzte Woche wäre zehn für ihn eine absolut indiskutable Zeit gewesen. Vivien schob ihm einen Becher Tee hin.

»Trink was, Adam, dann fühlst du dich gleich besser.«

Zosie sah aus wie eine Katze, die schon fast ertrunken ist, die im letzten Augenblick gerettet wurde und für die es dennoch keine Hoffnung gibt. Sie hatte den Zeigefinger in den Mund gesteckt und zog damit einen Mundwinkel herunter.

»Könnte mich einer von euch ins Dorf fahren?« fragte Vivien. »Ich würde gern Mr. Tatian anrufen.«

Shiva machte ein böses Gesicht. »Hast du das immer noch nicht aufgegeben? Du läßt den Ärmsten ganz schön hängen, er rechnet doch damit, daß du kommst und dich um seine Kinder kümmerst. Was soll er denn jetzt machen, hast du dir das mal überlegt?«

»Es ist unmöglich«, sagte Vivien. »Ich kann da nicht hin. Alles andere, nur nicht das . . .«

»Dann fahre ich ohne dich. Ich muß schließlich an meine Zukunft denken.«

Adam merkte, daß Vivien auf ein Wort von ihm hoffte, auf eine Einladung zum Dableiben, aber er sagte nichts.

Vivien hatte das Brot gebacken, das sie aßen, Vivien hatte die Räume sauber gehalten und mit geräuschloser Tüchtigkeit den Haushalt versorgt. Viviens umsichtiges Wirtschaften hatte ihn höchstwahrscheinlich davor bewahrt, das Haus von sämtlichen Möbeln zu entblößen – aber er konnte sie nicht bitten zu bleiben. Rufus, der ihm seit seinem Ausbruch wegen der Uhr keinen Blick gegönnt hatte, sah ihn jetzt an, und Adam meinte, vieles in diesen Blick hineinlesen zu können, besonders als Rufus zu Vivien sagte:

»Ich nehme dich mit nach London, wenn du wieder in dein Abrißhaus willst, ich bring dich auch nach Hammersmith, es macht mir nichts aus.«

Und was war mit Catherine Ryemark? Was deutete Rufus hier an? Daß er die kleine Leiche mitnehmen würde oder daß er, Adam, sie irgendwo verbergen sollte?

»Willst du jetzt gleich ins Dorf?« fragte Rufus.

»Je früher, desto besser.« Vivien machte ein unglückliches Gesicht. Adam sah ihr an, daß ihre Entscheidung dem zuwiderlief, was sie persönlich gern getan hätte. Sie hielt sich, wie so oft, an ein abstraktes Prinzip, und das fand er unverständlich und sogar ein bißchen ärgerlich. »Ich hole nur schnell meinen Schal«, sagte sie. »Es ist richtig kalt geworden, man hatte schon ganz vergessen, daß es nicht immer warm sein kann.«

In diesem Moment kam die Postbotin. Shiva hörte sie zuerst, er saß ganz still am Tisch und wandte den Kopf.

»Verdammt, was ist das?« fragte Adam.

Sie dachten alle, es sei die Polizei, sogar Rufus. Er stand auf und trat bis auf ein, zwei Meter ans Fenster heran. Die

Briefklappe an der Haustür schepperte zweimal, und inzwischen war Adam im Jagdzimmer verschwunden und mit Hilberts Flinte zurückgekommen. Shiva sprang auf.

»Herrgott!«

Das rote Fahrrad zog rotsilbern blitzend am Fenster vorbei, wie ein vorüberfliegender Vogel, eine im Wind wehende Fahne. Rufus kam von der Diele herein, er hatte einen Umschlag in der Hand.

»Die Post«, sagte er. »Eine Rechnung. Bist du wahnsinnig geworden?«

»Ogott«, sagte Adam. »Und ich hab gedacht, es sind die Bullen.«

»Wir haben alle gedacht, es sind die Bullen. Was hattest du denn vor? Wolltest du sie umlegen?«

»Ich weiß nicht. Hat dich jemand gesehen?«

»Es war wieder die ländliche Schöne. Woher soll ich wissen, ob sie mich gesehen hat?«

Rufus sah die Flinte an, die Adam auf den Tisch gerichtet hatte. Zosie starrte apathisch, bleich und mit großen Augen in die Mündung. »Leg das Scheißding weg, verdammt nochmal. Mann, was werd ich froh sein, wenn ich aus diesem Irrenhaus erst raus bin.«

Von oben hörten sie Viviens Stimme. Es war ein seltsamer, langgezogener Ton. Kein Geschrei, kein Geheul, sondern ein rundes, ins Unendliche verlängertes o, ein Trauerlaut.

Sie wußten, was geschehen war, was sie gefunden hatte. Sie hatte ihren Schal holen wollen. Zu spät fiel Adam ein, wo der Schal war, daß er über dem toten Kind in der Kommodenschublade lag. Als Vivien den Schal in ihrem

Zimmer nicht gefunden hatte, war sie ihn suchen gegangen, sicher war ihr eingefallen, daß sie ihn Zosie für das Baby geliehen hatte.

Unwillkürlich rückten sie näher zusammen. Zosie stand auf und klammerte sich an Adam. In der Küche war es ganz still geworden, nur Shiva räusperte sich, ein nervöser, erstickter Laut. Adam dachte an die Postbotin, die noch nicht weit sein konnte, die Trift hinauf mußte sie das Fahrrad schieben...

Sie hörten, wie Vivien über den Korridor lief und die Hintertreppe hinunterging. Zosie fing an zu wimmern.

»Sei still«, sagte Adam. »Sei still, oder ich bring dich um.«

Vivien kam herein. Ihr gebräuntes Gesicht hatte alle Farbe verloren, sie sah aus wie nach einer Gelbsucht. Die Augen waren weit aufgerissen, man sah das Weiß um die Iris herum. Sie hatte eine Gänsehaut, der Flaum an ihren Armen stand hoch. Auch Adam merkte, wie sich seine Nackenhaare sträubten.

Ohne rechten Zusammenhang sagte Vivien: »Was willst du mit der Flinte?« Und dann: »Hast du noch nicht genug Unheil angerichtet?«

»Es war plötzlicher Kindstod, Vivien.« Rufus machte einen Schritt auf sie zu, aber sie wich vor ihm zurück. »Niemand kann etwas dafür, solche Sachen passieren einfach. Wahrscheinlich wäre es auch passiert, wenn die Kleine zu Hause gewesen wäre...«

»Ich glaube dir nicht.«

»Weshalb sollte ich lügen? Wir stecken alle mit drin, ist doch sinnlos, daß wir uns gegenseitig fertig machen.«

»Ihr habt mich schon einmal angelogen, ihr habt gesagt, daß ihr das Kind zurückbringt.«

Es war unwiderlegbar. »Okay«, sagte Adam. »Das war gelogen, aber diesmal lügen wir nicht.« Seine Stimme schwankte, Mund- und Halsmuskeln zuckten, er konnte einfach nichts dagegen machen. Rufus hatte sich völlig in der Gewalt. »Glaubst du wirklich, Zosie hätte dem Kind etwas antun können? Sie hat es geliebt, das weißt du doch.«

Das hätte er nicht sagen sollen. Zosie stieß einen Jammerschrei aus, stürzte zur Hintertür und trommelte mit den Fäusten an das Türblatt. Wenn ein Mensch in ausweg-loser Lage oder auch nur in einer brisanten Situation eine Waffe in die Hand bekommt, benutzt er sie auch, – das hatte Adam irgendwo gelesen, aber er hatte noch nie die Probe aufs Exempel gemacht. Unwillkürlich hob er die Flinte und richtete sie auf Zosie.

»Leg die Knarre weg«, sagte Rufus.

Es war mutig, daß er sich nicht davon abschrecken ließ, als Adam ihn anbrüllte, er solle sich da raushalten. Er griff einfach zu und legte die Flinte auf den Tisch. Vivien ging zu Zosie herüber, packte sie an den Armen, zog sie an sich und hielt sie fest. Sie führte sie zurück zum Tisch, schob sie auf einen Stuhl und setzte sich neben sie. Adam horchte dem tiefen Seufzer nach, den er ausgestoßen hatte.

»Du mußt tapfer sein, Zosie«, sagte Vivien. »Wir gehen zur Polizei und sagen alles. Du weißt, daß es sein muß, nicht? Jetzt hilft nur noch absolute Ehrlichkeit, du wirst ihnen sagen, daß du das Baby gestohlen hast, weil du dich nicht wohl fühltest, weil du dein eigenes Kind verloren hattest. Keiner wird häßlich zu dir sein, und ich bin ja dabei. Wir werden alle dabei sein. Wir werden ihnen sagen, wie lieb du zu dem Kind warst, wie du dich um die Kleine gekümmert hast und wie sie trotzdem gestorben ist. Rufus wird ihnen sagen, daß es plötzlicher Kindstod war, und ihn werden sie ernst nehmen, weil er etwas von diesen medizinischen Sachen versteht.«

»Du machst wohl Witze«, sagte Rufus.

Vivien zählte aus einem Fläschchen Tropfen ab, es war ihre Notfallmedizin. »Es bleibt uns gar nichts anderes übrig, Rufus«, sagte sie milde. »Wir müssen es tun. Wir müssen gleich ins Dorf fahren und die Polizei anrufen, oder vielleicht wäre einer der größeren Orte besser. Ja, das ist wohl das Vernünftigste.« Zosie sah sie angsterfüllt an. Vivien lächelte und gab ihr den Becher mit der farblosen Flüssigkeit, dem Allheilmittel, das angeblich in jeder Krise half. »Es kann nicht allzu arg werden, schlimmstenfalls geben sie uns Bewährung und verpassen Zosie eine Therapie, mehr kann eigentlich kaum kommen. Wir haben es ja nicht böse gemeint, keiner von uns. Das Schlimmste ist, daß ihr drei Zosie ein bißchen darin bestärkt habt, das Baby zu behalten, das ist alles.«

Rufus hatte voller Verachtung und Widerwillen zugesehen, wie Vivien ihre Notfallmedizin verabreichte. »Sie werden mir das Medizinstudium vermasseln, das ist alles, meine Zukunft kann ich mir dann abschminken.«

Shiva schüttelte den Kopf und schluckte, er hatte offenbar Mühe, Worte herauszubringen, aber dann schaffte er es doch, dabei hob er die Hände in einer seltsamen Bewegung an den Hals, als müsse er den Kopf auf den Schultern festhalten. »Und was ist mit mir? Mit meinem Vater? Ich habe mich um einen Studienplatz für Medizin beworben.«

»Findet ihr das wirklich so wichtig? Überlegt doch mal, was hier passiert ist. Dieses Kind hatte Eltern, die es geliebt haben, und jetzt ist es tot.«

»Sie werden glauben, daß wir ihr was angetan haben«, sagte Adam tonlos. »Wir könnten lebenslänglich kriegen.«

Rufus zuckte die Schultern. »Komm, reg dich nicht auf. Die Situation ist nicht anders als vor einer halben Stunde – nur mit dem Unterschied, daß Vivien es jetzt weiß. Wir machen weiter wie geplant. Zunächst mal packen Shiva und Vivien ihre Sachen, und dann fahre ich sie nach Colchester zum Bahnhof. In Ordnung?«

Vivien blieb fest. »Nein, das ist nicht in Ordnung. Ich will damit nichts zu tun haben, Rufus, ich bin anderer Meinung als ihr. Wenn ihr nicht mitkommen wollt, gehe ich allein, in Sindon ist ein Polizeirevier.«

»Du hast keinen Führerschein, Vivien.« Rufus kam auf sie zu und nahm ihren Arm, er war ein großer, starker Mann, eineinhalb Mal so schwer wie sie.

Sie schüttelte ihn ab. »Ich kann laufen.«

»Tut mir leid, aber das kannst du nicht. Wir sind vier, und du bist allein. Wir können dich zwingen hierzubleiben, notfalls mit Gewalt.«

Das Schlimme war unter anderem, daß Vivien danach nicht mehr davon geredet hatte, daß sie zur Polizei gehen, daß sie es jemandem sagen würde. Sie hatte ihre Absicht kundgetan, aber nachdem Rufus mit Gewalt gedroht hatte, war sie nicht mehr darauf zurückgekommen. Vielleicht hatte sie es sich anders überlegt, vielleicht wäre sie gar nicht zur Polizei gegangen. Noch heute konnte Adam es kaum ertragen, daran zu denken. Damals hatte er nur gedacht – soweit er überhaupt zusammenhängend hatte denken können –, daß sie das Haus nicht verlassen durfte. Es war möglich, daß sie gar nicht zur Polizei gegangen wäre. Daß sie die anderen – so sehr ihr widerstrebte, was sie getan oder ihrer Meinung nach getan hatten – nicht verraten, sondern daß sie ihnen die Stange gehalten oder sich allein zumindest nicht gegen sie gestellt hätte.

Andererseits hatte sie keine Tasche mit, als sie aus dem Haus ging, sie hatte deshalb nicht Hals über Kopf fliehen wollen, um sich irgendwo nach London durchzuschlagen. Ihre Sachen, ihre Stofftasche waren noch oben, der Kasten mit den Pflanzenmittelchen stand noch auf dem Tisch. Sie hatte Zosie abgeschüttelt, die sich mit der Hand an ihren Rock geklammert hatte, und Rufus weggeschoben. Einen Augenblick sah sie Shiva an, mit ganz unbewegtem Gesicht, aber dieser leere Blick ließ ihn zusammenfahren. Sie hob die Hand und riß das Gestalt-Gebet von der Wand. Mit dem Blatt Papier in der Hand machte sie die Hintertür auf, noch immer wortlos, ohne wieder von der Polizei anzufangen.

Irgendwie hatte sich Shiva zwischen sie und Rufus gestellt, Rufus hätte ihn wegstoßen müssen, um sie zu erreichen, er erreichte sie auch nicht, war dreißig, vierzig Zentimeter von ihr entfernt. Ein kalter Wind wehte in die Küche hinein, und Vivien lief nach draußen, lief über den Plattenweg...

Wyvis Hall schien Schnee von gestern. Seit Sonntag nichts mehr in der Zeitung. Adam meinte so etwas schon öfter bei Mordermittlungen beobachtet zu haben – oder vielmehr bei dem Teil der Ermittlungen, über den man die Öffentlichkeit unterrichtet hielt. Jeden Tag erscheint eine kleine Meldung in der Zeitung, bis dann eine bedenkliche Pause eintritt. Eine Woche vergeht, bei den ahnungslosen Lesern gerät der Fall in Vergessenheit, und plötzlich wird in ein paar Zeilen von dem Zeugen berichtet, der die Polizei bei ihren Ermittlungen unterstützt, am nächsten Tag gefolgt von der Meldung über eine Verhaftung.

Rufus rief an, die Polizei habe ihn weder aufgesucht noch angerufen. Adam war wie vor den Kopf geschlagen, als er von dem Besuch in Nunes hörte. Er hätte das nie gewagt, ihm war, als umgebe den Ort eine unsichtbare Mauer, die ihn fernhielt. Und die Polizei hatte sich natürlich nicht die Mühe gemacht, eine Bestätigung für seine Aussage einzuholen, die hatten sie ihm von Anfang an nicht abgenommen. Ihr Interesse galt dem Koipu-Mann. Er stellte sich vor, wie Winder oder Stretton oder beide lange Stunden mit dem Koipu-Mann und der Postbotin und dem wackeren Ackersmann und Rufus' Taxifahrer in Klausur verbrachten und sich von der Clique auf Wyvis Hall erzählen ließen, zu der auch zwei Frauen gehört hatten, von Schüssen und Babygeschrei, von einem Knall auf Fall entlassenen Gärtner, von Weinflaschen zu Dutzenden, die jede Woche von der Müllabfuhr abgeholt worden waren, von einem überstürzten Aufbruch, von frisch ausgehobenen Rasensoden auf der Lichtung im Kiefernwald ...

Auch am Donnerstag stand nichts in der Zeitung. Anne hatte Geburtstag, und sie wollten abends essen gehen. Sie hatte seine Eltern gebeten, als Babysitter einzuspringen, sie habe sonst niemanden gefunden, sagte sie, aber Adam ärgerte sich darüber. Er mochte nicht ausgehen, weil er Angst hatte, die Polizei könne schon auf ihn warten, wenn er nach Hause kam.

»Komisch, der Fall Wyvis Hall scheint eines natürlichen Todes gestorben zu sein«, sagte Lewis enttäuscht.

»Was man von den Menschen in dem Grab nicht sagen kann«, ergänzte seine Frau.

»Eben, eben. Du hast schon recht, wahrscheinlich ist die Sache noch nicht ausgestanden.« Adam könne ihm einen kleinen Sherry anbieten, wenn er wolle, sagte er, möglichst trocken, aber Amontillado täte es auch. Das Sherryglas hatte kein griechisches Mäandermuster, aber Lewis fragte trotzdem, ob es »zufällig eins von den Gläsern meines armen alten Onkels« sei.

Adam gab keine Antwort.

»Eine traurige Geschichte, wirklich. Den kleinen Friedhof werden sie wohl nie mehr herrichten. Für den kleinen Blaze – einen West Highland, Anne – hatten wir eine richtig schöne Beerdigung, weißt du noch, Beryl? Ich glaube, du warst auch dabei, Adam, aber du hast gewissermaßen noch in den Windeln gelegen. Deine Tante Lilian hat ein Gedicht vorgelesen, irgendwas von Whitman, und dann haben wir das arme Kerlchen zur letzten Ruhe gebettet. Eigenartige Frau, deine Tante Lilian.«

»Wieso nennst du sie meine Tante? Allenfalls war sie doch deine.«

Lewis fuhr fort, als habe Adam nichts gesagt: »Wer hätte bei dieser sentimentalen, aber doch recht reizvollen Zeremonie geahnt, zu welchem Zweck der Friedhof einmal mißbraucht werden würde?«

Adam war inzwischen schon alles egal. »Eine Bekannte von mir hat den Geist des Hundes mal auf der Hintertreppe gesehen.«

Anne warf ihm einen angewiderten Blick zu. Diesmal ging Lewis auf seine Bemerkung ein. »So ein Blödsinn. Absoluter Quatsch. Was für eine Bekannte?«

Adam wandte sich an Anne. »Komm, gehen wir.«

Als sie im Wagen saßen, fragte sie: »Drehst du allmählich durch, oder ist das Methode?«

Er zuckte stumm die Schultern.

»Warum gehen wir eigentlich zusammen aus? Das ist doch eine Farce.«

»Wir feiern deinen Geburtstag, indem wir uns im Restaurant streiten statt zu Hause.«

»Ich hasse dich«, sagte Anne.

Das hatte auch Zosie zu ihm gesagt. Er hatte es vergessen, oder glaubte es vergessen zu haben, aber diese Worte waren der Schlüssel, der den Zugang zur letzten Datei öffnete.

»Ich hasse dich, ich hasse dich ...« Sie versuchte ihn zu fassen, griff nach seinen Sachen, taumelte, als er sie wegstieß.

Er parkte den Wagen, der Motor verstummte. Einen Augenblick blieb er mit geschlossenen Augen am Steuer sitzen. Dann gab er sich einen Ruck. Er wollte sich an all das nicht erinnern, er wollte den Bildschirm leermachen.

Anne war ausgestiegen und schlug die Tür zu. Adam stieg ebenfalls aus und hob sein Gesicht in die kalte Luft, den dünnen Nieselregen.

Er hatte Angst vor der radfahrenden Postbotin gehabt, Angst, daß sie noch nicht weg oder noch nicht weit genug weg war, daß sie dastand und wartete, ein Mensch, dem man sich auf Gnade und Barmherzigkeit ausliefern, dessen Fahrrad man sich borgen, den man als Zeugin anrufen konnte.

Aber da war niemand gewesen, er hatte niemanden gesehen. Die Trift lag leer und windgepeitscht unter einem grauen Himmel. Da war nur eine Gestalt in hellem Baumwollkleid, die über den Plattenweg lief. Und da waren rufende Stimmen, Zosies Stimme, die sich zu einem dünnen Schrei erhob. Während er Anne über den Gehsteig zum Restaurant folgte, merkte er, daß die Löschtaste versagte. Die Vergangenheit war unentrinnbar, die Gegenwart versunken. Er legte die Flinte an, wappnete sich gegen den Rückstoß und drückte ab. Sie schrie auf, und er schoß wieder, diesmal wirbelte sie herum, den Körper voller Pfeile, das Blut spritzte, sprühte aus dem zierlichen Körper, verfloß in großen scharlachfarbenen Flecken auf dem hellen Baumwollstoff.

Er stolperte, genau wie damals, und bekam gerade noch den Türsturz zu fassen. Auf dem dunklen Vorplatz zum Restaurant schüttelte er sich, riß die Augen auf, zwang sich zu einem Lächeln. Nach dem dritten Schuß war er hingefallen, hatte mit ausgebreiteten Armen und Beinen auf den Steinen gelegen und gerufen:

»Halt! Halt! Halt! Halt!«

## 20

Als Rufus aus Nunes zurückgekommen war – oder von seinem Krankenbesuch in Colchester –, hatte Marigold ihn zu Hause erwartet, ohne eine Frage zu stellen. Und auch er hatte nicht gefragt, wie sie den Tag verbracht hatte, obschon ihm bewußt war, wie unnatürlich sie sich beide verhielten. Er begriff durchaus, daß dies ein Präzedenzfall war. Von jetzt ab würden sie sich gegenseitig keine Fragen mehr stellen, sie würden getrennte Wege gehen, Heimlichkeiten voreinander haben, würden liebenswürdig lächeln und einander ebenso häufig wie unaufrichtig Schätzchen nennen. Als sie abends mit einem befreundeten jungen Ehepaar beim Essen saßen, fand er, daß Marigold sich dem Mann gegenüber auffallend gezwungen benahm. Es war, als wollten beide betonen, wie gleichgültig sie einander waren, während sie beim letzten Mal nach allen Regeln der Kunst geflirtet hatten. Aber vielleicht bildete er sich das alles auch nur ein.

Die Zeit verging. Er telefonierte mit Adam, er wartete, wie Adam, auf Neues aus Wyvis Hall. Sobald er den Namen auf der Titelseite des *Standard* sah, wußte er, daß es Shiva war. Manjusri – jetzt erinnerte er sich wieder. Es war Shivas Haus, das sie in Brand gesteckt hatten, es war Shiva, der bei dem Versuch, seine Frau zu retten, ums Leben gekommen war. Von Beruf Verkäufer, hatte in der Zeitung gestanden, aber er war es, kein Zweifel. Rufus, den heimlichen Drink griffbereit, fahndete in der Zeitung nach dem, wonach er neuerdings jeden Morgen und jeden Abend fahndete, und fand nichts. Dabei konnte es jetzt nur noch eine Frage der Zeit sein. Bei so vielen Zeugen hatte er nicht mehr viel Hoffnung, ungeschoren davonzukommen. Er hatte keine Pläne für den Notfall gemacht, konnte gar keine machen, es gab keine Chancen für einen Arzt, der in einen Mord, in das Vertuschen von Sterbefällen und das Verbergen von Toten verwickelt war. Jetzt konnte er sich nur noch soweit hochputschen, daß er sich cool und würdig benahm, wenn sie kamen, um ihn zu holen. Er empfand keine Erleichterung mehr über den Tod oder das Verschwinden von Zeugen, über die Abreise von Mary Gage, den Tod von Bella und Evan. Wenn er an Shiva dachte, regte sich in ihm etwas, was seiner Natur fast fremd war, ein mit Grauen gemischtes Mitleid. Dabei war der Tod für Shiva fast besser als sich dem zu stellen, was Rufus jetzt als unvermeidlich vor sich sah.

Denn Shiva war noch mehr in die Sache verwickelt als er. Shiva war auf die Idee mit dem Lösegeld verfallen, und es war auch seine Idee gewesen, die Toten auf dem Waldfriedhof zu begraben. Rufus dachte daran zurück, während er schweigend über der Zeitung saß. Er war zu schweigsam, und daß Marigold sein Schweigen so gelassen hinnahm, war fast unheimlich. Eine Schwäche überkam Rufus, er gab sich einem unbestimmten, albernen Traum hin, ihr alles zu gestehen, sah sich in ihren Armen weinen, von ihren Tränen benetzt, eingehüllt in Liebe und Mitgefühl, aber er hatte sich rasch wieder gefangen. Das hatte er nie gewollt, würde es auch nie bekommen. Da war es fast besser, an den armen Shiva zu denken als an eine andere Lebensform, die es für ihn, Rufus, nicht gab und nie geben würde...

»Wir könnten sie zu den Kindern – ich meine zu den Tieren legen«, hatte Shiva gesagt. »Da sucht sie keiner, da sind sie gut versteckt.« Und er hatte sich gefreut – *gefreut*, in dieser Situation –, weil sie auf ihn gehört und zugestimmt hatten.

Rufus und Zosie jedenfalls. Adam lag im Regen auf dem Plattenweg, bis Rufus ihn schüttelte und sagte: »Komm, jetzt nimm dich zusammmen«, bis Rufus ihn hochzog und er die Hände vors Gesicht schlug. Es war Shiva, der die Tote ins Haus brachte und mit einem dieser albernen, schweren, steifen, monogrammbestickten Bettücher zudeckte. Schon spülte der Regen das Blut von den Steinen. Rufus schleppte Adam in die Küche und setzte ihn an den Tisch und gab ihm Gin zu trinken. Natürlich hatte er eine heimliche Flasche gehabt, eine dicke, kantige Flasche Genever, die er nach dem Goldkettengeschäft erstanden hatte.

Niemand fragte Adam damals – oder später –, warum er es getan hatte. Es war geschehen, Fragen wären sinnlos gewesen. Die anderen waren schon eifrig dabei zu verdekken und zu vertuschen, das Überleben zu planen. Ich hatte nie ein schlechtes Gewissen, dachte Rufus, nur Angst vor der Entdeckung. Und jetzt geht es mir genauso. Zosie aber, die das Baby geraubt, Shiva, der versucht hatte, ein Lösegeld für das Kind zu erpressen, Adam, der die Flinte genommen und geschossen hatte – wie war ihnen zumute gewesen? Ja, und Shiva war tot...

Tränen liefen Adam übers Gesicht. Er machte keinen Versuch, sie zum Stillstand zu bringen, er schämte sich offenbar nicht, daß er weinte. Wie lange hatten sie dort in der Küche gesessen, Adam und er und Shiva? Stunden, Minuten, eine halbe Stunde? Im Rückblick schien es eine lange Zeit gewesen zu sein, als warteten sie auf etwas, und womöglich hatten sie tatsächlich gewartet, auf Zosie vielleicht, die das Kind herunterbringen sollte.

Sie nahm den Ring aus geflochtenem Golddraht mit dem eingravierten z ab und steckte ihn der Kleinen an den Finger. Oder vielmehr an den Daumen, denn er war zu groß für die winzigen Fingerchen, aber auf den Daumen paßte er. Der Finger, an dem sie den Ring getragen hatte, war wieder so komisch schwarz verfärbt. Es war eine sinnlos-sentimentale Geste, die im Grunde nichts mit der Situation der Kleinen oder Zosies Beziehung zu ihr zu tun hatte.

»Los, machen wir weiter«, hatte Rufus ungeduldig gesagt.

Der Regen hatte etwas nachgelassen. Im Gänsemarsch gingen sie zum Kiefernwald hinüber, sie hatten auf die schwere hölzerne Schubkarre verzichtet, die im Stall stand, sie trugen die verhüllten Toten selbst, Rufus hatte sich Vivien über die Schulter gelegt, Zosie trug das Kind, Adam und Shiva hatten Werkzeug mit, den schweren Spaten und eine Grabgabel. Der leichtere Spaten, mit dem sie die Nutria vergraben hatten, war unerklärlicherweise verschwunden. Inzwischen wußte Rufus, daß ihn der Gärtner mitgenommen hatte, der im Morgengrauen nach Wyvis Hall gekommen war, dessen Schritte Adam ins

Jagdzimmer getrieben hatte, wo die Flinte hing, und der in gewisser Weise schuld daran war, daß Adam die Waffe benutzt hatte.

Am Donnerstag wachte Adam sehr früh auf, gegen fünf. Er hatte geträumt, Hilbert und Lilian hätten ihr einziges Kind auf dem Friedhof im Kiefernwäldchen begraben, er selbst und Bridget und ihre Eltern waren als Trauergäste dabeigewesen. Die Leiche war nicht zu sehen, sie lag in einem winzigen Nußbaumsarg mit geflammtem Furnier. Lilian und Hilbert sahen nicht aus wie sonst, sie wurden allmählich immer mehr den Eltern auf dem Bild ähnlich. Daß er so etwas träumte, ging natürlich darauf zurück, daß sein Vater gestern abend von der Beerdigung des kleinen Blaze erzählt hatte. Adam lag in der Dunkelheit und fragte sich, ob dies der Tag war, an dem die Welt enden würde. Er stellte sich diese Frage neuerdings jeden Morgen.

Im Traum hatten Hilbert und Lilian selbst die Erde ausgehoben, neben dem Grab von Blaze, und sie hatten tief gegraben, so tief, daß nicht einmal ihre Köpfe über den Rand der Grube ragten. Damals hatten erst Shiva und Rufus gegraben, dann hatte er Shiva abgelöst, und sie hatten sich nicht mehr ins Zeug gelegt, knapp einen Meter hatten sie ausgehoben. Wären wir tiefer gegangen, dachte Adam, hätten wir uns an die vorgeschriebenen sechs Fuß gehalten, wäre das alles nicht passiert....

Aber es waren nur drei Fuß geworden und nicht sechs, und auch das hatte lange gedauert. Das Schlimmste war gewesen, das Grab wieder zuzuschütten, mit ansehen zu müssen, wie die Erde in die Falten des Bettuchs rieselte und zwischen die Haare. Wäre das Grab nur so tief gewesen, daß ein Mann von Rufus' Größe aufrecht bis zum Scheitel darin Platz gehabt hätte... Die Angst hatte sie niedergedrückt, die Kälte, die Nässe, fröstelnd hatten sie im Regen gestanden und es so schnell wie möglich hinter sich bringen wollen. Ein Morgen am Ende des Sommers, am Ende der Welt...

Bis dort oben drangen gerade noch die Straßengeräusche, ein, zwei Autos fuhren vorbei, einmal klapperten Hufe auf dem Asphalt. Shiva hatte, ehe sie angefangen hatten zu graben, behutsam die Grassoden ausgestochen und zur Seite gelegt, um sie später wieder einpassen zu können. Die ganze Zeit hatte es – mit kurzen Unterbrechungen – geregnet, aber jetzt goß es wie aus Kannen. Und doch hatten sie das Gefühl, als arbeite der Regen für sie, als müsse das Gras schnell wieder wachsen, wenn er so reichlich auf das Grab fiel.

Sie suchten im Kiefernwald Zuflucht, zwischen den dicht stehenden schwarzen Stämmen. Dort herrschte staubtrockene, dunkle, duftende Wärme. Man hörte den Regen, aber man spürte ihn nicht. Es schien, als habe seit Stunden niemand mehr etwas gesagt, als seien sie alle mit Stummheit geschlagen, aber im Wald wandte Adam sich an Zosie:

»Alles in Ordnung?«

Sie löste sich aus seinen Armen. »Ja, doch.«

Sie legten die Grassoden wieder auf und traten sie fest. Der Himmel bestand nur aus Wolken, die Baumwipfel schwankten. Die Zeder tanzte ihren Hexentanz, als sie aus dem Wald kamen und sich dem Haus näherten.

Shiva hängte die Grabgabel in den Stall, zu den anderen Werkzeugen, aber Adam behielt den Spaten. Er ging ins Haus, in das Jagdzimmer, wo die Schildkröte stand und der Fuchs aus der Wand gesprungen kam, und holte die Damenflinte, und dann ging er mit Zosie in den Kleinen Forst und vergrub sie nicht weit von der Stelle, wo sie die Nutria vergraben hatten. Er hatte eigentlich beide Waffen vergraben wollen, die leichte Flinte und die schwerere, mit der er geschossen hatte, aber als es soweit war, hatte er Angst.

Auf dem Friedhof hatte er nur die Bemerkung über den Regen gemacht, daß der Regen auf ihrer Seite sei, aber Rufus hatte gesagt:

»Wir sollten so schnell wie möglich unserer Wege gehen, jeder für sich. Am besten packen wir gleich und fahren los.«

»Ich brauch keine weiten Wege zu gehen«, sagte Zosie später, als sie mit Adam allein war. Sie waren beim Packen, Adam verstaute die Flinte in Hilberts Golftasche, und Zosie wickelte den Nietengürtel in ihr rosa T-Shirt und steckte es mit ihren übrigen Sachen und den abgeschnittenen Jeans in ihren Rucksack. »Ich geh zu meiner Mutter.«

»Wie willst du denn das machen? Wo ist deine Mutter?«

Sie sah ihn schüchtern von der Seite an, das scheue Kätzchen, die Häsin, die ein Knacken im Unterholz hört.

»Hier«, sagte sie »In Nunes.«

»In Nunes?«

»Sie sind von Ipswich hergezogen, eine Woche, ehe ich gekommen bin.«

»Warst du auf dem Weg nach Nunes, als Rufus dich aufgelesen hat, Zosie?«

»Ja, natürlich. Ich hab gesagt, er soll mich nach Nunes

fahren, aber eigentlich wollte ich gar nicht hin. Ich hab Angst gehabt. Ich hab gewußt, daß sie mich nicht haben wollen. Ist doch klar, sie haben ja nie nach mir gesucht.«

Wieder überkam Adam dieses Gefühl einer nahenden Ohnmacht, eines Grauens, das jeden Augenblick über ihm zusammenschlagen konnte. Er legte die Hand an den Kopf, drückte die kalten Fingerspitzen an den Knochen. Ein Hüsteln, ein Klopfen – Shiva kam herein. Er hatte Viviens Tasche in der Hand.

»Was soll ich damit machen?«

»Keinen Schimmer.«

»Kann Rufus mich zu meiner Mutter bringen?« fragte Zosie.

Adam wußte, daß das nicht ging. Er versuchte es ihr zu erklären. Sie würden nur dann davonkommen, wenn niemand erfuhr, daß sie einander gekannt hatten oder daß sie hier gewesen waren. Zosie aber würde sich verplappern, was sollte sie denn sagen, wenn jemand sie fragte, wo sie gewesen war? Doch noch während er sich bemühte, ihr das klarzumachen, wußte er, daß eigentlich er für sie verantwortlich war. Sollte er sie einfach ihrem Schicksal überlassen? Wo sollte sie hin? Sie hatte nichts und niemanden. Sie hatte weniger als Vivien, die hatte immerhin noch das Abrißhaus gehabt und die Stellung bei Tatian...

Adam ging, gefolgt von Shiva, nach unten. Er ließ Wasser in ein Glas laufen und trank es in der Hoffnung, damit die Übelkeit zu vertreiben. Sein Magen war leer und fühlte sich hohl an, aber er wußte, daß er trotzdem würde spukken müssen.

Rufus saß reisefertig am Tisch, die Wagenschlüssel lagen vor ihm. Er hatte den Kühlschrank leergemacht, die Lebensmittel in einen Karton gepackt, den Kühlschrank abgestellt und die Tür offen stehenlassen. Irgendjemand hatte das Frühstücksgeschirr abgewaschen und abgetrocknet. Shiva vermutlich. Shiva hatte auch die Pflanzenmittelchen in Viviens Tasche gepackt. Niemand hatte seit dem Frühstück etwas gegessen. Und so bald wird wohl auch keiner etwas herunterbringen, dachte Adam.

»Hör mal, Rufus«, sagte er, »was machen wir mit Tatian? Er erwartet heute Vivien, und wenn sie nicht kommt, wird er sich Gedanken machen. Er wird sich nicht einfach sagen, daß sie es sich anders überlegt hat, und es dabei bewenden lassen.«

»Zur Polizei wird er auch nicht gleich laufen«, sagte Rufus.

»Das kann man nicht wissen.« Shiva hatte seit dem Morgen eine fahlgelbe Farbe, er sah aus, als habe er gerade eine Krankheit hinter sich oder brüte eine aus. »Er ist mit den Leuten befreundet, deren Kind verschwunden ist. Wenn Vivien nicht kommt, sehen sie da vielleicht eine Verbindung.«

Adam setzte sich zu Rufus. Er fühlte sich schlapp, aller Kraft beraubt. Eine Bö warf Regen gegen die Scheibe, er fuhr zusammen, und ein Schluchzen stieg ihm in die Kehle.

»Nur ruhig Blut«, sagte Rufus, es klang für seine Verhältnisse fast gütig.

»Mir gehts gut, ich schaff das schon.«

»Klar schaffst du das. Wir werden Tatian anrufen müssen.«

»O nein!«

»Ich rufe ihn an«, sagte Rufus rasch. »Was bleibt uns anderes übrig? Wir werden ihm sagen, daß Vivien krank geworden ist oder so was. Er weiß nämlich, wo sie wohnt.«

»Er weiß, wo sie wohnt?«

»Sie hat ihm als Adresse Troremmos, Nunes, Suffolk, angegeben, und daran wird er sich erinnern, wenn sie nicht kommt. Die Polizei hat ihm bestimmt gesagt, er soll sich melden, wenn etwas Ungewöhnliches passiert, und er wird ihnen von Vivien erzählen. Und sie werden sämtliche Häuser in der Gegend abklappern, so viele gibt es ja nicht in Nunes, da sind sie sehr bald hier gelandet.«

»Das sag ich doch die ganze Zeit«, meinte Shiva. »Ich hab gleich gesagt, daß die Polizei sich Adam vorknöpfen wird.«

Rufus zog die Augenbrauen hoch. »Stimmt, das hast du gesagt.«

»Und wer soll telefonieren?«

»Du nicht«, sagte Adam. »Du hast einen Akzent, du redest wie ein Inder oder Waliser, er könnte Verdacht schöpfen.«

»Ich mach das schon«, sagte Rufus.

»Und würdest du... ich meine, kann man überhaupt daran denken, Zosie nach Hause zu schicken? Sie will nach Hause zu ihren Eltern. Nach Nunes.«

»Nach *Nunes*?«

»Gelungen, nicht? Sie hat gefragt, ob du sie hinfahren würdest. Ich habe ihr gesagt, daß es nicht geht, aber was wäre die Alternative?«

Zosie selbst lieferte ihnen die Antwort, als sie leise die Küche betrat und wartend auf der Schwelle stehenblieb. Sie trug Viviens blaues Kleid.

Sobald er Abigail hörte, stand Adam auf, ging in ihr Zimmer und nahm sie hoch. Liebevoll machte er ihr ein Fläschchen mit Orangensaft zurecht, wickelte sie und fragte sich, wie lange er wohl morgens noch da sein würde, um diese Dinge für sie zu tun.

Die Zeitung kam. Er hörte sie auf den Türvorleger fallen, hörte das zweimalige Scheppern der Briefkastenklappe. Wie damals, als die Postbotin den Brief von der Steuer gebracht hatte und später die Stromrechnung. Das Fahrrad, das rotblitzend am Fenster vorbeiflitzte, das Klipp-klapp des Briefkastens.

Er ging mit Abigail auf dem Arm hinaus und bückte sich nach der Zeitung. Sein Magen krampfte sich zusammen, nachdrücklich machte sich sein Herz in der Brust bemerkbar – Empfindungen, wie er sie jetzt jeden Morgen hatte. Er schlug die Nachrichten aus dem Inland auf, überflog die beiden Seiten. Nichts, immer noch nichts. Seit Sonntag nichts mehr.

Die Post interessierte ihn nicht. Er bekam nie Briefe an seine Privatadresse, nach Hause kamen nur Rechnungen, gelegentlich eine Ansichtskarte und Werbesendungen. An diesem Morgen war es Anne, die die Briefe hereinholte und ihm wortlos, mit frostigem Gesicht, den Umschlag neben den Teller legte. Er war gerade dabei, Abigail zu füttern, und machte den Brief erst zehn Minuten später auf.

Rufus schüttelte gerade Mrs. Shaw die Hand, die sich vor Begeisterung über ihre Hormonersatztherapie kaum zu lassen wußte, als der Kurier kam. Rufus las seinen Namen, der in krakeligen Buchstaben auf dem Umschlag stand, und erkannte Adams Schrift, obgleich er sie zehn Jahre nicht mehr gesehen hatte. Er brauchte seine ganze Selbstbeherrschung, seine ganze Kraft, um weiter liebenswürdige Konversation zu machen, aber er schaffte es, mit einem starren Lächeln, das er sich vors Gesicht gehängt hatte wie eine Maske, und endlich zahlte sie, und er konnte sich mit dem Umschlag – und dem, was er enthalten mochte – in sein Zimmer zurückziehen. Zehn Minuten bis zur nächsten Patientin.

Probleme, die einen bedrohen, die einem angst machen, löst man nicht, indem man sie auf die lange Bank schiebt – das war schon vor Troremmos eine seiner Lebensregeln gewesen. Er schlitzte den Umschlag mit einem Brieföffner auf und zwang sich, ruhig zu atmen. Als er den Zeitungsausschnitt sah, rutschte ihm das Herz in die Hosen, aber er faltete ihn auseinander. Mit unsicherer Hand hatte jemand auf den oberen Rand gekrakelt: *Der Koipu-Mann.*

Rufus ging geradewegs zur Theke. Er sah Adam in der Ecke sitzen und winkte ihm zu, aber zuerst ging er zur Theke, danach kam er, zwei Gläser in der Hand, zu Adam hinüber. Fast eine Woche war vergangen. Rufus gab sich auffallend vertraulich – er verzichtete auf eine förmliche Begrüßung und konventionell-höfliche Erkundigungen – und überaus lässig.

»Wenn du keinen willst, trink ich beide«, sagte er.

»Ich hab nichts gegen einen Drink«, meinte Adam.

Rufus hob sein Glas. »Auf ferne Freunde.«

Adam fand das abgeschmackt, er ging nicht darauf ein. »Das meiste haben wir uns einfach zusammenphantasiert«, sagte er. »In der Zeitung hat ja nie viel gestanden, ein paar Zeilen hier, ein paar Zeilen da. Gewiß, das Fernsehen hat den Fall gebracht, damals, als ich noch im Urlaub war, aber dann nie mehr. Die Polizei war wohl von Anfang an auf der richtigen Fährte. Uns oder meinen Großonkel oder Langan haben sie nie wirklich in Verdacht gehabt, sie wußten sofort, daß es der Koipu-Mann war.«

Rufus musterte ihn befremdet. »Aber er war es eben nicht.«

Adam schüttelte den Kopf, als wolle er sich von einer Wahnvorstellung befreien. »Das meine ich nicht. Die Fragen, die sie mir gestellt haben, zielten im Grunde gar nicht auf mich, sondern auf den Koipu-Mann. Ich hab das total schief gesehen.« Leise fügte er hinzu: »Das macht wohl mein schlechtes Gewissen.«

Wie elend er aussieht, dachte Rufus, dem bewußt war, daß er selbst besonders gut aussah. Erst heute vormittag hatte eine Mrs. Llewellyn (Polypen und Gebärmuttervorfall) zu ihm gesagt, er sähe zu jung aus, um Facharzt in der Wimpole Street zu sein. Adam war grau, abgezehrt und hohläugig. Und er konnte nicht stillsitzen. Statt abzuschalten, nachdem nun glücklich alles vorbei war, spielte er mit seinem Glas herum und drückte diese ineinandergreifenden nassen Ringe auf die Tischplatte.

Rufus entnahm seiner Brieftasche den Ausschnitt aus der *East Anglian Daily Times*, faltete ihn auseinander und legte ihn auf den Tisch. Ein paar Stichworte sprangen ihm ins Auge, die er inzwischen auswendig kannte: »Zoe Jane Seagrove...« »...kleine Tochter...« »...Stiefvater Clifford William Pearson, gestorben im November 1976. Das Gericht befand auf Selbstmord wegen vorübergehender Geistesstörung. Ein Sprecher der Polizei erklärte, der Fall Wyvis Hall sei abgeschlossen, die Ermittlungen wurden eingestellt.«

»Willst du das zurückhaben?«

»Eigentlich nicht. Keine Ahnung, wer es mir geschickt hat, es muß jemand gewesen sein, der wußte, daß ich... nun ja, zu sagen, daß es mich interessiert, wäre wohl eine Untertreibung. Ich schätze, daß es Shiva war, in dem Umschlag lag nur der Ausschnitt, nichts weiter.« Rufus schwieg. Er wußte, daß Shiva nicht in Frage kam, aber es widerstrebte ihm plötzlich, Vermutungen darüber anzustellen, wer es sonst gewesen sein könnte.

»Wie ist wohl die Mutter zu der Überzeugung gekommen, daß die Frau in dem Grab Zosie war?«

»Bestimmt durch den Ring. Sie hatte dem Kind ihren Ring angesteckt.«

»Ja.«

»In der Erde müssen auch Schrotkugeln gewesen sein. Aber selbst wenn sie alles durchgesiebt und sie gefunden hätten – in den Wäldern dort liegt bestimmt überall Schrot herum. Oder vielleicht glauben sie, daß Pearson sie erschossen hat.«

Adam sagte leise: »Sie hat einmal zu mir gesagt: ›Er

macht so kleines Viehzeug einfach tot, er hat kein Mitleid.‹ Sie muß von Anfang an gewußt haben, daß der Koipu-Mann, wie wir ihn nannten, ihr Stiefvater war. Wahrscheinlich hat sie Angst gehabt, er würde wieder bei uns auftauchen und sie finden, seine Drohung wahrmachen und ihr etwas tun, die Mutter gegen sie aufbringen. Ob er ihr – Liebhaber gewesen ist? Der Vater ihres Kindes?«

»Keine Ahnung«, sagte Rufus betont obenhin. »Interessant, daß die Meldung nicht mal landesweit verbreitet worden ist, daß nur ein Provinzblatt sie gebracht hat. War eben nicht wichtig genug.«

Adam fand es offenbar nicht interessant. »Das mit Zosima war demnach auch gelogen. Sie hieß Zoe Jane.«

»Hieß?«

Adam kostete den süßlichen Drink, kalt, zitronig, prikkelnd, und überlegte, ob Rufus ihm Gin oder Wodka gebracht hatte, er kannte sich in diesen Dingen nicht aus, das Zeug stieg ihm schon zu Kopf. Gut, daß er nicht mit dem Wagen gekommen war, eigentlich hatte er es vorgehabt, weil seine Eltern so weit draußen wohnten. Bis er eine eigene Bleibe gefunden hatte, würde er bei seinen Eltern wohnen.

»Irgendwie«, sagte Adam, »vergesse ich immer wieder, daß nicht Zosie dort in dem Grab gelegen hat, sondern Vivien, ich vergesse, daß es nicht Zosie war, die gestorben ist. Was mag wohl aus ihr geworden sein?«

»Hattest du dir das bisher noch nie überlegt?«

»Eigentlich nicht, ich wollte es gar nicht wissen, ich habe all das völlig verdrängt.«

»Ich denke mir, daß sie an ihre Mutter geschrieben oder

sie – was wahrscheinlicher ist – angerufen hat, daß sie ihr gesagt hat, das Baby sei jetzt da, und sie würde gern zu ihr kommen. Du weißt ja, sie hat ständig gejammert, daß ihre Mutter sich nicht viel aus ihr macht. Aber sie ist nicht hingegangen. Vielleicht hatte sie Angst vor Pearson oder Angst davor, ohne Baby zu erscheinen. Als sie nicht kam, hat ihre Mutter sie als vermißt gemeldet. Wir wissen nichts über Pearson oder seine Beziehungen zu Zosie, aber die Polizei dürfte sich darüber informiert haben. Vermutlich war bekannt, daß seine Geschäfte schlecht gingen, vielleicht hatte er mit Selbstmord gedroht, vielleicht war er ein bißchen verrückt. Ein paar Monate danach hat er sich umgebracht, aber als die Knochen gefunden wurden und der Ring...«

»Wo mag sie jetzt sein?«

»Sie war eine Chaotin«, sagte Rufus und dachte an Mrs. Harding und ihre Tochter. »Nicht zum Überleben geschaffen. Wahrscheinlich nimmt sie inzwischen harte Drogen. Oder sitzt im Gefängnis. Erinnerst du dich an den Fotoapparat und das Silberarmband? Sie hat auch mal versucht, einen kleinen Jungen zu entführen, hast du das gewußt?«

Adam nickte. Er schob sein leeres Glas weg.

»Noch eine Maß?«

»So was kann man nur von Bier sagen«, widersprach Adam.

Rufus lachte. »Adam Verne-Smith, wie er leibt und lebt. Das griechische Verb ›reiben‹, weißt du noch? Das vergeß ich bis an mein Lebensende nicht.«

»Ja. Das hast du damals schon gesagt.«

»Deshalb ist es nicht weniger wahr.«

»Stimmt auch wieder. Nein, ich möchte eigentlich nichts mehr trinken.«

»Und ich hab gedacht, du bist überglücklich. Ist dir denn nicht ein Stein vom Herzen gefallen, weil du aus dem Schneider bist? Ich meine, es ist dir doch klar, daß die Sache aus und vorbei ist? Keine Strafe. Diesmal verzichtet die Gesellschaft auf Vergeltung...«

»Doch, es ist mir durchaus klar, daß ich noch einmal davongekommen bin.« Adam griff nach den beiden Gläsern. »Meine Runde. Du mußt schon entschuldigen, ich denk nie an so was.«

Rufus sah ihm nach, wie er zur Theke ging. Komische Menschen waren das, die nie ans Trinken dachten oder daran, daß andere Leute gern etwas trinken würden. Offenbar wußte Adam das mit Shiva nicht, er hatte zwischen dem Mann, der durch das Feuer zu Tode gekommen war, und dem Inder, den sie in Troremmos gekannt hatten, keine Verbindung hergestellt. Vielleicht war es besser, ihn gar nicht aufzuklären. Sonst handelte man sich womöglich, dachte Rufus mit leisem Widerwillen, noch quasiphilosophische Spekulationen über das Wesen der Vergeltung ein oder Sprüche wie »Gott läßt sich nicht spotten...« Nein, er würde nichts sagen.

Dann stand ein Wodka Tonic vor ihm, Adam hatte sich etwas mitgebracht, was verdächtig nach Perrier pur aussah.

»In Troremmos haben wir unheimlich viel Wein getrunken«, sagte Rufus. »Meist scheußliches Zeug. Offenbar hat es uns nicht geschadet.«

Adam sah auf und verkündete ziemlich aggressiv: »Isak Dinesen hat mal gesagt: Das Leben ist lediglich ein Verfahren, um aus jungen Hunden räudige alte Köter zu machen und der Mensch eine hervorragende Apparatur, um den roten Wein von Schiras in Urin umzuwandeln.«

Rufus lachte kurz auf. »Sag mal, wie kommst du denn auf so was?«

Adam murmelte etwas von wahlfreiem Zugang, so daß Rufus das Thema lieber nicht vertiefte, sondern statt dessen von seinen Umzugsplänen erzählte, von dem Haus in der Flask Walk, das Marigold entdeckt hatte, daß es eigentlich zu teuer für sie war, daß sie sich aber wahrscheinlich bis zum äußersten krummlegen würden, um es zu erstehen. In seiner Euphorie redete Rufus sich in Begeisterung, ja in Überschwang hinein. Er hatte seit fünf Tagen ein Hoch, wie er es nannte, und tat alles, um es festzuhalten, denn ein böses Stimmchen flüsterte ihm zu, daß er sich, sobald er von seinem Höhenflug nach unten sackte, über seine Frau würde Gedanken machen müssen und über den Mann der Freundin seiner Frau und darüber, ob er ein Haus zu einem astronomischen Preis erworben hatte, um seine Frau zufriedenzustellen oder vielleicht gar, um sie zu *kaufen*. In gefühligem Ton sagte er zu Adam:

»Wir dürfen uns nicht wieder aus den Augen verlieren. Ich meine, jetzt zwingt uns ja auch nichts mehr dazu, wir können öfter zusammen sein. Ich sage Marigold, sie soll mal deine Frau anrufen, ja?«

Adam war drauf und dran gewesen, Rufus alles zu sagen, ihm sein Herz auszuschütten, aber der Augenblick war verpaßt, vielleicht auch hatte ihm diese dickhäutiglaute Munterkeit die Sprache verschlagen. Er nickte nur und sagte okay, und weil er danach nichts mehr zu sagen wußte, schüttelte er Rufus die Hand. Rufus fragte, ob er ihn ein Stück mitnehmen könne, aber Adam lehnte dankend ab, er würde mit der U-Bahn fahren.

Wenn Marigold bei Anne anruft, dachte Adam, während er in Richtung Tottenham Court Road ging, wird sie erfahren, daß aus unserer traulichen Runde nichts werden kann, weil Adam und Anne nicht mehr zusammen sind. Anne hatte ihn verlassen, oder genauer gesagt, sie hatte ihn ersucht auszuziehen, um bei Abigail zu bleiben, in Abigails gewohntem Zuhause. Es war die einzig mögliche Lösung, das mußte jeder einsehen. Adam war auf dem Weg zur Northern Line, um zu seinen Eltern nach Edgware zu fahren.

Es war diese Bemerkung von Rufus gewesen, daß es keine Strafe geben, daß die Gesellschaft auf Vergeltung verzichten würde, die ihm den Rest gegeben hatte. Im Grunde war es zum Lachen, daß er die ganze Zeit Angst davor gehabt hatte, man könnte ihn von Abigail entfernen, und den umgekehrten Fall gar nicht in Betracht gezogen hatte. Sicher bekamen sie das gemeinsame Sorgerecht; er würde dann sonntags mit ihr spazierengehen dürfen.

## 21

Inzwischen war es nur mehr eine Lichtung im Kiefernwald, flach, grasbewachsen, glatt wie ein Krockettrasen. Meg Chipstead, die auf der Schneise stand und die Stelle aus einiger Entfernung betrachtete – allzu nah ging sie auch heute noch nicht gern heran –, überlegte (nicht zum ersten Mal), ob sie nicht doch die Grabsteine wieder aufstellen sollten. Eigentlich war es ein Jammer, daß eine historische Stätte, eine echte Sehenswürdigkeit ihrer Gegend, wegen dieser einen grausigen Tat zerstört worden war. Die Grabsteine standen in zwei ordentlichen Stapeln im Stall, Pinto, Blaze, Sal, Alexander und die anderen. Wer wo gelegen hatte, wußte sie allerdings nicht mehr – von Blaze abgesehen. Die Stelle war unvergeßlich.

»Sam!« rief Meg. »Sam!« Der kleine Jack Russel Terrier, Nachfolger des alten Fred, kam aus dem Laubwald gerannt. Kein Hund wagte sich zwischen die Kiefern, Fred hatte es jedenfalls nie getan. Im Grunde hatte es keinen Sinn mehr, die Grabsteine wieder aufzurichten, nachdem sie beschlossen hatten, sich von dem Haus zu trennen. Mochten die neuen Besitzer sich darum kümmern, wenn sie wollten. Meg und Alec waren übereingekommen, diesen bislang unbekannten Nachbesitzern alles zu erzählen, erfahren würden sie es ja sowieso.

Es war Mai, die Glockenblumen blühten, standen in großen leuchtenden Feldern zwischen den Bäumen wie

Bodennebel, wie Stücke blauen Himmels. Die Buchenblätter waren zartgrün, jedes ein sich entfaltender Seidenkokon. Es schien, als spiele der leichte Wind mit den Sonnenstrahlen, helle Flecken tanzten über das vorjährige Herbstlaub. Wenn Meg an den vergangenen Herbst dachte, wußte sie, daß es nichts half zu sagen, wie schön es hier war und daß es ihnen noch leid tun würde, daß sie verkauft hatten. Sie konnte einfach nicht vergessen, wie sie in jenen Tagen hier gegraben und gewühlt und geforscht, wie sie ihnen Ruhe und Geborgenheit geraubt hatten. Nein, sie hatten sich zum Wegzug entschlossen, und dabei mußte es bleiben.

Sie machte sich auf den Heimweg. Der junge Hund lief durch das Brombeerdickicht, über die sich entrollenden grünen Farne, jagte ein Eichhörnchen über die Trift. »Sam!« rief Meg wieder. »Sam!« Sie hörte einen Wagen heranrollen. Das waren sicher die Interessenten, die der Makler geschickt hatte. Ein olivgrüner Range Rover, dunkler als das frische Laub, kam unter dem Tunnelbogen des Gezweigs in Sicht und rumpelte langsam über den ausgefahrenen Weg.

Meg winkte, um ihnen zu signalisieren, daß sie erwartet wurden, daß sie an der richtigen Adresse waren. Eine Hand hob sich und erwiderte den Gruß. Beim Anblick dieser ungewohnten Erscheinung fing Sam an zu bellen.

»Sei still«, sagte Meg. »Mal sehen, wer eher am Haus ist.«

Sie warf ihm einen Stock hin, um ihm Beine zu machen. Er flitzte los, ein braunweißer Blitz, und war wie ein Bumerang gleich darauf mit dem Stock im Maul wieder da.

Doch dann vergaß er den Stock und kläffte die Leute an, die vor dem Haus aus dem Wagen stiegen. Meg lief über den Rasen, unter den Zweigen der Zeder hindurch. Die Haustür öffnete sich, Alec erschien und streckte die Hand aus.

Wie viele es sind, dachte Meg einigermaßen entgeistert, wie das Märchen von der alten Frau im Schuh, als ein Kind nach dem anderen aus den hinteren Türen des Range Rovers kam, eine ganze Schar. Wie die Orgelpfeifen, hätte ihre Mutter gesagt. Es waren fünf, und die Frau war schwanger. Sie schien viel jünger, an die zwanzig Jahre jünger zu sein als ihr Mann. Er war ziemlich groß und dünn, mit grauem gelocktem Haar, und wirkte ein bißchen mitgenommen, aber das war ja kein Wunder.

Meg hatte am Telefon den Namen nicht recht verstanden, Lathom oder Heysham oder Patience oder so ähnlich, und sollte ihn auch jetzt nicht erfahren, der Mann schüttelte ihr die Hand, was für ein schönes Haus, sagte er, so hätten sie sich das gar nicht vorgestellt.

Seine Frau nannte ihn Rob. Sie war eine kleine, mollige Person und mochte im sechsten Monat sein. Ihr Haar war rosafarben und blond gesträhnt, und sie war noch jung genug, um die phantastischen Kringel und Locken tragen zu können, in die man es gequält hatte. Die beiden Großen, die Mädchen, konnten nicht ihre Töchter sein, die Ältere war mindestens fünfzehn.

»Die Kinder lassen wir am besten draußen, Rob«, sagte sie. »Es ist ein so schöner Tag, und wenn Mr. und Mrs. Chipstead nichts dagegen haben, können sie sich ein bißchen im Garten umsehen.«

»Aber gern«, sagte Meg. »Im Haus langweilen sie sich bestimmt nur.« Zu den Kindern sagte sie: »Ihr paßt mir am See auf, ja? Geht nicht zu nah ans Ufer.« Die Jüngeren sahen sie mit großen Augen an.

»Wenn es Sie nicht stört, nehme ich nur den Kleinen mit.« Ein seltsamer Ausdruck ging über ihr Gesicht und war gleich wieder verschwunden. »Ich mag ihn noch nicht allein lassen.«

Der »Kleine« war ein großer Junge von etwa eineinhalb Jahren, der schon laufen konnte, aber noch nicht ganz fest auf seinen Beinchen stand. Seine Mutter setzte ihn sich auf die Hüfte und schüttelte den Kopf, als ihr Mann sich erbot, ihn zu nehmen. Sie betraten das Haus, und nach der Helle draußen und der sanft bewegten Wärme schien es, als schlage ihnen ein frostig-dumpfer Hauch entgegen.

Doch das dauerte nur einen Augenblick, dann tat sich das Haus mit seiner ganzen zweihundertjährigen Anmut vor ihnen auf. Sie gingen durch den Salon, wo der rosafarbene Marmor und der Kamin Bewunderung erregten, in Alecs Studierstube, die mehr eine Bibliothek war. Die Chipsteads hatten an allen Wänden Bücherregale anbringen lassen und sich bei den Möbeln an Eiche und Leder gehalten. Meg war stolz auf die Aussicht, die man von diesem Zimmer aus auf den Garten hatte, auf die Feldsteinmauern des Küchengartens und den grünen Hang zum See, wo Hahnenfuß und gelbe Iris blühten. Die beiden Mädchen und die beiden kleinen Jungen hockten am Ufer und versuchten eine Ente anzulocken.

Ihr Vater klopfte ans Fenster, und als die Ältere aufsah, schüttelte er mahnend den Kopf. Falls man sich zum Kauf entschließen würde, sagte er zu Alec, müßte man etwas mit dem See machen, vielleicht wäre es am besten, ihn einzuzäunen.

»Oder man bringt den Kindern das Schwimmen bei«, sagte seine Frau. »Und mir auch, falls ich hineinfalle.«

Er lächelte nachsichtig, es war ein zärtliches, irgendwie sinnliches Lächeln, das Meg ein bißchen peinlich war. Um die leise Verwirrung zu kaschieren, in die sie dieser Einblick in das Privatleben der beiden gestürzt hatte, fragte sie den Mann, ob sie die Absicht hätten, endgültig aufs Land zu ziehen.

»Nein, das Haus in London würden wir behalten, ich habe dort meine Firma und möchte nicht gern jeden Tag drei Stunden auf der Bahn sitzen, obgleich ich weiß, daß manche Leute das machen.«

Auf der Treppe übergab die junge Frau den Kleinen ihrem Mann und blieb einen Augenblick stehen, um Atem zu schöpfen. Sie legte die Hand auf den gewölbten Leib.

»Wie es zappelt! Eben hat es dem armen Dan einen richtigen Tritt versetzt, kein Wunder, daß er zu dir wollte.«

Das Elternschlafzimmer, das rosa Zimmer, das Fliederzimmer, die nebeneinanderliegenden Badezimmer. Gleich nach dem Einzug hatten Alec und Meg zwei neue Badezimmer einbauen lassen. Ein einziges Badezimmer für ein Haus von dieser Größe, das war doch ein Witz. Aus dem Fenster des Türkiszimmers (grüner Teppich, Pfauenfeder-Tapete, blau-grün gestreifte Bettwäsche) hielten sie nach den Kindern Ausschau, und der Vater rief der ältesten zu:

»Geh mit den Kleinen in den Wald, Naomi.«

»Und pflückt ein paar Glockenblumen, wenn ihr wollt«, setzte Meg hinzu.

»Wie lieb von Ihnen.« Grübchenhände fuhren durch den rosagelben Haarwust, nicht sehr saubere Hände, stellte Meg einigermaßen überrascht fest. Der Finger, an dem der Trauring steckte, war ganz schwarz verschmiert. Sie starrten alle die junge Frau an, als sie sagte: »In dem Schrank ist eine Treppe, die zum Boden führt.«

»Stimmt genau«, sagte Alec.

Meg machte die Schranktür auf. »Bequemer als eine Falltür und eine Leiter. Aber woher wissen Sie das?«

»Meine Frau hat vor unserer Heirat eine Weile hier in der Gegend gelebt. Aber in diesem Haus warst du nie, nicht wahr, Viv?«

Ängstlich staunend, so schien es Meg, betrachtete sie die geschmackvollen grünen Seidenvorhänge, die Klimt-Reproduktionen. »Nicht in *diesem* Haus, nein.«

»Möchten Sie einen Tee, soll ich rasch eine Tasse Tee machen? Ich glaube, wir haben auch Saft für die Kinder da.«

»Nein, schönen Dank, wir müssen heim. Zum Glück kommt heute unser Kindermädchen aus dem Urlaub zurück... Das Haus gefällt uns. Wir haben die Anzeige in der *East Anglian Daily Times* gesehen, die halten wir, weil meine Firma eine Filiale in Ipswich hat, aber das Geschäft müssen wir wohl über den Makler abwickeln. Nein, wirklich, das Haus gefällt uns sehr.«

»Wir lieben es«, sagte seine Frau.

Die Kinder tauchten am Waldrand auf und kamen, die

Hände voller Blumen, über den Rasen gelaufen. Der kleinere Junge gab seiner Mutter einen Strauß.

»Ach, noch etwas«, sagte sie. »Wir wissen Bescheid über diese grusligen Sachen da oben im Wald.« Lächelnd streckte sie die Arme aus, der gewölbte Leib schwang unter dem weiten, lockeren Rock, da war nichts Kindliches mehr, da waren plötzlich Kraft und Stärke und Macht. »Und sie stören uns kein bißchen.«

## Barbara Vine
## im Diogenes Verlag

### Die im Dunkeln sieht man doch
Roman. Aus dem Englischen von
Renate Orth-Guttmann

Der Fall der Vera Hillyard, die kurz nach dem Krieg
wegen Mordes zum Tod durch den Strang verurteilt
und hingerichtet wurde, wird wieder aufgerollt.
Briefe, Interviews, Erinnerungen, alte Photographien
fügen sich zu einem Psychogramm, einer Familien-
saga des Wahnsinns. Schicht um Schicht entblättert
Barbara Vine die Scheinidylle eines englischen Dorfes,
löst zähe Knoten familiärer Verflechtungen und ent-
blößt schließlich ein Moralkorsett, dessen psychischer
Druck nur noch mit Mord gesprengt werden konnte.

»Barbara Vine ist die beste Thriller-Autorin, die das an
Krimi-Schriftstellern nicht eben arme England aufzu-
weisen hat. Ihr Buch ist ein Psycho-Thriller der Super-
Klasse. Eine Reportage aus einer Zeit da die ›besseren
Herren‹ bei Heirat noch eine Jungfrau erwarten durften –
und die Frauen aus dem bürgerlichen Aufsteiger-Milieu
eine Menge Tricks anwandten, um diesem Weltbild anscheinend zu entsprechen.« *Frankfurter Rundschau*

### Es scheint die Sonne noch so schön
Roman. Deutsch von Renate Orth-Guttmann

Ein langer, heißer Sommer im Jahr 1976. Eine Gruppe
junger Leute sammelt sich um Adam, der ein altes
Haus in Suffolk geerbt hat. Sorglos leben sie in den
Tag hinein, lieben, stehlen, existieren. Zehn Jahre später werden auf dem bizzaren Tierfriedhof des Ortes
zwei Skelette gefunden – das einer jungen Frau und
das eines Säuglings...

»Der Leser glaubt auf jeder zweiten Seite, den Schlüssel zur Lösung des scheinbar kriminellen Mysteriums

in Händen zu halten, doch – der Schlüssel paßt nicht, sperrt nicht, klemmt… Keine Frage, dieser Roman ist ein geglückter Thriller, ein famos geglückter, wofür diese Autorin auch bürgt.« *Wiener Zeitung*

## Das Haus der Stufen
### Roman. Deutsch von Renate Orth-Guttmann

Eine der großen Lügnerinnen der Welt, nennt Elisabeth die junge Bell. Und trotzdem, oder vielleicht deswegen: noch nie zuvor war Elisabeth von einer Frau dermaßen fasziniert. Selbst als Bells kriminelle Vergangenheit offenkundig wird, kann sich Elisabeth nicht aus ihrer Liebe zu Bell lösen. Immer wieder findet sie Erklärungen und Entschuldigungen für das unglaubliche Verhalten dieser mysteriösen Frau.

»Barbara Vine alias Ruth Rendell ist in der englischsprachigen Welt längst zum Synonym für anspruchvollste Kriminalliteratur geworden.« *Österreichischer Rundfunk, Wien*

## Liebesbeweise
### Roman. Deutsch von Renate Orth-Guttmann

»*Liebesbeweise* ist Barbara Vines bisher eindringlichster Exkurs in die dunklen Geheimnisse der Obsessionen des Herzens. Dieser Roman betrachtet und prüft mancherlei Arten von Liebe: die romantische Liebe, die elterliche Liebe, die abgöttische Liebe, die besitzergreifende Liebe, die selbstlose Liebe, die erotische Liebe, die platonische Liebe und die kranke Liebe.« *The New York Times Book Review*

»Wer die englische Autorin kennt, weiß, daß es in *Liebesbeweise* wieder um ein veritables Verbrechen geht, daß dieser Kriminalroman aber in Wirklichkeit wieder ein Reisebericht über eine zerklüftete Landschaft emotionaler Verstrickungen ist. Die Landschaften wechseln bei Barbara Vine, gleich bleibt die suggestive Verführungskraft, mit der sie ihre Leser in immer neue Abgründe zieht. Man wird süchtig... Eine besondere Stärke sind die überraschenden Wendungen, die ihre Handlungen nehmen, die quälenden Verzögerungen und rasanten Beschleunigungen, die sie einbaut.« *profil, Wien*

»*Liebesbeweise* ist ein erfrischend verstörendes Epos.« *Hamburger Morgenpost*

»Diese Frau ist einfach ein Phänomen. Und *Liebesbeweise* ist ein Spitzen-Thriller.« *Frankfurter Rundschau*

### König Salomons Teppich
Roman. Deutsch von Renate Orth-Guttmann

Welcher fliegende Teppich trägt uns – wie ehedem Salomon – heute überallhin? Die Londoner U-Bahn! Von ihr aber gibt es Geschichten zu erzählen, die alles andere als märchenhaft sind. Hart und verwegen geht es zu in den Tunneln der Tube, wo die Gesetze der Unterwelt gelten. Eine Geschichte der U-Bahn schreibt der exzentrische Jarvis. Und gleichzeitig steht er einem Haus vor, in dem die unterschiedlichsten Außenseiter Unterschlupf finden, wenn sie nicht gerade in der U-Bahn unterwegs sind.

»Wie Patricia Highsmith macht Barbara Vine leichtgläubige Opfer zum Werkzeug von zielstrebigen Intriganten – mit dem fatalen Ausgang einer klassischen Tragödie.« *The Independent, London*

»Zum geheimnisvollen, bedrohlichen Labyrinth werden die Stationen, Tunnels, Lift- und Luftschächte der Londoner U-Bahn in *König Salomons Teppich*. Barbara Vine, die Superfrau der Crime- und Thrillerwelt, ist in absoluter Hochform. Ergebnis: hochkarätige, bei aller mordsmäßigen Spannung vergnügliche Literatur.« *Cosmopolitan, München*

## Shirley Jackson
## im Diogenes Verlag

### Wir haben schon immer im Schloß gelebt

Roman. Aus dem Amerikanischen von
Anna Leube und Anette Grube

Merricat ist ein seltsames Mädchen. Sie mag ihre
Schwester Constance, Richard Plantagenet und Ama-
nita phalloides, den grünen Knollenblätterpilz. Sonst
nicht viel. Dafür sind ihre Feinde zahlreich.

»Das Buch geht unter die Haut. Die gespenstische
Atmosphäre, in der die beiden Schwestern und der
halbverrückte Onkel leben, ist so beklemmend geschil-
dert, daß man von der Lektüre nicht mehr loskommt,
bis man endlich die letzte Seite erreicht hat.«
*Frankfurter Rundschau*

### Die Teufelsbraut

25 dämonische Geschichten
Deutsch von Anna Leube und Anette Grube

*Die Teufelsbraut* oder *Die Abenteuer des James Harris*,
wie dieser Band auch heißen könnte, ist eine Sammlung
kurzer, merkwürdiger Geschichten über die dunkle
Seite der menschlichen Natur. Geschichten über
Wahnsinn, unglückliche Liebe und Angst, beklemmend leise und alle auf rätselhafte Weise zusammenhängend.

»Die Elemente der klassischen Schauergeschichte
mischt sie geschickt mit den Erkenntnissen der modernen Psychologie. Man möchte noch viel mehr von
ihr lesen.« *Frankfurter Allgemeine Zeitung*

»Auf ganz leisen Katzenpfoten kommt das Grauen,
und nur kurz hebt sich der Nebel über der Grenze
zwischen sanftem Wahn und harter Wirklichkeit. Die
Erzählungen sind erstaunlich.« *Brigitte, Hamburg*

## Der Gehängte

Roman. Deutsch von
Anna Leube und Anette Grube

Natalie wächst in der behüteten Atmosphäre eines exzentrischen Elternhauses auf. Ihr Vater ist Schriftsteller und sieht seine Tochter bereits als junge Berühmtheit. Um ihre künstlerische Persönlichkeit zu festigen, hat der Vater eine harte Bewährungsprobe für sie vorgesehen: den Eintritt ins College. Natalie, die es gewohnt war, ihren kapriziösen Tagträumen und Fluchtphantasien nachzuhängen, wird dort, in der pseudoliberalen dumpfen Atmosphäre pupertärer Mädchengrausamkeiten, vollkommen zur Außenseiterin. Da fällt ihr Tony auf, und die beiden entdecken ihre Seelenverwandtschaft: dieselbe leicht reizbare Psyche, die gleichen gefährlichen Fluchtphantasien.

»Shirley Jackson dringt weit hinter das Gewöhnliche vor, aber man zweifelt an keinem einzigen Wort, das sie schreibt.« *The New York Times*

## Spuk in Hill House

Roman. Deutsch von Wolfgang Krege

Ein kleines, aber kompetentes Forschungsteam hat sich in Hill House eingenistet, um seinem berüchtigten Spuk auf die Schliche zu kommen. Das Anwesen aber macht es ihnen nicht leicht. Es entwickelt ein sehr individuelles Verhältnis zu seinen Bewohnern, studiert und beobachtet sie seinerseits – und scheint sie ungern wieder fortzulassen.

»Wenn Sie diese herrliche Schauergeschichte vor dem Einschlafen in einem einsamen Haus lesen, werden Sie sich, sowie Sie das Licht ausgemacht haben, garantiert fragen, ob Sie auch wirklich allein in dem dunklen Raum sind.« *The New York Times*

## Celia Fremlin
## im Diogenes Verlag

»Celia Fremlin ist neben Margaret Millar und Patricia Highsmith als wichtigste Vertreterin des modernen Psychothrillers hierzulande noch zu entdecken.«
*Frankfurter Rundschau*

*Klimax*
oder Außerordentliches Beispiel von Mutterliebe. Roman. Aus dem Englischen von Dietrich Stössel

*Wer hat Angst vorm schwarzen Mann?*
Roman. Deutsch von Otto Bayer

*Die Stunden vor Morgengrauen*
Roman. Deutsch von Isabella Nadolny

*Rendezvous mit Gestern*
Roman. Deutsch von Karin Polz

*Die Spinnen-Orchidee*
Roman. Deutsch von Isabella Nadolny

*Onkel Paul*
Roman. Deutsch von Isabella Nadolny

*Ein schöner Tag zum Sterben*
Erzählungen. Deutsch von Ursula Kösters-Roth

*Gibt's ein Baby, das nicht schreit?*
Roman. Deutsch von Isabella Nadolny

*Parasiten-Person*
Roman. Deutsch von Monika Elwenspoek

*Zwielicht*
Roman. Deutsch von Ursula Kösters-Roth

*Die Eifersüchtige*
Roman. Deutsch von Barbara Rojahn-Deyk

*Unruhestifter*
Roman. Deutsch von Monika Elwenspoek

*Der lange Schatten*
Roman. Deutsch von Peter Naujack

*Wetterumschwung*
Geschichten. Deutsch von Barbara Rojahn-Deyk, Ursula Kösters-Roth und Isabella Nadolny

*Gefährliche Gedanken*
Roman. Deutsch von Irene Holicki

*Sieben magere Jahre*
Roman. Deutsch von Monika Elwenspoek

## Fanny Morweiser
## im Diogenes Verlag

### Lalu lalula, arme kleine Ophelia
#### Eine unheimliche Liebesgeschichte

»Außerhalb jeder Realität, ausgestattet mit dem Personal der deutschen Romantik und der Psychologie einer Daphne du Maurier.«
*Norddeutscher Rundfunk, Hamburg*

### La vie en rose
#### Ein romantischer Roman

»Wenn Franz Kafka und Thomas Bernhard Zeitgenossen geworden wären und sich außerdem entschlossen hätten, gemeinsam eine grotesk-komische Geschichte zu schreiben, dann hätte der Roman *La vie en rose* herauskommen können.« *Die Presse, Wien*

### Indianer-Leo
#### und andere Geschichten aus dem wilden Westdeutschland

»Die subtilen Verbrechen der Fanny Morweiser spielen sich in aller Stille, in schönen Landschaften, in alten Häusern, gelegentlich bei lieben älteren Damen ab – und dies soviel gefährlicher als bei Agatha Christie!« *Hannoversche Allgemeine*

### Ein Sommer in Davids Haus
#### Roman

»Eine Geschichte aus Licht und Schatten, aus Poesie und Bangen geflochten. Fanny Morweiser macht Skurriles so glaubhaft, als gehöre es zum Alltag, und geht mit dem Alltag um wie mit einem wunderlichen Traum. Wie schon in ihren ersten Büchern hält sie auch hier mehr, als sie verspricht. Einzuordnen ist sie nicht, denn es gibt nicht viele ihrer Art. Sie unterhält nicht nur – sie tut das, was man in England ›arrest‹ nennt: sie fesselt.«
*Welt am Sonntag, Hamburg*

## Die Kürbisdame
### Kleinstadt-Trilogie

Drei Herren aus der besseren Gesellschaft steigen einer zwielichtigen Dame nach und begeben sich dadurch in große Gefahr. Menschen in einem Altersheim widersetzen sich den Anweisungen des Heimleiters, um endlich ihre eigenen Wege gehen zu können. Ein nervöser Zahnarzt gerät plötzlich in einen Anarchistenstreich und findet dadurch sein inneres Gleichgewicht wieder.

»Diese schaurig-schönen Erzählungen schockierten mich bei der Lektüre und erinnerten mich unwillkürlich an Roald Dahl, der ebenso wie Fanny Morweiser mit seiner makabren Phantasie den Leser den Atem anhalten läßt. Beide Autoren übersteigern ihre Stoffe ins Groteske und erzeugen dadurch Komik.«
*Süddeutscher Rundfunk*

## O Rosa
### Ein melancholischer Roman

»Wer kann einen seriösen, soliden Unterricht im Zaubern, besser gesagt im Verzaubern, geben? Wer bringt uns bei, daß die durchaus nicht immer zauberhaften Alltäglichkeiten einem weniger ausmachen, daß man ihnen zum Trotz das Leben, wenn schon nicht ›en rose‹, so doch als eine im ganzen gute Sache zu empfinden vermag? Wer *O Rosa* gelesen hat, kennt die gute Medizin, die ihm wenigstens zeitweilig helfen kann.« *Neue Zürcher Zeitung*

## Ein Winter ohne Schnee
### Roman

Ein sanftes, kleines, irres Dorf voll mildem Wahnsinn, mit einem Fährmann, einem kranken Jungen, der in dem Dorf zur Rekonvaleszenz weilt, dem Bund der roten Krähe, der den von Mönchen in grauer Vorzeit vergrabenen Schatz heben will, bevor ein anderer ihnen zuvorkommt, dem unheimlichen kleinenJungen mit der Mutter, die Anna heißt und eine Hexe ist...

»Von diesem Roman kommt man nicht los. Er hat Bilder, die schrecklich sein könnten. Wenn sie nicht aus einem bestimmten Blickwinkel eingefangen wären. Manches läßt sich nur ahnen. Das ist gut so.«
*Neue Osnabrücker Zeitung*

## Voodoo-Emmi

### Erzählungen

»Wie entledigt sich ein verkanntes Genie seiner kleinlichen Frau? Der Maler gibt Voodoo-Emmi ein Foto seiner Angetrauten, die Emmi wird's schon richten. Das ist eine der elf neuen, geheimnisvollen Geschichten von Fanny Morweiser, und wieder spielen kuriose, nicht alltägliche Menschen die Hauptrolle. Unmerklich überschreitet die Autorin die Grenzen zum Phantastischen, etwas Gespenstisches weht durch die Stories hin. Die Pointen kommen eher auf leisen Sohlen daher, sind darum jedoch nicht weniger zündend. Das Ganze: ein höchst originelles, hintersinniges Lesevergnügen.« *Landeszeitung, Lüneburg*

## Das Medium

### Roman

Auf der Rückreise aus dem Urlaub geraten Nora, ihr Freund und ihre halbwüchsige Tochter Marilu in eine Kleinstadt, deren verschlafene Idylle die drei magisch anzieht. Aber die Idylle trügt: In der Kleinstadt gibt es zwei Kaufhäuser, die sich wie ein Ei dem anderen gleichen und deren Besitzer sich erbittert bekämpfen.

»Das *Medium* sei denjenigen empfohlen, die sich gern niveau- und phantasievoll unterhalten lassen und sich auch ab und an gern mal ein wenig gruseln.«
*Mechthild zum Egen/Süddeutscher Rundfunk, Stuttgart*

## Jakob Arjouni
## im Diogenes Verlag

### Happy birthday, Türke!
Ein Kayankaya-Roman

»Privatdetektiv Kemal Kayankaya ist der deutsch-
türkische Doppelgänger von Phil Marlowe, dem
großen, traurigen Kollegen von der Westcoast. Nur
weniger elegisch und immerhin so genial abgemalt,
daß man kaum aufhören kann zu lesen, bis man endlich weiß, wer nun wen erstochen hat und warum und
überhaupt.
Kayankaya haut und schnüffelt sich durch die häßliche
Stadt am Main, daß es nur so eine schwarze Freude ist.
Als in Frankfurt aufgewachsener Türke mit deutschem
Paß lotst er seine Leserschaft zwei Tage und Nächte
durch das Frankfurter Bahnhofsmilieu, von den Post-
packern zu den Loddels und ihren Damen bis zur korrupten Polizei und einer türkischen Familie.
Daß *Happy birthday, Türke!* trotzdem mehr ist als ein
Remake, liegt nicht nur am eindeutig hessischen
Großstadtmilieu, sondern auch an den bunteren Bil-
dern, den ganz eigenen Gedankensaltos und der Besonderheit der Geschichte. Wer nur nachschreibt,
kann nicht so spannend und prall erzählen.«
*Hamburger Rundschau*

»Er ist noch keine fünfundzwanzig Jahre alt und hat
bereits zwei Kriminalromane geschrieben, die mit zu
dem Besten gehören, was in den letzten Jahren in
deutscher Sprache in diesem Genre geleistet wurde. Er
ist ein Unterhaltungsschriftsteller und dennoch ein
Stilist. Die Rede ist von einem außerordentlichen Dé-
but eines ungewöhnlich begabten Krimiautors: Jakob
Arjouni. Verglichen wurde er bereits mit Raymond
Chandler und Dashiell Hammett, den verehrungs-

würdigsten Autoren dieses Genres. Zu Recht. Arjouni hat Geschichten von Mord und Totschlag zu erzählen, aber auch von deren Ursachen, der Korruption durch Macht und Geld, und er tut dies knapp, amüsant und mit bösem Witz. Seine auf das Nötigste abgemagerten Sätze fassen viel von dieser schmutzigen Wirklichkeit.« *Klaus Siblewski/Neue Zürcher Zeitung*

Verfilmt von Doris Dörrie, mit Hansa Czypionka, Özay Fecht, Doris Kunstmann, Lambert Hamel, Ömer Simsek und Emine Sevgi Özdamar in den Hauptrollen.

## Mehr Bier
### Ein Kayankaya-Roman

Vier Mitglieder der ›Ökologischen Front‹ sind wegen Mordes an dem Vorstandsvorsitzenden der ›Rheinmainfarben-Werke‹ angeklagt. Zwar geben die vier zu, in der fraglichen Nacht einen Sprengstoffanschlag verübt zu haben, sie bestreiten aber jegliche Verbindung mit dem Mord. Nach Zeugenaussagen waren an dem Anschlag fünf Personen beteiligt, aber von dem fünften Mann fehlt jede Spur. Der Verteidiger der Angeklagten beauftragt den Privatdetektiv Kemal Kayankaya mit der Suche nach dem fünften Mann…

»Kemal Kayankaya, der zerknitterte, ständig verkaterte Held in Arjounis Romanen *Happy birthday, Türke!* und *Mehr Bier* ist ein würdiger Enkel der übermächtigen Großväter Philip Marlowe und Sam Spade. Jakob Arjouni strebt mit Vehemenz nach dem deutschen Meistertitel im Krimi-Schwergewicht, der durch Jörg Fausers Tod auf der Autobahn vakant geworden ist.« *stern, Hamburg*

»Jakob Arjouni: mit 23 der jüngste und schärfste Krimischreiber Deutschlands!«
*Wiener Deutschland, München*

## Ein Mann, ein Mord

### Ein Kayankaya-Roman

Ein neuer Fall für Kayankaya. Schauplatz: die (noch immer) einzige deutsche Großstadt: Frankfurt. Genauer: Der Kiez mit seinen eigenen Gesetzen, die feinen Wohngegenden im Taunus, der Frankfurter Flughafen.

Kayankaya sucht Sri Dao, ein Mädchen aus Thailand: sie ist in jenem gesetzlosen Raum verschwunden, in dem Flüchtlinge, die in Deutschland um Asyl nachsuchen, unbemerkt und ohne Spuren zu hinterlassen, ganz leicht verschwinden können – wen interessiert ihr Verschwinden schon.

Was Kayankaya – Türke von Geburt und Aussehen, Deutscher gemäß Sozialisation und Paß – dabei über den Weg und in die Quere läuft, von den heimlichen Herren Frankfurts über die korrupten Bullen und die fremdenfeindlichen Beamten auf den Ausländerbehörden bis zu den Parteigängern der Republikaner mit ihrer alltäglichen Hetze gegen alles Fremde und Andere, erzählt Arjouni klar, ohne Sentimentalität, witzig, souverän.

»Jakob Arjouni ist von den jungen Kriminalschriftstellern deutscher Zunge mit Abstand der beste. Er hat eine Schreibe, die nicht krampfig vom deutschen Gemüt, sondern von der deutschen Realität her bestimmt ist, das finde ich einmal schon sehr wohltuend; auch will er nicht à tout prix schmallippig sozialkritisch auftreten.« *Wolfram Knorr/Die Weltwoche, Zürich*